KB215444

마광수 문학론집

삐딱하게 보기

철학과현실사

차례

이육사의 시 「절정」의 또 다른 해석

1. 문제의 제기

이육사(李陸史)의 대표작 가운데 하나인 「절정(絕頂)」[1]에 대해서는 지금까지 수많은 해석이 이루어져 왔다. 그러나 거의 모든 해석들이 시인의 남다른 생애를 중시하여, 시의 전체적 주제를 '극한적 절망 속에서도 희망을 잃지 않는 시인의 불굴의 의지' 정도로 파악하는 것이 보통이었다. 이러한 해석이 나오게 된 계기가 되어주는 구절은 이 시 4연의 "강철로 된 무지개"인데, 거의 모든 연구자들은 이 구절을 긍정적 의미를 지닌 상징으로 해석하고 있다.

시를 해석할 때 가장 중요한 것은 모든 선입견을 버리고 '문맥의 순리(順理)' 또는 '서사(敍事)의 순리'를 좇아가는 태도일 것이다. 그런데 지금까지 이루어진 이 시의 해석들은 대부분 시인의 생애에 맞춰 작품의 문맥을 재구성하는 이른바 '의도의 오류(intentional fallacy)'를 범했다는 느낌을 지울 수 없다. 물론 그러한 해석이 반드시 틀린 것이라

1) 1940년 1월 『文章』에 발표된 작품으로서, 이육사의 생애와 정신적 절조가 가장 잘 드러난 대표작으로 평가받아왔다.

고만 볼 수는 없다. "강철로 된 무지개"라는 구절이 워낙 난해하여 다양한 해석이 가능하기 때문이다. 특히 이남호는 이 점에 착안하여 이 구절이 수사학적으로 썩 잘된 표현이 아니라고 지적하고 있다. 성공적인 비유나 상징이 되기 위해서는 하나의 이미지로 형상화될 수 있는 것이어야 하는데, 이 구절에서 '강철'과 '무지개'는 서로 결합되지 못하고 따로따로 의미를 지니고 있다는 것이다. 그러면서 그는 "굳이 말하자면 이 구절은 꿈보다 해몽이 좋았던 것이지 시 자체가 훌륭한 것이라고 보기는 힘들다"[2] 고까지 말하고 있다.

하지만 꼼꼼하게 따져가며 읽어보면 "강철로 된 무지개"가 과연 난해하고 모호한 표현인가 하는 의문이 생기게 된다. 1연에서 3연까지에 걸쳐 시인은 "강철로 된 무지개"가 난해한 표현이 아니라 '체험적 절규'로서의 '상징적 결론'이라는 사실을 설명해 주고 있기 때문이다. 결론부터 미리 말하자면, 이 시의 전체적 문맥으로 볼 때 이 작품의 주제는 '희망의 절정'이 아니라 '절망의 절정'이라는 게 필자의 생각이다.

이 글에서는 "강철로 된 무지개"를 주축으로 하여 「절정」 전체를 구체적으로 꼼꼼히 해석해 보려고 한다. 그러면서 지금까지 나온 중요한 해석들을 비교 · 검토해 볼 것이다. 우선 이 작품의 전문을 읽어보기로 하자.

매운 계절의 채찍에 갈겨
마침내 북방(北方)으로 휩쓸려 오다

하늘도 그만 지쳐 끝난 고원(高原)
서릿발 칼날진 그 위에 서다

2) 이남호, 「'절정'의 해석」, 장영우 외 편, 『대표시 대표평론』 1권, 실천문학사, 2000, p.118.

어데다 무릎을 꿇어야 하나
한발 재겨 디딜 곳조차 없다

이러매 눈감아 생각해 볼밖에
겨울은 강철로 된 무지갠가 보다

2. 1~3연의 해석

1연에 나오는 "매운 계절의 채찍"은 분명 시인이 처한 암울한 상황을 상징한다. 시인의 생애를 고려하면 "매운 계절"은 '일제의 탄압'이 될 수도 있을 것이다. 우리는 만주의 허허벌판에서 영하 수십 도를 넘는 강추위에 떨며 방황하고 있는 고독한 시인의 모습을 자연스럽게 연상할 수 있다.

여기서 중요한 것은 1연 2행인데, "마침내 북방(北方)으로 휩쓸려 오다"라는 것은 시인의 투쟁 의지에 의해 능동적으로 '망명'을 한 것이 아니라 수동적으로 '쫓겨'왔다는 사실을 암시해 주고 있는 것이다. 첫 연에서부터 시인이 처한 우울하고 암담한 상황이 제시되고 있다고 볼 수 있다.

"마침내"가 시사해 주고 있는 것 역시 시인의 마음속에 이미 극한 상황적 절망의 그림자가 드리워져 있다는 사실이다. 시인은 조국에 남아 끝까지 싸워보려 했지만 그것은 불가능하였다. 그러다 보니 시인은 결국 "북방"으로 목적 없는 '도피'를 하지 않을 수 없었다. 여기서 필자가 '도피'라는 표현을 쓴 것은, 이 시 전체의 문맥으로 보아 이 구절에는 '결단성 있는 탈출'이라든지 '의연한 자세로 결정한 망명' 같은 의미가 전혀 내재되어 있지 않기 때문이다.

김흥규는 "조국 상실과 민족 수난이라는 역사적 현실을 배경으로 하여 한 사람의 투사(鬪士)가 자신의 삶에 더 이상 물러설 수 없는 최종적 의의를 부여하는 결단의 자리"[3]라고 표현하여 시인이 처한 상황에 긍정적 의미를 부여한다. 그러나 "휩쓸려 오다"라는 구절에는 '결단'의 의미가 전혀 드러나 있지 않다. 말하자면 이 구절에는 허무와 절망의 기운이 감돌고 있을 뿐 어떤 의지나 투쟁 의식이 조금도 암시되어 있지 않은 것이다. 그런데도 1연을 '의연한 탈출' 등의 의미로 해석하는 견해들이 많은 것은, 물론 4연에 나오는 "강철로 된 무지개"를 긍정적 희망의 상징으로 보기 때문이기도 하겠지만, 역시 시인의 생애를 고려하여 어떤 선입관을 갖고서 1연을 읽고 있기 때문이라고 생각된다.

사실 이육사는 끊임없이 중국 대륙을 드나들었고, 그런 가운데 시와 산문을 창작하였다. 육사는 젊은 시절에 한때 일본에 체류한 경험도 있긴 하지만, 그의 생애 대부분은 중국의 북경과 조선의 경성을 부단히 왕래하는 과정으로 점철되었다. 그런 가운데 여러 번 옥고(獄苦)를 치르며 자신의 뜻을 펼쳐나갔던 것인데, 그런 전기적 측면을 고려하여 1연을 읽는 경우가 많기 때문에 "휩쓸려 오다"가 시사하는 소극적인 패배자 의식을 간과하고 있는 것 같다. 하지만 시는 시 자체로 읽어야지 전기적(傳記的) 선입관이 개입돼서는 안 된다는 게 필자의 생각이다.

2연에서는 시인이 처한 현실이 더욱 구체적으로 표현된다. 시인은 "하늘도 그만 지쳐 끝"날 정도로 막막한 '고원'에 서 있다. 그리고 계절은 "매운 계절"인 바 "서릿발"이 칼날처럼 솟아오른 추운 겨울인 것이다. 서릿발을 발로 밟으면 부서진다. 그런데 2연에 나오는 서릿발은 '칼날'처럼 단단하고 예리한 서릿발이다. 말하자면 시인은 혹독한 추위 속에서 동사(凍死)의 공포를 느끼며 추위에 떨고 있는 것이다.

이동하는 이 작품을 해석하면서, "「절정」에서 우리가 중시하여야 할

---

3) 김흥규, 「陸史의 詩와 世界認識」, 『창작과 비평』, 1976, 여름, p.253.

또 하나의 큰 특징은 시인이 이 작품 속에서 분명 자기 스스로의 긴박한 처지를 언어화한 것임에도 불구하고 티끌만한 감성적 흥분이나 자기 탐닉의 흔적도 보이지 않으며 오히려 일정한 거리를 두고 그 긴박한 처지를 객관화하여 바라보는 여유가 견지되어 있다는 사실이"[4]라고 말하고 있다. 물론 수사학적 측면에서만 본다면 이러한 견해는 타당한 것이 될 수도 있다. 그러나 이러한 견해 역시 시인에 대한 과도한 애정에 기인한 것이 아닌가 한다. 시의 표현 자체로 볼 때 시인은 그저 자신이 처해 있는 암담한 현실을 고백하고 있을 뿐, 그것을 여유 있게 객관화하여 바라보고 있지는 않다.

또한 2연에서는 시인의 고독한 처지가 암시되어 있다. 막막하기 짝이 없는 고원에서 시인은 혼자 추위에 떨고 있다. 이럴 경우 인간은 동물적이고 육체적인 생존욕구만 발동하게 되고 일체의 정신적 가치 지향은 약화되거나 사라지게 되는 것이 상식이다. 그야말로 처절한 '극한 상황'인 것이다. 이런 극한 상황에 처해 있는 시인의 가슴속에 어떤 희망적 상념을 품어본다는 것은 거의 불가능한 일이다. 오로지 살아남고 봐야겠다는 본능적 욕구만 일어날 뿐, 자신의 삶이 목표했던 이상(理想)이나 정신적 지향 같은 것은 뇌리에서 사라지거나 다른 것으로 대체된다.

이남호는 2연을 해석하면서, "시인은 이제 최후의 지점에 와 있다. 그 극점은 가장 고통스러운 자리이지만 동시에 비장한 정신이 함께할 수 있는 자리이다. …… 그래서 '서릿발 칼날진 그 위에 서다'라는 구절은 우리 민족의 고통스런 상황을 말한다기보다는 그 고통을 스스로 끌어안고 버티는 시인의 비장한 행위를 보여주는 것이라고 생각된다"[5]고 말하고 있다. 그러나 2연의 문맥 자체로 볼 때 '비장한 정신'이나

---

4) 이동하, 「儒者의 정신과 객관적 節制」, 정한모 외 편, 『한국 대표시 평설』, 문학세계사, 1983, p.228.

'비장한 행위'를 유추해 볼 수 있는 구석은 아무 데도 없다. 그러므로 이러한 견해는 과도한 비약이라 하지 않을 수 없다.

북방으로 '휩쓸려' 와 홀로 강추위에 맞서 싸우는 사람이 어떻게 비장한 정신을 가질 수 있겠는가? 시인은 스스로 고생을 택한 것이 아니라 고통 속에 어쩔 수 없이 '내던져져' 있을 뿐이다. 이러한 상황에 처해 있는 시인은 그래서 자연히 무언가 의지할 곳을 찾게 된다. 그런 심정이 드러나 있는 것이 바로 3연이다. 3연에서 가장 주목되는 구절은 "어데다 무릎을 꿇어야 하나"이다. 많은 연구자들이 이 구절을 소홀하게 흘려 읽고 있다. 이를테면 황현상이 "어디에 등을 붙여 눕기는커녕 잠시 무릎을 꿇어 쉴 자리도 없다"[6]고 해석하고 있는 것이 그것이다.

무릎을 꿇는다는 행위는 상식적으로 생각해 볼 때 누군가에게 굴복하거나 동정을 구할 때 취하게 되는 자세이다. 물론 잠시 쉬어가기 위해 무릎을 꿇을 수도 있겠지만 1연과 2연에 나타난 시의 서사적 전개로 볼 때 시인은 단지 쉬어가기 위해 무릎을 꿇으려고 한 것은 아니라고 판단된다. 쉬려고 했다면 차라리 '무릎을 꿇는다'보다 '앉는다'는 표현을 택했을 것이다. 그러므로 3연 첫 줄에 나오는 "어데다 무릎을 꿇어야 하나"는 '누구에게 하소연하여 이 추위를 면해야 하나'의 의미로 읽혀야 한다고 생각된다. 자기 자신도 모르게 휩쓸려 온 강추위의 허허벌판에서 시인이 하룻밤 쉬어갈 집을 찾고 있다고 상상할 수도 있고, 어떤 조력자를 만나 그에게 무릎꿇고 빌며 시혜(施惠)를 요청하고 있다고 볼 수도 있다. 극단적으로 말해서 시인은 "제발 살려만 주세요"라고 빌고 싶은 대상을 찾고 있는 것이다. 여기서 우리는 시인의 마음속이 추위와 굶주림과 고통을 우선 모면하고 싶어하는 심리로 가득 차 있다는 것을 암시받을 수 있다.

---

5) 이남호, 앞의 글, p.115.
6) 황현산, 「하얀 무지개 꼭대기」, 『현대시학』, 1999. 5, p.202.

"한발 재겨 디딜 곳조차 없다"는 구절 역시 시인이 처해 있는 극한 상황을 시사해 주는 표현이다. '재겨 디디다'는 "발끝이나 발뒤꿈치만 바닥에 닿게 디디다"[7]는 뜻인데, '조심조심 살피면서 걷는 것'을 의미한다. 2연의 내용과 연결시킨다면 모든 곳이 칼날진 서릿발 투성이라 꼼짝도 할 수 없다는 뜻이 될 것이다.

지금까지 1-3연의 의미를 해석해 보았는데, 이 부분까지는 필자의 해석이 조금 다르긴 하지만 지금까지 대다수의 연구자들이 해석한 것과 그리 큰 차이를 보이지 않는다고 볼 수도 있다. 하지만 이 시의 핵심은 역시 4연에 있다고 보이는 바, 이제 4연을 해석해 보기로 한다.

3. 4연의 해석

4연 첫줄 첫머리에 나오는 "이러매"는 매우 중요한 조사(措辭)이다. "이러매"는 1연부터 3연까지의 내용을 바탕으로 하여 시인이 어떤 상태의 마음을 갖게 됐다는 것을 뜻하기 때문이다. 앞서 1연에서 3연까지의 해석에서 보았다시피 시인은 알몸뚱이의 상태로 의지할 곳이 전혀 없는 극한 상황에 처해 있다. 그러므로 4연에 나오는 "강철로 된 무지개"의 해석에는 "이러매"가 내포하고 있는 1연부터 3연까지의 내용이 충분히 반영되지 않으면 안 된다. 시인은 눈을 감았다. 그리고 생각을 해본다. 여기서 '눈을 감는 행위'를 어떻게 해석해야 하는가가 4연을 정확히 이해하는 데 핵심적 열쇠가 된다.

인간은 어떤 극한 상황에 처하게 되면 눈을 감음으로써 일시적이나마 현실로부터 도피하고 싶어한다. 폭격이 있든지 천둥 번개가 내려칠 때 눈을 감고 손으로 머리를 감싸거나 이불 속에 처박는 행위가 좋은 예인데, 그것은 손으로 감싼 머리나 이불 속이 안전해서가 아니라 캄

7) 금성출판사 판 『국어대사전』 참조.

캄해서 아무것도 안 보여 그 상황을 임시로 도피하여 심리적 안정을 꾀할 수 있기 때문이다. 시인은 하도 기가 막혀서 눈을 감았다. 눈을 감고 생각해 보니 이제까지의 노력이 물거품처럼 느껴지고, 추운 겨울(시인이 처한 '고난' 또는 '식민지 상황'의 상징이다)이 가면 반드시 '봄'이 올 것이라는 기대감조차 생겨나지 않는다 이런 생각이 들게 된 것은 지금 시인이 처한 상황이 하도 어렵기 때문이다. 그러면서 토로해 내는 말이 바로 "겨울은 강철로 된 무지갠가 보다"[8]인 것이다.

여기서 "강철로 된 무지개"의 해석이 핵심적 화두로 등장하게 되는데, 지금까지 김종길의 해석이 가장 신빙성 있게 받아들여져 왔다. 김종길은 이 구절을 통해 이 시의 화자를 고난의 한계 상황에 처해서도 자신의 결의를 더욱 굳게 다지는 비극적 인물로 본다. 극한에 이른 비극의 한복판에서 '항복과 타협을 모른 채' 자신의 자리를 자각하는 시인이 "매운 계절"로 상징되는 시대의 고통 앞에서 '강철과 같고 냉엄

---

8) 「절정」의 중심 이미지인 "강철로 된 무지개"의 의미에 대해서는 많은 연구자들의 논의가 있는데, 그 중 대표적인 견해들은 다음과 같다. "매운 채찍의 계절인 겨울을 나의 운명으로 껴안을 때, 그 껴안는 행위 속에서 겨울은 마침내 무지개처럼 황홀한 미래를 약속하게 된다는 것"(김영무), "절망적인 죽음의 극한경을 무지개로 상정함으로써 절대적인 詩美의 세계, 겨울 자체와 강철로 된 절망의 테두리를 미화시켜 음미하는 정신적 여유, 정서적 여지를 남김으로써, 소극적인 현장 탈출, 환상적이지만 정서적 진실을 통한 감정적 초극의 통로를 마련한 것"(박두진), "항복과 타협을 모른 채 다만 자기가 비극의 한가운데 놓여 있음을 깨닫고 겨울, 즉 '매운 계절'을 '강철로 된 무지개'로 보는 것으로 이 비극적 비전은 또 하나의 비극적 황홀의 순간을 나타낸다고 보는 견해"(김종길), "'겨울'은 모든 생명적 전개를 거부하는 한계상황, '강철로 된 무지개'는 화자가 인식한 상황 자체의 이미지"(김흥규), "「절정」의 전체적 역설구조인 삶의 비극적 초월, 혹은 의식공간의 축소(강철)와 확대(무지개)라는 기본 공식을 단 한구절로 압축하여 제시함"(오세영), "삶을 거부하는 상황에서 자기를 초극하지 못하고, 다만 자기발견과 초극의 시도만을 보여주고 있다는 것"(문덕수), "'매운 계절—서릿발—강철'로 이어지는 현실은 하늘의 무지개까지 지배하고 있지만, 시인의 자아는 이러한 외적 상황에 의해 왜곡될 수 없음을 역설적으로 고발하고 있는 대목, 곧 '강철로 된 무지개'는 일제에 의해 왜곡된 무지개이며, 시인의 무지개와는 다른 것임을 주장함으로써 자아의 진실을 증명하려는 태도의 표명"(김시태) 등의 견해가 있다. 이에 대해서는 이승훈의 『한국 대표시 해설』(문학과비평사, 1993), pp.232~233 참조.

한 무엇에 대한 감각'을 포착하여, 그 객관적 이미지를 "겨울은 강철로 된 무지갠가 보다"라는 시구 속에 압축하고 있다는 것이다. '겨울'을 '무지개'로 바꾸어놓는 것을 단순한 도취를 의미하는 것이 아니라 '강철과 같은 차가운 비정(非情)과 날카로운 결의를 내포한' 황홀로 파악하는 김종길은 '비극적 황홀'이라는 유명한 표현을 적용한다.[9] 김종길이 내린 해석의 핵심을 다시 한번 본문 그대로 인용해 보자.

> 앞서도 말했듯이 「절정」은 하나의 한계 상황을 상징하지만, 거기서도 그는 한 발자국의 후퇴나 양보가 없을 뿐 아니라, 오히려 '매운 계절'인 겨울, 즉 그 상황 자체에서 황홀을 찾는 것이다. 그러나 그 황홀은 단순한 도취를 의미하는 것이 아니다. 그것은 강철과 같은 차가운 비정(非情)과 날카로운 결의를 내포한 황홀이다.

하지만 필자가 생각하기에 이러한 해석에는 일정한 무리가 따른다. 비극적 한계 상황에 처해 있는 인간이 어떻게 황홀경을 꿈꿀 수 있겠는가? 물론 '황홀'이라는 말의 뜻을 원래의 의미 그대로 '정신이 어질어질함'으로 받아들인다면 그런 대로 타당한 해석이 될 수도 있다. 하지만 김종길의 해석은 정신이 어질어질한 상태의 황홀경을 뜻하는 것이 아니라 '날카로운 결의'를 내포한 황홀이다. 하지만 앞서 1-3연의 해석에서 보았듯이 시인이 처해 있는 상황은 '결의' 를 꿈꿔볼 수도 없는 극한적 한계 상황이다. 다시 말해서 춥고 배고프고 외롭기 짝이 없는 상황인 것이다. 김종길은 시인이 "매운 계절"인 겨울, 즉 그 상황 자체에서 황홀을 찾는다고 보았지만 상식적으로 생각해 봐도 인간이 육체적 극한 상황에 처해 있을 때 그러한 '희망적 예감'을 얻는다는 것은 불가능한 일이 아닐까 한다.

---

9) 김종길, 「한국시에 있어서의 비극적 황홀」, 『시에 대하여』, 민음사, 1986, p.419.

'강철과 같은 차가운 비정(非情)'이라는 표현도 너무나 애매모호하기만 하다. '비정(非情)'이라기보다는 차라리 '절망'이라는 표현이 적절할 것이다. 시인은 눈을 감는 행위를 통해 이미 기가 막히고 답답한 심정을 토로하고 있다. '비정(非情)'이 아니라 '유정(有情)'이요, 솔직한 허탈감과 절망감의 표출인 것이다.

'강철'과 '무지개'는 따로 떼어서 생각할 수가 없는 것이다. 대다수의 해석자들이 '강철'이 갖는 굳건한 이미지에 지나친 의미 부여를 하여 이 시의 핵심적 주제를 놓치고 있다.[10)]

김흥규 역시 김종길의 해석을 지지하고 있다. 그는 "강철로 된 무지개"에 대하여 "극한 상황을 회피하지 않고 받아들일 뿐 아니라, 그 절대적 긴장의 자리에서 울부짖지 않고 오히려 번민으로부터 자유로울 수 있는 경지를 획득한"[11)] 것이라는 설명을 붙여 '비극적 황홀'에 내포된 시인의 의지를 좀더 강조하고 있는데, 여기서 "극한 상황으로부터 회피하지 않고 오히려 번민으로부터 자유로울 수 있는 경지를 획득한" 표현이라는 해석도 역시 무리한 것이다. 춥고 배고픈데 어떻게 번민으로부터 자유로울 수 있겠는가? 그것은 성자(聖者)가 아닌 한 불가능한 일이다. 실존적 한계 상황이 가져다주는 공포와 불안을 김종길과 김흥규는 간과하고 있다. 그리고 시에 표현된 눈을 감는 행위를 너무나 단순한 시선으로 바라보고 있다. 시인이 시 속에서 눈을 감는 것은 명상적 관조나 결의를 위해서가 아니라 답답하고 기막힌 마음을 달래기 위해 잠시 현실을 도피하고 싶어서였다. 그런 상황에서 '번민으로부터 자유로워질 수' 있다는 것은 도저히 불가능한 일이다. 그러므로 '비극

---

10) 「절정」의 키워드라고 할 수 있으며, '희망'을 상징하는 '무지개' 의 성질은 질료의 특성상 차갑고 단단한 '강철(steel)'의 이미지로 인해 무지개의 '희망'과는 정반대로 '절망'을 상징한다고 할 수 있다. '강철'의 상징적 의미에 대해서는 이승훈의 『문학상징사전』(고려원, 1995) p.13 참조.

11) 김흥규, 앞의 글, p.254.

적 황홀'이라는 해석은 시 자체의 문맥보다 '시인에 대한 기대감'에 더 비중을 둔 결과로 인해 이루어진 해석일 수밖에 없다. 1-3연의 내용은 시인의 비정하고 날카로운 결의로서 "강철로 된 무지개"를 꿈꿀 수 없다는 것을 그대로 보여주고 있기 때문이다.

김종길의 해석 못지않게 이 작품의 주제를 긍정적 의미로 본 해석자는 오세영이다. 그는 '시인의 역설적 자기변신 혹은 비극적 초월'을 길잡이로 삼아 「절정」에 표출된 육사의 정신구조를 긍정적이고 적극적인 것으로 해석하고 있다.

> 시 「絕頂」을 통해 시인은 — 그의 실제 삶도 그러했지만, 현실적 패배와 좌절이, 능동적으로 선택한 의식 공간의 축소와 혹은 自己無化를 통해서 자유롭고 창조적인 삶의 지평으로 완성되어 가는 과정을 보여주고 있다. 이렇게 일련의 패배, 혹은 좌절을 매개(Chiffre des Seiterm)로 하여 정신의 완성을 이룩하는 과정은 분명 비극적 삶의 인식과 그 초월이라고 할 수 있다. 따라서 "강철로 된 무지개"는 비극의 관점에서 절망과 초월의 상징이라고 설명해도 무방하다. 그리고 이와 같은 비극적 초월이 삶이 지닌 역설적 본질의 다른 표현임 역시 널리 알려진 바와 같다.[12]

이러한 해석 역시 '비극적 황홀'과 마찬가지로 이 시의 서사적 문맥을 소홀히 여기고 있는 결과라 여겨진다. "강철로 된 무지개"가 절망과 초월의 상징이라고 본 것 역시 그 근거가 불분명하기 때문이다. '무지개'를 초월의 상징으로, '강철'을 절망의 상징으로 보고 있는 것 같은데, '무지개'가 반드시 초월의 상징이 될 수는 없다. '무지개'는 잠시 떴

12) 오세영, 「이육사의 '절정' — 비극적 초월과 세계인식」, 김용직 외 편, 『한국 현대시 작품론』, 문장, 1992, pp.273~274.

다가 사라지는 허망한 신기루 같은 성질 역시 지니고 있기 때문이다. 처절한 비극 속에 처해 있는 인간이 할 수 있는 것은 '비극적 초월'이라기보다는 '비극적 체념'에 가까운 것이다. 여간한 영웅적 기질을 가진 인간이 아니라면 비극적 상황을 초월하기는 어렵다. 그러므로 오세영의 해석 역시 "강철로 된 무지개"가 상징하는 것을 꼼꼼히 분석해 보지 않고, 시인에게 지나친 기대감을 갖고서 시도한 무리한 격상(格上)이라 하지 않을 수 없다.

'비극적 황홀'이나 '비극적 초월'이라는 개념이 나오게 된 것은, 「절정」을 이 시인의 다른 대표작 「광야」와 「청포도」 등과 연결시켜 바라보고 있기 때문이기도 하다. 「청포도」에서 시인은 "청포를 입고 찾아올 반가운 손님"을 기다리고 있고, 「광야」에서도 언젠가 "백마 타고 올 초인(超人)"을 기대한다. 그런 맥락에서 볼 때 연구자들은 「절정」에서도 역시 시인이 굳건한 결의로 미래에 다가올 희망을 예감하고 있다고 판단하며, 나아가 이 작품의 주제를 긍정적 의미로 바라본 것이다. 그러나 한 작품은 그 작품 자체의 문맥에 의해 해석되어야지 시인의 다른 작품들과 막연한 연결고리를 가져서는 안 된다.[13)]

이 시의 전체적 문맥을 고려하여 "강철로 된 무지개"를 한데 묶어 그런대로 설득력 있는 해석을 한 이는 오탁번이다. 그는 "강철로 된 무지개"에 지나친 의미 부여를 하지 않고 시인의 머릿속을 스쳐 지나간 하나의 순간적 이미지로 파악한다.

> 시의 화자는 엄동설한에 이제 더 이상 나아갈 수도 없는 북방의 어느 고원에 처해 있다. 그의 앞에는 매운 바람과 햇빛에 반짝이는 무수한 설화가 펼쳐져 있다. 그의 앞에는 매운 바람과 어울려 지금 빙설이 언뜻 언뜻 무지개빛으로 비쳐난다. 여기에 곁들여 낫이나 작두날에서 보던 무지개빛이 생각난다.[14)]

아주 기발하고 흥미로운 해석이다. 그러나 이 해석은 1-3연에서 보여주는 시인이 처해 있는 극한 상황을 간과하고 있다. 그리고 4연 초두에 나오는 '이러매'가 갖는 의미 또한 무시하고 있다. 시인이 머릿속에 순간적으로 스쳐간 이미지를 4연에 기록했다면 "이러매 눈감아 생각해 볼 밖에"라는 구절이 나올 수 없었을 것이다. 또한 "무지갠가 보다"라는 구절 또한 씌어지지 않았을 것이다. 시인은 '겨울'이라는 상징과 매개하여 "강철로 된 무지개"를 머릿속에 떠올린 것이지 단순히 머릿속을 스쳐 지나간 이미지를 기록한 것이라고는 볼 수 없다.

"강철로 된 무지개"를 정확히 해석하려면 "이러매 눈감아 생각해 볼 밖에"라는 구절이 중시되어야 한다. 시인은 자신(또는 조국)이 처한 상황이 너무나 암담하므로 기가 막혀 눈을 감고 잠시 현실을 회피한 다음, 자신(또는 조국)이 처한 상황을 상징하는 '겨울'에 어떤 의미를 부

---

13) 이제는 정설이 되어버린 시의 '자세히 읽기(close reading)'란 그런 의미에서 「절정」의 해석에서도 유용한 해독법이라고 할 수 있다. 우선 비유나 상징 등의 함의(implication) 혹은 내포(connotation)에 깊숙이 다가가기 전에 1차적 읽기로서 시의 표면적 언어 질서(semantic representation) 혹은 외연(denotation)을 어떻게 정확하게 읽어내느냐가 관건이다. 이후에 2차적 읽기로서 시의 복잡한 의미를 여러 가지 관계망을 통해 구축해 들어가 해석해낼 수 있다. 이렇게 볼 때 논란이 되는 「절정」은 처음부터 이육사의 생애나 그의 다른 글들과 안이하게 연결시키지 않는 것이 바람직하다. 가령, 「절정」의 해석 논리나 육사 시의 비극 정신을 추출하기 위해 그의 수필 「산사기(山寺記)」나 산문 「계절(季節)의 오행(五行)」을 예로 원용하는 경우를 생각할 수 있다. 「절정」과 관련해서는 특히 「계절의 오행」이 그러한데, "……한 발자국이라도 물러서지 않으려는 내 길을 사랑할 뿐이오. 그렇소이다. 내 길을 사랑하는 마음, 그것은 내 自身에 犧牲을 요구하는 노력이오, 이래서 나는 내 氣魄을 길러서 金剛心에서 나오는 내 詩를 쓸지언정 유언은 쓰지 않겠소. ……다만 나에게는 행동의 연속만이 있을 따름이오. 행동은 말이 아니고, 나에게는 시를 생각는다는 것도 행동이 되는 까닭이오. 그런데 이 행동이란 것이 있기 위해서는 나에게 무한히 너른 공간이 필요로 되어야 하련마는……"을 볼 때 4연 "겨울은 강철로 된 무지갠가 보다"를 중심 이미지로 한 「절정」의 주제를 '희망의 절정'이냐 아니면 '절망의 절정'으로 보느냐가 달라지게 된다. 필자는 물론 '희망'보다 '절망'의 시선으로 이 구절을 해석하는 입장이다.

14) 오탁번, 『한국 현대시의 대위적(對位的) 구조』, 고려대 민족문화연구소, 1988, p.215.

여하고 있다. 눈을 감는 행위는 처음엔 일시적 도피였지만, 순간적 휴식이 될 수도 있고 생각을 정리할 수 있는 여유 있는 공간(물론 절박하고 옹색한 여유이겠지만)이 될 수도 있다. 그런 다음에 시적 의미의 결론으로 도출된 "겨울은 강철로 된 무지개"가 난해하고 모호한 표현이 된 것은 역시 시인의 마음이 지극히 착잡하고 절망적인 상태에 놓여 있기 때문이라고 보인다. 말하자면 시인은 수사학적 세련과 보편적인 설득력이 있으면서 일관된 해석이 가능한 정돈된 상징적 표현을 구사할 수 없었던 것이다.

그러므로 필자는 우선 "겨울은 강철로 된 무지갠가 보다"를 한데 묶어 전체의 문맥을 해석해야 한다고 생각한다. '강철'에 지나친 비중을 둔다든지 '무지개'에 지나친 비중을 두는 것은 4연 전체가 의미하고 있는 핵심을 놓치기 쉽다. 또한 "강철로 된 무지개"에서 '무지개'가 상징하는 것을 무조건 '희망'으로 보아서는 곤란하다. 무지개는 '잠깐 떴다가 덧없이 사라지는 것'의 상징이 될 수도 있기 때문이다. 이런 전제를 가지고 4연이 의미하는 바를 해석해 본다면 다음과 같은 것이 될 수 있다.

시인은 하도 기가 막혀서 눈을 감았다. 눈을 감고 생각해 보니 이제까지의 노력이 물거품처럼 느껴지고, 추운 겨울이 가면 반드시 '봄'이 올 것이라는 기대감조차 생겨나지 않는다. 그는 '겨울'('고난'의 상징이다)이 '무지개'와 같은 것이라고 믿었다. 그럴 경우 무지개가 뜻하는 것은 앞서 말한 바와 같이 '잠깐 떴다가 덧없이 사라지는 것'이다.

그런데 아무리 노력해 보았자 무지개는 사라질 기미가 보이지 않는다. 그러니까 시인(또는 우리 민족)이 처하고 있는 고난의 상징으로서의 무지개가 비가 온 다음에 하늘에 아름답게 걸려 있는 보통의 그런 무지개가 아니라 "강철로 된 무지개"인 것이다. 강철로 무지개 모양을 만들어놓고 거기다가 '빨주노초파남보'로 페인트칠을 해놓은 무지개

— 그런 무지개가 사라질 리 없다. 그러므로 이 구절은 '고난(겨울)은 영원하다'는 의미가 되고, 따라서 '절정'이라는 제목이 뜻하는 것은 '절망의 절정'이 된다.

이상이 필자가 해석해 본 「절정」4연인데, 이러한 해석과 유사한 시도를 한 이는 박호영이다. 박호영은 "겨울은 봄의 도래를 약속하는, 무지개와 같은 꿈과 희망의 계절이어야 하겠는데, 이 시대의 겨울은 '강철로 된 무지개'이기에 그렇지를 못하고 겨울이 쉽게 끝나지 않을 것 같다는 시인의 염려가 담겨 있다"[15]고 주장한다. 필자는 이러한 해석 역시 「절정」의 주제에 가까이 접근한 해석이라고 생각한다. 그러나 아직도 많은 해석자들이 「절정」의 4연을 모호한 수식에 의해 긍정적 의미로 해석하고 있는 것이 현실이다. 아마도 이육사 시인의 생애가 보여준 '투지'와 '의지'에 높은 점수를 매겨 이 작품을 어떤 선입관을 갖고 바라보고 있기 때문이 아닌가 한다. 최근에 이루어진 한 해석을 소개함으로써 이러한 현실을 재확인해 보기로 한다.

> 시인이 걸어가는 이 길, 하늘에까지 닿게 높이 내걸린 이 칼날의 길이 바로 그 '강철로 된 무지개'이다. 칼날처럼 예리한 강철의 다리는 오색으로 영롱한 것이 아니라 백색으로 번쩍일 것이 분명하다. 시인은 자신이 서 있는 '겨울'의 정황이 하얀 칼날 무지개의 꼭대기일 수밖에 없다고 '눈감아 생각'함으로써, 그 단순한 원호의 형식과 그 단일한 채색으로, 자신을 몰아붙이는 온갖 고통과 마음속에서 들끓는 온갖 번민을 간결하게 정리하는 한편, 한길로 집중된 자신의 의지를 단단하고 엄혹한 물질의 형태로 거기서 다시 확인한 것이다.[16]

---

15) 박호영, 「비유와 이미지에 대한 시교육의 방향」, 『시안』, 1999 봄, p.46.
16) 황현산, 앞의 글, p.203.

상당히 설득력 있는 문장으로 이루어진 해석이지만 시 자체의 문맥에서 벗어나 있는 것이라 아니할 수 없다. 작품이 지니는 서사적 문맥의 순리(順理)를 벗어나 해석자의 주관이 지나치게 투영된 느낌을 준다. 또 하나의 예를 들어보기로 하자.

> 이상에서 살펴본 바와 같이, 이육사의 「절정」은 극한 상황에 몰린 한 독립운동가의 심경과 그 초월을 노래한 작품이다. 여기서 절정이라는 것은 우리 민족의 수난이 최고조에 달했다는 의미가 아니라, 시대와 대결하는 한 인간의 마지막 대결의 지점을 의미한다. 그러니까 억압의 절정이 아니라 무한대의 억압과 맞서는 정신의 절정이라고 할 수 있다.[17)]

위의 해석 역시 시인의 투지와 불굴의 정신력을 기정사실화하여 이 작품의 주제를 추정하고 있다. 그러나 앞에서 "겨울은 강철로 된 무지갠가 보다"를 1-3연의 문맥에 맞추어 해석해 본 바와 같이, 이 작품의 주제가 '무한대의 억압과 맞서는 정신의 절정'이라고 볼 수 있는 근거는 시 자체에서 찾아지지 않는다는 게 필자의 생각이다.

그러므로 이육사의 「절정」 전체가 상징적으로 시사해 주는 주제는 역시 육체적 피로와 정신적 궁핍 상태에 빠진 한 인간(또는 운동가)의 절망의 극한 상태라고 할 수 있다. 물론 동양 전래의 잠언(箴言)인 '궁하면 통한다'의 원칙을 받아들여, 시인이 처한 '절망의 절정'이 '궁즉통(窮卽通)'의 원리에 따라서 새로운 '통(通)'으로 바뀔 수 있을 것이라고 볼 수는 있다. 그러나 그러한 추정은 시 자체의 문맥을 벗어난 추정일 뿐, 「절정」의 시 전문(全文)에 드러나 있는 것은 역시 '절망적 극한 상태'라고 볼 수밖에 없다. 이러한 해석을 뒷받침해 주는 근거는 4연의

17) 이남호, 앞의 글, p.118.

"겨울은 강철로 된 무지갠가 보다"라는 구절인 바, 무지개를 희망의 상징이 아니라 '잠깐 떴다가 사라지는 것의 상징'으로 파악할 때 이러한 해석은 1-3연의 문맥과 더불어 충분한 설득력을 가질 수 있을 것이다. 또한 '강철'을 차갑고 비정한 느낌을 주는 상징이라든지, 아니면 시인의 굳건한 결의를 보여주는 상징이라든지 하는 식으로 볼 것이 아니라, 글자 그대로의 단순한 의미로 파악할 때 4연의 해석은 훨씬 더 선명해질 수 있다.

또한 「절정」에 나타나는 시인 또는 화자(話者)를 반드시 독립투사나 운동가로 볼 필요도 없다. 마찬가지로 "매운 계절의 채찍"을 '일제의 압박'이나 '민족의 수난'의 상징으로 반드시 해석해야 할 필연성 역시 없다. 인간은 누구나 절망적인 상태에 이를 때가 있다. 일제강점기가 아니라도 우리나라의 정치 현실은 늘 불안하였고, 또한 꼭 정치 현실만 가지고 따지지 않더라도 인간은 근본적으로 불행을 안고 사는 존재가 아닐 수 없다.

그러므로 절망이든 희망이든 우리가 처한 상황을 직시하려는 노력이 중요한 것이다. 막연한 낙관주의는 필요치 않다. 시 역시 그래서, 시를 통해(또는 시 해석을 통해) 교훈을 주거나 낙관적 위안을 주려고 기도해서는 안 된다. 「절정」은 시인이 생(生)의 직접 체험을 통해서 느낀 '절망의 절정'을 솔직하게 노래했기 때문에 훌륭한 작품이다. 시인의 직접 체험이 상징적 수사 기교로 정제되어 작품화된 좋은 예라고 할 수 있다.

4. 마무리

널리 인구(人口)에 회자(膾炙)되며 애송되는 시들 중 상당수는 마지막 부분에 가서 어떤 '희망' 또는 '희망적 결의'를 보여주는 작품들이다. 한용운의 「님의 침묵」이나 윤동주의 「별 헤는 밤」과 「쉽게 씌어진 시」, 박두진의 「해」 등이 좋은 예라고 할 수 있다. 특히 시의 작자가 지사적 풍모를 보일 경우 그가 쓴 작품들은 주제를 해석할 때 긍정적이고 희망적인 내용으로 해석되는 경우가 많다. 이육사의 「절정」도 그런 관행에 따라 주제가 해석되고 전체의 내용이 그 주제에 따라 이해되어 왔던 것 같다.

하지만 시는 어디까지나 시 자체의 문맥에 따라 해석되어야 한다. 물론 난해하게 읽히는 구절이 있을 수 있다. 그러나 난해하게 읽히는 구절이라 할지라도 그것이 정말로 난해한 것인가 아닌가 하는 문제가 먼저 판별되어야 한다. 그럴 경우 이육사의 시 「절정」 4연 2행은 난해한 구절이 아니라 복합적인 상징으로 이루어진 인상적인 구절로 이해할 수 있게 된다.

지금까지 대다수의 해석자들이 「절정」을 잘못 읽거나 현학적 수식으로 얼버무려 해석한 것은 '무지개'가 갖는 복합적이고 다의적(多義的)인 상징적 의미를 간과했기 때문이다. 앞서 밝힌 바와 같이 '무지개'는 '희망'과 '덧없음'의 의미를 동시에 내포하고 있는 상징이다. 그런데 '희망' 쪽에만 너무 집착한 나머지 4연 2행의 의미를 복잡하고 현학적인 해석으로 이끌어 억지로 '희망' 쪽으로만 몰아붙였다는 느낌을 지울 수 없다.

어찌 보면 「절정」은 단순하고 소박한 자기 고백으로 이루어진 작품이다. 시인의 진솔한 자기 고백이 4연 2행의 "강철로 된 무지개" 때문에 복잡하고 심오한 의미를 내포한 작품으로 해석되어 왔다. 이러한 경우는 역시 같은 시인의 작품 「청포도」의 해석에서도 발견되는데, "청포(靑袍)를 입고 찾아올 손님"을 '조국의 해방' 등으로 해석한 것이 그것이다. '청포'는 '청포도'를 '언어유희(pun)'의 기법으로 변용시킨 수사일 뿐, 거기에 더 이상 상징적이고 복합적인 의미를 내포하고 있지 않는다는 게 필자의 생각이다.

「절정」 4연 2행의 해석이 지금껏 '비극적 황홀경' 같은 모호한 해석의 차원에서 계속 변주(變奏)된 까닭은 '겨울', '강철', '무지개'를 따로따로 떼어서 해석했기 때문이다. 특히 '강철'이 갖고 있는 굳건한 이미지에 미혹되어 많은 해석자들은 시 전체의 서사적 문맥을 벗어나는 해석을 하였다.

물론 "겨울은 강철로 된 무지갠가 보다"라는 구절은 독자의 입장에서 볼 때 명징하게 읽히지 않는 구석이 많다. 그러나 이 시의 작자가 절망과 극한 상황에 이르러 자기도 모르게 표출해 낸 수사적으로 정제되지 못한 구절이라는 점을 감안할 때 작자의 입장을 충분히 이해할 수 있게 된다. 또한 1~3연의 서사적 문맥으로 보아 "겨울은 강철로 된 무지갠가 보다"는 '겨울은 영원하다'는 뜻으로 해석할 수 있다. 이렇게 보면 이육사의 대표시 「절정」은 기·승·전·결의 구성법으로 이해할 때도 의미의 아귀가 딱 들어맞는 작품으로 해석될 수 있다.

(2001)

문학이란 무엇인가

문학이란 무엇인가? 문학은 한마디로 말해 '상상력의 모험'이며 '금지된 것에 대한 도전'이다. 문학은 도덕적 설교가 아니고 당대(當代)의 가치관에 순응하는 계몽서도 아니다. 문학은 언제나 기성 도덕에 대한 도전이어야 하고, 기존의 가치체계에 대한 '창조적 불복종'이요, '창조적 반항'이어야 한다.

그런 의미에서 볼 때 카뮈가 말한 문학적 명제는 뜻깊다. 카뮈는 "나는 반항한다. 고로 나는 존재한다. 그러므로 나는 외롭다"고 말했다. 참된 문학은 당세풍(當世風)의 기득권 윤리에 대한 반발이므로 창조적 문학인은 당연히 외로울 수밖에 없는 것이다.

이른바 '명작'이라고 불리는 작품들 가운데는 그 작품이 갖고 있는 구성이나 문체의 완벽성보다도 오히려 창작자의 집필의도 가운데 내포돼 있는 '참신한 도전성' 때문에 뒤에 가서 명작으로 불리게 된 것이 더 많다. 입센의 『인형의 집』이나 D. H. 로렌스의 소설들, 또는 에밀 졸라의 작품들이나 오스카 와일드의 작품들이 대표적 예라고 할 수 있다.

그러므로 우리는 '명작'을 이른바 '작품의 품격'과 결부시켜 생각하는 잘못된 시각을 교정해야 한다. '창조적 반항'은 당대엔 언제나 경박해 보이기 쉽고 거칠어 보이게 마련이기 때문이다.

다시 말해서 명작은 곧 '문제작'과 마찬가지고, 문제작이란 그 누구도 건드리지 못했던 것을 처음으로 용감하게 건드린 작품에 부여되는 명칭인 것이다. 더 예를 들자면 에드거 앨런 포의 작품들도 그렇고 사드의 『소돔 120일』도 그렇고 나아가 루소의 『에밀』까지도 그렇다. 루소는 『에밀』을 발표하고 난 후 사법 당국의 체포령을 피해 이웃나라 스위스로 피신하기까지 하였다. 심지어 이광수의 『무정』조차도 발표 당시엔 자유연애를 주장했다고 하여 보수파들의 비난의 표적이 되었다.

창조적 작가는 기존 사회의 가치관과 윤리관을 해체하고 새로운 시대의 창조적인 윤리관과 가치관을 제시한다. 작가가 기존 사회의 지배적이고 유용한 가치에 봉사하는 자세로만 일관한다면, 그는 오히려 '작가의 사회적 책임'을 회피하는 것이다.

현사회의 지배적이고 유용한 가치가 정말 옳은 것인지를 질문하는 것이 바로 작가의 책임이다. 우리가 믿고 있는 것과 알고 있는 것에 관해, 그리고 우리가 알고 있다고 믿는 것이 정말 알고 있으면서 믿는 것인지, 왜 믿는지를 집요하게 질문하는 것이 바로 작가의 사회적 책임이다. 기성 도덕과 기성 가치관에 추종하며 스스로 '점잖은 교사'를 가장하는 것은 작가로서 가장 자질이 나쁜 자들이나 하는 짓이다. 문학은 무식한 백성들을 훈도(訓導)하여 순치(馴致)시키는 도덕 교과서가 돼서는 절대로 안 된다.

문학이 근엄하고 결벽한 교사의 역할, 또는 사상가의 역할까지 짊어져야 한다면 문학적 상상력과 표현의 자율성은 질식되고 만다. 문학은 상상적 허구의 세계를 통해 그 어느 것도 표현할 수 있어야 한다. 꿈속에서 강간을 하거나 살인을 했다고 할 때, 그 사람을 욕하거나 단죄할 수 있을까? 또 그런 꿈을 꾸고 난 사람이 꿈에서 깨어난 후 곧바로 살인이나 강간을 실제로 저지를까?

그런데도 우리나라의 경직된 문화풍토는 상상과 현실을 혼동하고 허구와 사실을 구별하지 못하는 촌스러운 수준에 머물러 있다. 문학은 그 안에 사상적 메시지가 있어야 하고, 무언가 '고상한 것'이어야 하고, 일종의 권선징악이어야 한다고 주장하는 답답한 엄숙주의자들이 판을 치고 있는 것이다.

경직된 엄숙주의에 따른 경건주의와 도덕주의의 만연은 우리 문학의 성장을 정지시키고, '세계화'를 불가능하게 하고, 결국에 가서는 표현의 자유를 억압하게 만든다. 아직도 대다수의 보수적 문학인들은 '문학창작'을 봉건시대 때나 있었던 과거시험 답안 정도로 생각하고 있다. 그때는 '문장'으로 정치적 자질을 테스트했고, 문장을 잘 쓰면 금세 출세가도를 달릴 수 있었다. 그리고 그 문장의 내용은 무조건 유교적 지배 이데올로기였다.

문학의 참된 목적은 지배 이데올로기로부터의 탈출이요, 창조적 일탈(逸脫)이다. 문학은 인간 내부에 잠재해 있는 본능적 욕구들을 리얼하게 드러내어 그것을 솔직하게 표현할 수 있을 때 참된 가치를 지닌다. 사상이나 도덕 따위는 철학책이나 윤리책에 그 소임을 맡기면 된다. 나는 교양서나 교훈서로서의 문학이 앞으로는 절대로 문학 취급을 못 받게 될 것이라고 단언할 수 있다.

한국의 지배 엘리트들은 언제나 문학의 중요성을 이야기한다. 그러나 상상의 자유나 표현의 자유에 대한 심도 있는 논의 없이 문학의 중요성을 얘기해 봤자 무슨 의미를 가질 수 있단 말인가. 답답하고 안쓰럽고 우울하기 그지없다.

(1996)

소설에 있어서의 '일탈미(逸脫美)'에 대한 고찰

1

소설을 예술의 한 형식으로 볼 때, 소설의 목적은 역시 '가르치는 데'있지 않고 '즐거움을 주는 데' 있다. 소설의 목적이 가르치는 데 있다면 소설은 이미 예술이 아니다. 모든 예술의 목적은 감상자를 즐겁게 만들어주는 데 있기 때문이다. 물론 '즐거움'과 '교훈'을 동시에 줄 수 있다는(또는 주어야 한다는) '당의정' 이론이 있는 게 사실이다. '즐거움'이라는 '쾌락'의 당의(糖衣)로 '교훈'이라는 약(藥)을 감싸고 있는 게 문학이라는 얘긴데, 실제로 독서하는 입장에서 보면 소설을 읽는 사람들은 한가운데 들어 있는 약 즉 교훈에 관심을 두기보다 겉을 둘러싸고 있는 당의(糖衣)에 더 관심을 두게 된다. 이러한 쾌락 또는 즐거움을 우리는 일단 '재미'라고 이름 붙일 수 있다.

소설이 갖고 있는 '재미'라는 쾌락을 구성하고 있는 주된 요소는 무엇일까? 비평가의 입장에서 보면 '작가의 사상을 탐색해 나가는 재미'나 '문체의 미학을 분석해 나가는 재미'도 재미 가운데 끼어들 수 있다. 그러나 일반독자의 입장에서 보면 교훈을 얻으려고 또는 사상을 배우려고 소설을 읽는 사람은 아마 한 사람도 없을 것이다. 이것은 문체 역시 마찬가지다. 문체가 중요한 것은 사실이지만 문체는 '재미있는 줄거리를 떠받쳐줄 수 있는 요소'로 기능할 때만 가치를 지닌다. 이밖에도 '형식미(形式美)를 분석해 보는 재미' 같은 것이 있을 수 있으나 이 역시 일반독자들에게는 별로 해당이 안 된다고 생각한다. 일반독자들은 단지 잠재된 욕구를 카타르시르(대리배설)시키기 위해 소설을 읽지, 사상이나 형식분석을 위해 소설을 읽지는 않는다.[1)]

소설을 '스토리로 포장한 사상'이나 '윤리적 교훈을 위한 계몽서(또는 교양서)'로 본다고 해도 '재미'라는 요소는 필수적이다. 교훈주의적 주제로 소설을 쓴 이광수의 소설이나 톨스토이의 소설을 놓고 보더라도, 독자를 소설 속으로 빨아들이는 주된 요인은 '재미있는 스토리'이기 때문이다.

그렇다면 그런 '재미'의 요소 가운데 가장 큰 부분을 차지하고 있는 것은 과연 무엇일까? 내 생각엔 역시 '답답한 윤리로부터의 상상적 일탈(逸脫)'을 통해서 얻어지는 '상상적 대리배설(또는 대리만족)'의 쾌감이 가장 핵심이 된다고 본다. 이를테면 이광수가 쓴 『사랑』의 경우, 작가는 육체적 쾌감을 초월한 정신주의적 사랑을 그리고 있지만, 그런 사랑의 매개가 되는 것은 유부남인 '안빈 박사'에 대한 처녀 '석순옥'의 헌신적 사랑이다. 육체적 혼외정사가 이루어지지는 않았다 하더라도, 그런 설정은 어쨌든 독자로 하여금 야릇한 일탈욕구의 충족을 간접적으로 체험케 하는 것이다.

이것은 『유정(有情)』의 경우도 마찬가지다. 소설의 결말을 교훈적인 메시지로 끝냈다 하더라도, 독자를 스토리 속으로 빨아들이는 주된 요소는 역시 '양아버지와 양딸' 사이의 '이루어질 수 없는 일탈적 사랑'

1) 카타르시스의 본질 및 효용에 관해서는 필자가 쓴 책 『카타르시스란 무엇인가』(철학과현실사, 1997)를 참고할 것.

이라고 할 수 있다.

톨스토이의 『안나 카레리나』에서는 유부녀와 총각 사이에서 일어나는 간통사건을 주된 줄거리로 삼고 있고, 『전쟁과 평화』에서도 처녀인 '나타샤'를 좋아하는 '피에르'를 유부남으로 설정해 놓고 있다. 그렇기 때문에 톨스토이의 소설은 중간중간에 '논문' 비슷한 장광설이 끼어 들어가 있는데도 불구하고 독자들에게 재미있게 읽힐 수 있었던 것이다.

주인공의 일탈적 생활이 독자에게 재미라는 카타르시스를 주어 딱딱하고 교훈적인 주제를 부드럽게 감싸주는 예로 또한 도스토예프스키의 소설을 들 수 있다. 『죄와 벌』에 나오는 '소냐'가 독자들에게 사랑받는 여인이 된 까닭은, 그녀가 낮에는 독실한 기독교인으로, 밤에는 창녀로 살아가는 이중생활을 하고 있기 때문이다. 물론 가족을 먹여살리기 위해 할 수 없이 창녀 노릇을 하는 것으로 되어 있지만, 어쨌든 한 개인이 그토록 상충되는 두 가지 역할(즉 성스러운 여인과 일탈적 여인)을 태연하게 해낼 수 있다는 데 대한 부러움이 소설적 '재미' 또는 '감동'으로 이어진 것이라고 볼 수 있다.

같은 작가의 작품 『백치』도 마찬가지다. 소설에는 당시의 사회적 · 사상적 담론이 많이 들어가 있어 심오한 철학을 내세우는 작품 같아 보이지만, 독자에게 재미를 느끼게 하는 핵심적인 요소는 주인공 '무이쉬킨 공작'이 사랑하는 여인인 '나스타샤'가 일종의 '고급 창녀'로 설정되어 있다는 점에 있다.

부자의 정부(情婦)로서 일탈적 생활을 해나가고 있는 그녀가 무이쉬킨에게 바치는 청순한 사랑은 '재미(또는 감동)'의 본질이 아니다. 그녀의 일탈적인 삶의 모습이 독자로 하여금 흥미를 느끼게 함과 동시에 감정이입 효과에 의해 상상적 일탈의 쾌감으로 이끌어가고 있는 것이다.

이런 예는 이른바 '명작'이라고 불리는 소설들 가운데서 상당히 많이 발견된다. 뒤마 피스의 『춘희(椿姬)』와 에밀 졸라의 『나나』는 여주인공이 고급 창녀로 그려져 있고, 플로베르의 『보봐리 부인』은 여주인공의 혼회정사가 주된 스토리를 이루고 있다. 김동인의 『김연실전』은 주제가 '방탕한 여인의 말로'를 보여주는 것으로 되어 있지만, 재미의 핵심은 역시 여주인공 김연실의 파격적 일탈행위(일종의 프리섹스)인 것이다. 같은 작가의 『감자』 역시 당시의 어두운 사회상을 보여주기 때문에 우리에게 감동을 주는 게 아니라, 여주인공의 능동적 일탈행위(즉, 매춘) 때문에 '재미'를 준다.[2] 이렇게 여주인공의 일탈행위를 통해 독자에게 '재미'라는 쾌락(또는 즐거움)을 주는 효과를 얻는 것을, 소설미학적 관점에서 일단 '일탈미(逸脫美)'라고 이름 붙일 수 있다.

2

지금까지 소설에서 취급된 '일탈' 중 대다수는 '사랑'에 관련된 것들이었다. 그 까닭은 시공(時空)을 초월하여 보편적 공감을 획득할 수 있는 소재가 역시 '사랑'이기 때문일 것이다. 정치사상이나 사회사상, 또는 이데올로기 같은 것들은 언제나 변덕스럽게 변하게 마련이라서 보편성을 갖기 어렵고, 특정한 시대나 특정한 지역에서 벌어지는 역사적 사건들 역시 보편적 세계성을 확보하기 어렵다.[3] 그 때문에 대개의 소설은 그 주제가 비록 사상적 · 철학적인 것이라 할지라도 '사랑'을 끼워넣을 수밖에 없는 것이다.

---

2) 졸고, 「한 여인의 성적 자각과정—〈감자〉의 경우」, 『문학과 성』, 철학과현실사, 2000 참조.

3) 이 문제에 대해 서머셋 모옴이 말한 다음과 같은 주장은 참고가 된다.
"작품이 오래 읽히기를 바란다면 일시적인 흥미밖에 갖지 못하는 정치적 사건을 다루지 않는 게 좋다. 실제로 지난 수년 동안에 발표된 제2차 세계대전을 다룬 소설들은 이미 완전히 생명을 잃고 있는 것이다."(서머셋 모옴, 『세계 10대 소설과 작가』, 홍사중 역, 삼성문화문고, 1973, 상권, p.131)

지금까지 대다수의 작가들은 '사랑'을 끼워넣되 사상적 · 역사적 서사로 '사랑'을 감싸안는(또는 포장하는) 경우가 많았다. 작가 자신이 '가벼운 소설'보다는 '무거운 소설'을 써야만 '진지한 작가'로 취급된다는 강박관념에 휩싸여 있어서 그런 경우도 있었고, 대다수의 비평가들이 문학을 예술로 보기보다 철학이나 사상의 등가물(等價物)로 취급하기 때문에 그들의 압력에 못 이겨 마지못해 소설을 무거운 쪽으로 끌고 간 경우도 있었다.

그래서 이른바 '품격 높은 작품'으로 인정받는 작품들 중 상당수는 '사랑'을 '표면주제'로 내세우기보다 '이면주제'로 내세우는 일이 많았는데, 그런 사랑이라 할지라도 어느 정도 일탈적 요소를 지니고 있는 것이라야 폭넓은 공감(또는 재미)을 획득할 수 있었다는 사실이 자못 흥미롭다.

이를테면 보리스 파스테르나크가 쓴 『의사 지바고』의 경우가 그렇다. 이 작품은 시인이자 의사인 주인공이 혁명기 내란의 와중에서 가족을 잃고 표랑(漂浪)하며 쓸쓸히 죽어가는 과정을 전기적 터치로 그린 소설이다. 부유한 상인의 아들로 태어난 '지바고'는 당연히 공산혁명을 부정적 시선으로 바라볼 수밖에 없었고, 특히 그의 몸 깊숙이 배어있는 시인기질은 혁명을 핑계댄 가학(加虐)과 파괴의 아수라장을 증오하게 만들었다. 그러므로 이 소설이 내세우고 있는 표면주제는 분명 '특정한 이데올로기를 핑계대는 혁명이 초래하는 비인간적 만행의 고발'이다. 주인공은 내란의 와중에서 무고한 사람들이 비참하게 죽어가고, 마을이 황폐화되고, 사랑 대신 증오만 가득차게 되는 것을 비판적 시선으로 바라본다.

그러나 만약 이 소설이 그런 내용만으로만 시종했다면 '재미' 가 생겨났을 리 만무하다. 이 소설에는 '연애'가 끼어들어가 있어 재미와 생기(生氣)를 주고 있다. 그리고 지바고가 가장 사랑하는 여인으로 그려져 있는 '라라'가 유부녀 신분으로 되어 있어, 유부남과 유부녀 사이의 불륜의 사랑 곧 일탈적 사랑이 '재미의 상승효과'를 불러일으키고 있는 것이다.

지바고는 염복(艶福)도 많아서, 40년 남짓 사는 동안 세 여자를 거친다. 그것도 그냥 사귀는 정도가 아니라 다 집에 들어앉혀 함께 사는 것이다.

첫 번째 여성은 '또냐'라는 이름의 성실한 아내이자 친구이긴 하지만 정열적인 사랑을 교환할 수 있는 상대는 못 된다. 또냐가 두 번째 아이를 임신했을 때 지바고는 적군(赤軍) 빨치산의 군의(軍醫)로 납치되고, 또냐는 친정 식구들과 함께 프랑스로 추방된다.

두 번째 여성은 이 소설의 여주인공이라고 할 수 있는 '라라'. 지바고가 제1차 세계대전에 나가 군의관으로 있을 때 종군 간호사로 일하고 있어 알게 된 여자다. 라라의 남편은 과학 선생이었다가 열렬한 공산주의자가 되어 잔인한 학살을 자행하고, 그 와중에서 라라와의 인연이 끊긴다. 지바고가 빨치산 부대에서 탈출해 고향에 돌아왔을 때 가족은 이미 떠나버린 뒤여서, 그때부터 라라와의 동거가 시작된다. 채 1년도 같이 못살고 나서 라라는 지바고의 아이를 임신한 채 블라디보스토크로 떠나게 된다. 지바고와 라라의 생이별 장면은 이 소설에서 가장 슬프면서도 감미로운 대목이다.

세 번째 여성은 라라와 헤어진 지바고가 다시 모스크바로 나와 알게 된 여자인 '마리나'. 지바고가 꼬드겼다기보다는 마리나 쪽에서 열을 올려 할 수 없이 데리고 살게 된 여자다. 지바고는 마리나와의 사이에서도 두 아이를 낳고, 몇 년 못 가 지병인 심장병이 도져 급사하게 된다.

이토록 많은 여성관계 속에서도 특히 '라라와의 사랑'에 작가가 초점을 맞춘 것은, 역시 '일탈적 사랑'이 가장 매력적인 재미를 선사해 주기 때문일 것이다. 이루어지기 어려운 사랑은 '감상(感傷)'과 '퇴폐'의 감정을 교묘히 불러일으키면서, 현실윤리에 찌든 독자로 하여금 '상상적 일탈'의 쾌감을 맛보게 해준다. 따라서 『의사 지바고』를 읽는 일반독자들은 겉으로 드러나는 혁명이나 이데올로기 문제보다 작품 속에 숨어 있는 라라와의 사랑에서 더 큰 흥미와 재미를 맛본다고 볼 수 있다.

또 하나의 구체적인 예를 서머셋 모옴의 『과자와 맥주』에서 볼 수 있다. 거창한 사상을 내세우고 있지는 않지만, 어쨌든 이 작품은 지식인의 이중적 위선이나 속물근성을 풍자 · 야유하는 것으로 시종하고 있다. 작품 초반에 나오는 소설가 '올로이 키어'의 주도면밀한 체세술과 문단정치에 대한 긴 서술은, 이 소설의 주제가 '지식인의 이중성에 대한 풍자'라는 것을 대번에 드러내준다. 그리고 나서 곧이어 거물급 작가 '드리필드'(토마스 하디를 모델로 삼았다고 해서 물의를 빚었다)에 대한 이야기가 이어지는데, 드리필드의 작품은 거창하고 심오한 인생철학을 내세우고 있지만 정작 그런 '고상한' 작품을 쓰게 만든 원동력은 그의 첫 번째 아내인 '로지'가 갖고 있던 '방탕끼' 였다는 것을 구체적 사건을 통해 그려내고 있다. 말하자면 드리필드의 '엄숙주의'의 이면에는, 그런 경직되고 위선적인 사상을 부드럽게 완화시켜 주어 그로 하여금 심리적 안정감을 얻게 만든 아내의 '일탈적 성격'이 크게 작용하고 있었다는 것을 보여주고 있는 것이다.

하지만 이 소설은 로지의 일탈적 행동을 묘사 · 서술하는 데 아주 적은 지면만을 할애하고 있다. '지식인의 이중성' 문제에 대한 담론이 지루하리만큼 길게 이어지고, 작가들의 출세욕과 처세술, 그리고 문학의 허위성에 대한 문화비평적 분석이 진지하면서도 장황하게 개진된다. 그래서 언뜻 보기에 이 작품이 문명비판적 주제를 부각시키기 위해 애쓴 작품처럼 보이게 만드는 것이다.

그러나 이 소설을 독자의 입장에서 읽어나가다 보면, 드문드문 감질나게 나오는 로지의 이야기, 특히 그녀의 일탈적 성관(性觀)과 자유분방한 성격을 보여주는 구체적 행동묘사가 이 소설의 '재미'를 이끌어나가는 핵심이라는 것을 알게 된다. 그리고 작가는 이 소설이 비평가들에게 단순한 연애소설로 보이는 것이 싫어, 자못 심각해 보이는 문화적 담론들을 사이사이에 일부러 끼워넣고 있다고까지 생각하게 된다.

로지는 말하자면 '사랑에 헤픈 여자'다. 카페 여급 출신인 로지는 유명한 작가 드리필드의 아내가 된다. 그러나 권태로운 생활을 이겨내지 못하고 예전의 버릇대로 이 남자 저 남자와 끊임없이 바람을 피운다. 그런다가 결국 어느 건달 유부남과 눈이 맞아 미국으로 도망쳐버린다.

그런데도 이 소설에서 로지는 시종일관 '너무나 사랑스러운 여인'의 이미지로 그려진다. 말하자면 전혀 죄의식 없이 바람을 피우며 성을 즐기고, 자기를 원하는 남자라면 누구든 가리지 않고 쾌락을 베풀어주는 여자가 바로 로지다. '천의무봉(天衣無縫)한 성격'이란 말은 로지에게 딱 들어맞는 표현 같다. 로지는 조금도 허식과 허위가 없다. 그녀의 육체는 남자를 굴복시키기 위한 도구도 아니고, 아름다움을 자랑하기 위한 방편도 아니다. 그녀의 육체는 스스로도 즐거움을 느끼면서 남에게도 즐거움을 주는 사랑의 샘물이다. 그렇기 때문에 그녀와 잠자리를 같이하는 남자들은, 그녀가 자기 이외의 남자와 놀아나는 것을 뻔히 알면서도 전혀 질투심을 느끼지 못한다. 그것은 로지의 남편 역시 마찬가지다.

그런 로지가 건달 유부남을 택해 미국으로 사랑의 도피행을 하는 것도, 그 남자만 사랑했기 때문이라기보다는 그에게 강한 동정심을 느꼈기 때문이다. 그 사내가 파산하고 도망가는 신세가 되자, 무일푼이 된 사람을 자기라도 돌봐줘야겠다는 의무감이 로지로 하여금 남편을 배반하게 만든 것이었다. 로지는 말하자면 '야한 백치미'를 가진 순진무구한 여성의 전형이라고 할 수 있다.

현실윤리로 보면 로지는 남편을 두고도 이 남자 저 남자와 서방질을 하는 일탈적 여성의 전형이다. 그런데도 이 소설은 그런 성격의 여주인공을 부각시켰기 때문에 오히려 아주 재미있게 읽힌다. 작가가 소설에서 '일탈미'가 갖는 중요성을 잘 파악하고 있었기 때문에 그런 '재미'를 가능케 했다고 볼 수 있다.

예를 하나 더 들어보자. 로렌스가 쓴 『채털리 부인의 연인』이 그렇다. 언뜻 보면 이 작품은 성문제를 집중적으로 다루면서 여주인공의 윤리적 일탈을 부각시킨 소설처럼 보인다. 그러나 이 소설에서 성에 관련된 묘사는 마지막 부분에 집중될 뿐, 대부분의 내용을 차지하는 것은 관념적인 서술들이다. 그런 관념적 서술들은 주로 현대문명에 대한 비판으로 되어 있다. 위선적인 현대문명의 상징으로 내세우고 있는 인물이 바로 여주인공 '코니'의 남편 '채털리'이다.

작자는 여주인공 코니가 성불구자인 남편을 버리고 산지기 '멜러즈'에게로 도망가는 것을 변명하기 위하여, 코니의 남편인 채털리를 부르주아 귀족에다가 육체를 멸시하고 노동자의 삶을 경멸하는 위선자로 그려놓았다. 그리고 산지기 멜러즈를 '하층계급을 대표하는 건실한 노동자'로 그림으로써, 이 소설이 마치 계급갈등을 주제로 삼고 있는 것처럼 위장하고 있다. 성문제를 다룰 때 이런 경우에는 면죄부를 받는 일이 흔하기 때문이다. 이를테면 하인이 주인마님을 강간하는 소설은 성묘사가 아무리 음란(?)하더라도, '계급갈등'이나 '민중정신'을 슬쩍 곁들여 내세움으로써 칭찬받을 수가 있는 것이다.

『채털리 부인의 연인』은 성문학치고는 문학적 경건주의자들한테서 높은 평가를 받고 있다는 점에서 특기할 만한 작품이다. 대개의 성문학은 일종의 '문학의 변방(邊方)'처럼 취급되어, 문학사에 있어 가십거리로나 기록되는 경우가 많기 때문이다. 그 까닭은 역시 이 소설이 '관념적 포장'으로 '성적 일탈'을 잘 감추고 있기 때문이라고 본다.

3

작가들 중에는 소설에서의 일탈미를 겨냥하면서도 도덕주의자들의 비난을 받는 것이 두려워 소설의 결말을 일종의 '권선징악'으로 끌고 가는 이들이 많다. 앞에서 본 바와 같이 심각한 주제로 일탈미를 포장하여 감추는 것과 비슷한 수법인데, 이런 수법을 쓸 경우 아무래도 작품의 통일성이 깨지게 된다.

플로베르가 쓴 『보봐리 부인』의 경우, 그 작품이 씌어진 19세기 중반의 프랑스는 도덕적 엄격주의와 문학적 경건주의가 판을 치던 시기였다. 그래서 『보봐리 부인』은 유부녀의 탈선을 그렸다는 이유로 형사기소를 당했다. 그러나 『보봐리 부인』은 결국 무죄판결을 받아 판매금지 처분을 면할 수 있었는데, 무죄판결의 이유는 작가가 보봐리 부인을 결국 자살하게 함으로써 간통한 여인의 비참한 말로를 보여줬다는 것이었다.

플로베르가 도덕주의자들의 거센 비난을 예상하고서 작품의 결말을 그렇게 이끌어간 것인지, 아니면 자기 생각에도 유부녀의 간통은 역시 죄값을 받아야 한다고 여겨 그런 결말을 유도한 것인지, 우리는 작가의 의도를 확실히 알 수 없다. 하지만 이 작품을 자세히 들여다보면, 『보봐리 부인』이 단순한 권선징악의 플롯을 채택한 소설은 아니라는 것을 알 수 있다. 즉 보봐리 부인이 자신의 '불륜'을 뼈저리게 반성하여 자살하고 있지는 않은 것이다. 그녀는 혼외정사를 사치스럽게 즐기기 위해 엄청난 빚을 졌는데, 그 빚을 갚을 도리가 없어 자살한다. 그러니까 남편이나 자식에 대한 죄책감 때문에 자살한 것은 아닌 것이다. 여기서 플로베르의 작가적 역량이 드러난다. 그는 단순한 권선징악적 도식(圖式)이 싫어 다른 이유를 갖다 붙여 여주인공을 자살하게 만들고 있다. 따라서 작가의 그런 의도를 모르고서 무죄판결을 한 재판관은 작가에게 속아 넘어갔다는 얘기가 된다.

하지만 과거에 씌어졌던 유부녀의 혼외정사를 다룬 소설들 대부분이 여주인공의 몰락이나 자살 또는 반성으로 결말처리를 할 수밖에 없었다는 것은, '도덕주의적 검열'이 소설의 완성도를 해치는 가장 큰 적(敵)으로 작용했다는 사실을 보여준다. 톨스토이의 『안나 카레리나』 역시 『보봐리 부인』처럼 여주인공을 뉘우침이 아닌 다른 이유(즉 애인의 변심)로 자살하게 하고 있지만, 역시 도덕적 검열을 피해가기 위해 그런 수법을 쓸 수밖에 없었던 것 같다는 느낌을 지울 수 없다.

한국 현대소설의 경우에는 『보봐리 부인』이나 『안나 카레리나』의 경우처럼 교묘한 개연성이나 설득력을 갖는 소설적 장치 없이 일탈적 행동에 빠진 주인공들을 반성 · 몰락하게 만들어 작품의 통일성을 깨는 일이 많다.

김동인의 『김연실전』은 당당한 방탕끼를 유지하던 여주인공을 결국에 가서는 급격히 몰락시키고 있고, 정비석의 『자유부인』은 혼외정사의 쾌락에 빠져들었던 여주인공을 졸지에 반성시키고 있다. 이효석의 『화분(花粉)』은 동성애와 복잡한 여성관계를 동시에 추구하던 남주인공이 결국 몰락하고 만다는 결말로 도피하고 있고, 이문열의 『추락하는 것은 날개가 있다』는 일탈적이고 퇴폐적인 사랑에 빠져 있던 여주인공이 결국 남자가 쏜 총에 맞아죽는다는 결말로 끝나고 있다. 작가 자신의 '윤리적 자기검열' 때문이기도 하겠지만, 한국 사회의 분위기가 작가에게 '도덕주의적 위장'을 지나치게 강요하고 있기 때문에 더 그럴 것이다.

이른바 '방탕하고 음란한' 주인공이 종국에 가서 비참한 죽음을 맞는 플롯으로 된 소설은 '도덕적 권선징악'의 효과와 '비극적 장엄미'의 효과 사이에 양다리 걸치며 독자나 비평가들을 눈속임하는 경우가 많다. 그 '눈속임'이 완벽한 기법에 의해 이루어질 경우 그 작품은 높은 완성도와 통일성을 지니게 되고, 단순하고 유치한 권선징악의 차원을 넘어서게 되는 것이다. 앞서 본 『보봐리 부인』과 『안나 카레리나』는 그런 점에 있어 어느 정도 성공한 작품이고, 더 완벽한 성공을 거둔 작품으로는 메리메가 쓴 『카르멘』을 꼽을 수 있다.

카르멘의 적극적 일탈은 독자로 하여금 답답한 현실윤리로부터의 홀가분한 탈출감을 맛보도록 해준다. 하지만 독자는 그런 쾌감을 느끼면서도 주인공의 자유분방함에 대한 야릇한 질투심과 더불어 도덕적 초자아(超自我)의 '겸열'을 의식하게 되는데, 독자가 느끼는 그런 이중적 양가감정(兩價感情)을 주인공의 비명횡사를 통해 편안하게 화해시키는 것이다. 이러한 심리적 메커니즘에 기여하는 것은 '개연성 있게 짜인 서사구조'와 '미학적으로 구현된 비극적 장엄미'라고 할 수 있다. 이런 기법은 일탈적 행동에 빠져든 주인공을 허겁지겁 반성시키거나 몰락시키는 것보다 한결 차원 높은 기법이라 하겠다. 『카르멘』과 비슷한 효과를 거둔 작품을 꼽는다면 아베 프레보의 『마농 레스코』를 들 수 있을 것이다.

사랑에 관련된 주인공의 윤리적 일탈을 더 적극적으로 부각시키기 위해서, 작가들은 흔히 성직자를 등장시키곤 한다. 즉 성직자의 성적 파계(破戒)를 기둥 줄거리로 다룸으로써 독자로 하여금 강력한 충격을 맛보게 하는 것이다. 성직자의 윤리적 일탈을 다루는 데 있어서도 주인공을 나중에 회개시키거나 파멸시키느냐, 아니면 계속 뻔뻔한 상태(또는 행복한 상태)로 놔두느냐 하는 것이 작가에 따라 달라진다. 14세기에 나온 보카치오의 소설 『데카메론』에는 성직자들이 '당당한 파계'를 행하는 이야기가 많이 들어 있는데, 작가는 이야기를 유머러스하게 풀어나가면서, '도덕이라는 이름의 괴물'을 비웃어주거나 비아냥거린다. 그러므로 『데카메론』이 비록 리얼한 심리묘사를 결(缺)하고 있는 설화체의 희화적(戱畵的) 작품이라 하더라도, 근대 이후의 본격소설보다 '윤리적 자기검열'로부터 훨씬 더 자유롭다는 것을 알 수 있다.

근대소설 이후에는 성직자의 일탈을 그릴 경우, 권선징악까지는 아니더라도 독자나 비평가의 도덕적 비난을 면하기 위해 여러 가지 방어 장치들이 쓰였다. 그 가운데 재미있는 예로 꼽을 수 있는 작품이 아나토르 프랑스가 쓴 『무희(舞姬) 타이스』이다. 이 작품은 기독교 수도승이 고급 창녀에게 미쳐 정신분열증 환자가 되는 과정을 그리고 있다. 그리고 그 수도승의 설교를 들은 창녀 '타이스'는 열성적 신앙을 가진 수녀가 되게 함으로써, 단순한 '권선징악'이나 '몰락' 또는 '회개'가 아닌 '아이러니'의 수법을 쓰고 있다는 점이 이채롭다.

『무희 타이스』의 시대적 배경은 6세기의 중세 암흑시대다. 이집트의 사막에 있는 수도원에서 금욕과 고행(苦行)의 수도를 하고 있는 젊은 수도승 '파후뉘스'는 도덕적 신앙생활로 명성이 자자한 인물이다. 그러던 중 그는 알렉산드리아의 유명한 무희 겸 매춘부인 타이스에 대한 소문을 듣게 된다. 가난한 집 딸로 태어난 타이스는 얼굴이 남달리 아름다웠기 때문에 뭇 남성들의 마음을 사로잡게 되어 고급 매춘부로서의 생활을 호화롭게 꾸려나가고 있었다. 파후뉘스는 타이스를 윤락과 음욕(淫慾)의 구렁텅이에서 구출할 결심을 하고 알렉산드리아로 간다.

타이스는 파후뉘스의 설득과 전도로 마침내 타락한 생활을 청산하게 되고, 아울러 진정한 기독교도가 되어 성녀(聖女)와도 같은 생활을 하다 거룩하게 죽어간다. 그러나 아이러니컬하게도 그녀를 회개시킨 수도승 파후뉘스는 타이스의 미모에 반해 관능과 정욕의 노예가 되어 성직자로서의 길을 버리게 된다. 그래서 그는 뭇 제자들과 신앙인들의 조롱을 받으며 거의 미쳐버린 상태로 살아가게 되는 것이다.

이 작품은 관능적 자유에의 예찬인 동시에, 19세기 후반에 유럽을 풍미했던 위선적 도덕주의에 대한 신랄한 야유이기도 하다. 말하자면 작가는 에피큐리안(쾌락주의자)과 탐미주의자의 입장에 서서 근엄한 도덕군자들이 구두선으로 주장하는 금욕주의를 조롱하고 있는 것이다.

그런데도 이 소설이 모럴 테러리스트들의 눈을 피해갈 수 있었던 까닭은, 파계한 수도승 파후뉘스가 결국 정신분열증 환자가 되는 것으로 만들어, 일종의 권선징악적 플롯을 채택한 것으로 간주되게끔 한 작가의 교묘한 책략 때문이라고 볼 수 있다. 그러나 파후뉘스의 '몰락'과는 반대로 타이스는 경건한 신자가 되게 만드는 아이러니의 기법을 채택함으로써, 단순한 권선징악을 넘어서는 교묘한 '재치'를 보여주고 있다.

성직자의 윤리적 일탈을 소재로 한 소설 가운데 또 하나의 본보기로 내세울 수 있는 작품은 서머셋 모옴이 쓴 유명한 중편소설 『비』이다. 남태평양을 항해하던 여객선이 장맛비에 묶여 어느 작은 섬에 머문다. 배에는 창녀와 목사가 함께 타고 있었는데, 목사는 창녀를 회개시켜 새 사람이 되도록 해보려고 애쓴다. 그러나 결국에 가서는 창녀의 성적 매력에 반해버린 목사가 창녀와 동침을 하게 되고, 목사는 죄책감에 못 이겨 바다에 뛰어들어 자살을 하고 만다.

이 소설은 성직자의 위선성을 보여줌으로써 엄숙주의 윤리에 눌려 답답함을 느끼는 독자들에게 시원한 재미와 카타르시스를 준다. 그러나 창녀와 성행위를 한 목사가 그 이튿날 자살하게 만듦으로써 지나친 도식성(圖式性)에 흐르고 있는 것 같은 인상을 주고 있다. 앞서 예로 든 같은 작가의 작품 『과자와 맥주』에 나오는 여주인공 로지의 자유롭고 천의무봉한 일탈에 비해 한결 부자연스럽고 작위적인(다시 말해서 작중 인물이 소설의 서사구조를 위해 꼭두각시가 되어 있는) 일탈행동이라 하겠다. 성행위를 감행한 목사가 그 뒤에 시치미를 떼고서 사람들에게 여전히 도덕적 설교를 계속하는 것으로 끝냈더라면 훨씬 더 여운이 있는 마무리가 되었을 것이다.

우리나라 소설에서도 성직자의 일탈은 드문드문 소재로 쓰인다. 대표적인 예로 김성동의 『만다라』를 들 수 있다. 이 소설의 주인공은 불교의 진리를 체득하기 위해 여러 가지 계율을 범하는 것으로 나와 있다. 서구소설과 다른 점은 그런 일탈적 행동들이 모두 다 구도(求道)를 위한 한 과정으로 묘사된다는 것이다. 불교가 기독교에 비해 훨씬 더 유연성 있는 윤리관을 갖고 있어서일 것이다.

신라시대 최고의 학승으로 되어 있는 원효대사가 성적 금욕의 금기를 깬 것을 '구도의 완성을 위한 과감한 도전'으로 간주할 정도로, 불교는 일체의 자잘한 집착(계율에 지나치게 집착하는 것도 역시 집착이다)들을 경계하고 있다. 그러므로 소설미학적 관점에서 볼 때 불교 성직자의 일탈을 그리는 것은 통쾌한 재미나 카타르시스를 주기 어렵다고 볼 수 있다. 또한 불교를 소재로 한 한국소설들 가운데는 구도자의 일탈을 상투적 소재로 삼는 것이 많아 집약적인 일탈미를 보여주지 못하고 있다. 종교적 이론들이 현학적 표현으로 너무 많이 삽입되고 있다는 것도 한 이유가 된다.

윤리적 일탈을 변명하기 위해 권선징악적 플롯을 채택하는 것도 문제가 있지만, 현학적이고 난해한 관념들을 가지고 그것을 '포장'하는 것 역시 문제가 있다는 사실을 한국소설은 보여준다. 소설이 단순한 '재미'만을 줘서는 안 되고 뭔가 '교양적인 지식'을 습득하게 해줘야 한다는 강박관념이 작가들에게 작용하고 있어서일 것이다. 윤리적 일탈을 일탈 그 자체로만 보여줄 수 있을 때, 소설은 비로소 진정한 리얼리티와 더불어 '재미'를 획득할 수 있다.

4

20세기에 들어와 프로이트의 범성욕주의(汎性慾主義) 이론이 문학에 지대한 영향을 미침에 따라, 그리고 과거의 상투적 성윤리에 반발하는 작가나 독자들이 늘어남에 따라, 소설에 있어서의 일탈미는 주로 '성적 일탈'에 집중되게 되었고 성적 일탈은 주로 비관습적 섹스나 변태적 섹스를 묘사하는 것으로 나타나게 되었다. 그러면서 '유부녀의 불륜' 이나 '여성의 자유분방한 남성편력' 같은 소재는 여성해방운동의 여파로 차츰 자취를 감추게 된다. 물론 한국문학만은 아직 예외여서, 미혼여성의 남성편력이나 프리섹스, 기혼자의 혼외정사 같은 소재들이 여전히 일탈미를 구성하는 주된 요소로 기능하고 있다.

이른바 '변태적 섹스'란 다분히 프로이트적 개념이다. 프로이트는 생식적인 섹스 이외의 것을 모두 다 변태로 규정하고 '사디즘', '마조히즘', '관음증(觀淫症)', '페티시즘(fetishism)', '노출증', '나르시시즘', '동성애' 등의 심리를 설명했다. 그러나 최근 의학계의 경향은 '변태'를 그것이 강간 등의 범죄로 가지 않는 한 정신병으로 간주하지는 않고 있다. 그저 하나의 독특한 성적 취향으로 보는 것이다. 그렇기 때문에 동성애자들에게 성전환수술의 시행이 허락되고 있으며, 특히 사디즘과 마조히즘 같은 것은 인간의 실존을 지탱해 주는 기본적 심리양태로 인식되고 있다. 에리히 프롬이 쓴 『자유로부터의 도피』는, 사도마조히즘(sadomasochism)의 심리를 정치적 집단무의식에 연결시켜 나치즘의 광기를 설명한 명저로 취급되고 있다. 빌헬름 라이히가 쓴 『파시즘의 대중심리』 같은 책도 마찬가지다.

그러나 보수주의 문학자들이나 대중들에게는 역시 '변태적 섹스'의 개념이 '뜨거운 감자'처럼 되어 있다. 그렇기 때문에 변태섹스를 소재로 한 소설들이 묘한 '재미'를 주게 되고(그 '재미'의 본질은 일탈적 섹스에 대한 부러움과 혐오감이 뒤섞인 양가감정이다), 일부 개방적 성향의 독자들에게는 유쾌한 카타르시스까지 주게 된다고 볼 수 있다. 이럴 경우에도 소설의 결말을 어떻게 처리했느냐, 어떤 '관념적 포장'으로 변태섹스를 얼버무리고 있느냐에 따라 작품의 완성도가 판가름된다.

사실 변태성욕을 소재로 한 소설은 20세기 이전부터 있었다. 19세기 초에 나온 사드의 소설 『소돔 120일』이라든지 19세기 중엽에 나온 마조흐의 소설 『모피코트를 입은 비너스』 같은 것은 사디즘이나 마조히즘이라는 말을 만들게 했을 정도로 파격적인 성적 일탈을 다룬 작품이었다. 그러나 두 사람의 작품은 심리학자들에게나 관심의 대상이 되었을 뿐, 비평가나 독자들에겐 단지 '황당한 작품'으로만 치부되었다. 그러나 20세기 중반 이후에 가서 두 사람의 작품은 재평가를 받게 되었고, 사도마조히즘을 소재로 한 많은 본격소설들이 씌어지게 되었다.

20세기에 나온 작품들 가운데 변태성욕에 의한 성적 일탈을 다룬 수준작으로는 조셉 캐셀이 쓴 『대낮의 미녀』, 에마누엘 아루상이 쓴 『에마누엘 부인』, 포오린 레아주가 쓴 『O의 이야기』, 블라디미르 나보코브가 쓴 『롤리타』, 가와바타 야스나리가 쓴 『잠자는 미녀』, 존 파울즈가 쓴 『콜렉터』, 다니자키 준이치로가 쓴 『치인(癡人)의 사랑』 같은 것들을 꼽을 수 있다.

『대낮의 미녀』는 점잖은 매너로 정상적인 섹스만 하는 남편에게 싫증을 느낀 상류층 여인인 세브리느가 남편이 출근하고 없는 틈을 타 낮에만 창녀노릇을 하는 내용으로 되어 있는데, 그녀가 좋아하는 성 대상은 성애에 있어 거칠고 사디스틱한 매너를 보이는 하류층 남성들이나 불량배들이다. 이 소설의 여주인공인 세브리느는 말하자면 마조히스트라고 볼 수 있다.[4)]

이와 비슷하게 여성의 마조히즘 심리를 그린 소설이 『O의 이야기』이고,[5)] 남성의 마조히즘 심리를 그린 소설이 『치인의 사랑』이다.[6)] 마조히즘 심리를 그린 최초의 소설이라고 할 수 있는 마조흐의 『모피코트를 입은 비너스』[7]가 주인공 남성이 나중에 가서 자신이 빠져들었던 마조히즘적 성애에 대해 남성우월주의에 근거한 치욕감과 후회를 느끼는 것으로 끝나는 데 반해, 『O의 이야기』나 『치인의 사랑』에서는 주인공들이 '당당한 마조히스트'로서의 면모를 유지한다. 이 점이 바로 성적 일탈을 다룬 19세기까지의 소설들과 다른 점인데, 19세기까지는 대부분의 소설들이 성적 일탈을 다룬다 하더라도 '반성'이나 '몰락' 같은 결말을 유도했던 것이다. 한편 『대낮의 미녀』는 여주인공이 회개나 몰락까지는 안 가더라도 그녀의 남편이 여주인공을 사랑한 불량배의 칼에 맞아 불구자가 되게 만듦으로써, 권선징악 비슷한 플롯을 채택하고 있다. 그러므로 『대낮의 미녀』는 재미의 요소로 성적 일탈을 채용하긴 하되 무척이나 소극적인 자세로 접근했다는 것을 알 수 있다.

『롤리타』는 남성의 유치증(幼稚症: hebephilia) 또는 소아기호증(pedophilia) 심리를 그린 소설이다. 유치증은 어린아이를 성적 대상으로 좋아하는 심리를 이르는 말인데, 이 소설에서는 40대의 중년 남성이 13세의 소녀 '롤리타'를 사랑하다 맞이하게 되는 비극을 기둥 줄거리로 삼고 있다. 롤리타가 남주인공 '험버트'에게서 떠나가버리자, 험버트는 롤리타의 새 애인 '퀼트'를 총으로 쏘아 죽여버린다. 그런 다음 체포되어 중형을 선고받게 되는 것이다. 이 소설은 권선징악에 가까운 플롯으로 되어 있어 문학적 일탈미를 적극적으로 수용한 작품은 못 된다. 하지만 유치증의 심리를 묘사했다는 점만으로 이 작품은 크게 화제가 되었다. 소설에 있어서의 성적 일탈이 '재미'뿐만 아니라

---

4) 졸고, 「낮에는 창녀, 밤에는 숙녀—〈세브리느〉의 경우」, 『문학과 성』, 철학과현실사, 2000 참조.
5) 졸고, 「아름다운 마조히즘의 연기—〈O의 이야기〉」, 같은 책 참조.
6) 졸고, 「탐미적 복종은 아름답다—〈치인의 사랑〉」, 같은 책 참조.
7) 졸고, 「불행한 마조히스트의 기록—〈모피코트를 입은 비너스〉」, 같은 책 참조.

'문제 제기'의 역할까지 해줄 수 있다는 것을 보여준 실례라 하겠다.[8)]

『콜렉터』와 『잠자는 미녀』는 남성의 변태성욕을 다루되 성적 접촉이나 육체적 접촉이 없는 성애를 다뤘다는 점에서 특이하다. 즉 『콜렉터』는 남성의 여자 수집벽(蒐集癖)을 소재로 삼고 있고, 『잠자는 미녀』는 남성의 관음증을 소재로 삼고 있다. 두 작품 다 여성의 신체를 하나의 애완물(愛玩物)로 보는 페티시즘의 심리가 바탕에 깔려 있다. 『콜렉터』의 남주인공은 나비 수집광인데, 나비를 수집하듯 여자를 수집해 그냥 가둬두기만 한다.[9)] 『잠자는 미녀』는 생식적 섹스에 자신이 없어진 한 노인이 여자를 수면제로 잠재워 노인들에게 보여주기만 하는 업소에 출입하며 느끼는 심리를 그리고 있다.[10)] 두 작품 다 도덕적 코멘트 없이 이상성욕(異常性慾)의 심리만 묘사하고 있다는 점에서 한층 진일보한 소설적 기법을 보여주고 있다.

성적 일탈 또는 변태성욕이 기성윤리에 대한 '창조적 도전'으로 기능하여 '인간해방의 시발(始發)'이 될 수 있다는 것을 보여준 소설이 바로 『에마누엘 부인』이다. 이 소설은 영화로 만들어져 더욱 유명해졌는데, 여성의 자유로운 섹스를 주장함으로써 페미니즘 운동에도 큰 영향을 미쳤다. 에마누엘 부인은 기혼여성인데도 남편의 동의 또는 격려를 받으며 동성애와 혼외정사를 즐긴다. 이 소설에서 특히 강조하고 있는 것은 나르시시즘이다. 여성이 자위행위 시에 느끼는 성적 판타지가 남녀간의 성행위 때 느끼는 쾌감보다 한층 더 강렬한 오르가슴을 확보하게 해준다는 주장은, 남성 성기에의 의존을 거부하는 급진적 여성해방 운동에 촉진제 역할을 해주었다. 로렌스가 쓴 『채털리 부인의 연인』이 여성의 남근선망(男根羨望) 이론에 바탕을 둔 것이라면, 『에마누엘 부

---

8) 졸고, 「유치증의 성심리—〈롤리타〉」, 같은 책 참조.
9) 졸고, 「열등감의 보상심리로서의 사랑—〈콜렉터〉」, 같은 책 참조.
10) 졸고, 「노인의 성문제—〈잠자는 미녀〉」, 같은 책 참조.

인』은 남근선망 이론에 정면도전을 시도한 탈(脫)프로이트적 주장을 펼침으로써 프로이트 이론에 종속돼 있던 기존의 성문학에 새로운 이정표 역할을 하였다.[11)]

성적 일탈을 다룬 문학작품 역시 소재로 삼는 일탈행동을 작가가 '당당한 일탈'로 그리느냐 '죄의식 섞인 일탈'로 그리느냐에 따라 독자가 느끼는 재미나 카타르시스의 양태가 달라진다. 그밖에 일종의 절충적 형태로서, 성적 일탈행동을 '기성 권위에 대한 도전의 상징'으로 그리는 작가도 있다. 성에 대한 표현의 자유가 확보돼 있지 못하고 사회분위기가 경직된 윤리로 치달아 '성 알레르기' 현상을 보이고 있는 상황에서는, 이런 절충적 형태의 '타협'을 시도하는 작가들이 많다.

우리나라의 경우에는 리얼한 성묘사, 특히 변태성욕의 성묘사가 일종의 금기처럼 되어 있기 때문에, 변태성욕을 그린다 하더라도 '부권(父權)에 대한 저항의 상징으로서의 성' 등을 주제로 내세워 평론가나 검열관들의 '분노'를 피해 보려는 작가가 많다. 그 대표적인 예로 꼽을 수 있는 작가가 장정일인데, 특히 그의 작품 『내게 거짓말을 해봐』는 항문 섹스와 사도마조히즘적 섹스를 소재로 하여 대담한 성묘사를 해나가면서, 시종일관 '부권(父權)의 억압에 대한 노여움'을 일종의 '배경적 주제'로서 바탕에 깔고 있다.

21세기를 맞이한 현재의 시점에서 볼 때, 소설에서의 일탈미는 차츰 성과 관련된 문제에서 제재를 취하는 쪽으로 나아가고 있다. 결혼제도나 순결의식 등에 관련된 윤리적 일탈 문제는 과거에도 연애소설이나 가족소설 등에서 많이 다뤄졌으므로 새로운 충격이나 재미를 주기엔 미흡한 소재이기 때문일 것이다. 그러므로 앞으로 소설에서 다뤄질 윤리적 일탈은 주로 다형적(多型的) 성도착(性倒錯) 중심의 성적 일탈에 초점이 맞춰질 것으로 예상된다.

---

11) 졸고, 「관능적 상상력의 모험—〈에마누엘 부인〉」, 같은 책 참조.

이럴 경우 반성 · 몰락 등의 결말을 유도하는 권선징악적 서사구조나 프로이트 심리학 이론에 기초를 두는 심리적 상황 설정은 점차 사라져갈 것이 확실하다. 그보다는 소설 속 주인공이 더 당당하게 도착적 성행동을 하도록 함으로써 독자에게 카타르시스 및 재미를 느끼게 하고, 동시에 '창조적 불복종'의 메시지를 전달해주는 작품들이 많이 등장할 것으로 보인다. 특히 '동성애' 문제에 대해서는 벌써부터 작가들이 적극적 관심을 보이는 징후들이 나타나고 있다. 이러한 현상을 주도하고 있는 것은 사실 소설보다는 영화 쪽인데, 영화라는 장르가 소설 장르보다 '대중적 카타르시스'의 효용에 대해 더 적극적인 자세를 보이고 있기 때문일 것이다.

영화는 당연히 대중문화의 영역에 속한다는 인식이 영화 작가나 관객들에게 공통된 합의사항으로 자리잡아 가고 있다. 그러나 소설에 있어서는 그렇지가 않다. 아직까지도 상당수의 작가나 독자들은 소설이 민중을 훈육하고 계도하는 '사회적 책임'을 수행하는 '고급문화'라는 인식을 갖고 있는 것이다. 그렇기 때문에 특히 한국같이 문화적 · 윤리적 봉건성을 유지하고 있는 나라에서는, 소설에서 성적 일탈을 다루기가 무척 어렵다.

그러므로 한국소설이 더 다원적으로 발전하여 폭넓은 독자를 확보하기 위해서는, 성적 일탈행동을 묘사하는 것을 꺼리는 경건주의적 문학풍토를 개선하는 일이 시급하다 하겠다. 소설 역시 영화와 마찬가지로 '대중문화'에 속하는 것이요, '인공적 꿈'을 통해 억압된 본능을 대리배설시키는 효용을 담당하는 장르라는 인식이 하루 빨리 보편화되어야 한다.

5

지금까지는 주로 애정윤리와 성윤리에 관련된 일탈미를 살펴보았는데, 소설에서 일탈미를 만들어내는 요소로 또 하나 꼽을 수 있는 것이 바로 '범죄적 일탈'이다. 폭력의 행사나 살인 · 절도 · 사기 등 현실윤리로 보면 범죄로 간주되는 일탈적 행동들이 소설에서 도덕적 코멘트 없이 그려질 때, 독자들은 윤리적 · 법적 압박감으로부터 홀가분한 해방감을 맛봄과 동시에 카타르시스를 느낀다. 물론 이런 소재가 만들어내는 일탈미는 애정문제나 성문제에 관련된 일탈미에 비해 보편적 감흥을 주는 힘이 아무래도 부족한 게 사실이다. 대다수의 독자들은 준법정신에 충실하도록 길들여져 있기 때문이다. 인생을 살아가면서 사랑이나 성에 관련된 윤리적 일탈은 누구나 한번쯤 꿈꾸어보게 마련이지만, 명백하게 범죄행위가 되는 일탈행동을 꿈꾸어보기란 쉽지 않다.

그래서 그런지 범죄적 일탈을 그려 성공한 작품들 중에는 '대의명분을 위한 불가피한 일탈'을 소재로 삼는 것들이 많다. 그 가운데 대표적인 예로 꼽을 수 있는 소설이 『수호전(水滸傳)』이다.

『수호전』은 도둑의 괴수 송강(宋江)과 그 무리에 관한 야사(野史)를 시내암(施耐庵)이 소설로 정리하고 다시 나관중(羅貫中)이 보완한 것인데, 지금 전해지는 『수호전』은 이탁오본(李卓吾本)과 김성탄본(金聖歎本) 두 가지가 있다. 이탁오본은 송강과 그 일당이 조정에 투항하여 반란군을 토벌하는 공을 세우다가 간신들의 모함에 의해 몰락하는 것으로 끝을 맺고 있는 판본이고, 김성탄본은 송강 등 108명의 무리가 양산박에 결집(結集)하는 해피엔딩으로 끝을 맺고 있는 판본이다.

우리나라에서는 주로 이탁오본만 유통되고 김성탄본은 별로 읽히지 않고 있다. 분량 면에 있어서도 김성탄본은 이탁오본의 절반 정도밖에 안 되므로, 출판사들이 이왕이면 여러 권을 팔아먹으려고 김성탄본을 기피하는 것 같기도 하다. 그리고 소설은 비극적 결말로 끝나야만 명작이 된다고 생각하는 서구식 문학이론에 눈이 먼 문학이론가들이 이탁오본이 더 잘된 판본이라고 칭찬하고 있어서 더욱 그렇다.

하지만 나는 김성탄본이 진짜 『수호전』이고 이탁오본은 위작(僞作)이라고 생각하는데, 권력자들의 가렴주구를 척결하겠다고 나선 의적(義賊)의 무리가 별안간 충신으로 돌변한다는 것 자체가 우스꽝스럽기 짝이 없는 발상으로 생각되기 때문이다. 이탁오본 『수호전』이라면 『삼국지』나 다름없는 충효사상 교과서가 돼버리고, 민중적 입장에서 쓴 의적 소설이 되지 못한다. 나는 한국사람들이 김성탄본 『수호전』을 『삼국지』보다 더 많이 읽어 케케묵은 충효사상의 굴레에서 한시바삐 빠져나오게 되기를 바라고 있다.

『수호전』은 서구적 개념으로 보면 악한소설(惡漢小說: Picaresque)의 범주에 속하고, 동양적 개념으로 보면 의협소설(義俠小說)의 범주에 속한다. 말하자면 기득권을 가진 지배 엘리트를 주인공으로 삼는 소설이 아니라, 기득권에 반발하는 '발칙한 악당'을 주인공으로 삼는 소설인 것이다.

하지만 '발칙한 악당'이란 것은 어디까지나 권력자들 눈으로 볼 때 그런 것이요, 민중들의 눈으로 볼 때는 '용감한 반항인'이다. 『수호전』과 비슷한 발상으로 씌어진 소설은 동서양에 많은데, 이를테면 모리스 르블랑의 『괴도(怪盜) 뤼팽』이나 『홍길동전』과 같은 소설이 거기에 해당된다. 특히나 『홍길동전』은 『수호전』에 직접 영향받아 씌어진 작품이고, 『홍길동전』의 후신(後身)으로 나온 현대소설이 바로 홍명희가 쓴 『임꺽정』이나 황석영이 쓴 『장길산』 같은 작품이다.

『수호전』의 매력은 등장인물들이 '명문'을 좇지 않고 '본능'을 좇는다는 데 있다. 그래서 어떤 호걸은 사람을 죽여 그 고기로 만두를 만들어 팔기도 하고, 어떤 호걸은 쌍도끼를 휘두르며 무고한 양민을 무참히 살육하기까지 한다. 그래서 민중 독자들이 좋아하는 『수호전』의 작중인물은 송강이 아니라 파계승 노지심(魯智深)이나 폭력배 이규(李逵) 같은 인물들인 것이다.

한국소설은 『수호전』에서 배워야 할 점이 많다. 『명심보감』식의 케케묵은 교훈적 주제를 내세우는 것보다는, 인간의 동물적 본능과 사디스틱한 반골기질을 형상화시키는 것이 세계적 걸작을 낳는 지름길이라는 사실을 한국의 문학인들은 모르고 있다. 다시 말해서 소설이 겉으로 표방하는 표면주제(表面主題)보다는, 소설의 내용 안에 녹아들어 있는 이면주제(裏面主題)가 독자의 진실된 감동을 유발시킬 수 있다는 사실에 대하여 한국 문학인들은 아주 무지하다.

『수호전』이 지니는 또 다른 특징은 간결하고 힘찬 문체에 있다. 거의 모든 문장이 주어와 동사만으로 이루어졌다고 생각될 만큼, 『수호전』의 서술방식은 행동주의적이고 비(非)묘사적이다. 심리묘사가 전혀 없는데도 불구하고, 작중인물들의 개성이 살아서 꿈틀거리며 독자에게 박력있게 전달된다. 범죄적 일탈행동을 다루는 데는 이런 문체가 가장 적합하다고 할 수 있다. 말하자면 냉혈(冷血)하고 비정(非情)한 느낌을 주는 것이다. 이런 기법은 서구에서는 20세기에 들어와서야 비로소 헤밍웨이에 의해 채택됐는데, 동양문학에서는 일찍부터 '하드보일드' 스타일의 문체를 개발하고 있었던 셈이다.

『수호전』에 나오는 인물들은 별다른 심리적 갈등을 겪지 않고 무조건 일탈적이고 동물적인 행동으로만 일관한다. 동물적인 행동이야말로 '천심(天心)'에 맞는 행동이고, 그것은 곧 '민심(民心)'으로 이어져 '민중적 행동'이 된다는 것을 『수호전』의 작자는 알고 있었던 듯하다. 가장 엘리트주의자다운 행동을 보이는 송강(宋江)조차도 애인의 변심에 흥분하여 그녀를 토막내 죽이고 법에 쫓기는 몸이 되는 것으로 그려질 만큼, 『수호전』에 나오는 인물들은 모두 '순간의 본능'에 충실하고 있다. 복수심과 살해욕구 역시 '순간의 본능'에 속하는 것이기 때문이다.

『수호전』의 스케일을 한국에서 그래도 잘 흉내낸 것이 홍명희의 『임꺽정』이다. 『수호전』에 비해 묘사나 잔소리가 많은 게 흠이긴 하지만, 임꺽정을 '대의명분의 꼭두각시'로 만들어놓지는 않고 있다. 임꺽정은 아내 모르게 바람을 피우기도 하고, 화가 나면 양민(良民)들의 마을을 불사르기도 한다. 말하자면 별 핑계거리를 붙이지 않는 일탈행동을 보여주고 있는 것이다. 그러나 이에 비해 황석영의 『장길산』은 장길산의 반역적 일탈행동에 너무나 많은 핑계거리들을 구구하게 갖다붙이고 있다. 말하자면 정치적 대의명분을 내세우고 있는 셈인데, 그렇게 되면 소설이 주는 일탈미의 효과는 반감될 수밖에 없다.

범죄적 일탈향동을 그로테스크(grotesque)의 미(美)에 연결시켜 성공한 소설도 있다. 대표적인 예로 에드거 앨런 포의 「아몬틸라도의 술통」을 들 수 있다. 이 소설의 주인공은 자기를 모욕한 친구를 지하실로 유인하여 아무런 거리낌없이 생매장시킨다. 살인행위에 대한 양심의 가책도 없고 범행이 탄로날까 봐 두려워하는 기색도 없다. 이런 냉정한 일탈행위의 묘사를 통해 작가는 완성도 높은 일탈미를 형상화시키고 있는 것이다.

이런 식의 범죄적 일탈행동을 그로테스크의 미학과 결부시켜 소설로 만들어보려 한 한국작가가 김내성이다. 그는 「악마파(惡魔派)」, 「백사도(白蛇圖)」, 「광상시인(狂想詩人)」 등의 작품을 통해 탈(脫)도덕적이고 범죄적인 일탈행동들을 그려내고 있다. 「악마파」는 애인을 일부러 낭떠러지에서 밀어 그녀가 간신히 매달려 있다가 서서히 죽어가게 만든 다음, 그녀의 시체를 자기의 작업실에 갖다놓고 죽음의 공포에 찌든 모습을 그려나가는 화가의 이야기를 담고 있다. 시애(屍愛: necrophilia)에 가까운 변태심리와 살인의 쾌감을 담담하게 묘사하고 있다는 점에

서, 이 작품은 한국소설로는 드물게 범죄적 일탈미의 구현에 성공한 작품으로 평가될 수 있다.[12]

6

일탈행위란 따지고 보면 상반된 이해관계를 갖고 있는 집단들 간에 생기는 사회적 · 정치적 갈등의 산물이라고 할 수 있다. 사회에는 어떤 행위를 일탈로 규정짓는 규칙이 있는데, 이러한 규칙은 사실 보편적 타당성을 갖고 있지 않다.

그래서 일찍이 장자(莊子)는 "전쟁에 나가면 사람을 많이 죽일수록 상을 받는데, 평화 시에는 한 사람만 죽여도 죄인이 된다", "사과 한 개를 훔치면 도둑으로 몰리는데, 나라를 훔치면 왕이 된다"고 말하며 규범과 도덕을 비웃었다. 사랑문제 역시 마찬가지다. 평범한 서민 남성이 조강지처를 버리고 새 장가를 들면 욕을 먹지만, 이름난 예술가가 조강지처를 버리고 새 장가를 들면 '열정적 연애감정의 승리'라고 칭찬을 받는다. 화가 피카소나 소설가 헤밍웨이가 네다섯 번의 이혼과 결혼을 감행한 것이 긍정적 의미로 평가받는 것이 바로 그런 경우다.

사회에서 힘이 더 센 집단들은 자기네들의 이해관계를 지지해 주는 가치관을 법률이나 규범으로 만들어 그 규칙을 힘이 약하거나 힘이 없는 집단에 강요하는 경향이 있다. 따라 법(法)과 같은 사회적 규칙은 힘이 없는 집단보다 힘이 있는 집단의 욕구와 관심을 반영하게 마련이다.

그러므로 '사회'라는 것은 강자(强者)의 강제력에 의해서 지탱되는 부자연스러운 구조일 수밖에 없다. 따라서 도덕적 규범의 제정과 그

---

12) 졸고, 「고전으로서의 전기소설(傳奇小說)—김내성의 경우」, 『나는 야한 여자가 좋다』, 자유문학사, 1989 참조.

집행과정에서도 계층적 지위와 권력의 배분구조에 따라 혜택의 불평등이 수반되게 되는 것이다. 이런 측면에서 볼 때, 일탈적 행위를 한다는 사실은 개인 차원의 문제가 아니라 지배적 권력집단의 이해관계 차원에서 고려돼야 할 문제가 될 수밖에 없다.[13]

이런 상황에서 일반 서민들은 상당한 스트레스를 겪으며 살아갈 수밖에 없는데, 그런 스트레스를 경감시켜주고 나아가 새로운 '반항적 활력'을 불러일으켜 줄 수 있는 것이 바로 '일탈미'를 위주로 한 소설이다. 소설이 지배권력의 유지를 위한 훈민적(訓民的) 순치서(馴致書) 역할을 하면 그 소임을 다한 것이라고 볼 수 없다. 사소해 보이는 사랑문제로부터 거창해 보이는 정치문제에 이르기까지, 소설은 궁극적으로 '창조적 반항'의 의미를 지닐 때만 사회적 가치를 지닌다. 이럴 때 규범적 윤리로부터의 상상적 일탈을 시도하는 소설은 독자에게 '재미'와 '카타르시스'를 동시에 줄 수 있을 뿐더러, 소설미학적으로도 소설 고유의 아이덴티티(identity)로 내세울 수 있는 장르적 독자성을 창출해 낼 수 있는 것이다.

(2001)

13) 이장현, 「일탈과 사회통제」, 『사회학의 이해』, 범문사, 1982 참조.

장편소설 『권태』 〈작가의 말〉

— 창조의 원천으로서의 '권태'

1

『권태』는 내 첫 번째 장편소설이다. 이 소설을 쓰기 몇 년 전부터 소설이 몹시도 쓰고 싶어졌다. 그동안 나는 주로 시만을 써왔는데, 시만 가지고서는 나의 허기진 욕구를 달랠 수 없었기 때문이다. 시는 마치 변비증이 있는 사람이 끙끙거리며 배설해 놓은 '함축적인 똥'과도 같아서, 나는 좀더 시원한 '설사'를 해보고 싶었던 것이다.

서른 살 전후까지의 나는 비록 자잘한 육체적 아픔들을 겪었을망정 그래도 정신적으로는 철없이 순진한 낙관주의를 견지하고 있었다. 무엇보다도 나는 '사랑'에 대한 낭만적인 기대와 희망에 부풀어 있었다. 그때까지의 나는 아무래도 다분히 정신주의적이고 플라토닉한 사랑에 중점을 두고 있었던 것 같다. 물론 육체적 본능의 욕구를 무시했다는 말은 아니다. 그러나 보통 남들이 그러는 대로 나도 '정신과 육체가 조화된 사랑'을 꿈꾸고 있었고 그런 사랑이 가능하리라고 믿었다. 하지만 그 이후로 개인사적(個人史的)으로 중요한 몇 가지 사건을 경험하게 되고, 또 직접 경험만이 아니라 내 나름대로의 절실한 '앎에의 욕구'에서 출발한 간접 경험(주로 동양철학과 한방의학이론, 그리고 정신분석학)을 통하여, 나는 인간의 정체와 내가 꿈꿔온 욕구의 정체에 대해서 어렴풋이나마 그 윤곽을 잡을 수 있게 되었던 것이다.

내가 진짜 마음속으로 꿈꿔온 사랑은 정신적인 것이 아니라 육체적인 것이었고, 현실로서 가능한 사랑이 아니라 일종의 '관능적 판타지'였다. 서른두세 살까지만 해도 나는 시에서건 산문에서건 육체와 정신, 관능적 상상력과 실제적 현실 사이에 교묘하게 양다리 걸치는 식의 글을 쓰고 있었는데, 내가 더 시원한 배설, 더 짜릿한 오르가슴에 굶주려 있었던 것은 그러한 심리적 이중구조가 원인이었다는 것을 알게 되었다.

사람은 밤에는 잠을 자야 되고, 잠자면서 꿈을 꾸고 살아가는 존재이다. 꿈이 없는 잠은 불건강한 잠이며, 꿈속에 나타나는 비현실적이고 변태적인 판타지에 대하여 규범적 윤리나 리얼리즘의 잣대를 들이대는 것은 부질없는 짓이다. 우리는 꿈속에서 맛보는 탐욕스럽고 황당무계한 경험들을 통하여 간신히나마 우리의 동물적 본능을 허겁지겁 충족시키면서 살아간다. 그런 꿈속의 판타지조차 없다면, 우리는 극단적 금욕주의자가 되거나 극단적 쾌락주의자가 되어 미쳐버릴 수밖에 없다. 그러나 우리가 밤에만 수동적으로 꿈을 꾼다는 일은 무척이나 감질나는 일이므로 대낮에도 꿈을 창조해 낼 필요가 있다. 그래서 생겨난 것이 예술이며 문화라고 할 수 있다.

예전부터 나의 관능적 상상의 이미지 대부분을 차지하고 있는 것들은 '여인의 긴 손톱'을 중심으로 하는 각종의 페티시(fetish)였다. 그러한 나의 상상적 습벽(習癖)을 나는 남자들이 공통적으로 갖고 있는 그저 그렇고 그런 성적 기호 정도로만 알았는데, 나중에 주위 사람들과 비교해 보니 보편적인 게 아니라 좀 특별하고 비상식적인 데가 많은 것 같아 부끄러워졌다. 하지만 차츰 나이를 먹어가다 보니까 내가 갖고 있는 조금 유별난 관능적 기호(嗜好)에 대하여 일종의 '체념' 비슷한 것이 생겼다. 그리고 오히려 그러한 기호를 더 당당하고 긍정적인 측면에서 수용해야겠다는 결심을 하게 되기까지에 이르렀던 것이다.

그래서 나는 결국 관능적 상상력을 통하여 인간 해방을 꿈꾸는 외로운 페티시스트(fetishist) 이외에 아무것도 아니라는 결론을 내리게 되었다. 나의 생명을 지탱하기 위해서 관능적 상상력은 필수적인 것이고, 또 어떠한 형태의 관능적 상상이든 그것에 현실적 논리가 개입되어서는 안 되며, 관능적 상상력이 결국 모든 문화 발전의 원동력이 되어준다는 점을 확신 비슷하게 깨닫게 되었다고나 할까.

장편소설 『권태』는 1989년 5월부터 12월까지 『문학사상』에 연재했던 작품이다. 이 작품에서 나는 부정적 의미로서가 아닌 생산적이고 창조적인 의미로서의 '권태'를 그려볼 작정이었다. '권태' 는 곧 자유로운 공상과 몽상을 불러일으키는 원천이 될 수 있다고 보았기 때문이었다. 하지만 이 작품을 집필하는 동안 내 주변의 분위기가 너무 쓸쓸하고 삭막해서 그랬는지, 약간 허무주의적 색채를 띤 '권태'가 되어버린 느낌이 없지 않다. 그러나 나는 이 소설을 통해 '현실'과 '꿈'의 분리가 아니라 결합, '위압적(威壓的)인 도덕률'과 '격노(激怒)하는 본능' 사이에 평화로운 타협과 통일을 시도해 보려고 했던 당초의 의도를 어느 정도까지는 달성했다고 생각한다.

2

나는 문학작품을 쓸 때 그 근본적 창작동기를 '판타지(fantasy)의 창조'에 둔다. 그러나 요즘은 낭만주의적 문학사조보다도 리얼리즘이론이 더욱 호소력 있게 모든 문학창작가나 평론가들에게 먹혀 들어가고 있는 것 같다. 그래서 그런지 최근 나의 시나 수필 또는 소설에까지도 리얼리즘의 잣대를 들이대어 비난하려는 사람들이 많다. 물론 그분들의 생각이나 문학관이 전혀 그릇된 것이라고는 말할 수 없다. 하지만 한 나라의 문학, 또는 예술이 자유롭게 발전하려면 리얼리즘과 낭만주의가 사이좋게 공존(共存)해 나갈 수 있어야만 한다고 나는 믿기 때문에, 그분들의 획일적이고 흑백논리적인 문학비평이 나는 못마땅하게 느껴지는 것이다.

리얼리즘이라는 것이 꼭 현실의 반영이어야 한다고 하는 말에도 나는 찬동할 수 없다. 어떻게 보면 모든 문학작품은 다 '리얼'한 것이다. 낭만적 환상을 소재로 하여 글을 쓴다고 할지라도, 그 수법은 환상을 얼마나 '리얼'하게 묘사해 내느냐에 중점을 두어야 한다. 물론 요즘 주장되는 리얼리즘은 '묘사론'적 기법주의로서의 리얼리즘이 아니라 일종의 '사회주의적 리얼리즘'이긴 하지만, 아무튼 인간의 마음속에 품고 있는 생각 — 이성적 판단에 의한 것이든, 판타지에 의한 공상에 의한 것이든 — 을 묘사한다는 점에 있어서는 낭만주의와 별 차이가 없다고 본다.

다시 말하지만, 사람은 누구나 꿈을 꾼다. 밤에만 꿈을 꾸는 게 아니라 낮에도 백일몽을 꾼다. 우리는 꿈을 통하여 일상생활 중에 쌓였던 여러 가지 본능적이고 원초적인 욕구들을 '풀어'버린다. 풀어버린다는 말은 배설해 버린다는 말과 그 뜻이 같고, 또 아리스토텔레스가 말한 '카타르시스'의 의미와도 부합되는 말이다.

그래서 예술이란 말하자면 우리가 '인공적으로 만들어낸 꿈'이라고 할 수 있다. 프로이트식의 표현을 빌린다면, 윤리적 억압, 즉 초자아(super-ego)에 짓눌려서 질식 상태에 있는 우리의 본능(id)을 조금이라도 살려내기 위해 우리의 잠재의식이 자연스럽게 창출해 낸 '대리배설적 장치'가 바로 예술인 셈이다. 밤에 꾸는 꿈이나 백일몽만 가지고는 감질만 나고 완전 충족이 어렵다. 그것은 모두 다 수동적인 꿈일 뿐

능동적인 꿈이 못되기 때문이다.

그래서 예술표현에 있어서 판타지는 필수적인 요소인 것이며, 그 판타지의 내용이 아무리 탈(脫)상식적이고 탈이성적인 것이라 할지라도 우리는 그것을 현실의 잣대로 재단해서는 안 된다.

예술에 있어서의 판타지는 '환상', '공상', '망상' 등의 용어로 다양하게 표현될 수 있다. 상상이든 망상이든 공상이든, 거기에는 윤리나 비윤리, 건강성과 불건강성 등의 가치기준이 개입할 수 없다. 예전에는 상상(imagination)과 공상(fancy)을 구별하여 전자를 건강한 것으로, 후자를 불건강한 것으로 구별한 적이 있었지만, 이제 그러한 흑백논리적 분별(分別)은 무의미한 것이 돼버리고 말았다.

나는 예술은 '환상적 자기만족'을 독자에게 주는 데 그 목적이 있다고 본다. 그래서 한시바삐 백일몽적 판타지의 예술적 효용가치에 대해서 긍정적인 평가가 내려져야 한다고 생각한다. 인간은 일만 하고 살 수는 없으며 반드시 '놀이'를 필요로 한다. 예술 역시 '놀이'의 일종이므로 아무리 그 내용이 비상식적인 것이라 하더라도 인간의 심성개발에 큰 도움을 주는 것이다. 꿈속에서 사람을 죽였다고 해서 꿈을 깨고 난 다음에 진짜로 사람을 죽이게 되는 사람은 없다. 오히려 억압된 정서가 대리배설되어 평화로운 심성이 가능해지게 되는 것이다.

확실히 작가의 상상적 세계가 지닌 '비현실적 성격'은 예술적 테크닉의 숙련에 매우 중요한 도움을 준다. 현실 속에서는 아무런 즐거움이나 쾌감도 주지 못하는 평범한 사물들이 예술가의 상상력 속에서 재창조되어 판타지로 바뀌면서, 작가 자신에게뿐만 아니라 독자에게도 창조적 환상의 놀이를 제공해 줄 수 있는 것이다.

나 자신의 경우를 예로 들어 말하자면 나는 시나 소설의 소재로 '손톱'을 즐겨 사용하고 있는데 작품 속에 나타나는 손톱은 일상적 손톱이 아니라 엄청나게 길러 관능적인 모습으로 변모된 '환상적인 손톱'이다. 내가 손톱을 소재로 하여 쓴 시만도 10여 편이 넘는데 그 중 한 작품의 일부분을 인용해 보기로 하겠다.

손톱을 엄청나게 길게 기른(적어도 15센티미터 이상) 여인은 아름답다
(매니큐어 색깔은 별 의미가 없다. 손톱의 길이가 긴 것이 중요하다)
비수처럼 긴 손톱은 예쁜 손톱이 아니라 '무시무시한 손톱', '으스스한 공포감을 주는 손톱'이 된다
나태하고 권태로운 손톱도 된다

손톱이 아주 길면 손놀리기가 불편해진다. 그래서
밥 먹을 때, 단추를 잠글 때, 글씨를 쓸 때, 화장을 할 때
그녀의 손동작은 지극히 우아해진다 귀족적으로 된다
긴 손톱의 여인이 15센티미터도 넘는 뾰족구두를 신고 걸어가는 모습은 너무나 고혹적이다
모든 것이 위태롭게 보이고, 불안해 보이고, 가냘퍼도 보인다.

위의 작품을 판타지가 아니라 현실로 받아들인다고 하면 도저히 말도 안 되는 이야기가 되어버린다. 그렇게 손톱을 길게 기르기도 힘들고(아주 불가능한 것은 아니지만), 그토록 높은 굽의 하이힐을 신고 걸어 다니기도 힘들다. 아니, 힘들고 안 힘들고를 떠나서, 요즘 비평가들의 눈으로 보면 '귀족적'이라든지 '나태하다'는 등의 표현이 전혀 비현실적이고 몰상식한 말로 들릴 것이다. 아예 '반(反)민중적'인 발상이라고 욕할 사람도 많을 것이다. 하지만 문학에서만은 이러한 현실적 기준이나 이념의 기준 또는 도덕의 기준이 개입해서는 안 된다. 그것은

'이론'의 영역이지 '예술'의 영역은 아닌 것이다. 누가 무엇을 꿈꾸든, 그리고 꿈속에서 어떤 스타일의 여인을 사랑하든, 그것에 간섭할 수는 없다.

그런데도 나는 『권태』를 연재하는 동안 무척이나 험악한 비난과 욕설을 많이 얻어들어야만 했다. "품격 없는 포르노다", "너무 퇴폐적이다", "너무 여성의 외모만 본다"는 식의 비난이 많았다. 그분들은 아마 잠잘 때 꿈도 안 꾸고 자는 사람들인 모양이다. 또 설사 이 소설의 내용이 판타지가 아니라 현실이라 하더라도, 내가 손톱 기르고 화장을 많이 한 소위 '야한 여자'를 좋아한다는 것 자체가 비난받아서는 곤란하다. 그 사람이 화장 안한 여성을 사랑한다면 나는 화장 한 여성을 사랑한다는 '취향'의 차이가 있을 뿐인데, "내가 싫어하는 것을 너는 왜 좋아하느냐"는 식으로 비난의 화살을 쏘아댄다면 그런 사람들의 사고방식은 진실로 '반민주적'일 수밖에 없는 것이다.

3

아무튼 창조적인 예술가는 어린아이다운 순진성을 가지고 환상의 세계와 현실의 세계를 자유자재로 왔다갔다 넘나들어야 한다. 창조적 예술가는 소꿉놀이를 하며 노는 아이들처럼, 환상의 세계를 창조하여 그것을 현실과 자연스럽게 분리시킨다. 이때 어떠한 '양심적 고뇌'나 '논리적 사고방식'이 개입되어선 안 되는 것은 물론이다.

환상의 원동력은 '충족되지 않은 소망'이다. 현실에서는 도저히 그 실현이 불가능한 것을 알고 예술가는 곧바로 그것을 환상의 영역으로 옮겨, '꿈속에서의 충족'을 경험하는 것이다. 그래서 환상을 사랑하는 사람들일수록 우울증이나 노이로제에 빠지는 사람이 드물며, 특히 변태적 섹스를 모티프로 하는 환상에 빠져들기를 좋아하는 사람일수록,

오히려 현실 속에서는 실제로 성범죄나 변태적인 일탈(逸脫)행동을 보여주지 않는다.

판타지의 내용을 차지하는 것은 그 대부분이 에로틱한 것들이다. 현실 안에서 아무리 애써도 도저히 채워질 수 없는 욕망이 바로 성욕인 까닭이다. 특히 문명 상태에서는 성욕 자체가 죄악시되기까지 하므로 (특히 종교가 발달하기 때문에 더욱 그렇다) 더욱더 잠재의식 속에 있는 성적 욕구는 굶주림에 지쳐 슬픈 비명을 지르게 되는 것이다.

시건 소설이건 미술이건 음악이건, 모든 예술작품의 주제에 공통적으로 깔려 있는 것이 '사랑'인 것은 바로 이런 이유 때문이다. 그러므로 예술표현에 있어서의 '에로틱 판타지'를 불륜(不倫)이나 퇴폐로 매도한다는 것은 언어도단이 될 수밖에 없다. 일정한 성적(性的) 금제(禁制)와 위선적이고 반(反)자연적인 윤리를 토대로 하여 이루어진 문명사회에서 예술이 지니고 있는 에로틱 판타지마저 없다면, 사람들은 모두 미쳐버릴 것이 틀림없다. 판타지의 효용은 '긴장의 해방'에 있고 이 '긴장'의 뿌리는 각종의 사회제도와 전통윤리에 있기 때문이다.

그러므로 예술이란 일종의 '대용적(代用的) 만족'이며 '현실에 맞서는 비현실적 몽환의 세계'이다. 리얼리즘의 시각에서 본다면 이 말은 다분히 퇴폐적이고 퇴영적인 사고방식의 결과로 보이겠지만, 어쩔 수 없다. "이가 없으면 잇몸으로라도 씹는다"는 속담이 있는데, 언제나 리얼리티나 도덕이나 이성만을 생각하며 살아가라는 것은, 마치 "이가 없으니 굶어 죽어라"는 말과 같다.

4

그런데 재미있는 것은, 이토록 비현실적이고 몽상적인 내용으로 가득 차 있는 예술적 판타지들이, 실제로 '현실화'될 수도 있다는 사실이다. 그래서 과학 이전에 상상력이 있고, 실제적 발명과 창조 이전에 공상이 선행(先行)한다는 이론이 가능해진다. 비행기가 발명되기 이전에 「새처럼 날고 싶어」라는 시가 있었다. 잠수함이 발명되기 이전에 인어공주의 이야기나 바닷속 용궁에 관한 설화가 있었다. 요즘 점점 더 그 개발에 박차를 가하고 있는 '로봇' 또는 '인공두뇌'의 발명 이전에 채드윅이라는 작가가 쓴 『로봇』이라는 희곡이 있었다. 당장은 황당무계한 망상으로 보이는 것일지라도 시간이 흘러가다 보면 그것이 실제화(實際化)되는 기적이 일어난다.

내가 「서기 2200년」이란 제목의 시에서 로봇 노예들을 이용한 하렘의 군주 같은 생활을 그렸더니, 어떤 이는 '도저히 말도 안 되는 변태적인 망상'이라고 했고, 또 『권태』에서 주인공이 일부다처제식 환락의 장(場)을 꿈꾸는 것에 분개하여 '남성우월주의의 잔재'라고 꼬집은 분이 있었다. 그러나 그런 내용의 글을 쓴 건 내가 남자이기 때문이다. 여자의 경우라면 거꾸로 여왕이 되어 수많은 남자 로봇을 하렘의 후궁으로 둘 수도 있는 것이다. 모든 문학작품의 구절구절들을 현실의 잣대, 이념의 잣대로만 재려고 하는 요즘의 문학풍토가 안타깝기만 하다.

상상 속에서 왕이 되고 여왕이 되는 것이 과연 죄라고 할 수 있을까? '상상력의 단죄(斷罪)'란 도저히 있을 수 없다. 그것은 중세기 암흑시대에나 가능했던 일이다. 사실 그때는 꿈속에서 정사를 벌이거나 몽정(夢精)을 하면 곧바로 교회로 달려가 신부에게 고해성사를 해야만 구원을 받을 수 있다는 미신적 사고방식이 활개 치던 때였다.

예술에 있어서의 판타지는 또한 '치료적 효용'을 가지기 때문에 소중하다. 현대인들일수록 각종의 스트레스에 시달려 병을 얻는 일이 많은데, 이럴 때 예술적 판타지는 스트레스를 풀어주는 역할을 해주는 것이다.

학생시절에는 딱딱한 설교조의 고전문학작품을 즐겨 읽다가 나이를 먹어가면서 세파에 시달리다 보면 점점 딱딱한 책(예컨대 톨스토이나 이광수의 소설 같은)을 멀리하게 되는 것은 이러한 이유 때문이다. 문학작품, 또는 예술작품에는 반드시 '사상성'이 있어야 하고, 두고두고 독자의 가슴속에 파고드는 어떤 메시지를 내포하고 있어야 한다고 믿는 이들이 많은데, 그것은 편협한 사고방식이라 아니할 수 없다.

앓아누워 있는 환자에게 칸트나 쇼펜하우어의 저서를 갖다 줘서 어쩌겠단 말인가. 그럴 때는 '기분전환'을 위해 일회용(一回用)으로 읽어치울 수 있는 만화가 더 낫다. 만화는 훌륭한 치료효과를 발휘하며, 그래서 예술의 역할을 충분히 수행하고 있다고 볼 수 있다.

음악 역시 마찬가지다. 유행가와 가곡, 클래식과 경음악의 구별을 나는 인정하고 싶지 않다. 그때그때 감상하는 이의 상황에 따라서 유행가가 필요할 때도 있고 클래식 음악이 필요할 때도 있다. 유행가가 없는 사회를 한번 상상해 보라. 얼마나 무미건조할 것인가. 사람들은 모두 집단 히스테리 증세를 일으킬 게 뻔하다. 사람들이 유행가를 그토록 좋아하는 이유는 그 가사의 내용이 '비현실적'이고 '환상적'이기 때문이라는 것을 잊어서는 안 된다. 동유럽의 민중봉기 사태나 자유화에의 열기는 무미건조한 이데올로기에 지쳐 집단적인 히스테리를 일으킨 것이라고 풀이할 수 있다. 그들에게는 민주주의니 공산주의니 하는 이념의 문제보다도, 예쁜 스타킹 한 켤레와 사랑을 나눌 수 있는 에로틱한 공간이 필요했던 것이다. 아니, 허기진 성욕을 대리배설할 수 있는 한 권의 탈이념적인 에로소설이 필요했을지도 모른다.

꿈은 우리의 제2의 인생이요, 제2의 이성(理性)이다. 꿈은 모든 모순된 사실들과 변태적 욕구들의 복합체이며, 그런 '복합성'과 '불명확성' 때문에 무한한 의미의 확장이 가능한 것이다.

꿈속에서 우리는 로마시를 불태워버린 폭군 네로가 되어도 무죄(無罪)이다. 카사노바처럼 신나게 바람을 피워대도 무죄이다. 서울 장안을 정액으로 물바다가 되게 하여도 무죄이다. 꿈속에서 한 행위에조차 죄냐 아니냐, 선이냐 악이냐를 따지려고 드는 사람은 없다. 그런데 왜 유독 예술작품에 나타나는 판타지에 대해서는 선악, 윤리, 유죄, 무죄를 따지려고 드는 것일까.

예술이 고귀한 이유는 그것이 어떠한 이성적 이론으로도 그것을 요리할 수 없는 무한한 '상징의 보고(寶庫)'이기 때문이며, 그 상징의 원천이 과학이 아직도 해결 못하고 있는 여러 가지 형이상학적 진실에 뿌리내리고 있기 때문이다. 그래서 예술가는 예언자가 되고 치외법권자(治外法權者)가 된다. 내가 『권태』에 상징적 장치들을 의도적으로 많이 집어넣은 것은 그 때문이다.

우리나라의 모든 장르의 예술가들에게 '상상력의 자유', '상징적 판타지의 자유'가 부여되지 않는 한, 한국예술은 더 이상 발전할 수 없다. 나는 이념의 무게에 짓눌려 질식 상태에 있는 우리나라 예술에 한 가닥 숨결이라도 흘려 보내주려는 의도에서, 나의 관능적 판타지들을 '발가벗겨' 보이는 작업을 계속 시도 중이다. 장편소설 『권태』도 그러한 시도 가운데 하나라고 할 수 있다. 그러나 주위의 너무나 많은 매섭고 답답한 눈초리들이 나를 지치고 피곤하게 한다.

(1990)

멜로드라마와 카타르시스

1

‘멜로드라마’라는 말은 연극 · 영화 · 소설 · TV 드라마 등에서 상당히 막연한 개념으로 쓰인다. 멜로드라마의 개념을 간단히 압축한다면 ‘연애를 주된 소재로 삼는 통속적이고 감상적(感傷的)인 극, 소설, 영화’ 정도가 될 것이다. 멜로드라마(melodrama)는 원래 ‘음악(melo)’과 ‘극(drama)’이 합쳐진 말로서, 18세기 말에 프랑스를 중심으로 해서 만들어져 19세기에 유행했던 ‘음악극’을 가리키는 명칭이었다. 음악 반주를 곁들여 연극을 진행하는 형식으로 되어 있던 멜로드라마는, 등장인물의 성격적 갈등이나 사건의 개연성 등에 큰 관심을 두지 않으면서 ‘오락성’과 ‘감상성(感傷性)’을 추구하여, 당시 숫자가 불어나고 있던 중산층들로부터 크게 환영받았다.

연극의 한 장르로서의 멜로드라마는 현대에 들어와 영화나 뮤지컬의 형태로 발전했다고도 볼 수 있다. 영화에는 반드시 음악이 삽입되어 감상적 정조(情調)나 격정적(激情的) 정조를 고조시키고 있고, 뮤지컬은 대사 중간중간에 노래가 섞여 들어가 한층 편안하면서도 단순한 정조를 자아내고 있기 때문이다. 그러나 모든 영화나 뮤지컬을 멜로드라마가 변형된 형태라고 볼 수는 없을 것이다. 원래의 멜로드라마는 선정성(sensationalism)과 감상성(sentimentalism)을 위주로 하는 오락극(또는 통속극)이었지만, 요즘 멜로드라마라고 불리는 영화나 연극은 선정성보다는 감상성에 더 초점을 맞추는 경향이 강하기 때문이다. 19세기 유럽에서는 또 '감상적 희극(sentimental comedy)'이 유행했는데(여기서 희극이란 말은 결말이 해피엔딩으로 끝나는 것을 가리킨다), 주인공의 불운에 대해 극단적 동정심을 유발시키는 것을 목적으로 한 연극이었다. 요즘 멜로드라마라고 불리는 것은 바로 이것에 더 가깝다고 볼 수 있다. 선정성을 극대화시키는 드라마나 영화로 우리는 폭력을 위주로 하는 활극이나 리얼한 성애를 다루는 에로물을 꼽을 수 있는데, 우리는 통념상 그런 드라마를 멜로드라마라고 부르지 않는다. 그러므로 요즘 쓰이는 '멜로드라마'라는 말은, 고전주의적 비극을 연애를 중심으로 한층 단순화시켜 대중적으로 만든 연극 · 영화 · 소설 등을 두루 지칭하는 용어라고 볼 수 있다.

시민계급이 형성되자 형이상학적(또는 철학적) 메시지를 위주로 하는 고전적 비극은 더 이상 설 자리를 잃게 되고 말았다. 이를테면 그리스의 비극 작품은 내용과 형식이 너무 진지하고 무거워 소시민들에겐 별다른 재미를 주지 못했다. 또한 등장인물들도 영웅이나 귀족 중심으로 되어 있어 거부감을 느끼게 했다. 고전적 비극의 주제는 언제나 '운명의 힘'이었고, 연극의 줄거리는 대개 '인간의 의지와 운명의 힘과의 대결'에 기초하고 있었다. 그러다가 '운명의 힘 앞에 굴복하는 인간'을 보여줌으로써 막을 내리는 것이 보통인데(대표적인 예로 『오이디푸스왕』을 들 수 있다), 이러한 구성을 밑받침해 주는 것이 철학적이고 현학적인 대사였다. 따라서 귀족적이고 고답적인 경건주의와 엄숙주의에 바탕하고 있는 그런 형식 자체가 대다수의 대중들에게는 더 이상 먹혀 들어갈 수 없었던 것이다.

멜로드라마적 양식은 연극이나 영화뿐만 아니라 소설에도 많은 영향을 미쳤다. 요즘도 우리는 연애 위주의 감상적 소재로 된 소설을 멜로드라마라고 부른다. 이럴 경우 소설의 줄거리도 중요하지만 '현학적 포장'이 없다는 사실이 더 중요하다. 다시 말해서 엄숙주의적 포장이나 이데올로기적 포장이 없는 소설을 우리는 일단 '멜로드라마적 소설'이라고 부를 수 있다.

이럴 경우 '감상적 연애'는 멜로드라마적 소설의 절대적 기본 요건은 되지 못한다. 이른바 품격 높은 명작 소설의 경우라 할지라도, 극히 적은 예외를 제외하고는(이를테면 허먼 멜빌의 『모비 딕』이나 헤밍웨이의 『노인과 바다』 등) 대개 감상적 연애를 끼워넣고 있기 때문이다. 도스토예프스키의 『백치』는 남주인공 무이쉬킨과 여주인공 나스타샤 사이의 '이루어질 수 없는 사랑'이 기둥 줄거리로 되어 있고, 톨스토이의 『안나 카레리나』도 안나와 브론스키 간의 '이루어지지 못하는 사랑'이 줄거리의 핵심을 이루고 있다. 그런데도 이런 소설이 통속적 멜로드라마라고 불리지 않는 이유는, 역시 '관념적 포장'과 '현학적 장광설'이 그런 기둥 줄거리를 에워싸고 있기 때문일 것이다.

멜로드라마적 소설의 형식을 충실히 지키면서 대중에게 두고두고 사랑받고 있는 소설의 예로 우리는 뒤마 피스의 『춘희(椿姬)』나 아베 프레보의 『마농 레스코』를 꼽을 수 있다. 두 작품 다 사랑의 비극을 별다른 사회적 · 역사적 서술 없이 감상적 터치로 묘사해 가고 있다. 그래서 같은 연애소설이라 할지라도 사회 문제나 종교 문제 등을 장황하게 곁들여 넣은 스탕달의 『적과 흑』이나 앙드레 지드의 『좁은 문』 같은 소설보다 격이 낮은 소설로 취급되는 경우가 많은 것이다. 그러나 근대 이후의 소설이 결국은 '대중적 오락'을 위한 '상품'으로 개발됐고 일반독자들은 오직 '재미'를 얻기 위해 소설을 읽는다는 사실을 감안해 볼 때,

『적과 흑』과 『춘희』는 본질적으로는 같은 성격을 지닌 연애소설이라고 볼 수밖에 없다.

20세기 후반에 들어와 도스토예프스키 같은 '사상가적인 작가'나 제임스 조이스 같은 '형식미학적 작가'는 대중들로부터 차츰 멀어지게 되었다. 이른바 '대가'나 '문호'라는 개념이 서서히 사라지게 된 것이다. 그런 현상의 배후에는 영화나 텔레비전 드라마의 보급이 큰 역할을 하였다.

19세기까지만 해도 일반 대중들이 여가를 때워나갈 수 있는 방법은 '책 읽기'가 고작이었다. 물론 연극이나 오페라 같은 것이 있었지만 요즘의 영화나 텔레비전만큼 범사회적인 대중성을 확보하고 있는 것은 아니었다. 그러나 20세기에 들어와 영화가 개발되고 뒤이어 텔레비전과 비디오가 등장한 이후부터는, 지루한 소설을 읽는다는 것은 '고문'으로 인식될 수밖에 없었다. 물론 소수의 지식계층 독자나 문학비평가들은 여전히 19세기식 본격문학을 선호했다. 하지만 시대의 대세는 점점 '엔터테인먼트(entertainment)'로서의 소설을 요구해 가고 있었다.

또한 『레 미제라블』이나 『전쟁과 평화』 같은 과거의 장황한 명작들이 영화나 TV 드라마로 압축되어 극화되면서, 이른바 '잔소리'가 많아 건너뛰어 읽을 수밖에 없는 명작 소설들은 더욱더 '읽을거리'로서의 효용을 지니지 못하게 되었다. 이런 상황에서 소설은 점점 더 '가벼움' 쪽으로 흐르게 되었고, 무거운 철학적 사변을 늘어놓는 소설은 상품으로서의 기능을 잃어버리게 되었다. 멜로드라마적 소설이 대중적 상품으로서의 확고한 위치를 차지해 가게 된 것은 이런 이유 때문이다.

2

멜로드라마가 '재미'를 주는 까닭은, 그것이 카타르시스의 심리적 메커니즘을 잘 활용하고 있기 때문이라고 볼 수 있다. 아리스토텔레스의 『시학』에서 비롯된 '카타르시스'란 말은 원래 '배설'을 의미하는 것이었다. 아리스토텔레스는 스승 플라톤이 "비극은 쓸데없이 감정을 고양시켜 이데아적 자각을 방해한다"고 주장한 데 불만을 느껴, "비극은 연민과 공포를 통해 억압·축적된 감정을 배설시킨다"고 주장했던 것이다. 카타르시스는 흔히 '정화(淨化)'라고 번역되곤 하는데, 의학적 개념으로서의 카타르시스가 '숙변(宿便)의 배설'이라고 볼 때 틀린 말은 아니다. 말하자면 숙변이 배설되면 장(腸)이 '정화'되어 건강을 회복할 수 있기 때문이다. 그러나 '정화'를 '도덕적 정화'의 의미로 파악하면 곤란하다. 아리스토텔레스는 비극 감상을 통한 '묵은 감정의 배설'이 정신적 치료 효과를 지닌다고 믿어 '카타르시스'라는 말을 사용했기 때문이다. 그러므로 카타르시스는 '정화'가 아니라 '대리배설'로 번역되어 사용됨이 옳다(카타르시스의 본질 및 효용에 대한 더 자세한 설명은 필자가 쓴 책 『카타르시스란 무엇인가』(철학과현실사, 1997)를 참고하기 바란다).

인간은 복잡한 사회생활을 해나가면서 여러 가지 욕망이 억압될 수밖에 없다. 그러다 보면 응당 우울과 슬픔, 분노 등을 맛보게 된다. 사랑에 실패해서 우울감에 빠져들 수도 있고, 하고 싶은 일이 뜻대로 안 되어 울화가 치밀어오를 수도 있다. 또는 성적 욕망(eros)이나 죽음에 대한 욕망(thanatos)의 좌절이 인생의 무상감(無常感)으로 환치되어 슬픔이나 우울감을 자아내기도 한다. 그런데 그런 감정들을 가슴속에 묻어두기만 하면 우울감과 애상감, 또는 욕구불만은 더욱 심해지고 정신은 혼란 상태에 이른다. 이럴 때 그런 감정이나 본능들을 시원하게 대리배설시켜 줄 장치가 필요한데, 대부분의 인간들은 도덕적 수양이나 사회적 체면 유지, 또는 인내력의 배양 등을 강조하는 윤리적 통념에 억눌려 억압된 감정을 제대로 표출시키지 못한다. 어떤 사람들은 그런 감정들을 아예 잠재의식 깊숙이 묻어두어 스스로 자각조차 못하는 경우도 있다. 그래서 '화풀이식 대리배설'을 위해 심통 사나운 권위주의자가 되기도 하고 병적 사디스트가 되기도 하는 것이다. 이럴 때 필요한 것이 바로 카타르시스다.

카타르시스 효과는 현대 정신분석학자들이 말하는 '소산 반응 효과(消散反應效果)'와 비슷한 점이 많다. 잠재의식 속에 묻혀 있던 억압된 콤플렉스들을 끄집어내도록 하여(다시 말해서 재경험시켜) 실컷 말로 쏟아내게 함으로써, 그런 콤플렉스들로부터 해방되도록 하는 것이 바로 '카타르시스 요법'이고 그 결과로 얻어지는 것이 소산 반응 효과인데, 이럴 경우에는 '대리배설'이 아니라 '직접배설'이 되는 셈이다. 그러나 정신분석학적 카타르시스 요법에는 뛰어난 의사의 유도가 필요하고, 억압된 콤플렉스 대부분이 오이디푸스 콤플렉스 등 가족관계에 한정된다는 약점이 있다. 또한 환자가 자신의 억압된 욕구를 의사에게 전이(轉移)시키기도 하여 또 다른 골치 아픈 문제를 야기하기도 한다. 말하자면 스스로 자연스럽게 모든 자잘한 '울화'나 '욕구불만'들을 배설시킬 수 있는 방법은 못 되는 것이다. 한국인의 경우 모든 울화의 배경에는 한(恨)의 심리가 깔려 있는데, 이런 한의 심리가 성적(性的) 콤플렉스와 함께 해소되어야 한다.

아리스토텔레스는 더욱 편안하게(말하자면 수동적으로) 억압된 정서들을 대리배설시킬 수 있는 방법을 연극과 음악에서 찾았던 것 같다. 다시 말해서 그는 표면의식에 직접 작용하지 않으면서 잠재의식 속의 근원적 울화를 자연스럽게 풀어버릴 수 있는 방법을 모색했다고 볼 수 있다. 그는 『정치학』에서 음악의 효용에 대해서도 논하고 있는데, 음악은 교훈이나 오락을 주기보다 카타르시스를 준다고 주장하고 있다. 이럴 경우 그가 가리키는 음악은 고상하고 교육적인 음악이 아니라 광란적(狂亂的)인 음악이다. 광란적인 음악에 묻혀 있다 보면 억압된 감정이나 욕구의 대리배설이 저절로 이루어진다는 것이다. '광란적인 음악'은 '고통으로 가득 찬 비극'과 통하는 바, '정서의 평정'이 아니라 '정서의 극한적 고양'을 목적으로 한다. 말하자면 그는 이열치열식 방법을 제시하고 있는 셈이다.

멜로드라마는 주로 감상적 정조를 가지고 관객의 마음에 호소한다는 점에서 아리스토텔레스 시대의 비극과는 다르다. 아리스토텔레스 시대의 비극은 감상적 정조보다는 이성적 정조를 위주로 하였다. 그때는 엘리트 시민계급들에게만 연극 감상이 허용되었고, 모든 예술의 바탕에는 어쨌든 철학이 깔려 있었기 때문이다. 그러나 그 시대의 비극이라 할지라도 결국은 주인공이 겪는 '운명적 고통(pathos)'을 부각시킨 것이었으므로, 현대의 멜로드라마와 크게 다르지는 않다고 본다. 현대의 멜로드라마 역시 운명적 고통을 다루고 있기 때문이다. 단지 다른 것이 있다면, 현대의 멜로드라마는 형이상학적 애상감을 정서적 애상감, 즉 센티멘털리즘으로 바꿔놓았을 뿐이다.

연극이나 영화, 소설 등을 보면서 관객이나 독자가 카타르시스(대리배설)의 효과를 체험하는 것은 관객이나 독자의 감정이 극중 인물에게 투사(投射)되거나 이입(移入)되기 때문이다. 말하자면 관객이나 독자는 극중 인물과 스스로를 동일시하게 되고, 극중 인물이 겪는 슬픔과 고통을 자신이 겪는 슬픔과 고통처럼 느끼게 된다. 그래서 이열치열의 효과가 발생하게 되는 것이다.

아리스토텔레스의 주장에 의하면 이럴 때 동원되는 것이 '연민'과 '공포'의 감정인데, 연민이란 극중 인물(또는 자기 자신)이 당하는 고통에 대해 측은한 마음을 느낀다는 뜻이고, 공포란 극중 인물(또는 자기 자신)에게 가해지는 '운명의 힘'에 대해 공포를 느낀다는 뜻이다. 이럴 경우 '공포'는 극중 인물과 똑같이 자기 자신에게도 닥쳐올지 모르는 운명적 비극에 대한 예기불안(豫期不安) 심리라고 볼 수 있다.

그런데 연민의 감정과 공포의 감정 가운데서 우리를 더 편안한 카타르시스로 이끌어가는 것은 아무래도 연민의 감정일 수밖에 없다. 인간은 실존적 공포 앞에서 오로지 전율할 수밖에 없고, 감상적인 눈물을 흘릴 여유는 없는 것이다. 연민의 감정에는 이미 어느 정도의 '우월감'과 '모면감'이 들어가 있다. 이를테면 우리가 불쌍한 거지를 보고 눈물을 흘린다고 할 때, 그런 '연민의 정' 배후에는 '내가 그래도 거지는 아니다'라는 생각이 깔려 있는 것이다. 말하자면 내가 거지보다는 우월한 위치에 있다는 '안도감'과 거지 상태로부터 벗어나 있다는 '모면감'이 한결 편안한 눈물을 가능케 한다고 볼 수 있다.

그러므로 멜로드라마는 공포보다는 연민에 중점을 두고 만들어지는 비극이라고 할 수 있다. 그렇기 때문에 멜로드라마에는 존재론적 담론이나 형이상학적 담론이 끼어들어 가지 않는 것이다. 물론 같은 연민이라 해도 중생(衆生)이 겪는 고통을 보며 측은지심을 느꼈다는 불타의 연민 같은 '거룩한 연민'이 있을 수 있다. 하지만 멜로드라마에서 그런 연민을 유도했다가는 관객이나 독자가 그만 질려버리고 만다. 그런 감정은 철학적 부담감을 수반할 수밖에 없기 때문이다. 대중은 별 부담감 없이 느낄 수 있는 연민을 통해 스스로의 슬픔을 표출시키기를 원한다. 자기 연민에 너무 깊이 빠져들다 보면 극도의 절망감에 다다를 수밖에 없다는 것을 잘 알고 있기 때문이다.

멜로드라마가 '연애'를 주된 소재로 삼는 것은 이런 까닭에서이다. 연애는 어느 정도 '유희'의 성격을 띠고 있기 때문에 치명적인 상처를 남기지는 않는다. 물론 실연의 상처 때문에 자살하기도 하고 이루어질 수 없는 사랑 때문에 정사(情死)를 감행하기도 하는 일이 현실에서는 종종 일어난다. 하지만 그런 극단적 경우라 할지라도 옥고(獄苦)나 병고(病苦) 또는 파산고(破産苦) 때문에 자살하는 것보다는 훨씬 나은 것이다.

치명적인 불치병에 걸려 시한부 인생을 사는 사람이 겪는 절망적 한계 상황, 사형 집행 직전의 사형수가 느끼는 절망적 공포, 파산한 사업가가 느끼는 극한적 절망감 같은 것에 비해 볼 때 실연의 고통은 한결 달착지근하고 감미롭다. 아니 적어도 그것을 직접 겪지 않고 바라보기만 하는 관객이나 독자의 입장에서는 그렇다. 멜로드라마가 센티멘털한 연애 감정을 주된 정조로 삼는 것은 그런 이유에서이다. 말하자면 비교적 부담감을 적게 주는 '가벼운 연민'을 통해 카타르시스를 유도하고자 하는 것이다.

3

카타르시스가 '억압된 감정의 대리배설'을 의미한다고 할 때, '억압된 감정'의 이면에는 역시 '억압된 욕구' 또는 '이루지 못한 욕구'가 자리잡고 있다. 그리고 배설은 곧 쾌감을 가져와 만족감을 느끼게 하므로 '대리배설'을 '대리만족'으로 이해해도 별 무리가 없다.

인간의 원초적 욕구 가운데 가장 기본적인 것은 역시 식욕과 성욕일 것이다. 그런데 식욕을 대리배설(또는 대리만족)시킨다는 것은 거의 불가능하다. 어린아이가 손가락을 빠는 행위를 하는 것은 식욕을 대리만족시키기 위해서 하는 행위이면서 동시에 성욕(즉 구강성욕)을 대리만족시키기 위해서 하는 행위이다. 그러나 처음엔 식욕의 대리만족이 잠시 이루어질지 몰라도 나중에 가서는 결국 배고픈 상태를 자각하게 된다. 배가 고플 때 어린아이는 그저 울어버릴 수밖에 없고 다른 대리적 수단이 없다. 그런 사실을 본능적으로 자각하고 나서도 어린아이가 계속 손가락을 빠는 행위를 되풀이하는 것은, 역시 구강성욕을 대리만족시키기 위해서 하는 행위라고 볼 수밖에 없다.

프로이트는 어른이 담배를 피운다든지 다변(多辯)이 된다든지 껌을

씹는다든지 하는 행위 역시 구강성욕을 대리만족시키기 위해서 하는 행위라고 했는데, 일리 있는 관찰이라 하겠다. 이처럼 성욕의 대리배설(또는 대리만족)은 일상생활 중에서도 어느 정도 가능한 게 사실이다. 사람들은 성욕뿐만 아니라 명예욕이나 재물욕 등 식욕을 제외한 다른 욕망들 역시 대리배설시켜 보려고 노력하는데, 그것은 대체로 꿈이나 몽상 등을 통해서 이루어진다.

그런데 자기가 원하는 꿈을 마음대로 골라서 꾸기 어렵고, 원하는 몽상 역시 마음대로 이루어지기 어렵다. 도덕이나 양심 · 윤리 등이 사사건건 간섭하며 '검열'을 수행하고 있기 때문이다. 이럴 경우 사람들은 도덕으로부터 한결 자유로운 허구적 예술을 필요로 하게 되는데, 연극이나 영화 · 소설 등은 말하자면 그런 필요에 의해 만들어진 '인공적 꿈'이라고 볼 수 있다.

그렇다면 멜로드라마가 주는 카타르시스 효과는 주로 어떤 욕망에 작용하는 것일까. 멜로드라마의 기본적 요소는 역시 사랑 즉 성욕이고, 사랑 중에서도 '특이한 사랑', 다시 말해서 '우여곡절이 많은 사랑'이나 '기구한 사랑'이다. '선남선녀 두 사람이 중매로 결혼하여 아들딸 낳고 잘 살았다'는 줄거리로 된 멜로드라마는 없을 것이다. 기혼자와 미혼자 간, 또는 기혼자와 기혼자 간의 불륜적 사랑이나 이루어질 수 없는 사랑, 처녀 총각 간의 이루어지기 어려운 사랑(이럴 경우에는 신분 차이나 가족의 반대 등이 방해 요인으로 작용한다) 등이 멜로드라마의 주된 소재가 된다. 그런 소재로 된 멜로드라마는 결국 비극적 결말로 끝나 센티멘털한 정조를 느끼게 해주지만, 관객이나 독자가 맛보는 대리배설적(또는 대리만족적) 쾌감의 핵심은 역시 '윤리적 해방감'과 '권태로운 일상(日常)으로부터의 탈출감'에 있다. 그 가운데 더 보편적인 쾌감으로 기능하는 것은 아무래도 후자 쪽일 것이다.

우울증이나 신경쇠약, 또는 정신신체증(精神身體症: 정신적 원인으로 육체에 통증이 오는 것) 같은 병의 원인은 돌연한 실연이나 사업의 실패 같은 '급성 재난'이 아니다. 현대인에게 많은 여러 가지 신경성 질환들은 대개 만성적인 '권태'가 원인인 경우가 많다.

급작스런 위난이 닥쳐왔을 때 인간은 도리어 강렬한 긴장감과 함께 동물적 생존 욕구로 자신의 심신 상태를 재무장하게 된다. 우울증 등의 신경성 질환에 빠져들게 되는 진짜 원인은 전혀 변화가 없는 일상의 무게 때문이고, 판에 박은 도덕률에 대한 짜증 섞인 권태감 때문인 것이다.

40대나 50대 나이의 건강한 중년 남녀들 가운데 간암이나 위암 따위로 졸지에 죽어버리는 사람들이 많다. 그런데 그들 대부분은 모범 가장(家長) · 모범 주부이거나 모범 사원들이다. 그 중엔 종교적 신앙심이 두터운 사람도 많고 술이나 담배를 안 하는 사람도 많다. 그들은 겉보기엔 법 없어도 살 사람들이요 온화한 인격자들이고, 인내심이 강한 사람이 많다.

하지만 그들의 속은 곪을 대로 곪아 있다. 그래서 아무런 극적(劇的) 변화 없이 지루하게 계속된 일상사가 그들을 잠재적 우울증 환자나 신경쇠약자로 만들어 결국은 이 세상을 떠나게 만들어버리는 것이다. 그들의 잠재의식 속에는 '돌연한 죽음'이라는 사건이, 드라마틱한 긴장감을 불러일으키는 비장의 무기나 최후의 수단 역할을 하며 내장(內藏)돼 있었던 셈이다.

이런 공식은 문학작품에도 그대로 적용된다. 두고두고 읽히는 명작소설이란 것들은 하나같이 '드라마틱한 실연'이나 '돌연한 죽음' 따위를 소재로 삼고 있기 때문이다. 다시 말해서 멜로드라마적 소재를 채용하고 있는 것이다.

뒤마 피스의 『춘희』에 나오는 여주인공 마르그리트는 사주팔자 면에서만 본다면 박복한 여인임에 틀림없다. 그녀는 매춘부인 데다가 스물

세 살 꽃 같은 나이에 폐병으로 죽어버렸으니 말이다. 그런데도 지금껏 수많은 독자들이 그녀에게 열광하는 이유는 무엇일까. 그것은 다름 아니라 그 여자의 삶이 평범한 상식의 수준을 뛰어넘었기 때문이다. 말하자면 '짧고 굵게' 살았기 때문이고 강렬한 연애 체험을 해보았기 때문이다. 그것은 『마농 레스코』나 『젊은 베르테르의 슬픔』 같은 소설, 그리고 〈애수(哀愁)〉(원제(原題)는 '워털루 브리지')나 〈길〉 같은 영화의 경우도 마찬가지다.

여성 독자들에게 '일찍 죽는 춘희'를 택하겠느냐, 아니면 '오래오래 권태롭게 사는 안방마님'을 택하겠느냐고 물어보면 아마도 대다수의 여성들은 전자를 선택할 것이 틀림없다.

우울증이나 신경쇠약에 걸리면 대개는 몸이 빼빼 말라간다. 또는 스트레스를 먹는 것으로 풀어 몸이 비대해지는 경우도 있다. 이럴 때 마른 사람들에게 무조건 보약을 먹이거나 뚱뚱한 사람들에게 다이어트를 시켜봤자 별로 효과를 못 본다. 먹는 게 문제가 아니라 '생각하는 게' 문제이기 때문이다.

몸이 마르면서 식욕이 없어지는 것은 정열이나 정력을 써버릴 만한 대상(즉 성적 파트너)이 없어 에너지를 필요로 하지 않기 때문이다. 또 반대로 무조건 먹어 살이 찌는 것은 자신의 몸을 추하게 만들어 성적(性的) 외로움에 대한 '핑계'를 만들어내기 위한 것이다. 말하자면 '나는 뚱뚱하기 때문에 연애를 못 한다'는 방어적 자위(自慰)의 구실을 만들어내는 것이라고 볼 수 있다.

요즘 건강법에 대한 관심이 고조되면서 '사랑'을 강조하는 의사들이 늘어가고 있다. 그러나 '사랑'만 가지고는 건강해지지 못한다. '사랑'은 '욕망'과 동의어라는 사실을 숙지해야 하고, 동물적 성욕을 배설할 대상을 떳떳이 찾아나설 수 있는 '뻔뻔스런 용기'가 있어야 건강해지는 것이다. '정신적 사랑'은 자칫 만성적 권태증의 원인이 되기 쉽다.

대부분의 정신적 사랑은 종교적 · 도덕적 자기 검열을 수반하여, 그 사람을 '인내력'의 노예로 만들기 때문이다.

이럴 때 상당한 효과를 발휘하는 것이 바로 멜로드라마이다. 본능적 사랑을 찾아나설 수 있는 '뻔뻔스런 용기'를 가진 사람이란 사실 많지 않기 때문이다. 멜로드라마는 원초적 사랑에 대한 욕구를 카타르시스시켜 주기 때문에 그 사람의 마음을 한결 평정한 상태로 이끌어가게 되고, 아울러 권태로운 일상으로부터의 홀가분한 탈출감을 맛보게 해준다. 독자나 관객에게 그런 카타르시스가 가능해지는 이유는 역시 멜로드라마가 갖는 '단순성' 때문이라고 할 수 있다. 개연성이 없어 보이는 도식적인 플롯과 별다른 현학적 잔소리가 없는 서사 방법이 오히려 독자나 관객으로 하여금 편안한 몰입을 가능케 해주는 것이다.

4

멜로드라마가 '재미'를 통해 카타르시스 효과를 창출해 내려면 감상적(感傷的)인 내용에 곁들여 퇴폐적인 내용이 들어가 있어야 한다.

나는 멜로드라마로 불리든 안 불리든, 모든 소설이 주는 재미의 본질이 결국 '감상(感傷)'과 '퇴폐'에 있다고 생각한다. 아무리 복잡한 사상을 담고 있는 것 같아 보이는 작품일지라도 그런 주제의식은 '포장'이 될 수밖에 없고, 기둥 줄거리를 통해 독자가 얻는 카타르시스의 본질은 '감성을 억압하는 엄숙한 이성으로부터의 상상적 탈출'과 '답답한 윤리로부터의 상상적 일탈(逸脫)'을 통해 얻어지는 '감상'과 '퇴폐', 즉 멜로드라마적 재미에 있다. 거기에 곁들여 추가되는 것이 있다면 '과장', '청승', '엄살', '능청', '비꼼', '익살' 같은 것이 될 것이다.

감상과 퇴폐를 교묘하게 얽어서 소설로 형상화시켜 놓고, 그러면서도 '통속물'이라는 소리를 듣지 않고 그런 대로 '문제작' 소리를 듣는 소설 중 대표적인 것을 고른다면 역시 독일 작가 레마르크의 『개선문』이 될 것이다.

『개선문』의 기둥 줄거리는 사실 '퇴폐적 사랑'이다. 그런데 작가는 거기에다 나치즘에 대한 고발과 전쟁에 대한 증오를 교묘하게 양념으로 곁들여 넣음으로써, 연애소설을 '반전문학(反戰文學)'으로 승화시키는 데 성공했다.

내가 연애소설을 읽으면서 센티멘털한 감동에 벅차 울며 카타르시스를 느꼈던 것은 뒤마 피스의 『춘희』와 레마르크의 『개선문』 정도이다. 둘 다 퇴폐적인 여인이 여주인공으로 나온다는 게 공통점인데, 이상하게도 소설엔 그런 여성이 나와야 공감을 준다. 두 작품 말고도 아베 프레보의 『마농 레스코』나 메리메의 『카르멘』, 도스토예프스키의 『죄와 벌』 등에도 몸을 파는 여자나 정조 관념이 없는 여자가 등장하여 독자들을 사로잡는다. 아마도 우리가 권위적이고 이중적 위선으로 가득찬 현실 윤리에 숨막힐 정도로 짓눌려 있기 때문일 것이다.

그러나 내가 『개선문』을 보면서 엉엉 울었던 것은 단지 일탈적 카타르시스나 예사로운 감상 때문만은 아니었다. 우선은 『개선문』의 여주인공 '조앙 마두'가 너무나 매력적이면서도 불행한 여인이라서 울었지만, 사실은 내가 그런 멋진 여자와 한번도 사랑을 나눠보지 못했다는 게 원통하고 절통해서 울었다. 말하자면 '질투'와 '선망'의 심리가 작용한 셈인데, 멜로드라마가 카타르시스를 주는 이유 가운데는 바로 이 질투와 선망의 심리를 고조시킨다는 것이 하나 더 들어간다. 말하자면 그런 심리가 작품에의 몰입에 가속도를 내게 하는 것이다.

『개선문』은 여주인공이 주는 허무적 이미지의 매력과 함께, 서글픈 페이소스를 안겨주는 스토리가 일품이다. 『개선문』의 배경은 제2차 세계대전 발발 직전의 파리. 실연의 상처와 온통 허무해 보이기만 하는 세상살이에 지쳐 센 강물에 뛰어들어 자살하려고 하는 혼혈 여인 조앙 마두(그녀의 직업은 삼류 가수다). 그리고 그 곁을 지나가다 우연히 그녀를 구해 주게 되는 외과의사 라비크.

라비크는 나치 독일에서 불법적으로 망명해 온 사람인데, 자기 때문에 애인이 게슈타포(비밀경찰)에 끌려가 고문당하며 죽어간 기억으로 인해 가슴속에 뼈저린 한을 간직하고 있는 서글픈 보헤미안이다.

외로움에 지쳐 있던 두 사람은 급속도로 가까워지게 되고, 허겁지겁 살을 섞는다. 그러나 라비크가 그의 철천지원수인 게슈타포 간부가 파리에 와 있을 때 그를 암살하는 등 다른 일에 몰두해 잠깐 여자를 등한시하는 동안, 조앙 마두는 한시도 참을 수 없는 고독과 타고난 관능성, 그리고 자포자기적 방탕성 때문에 돈 많은 건달 청년과 바람을 피운다.

조앙의 배신에 분노하는 라비크. 그러나 그 역시 뼈저린 외로움 때문에 조앙을 잊을 수 없다. 그래서 조앙과 다시 가끔 만나기도 하고, 완전히 자기에게 돌아와 달라며 티격태격 싸우기도 한다. 그러는 동안 조앙은 결국 치정어린 질투심에 눈이 먼 건달 청년이 쏜 총에 맞아 죽는다.

총 맞은 조앙을 수술해 주는 라비크. 그러나 도저히 그녀를 살려낼 수가 없다. 죽어가는 여자는 라비크에게 "사랑해요"라고 말하고, 라비크 역시 그녀에게 처음으로 사랑을 고백한다. "사랑하오. 당신은 나의 전부였소"라고.

이 소설의 마지막 대목은 정말 신파조요, 멜로드라마적 분위기의 극치다. 그런데도 독자의 심금을 울리는 것은 작가가 시치미를 떼고서 표현해 내는 섬세하고 치밀한 '사랑 예찬' 때문일 것이다. 아무리 부자연스럽고 개연성 없는 상황 설정이라 할지라도, 묘사나 서술이 그럴듯하면 독자는 대개 속아 넘어가 준다. 사실 소설의 본령(本領)은 그런 데 있다. 소설이란 작가가 리얼리즘을 표방하든 낭만주의를 표방하든, 원래 꿈이요, 허구요, '그럴듯한 거짓말'이기 때문이다. 이 '그럴듯한 거짓말'에 애틋한 연애와 감상적 정서를 실어 얽는 것이 바로 멜로드라마라고 할 수 있다.

『개선문』은 두 번 영화화되었다. 이 작품이 발표된 직후인 1947년에는 잉그리드 버그만과 샤를 보아이에가 주인공으로 나왔고, 흑백으로 만들어졌다. 그리고 1980년대 중반쯤에는 조앙 역으로 레슬리 앤 다운이 나왔고(라비크 역의 배우 이름은 잊어버렸다), 컬러였다. 그런데 두 영화 모두 소설에 비해서는 별 신통한 반응을 못 얻고 말았다.

내가 생각하기엔 여주인공인 조앙 마두의 이미지를 여배우들이 제대로 살려내지 못했기 때문이 아닌가 한다. 잉그리드 버그만은 예쁘긴 하지만 체격이 너무 크고 투실투실해서 조앙 마두의 퇴폐적이고 신경질적인 이미지에는 들어맞지 않았다. 다시 말해서 멜로드라마의 특성인 '감상성'을 살려내지 못했다. 그리고 레슬리 앤 다운은 전형적인 미인형의 얼굴이긴 하지만 너무 똘똘해 보이는 인상이었다. 멜로드라마엔 똑부러진 미인형보다는 백치형이 더 잘 어울린다. 관객에게 '편안한 우월감'과 더불어 '편안한 연민'을 느끼게 해주기 때문일 것이다.

요즘 소설이 영상 매체에 밀려 위기를 겪고 있다는 얘기가 많이 나오고 있다. 하지만 나는 소설의 독자성과 가치는 그런 대로 영원하리라고 본다. 소설은 주인공의 외모 등을 마음껏 뻥튀기며 부풀릴 수 있어 독자의 '상상적 참여'를 가능하게 하지만, 영화는 배우의 얼굴 등이 그대로 현시(現示)되기 때문에 관람객의 '상상적 참여'에 제한을 주게 된다. 소설을 가지고 영화로 만들었을 경우, 소설을 먼저 읽은 독자가 대개 실망하게 되는 건 그 때문이다.

그래서 영화로서 성공한 멜로드라마는 원작소설이 없는 경우가 많다. 대표적인 예로 우리는 『카사블랑카』를 꼽을 수 있다. 투실투실한 체격의 잉그리드 버그만이 나와 감상성을 다소 감소시키기는 했지만,

스토리 자체가 완벽하게 멜로드라마적이고 원작 소설 속의 여주인공과의 비교가 불가능했기 때문에 영화 자체로 성공할 수가 있었다.

레마르크의 대표작으로는 『개선문』 말고도 『서부 전선 이상 없다』가 있다. 작가가 제1차 세계대전에 참전해서 겪은 전쟁의 비참상을 그린 소설인데, 작품성이 뛰어나긴 하지만 연애가 안 나오기 때문에 『개선문』만큼 두고두고 읽히지는 않는 것 같다. 그런 것만 봐도 소설에서 연애, 또는 멜로드라마적 요소가 얼마나 중요한지를 알 수 있다.

그러나 같은 연애라 할지라도 너무 '건전한 연애'면 안 된다. 선남선녀가 만나 정신적으로만 사랑하고 드디어 행복한 결혼에 골인했다, 이런 스토리에 카타르시스를 느낄 독자는 없다. 멜로드라마적 소설에 나오는 연애는 역시 퇴폐적인 연애거나 불륜의 연애여야 한다. 이런 사실을 『개선문』은 잘 보여주고 있다.

『개선문』과 견주어질 수 있는 멜로드라마적 소설은 얼마든지 있다. 헤밍웨이의 『무기여 잘 있거라』나 에밀리 브론테의 『폭풍의 언덕』, 토마스 하디의 『테스』나 그레이엄 그린의 『사랑의 종말』 같은 것이 그렇다. 영화나 연극은 더욱 많은데, 대중에게 사랑받는 작품은 결국 멜로드라마가 될 수밖에 없다는 결론에 다다르게 된다. 특히 요즘 들어와 엄숙주의 문학이나 이데올로기 문학에 대한 대중들의 외경(畏敬)이 줄어들면서, 멜로드라마적 소설을 통해 억압된 감정이나 욕구를 카타르시스 시키려고 하는 실용주의적 취향의 독자들이 많아지고 있다. 이런 사실을 문학생산자들이나 문학비평가들은 직시해야 한다.

(1999)

장편소설 『즐거운 사라』 〈작가의 말〉

이 책은 내 세 번째 장편소설 『즐거운 사라』의 개정판이다. 첫 작품 『권태』는 심리묘사에 치중하여 내 잠재의식 속에 있는 관능적 판타지를 발가벗겨 본 것이었고, 두 번째 작품인 『광마일기(狂馬日記)』는 사소설(私小說) 기법을 사용하여 현실과 공상 사이를 넘나드는 현대판 전기소설(傳奇小說)을 시도해 본 것이었다. 그런데 『즐거운 사라』는 일인칭 기법을 사용하긴 하되, 화자(話者)를 여성으로 만들어보았다. 리얼리즘 기법을 기본으로 하여 일종의 성격소설을 꾸미되, 주인공의 심리적 내면풍경 묘사에 중점을 두어 지금까지 우리나라 소설들이 보여줬던 상투적 여성상을 벗어나, 더 자유롭고 융통성 있고 적응력이 강한, 말하자면 긍정적인 여성상의 전형을 창조해 보려고 한 것이 내 의도이다.

여주인공 사라의 실세 모델은 없다. 그러나 내가 가장 사랑하고 싶은 여성이요 내가 늘 그리워하며 꿈꾸고 있는 여성이라고 할 수 있다. 사라의 이미지 부각에 중점을 두다 보니 그녀의 주위를 둘러싸고 있는 인물들이 모두 다 잠시 반짝이다 스러지는 비누방울처럼 약하고 허전하게 그려진 감이 없지 않다. 하지만 나는 이 소설의 등장인물들을 이 세상 어디엔가 실제로 존재할 가능성이 있는 인물들로 형상화시켜 보려고 애썼다. 주인공 '사라'만 가지고 봐도, 특정한 모델은 없다 하더라도 지금까지 내가 만난 여러 여성들로부터 추출된 갖가지 성격의 파편들이 조합돼 있다.

물론 이 작품에 나오는 인물들은 겉보기엔 다들 어딘지 모르게 가치관을 미처 정립하지 못해 방황하고 있는 인간들이다. 하지만 그건 내가 이 세상에 오직 겉모습만으로 존재하는 인물들이나 당위론적 인간형을 그리기보다는, 우리들 각자의 마음속 깊은 곳에 멍울처럼 자리잡고 있는 내재적 인간형을 그려내 보여주고 싶었기 때문이었다.

나는 독자가 이 소설을 읽고 나서 '산뜻한 느낌'을 가질 수 있도록 애썼다. 대체로 우리나라의 소설들은 이른바 야한 내용으로 되어 있는 것은 어딘지 모르게 음습하고, 산뜻한 느낌을 주는 것은 대부분 결벽증적 정신주의에 치중하고 있는 것이 보통이기 때문이었다. 나는 소설의 목적이 '계몽주의적 설교'에 있다고는 보지 않기 때문에, 일체의 도덕적 코멘트나 이른바 '전망의 제시' 같은 것을 무시하면서, 헷갈리고 방황하는 가운데 스스로의 아이덴티티(Identity)를 확립해 나가려고 애쓰는 한 여대생의 시각을 통해 전환기의 우리 사회가 안고 있는 가치관의 문제를 조감해 보려고 했다.

나는 여주인공 '사라'를 스스로의 이기적 욕구에 솔직하면서도 한편으론 천진스럽기도 한 여성으로 부각시키려고 노력했는데, 그 이유는 인간은 완전치 선하거나 완전히 악할 수가 없고, 또 이성적으로도 완전히 헷갈리거나 완전히 냉철할 수는 도저히 없다고 봤기 때문이었다. 말하자면 나는 '윤리'와 '반윤리(反倫理)', '절제'와 '일탈(逸脫)' 사이를 넘나들며 왔다갔다하는 우리 모두의 내면세계를 가시화시켜 보려고 애쓴 것이다. 그래서 나는 야한 부분이 들어가 있으면서도 산뜻하고 청신한 느낌을 주는 소설이 우리나라에서도 가능할 수 있다는 사실을 입증해 보이려고 상당한 노력을 기울였다.

우리는 한국의 현대문학이 이광수 이래로 고수해 온 도덕주의적 전통이, 한국소설을 정체시키고 답보시켜 온 한 가지 원인으로 작용했다는 사실을 허심탄회하게 인정해야만 한다. 위선적으로 고착(固着)된 도덕주의와 경건주의, 그리고 문학작품을 통해 작가의 인격이나 가치관을 저울질해 보려는 태도는, 작가들의 상상력과 사회적 입지를 위축시켜 그들을 이중인격자로 만들어버리기 쉽다.

문학이 준엄하고 결벽한 교사(敎師)나 사제(司祭)의 역할, 또는 혁명가의 역할까지 짊어져야만 한다면, 문학적 상상력과 표현의 자율성은 질식되고 만다. 또한 소설의 근본은 역시 '리얼리즘'에 있는 바(실제적 현실을 그리든, 내면적 현실 또는 상상적 현실을 낭만적으로 그리든, 모든 것은 다 리얼리즘이다), 그것의 소재가 혹시 퇴폐적이고 반동적인 부르주아적 상상력의 소산이라 할지라도 결코 매도되어서는 안 된다. 그런 점에서 나는 비판적 리얼리즘이나 사회주의적 리얼리즘에 반대한다. 리얼리즘은 글자 그대로 있는 그대로를 보여주는 것에만 충실해야 하며, 거기에 작가의 당위론적 세계관이 절대로 개입돼서는 안 된다. 그런 것을 표현할 수 있는 장르는 논설이나 평론 등 소설 말고도 얼마든지 많다.

우리나라의 현대문학은 비록 이광수의 계몽주의(또는 교양주의)로부터 시작됐지만 곧바로 김동인의 리얼리즘에 의해서 극복되었다. 성문제 하나만 보더라도, 김동인은 『감자』나 『김연실전』을 통하여 이광수의 편협한 시혜의식(施惠意識)과 비현실적 이상주의를 극복하고 있으며, 있는 그대로의 성을 그릴 뿐 거기에다가 섣부른 '진단'이나 '처방'을 첨가시키지 않고 있다. 그런데 아쉬운 것은, 김동인으로부터 시작된 '문학적 주관의 확립'이 그 이후로 후계자를 얻지 못했다는 사실이다. 우리나라의 현대소설은 그 이후 줄곧 이데올로기나 도덕의 슬하(膝下)에서 벗어나오지를 못했고, 지금은 오히려 더욱 심해진 '이광수주의'의 단면들이 여러 가지 가면(假面)들을 통해서 노정(露呈)되고 있다. 이것은 분명 문학적 퇴보라고 나는 생각한다.

『권태』와 『광마일기』, 그리고 이번의 『즐거운 사라』에 이르기까지 나는 주로 사랑문제만을 다뤄왔다. 나는 '사랑문제'와 '성문제'를 특별히 별개의 것이라고 생각하지 않고, 둘 다 인간의 보편적 행복도(幸福度)를 결정짓는 중요한 인자(因子)라고 본다. 그렇다고 해서 오로지 성만이 인간의 모든 현상을 지배한다고는 보지 않는다. 다만 나는 성이 '사회적 삶'이 아닌 '개인적 삶'에 있어 가장 중요한 비중을 차지한다고 보는 것이다. 그런데도 이제껏 성에 대한 일체의 논의나 표현은 구태의연한 조선조식 윤리와 엉거주춤 양다리 걸치기식 눈치보기의 풍조 때문에 제한받을 수밖에 없었다.

그러므로 우리는 인간이 '사회적 자아'뿐만 아니라 '개인적 자아' 역시 동시에 가지고 있다는 사실을 인정해야만 한다. 그리고 개인적 자아의 상당 부분을 차지하고 있는 성문제에 대해 툭 털어놓고 이야기할 수 있는 분위기를 한시바삐 마련해야 할 것이다. 왜냐하면 지금 우리나라에서 성문제는 마치 "쓰레기통에 뚜껑만 덮어 놓고 있는 양상"과도 같아서, 은폐될 대로 은폐된 채 해결책을 전혀 찾지 못하고 속으로 썩어 들어가고 있기 때문이다. 그러다 보니 새 시대의 조류에 맞는 새로운 성의식이나 성철학이 끼어들 여지가 전혀 없어 사회 전체를 숨막힌 답보상태로 몰아가고 있으며, 정치 · 사회 · 문화 전반에 걸쳐 이중적 사고방식에 기인하는 보수적 억압의 논리만이 판을 치게 만들고 있는 것이다. 이런 얘기가 굳이 자유분방한 연애심리에만 집착하는 나의 문학세계를 변명하는 말로 들릴지도 모르겠다. 하지만 나는 설사 욕을 얻어먹는 한이 있더라도, 어쨌든 일체의 성문제를 사상과 토론의 자유시장에 상장시키고 싶어서 주로 성문제에 치중해 왔다는 사실을 다시 한번 밝혀두고 싶다.

『즐거운 사라』는 여러 가지 우여곡절 끝에 이번에 다시 제2의 탄생을 보게 되었다. 이 작품을 탈고한 것은 1990년 6월이었는데, 여러 가지 사정 때문에 1년 뒤인 1991년 7월에 가서야 서울문화사 판으로 비로소 선을 보이게 되었다. 그런데 나로서는 꽤 신경을 썼음에도 불구하고 결국은 간행물윤리위원회의 판매금지 조치에 의해 나온 지 한 달 만에 출판사측이 자진 절판을 하게 되기에 이르렀다.

그때로선 안타까운 일이었지만, 어찌 보면 내게 전화위복의 계기를 마련해 준 것 같은 생각이 든다. 내가 이 소설을 다시 한번 꼼꼼하게 손질하여 깁고 다듬을 수 있는 기회를 만들어주었으니까 말이다. 그래서 결말 부분을 바꾸고 전체적인 분위기와 문장 하나하나에 이르기까지 세심하게 손질을 가하여 작품의 완성도를 높인, 진짜 결정본(決定本) 『즐거운 사라』를 이제 독자 여러분들께 새로 선보이게 되었다. 그런 의미에서 볼 때, 이번에 내는 『즐거운 사라』는 내가 쓴 책들 가운데 가장 애착이 가는 작품이라고 할 수 있다. 출판과정에서의 우여곡절 말고도, 아무래도 내가 남자인지라 여성을 주인공으로 삼아 그녀의 내면세계를 묘사해 내기가 너무나 힘들었기 때문이다.

출판을 맡아준 청하출판사측에 감사하며, 나뿐만 아니라 부디 독자 여러분들께서도 '즐거운 사라' 아니 '즐겁게 방황하는 사라'를 사랑하고 이해하고 이끌어주시기를 간절히 바란다.

(1992)

상징의 연역(演繹)

1

인간은 '상징적 시각'을 갖게 되면서부터 다른 동물들과 구별되는 특징을 지니게 되었다. 상징은 인간을 '생각'으로 이끌어간 원천적 에너지였다. 인간을 동물과 가장 다르게 만든 것은 인간 특유의 복잡한 '언어'인데, 언어야말로 상징의 산물이었던 것이다. 언어는 인간이 현실세계와 교섭하고 현실세계를 이해하는 데 있어 없어서는 안 될 도구인바, 이 언어의 속성 전부를 상징이 지배하고 있다.

인간은 언어를 발달시켜 나가면서 이른바 '이성'이라는 것을 갖게 되었다. 그렇지만 인간으로 하여금 현실을 직관하게 하고 현실에 대한 상념을 결정 · 조형하도록 만들어주는 것은 이성이 아니라 '인간의 심성' 전체라고 할 수 있다. 인간의 심성은 본능적 감각과 직감, 상상력과 잠재의식, 감정과 의욕, 논리적 사고와 추상적 사고 등이 합쳐진 것인데, 이러한 심성의 활동을 전반적으로 지배하고 있는 것이 바로 '상징'인 것이다. 따라서 인간의 본질에 관한 문제를 이성적 성찰이나 외부적 관철로만 해결할 수는 없다. 인간 심성의 본질인 상징기능을 분석하고 연구해야만 해결의 실마리를 찾을 수 있는 것이다.

'상징(symbol)'과 비슷한 것으로 '신호(sign)'가 있다. 상징이 다의적(多義的)인 데 비해 신호는 일의적(一義的)이라는 점이 다르다. 신호에 대해서는 동물이나 인간이나 모두 즉각적인 반응을 한다. 다시 말해서 거기에 대해 깊이 있게 사고하는 일 없이 곧바로 행동으로 나아간다. 그러나 상징에 대해서는 인간만이 특별한 반응을 보인다. 즉 더딘 속도로 대상을 해석해 나가면서 깊이 있는 다원적 사고로 몰입해 들어가는 것이다.

교통신호등의 '빨간색'이 신호라면 추상화에 칠해진 '빨간색'은 상징이다. 교통신호등의 빨간색은 '정지'의 의미만을 갖지만, 추상화의 빨간색은 '열정', '피', '저녁노을', '관능' 등 다양한 의미를 갖는다.

인간은 정신생활의 여러 가지 의미를 상징에 담는다 그래서 인간의 문화는 무수한 '상징적 표현물'로 이루어져 있다. 인간은 깊고 복잡한 정신생활, 즉 생각하는 생활을 하지 않으면 안 되게끔 진화되어 있기 때문이다.

2

"신은 죽었다"고 외치며 성서에 대해 지나칠 정도의 비방을 해대던 프리드리히 니체는, 뜻하지 않은 심대한 타격을 받고 성서에 대한 그의 태도를 180도로 회전시켰다. 그는 『신약성서』가 '상징의 세계'에 속한다는 위대한 인식을 하게 되었던 것이다. 그래서 그는 그의 저서 『안티 크리스트』에서, 초기의 사도들이 '다의적인 상징으로 표현된 예수의 사상'을 그들의 '단순하고 조잡한 사고방식'으로 안이하게 해석해 버린 사실을 비난하게 되었다. 니체의 주장에 의하면, 교회조직은 그들 나름대로의 자의적(恣意的) 해석을 통해 예수가 말한 상징을 왜곡시킴으로서 역사를 '야비(野卑)상태'로 이끈 죄를 범했다는 것이다.

이런 측면에서 볼 때 니체는 다분히 예언자적 면모를 갖추고 있던 사상가였다. 그는 상징은 인간을 본질에 도달하게 하는 유일한 통로요, 규격화된 이성을 자유로운 상상력으로 연결시켜 주는 유일한 도구라는 것을 이미 깨닫고 있었다. 그의 예리한 직관력은 현대인들에게 섬광과 같은 충격을 주며 더욱 접근해 오고 있다. 그의 혜안은 상징의 문제를 새롭게 조명하여 신학의 일대 전환기를 마련해 놓았다.

니체가 제시한 해석에 의하면, 상징적 표현으로서의 '아버지'와 '아들'이 뜻하는 바를 명백히 파악하기는 어렵지만, 대체로 다음과 같은 의미를 지니고 있다는 것이다. 즉 '아들'이란 말은 모든 사물들이 총체적으로 변화되어 도달하게 되는 '축복받은 상태'로의 첫 출발을 의미하는 것이며, '아버지'란 말은 그런 축복받은 상태 곧 '영원성과 완전성이 갖추어진 상태'를 나타내는 것이라고 한다. 그의 이런 상징 해석에 비추어 볼 때, 니체가 기독교의 역사를 '예수의 상징적 담론을 난폭하게 오해해 간 역사'로 간주한 것은 당연한 추론이라고 할 수 있다.

3

상징의 본질은 무엇일까? 이런 물음에 뚜렷한 해답을 제시할 수는 없다. 왜냐하면 설사 해답을 제시한다 하더라도, 그것은 또 다른 '언어적 상징'의 도움을 필요로 하지 않으면 안 되기 때문이다. 우리는 온갖 상징형식들에 둘러싸여 살아가고 있는데, 그 중 가장 큰 상징형식은 역시 언어라고 할 수 있다. 그런데 언어는 별다른 이유 없이 사물에 자의적 명칭을 부여하여, 사물을 언어적 상징의 범주 안에 가둬버리고 있는 것이다.

인간은 언어적 상징의 울타리에 갇혀 일정하게 한계지어진 사고방식을 갖고서 살아갈 수밖에 없다. 이런 측면에서 보면 인간이 이룩한 모든 철학적 · 종교적 사고는 그것이 언어에 바탕을 두고 있다는 점에서 한계성을 벗어날 수 없을 것 같아 보인다. 따라서 우리는 인간이 '상징적 인식 안에 머무르는 존재'라는 사실을 우선 인정해야 한다. 모호하기 짝이 없는 '상징'의 속성이 가져다주는 여러 가지 혼합된 의미들이 인간의 시야를 가리고 있다.

그럼에도 불구하고 상징이 인간을 형이상학적 인식의 상태로 이끌어 복합적인 문화(긍정적 의미로든 부정적 의미로든)를 창출시켰다는 것 또한 의심할 수 없는 사실이다. 인류의 역사를 살펴보면 모든 정신문화의 결과물들은 '뭉뚱그려진 상징의 형태'를 표상의 형식으로 삼고 있고, 특히 종교적 계시나 예술적 표현은 모두 상징의 형태에 담겨 있다는 것을 알 수 있다. 억압된 잠재의식이 작용하여 생기는 '꿈'을 현실화시키려고 노력하게 된 것도, 상징적 인식에 더 깊숙이 접근해 들어가려는 인간 특유의 의지가 발현됐기 때문이었다.

하지만 상징은 여러 가지 복잡한 의미들이 엇갈려 복합된 형태로 드러나게 마련이어서, 인간을 신비주의적 미망(迷妄)과 시행착오에 빠지게 만드는 요인이 되기도 한다. 상징은 인간으로 하여금 총체적 우주관에 접근할 수 있는 기회를 마련해 주지만, 상징의 그릇된 해석은 인간을 본원적 진실로부터 더욱 멀어지게 하여 전혀 엉뚱한 결과를 빚어내기도 하는 것이다.

인간은 마치 커다란 뭉게구름에 휩싸여 있는 것처럼 희미하고 불가해(不可解)한 상징체들에 둘러싸여 살아가고 있다. 상징이 갖고 있는 여러 가지 다원적 특성 중에서 인간에게 가장 큰 영향을 미치고 있는 것은 역시 '역동적 기능'으로서의 '상징의 연역성(演繹性)'일 것이다.

4

중국 청나라 시대의 포송령(蒲松齡)이 편찬한 전기소설집(傳奇小說集)『요재지이(聊齋志異)』에는 상징을 주제로 한 여러 가지 이야기들이 실려 있는데, 그 가운데서도「금고부(金姑夫)」라는 소화(小話)는 상징이 발휘하고 있는 연역적 기능을 단적으로 시사해 주고 있다. 다음에 그것을 그대로 인용해 본다.

> 회계(會稽)에 매고(梅姑)의 사당의 있다. 신(神)인 매고는 본디 성을 마(馬)라 하였고 일족은 동원(東苑)에서 살았다. 시집가기 전에 약혼자가 죽었으므로 다시는 시집가지 않겠다는 맹세를 세우고 삼십일쯤 해서 죽었다. 일족이 이를 사당에 제사지내고 매고(梅姑)라 했던 것이다.
>
> 병신년에 상우(上虞)의 금(金)이란 사람이 시험을 보러 가는 도중 이곳을 지나갔다. 금은 사당에 들어가 어슬렁어슬렁하면서 이런저런 명상에 잠겨 있었다. 밤이 되었을 때 꿈에 여종이 나타나 매고의 분부라고 하며 부르러 왔다고 말했다. 금이 그 뒤를 따라 사당 안으로 들어가니 매고가 마루 아래 서서 기다리고 있었다. 매고는 웃으면서 말했다.
>
> "잘 오셨습니다. 진심으로 흠모하고 있었어요. 만약 이곳의 누추함이 싫지 않으시면 이 사람은 즐겨 그대를 모시고자 합니다."
>
> 금이 승낙하자 매고는 밖으로 전송해 나오면서 말하였다.
>
> "우선 밖에 나가 계십시오. 제가 집안을 정돈해 놓고 나서 맞으러 가오리다."
>
> 금은 꿈에서 깨고 나니 그 여인이 밉살스러웠다.
>
> 그날 밤 그 지방의 주민이 꿈에 매고를 보았는데,

"상우(上虞)의 금 도령님이 지금 내 남편이 되었으니 상(像)을 만들어 드리셔요."

하고 말하는 것이었다.

이튿날 아침에 마을 사람들이 모여 얘기하니 모두가 같은 꿈이었다.

그러나 마씨(馬氏)의 족장(族長) 되는 사람은 매고의 정절을 더럽히는 것이 두려워 신의 분부를 좇지 않았다. 그런데 얼마 지나지 아니하여 마씨 일족(一族)이 병이 났으므로 크게 두려워해 금의 초상을 매고의 왼편에 만들어놓았다. 초상이 만들어진 뒤 금은 그의 부인에게,

"매고가 영접을 왔다."

하고 말하며 의관을 정제하더니 죽어버렸다.

처는 원통히 생각하여 사당에 나아가 여인의 초상을 더럽히며 욕을 하고, 또 신(神)의 자리에 올라가서 네댓 번 뺨을 치고 돌아갔다. 이제 마씨는 금씨의 부인, 즉 금고부(金姑夫)라 불리고 있다.

위의 이야기에서 우리가 주목해야 할 것은 매고(梅姑)의 변절이 아니라 금(金)의 초상에 관한 기록이다. 금이 매고의 사당에서 잠들었을 때 매고를 꿈에서 보고 매고의 남편이 되기를 승낙했으나, 당장은 죽지를 않았다. 주민들이 결국 매고가 시키는 대로 금의 상(像)을 만들어놓자 그때 비로소 금이 죽었던 것이다. 금의 죽음은 매고가 영접을 왔기 때문이기도 하지만 자신의 초상 때문이라는 것을 알 수 있다.

마씨의 족장 되는 사람이 매고의 정절이 더럽혀지는 것이 두려워 상(像)을 만들지 않자 매고는 노여워하여 그들에게 병을 내리는 벌을 줬는데, 그 정도의 신력(神力)을 갖고 있는 매고도 마음대로 금을 죽여 남편으로 맞이할 수가 없었다. 마씨의 족장이 사당에다 금의 상(像)을 만

들어놓은 다음에야 비로소 금을 데려갈 수 있었던 것이다.

그렇다면 매고 역시 사람들이 그녀의 상(像)을 만들어놓은 다음에 가서야 비로소 신력(神力)이 생겨났다는 말이 된다. 만약 주민들이 금의 초상을 만들지 않고 매고의 상(像)을 아예 없애버렸다면 어떻게 되었을까? 그러면 매고의 신력(神力) 자체가 소멸해 버리지 않았을까? 이런 가정을 충분히 해볼 수 있다.

우리는 여기서 상징이 갖고 있는 위력을 쉽게 추리해 낼 수 있다. 금의 초상은 일종의 상징이다. 그것은 금 자신과는 하등의 관련도 없는 한낱 그림에 불과한 것이지만, 그 그림이 만들어지고 나서야 매고는 금을 자신의 곁에 불러들일 수 있었다. 말하자면 금 스스로가 먼저 있고 그 다음에 금을 본떠 만든 초상이 생긴 것이지만, 오히려 나중에 생긴 초상이 금의 운명을 결정하고 만 것이라고 볼 수 있다.

이런 식으로 생각해 보면, 매고가 신령으로서의 힘을 발휘하게 된 것도 사람들이 사당을 세우고 초상을 걸었기 때문이라고 할 수 있다. 말하자면 어떤 대상물이 먼저 있어 거기서 상징이 생겨나는 것이 아니라, 상징이 먼저 있어 거기서 대상물이 생겨나고 상징의 지배를 받게 되는 것이다. 이런 현상을 '상징의 연역작용(演繹作用)'이라고 이름붙일 수 있다.

5

우리는 상징적 표현물을 '상징화되기 이전의 실체'와 동일시하게 되는 수가 많다. 인간의 언어 자체가 이미 상징적 성격을 갖고 있기 때문에 더욱 그렇다.

가령 아름다운 여인을 표현할 때 그저 "그 여인은 아름답다"라고만 하면 의미가 잘 전달되지 않는다. 상징적 표상을 동원하여 "그 여인은 장미꽃 같다"라고 해야 오히려 의미가 잘 통하게 되고 더 충실한 표현이 되어주는 것이다. 그러면 그 말을 듣는 사람은 일반적인 여인의 얼굴에다 장미꽃의 이미지를 포개어 여인의 아름다움을 연상해 보게 되고, 나중에는 오히려 여인의 실체보다도 '장미꽃'이라는 상징물을 더욱 중요한 실체로 머릿속에 떠올리게 된다.

'상징의 연역작용'은 이렇듯 인간의 사고구조 전체를 지배하고 있는데, 특히 관념적 언어들을 주의깊게 살펴보면 그런 사실을 감지할 수 있다. 이를테면 철학에 있어 형이상학이나 실재론 같은 것은, 일종의 상징으로 표현된 비본질적 명칭들을 탐구의 대상으로 삼고 있다는 점에서 직접적인 대상과는 거리가 먼 것이다.

그것은 자연과학에 있어서도 마찬가지여서, 과학적 추리의 기본 단위인 양자니 전자니 하는 것들은 사실 과학자들이 구성한 일종의 상징적 개념에 불과하다. 형이상학적 개념이 아닌 물질적 개념이라고 해도 그것 역시 상징의 산물임에 틀림없다. 인간은 이런 상징적 개념어(槪念語)에 생각을 투영시켜 본질을 추리해 내고 있는 것이다.

예를 들어 우리가 '공간(空間)'에 대해서 생각해 본다고 할 때, 처음 뇌리에 떠오르는 것은 공간의 본질보다는 '공간'이라는 말이 갖는 언어적 음감(音感)과 글자의 자형(字形) 등이다. 말하자면 우리는 본래의 존재로서의 공간보다는 '공간'이라는 언어형상을 통해 비로소 공간을 생각해 내게 되는 거꾸로 된 과정을 밟고 있다. 즉 사고(思考)를 본질적 대상물에서 귀납적으로 끄집어내는 것이 아니라, 간접적 상징형식을 통해 연역적으로 끄집어내는 것이다.

이러한 '상징의 연역현상'이 우리의 모든 사고과정을 지배하고 있는데, 그것은 사고의 도구역할을 하는 언어라는 매개물이 다분히 모호하고 추상적인 성격을 갖고 있는 데 기인한다. 모든 만물은 스스로의 '독자적 실체'로 인간에게 인지되지 않는다. 무엇이든 그것을 뭉뚱그려 표상해 줄 수 있는 상징물이 필요한 것이다.

공자의 유교사상은 '인(仁)'이라는 함축적인 언어표현으로부터 시작하며 도교(道敎)는 '도(道)'라는 역시 함축적인 언어표현을 빌려서 비로소 우리들의 정신구조에 접근해 온다. 우리는 무엇이든지 그것 자체를 납득하고 이해할 수가 없다. 무엇이든 상징의 그림자를 거쳐야만 한다. '인(仁)'의 본질을 어떻게 무언(無言)으로 이해할 수 있을 것인가? 그것은 필연코 설명의 과정을 거쳐야 하는데, 그것 역시 언어적 표현을 빌리지 않고서는 불가능한 노릇이니, 계속 그것은 상징의 그림자를 농(濃)한 효과로부터 담(淡)한 효과로 약화시키는 결과로밖에는 이르지 못하게 하고 만다.

우리들은 흔히 공자의 '인(仁)'을 알기 쉽게 설명할 때, '인(仁)'이라는 한문 글자의 자형(字形)을 통한 해설을 빌리는 것을 볼 수 있다. 그것은 '인(仁)'이라는 글자를 좌우이부분(左右二部分)으로 분해해 보면 그것이 '二'와 '人'이 되므로 곧 '두 사람'의 뜻이니, 인간 사회의 2인(二人) 이상의 공동생활에서 일어나는 여러 가지 상호간의 예의 및 협동 등을 통틀어 상징하는 것이라는 것이다.

이와 같은 방식은 기타 다른 한문의 뜻을 해석할 때 흔히 사용된다. '충(忠)' 자(字)는 '중(中)' 자와 '심(心)' 자의 합(合)이니, 곧 마음의 가운데란 뜻이라는 것 등이 그것이다. 이런 방식은 한문이 상형문자라는 점에서 볼 때 아주 합리적이고 그럴듯한 설명 같아 보일지 모르지만, 실은 매우 위험한 방식이다. 왜냐하면, '인(仁)' 자(字) 같은 것의 자형(字形)의 성립은 물론 충분히 내용적 의미를 염두에 두고서 최초의 창제자(創製者)가 만든 것이겠지만, 그것 하나만 가지고서 그것이 의미하는 폭넓은 뜻들을 다 추출해 낼 수는 없기 때문이다.

이러한 상징연역적(象徵 演繹的) 추리방법이 우리의 사고를 지배하고 있다는 것은 참으로 슬픈 일이다. 왜냐하면, 그러한 사고습관(思考

習慣) 때문에 우리는 항상 사물의 본질로부터 괴리(乖離)될 수밖에 없는 처지에 놓이기 쉽기 때문이다.

'언어도단(言語道斷)'이란 말은 원래 옛부터 선가(禪家)에서 전해 내려온 말이다. 이 말의 원뜻은 진리 그 당처(當處)가 언어와 문자를 초월하는 것이므로, 글로나 뜻으로 표현할 수 없다고 하는 데서 비롯된 것이라고 한다. 가만히 생각하면 할수록 우리들 주위에는 사물의 실상과는 하등의 관계없이 이름이 붙여지고 그 이름에 따라 실상의 본질이 이끌려가고 있는 양태를 보이고 있는 경우가 많다. 아무리 심오한 철학책이라도 그 속에 논하고 있는 것의 바탕을 이루고 있는 것은 문자적인 관념에 대한 연역적 해석(演繹的 解釋)이요, 또 그것을 응용한 언어문자적(言語文字的) 관념의 뭉뚱그림에 불과한 것이다.

우리가 우리의 인식 문제를 파고들어간다면, 그 인식의 근저(根底)를 이루고 있는 것은 역시 문자적 개념이랄 수밖에 없다. 문자적 개념은 곧 상징과 통하는 것인데, 그것 이외에 우리가 본질로 들어가는 방도(方途)가 없는 것을 우리는 알고 있으나, 그것으로 인하여 생기는 여러 가지 오류를 다시 한번 인식하여 보는 것 역시 우리에게는 필요한 것이다.

이러한 '상징의 연역현상'이 인간의 모든 사고과정을 지배하고 있는데, 그 까닭은 사고의 도구역할을 하는 언어라는 매개물이 다분히 모호하고 추상적인 성격을 갖고 있는 데 기인한다. 모든 만물은 스스로의 '독자적 실체'로 인간에게 인지되지 않는다. 무엇이든 그것을 뭉뚱그려 표상해 줄 수 있는 상징물이 필요한 것이다.

상징의 긍정적 효용은 한 가지로 다른 것을 추리하여 무한히 많은 사실들을 유추해 낼 수 있다는 점에 있다. 하지만 그 과정이 연역적일 수밖에 없으므로, 오히려 실상(實相)의 본질이 가려지고 독단적 선입관의 오류 속에 빠져들 위험성이 생긴다. 그러므로 우리는 상징의 효용성을 인정하는 동시에, 또한 그것이 야기하는 위험성을 경계하는 유연성 있는 자세를 취할 수 있어야 한다.

6

'상징의 연역성'이 가장 큰 영향을 미치고 있는 것은 아마도 종교와 관련된 방면에서일 것이다. 앞에서 예로 든 금고부(金姑夫)의 이야기에서 매고(梅姑)는 민간신앙의 대상이 되고 있는데, 그녀 스스로가 죽어서 신이 된 게 아니라 주민들의 신앙심이 그녀를 신으로 만든 것이라고 볼 수 있다. 고등종교의 형태로든 미신의 형태로든, 모든 종교는 다 이런 '상징의 연역성'으로부터 출발한다.

'신(神)'이라는 말로 표현된 막연한 상징적 개념이 많은 사람들을 광신으로 몰아가기도 했고, 깊은 신념을 줌으로써 정신적 평안을 맛보게 하기도 했다. 기독교 신학자 폴 틸리히는, "신을 인격적 개념으로 이해해서는 안 되고, '인간들 마음속에 공통으로 작용하고 있는 궁극적 관심'의 상징으로 이해해야 한다"고 주장한 바 있다. 이런 주장이 나오게 됐다는 것은, 인간의 사고구조가 상징의 속성을 이해하는 쪽으로 발전했다는 것을 보여주는 한 증거가 될 것이다. 또한 인도의 힌두교 철학자 라드하크리슈난은 신의 상징적 의미를 '우주만물 상호간의 사랑'으로 보았는데, 이 역시 한 걸음 앞서 나간 상징 이해의 측면이라고 볼 수 있다.

종교적 신앙은 어떤 대상물에 대해 상징적 신격성(神格性)을 불어넣는 것에서부터 출발한다. 그러면서 신격화된 대상물에 대한 '이름 붙이기'로 이어지는데, 그 대표적 예로 중국의 '천(天)'이나 이스라엘의 '여호와(하늘에서 온 사람이라는 뜻)'를 들 수 있다.

이런 명명작용(命名作用)은 인간의 마음속에 최면적 신념을 불러일으켜 종교적 신앙심을 자리잡게 만든다. 『구약성서』에 나오는 '모세의 십계명' 가운데 "신의 이름을 함부로 부르지 말라"가 들어 있는 까닭은, 어떤 대상물(이를테면 '우상' 같은 것)이든지 간에 그것에 일단 상징적 명칭을 부여하게 되면 미신적 신앙으로 화할 가능성이 높다는 것을 모세가 알고 있었기 때문일 것이다.

이런 설화가 있다. 어느 마을에 홍수가 나서 냇물이 불었다. 그때 냇물 위로 커다란 뱀 한 마리가 떠내려가는 것이 보였다. 그러자 어떤 아이 하나가 그 뱀을 보고 "야, 저 용(龍) 좀 봐라!" 하면서 동무들에게 떠들어댔다. 아이들은 그것이 용이 아니라 큰 뱀에 불과하다는 것을 알고 있었기 때문에 소리 지른 아이를 보고 웃으며 나무랐다. 그러고 나서 다시 냇물을 보자, 그 뱀은 갑자기 커다란 용으로 변해 하늘로 날아올라 가는 것이었다.

이 이야기는 명명행위(命名行爲)가 사물의 실상에 얼마나 큰 영향을 미치며, 영향을 미치는 정도가 아니라 아예 사물의 본질을 변화시키는 데까지 이른다는 것을 보여주는 좋은 예라 하겠다. 동서양을 막론하고 사람의 이름으로 운명을 점치는(또는 이름을 바꾸면 운명이 바뀐다고 믿는) '성명학'이 발달한 것은 이런 맥락에서일 것이다.

어떤 형태의 종교라 할지라도 그것이 생겨난 배경에는 상징의 연역작용으로 인해서 빚어진 오해가 개입하고, 그런 오해가 오히려 신앙의 주축을 이룬다. '신'이라는 단어가 이 세상에 존재하고 나서부터, 인간의 마음속에는 이미 신의 실상이 자리잡고 있다고도 볼 수 있는 것이다. 종교적 · 철학적 도그마로서의 '상징적 이름'이 갖는 연역적 위력을 보여주는 다른 예로, 주역사상(周易思想)에서 수많은 실증을 볼 수가 있다. 특히 동양철학에서, 우주 근원의 문제를 가장 깊이 형이상학적으로 파고들어가는 이기론(理氣論)에 있어서는 '이(理)'와 '기(氣)' 두 글자 자체가 갖고 있는 의의가 실로 중요한 것이라고 하지 않을 수 없다.

이기론(理氣論)의 창설자인 정이천(程伊川, 1033-1107)은 이기(理氣)의 개념적 정의를 다음과 같이 밝히고 있다. "음양(陰陽)을 떠나서는 도(道)가 없다. 음(陰)이 되고 양(陽)이 되는 이유가 도(道)이다. 음양(陰陽)은 기(氣)이며, 기(氣)는 형이하자(形而下者)요, 도(道)는 형이상자(形而上者)이며, 형이상자(形而上者)는 이(理)이다."[1)]

그러나 기(氣)를 형이하자(形而下者)로 보았다고 해서 그것을 곧 '물질(物質)'과 같은 개념으로 이해해서는 안 된다. 일반적 견해에 따른다면 형이상자(形而上者)는 본체(本體)요, 형이하자(形而下者)는 현상(現象)으로 볼 수도 있겠으나 여기서는 이(理)를 '우주나 자연의 원리 같은 것'으로, 기(氣)를 '만물이 이룩되기 전부터 있었던 원소(元素)와 같은 기운'의 뜻으로 보는 것이 가장 타당할 것 같다.[2)]

여기서 나는 이기(理氣)의 근원을 밝히거나 그것의 본질을 해부하려는 것이 아니라, 그러한 '이(理)', '기(氣)' 두 글자가 어떠한 상징적 영역을 갖고 있는가를 살펴보려고 하는데, 그것은 문자로 표현된 추상개념들이 구구한 억측과 연역적인 의미 부여로 인해, 당초의 원래 의미로부터 지나치게 괴리되어 떨어져 나가는 것을 많이 보게 되기 때문이다. 이기설(理氣說)이나 동양철학의 도구적(道具的) 역할을 하는 '역(易)'의 이론들이, 모두 다 사고과정에 있어 연역적 추리의 입장을 취하고 있다는 사실은 이미 통념으로 인정되어 있다. 그리고 또한 그러한 고대철학의 모호한 기술방법들이 묘하게 현대과학과 맞아떨어진다는 사실도 많이 증명되었다.

그렇다면 당초에 우주 원리를 '이(理)'와 '기(氣)' 두 글자로서 포괄하여 연역했던 사람은 어떤 경로를 통해 그러한 탁월한 사유를 이룬 것일까? 실로 그것은 신비스러운 일이 아닐 수 없다. 여기서 우리는 다시

---

1) 『이정전서(二程全書)』, 61권.
2) 서경덕, 『화담집(花潭集)』, 원리기편(原理氣篇) 참조.

한번 이(理)와 기(氣)의 문제를 비롯한 종교적 상징의 문제들을 철학적 입장에서의 분석적 측면을 떠나, 오히려 총체적(總體的) 문학적 직관(直觀)의 입장에서 다루어보아야만 하게 되는 동기를 재확인해 볼 필요성이 생기는 것이다. 이(理)와 기(氣)의 문제 역시 종교적 상징의 차원에서 다루어야 한다는 것은 의심할 나위도 없다. 그것 또한 일종의 종교적 언어로 이루어진 상징으로 인간심리에 작용하여, 일종의 연역적 신앙심을 불러일으켜 주는 까닭에서이다.

7

상징은 인식하는 자아와 인식받는 외부 사이를 연결한다는 뜻에서 우리들에게 중요한 종교적 의미를 지닌다. 인간은 우주적 창조로 인하여 우리의 본질을 잊어버렸고 우주의 단일성은 깨어졌다. 그러므로 인간은 전(全) 우주의 단일화된 역동성으로부터 분리되지 않으면 안 되는 처지에 놓였던 것이다. 근세기까지만 해도 과학은 시간을 잊어버린 공간만을 전제로 했다는 일방적인 오류를 범하였다. 그런데 근자에 이르러 아인슈타인의 상대성 이론의 출현과 더불어 '시간'에 대한 인식이 새로워지기 시작했다는 사실은, 인간을 점차 창조적 원점으로 진일보하게 만드는 동력원(動力源)이 되어 주었던 것이다. 여기서 상징은 중요한 구실을 하여, 우리들을 원초적인 생명의 원점으로 복귀시키는 역할을 해주게 된다.

역사상에 나타났던 모든 종교적 경험은 상징을 통해서만 대언(代言)되었고 계시되었다. 인간이 미래를 예측할 수 있는 여러 통로들은 모두가 상징의 연역성을 기본 바탕으로 갖고 있다. 점을 친다는 것은 우리의 잠재의식 속에서 잠자고 있는 예지본능을 이끌어내는 것인데, 그런 방법으로 우리는 상징 이외의 특별한 것을 발견할 수 없다. 동양의 이기론(理氣論)에서도 그것은 마찬가지다. 그러므로 우리는 다시 한번 이기론(理氣論)의 가장 큰 특성인 상징의 연역성을 생각해 봐야만 한다.

상징의 연역성은 직관(直觀)과 깊은 관련성을 가지고 있다. 어떤 순간적 직관은 거기에 아무런 설명도 붙일 수 없는 일종의 예정적(豫定的)이요, 계시적인 것이다. 그것은 다른 어떤 하등의 귀납적인 이유나 설명을 필요로 하지 아니한다. 그러나 그것은 다른 어느 것보다도 우리의 의식세계에 파고들어 우리를 지배하게 된다. 그것은 일종의 선험적인 선천관념(先天觀念)과도 같다. 상징의 원초적 형태는 대개 모든 사물을 여러 개의 범주들로 분화시키는 데서부터 출발하여 일어나게 되는 것이니, 그러한 최초의 성립근인(成立根因)으로부터 모든 상징의 연역적인 결과가 초래되게 된다.

이(理)와 기(氣)라는 두 개의 글자는 그 속에 모든 만상(萬相)의 여러 가지 원칙들을 포함시키고 있다. 만일 이러한 원칙 자체에 당위성을 부여하여 이(理)와 기(氣)를 글자 자체만으로 해석하거나 분석해 보는 입장을 취한다면, 우리는 곧 혼미 속으로 빠져들어 갈 수밖에 없을 것이다. 따라서 거기에서 거대한 진리로 통하는 하나의 입구만을 발견하는 태도를 취해야 한다. 상징의 의의는 그것 자체로 다른 것을 추리하여 무한히 많은 사실들을 유추해 낼 수 있는 가능성에 있는 것이나, 상징은 다분히 연역적일 수밖에 없으므로, 오히려 실상의 본질이 상징에 이끌려들어가 선입감의 오류 속에 빠져들어 갈 위험성이 생기는 것이다. 그러므로 우리는 상징의 위력을 인정하는 동시에, 또한 상징 자체의 당위성을 무한히 의심해 볼 수 있는 여유있는 태도를 취할 수 있어야 한다.

8

상징은 '자유'와 밀접한 관련성을 가지고 있다. 상징적 사고는 다원적이고 개방적인 사고로 가는 길을 열어주기 때문이다. 하지만 상징은 엉뚱하게 부풀려져 해석될 가능성을 동시에 갖고 있으므로, 우리는 상징이 다만 '상상의 길을 넓혀주는 역할'을 할 뿐이라는 사실을 확실하게 인지해야 한다.

모든 상징적 표현물들을 '계시'니 '영감'이니 하는 따위의 개념을 동원하여 이해하려 한다면 우리는 더욱 큰 미망 속에 빠져들게 된다. 우리는 여러 가지 상징적 표현물들을 통해 자유로운 상상적 사고를 위한 '적극적 직관'의 계기를 마련하면 그만인 것이다. '천국'이나 '지옥' 같은 위압적이고 권위적인 상징체들에 굴복하지 말고 그것을 문학적 상징의 산물로 받아들여야 한다. 그러기 위해서는 인간의 사고구조가 다음과 같은 궤도 속을 맴돌고 있다는 사실을 알아둘 필요가 있다.

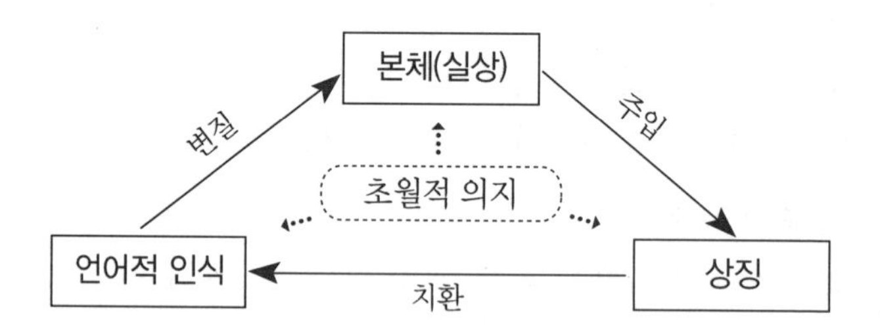

상징은 인간 의식의 가장 밑바닥 심층에 '본원적(本源的) 표상'의 형태로 자리잡고 있다. 상징은 다시 언어적 인식으로 치환(置換)되면서 문화의 간섭과정을 거쳐 변질되어 본체적(本體的) 인식(즉 실재적 인식)처럼 지각된다. 그리고 그렇게 왜곡된 실상(實相)이 다시 상징으로 주입되어 변형된 상징을 만들어낸다. 그렇게 변형된 상징이 다시 또 언어적 인식을 거쳐 실상의 본질을 변형시키고……. 말하자면 끊임없는 악순환의 되풀이다. 인간의 인식은 결국 끊임없는 변질의 경로 안에서 혼란스럽게 맴돌고 있는 셈이다.

이(理)라든지 기(氣)라든지 하는 따위의 형이상학적 상징이나 '신', '원동자(原動者)' 등의 종교적 상징 또는 암호의 문제는, 그런 것들이 이런 삼각형의 궤도 안을 맴도는 '순환적 전이과정(轉移過程)' 중에 생겨난 '임의적 표상'에 불과하다는 관점에서 새롭게 검토되어야 한다.

인간은 이런 순환궤도 안에서 이루어지는 무한한 변모작용을 거쳐 일시적으로 고착(固着)된 것에 불과한 어떤 상징체를 붙잡아, 그것에 과도한 의미를 부여한다. 하지만 그런 상징체들은 '유전(流轉)하는 본체(本體)의 일부'이거나 '무휴(無休)의 운동을 계속하고 있는 궤도 속의 한 점'에 불과하다. 이런 사실을 깨달을 수 있을 때, 상징에 대한 올바른 인식이 이루어질 수 있다.

위의 삼각궤도 전부를 지배하고 있는 것은 바로 문학 내지 예술에 있어서의 초월적이며 계시적인 무한성의 의지인 바, 그것은 곧 상징을 통해서만 표출될 수 있는 불가피한 당위성을 함축하고 있는 신격(神格)의 진리라고 볼 수 있다. 상징을 '신(神)'이라는 불가해(不可解)한 존재를 향한 '근원적 암시'라고 볼 때, 우리는 다시 한번 새 차원의 종교적 경지로 들어갈 수 있을 것이다. 이러한 종교적 인식의 과정에 있어 가장 주력해야 할 것은, 상징을 연역적 의미로 새롭게 조명하여 인지하는 일이다.

'신(神)'이라는 문학적 관념을 결과론적인 당위성에 밀착시켜 해석해 보려는 목적론적 형이상학의 위험이 항상 우리들의 가언적(假言的) 인식의 근저(根底)를 위협하고 있다. 물론 종교적 상징의 차원에는 초월적 수평이 있기는 하다. 초월적 수평에서의 종교적 상징의 주재자는 신 그 자신이다. 그러나 신비주의적 요소로 가득찬 종교적 상징으로의 접근은 우리의 사고방식을 일면적인 이차원적 사고로 떨어뜨릴 위험성을 안고 있는 것이다.

따라서 무엇보다 다면적인 각도에서 종교적 상징의 새로운 수평을 검토해 보지 않으면 안 된다. 상징 그 자체는 다분히 연역적인 진리를 우리들 의식세계에 강요함으로써 경험적인 비판으로부터 독립하고 있으나, 인간은 이미 데카르트가 말한 바와 같이 사유(思惟)함으로써만 존재할 수 있는 동물이므로, 경험적 가설에 비추어 회의적(懷疑的) 판단과 부정을 끊임없이 계속해야만 하는 것이다. 상징을 종교적 차원의 측면으로 추적할 때, 우리는 상징을 될 수 있는 한 연역(演繹)되기 이전의 상태로 독립시키고 환원시켜서, 그 속의 어떤 원형질적(原形質的) 요소로부터 인간 존재의 궁극적 터전과 새로운 질서를 도출해 내야 한다.

9

상징이 갖고 있는 연역적 의미에 관하여 우리가 관심 깊게 논의하고 있는 것은, 상징의 중요성 속에 무엇인가 한층 깊고 긍정적이며 부정적인 여러 가지의 징후가 뒤얽혀 포함되어 있다는 사실을 어렴풋하게나마 선험적으로 지각하고 있기 때문이다. 현대의 많은 논리실증주의자(論理實證主義者)들(예를 들면 Wittgenstein, G. E. Moore 같은 이가 대표적 존재라고 할 수 있다)은, 철학함에 있어 이미 언어의 한계에 수없이 부딪치고 있는 자신들을 발견하였다. 언어가 실제로 어떻게 사용되는가를 통찰할 때 생기는 편견이 존재하는 경우, 그것이 모두 '어리석기만'한 편견은 아니라는 것을 그들은 깨달았던 것이다.

형이상학(形而上學)을 지향하는 철학자들이 아무리 최선을 다한다 할지라도 그들은 틀림없이 언어의 수직적(垂直的) 한계에 부딪치고 만다. 이런 언어적 한계에 부딪친 현시대의 모든 사고의 제 양상(諸樣相)

에 있어, 상징의 문제는 논리적 실증주의자들, 기호학자들, 그리고 일반 철학자들과 예술가 · 신학자들까지도 같이 공명(共鳴)할 수 있는 오직 하나의 공통된 관심점이라고 할 수 있다. 따라서 우리는 이러한 상징의 연역적 속성을 궁극적 원칙으로 설정해 두지 말고, 우리가 이제껏 가지고 행동하고 사고해 왔던 단순한 논리적 사고방식을 새롭게 개혁하는 데 방법론적 도구로 이용하여, 인간의 존재 의의를 실재적 수평(實在的 水平)에 도달하도록 하는 데 사용해야 하는 것이다.

적극적인 점을 말한다면, 우리는 우리가 대단히 중요한 일이 재발견되는 과정 속에 놓여 있다는 것을 알 수가 있다. 즉, 실재(實在)에는 전연 다른 실재의 수평(水平)이 있다는 것과, 이 다른 수평은 다른 연구방법과 다른 언어를 요구한다는 것이다. 그리고 실재의 모든 것이 수리과학(數理科學)에 가장 적당한 언어에 의해서 터득되지는 않는다는 것이다. 이 같은 상황에 대한 통찰이야말로 상징의 문제를 다시금 신중하게 받아들이게 된 가장 적극적인 측면이 될 것이다.

상징을 통해서 이해되는 실재의 수평에는 반드시 직관이 개입하게 된다. 상징이 필연적으로 연역적일 수밖에 없는 것은 직관과 상징이 갖는 함수관계 때문이다. 인식론을 넘어 아득히 보이는 세계, 그것은 직관의 세계이다. 인식은 경험을 기초로 하고 그것은 이론에 우선한다. 그러나 인식의 방법은 때때로 두 가지 이상의 것이었다. 직관적 인식과 논리적 인식, 이 둘은 같이 존재하는 것이면서도, 직관은 논리의 배정 아래서만 인식의 문제로 인정될 수 있었던 것이다. 직관 자체를 논리적으로 설명해 보려는 노력에 대해서 우리는 무한한 의혹을 느낄 수밖에 없다. 그러나 사고함으로써만 존재할 수 있는 인간은 존재의 근저(根底)에 이미 '논리적(論理的) 방법우선(方法優先)'이라는 필연적 성질을 전제하고 있다. 논리적 방법은 '분석'을 반드시 동반한다. 현대 철학계의 근본 조류도 바로 이 치밀한 '분석'에 근본적 초점을 맞추고 있다.

그러나 우리는 다시 한번 분석에 대한 새로운 고찰을 해봐야 할 단계에 와 있는 것 같다. 연역적 특성을 가진 상징은 귀납적 속성에 묶여 있는 '분석'에 항상 대립하는 입장에 놓인다. 이러한 분석과 상징의 숙명적인 대립 사이에서 인간의 사고구조는 선험적인 것과 경험적인 것 사이에서 방황하게 되는 것이다.

그렇다면, 상징의 문제와 그토록 대척(對蹠)할 수밖에 없는 '분석'을 옹호하여 철학적 분석이라는 방향을 세우고 그것을 실행해 온 사람들은 '분석'이라는 말을 어떤 의미로 해석해 왔던 것일까? 그들은 무엇을 분석이라고 주장했을까? 그것은 직접적 혹은 단정적인 문장인가, 아니면 그 문장의 의미인가? 어떤 사람은 그것을 명제라고 부르고 있지만 역시 적당한 해석이라고는 할 수 없다. 그렇다면 그러한 분석의 대상이 되는 것이 문장에 의해서 표현된 사상 혹은 신념인 것일까? 아니면 문장에 의해서 표현되는 것이 보통 진술이라고 지칭되는 것의 분석을 말하는 것일까? 가장 타당한 분석의 개념은 무어(G. E. Moore)가 한 말인 "분석의 대상은 명제이다"일 것이다.[3]

그는 분석하는 작업의 언어학적 특질과 의미에의 집념을 지나침 없이 적당하게 강조하고 있다. 무어는 분석의 대상을 기술하는 데 있어 개별적인 분석으로 세부를 보여주거나 전체의 윤곽을 그대로 보여준다 하더라도 결과는 동일하다고 주장하고 있다.

그는 같은 문제를 이야기하는 문장의 집합을 대표하는 하나의 문장은 다른 문장에 의해서 해명(解明)된다고 생각한다. 그러나 이러한 분

---

3) 무어는 20세기의 실재론적 철학운동에 있어 러셀(B. Russell)과 더불어 분석철학파의 노련한 대변자 역할을 했다. 그가 생각한 분석은 거창한 형이상학의 설명이 아니라, 한 가지 한 가지씩 해명해 나가는 방법을 말한다. 즉 그의 분석은 어떤 강령(綱領)이 아니라 실습(實習)인 것이다.

석적 태도에 의지하는 설명은 항상 기계론적 우우성(愚迂性) 속으로 빠져들어갈 위험성을 내포하고 있다. 그러한 분석 태도는 항상 우리의 인식을 초월하는 어떤 본질적인 실체(實體)를 염두에 두고 있기 때문이다. 그러한 '분석적'인 정확하고 엄밀한 사고(思考)가 의식 내부에서 지속되기 위해서는, 우리는 분석에 대한 판단을 위해 상징적 사고의 도움을 요청하게 된다. 인식의 형식으로서의 존재는 상징을 전제로 하고서만 성립될 수 있다. 정확하고 엄밀한 사고는 그 사고의 기초에 자리잡고 있는 상징들이나 징후들에 의해서만 지속될 수 있는 것이다.[4)]

우리가 대상을 인식한다고 함은 그것을 단순히 이성의 기계 속에 집어넣어 분석하는 것을 말하는 것이 아니다. 대상의 인식은 우리의 현상학적(現象學的) 인식으로서의 감성적인 것이 정신화되어 인식대상(認識對象)을 판단할 수 있다고 '가정(假定)'하는 것이다. 따라서 다양한 변화성을 가진 인간 정신의 표상(表象)이 상징화된 것 속에 내포되어 있기 때문에, 우리는 사고를 상징이 인도할 수 있다고 볼 수 있는 것이다.

상징이란 사고형식(思考形式)에 있어 필수적 의미를 갖고서 우리에게 접근해 오는, '인간의 이성적 능력이 밖으로 표상한 것'이다. 사고의 기본적 지평(地平)을 상징으로 인지(認知)할 때, 우리는 그것의 제1속성인 연역성(演繹性)을 가장 자연스럽게 인식의 기본 입장으로 수용할 수 있게 된다. 즉, 우리에게 주어지거나 알려진 대상이나 보편적 존재의 성질을 알고 싶어 결정하려고 노력하는 대신에, 인식의 법칙에 따라, 그리고 이성적 분석의 판단에 따라, 사고의 기본적 형식으로서의 상징성을 인정하는 일이 비로소 가능해지는 것이다.

인간의 타성(惰性)을 극복하고 늘 새로운 능력, 즉 우주를 끊임없이

---

4) E. Cassirer, *The Philosophy of Symbolic Forms*, Vol. I, tr. by R. Manheim, Yale Uuiv. Press, 1968, p.86 참조.

재구성하는 능력을 부여하는 것이 바로 '상징적 사고'이다. 상징을 통해서만 비로소 실재(實在)의 수평(水平)을 향한 인간의 사유(思惟)가 가능해진다. 가령, 우리들이 일상사에서 늘 접촉하고 있는 '시간'이라는 개념도, 그것의 명확한 어휘론적 의미를 우리가 찾아내려고 노력하면 끝내 실패할 수밖에 없는 것이다. 우리는 우리가 '지금(now)'이라는 '상징적 시간' 속에 존재하고 있다는 사실을 받아들임으로써, 비로소 시간의 본질적 의미에 접근할 수 있다. '지금'은 과거를 걸머지고서, 또한 미래 역시 머금고 있는 것이다.

10

그렇다면 상징은 어째서 그 근본적 특성으로 '연역성'을 갖게 되는 것일까? 그것을 밝히려면 상징의 최초 성립 과정에 대한 논의가 필요하다. 대체로 상징의 최초 성립은 모든 사물을 여러 개의 범주로 분화시키는 데서 일어난다. 어떤 개개의 물체나 사건들을 우리가 지각하고 경험할 때, 우리는 그것들을 각각 개체적인 개물(個物)들로 받아들일 수 없다. 왜냐하면 우리의 지각능력은 자연적 특수성으로 인해 선천적인 한계성을 갖고 있기 때문이다.

임마뉴엘 칸트는 그러한 한계성을 '형식'이라는 말을 통해 이해하였다. 즉 그에게 있어 인식이란, 인간의 감성적 형식인 시간과 공간을 통해서 들어오는 인식 대상이 오성(悟性)의 형식으로 정돈된 것을 뜻한다. 그렇기 때문에 감성형식(感性形式)과 오성형식(悟性形式)이 인식의 두 원천이다. 이 두 형식은 선천적(apriori)으로 인간에게 주어져 있다고 칸트는 주장한다. 그렇다면 우리가 한 대상을 인식한다고 할 때, 어떻게 감성적인 것이 오성적(悟性的) 개념 속에 포섭될 수 있는가 하는 것이 문제가 된다.

칸트는 이 문제를 해결하는 데 있어 다시 '도식(圖式)'이라는 말을 만들어내고 있다. 즉, 이 둘 사이에 도식이 작용함으로써 양자 간의 협력이 가능해질 수 있다는 것이다. '도식'은 인간의 사고 속에 있는 것이라고 칸트는 말했는데, 이 '도식'이야말로 어떠한 형식을 전제로 하여 성립될 수밖에 없기 때문에, 곧 '범주(kategorie)'라는 단어와 의미상으로 직결되게 된다. 즉, 카테고리야말로 인간이 사물을 접했을 때 의식 내부에 작용하게 되는 최초의 응결작용(凝結作用)인 것이다.

모든 인식은 범주(카테고리)가 없으면 성립될 수 없다. 우리는 모든 사물을 개개의 독립체로 받아들이지 못하고 반드시 개념에 의한 '범주로의 분화'를 거쳐서 받아들일 수 있는데, 이것이 바로 인간의 의식작용이 상징과 밀접하게 결합할 수밖에 없는 중요한 계기가 되어 준다. 왜냐하면 범주로의 분화작용(分化作用)은 필연적으로 상징을 배태(胚胎)할 수밖에 없기 때문이다.

그런 과정은 우리가 일상생활에서 경험할 수 있는 일이다. 우리는 모든 '범주화 작업'에서 대상을 쉽게 구별하기 위해 반드시 명명작업(命名作業)의 과정을 거친다. 꼭 이름을 붙이지는 않는다 하더라도 대상물은 어떤 상징체(象徵體)를 비교해야만 쉽게 인식되고 기억이 오래도록 지속될 수 있는 것이다. 가령 A와 B의 두 어린애가 있다 할 때, 그들을 쉽게 구별하기 위해 우리는 A를 '돼지같이 생긴 아이'라든지, B를 '염소 같은 아이'라고 쉽게 결정하고, 이를 두 어린애들을 쉽게 기억하는 데 이용하며 단정지어 버리게 된다. 그래서 나중에 가서는 A, B 두 어린애를 머릿속에 떠올리려면 그들 두 사람의 실제 얼굴을 기억 속에 소생(所生)시키려고 노력하기보다는, '돼지'와 '염소' 자체를 먼저 기억 속에서 되살린 다음에 가서야 비로소 A, B 두 어린애의 실제 얼굴을 상기하게 되는 과정을 밟게 된다. 이것이 바로 상징이 연역성(演繹性)을 그 제1의 특성으로서 갖게끔 만들어주는 요인이다.

인간의 정신능력은 곧바로 대상으로 향하지 않고, 오히려 자신의 세계, 곧 기호 · 상징 및 의미의 세계 속에서 자신의 정신을 활동시키는 것이다. 그러므로 우리는 이미 명명작업(命名作業)으로부터 출발하는 상징의 '연역화(演繹化) 과정'에서부터, 본질적인 대상으로부터 점차 이탈해 가는 과정을 밟고 있다고 볼 수 있을 것이다.

어린아이들이 유아기(幼兒期)의 성장과정에 있어 가장 큰 특성으로서 지니고 있는 'Name hunger'의 의미는 그런 측면에서 이해돼야 한다. 아이들이 항상 '불명(不明)'의 어떤 사물에 접할 때 사물 자체를 직접적으로 이해하지 못하고 그것의 이름을 통해서만 이해하려고 한다는 것은, 곧 우리의 의식 내부로부터 상징의 연역화 작용이 잠재적으로 다각화되어 나타나는 결과라고 볼 수밖에 없다. 니체가 말한 것처럼, 언어는 '꿈틀거리는 메타포(은유)들의 무리'이기 때문에, 그러한 무한정한 메타포들에 둘러싸여 생활할 수밖에 없는 우리는 은유들이 연역된 세계 속에서 빠져나갈 수가 없다.

인간이란 아직 이름지어지지 않은 것, 또는 감히 그 이름을 말하지 못하는 것에 이름을 붙이는 동물이다. '사랑'이나 '증오'라는 말은, 그 말의 내뱉음과 더불어 아직 그런 감정을 결정하지 않았던 사람들 마음속에 '사랑'과 '증오'의 감정을 솟아오르게 한다. 그만큼이나 언어는 내면적 경험과는 상관없이 판단과 태도결정(態度決定)에 많은 영향을 미치고 있는 것이다. 물론 사랑이나 증오라는 말이 없더라도 어떤 심성의 근원이 되는 정조(情調)가 막연한 상태로 있을 수는 있다. 그러나 어떤 확실한 언명(言明)이 언어로 선언될 때, 비로소 인간은 분명히 인식을 하게 되고 결단 앞에 서게 되는 것이다. 이런 언어적 사고 과정에서 인간이 사물의 본질과 접함에 있어 한계점이 되는 '범주화(範疇化)된 상징체(象徵體)'의 간섭을 우선 인정함으로써, 이미 연역화된 비본질적(非本質的) 메타포(은유)의 세계로 빠져들어가고 있다는 사실을,

우리는 기정화(旣定化)된 사실로 감수해야만 한다.

11

연역작용을 갖는 상징의 문제에 더욱 깊숙이 접근하기 위하여, 우리는 이제 '상상력'의 문제를 마지막으로 도입하지 않으면 안 될 단계에 이르렀다. 상징이 필연적으로 연역화 작용을 겪게 되는 것은, 상징의 성격에 상상력이 개입하여 동반하게 되기 때문이다. 상징이 연역되어 더욱 풍부한 의미를 나타내게 되고 다양성을 띠게 되는 것 역시, 인간이 상상력을 의식의 원천으로 보유하고 있기 때문인 것이다. "인간의 창조란 순전히 인간 상상의 작품이며, 상상에 의해서만 인간의 참된 본질이 표현될 수 있다"[5]라는 흄(D. Hume)의 말은 상상력이 동반된 상징의 성격을 잘 나타내고 있다고 할 수 있다.

상징이 기호의 단계를 뛰어넘어, 그것에 어떤 대상으로서의 의미가 덧붙여지게 되는 것은 바로 인간이 갖고 있는 상상력 때문이다. 따라서 상상력은 의미를 상징에 주입하게 해주는 원초적 모티프가 되는 것이다. 상징은 기호의 단계에 머물러서는 연역적인 의미부여의 기능을 다할 수 없다. 그것은 기호 자체로 사멸돼 버리고 만다. 상징이 기호로서의 위치로부터 확산(擴散)되어 인간의 의식을 지배하게 되는 것은 오로지 상상력 탓이다. 거기서부터 온갖 의미가 생겨나 인간으로 하여금 마치 창조적 기능이 원래부터 있었던 것처럼 생각하게 만든다. 대상에 접근하기 위해서든 대상을 뛰어넘기 위해서든, 직접적 도구로서의 상징을 반드시 필요로 한다. 여기서 우리는 상징 · 의미 · 상상력, 세 가지가 갖는 상호작용의 긴밀한 계기성(繼起性)을 추리해 낼 수 있을

---

5) E. Frank, *Philosophical Understanding and Religion's Truth*, Oxford Univ. Press, 1952, p.72.

것이다.

그렇다면 상상의 본질은 무엇일까? 흄은 상상의 본질을 다음과 같이 설명하고 있다.

> "관념이 새로 나타날 때는, 최초의 생생함을 어느 정도 그대로 보존하면서 한 인상(印象)과 한 관념(觀念) 사이를 매개하는 무엇이 있을 수 있다. 또는 최초의 생생함을 전적으로 잃어버린 상태로 하나의 엉뚱한 관념이 되기도 한다. 우리는 대상을 처음 모습대로 모사하는 능력을 기억(memory)이라고 부르며, 그와는 달리 대상을 확장시키는 능력을 상상(imagination)이라고 부른다."[6]

여기에서 흄은 기억과 상상을 인상과 관념 사이를 매개시키는 그 무엇이라고 말하면서, 인상(印象)이 있어야 기억이나 상상이 매개한 관념이 생긴다는, 다분히 경험론적인 입장을 밝히고 있다.

이 말은 확실히 옳은 말이다. 그러나 우리는 그러한 경험적 상상 말고도 훨씬 더 선험적인 상상의 능력을 충분히 경험해 볼 수 있었을 것이다. 경험만으로 상상이 도출되는 것이라면 우리의 지식이나 창조능력은 곧 소멸해 버리고 만다. 상상력은 한마디로 말해서, '무의식의 세계를 지향하는 자연발생적 작용'이다. 여기서 '자연발생적'이라는 말을 쓴 것은 상상이 경험에 의해서만 표출되는 것이 아니라 경험 이전의 어떤 '순수직관'의 세계로부터도 나타날 수가 있다는 것을 밝히기 위해서이다.

상상력은 좀더 자유로운 질서를 추구하기 위한 인간의 의식 내부의 끊임없는 활동인 바, 이 끊임없는 자유에의 의지는 우리를 경험의 굴레에서 해방시켜, 좀더 고차원적 (高次元的)인 상태로 인도한다. 이 자

---

6) D. Hume, *A Treatise of Human Nature*, Book Ⅰ, Part Ⅰ, Sect. Ⅲ.

유에의 의지의 직접적 소산이 바로 상상력이다.

인간 자신의 개인적 의식의 흐름 가운데 생생하게 현존하는 부분도 역시 스스로 나타난다. 이것은 경험할 때 당시에는 불충분하게 인지되고 파악된다. 그러나 그것은 결국 감각적 직관의 활동에 의해서가 아니라, 비감각적(非感覺的) 직관의 선험적(先驗的) 활동에 의해서 파악되게 된다.

이렇게 표출된 비감각적 직관은 우주적 질서에 기본적 기초를 부여한다. 이 기본적 기초가 되어 주는 것이 바로 상상력이다. 상상력이 가지는 선험적 직관으로서의 당위성(當爲性)에 대해서는, 그것의 가장 좋은 예로 종교를 들 수 있을 것이다. 종교는 합리성과는 먼 거리를 두고서 발생되었고 발전되어 왔다. 종교로 하여금 합리성과 먼 거리를 갖게 하는 원동력은 무엇인가? 그것에 대한 대답은 간단하다. 즉 종교는 상상력을 통해서 합리성(合理性)을 탐구한다. 이러한 종교적 합리성은 곧 '의미'와 연관지어지게 된다. 종교는 사물을 설명하고 원인을 논증할 때 과학 대신에 상상력을 사용한다. 종교가 계율(戒律)을 내리고 이상을 품게 하고 동경을 불러일으키는 데 쓰는 것은 지혜가 아니라 상상력인 것이다. 그러므로 종교는 모든 종교적 사유(思惟)의 방도로 시적(詩的) 상상력을 사용하고 있다고 볼 수 있다.

그렇다면 상상력의 본질적 특성은 상징의 연역적 측면에 어떤 영향을 미치고 있을까? 그것은 더 자세한 설명이 필요 없이 명백히 드러난다. 즉, 상징에 연역적 기능이 부가되어 확대되는 것은 모두 다 상상력 탓인 것이다. 마치 한 개의 조그만 눈덩어리가 굴러가서 차츰 거대한 눈뭉치로 변해가듯이, 최초의 상징은 차츰 상상이 그 위에 참가되면서 크게 불어나, 원래의 의미에서 한층 더 발전한 제 2의 의미를 산출한다.

이러한 상징의 연역화 작용의 배후에는 인간 자아의 주관에 의해서 형성되는 모든 형상이 도사리고 있다고 볼 수 있는데, 주관성(主觀性)이야말로 상상력과 직결되는 것으로서, 끊임없이 인간 자신에게 그 스스로의 근원적 의의(意義)에 관한 물음을 되풀이하고 있는 것이다. 그러므로 상징의 연역 작용은 일종의 순환궤도(循環軌道) 위를 돌고 있다고 해도 좋을 것이다. 애초의 순수 직관적인 상징의 형태는 곧 최종적으로 우리들의 자아가 도달할 목표이며 우리 자신의 본질적 측면이다. 이러한 순환궤도 안에서 상상력은 연역화되어 의미의 확산작용(擴散作用)을 돕고 있는 것이다. 그러므로 상상력은 상징으로 하여금 연역화 작용을 일으키게 만드는 가장 큰 원동력이라고 볼 수 있다.

그런데 '상상력'과 '상징'과 '의미'의 삼자 간에 일어나는 복잡한 전위질서(轉位秩序)를 근본적으로 조정하는 것이 또 있는데, 그것은 바로 모든 상징의 연역화 작용과, 상상력의 개입을 정당화시키는 목적인(目的因)이다. 그럼 목적인은 무엇인가? 그것은 다름아닌 '의지의 자유'이다. 자유의 개념으로부터 현상계(現象界)의 모든 신비(神秘)는 인간 존재에 지각되고 상징의 형태로 접근해 오게 되는 것이다.

의지의 자유는 우선 행위의 자유와 구별되어야 한다. 행위의 자유는 인간이 스스로 자기가 뜻하는 바를 행할 수 있는 것을 의미한다. 그것은 자유의지를 전제하는 것이지만, 그것이 직접 관계하는 것은 의지의 실행이지 의지의 결정 그 자체가 아니다. 또 행위의 자유는 의지실현(意志實現)의 자유요, 의지의 자유는 아니다. 의지가 자유이더라도 행위가 부자유(不自由)일 수도 있고, 행위는 자유이더라도 의지가 부자유일 수 있다. 의지의 자유는 외적(外的) 상황으로부터의 자유도 아니고, 심리적 동기에서의 자유도 아니다. 의지는 외적 상황의 규정(規定)을 받지 않을 수 없고, 내적(內的) · 심리적(心理的) 과정으로부터도 독립할 수 없는 것이다. 외적 상황의 법칙이나, 내적 심리의 법칙을 의지가 자유로이 변경할 수는 없다. '의지의 자유'의 문제는 외적 결정에 있어서나 내적 결정에 있어 독립이라는 뜻이 아니다. 의지의 자유는 비결정(非決定)의 의지가 아니라 결정된 의지요, 결정해서 선택한 의지이다. 그것은 우리의 존재 근저(根底)로부터 나오는 선험적(先驗的) 자유이며, 비인과적(非因果的) 자유인 것이다.

의지 그 자체는 현상계에서 직접 경험할 수 없으나 현상 밑바닥에 무한한 가능성으로 스스로 내포되어 있다. 이런 의미에서 그것은 자기원인(自己原因)이라고 말할 수 있다. 이런 의지의 자유가 상징의 연역화 작용에는 필수적으로 따라오게 되는 것인데, 그 까닭은 인간의 본질적 구조가 의미를 지향하는 의지로 이루어져 있고, 의미는 대부분 자유의 의미로 본질적 구조를 이루고 있기 때문이다.

의지의 자유는 항상 우리의 본질적인 근원 문제에 관심을 돌리고 있다. 그리고 모든 근원적 진실은 우리의 분석적 판단보다는 선험적 직관의 문을 통해서만 인식되며, 직관은 또한 상징의 연역적 양식(樣式)에 의하여 우리의 존재에 지각되게 되는 것이다.

12

인류는 지금 대단히 중요한 일이 재발견되는 전환기를 맞고 있다. 즉 본체(本體) 또는 실재(實在)의 세계에는 지금껏 생각해 왔던 것과는 전혀 다른 차원의 진실이 존재한다는 것과, 그 진실은 다른 연구방법과 다른 표현방식을 요구한다는 것을 인류는 차츰 깨달아가고 있다. 실재의 세계는 수리과학적 언어로는 터득되지 않는다. 이런 한계적 상황에 대한 통찰이야말로, 상징의 문제를 더욱 중요하게 인식하도록 하는 가장 적극적인 요인이 될 것이다.

현대철학은 인간의 실존을 사변적 · 분석적 · 논리적 조작을 배제한 주체적이고 자각적인 방법으로 파악하는 데서부터 출발했다고 볼 수 있다. 거기서 비로소 '진정한 지혜'의 회복에 주력하고 있는 인간의 주체적 노력이 시작된다. 그리고 그것은 언제나 상징의 문제에 귀착하게 되는 것이다. 야스퍼스가 말한 '암호'나 사르트르가 말한 '무(無)' 등은 바로 상징을 변형시켜 표현한 것이라고 볼 수 있다. 실재의 세계를 암시하는 상징을 대할 때 인간이 느끼게 되는 과학적 인식의 유한성과 무력성, 그것이 곧 '암호'나 '무'로 집약된 것이다.

이런 철학적 태도는 모든 것에 고정된 실체는 없다고 보는 동양철학의 무상관(無常觀)이나 불교적 허무주의와도 일맥상통한다. '모든 것은 변한다'는 생각과 '인간의 인식이 붙잡을 수 있는 것은 아무것도 없다'는 믿음을 견지하는 동양의 불가지론적(不可知論的) 태도를 뭉뚱그려 일단 '무(無)'라고 이름붙일 수 있다.

상징은 사물의 밑바닥에 숨어서 빛을 내고 있다. 그것은 논리적 인식과는 아무런 상관이 없다. 인간이 상징을 통해서 얻어낼 수 있는 것은 '비전(vision)'과 '직각(直覺)'뿐이다. 비전과 직각은 인간의 무의식 세계에 잠재되어 있는 '본능적 육감'이 의식세계로 떠오른 것이라고 할 수 있다. 상징은 보편타당성에 입각한 경험이라든지 논리적 실증 가능성 같은 것과는 전혀 관계가 없다. 상징의 비밀은 우주적 느낌 곧 '인간적 인식의 범주를 떠나 모든 사물을 포용할 수 있는 텅 빈 마음'을 통해서만 찾아진다.

상징은 존재의 공간을 열어준다. 그러나 그것은 인간의 현실적 이해득실을 떠나서 존재한다. 여기서 현실적 이해득실이라 함은 도덕적·정치적 의식구조 안에서 이루어지는 계량적 유토피아니즘을 가리킨다. 그런 이기적이고 시혜의식적인 차원의 물음에 대한 해답을 상징을 통해서는 찾을 수 없다. 이를테면 말세론적 우주관이나 국수주의적 미래관 같은 것에 관련된 상징은 거짓 상징이고, 그런 상징이 시사해 주는 해답은 인위적 조작의 범주를 넘어설 수 없는 것이다.

상징의 본질을 파악하는 데 있어 가장 중요한 것은 이 세상 모든 사물들에 대한 인식을 근본적으로 무화(無化)시켜 새롭게 하는 일이다. 일체의 고정관념을 배제한 무념(無念)의 경지에서만 상징은 암호의 베일을 벗어던지고 빛을 낸다.

인간의 마음속에 주입된 상징을 실제적 효용으로 이어지게 만드는 가장 직접적인 매재(媒材)는 바로 상상력이다. 상상력을 창조의 원동력으로 보아 적극적으로 활용하느냐, 아니면 퇴폐적 몽상이나 백일몽에 불과한 것으로 보아 무시해 버리느냐에 따라, 인간의 실제적 행복 수준은 크게 달라질 수밖에 없다.

13

지금까지 인류가 갖고 내려온 온갖 인습적 미신과 고정관념들은, 상징이 당초에 갖고 있던 의미와 효용을 창조적 상상력을 통해 이끌어내지 못하고, 단순한 계량이나 억측을 통해 그릇된 방향으로 전이시켰기 때문에 생겨난 것이다. 자유주의 문화가 발달하고 관능적 감성이 계발된 지역에 사는 사람들일수록, 그들의 종교관은 미신적 성격을 띠지 않게 되고 행복관 또한 탈(脫) 금욕주의적이면서 실용적인 것이 된다. 그 까닭은 그들의 개방된 지혜가 상상력을 제대로 활용하여 '상징의 세계'를 현실 속에 바르게 적용시켰기 때문일 것이다.

상징은 인간에게 주어진 하나의 특수한 존재양식이다. 그것은 인간에게 고정된 형태로 지각되지 않고 유동적으로 변화된 상태로 지각된다. 상징은 인간의 자잘한 실생활에까지 파고들어 인간의 운명을 실제적으로 지배하는 거대한 영향력을 행사하고 있다. 그러므로 인간이 창조의 출발점으로 돌아가 현상적 질서를 뛰어넘는 본체적 실상을 파악해 내려면, 상징적 사고(즉 다원적 사고)와 시적(詩的) 직관을 생활화 할 수 있어야 한다.

상징의 울타리에 둘러싸여 있는 인간이 긍정적 진로로 나아가느냐 못 나아가느냐를 결정하는 것은, 거듭 말하지만 인간 고유의 심성활동인 상상력이다. '상징'과 '상상력'을 인간 정신의 기본형식으로 인정하고 그 둘을 결합시켜 활용하게 될 때, 인간의 의식은 좀더 본질을 향해 전진하게 되고 나아가 삶 자체를 변화시킬 수 있다. 다시 말해서 '예술'과 '과학'의 결합이 이루어질 수 있게 되는 것이다.

예술과 과학의 결합이 이루어지면 우리가 꿈꾸는 것이 모두 다 현실적으로 이루어지게 된다. 그리하여 보편화되고 일반화된 '자유의지(自由意志)'가 관념과 현상 사이의 장벽을 부수고 넓은 범위에 걸쳐 실현되게 되는데, 이런 실현의 계기를 마련해 주는 것이 바로 '상징과 상상력에 대한 새로운 인식'인 것이다.

(1973)

교양주의의 극복

지난 1980년대의 우리 문학계를 돌이켜 볼 때, 가장 특징적인 경향으로 '교양주의'를 꼽을 수 있을 것 같다. 교양주의라는 말은 물론 흔히 통용되고 있는 '교양소설'의 의미와는 다르다. 교양소설은 주로 독일 문학에서 많이 애호되고 있는 소설 양식으로서 '성장소설'이라고도 불리는 것인데, 한 개인의 정신적 성장사를 다룬다. 내가 한번 이름붙여 본 '교양주의'란 말은, 작가가 여러 가지 잡다한 지식들을 수집·망라하여 작품 속에 담아 넣는 것을 가리킨다.

1980년대 교양주의 소설의 작가 가운데 가장 대표적인 작가는 역시 이문열이다. 이문열은 1979년 동아일보 신춘문예에 「새하곡(塞下曲)」이 당선되어 데뷔한 이래, 『황제를 위하여』, 『사람의 아들』, 『영웅시대』, 『레테의 연가』 등 수많은 교양주의 계열의 작품을 생산해 냈다. 그는 짧은 기간에 그토록이나 많은 양의 소설을 썼고, 또 대개가 독자들에게 어필할 수 있었다.

나는 그 근본적 원인을 우리나라 독자들의 '교양주의 선호' 현상에서 찾아볼 수 있다고 본다. 특히 1980년대 초부터 문교부에서 대학의 정원을 대폭 늘림에 따라 대학생 숫자가 엄청나게 불어났다. 그래서 그들은 고등학교 때 미처 못 배웠던 여러 가지 교양적 지식들에 대하여 게걸스럽게 탐식하는 쪽으로 나아갔는데, 아무래도 딱딱한 이론서적보다는 소설을 통해 교양을 습득하는 것이 더 재미있기 때문에 교양주의 소설이 많이 읽히지 않았나 싶다.

이문열뿐 아니라 우리나라의 많은 작가들이 본능적 표출 욕구에서보다는 교사적(敎師的) 지식인의 사명감으로 교양주의 소설을 많이 생산해 내고 있다. 역사적 사실에 바탕을 둔 수많은 대하소설들이 다 그런 부류에 속하는 것인데, 젊은이들의 이데올로기 학습 욕구와 새로운 역사관 정립 욕구에 부응하여, 소설이라기보다는 일종의 교과서로서의 역할을 담당해 냈던 것이다.

교양주의 소설의 특징은, 내용 안에 잡다한 지식들을 저장해 놓고 있긴 하지만, 이렇다 할 작가의 인생관이나 우주관을 정면으로 노출시키지 않는다는 점에 있다. 이것은 요즘 젊은이들이 생태와도 흡사한데, 이야기를 할 때 이것저것 여러 사상가의 이론을 잡다하게 벌여놓긴 하면서도, 정작 주체적인 인생관이나 사상을 갖고 있진 못한 것이다.

물론 젊은이들이건 작가들이건 간에, 인생관 정립을 위한 과도기적 준비과정으로서의 지적 모험이나 섭렵은 꼭 필요한 것이다. 하지만 작가의 경우라면 아무래도 교사의 입장에 서기보다는, 직관적인 통찰을 논리적 전거(典據) 없이 고백하는 자이면서 또한 본능적 배설자(排泄者)여야만 한다고 나는 생각한다.

1980년대의 독서 시장은 주로 여성 독자들에 의해서 형성된 감이 없지 않다. 특히 시집이 그랬고, 수필집의 경우에는 특히 더했다. 소설은 시나 수필보다는 덜하다 하더라도 그래도 역시 마찬가지이다.

여성 독자 가운데서도 가정주부나 고졸 직장여성들이 특히 많은 부분을 차지했다. 모두 다 지적(知的) 열등감에 기인하는 '지적 굶주림'에 허덕이고 있는 사람들이다. 대학생 가운데서도 여대생 쪽이 훨씬 더

책을 많이 팔아준 것 같다.

이런 현상은 1980년대를 풍미한 각종의 여성운동과도 맥락을 같이 한다. 여성들이 갖고 있는 섬세한 감수성과 문학이라는 예술 장르가 서로 밀착되고, 거기에 다시 여성들의 지적 허영심을 만족시켜 줄 수 있는 교양주의적 경향의 문학작품들이 유착되었다. 비단 문학작품뿐만이 아니라 연극이나 영화도 여성 관객을 겨냥해야만 흥행적으로 성공할 수 있었고, 또한 월간 잡지의 대부분이 여성지였다.

여성 독자라고 해서 남성 독자만 못하란 법은 없다. 하지만 여성 독자들이 도서 구매층의 대종을 이룬다면, 아무래도 문학작품 생산자가 거기에 영향을 받지 않을 수 없기 때문에 문제가 되는 것이다.

교양주의 문학의 결정적 한계는, 그것이 작가들로 하여금 회색주의적 보신주의(保身主義)의 입장에 서게 한다는 점에 있다.

작가는 원래 자기가 가지고 있는 갖가지 콤플렉스들을 작품을 통하여 승화시키려고 하는 사람이다. 내적(內的) 콤플렉스 없이 작품을 쓸 때, 그 작품은 현학적인 설교에 그쳐 버리고 만다. 물론 콤플렉스가 전혀 없는 사람이란 없으므로, 콤플렉스 없는 작가 또한 있을 수 없다. 하지만 작금의 우리나라 문학 경향을 살펴보면, 마치 작가 스스로가 전혀 콤플렉스가 없다는 것을 애써 강변하려는 듯한 인상을 받는다.

지적 콤플렉스도 콤플렉스의 일종임에는 틀림없다. 그러나 내가 생각하기엔 작가가 가지고 있는, 아니 가져야만 하는 콤플렉스는 지적 콤플렉스가 아니라 더욱 근원적이고 잠재적인 콤플렉스여야 한다. 이를테면 질투심, 시기심, 건강에 대한 열등감, 외모에 대한 열등감, 사도마조히즘, 황제망상 등 더 일차적이고 원시적인 콤플렉스가 작품의 바탕을 이룰 때, 그 작품은 독자에게 리얼한 감동과 박진감을 줄 수 있게 된다.

그러므로 1990년대를 맞이하는 우리 문학계가 당면 과제로 삼아야 할 것은, 문학작품에서 될 수 있는 대로 교양주의의 냄새를 제거시키는 일이다. 문학은 다른 예술 장르에 비해 좀더 지적이고 사변적인 예술이긴 하지만, 그래도 예술임에는 틀림이 없다. 문학이 인문과학이나 사회과학의 해설자적 위치로 전락해 버릴 때, 한국문학은 더 이상 세계문학으로 발돋움하기 어렵다.

말하자면 교양주의란 '이광수주의'의 재탕인 셈인데, 우리가 이광수의 계몽문학을 그토록이나 평가절하시키고 있으면서도, 아직도 여전히 이광수주의적 문학관 안에서만 맴돌고 있다는 것은 참으로 이상한 일이 아닐 수 없다.

이광수주의와 교양주의가 서로 다른 점이 있다면, 교양주의 쪽이 특히 이데올로기 면에서 좀더 논리적 달변을 구사하고 있고, 작가의 결론을 유보시키고 있다는 점 정도이다.

이광수가 「문사(文士)와 수양」이라는 글에서 강조한 '전인적 인격체로서의 작가'는 이젠 더 이상 필요치 않다. 문사는 수양을 해야 할 것이 아니라 본능적 직관력을 키워 나가야 하고, '어린아이 같은 눈'을 가지도록 노력해야 한다. 어린아이의 눈이란 다시 말해서 동물적이고 본능적인 눈이요, 어떠한 이론이나 이데올로기에도 동요됨이 없는, 잔인하리만큼 솔직한 눈인 것이다.

『일리아드』가 3천 년 전에 씌어진 문학작품인데도 지금까지 생명력을 유지하고 있는 것은, 인간이 살아나가는 진짜 목적이라고 할 수 있는 사랑과 탐욕, 질투심과 복수심을 주제로 삼았기 때문이었다. 셰익스피어의 많은 명작들 역시, 언뜻 보기엔 시시껄렁하기 짝이 없는 자잘한 인간 심성과 본능의 갈등을 다루고 있기 때문에 지금껏 읽히고 있다.

나는 1990년대의 한국문단에서 외화내빈식(外華內貧式)의 역사물이나 대하소설들이 더 이상 씌어지지 않기를 바란다. 그보다는 차라리 짤막한 분량이라 할지라도 에밀리 브론테의『폭풍의 언덕』같은 본격 연애소설이나, O. 헨리의 작품같이 짧지만 제대로 된 단편소설 같은 것이 하나라도 씌어지기를 희망하고 있다.

도대체가 요즘 우리나라 소설들은 그 길이가 너무 길다. 걸핏하면 대여섯 권짜리 대하소설이요, 단편도 100매가 넘는 게 보통이다. 단편은 30매에서 50매 정도가 제일 적당한 분량인데, 30매 정도는 아예 '콩트'로 여겨 우습게 알고, 중편에 가까운 분량의 소설이 단편으로 간주되고 있다. 이러한 현상 역시 교양주의 소설의 유행과 짝을 이루는, 작가들의 '물량주의(物量主義)' 선호현상에서 비롯된 것이라고 나는 본다.

(1990)

표현론 서설

— 생각과 글의 서로 일치하지 않음에 대하여

1

데카르트는 자신이 생각하고 있던 것만큼 치밀하지는 못하였다. 적어도 회의방법(懷疑方法)에 있어서만은 그랬던 것 같다.

그는 『방법서설(方法序說)』에서 이렇게 말한다. "만약 우리가 학문을 통해 견고하고 항구적인 진리에 이르려면, 우리는 지금껏 갖고 있던 모든 전제와 사상을 파괴하지 않으면 안 된다. 조금이라도 불확실하다고 생각되는 것은 모두 의심하지 않으면 안 된다." 그러면서 그는 "우리의 감관(感官)이 흔히 우리를 속이므로 감각적 사물의 존재를 의심하지 않으면 안 될 뿐만 아니라, 수학과 기하학의 진리까지도 의심하지 않으면 안 된다"고 주장한다.

왜냐하면 '2+3=5'나 '정사각형은 네 개의 변을 가졌다'라는 명제가 아무리 명백한 진리처럼 보인다고 할지라도, "인간이라는 유한한 존재가 과연 진리를 인식할 수 있을까? 또 신이 인간을 만들 때 모든 것을 잘못 알도록 만들지는 않았을까?"라는 의문이 뒤따르게 마련이기 때문이라는 것이다. 이런 맥락에서 그는 '모든 것을 의심하는 것, 모든 것을 부정하고 모든 것이 잘못이라고 생각하는 것'이 가장 바람직한 태도라고 결론 내리면서, 진정한 학문은 일체의 모든 명제들을 의심하는 것으로부터 출발해야 한다고 강조하고 있다.

데카르트는 이성의 선험적 근거에 의지하여 '최초의 명제'를 찾아내려고 노력한 사람이다. 그 결과 그는 "나는 생각한다. 그러므로 나는 존재한다"라는 명제를 찾아낼 수 있었다.

하지만 그는 그 명제를 말이나 글로 표현한다는 사실 자체에 대한 회의를 하는 것은 잊어버린 듯싶다. 판단을 언어로 표현한 것을 명제라고 할 때, 그는 '정신적 판단 그대로를 과연 언어로 나타낼 수 있을 것인가' 하는 문제에 대한 회의와 논증을 빠뜨리고 있다.

또한 더욱 중요한 것을 그는 미처 깨닫지 못하였다. 그는 『방법서설』에서 '이성을 잘 인도하고 뭇 학문에서 진리를 찾기 위한 사고의 방법'을 기술하고 있는데, 그러한 사고방법을 출판행위를 통해 설명할 때, 즉 사고방법이 '글'로 표현될 때, 원래의 의미가 바르게 전달될 수 있는가 하는 문제에 대해서는 관심을 두지 않고 있는 것이다.

다시 말해서 그는 '머릿속에서 추리된 사고'의 '문자에로의 전이(轉移)'가 과연 올바를 수 있을 것인가 하는 문제에 대한 회의는 하지 않았다는 얘기다. 그는 '2+3=5'라는 수학적인 진리는 의심해 보면서도, "나는 생각한다. 그러므로 나는 존재한다"라는 그의 최초의 확실한 판단이 문자적 표현을 통해 발표될 수밖에 없다는 사실에 대해서는 의심해 보지 않았다.

이것은 내가 보기에 매우 중요한 문제다. "신이 인간을 만들 때 모든 것을 잘못 알도록 만들지는 않았을까?"라는 의문과 똑같은 비중을 갖고서, 아니 오히려 그보다 더 가능성 짙게, "글이 인간의 생각과 판단을 잘못 전달하지는 않을까?" 하고 회의해 볼 필요가 있는 것이다. 이런 회의는 나아가 "글이 과연 글을 쓴 사람의 인격이나 성품을 그대로

드러내줄 수 있을까?"라는 의문으로 이어질 수 있다.

2

어느 헌책방에서였다. 이 책 저 책을 뒤지고 있던 내 손에 아주 낡은 책 한 권이 무심코 집혀졌다. 『여성과 교양』이라는 책이었는데, 겉장을 들여다본 나는 그 책의 저자가 이승만 정권 때의 실권자였던 이기붕의 처 박마리아인 것에 놀랐다. 박마리아라면 지금까지도 세상사람들 입에 '나쁜 여자'로 오르내리는 사람이다. 그 사람이 4 · 19가 있기 몇 년 전에 쓴 책이었던 것이다. 속 겉장엔 '이화여자대학교 부총장 박마리아'라고 되어 있었고, 이대 출판부에서 간행한 것이었다. 그리고 본문 앞에는 당시의 이화여대 총장 김활란의 서문이 들어 있었고, 박마리아를 대단히 칭찬하는 내용으로 되어 있었다. 책의 내용을 훑어보니 박마리아 자신의 성장기와 신변적인 얘기를 써나가면서 교양 있는 여성이 돼야 한다고 강조한 것이었다.

나는 그 책을 보고 나서 깊은 회의에 빠져들었다. 그 책에 씌어 있는 글 자체를 놓고 박마리아를 평가한다면 누가 그녀를 악인이라 할 것인가? 그만큼 그 책은 품위 있는 내용의 글들로 채워져 있었다. 책이 출판됐을 당시에 그 글을 읽은 독자들은 박마리아의 인품을 흠모했을 게 분명하다. 박마리아의 인격과 그 글을 분리시켜 놓고 생각해 본다면, 그 글 자체는 너무나 훌륭한 것이었다.

그러나 박마리아의 존재가치가 떨어진 요즈음, 사람들은 숫제 그 책을 읽으려고도 하지 않을 것이다. 그렇다면 그 책을 쓸 당시에는 박마리아가 한없이 선량하고 양심적인 사람이었다가 그 후에 나쁜 사람으로 변한 것일까? 그럴 수는 없는 게 아닌가. 한 사람의 인간성이 그토록 쉽게 바뀔 수는 없을 것이기 때문이다. 물론 박마리아가 정말로 나쁜 사람인지 아닌지는 함부로 속단할 수 없는 문제다. 하지만 그녀를 일단 역사적 통념으로 평가한다고 할 때, 박마리아가 쓴 글은 인격적으로 불완전한 사람이 가식적으로 쓴 글이 될 수밖에 없는 것이다.

글 자체가 그 글을 쓴 사람의 '인격의 허위성 유무(有無)'를 판별해 줄 수 있을까? 그것은 힘든 일이다. 박마리아가 쓴 글은 4 · 19라는 역사적 사건이 개입하면서 판별이 쉽게 이루어진 경우인데, 그것도 사실 확실히 믿을 것은 못 된다. 일반적인 글이라면 시간이 흘러가 작가의 생애와 배경과 인간관계 등 주변적인 자료들이 다 조사된 다음에라야 어느 정도의 판별이 가능한데, 그것 역시 정확한 것이 될 수는 없다.

바로 이 점에 의외로 심각한 문제가 있다는 것을 나는 깨달았다. 즉 우리가 책이나 신문 · 잡지 등을 통해서 대하고 있는 글들이 모두 다 허위의식으로 가득 찬 모순투성이의 글들이 아닐까 하는 의문이 일어났던 것이다. 사람들은 이런 모순을 별로 제기하지 않는다. 그들은 신문의 컬럼이나 잡지의 사회비평 같은 것을 읽으면서, 그 글이 갖고 있는 '품위'와 '조리'에 홀려 글을 쓴 필자의 인격을 높이 평가하게 되는 경우가 많은 것이다.

3

인간은 '자신의 인생' 하나만을 살고 있는 것이 아니다. '산다'는 말은 두 가지 의미를 포함하고 있다. 곧 '자신의 인생을 산다'와 '글을 통해 타인의 인생을 산다'가 그것이다. 다시 말해서 인간은 자신의 삶 이외에 '글 속에서의 삶'을 하나 더 살고 있는 것이다.

'글을 통해 사는 타인의 인생'은 곧 '문자적 경험'을 의미하는데, 때에 따라서는 문자적 경험(즉 간접경험)이 실제적 경험(즉 직접경험)보다 인간의 인식에 더욱 뚜렷한 인상을 주어 부작용을 일으키기도 한다.

실제적 경험과 문자적 경험의 차이는 크다. 그런데도 인간은 그런 차이를 느끼지 못하게끔 만성이 되어버렸다. 아니 문자적 경험을 실제적 경험보다 오히려 더 신뢰하는 지경에 이르고 말았다.

여기에 글의 모순이 있다. 아니 글 자체에 모순이 있는 게 아니라 우리가 여지껏 글에 대해서 갖고 있던 의식에 모순이 있다. 우리는 지금까지 "글은 곧 그 사람이다"라는 말을 철저하게 믿어왔다. 거의 모든 작문 교과서 첫머리에 나오는 이 말은, 많은 사람들 머릿속에 큰 비중을 갖고서 주입되었다. 하지만 실제로는 이 말에 부합되지 않는 사례가 많다. 아니 거의 모든 글이 다 이 말에 부합되지 못하는 것 같다. 앞에서 예로 든 박마리아의 글이 좋은 보기이다.

물론 글로 표현된 자아(自我)는 그 글을 쓴 사람의 '표면적 자아'가 아니라 '심층적 자아'이고, 그런 심층적 자아가 필자 자신도 모르게 드러난 결과물이 곧 글이라는 견해가 있을 수 있다. 그렇지만 우선 글이 담당하고 있는 '전달자'로서의 기능을 생각해 볼 때, 글이 갖고 있는 위선성과 과장성, 그리고 안이성과 허위성이 독자들에게 미치는 영향은 자못 심각한 것이 아닐 수 없다.

글의 이런 속성이 나를 고민하게 만들었다. 사람들은 사실 '무엇을 쓰겠다는 확실하고 치밀한 계획'과 '사색의 정제과정'을 거쳐 글을 쓰는 일에 임하지는 않는다. 그저 대충 뭉뚱그려진 구상을 갖고서 글을 쓰기 시작하는 게 보통이다. 또 어떤 때는, 이것은 글쓰기에 꽤 자신이 붙은 사람들이 흔히 범하는 오류지만, 그런 구상조차 없이 무작정 '좋은 글'을 써야겠다는 의도만을 갖고서 글쓰기를 시작하는 경우도 있다. 그렇게 씌어진 글 중에는 전혀 예기치 않았던, 엉뚱하면서도 그럴듯한 내용으로 된 글이 상당히 많다. 그럼에도 불구하고 그 글을 쓴 사람은, 글의 내용이 모두 처음부터 자기 머릿속에 들어 있었던 것 같은 착각을 느끼며 의기양양해지기 쉽다.

글에 숙달된 사람의 경우가 아니더라도 이런 일은 흔히 일어난다. 우리는 모두 애초의 어렴풋한 생각이 글자로 종이 위에 옮겨져 윤곽을 뚜렷이 드러낸 다음에야, 비로소 자신의 생각에 대한 확실한 인식과 믿음을 갖게 되는 과정을 밟고 있다. 이것은 그리 탓할 일도 못된다. 왜냐하면 인류 문화는 이런 문자적 표현과정을 거쳐 이룩되고 전승돼 내려왔기 때문이다. 그러다 보니 '문자'가 갖는 위압적인 권위(특히 법조문의 경우가 그렇다)가 사람들의 사고행위 자체를 '문자적 추리 과정'으로 이끌어가게 된 것이다.

더욱 심각한 문제는 어쨌든 문화의 중추적 역할을 하고 있는 '글'이 원래의 생각 즉 본의(本意)를 왜곡시킬 수도 있다는 사실에 있다. 글이 생각을 정리하여 표현해 주는 단계를 넘어, 원래의 생각을 과장 · 확대시키거나 축소 · 변질시키는 경우가 많기 때문이다. 대개의 글은 당초의 본의를 그대로 반영하지 못하고 있다. 생각과 글 사이에 '달라짐'의 메커니즘이 개입하면서, 글 자체가 하나의 독립된 '자의성(恣意性)'을 갖게 되는 것이다.

이 '자의성'이라는 말은 무척이나 모호한 말이다. 그것은 한마디로 말하여, 생각이 문자적 표현, 즉 글로 전달될 때, '다름'의 과정을 겪게 되는 중간 과정으로서의 '무의식의 구조'라고 말할 수 있을 것이다. 이 자의성에 의하여 글 쓰는 이의 의지적 주관과 별도로 새로운 내용과 의미가 글에 첨가되며, 이러한 자의성이 바로 글이 곧 그 사람이 되지 못하게 하는 원인이 된다.

글이 갖고 있는 독립된 자의성은 생각이 문자적 표현으로 옮겨질 때 항상 위력을 발휘하는데, 자의성의 이면에는 글 쓰는 이의 무의식적 '위장 의도'가 깔려 있다. 그러다 보니 글 쓰는 이의 의식적 주관과는 별도로 엉뚱한 내용이나 의미가 글에 첨가되게 되고, 그런 메커니즘 때문에 '글은 곧 그 사람'이 될 수 없게 된다. 물론 자의성의 메커니즘에는 글쓰는 이의 성격, 환경, 사상적 배경 등이 잠재적으로 작용하고 있어, 사람에 따라 '정직성'의 정도가 다르게 나타날 수는 있다. 하지만 어쨌든 확실한 것은, 글이 쓰는 사람이 갖고 있는 본래의 생각(또는 마음)을 그대로 전달하는 것이 아니라, 글 스스로가 독립된 유기체 같은 양상을 띠며 씌어진다는 사실이다.

4

인간의 생각이나 감정 같은 것들이 거의 다 '글'을 통해서만 기록되고 판별된다는 것은 사실 얼마나 맹랑한 일인가. 그만큼이나 글은 문화적 효용가치를 지니고 있고, 그런 역할을 해낼 수 있는 것은 현실적으로 글밖에 없기는 하다. 하지만 우리가 세심한 주의를 기울여 주변을 살펴보면, 인간의 문화생활을 꾸려가고 있는 '문자'라는 것이 얼마나 큰 모순을 갖고서 유동하고 있으며, 얼마나 위험한 힘을 발휘하고 있는가를 곧 깨달을 수 있다.

쌓아둔 편지 뭉치를 뒤지다가 무심코 발견되는, 오래 전 첫사랑을 하던 시절에 연인에게 썼다가 왠지 쑥스러워 그냥 처박아둔 연애편지 같은 것을 읽을 때, 우리는 그 편지 속에 씌어 있는 '자기'가 상상할 수조차 없는 별개의 타인으로 느껴질 때가 있다. 그 속에서 숨쉬고 있는 것은 한순간 열에 떠 있는, 생각할수록 신기하고 엉뚱한 '자기'이며, 자신의 본래 모습은 아닌 것이다. 그때의 연인은 오랜 세월과 더불어 이미 마음속에서 사라져버렸기 때문이다. 그러나 그 연인이 예전에 자기에게 보내온 편지는 어떤가. 그것을 다시 읽어보면, 자기가 그 연인에게 썼던 편지를 다시 읽을 때 느낀 낯선 경이(驚異)와는 달리, 훨씬 순화된 감동과 감미로운 추억이 뒤따를 게 뻔하다.

글은 그것을 쓴 사람의 전부가 아니건만, 우리는 남의 글을 읽을 때 흔히 그 글이 '글을 쓴 사람 자체'라고 판단하곤 한다. 연애편지 같은 것은 아주 사소한 예에 지나지 않는다. 글이 갖고 있는 이런 맹랑한 요소는 어디서나 찾아볼 수 있다. 교훈적인 주제를 내세우는 소설은 특히 좋은 예가 된다. 그런 소설의 작가는 독자가 소설 속의 '착한' 주인공과 작가 자신을 동일시하게끔 은연중 기도하고 있기 때문이다.

교훈주의적 소설을 쓰는 작가는 자기 속마음의 진지한 고백에 관심을 두지 않는다. 그들은 단지 당위적인 윤리를 독자에게 마음대로 '설교'할 수 있다는 사실에 만족한 나머지, 글이 자신의 진정한 모습을 가릴 수도 있다는 사실에는 무감각한 것이다. 그것을 모르는 독자는 그런 소설을 읽고 나서 감동받았을 때, 그 소설의 내용과 작가를 동일시하여 작가의 실생활에까지도 높은 가치를 부여하게 된다.

더 극단적인 예가 바로 민족주의를 표방하는 역사소설이다. 문학이나 역사에 특별히 조예가 깊지 못한 일반독자들은, 그런 역사소설을 읽으면서 소설 속의 영웅적 (또는 특출한) 인물들이 모두 역사적으로 검증된 실제 인물들이고, 그들이 보여주는 영웅적 행동이 실제 사건과 연관돼 있는 것으로 알기 쉽다. 다시 말해서 작가가 역사와 허구를 적당히 섞어놓으며 독자를 세뇌시키고 있다는 사실을 모르고 있는 것이다. 또 진짜 역사가 어떤 것인지 확실히 안다고 해도 별로 신경쓰지 않고 그냥 소설가를 신뢰해 버린다. 소설가의 붓끝에서 엉뚱한 역사에 바탕을 둔 국수주의가 마음대로 만들어지고 있는 셈이다.

그런데 이상한 것은, 우리 사회에서는 그런 역사소설이나 교훈주의 소설은 칭찬을 받고, 작가 자신의 본성을 솔직히 드러내는 소설은 오히려 폄하되고 있다는 사실이다.

글의 횡포는 신문 · 잡지 등의 보도물에서 더욱 심하게 나타난다. 설사 오보라 할지라도 그것이 일단 활자화돼 버리면 뻔뻔스런 권위를 갖고서 독자의 올바른 판단을 가로막는다. 이런 관점에서 보면 우리가 여지껏 너무나 무비판적으로 '글'을 신용해 왔다는 것을 알 수 있다.

모든 글이 정확할 수는 없다. 더구나 글은 절대로 '그 글을 쓴 사람'이 아니다. 글을 쓰는 일은 의식적으로든 무의식적으로든 스스로를 속이면서, 문자를 통해 자신을 손쉽게 위장하는 행위가 되기 쉽다.

5

그러므로 우리는 '말'과 '생각'과 '글'의 서로 다름을 우선 인정하지 않을 수 없다. 먼저 생각과 글의 '서로 다름'에 대해 생각해 보기로 하자. 이 문제는 촘스키의 생성문법적 언어이론, 즉 인간이 공통적으로 갖고 있는 '언어능력'이라는 심층구조 위에서 표면적 · 연역적으로 수행되는 것이 언어행위라는 주장과도 견주어 설명될 수 있다. 즉 언어적 표현뿐만 아니라 문자적 표현에 있어서도 '심층구조의 표면구조로의 이행(移行)'이 일어난다고 볼 수 있는 것이다. 그런 연관관계를 생각해 볼 때 역시 글이 갖고 있는 자의적(恣意的) 성격이 문제가 된다. 자의적 성격이란 앞에서 설명했다시피 글이 생각을 그대로 좇지 않고 '저절로 엉뚱하게 씌어지는 것'을 말한다.

글에 있어 심층구조 역할을 하는 것은 일단 '사고(思考)'라고 볼 수 있다. 그러나 사고의 집합체가 글로 정착되어 새로운 사고를 형성하는데 영향을 미치기 때문에, 인간은 언제나 '문자에 의한 간접경험'에 의해 사고의 독립성을 봉쇄당하고 있다. 사람들은 사물을 있는 그대로 보지 못하고 오직 '문자적으로 결정된 형(型)'으로 볼 수밖에 없다. 즉 '이미 결정된 형(型)으로 굳어진 글'이 사람들에게 불어넣는 선입견이 '자유로운 사고의 차단'을 초래하고 있는 것이다.

여기서 우리는 모든 표현양식에 대해 가졌던 사고습관을 역전시킬 필요가 있다. 우리는 글을 '인간 상호간의 이해와 사상표현을 위한 수단'으로 이해하여, '체험'에 바탕을 둔 주관(主觀)이 먼저 존재하고 그것이 다시 글로 표현되는 과정을 밟는 것처럼 생각하고 있다. 하지만 이런 생각은 오히려 역전되지 않으면 안 된다. 주관은 독자적 체험에 근거하여 자신의 생각을 정립하는 것이 아니라, '주변에 분포돼 있는 여러 표현양식(글도 여기에 포함된다)'에 근거하여 자신의 생각을 정립한다. 즉 글을 위시한 여러 표현양식들이 인간의 체험을 지배하고 있는 것이다.

난해한 시(詩)는 '최초의 사고'와 '그것이 글로 표현된 것' 간의 괴리가 가장 뚜렷이 드러나는 예다. 즉 '시적 표현'과 '시적 사색(思索)'의 관계에 있어, 그것이 동질적 관계인가 이질적 관계인가 하는 문제가 생겨나는 것이다. 그것의 해명은 논리학과 언어철학, 그리고 표현학이라는 아직도 충분히 설정되어 있지도 않은 기초문제의 해결을 전제로 한다.

예술적 표현양식은 작가의 독창적 사색이 미약할수록 난해해지는 경향이 있다. 무책임한 표현의 극단적 양상인 '자의성'이 '난해성'과 쉽게 결합하게 된다는 점을 감안하면, 우리는 시적 표현과 시적 사색 사이의 무분별한 괴리에 어느 정도 제어(制御)를 가할 필요가 있다. 비단 시의 경우뿐만 아니라, 글과 말과 생각의 모순적 상관관계에 대해서 우리는 더 근본적으로 생각해 봐야 한다.

우리는 우리의 생각을 그대로 표현하고 싶어하지만, 그것이 마음먹은 대로 잘 되어주지 않는다. 말은 글에 비해 그것이 어느 정도 가능하다. 그러나 글에 있어서는 당초의 생각이 전혀 왜곡된 표현으로 치달을 위험성이 많다. 하지만 그런 사실을 깨닫는다 해도, 우리는 인간의 거의 모든 표현행위가 문자의 지배하에 놓여 있다는 사실을 시인하지 않을 수 없다. 즉 인간은 '말'과 '글'과 '사고'의 삼각궤도 안에서 악순환을 되풀이하고 있는 것이다. 언제나 글은 최우위에 서서 말과 사고를 지배하고 있다. 이것을 편의상 도식화해 보면 다음과 같은 것이 될 수 있을 것이다.

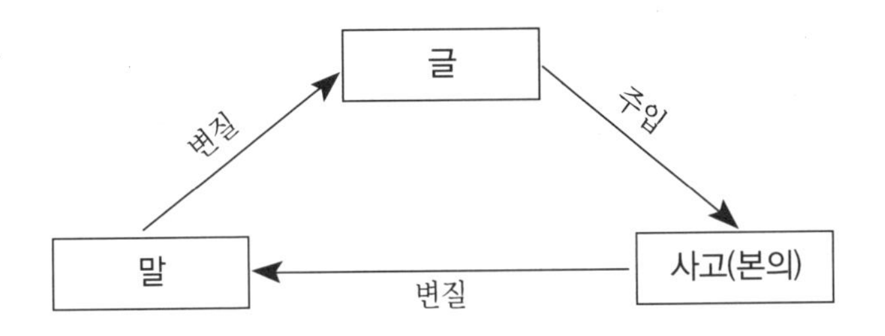

위의 도식에서 특별히 주목해야 할 것은, 당초에 '본의(本意)'가 불완전하게 수용되어 이루어진 '사고'가 '말'로 변질되고 말은 다시 '글'로 변질되는데, 글은 사고에 양향을 미치는 데 머무는 게 아니라 사고에 '주입'된다는 사실이다. 그러니까 우리는 '두 번의 과정을 거쳐 변질된 글'이 주입된 '사고'를 다시 또 변질시킨 '글'을 읽고서, 거기에 맞춰 사고를 하고 있는 셈이 된다. 이런 잘못된 순환과정에 공통적으로 작용하고 있는 메커니즘을 결국 '자의성'이라고 부를 수 있다.

그렇다면 '자의성'의 본질은 과연 무엇일까? 당초의 생각과 그것이 변형되어 나타나는 글 사이의 상관관계를 촘스키식 언어이론으로는 설명할 수 없다. 언어에 있어서는 심리적 심층구조가 언어적 표면구조로 자유롭게 이행(移行) 되는 것이 가능하지만, 글에 있어서는 매우 제한된 이행만이 생각과 글 사이에서 이루어지기 때문이다. 언어능력은 사회에 속해 있는 모든 인간에게 어느 정도 고르게 나타난다. 하지만 글로 표현하는 능력은 그렇지가 않다. 글로 표현하는 능력은 언어능력과는 달리, 연역적인 것이라기보다는 귀납적인 것이요, 또 후천적인 것이다.

여기서 다시 또 '본의'의 문제가 제기된다. '원래의 생각'이라 하더라도 순수한 선험적 직관에 의해 실상을 파악한 것이 되지 못하고, 글을 통해 간접적으로 경험된 '변형된 실상'을 파악한 것에 불과하기 때문이다. 그러므로 글이 갖고 있는 자의성의 본질을 한마디로 설명하기는 어렵다. 우리는 단지 그것이 어떤 과정으로 나타나는가를 추측해 볼 수 있을 따름이다. 자의성의 본질을 해부하기 위해서는, 언어와 문자 표현간의 비상관성(非相關性)에 대한 연구가 분석적으로 치밀하게 이루어져야 한다. 그러므로 여기서는 다만 글의 자의성이 갖고 있는 세 가지의 두드러진 결과적 속성만을 생각해 보기로 한다.

6

'과장'은 글이 갖고 있는 제1속성이다. 글로 스스로의 생각을 표현한다는 사실은 무의식 가운데서라도 이미 과장하고 싶은 욕망을 내포하고 있다. 그것은 마치 여자가 항상 아름다워지고 싶어하는 욕망을 밑바탕에 두고서 행동하고 있는 것과도 같다. 사람들은 흔히 글을 연습함에 있어서 솔직담백하고 수식이 섞이지 않은, 일상에 있어 말을 하듯 하는 자연스러운 글을 구사하려고 노력한다. 미사여구의 화려체가 아니라, 실생활과 일상 언어에서 우러나오는 진실된 글을 쓰는 것이 글쓰는 사람들이 공통으로 갖는 가장 큰 목표일 것이다. 그러나 그러한 욕심도 결국은 '아름다운 글'을 쓰려는 욕심과 별다른 차이가 없을 것 같다. 긴 미사여구의 수식어가 더덕더덕 붙은 화려체의 문장이나, 중국문학에서 볼 수 있는 고담(枯淡)한 간결체의 문장이나, 둘 다 글을 잘 쓰려고 노력한 결과에서 나온 소산임에는 서로 다를 것이 없다. 글이 진솔하냐 안 하냐 하는 것이 문장론에서 문제가 되겠지만, 그것이 설사 진솔의 극치에 이르렀다 한들 어떻겠는가. 그 글을 보고 읽는 사람이 "그 글 참 잘 썼다"고 감탄하게 된다는 사실에는 별로 다름이 없다.

'글이 훌륭하다'는 것은 무엇을 암시해 주고 있는 것일까? 그것은 '글'과, '글이 매개가 되어 나타난 글 이전의 본래의미(本來意味)와의 괴리'를 시사해 주고 있는 것이라고 볼 수밖에 없다. 물론 글에도 여러 가지 종류가 있어서, 딱딱한 강의록이라든지 자연과학의 원리를 해설한 글이라든지 하는 것에서는 이런 현상을 찾아볼 수 없다. 그러나 우리가 흔히 접하고 있는 각종 문학작품들과 기사문, 서간문, 논설문 등에서 이런 현상은 쉽게 발견된다. 문학작품 가운데서 그 보기를 찾는다면 아마도 시가 될 것 같다. '과장'이 궁극적으로는 '글을 잘 쓰려는 욕심'에 바탕을 두고 있는 것이라면, 시는 그러한 욕망에 기초하고 있기 때문이다.

어떤 시인이 이런 말을 하는 것을 들은 적이 있다. 시를 쓰는 사람이라면 마땅히 추(醜)한 속에서도 미(美)를 발견하고 노래할 줄 알아야 할 것이라고. 그러면서 그는 그 예로 청계천의 더러운 물이나 산꼭대기의 판자촌을 보면서도 아름다운 서경시가 나올 수 있어야 한다고 했다.

물론 판자촌도 눈이 와서 덮이면 아름다운 설경(雪景)으로 변한다. 그러나 그러한 특수한 경우 이외에는, 아름답다는 일상의 실제적 감성과는 다른 무엇이 작품에 개재하고 있는 것이다. 시학(詩學)이나 예술론적 측면에서 본다면 그 시인의 말은 극히 당연한 말이다. 예술의 모든 영역들이 모두 다 궁극적으로는 아름다움 그 자체를 추구하고 있기 때문이다.

그러나 나는 그 말에 모순되고 불합리한 성질의 의미가 포함되어 있다는 것을 느꼈다. 만일 문학작품 이외의 모든 글들이 다 그렇게 씌어진다면 어떻게 될까? 그렇게 되면 우리는 실제적 효용의 면에 있어 글을 신용하기 어렵게 되어버린다. 모든 문화의 연결체적 구실을 하고 있는 문자는 그런 상황에서 제대로 된 구실을 하지 못하게 된다.

설사 문학이라는 예술의 한 분야만 그런 유미적 · 탈(脫)현실적인 속성에 배어든다고 해도 그것이 일반대중들에게 주는 영향은 지대한 것이 될 것 같다. 이것은 비단 시 하나에만 해당되는 것이 아니라, 다른 모든 글에도 다 해당되는 사항이다. 우리가 여지껏 의식하지 못해 왔던 것뿐이지, 우리가 대해 왔던 글들은 모두가 내재적으로나마 '과장'을 가장 큰 속성으로 갖고 있었던 것이다.

그런 사실은 지금까지 표현의 양대(兩大) 무기로 갖고 내려온 비유와 상징을 살펴보면 즉시 감지할 수 있는 일이다. 비유와 상징은 어떤 의미에서는 과장성을 노골적으로 기도하고 있는 것이라고 볼 수 있기 때문이다. 가령, "그 여자는 정말로 아름다웠습니다"라고 말한다면, 그런 말은 실생활에 있어 어조, 표정 등이 말에 첨가되어 충분한 의미전달이 가능하다. 그러나 그 말을 그대로 글로 써놓으면 그 글을 읽는 사람은 그 여자가 정말 그만큼 예쁜지 실감하기 힘들 것이다. 평소의 말에다가 한술 더 떠 "그 여자는 보름달 같습디다"라고 해야만 조금 실감이 간다. 그리고 그것이 문장론적 입장에서는 오히려 충실한 표현이 되어 버린다. 말과 글의 사이에 '다름'의 요소가 개입되는 단적인 예가 바로 이런 예이다. 그런 식으로 말과는 다른 표현을 해야 읽는 사람이 조금 실감을 느끼게 되는 것이다.

이런 비현실적 과장(誇張)이 글 표현에 있어서는 더 우수한 표현이 되어 버렸다. 과장이 더 심하게 나타나는 것은 은유에 있어서이다. 시나 소설 등의 문장에서 은유가 쓰이는 것은 표현을 문학적으로 더 윤택하게 하기 위한 것이기는 하다. 그러나 은유적 표현을 엄밀한 의미에서 '정확한 표현'으로 볼 수 있는가 하는 점에서는 많은 의문이 일어난다. 가령, 식사 때 어떤 사람의 먹는 행위가 꼭 죽 먹는 돼지를 봤을 때 일어나는 불쾌감을 야기했을 때, "그는 돼지다"라고 은유했다고 하자. 그것이 과연 정확한 표현이 될 것인가. 사람이 돼지가 될 수는 없다.

또 봄날에 부는 부드러운 바람이 사랑스런 소녀의 부드러운 손의 촉

감같이 느껴졌을 때, "봄은 부드러운 손을 가졌다"라고 표현한다면 어떨까? 그런 표현은 일시적 감흥의 주관적 표출 이외의 어떠한 진실된 가치도 지니지 못한다. 문장표현에 있어 은유는 일종의 장식적 역할밖에 못한다는 선입감을 갖고서 글을 쓰는 태도가 우리에게는 필요할 것 같다. 즉, 옷감 위에 수를 놓은 것처럼 외관을 좋게는 하지만, 유용성(有用性)에는 아무것도 부가(附加)하지 못하고 있는 것이다.

여인의 화장이 여자 모습의 진수일 수 없는 것처럼, 비유와 상징도 표현의 본질적 요소가 될 수는 없다. 그것은 화려한 과장 이외엔 아무것도 아니다. 이제껏 비유가 글의 방법적 장식(方法的 裝飾)이 아니라, 실제적 가치의 직접적 표현이라고 인식돼 왔던 것은 중대한 착오가 아닐 수 없다. 말을 할 때의 과장은 충분히 용납될 수 있고 과장으로 감지될 수 있는 것이지만, 말과 글이 같다는 잘못된 판단으로 인해 글을 씀에 있어서도 과장을 주무기(主武器)로 사용한다면 그것은 큰 잘못이다. 우리는 글이 갖고 있는 가장 두드러진 속성인 과장성을 다시 한번 재인식하여, 그것이 지나치게 사용되는 것을 막아야 한다.

글이 갖고 있는 두 번째 속성은 '우연성(偶然性)'이다. 언어는 우리의 진실된 사고를 밝히는 역할도 하지만 또 그것을 숨기는 역할도 한다. 언어는 본질적으로 유동적인 현상을 일정한 제약을 가진 형식 속에 담아서 표현하기 때문에, 필연적으로 과장하여 실상(實相)을 놓쳐버릴 수 있다. 그리고 그러한 언어를 다시금 문자라는 틀 속에 담아놓은 '글'은 더욱더 진실을 놓쳐버리기 쉬운 것이다. 우리는 이제껏 말이 갖고 있는 변질성(變質性)은 생각하면서도, 그 말을 다시 글로 나타내려 할 때 생기는 글의 변질성은 무시해 왔다. 말을 논할 때면 말이 곧 글이 되는 것으로 착각하였다. 그리고 현대 매스컴 문명이 만들어놓은 '활자에 대한 무조건적 신뢰심'이 글의 허구 섞인 진실성을 그대로 믿게 하였다.

그러나 말이 글로 될 때 생기는 변질성을 무시해서는 안 된다. 오히려 글이 말보다 더 실상(實相)을 놓치고 있다. 그 까닭은 원래의 사고가 직접 글로 연결되지 못하고 언어적 연상작용을 거쳐야만 글로 화할 수 있는 이중(二重) 과정을 걷고 있기 때문이다. 이런 경로로 본의(本意)의 변질을 가져오는 현상을 뭉뚱그려 '우연성'이라고 부를 수 있을 것이다.

인간의 느낌과 정서와 사상은 글의 그릇에 완전히 담겨지지 않는다. 모든 형이상학적 · 존재론적 진실이 그러하다. 내적 진실은 언제나 문자를 초월한다. 인간의 역사와 문화는 글에 의해서 이룩되고, 형이상학적 실상까지도 문자적 표현을 떠나서는 허공중에 뜬 것같이 되어 버리지만, 진실의 가장 깊숙한 내면은 언제나 글의 내용을 초월하고 있다. 극단적으로 말하여 글과 진실은 서로 모순 관계를 맺고 있다고 생각해도 좋을 것이다.

게다가 글은 얌전하게 실상을 과장 내지 축소시켜 주지만은 않는다. 글은 동떨어진 별개의 생명력을 갖고 있다. 즉 마술적(魔術的) 자의성(恣意性)이 그것이다. 글이 갖고 있는 이런 엉뚱한 '독자적 운동'의 배후를 지배하는 것이 바로 우연성이다. 여기에 글의 문제점이 있다.

글이 갖고 있는 우연성은 쉽게 감지해 낼 수 있다. 일기를 매일 쓰는 사람이거나 떠오르는 생각을 메모지에 적어 버릇하는 사람들은, 그냥 머릿속에서 어떤 글의 내용이나 소재가 직접 떠오르지 않는다. 반드시 원고지 앞에 펜대를 쥐고 앉아 글로 써나가야만 좋은 구상이 떠올라오고, 그 구상이 곧바로 글로 화하는 것이다. 그렇게 된 이유는 그 사람이 글이 갖고 있는 우연성에 습관적으로 젖어들어 있기 때문이다.

편지를 쓸 때도 대다수의 사람들은 내용을 미리 전부 다 머릿속에 구상하고서 편지를 써나가지 않는다. 펜을 들면 생각이 차츰 떠올라오고 글이 차츰차츰 무르익어간다. 자신의 생각을 좇아가기보다는 펜대가 저절로 움직여주는 것 같은 경험을 누구나 다 겪었을 것이다. 우리는 사고에 덧붙여진 언어적 발상법의 도움을 얻어 글을 써나가고 있는 것이라고 믿고 있지만, 실제에 있어서는 글 자체의 우연한 운동효과가 무의식적으로 첨가되고 있는 것이다.

흔히 문학가를 지망하는 사람들에게 습작이 많이 권장되는 것은, 그러한 우연성을 십분 활용하여 '문장력'을 확보하자는 의도에서일 것이다. 어떤 의미에서 본다면 문장력이라는 것은 글을 씀에 있어 우연성을 확보하고 있다는 의미로 해석될 수 있다.

글이 갖고 있는 세 번째 속성은 '안이성(安易性)'이라 할 수 있다. 이것은 위에서 보인 과장성, 우연성과 밀접한 연결고리를 갖고 있으면서, 어떤 의미에서는 두 가지를 종합하고 있는 것이다. 사람들은 흔히 "말보다는 글이 더 가치를 지닌 족적(足跡)으로 남는다"는 생각을 공통적으로 갖고 있다. 그러나 실제적 실천면에 있어서는 그토록 중대한 가치와 책임을 지닌 글을 씀에 있어 말보다 훨씬 더 신중성을 결(缺)하게 되고 안이성을 발휘하게 되는 것이다.

가령, 어떤 중대한 사안을 전하고 싶을 때, 글로 전해야 원칙적으로 더 중대성을 느끼게 될 터인데, 우리는 직접 말로 본인에게 듣는 것에서 더 중대성을 느끼며, 편지 한 장보다는 직접적인 회견(會見)에 중점을 두게 된다.

안이성은 글을 쓸 때 두드러지게 나타난다. 글은 상대를 직접적으로 의식하지 않고서 쓰는 것이기 때문에 자기본위의 독단이 섞이는 수가 많고, 스스로 글에 도취되어 자신의 정체를 글의 아름다운 연무(烟霧)로 감싸버리기 쉽다.

어쩌다 우리는 남의 일기장을 훔쳐보게 되는 경우가 있는데, 그럴 때 그 일기를 쓴 사람이 인격적으로 굉장히 완숙(完熟)한 사람인 것 같은 감동을 받게 되는 수가 많다. 그 까닭은 일기를 쓴 사람이 진정으로 완벽한 인격을 가졌기 때문이 아니라, 일기를 쓸 때 자신의 본질적 정체성에 글이 갖고 있는 가상(假想)의 과장된 진실을 '안이'하게 포함시켰기 때문이다.

우리는 글을 쓸 때 우리가 갖고 있는 언어의 범주 안에서 사고(思考)를 재현시켜야 하므로, 본래의 본질적 의미는 자연히 축소되게 마련이며, 그것을 벌충하려는 잠재적 욕망이 무의식적으로 작용하게 된다. 그렇기 때문에 필연적으로 과장하게 되고, 그러한 과장은 안이성과 우연성의 힘을 빌려 무책임하고 무근거한 제2의 또 다른 개체를 탄생시키게 되는 것이다. 또한 그 결과물은 새로운 유기체로서의 힘과 당위성을 지니고 우리를 문자적(文字的) 관념의 포로로 만들어주고 있다.

7

그렇다면 우리는 어떻게 해야 할 것인가? 불교의 선가(禪家)에서 말하는 것처럼 아예 붓을 집어던지고서 '불립문자(不立文字)'해야만 옳을 것인가? 이 글은 어디까지나 개괄적 문제 제기에 그치는 것인 만큼, 궁극적인 결론이나 처방을 제시할 수는 없다. 또 그런 것을 제시한다는 것조차 글의 형태를 빌리지 않고서는 불가능한 만큼, 계속 의문의 꼬리만 길어질 뿐이다. 여기서는 다만 문자적 표현문제에 대해 앞으로 연구해야 할 과제들을 제기해 볼 따름이다. 그런 의미에서 우리는 존 로크의 철학을 짚고 넘어가는 것이 필요할 것 같다.

서양철학사에 있어 존 로크의 출현은 획기적인 일이었다. 17세기에 활동한 그는 그리스시대부터 내려온 일관된 철학의 흐름에 회의를 느껴 '인간적 인식의 한계'에 주목했다. 그리고 인간의 인식이 가능한 범위를 의식적으로나마 한정하여 '인식론'을 새롭게 출발시켰다.

로크 이전의 철학자들은 인간이 무엇을 알 수 있는지, 또 안다면 어디까지 알 수 있는지를 따져보지 않고서, 즉 인식가능성의 한계를 조금도 고려하지 않고서 독단론(獨斷論)을 펼쳤다. 다시 말해서 인간의 인식능력 자체를 검토해 보지 않고서 현상의 배후에 있는 본체(本體)를 인식하는 과오를 범했다. 그러다 보니 사람들은 사변(思辨)에만 입각하여 신이니 우주니 하는 것들을 따지는 공허한 형이상학에 대해 의심하지 않을 수 없게 되고, 따라서 인간의 인식능력에 대해 반성 · 비판하게 되는 변화가 일어났다. 그 결과 로크의 『인간오성론(人間悟性論)』이 발표되었던 것이다.

로크는 이 책에서, "나의 목적은 인간 및 인간의 지식의 근원을 따지고 지식의 확실성과 범위를 연구하는 것이다"라고 말했다. 그리고 이어서 "우리가 형이상학을 논하려면 우선 인간의 인식이 그것을 다룰 수 있는지 없는지 검토해야만 한다"고 주장했다. 로크의 이런 비판은 그 뒤 더욱 발전하여, 칸트에 이르러 선험관념론적(先驗觀念論的) 인식론으로 일단 체계적 종결을 짓게 된다. 그러므로 로크가 인간의 지식 및 인식 자체를 비판하여 그 한계를 설정하려 한 것은, 인류의 정신사에 있어 획기적 전기를 마련해 준 것이었다고 볼 수 있다.

그런데 이상하게 생각되는 것은, 철학자들이 인간의 사유활동(思惟活動)에 대해서는 꽤 많은 분석과 비판을 가했으면서도, 그런 분석과 비판의 내용을 글로 표현하여 남긴다는 사실 자체에 대해서는 별로 관심을 보이지 않았다는 사실이다. 나는 인간의 인식가능성의 범위와 한계를 분석하는 데 들인 만큼의 노력을, 문자적 표현가능성의 범위와 한계를 분석하는 데 들여야 한다고 생각한다. 물론 글에 대한 분석만으로 그쳐서는 안 되고 말에 대한 분석 역시 함께 이루어져야 한다. 그러나 말에 대한 분석은 지금까지 많이 이루어져 왔다. 언어학이 그렇고 언어철학이 그렇다. 그런데 유독 문자로 기술하는 행위나 글 자체에 대한 연구는 거의 없다시피 해왔던 것이다.

안타까운 것은, 아직도 많은 사람들이 말과 글을 동일시하고 있다는 점이다. 즉 언어표현이 문자표현이요, 둘은 서로 상이점(相異點)을 갖고 있지 않은 것으로만 알고 있다. 언어학자들조차 언어에 대한 분석은 점점 더 치밀하게 하고 있으면서도, 정작 그런 분석의 내용을 문자로 기록하는 것 자체에 대해서는 논의를 하지 않고 있다. 말하자면 글은 이제껏 일종의 '신성화(神聖化)'된 '금역(禁域)'의 위치를 차지하고 있었던 셈이다.

글이 갖고 있는 자의적 메커니즘의 횡포로 인해 지금까지 얼마나 많은 오류가 범해졌으며 얼마나 많은 와전(訛傳)이 이루어졌던 것일까? 최소한 우리는 글이라는 것이 우리가 생각하고 있는 것만큼의 신빙성을 갖고 있지 못하고 신성불가침의 능력 또한 갖고 있지 않다는 생각으로부터, 인간이 이룩한 문화에 대한 새로운 재평가 작업을 시작해야 한다. 그런 작업이 시작되면 예컨대 경전의 자구(字句) 하나하나에만 집착하여 엉뚱한 광신적 신조(信條)로 발전하는 근본주의적 신앙 같은 것이 우선 사라질 수 있을 것이다.

8

'언어도단(言語道斷)'이라는 말은 불교의 선가(禪家)에서 나온 말이다. 진리란 언어와 문자를 초월하는 것이므로, 진리를 말이나 글로는 표현할 수 없다는 뜻을 담고 있다.

생각하면 할수록 우리 주위에는 사물의 실상(實相)과는 하등의 관련 없이 이름이 붙여지고, 그 이름에 따라 실상의 본질이 연역적으로 이끌려가는 듯한 양태를 보이는 경우가 많다. 그야말로 '언어도단'인 것이다. 아무리 심오한 철학책이라 하더라도 내용의 핵심을 이루는 것은 결국 문자적 관념에 대한 해석이요, 그런 해석을 이용한 또 다른 문자적 관념의 뭉뚱그림이다. 어렵고 깊어 보이는 글일수록 말이나 생각과는 유리된 '글'만의 공적(空轉)인 경우가 많다.

그러므로 인간의 인식문제를 파고들어 가봤자 인식의 근원을 이루고 있는 것은 역시 '문자적 개념'이랄 수밖에 없다. 인간은 책을 통해 대부분의 간접경험을 하고 있고, 설사 직접경험을 했을 경우라도 책을 통해서 습득한 간접경험에 더 중점을 두게 되는 게 보통이기 때문이다.

생각컨대 노자(老子)가 『도덕경』 맨끝에다가, "신언불미 미언불신 선자불변 변자불선 지자불박 박자부지(信言不美 美言不信 善者不辯 辯者不善 知者不博 博者不知: 진실한 말은 밖으로 꾸미지 않고, 꾸민 말은 속에 진실함이 없다. 착한 사람은 말을 잘하지 않고, 말을 잘하는 사람은 착하지 못하다. 진리를 아는 사람은 자잘한 지식이 많지 않고, 자잘한 지식이 많은 사람은 진리를 알지 못한다)"라고 결론 내린 것은 그 속에 큰 뜻이 있다 할 것이다. 여기서 '언(言)'이란 물론 '말'의 뜻이겠으나, 그것을 '글'로 바꾸어놓아도 무방하다고 생각한다.

인간이 이룩한 문자문화(文字文化)를 되돌아보는 데 있어, 우리는 이 노자의 말로부터 출발할 필요가 있다. 우리는 우선 문자로 표현된 일체의 것들이 갖는 확실성을 의심해 나가야 한다. 그러면서 또한 표현의 방법을 개조해 나가야 할 것이다.

생각해 보라. 인간은 지금까지 문화를 개혁하고 확충시켜 감에 있어, 지식의 도구인 '글'을 비판해 본 적도 개조해 본 적도 없지 않은가. 인간이 사용하는 지식의 도구를 개조하지 않고서 머릿속의 사고방식을 개조한다는 것은 터무니없는 이야기다. 철학의 개혁을 논할 때 플라톤이 썼던 문자표현을 그대로 빌려 쓰면서 어떻게 철학을 개혁할 수 있단 말인가. 따라서 우리는 이제까지 지성의 도구 역할을 해왔던 문자적 표현의 굴레에서 벗어나 더 멀리 전진함으로써, 사물의 진정한 근본에 도달할 수 있어야 할 것이다.

만약 우리가 복잡 · 미묘한 현실을 고정적인 언어나 문자로 용이하게 표현할 수 있다고 단정하지만 않는다면, 우리는 현실을 더 투명하게 꿰뚫어 사물의 본질을 파악해 낼 수 있다. 그럼에도 불구하고 우리는 '본질적 사실의 문자적 전달'이 용이하다는 그릇된 판단으로 인해 글이라는 피상적 표현방법을 사용함으로써, 사물의 본질로부터 점점 더 멀어져가는 오류를 범하고 있는 것이다. 이것이야말로 인간해방의 최대의 적(敵)이다.

일정한 형태의 표현구사만으로는 재래의 자가당착에 빠질 수밖에 없는데, 표현방법의 근본적 개혁을 가로막고 있는 것은 대체로 두 가지다. 첫째는 인간은 누구나 뭔가를 남기고 싶어하는 욕망을 명예욕의 형태로 갖고 있다는 것이고, 둘째는 문자기록 이외에는 '생각'을 후대에까지 확실하게 전할 수 있는 방법이 현재로서는 없다는 것이다.

물론 시대의 흐름과 함께 미디어의 다양한 발전이 이루어짐에 따라 사진이나 영화 · 텔레비전 등이 발명되어 문자기호적 표현수단이 영상기호적 표현수단으로 바뀐 것이 사실이다.

마셜 맥루한 같은 학자는 인쇄기술의 발전으로 인해 현대의 인간은 '눈의 문화'만 발전시켰으며, 결과적으로 시각과 두뇌만 발달한 불균형적인 인간을 양산하는 비극을 초래하게 됐다고 주장한다. 또한 그는 '음성 심벌'이 '문자 심벌'로 대체되고, '감각 심벌'이 '시청각 심벌'로 대체됨에 따라 인간은 동일정보를 획일적으로 받아들이게 되었고, 급속한 등질화(等質化) · 융합화(融合化) 현상을 나타내게 됐다고도 말한다. 그는 문자표현에 의존하는 인쇄물이란 '핫 미디어'는 고급문화와 저급문화의 부당한 차별을 낳았고, 시청각 표현에 의존하는 텔레비전이란 '쿨 미디어'는 낮은 정보량에 높은 관심도와 넓은 등질화를 추구하는 획일화된 사회를 만들어놓았다고 보고 있다. 그의 주장에 의하면 표현수단(미디어) 자체가 곧 표현내용(메시지)인 것이다.

맥루한 이외에도 많은 미래학자들은 앞으로 다가올 미래세계에는 지금까지 존속해 온 문화형태에 큰 변혁이 초래될 것이라고 예언하고 있다. 문자적 기록으로 읽는 사람에게 시간적 · 현학적 부담을 주는 문학 같은 것은 점차 퇴화할 것이고, 미술이나 영화같이 시각적이고 즉감적인 것들이 더욱 발달하게 된다는 것이다.

이런 추세는 지금도 우리가 능히 경험할 수 있는 사실이다. 영화예술의 출현으로 많은 문학작품이 영화화되어 소설을 읽는 것보다 영화를 보는 것이 더 편해졌으며, 또 슬라이드 · 환등기 등이 출현하여 종래의 주입식 학습방법에도 개혁이 일어나 시청각 학습 같은 것이 가능해졌기 때문이다.

철학에 있어서도 단순한 강술(講述)에 의한 개념 전달방법 이외에 여러 가지 표현방법이 강구될 수 있다. 일례를 들어 불교의 선(禪)사상에서 그 일면을 엿볼 수 있다. 선(禪) 대화 중 갑자기 꽃을 들어 보인다든지, 혹은 갑자기 제자의 머리를 친다든지 하는 선사들의 '상징적 행동'이 바로 그것이다. 사물의 본질에 도달할 수 있고 또 그것을 표현할 수 있는 방법은 언어적 서술이나 문자적 서술 이외에도 얼마든지 가능하다.

9

착취 · 억압 · 인권유린 등 인류의 이상에 역행하는 비인간화(非人間化) 현상에 눈을 돌릴수록, 글이 갖고 있는 기능과 역할에 깊은 회의를 느끼게 된다. 글의 신빙성은 현대에 이르러 더욱 땅에 떨어졌고, 정치도구화된 글은 먼저 언론을 타락시켰다. 글은 이제 허식에 찬 구호와 위선적인 행동을 합리화시키는 도구로 전락하고 말았다. 우리는 이런 현실을 감안하여, 문자적 표현의 한계성을 규명함과 아울러 표현방법의 혁신을 모색해 나가야 한다. 문자 이외의 전달수단에 의한 '예지적(叡智的) 직관의 전수방식'은 확실히 존재한다.

우선 내 나름대로의 소박한 처방을 제시하자면, 홍수처럼 쏟아지는 물량 위주의 문자정보들을 일단 의연하게 물리쳐야 한다고 생각한다. 우리는 '침묵의 도래(到來)'가 불가피함을 느끼지 않을 수 없다. 특히 시인이나 지성적 사색자들은 경우에 따라 침묵을 감수해야 하며, 침묵의 과정을 거쳐 여과되어 정제된 실상의 알맹이만을, '책임이 따르는 엄숙한 결단'의 태도를 가지고 글로 표현해야 할 것이다. 그런 과정을 거쳐 갈 때, 우리의 사고는 점차 글에 접근해 갈 수 있을 것이고, 그러한 접근은 우리로 하여금 더욱더 '새로운 본질적 상징의 표현을 위한 실천'으로의 접근을 이루게 하여 줄 것이기 때문이다.

요즘은 특히 문자매체가 더욱 발달하여 사람들을 '정보의 노예'로 만들어가고 있다. 정보의 노예가 되다 보면 사색할 시간이 줄어들 수밖에 없고, 사색 없이 쏟아내는 글은 질(質)보다 양(量) 위주가 될 수밖에 없다.

따라서 지식인들은 경우에 따라 새로운 문자정보에 대한 '무지'와 '고립'을 감수해야 하며, 사색의 과정을 거쳐 정제된 생각의 알맹이만을 진정 '솔직하게' 글로 표현해야 할 것이다. 그런 과정을 거칠 때 생각과 글은 점차 근접해 갈 수 있을 것이고, 그렇게 씌어진 글은 생각을 더욱 풍성하게 만들어 '본질의 발견'을 이루게 해줄 것이다.

문자적 표현의 불확실성 문제는 기호와 상징, 그리고 문장론의 문제와 결부되면서, 인간의 본질을 밝히는 데 있어 다른 어느 사안 못지않게 중요한 문제가 된다. 특히 우주적 실상을 문자적 상징으로 표현하는 데 따른 '무지(無知)의 가속화' 문제는, 초지각적(超知覺的) 직관의 실체를 규명하는 문제와 아울러 새로운 연구과제로 대두되고 있다.

이제 '표현'의 영역은 말이나 글의 범주를 뛰어넘어 인간의 유한한 표면의식이 미처 접근하지 못한 '육감적(肉感的) 심층의식'의 세계로 뻗어가야 한다. 언어적 · 문자적 표현의 불완전성을 해결해 줄 수 있는 단 하나의 열쇠가, 인간의 지성을 뛰어넘어 존재하는 '전신적(全身的) 감각'의 세계 안에 간직돼 있기 때문이다.

(1972)

윤동주의 대표시 「별 헤는 밤」의 구조 분석
— 동양적 자연관을 통한 '부끄러움'의 극복

1. 『하늘과 바람과 별과 시』는 윤동주의 보편적 심상

윤동주의 시에 있어 상징적 표현의 근간을 이루는 것은 원초적인 자연물들이다. 시인이 스스로의 궁극적 · 총체적 관심을 표현 · 전달함에 있어, 시인을 둘러싸고 있는 자연은 상징의 원천이 된다. 자연은 영원불멸하는 존재로 인식되어 변함없이 시적 인식의 소재가 되어 주기 때문이다.

흔히 자연을 소재로 한 시라고 하면 소박한 의미의 서경시를 연상한다. 물론 회화적 심상으로써 단순히 자연의 외양만을 묘사하는 자연시가 있긴 하지만, 자연을 소재로 한 시가 곧 자연시(自然詩)인 것은 아니다.

예로부터 많은 시인들이 자연을 소재로 택하고 있는 이유는 자연이 우주 질서의 대언자(代言者)며, 자연을 통하여 우주의 신비와 본질을 파악할 수 있으며, 자연과의 관계 속에서 자신을 형성해 나간다고 믿기 때문이라 하겠다. 하늘 · 별 · 산 · 강 · 바람 · 물 · 불 등의 자연적 심상들은 태고로부터 항상 보편적인 심상으로 사람들의 정신 가운데 자리잡고 있다.

윤동주의 시 전반에 걸쳐 나타나는 자연을 소재로 한 상징적 표현에는 전통적 또는 정통적인 동양적 자연관이 내재해 있다. 상징시로서의 면모를 뚜렷하게 보여주고 있는 윤동주의 작품들 가운데는, 자연에서 상징의 소재들을 빌려와 자아와 세계의 관계에 대한 궁극적 관심을 형상화하고 있는 것이 많다.

특히 『하늘과 바람과 별과 시』라는 윤동주 시집의 표제는, 그의 시의 핵심이 자연 표상의 상징을 통한 궁극적 관심의 표출에 있다는 사실을 입증해 주고 있다. 윤동주는 시집의 제목을 처음엔 『병원』으로 붙일 예정이었다고 한다. 그가 그런 제목을 붙이려 했던 것은 당시의 세상이 "온통 환자투성이기 때문"이었다고 친구 정병욱은 「잊지 못할 윤동주의 일들」(『나라사랑』, 1976 여름호)에서 회고하고 있다. 『병원』과 『하늘과 바람과 별과 시』는 현격한 거리가 있다. 만약에 『병원』이라는 표제를 붙였더라면 그의 시가 주는 서정적 감동과 작품들 간의 상호 연계성을 한결 감소시켰을 것이다.

하늘과 바람과 별의 심상은 윤동주의 시 전체에 걸쳐서 나타나는 보편적 심상이다. 이 심상들이 가장 효과적으로 형상화된 작품으로는 「서시(序詩)」와 「별 헤는 밤」을 들 수 있다. 그러면 이제 「별 헤는 밤」을 면밀하게 해석해 보기로 하자.

윤동주의 다른 작품들과 마찬가지로 「별 헤는 밤」에도 별과 하늘, 부끄러움, 죽음, 재생(再生) 등의 심상이 복합적으로 제시되고 있다. 그러나 이 시의 상징적 표현의 핵심은 '별'과 '하늘'에 있다고 하겠다. 「별 헤는 밤」의 하늘과 별의 융합된 심상을 통해 우리는 윤동주 시의 상징적 표현의 한 체계를 구체적으로 파악할 수 있다. 또한 「별 헤는 밤」은 「서시」와 발상의 틀을 같이하고 있다는 점이 주목된다.

「서시」의 "별이 바람에 스치운다"라는 말과 「별 헤는 밤」의 "계절이 지나가는 하늘"은 비슷한 발상이다. 별과 하늘이 궁극적 이상(理想)의 상징이라면, 바람과 계절은 시대 상황, 또는 현실적으로 시인이 부딪치는 시련을 암시한다.

> 계절이 지나가는 하늘에는
> 가을로 가득 차 있습니다.
>
> 나는 아무 걱정도 없이
> 가을 속의 별들을 다 헤일 듯합니다.
>
> 가슴속에 하나 둘 새겨지는 별을
> 이제 다 못 헤는 것은
> 쉬이 아침이 오는 까닭이요,
> 내일 밤이 남은 까닭이요,
> 아직 나의 청춘이 다하지 않은 까닭입니다.
>
> 별 하나에 추억과
> 별 하나에 사랑과
> 별 하나에 쓸쓸함과
> 별 하나에 동경과
> 별 하나에 시와
> 별 하나에 어머니, 어머니,
>
> 어머님, 나는 별 하나에 아름다운 말 한마디씩 불러 봅니다. 소학교 때 책상을 같이했던 아이들의 이름과, 패(佩), 경(鏡), 옥(玉) 이런 이국 소녀들의 이름과, 벌써 애기 어머니 된 계집애들의 이름과, 가난한 이웃 사람들의 이름과, 비둘기, 강아지, 토끼, 노새, 노루, 프랑

시스 잠, 라이너 마리아 릴케, 이런 시인의 이름을 불러 봅니다.

이네들은 너무나 멀리 있습니다.
별이 아슬히 멀 듯이.

어머님,
그리고 당신은 멀리 북간도에 계십니다.

나는 무엇인지 그리워
이 많은 별빛이 내린 언덕 위에
내 이름자를 써보고,
흙으로 덮어 버리었읍니다.

딴은 밤을 새워 우는 벌레는
부끄러운 이름을 슬퍼하는 까닭입니다.

그러나 겨울이 지나고 나의 별에도 봄이 오면
무덤 위에 파란 잔디가 피어나듯이
내 이름자 묻힌 언덕위에도
자랑처럼 풀이 무성할게외다.

—「별 헤는 밤」 전문

이 시는 감상적 정서를 바탕에 깔고 있기는 하지만 윤동주의 작품 가운데 가장 진솔하고 투명한 어휘들로 이루어진 작품이다. '별'을 주된 심상의 재료로 삼아 시인의 가슴속에서 물결치는 복잡한 상념들을 펼쳐 나가면서도, 순수한 감정이 자연스럽게 유로(流露)되는 것으로 느껴진다.

이 시는 윤동주의 형이상학적 관심 전체를 나타내는 동시에 그의 신념의 깊이를 엿볼 수 있게 한다. 이 시에 표현된 '추억 · 사랑 · 쓸쓸함 · 동경' 등의 시어들은 모두 '어머니'의 이미지에 귀납되고 있다. 어머니는 별과 유사한 내포적 의미를 지닌 상징이다. 많은 시인들의 시에서 '어머니'는 '님'과 더불어 궁극적 지향의 대상으로 불리고 있다. 별 역시 꿈과 이상과 희망의 상징이며 막연한 그리움의 대상이 된다. 따라서 별과 어머니를 동일한 의미를 가진 상징으로 보아도 무방할 것이다.

이 시는 특수한 역설적 구조로 이루어져 있다. 앞부분에서 보이는 나약한 문학청년에게서 나옴직한 애조 띤 회상과, 뒷부분에서 보이는 재생에의 희망 어린 확고한 믿음과 미래 지향적 의지는 서로 역설적 대칭 관계를 이룬다.

이 시의 시간적 배경인 '가을'이 주는 역설적 의미도 중요하다. 가을은 풍요로움의 상징도 되지만 조락(凋落)의 상징도 된다. 이 시는 이렇게 상반된 현상을 보이는 가을의 심상을 작품의 밑바탕에 깔고 있기 때문에, 어떤 '이룰 수 없는 희망' 같은 애조 띤 분위기를 암시해 준다고 볼 수 있다.

2연의 '가을 속'과 3연의 '가슴속'은 그런 측면에서 볼 때, '가을=가슴'의 등식이 성립한다고 보아 이 시를 쓸 당시의 시인의 심경을 엿볼 수 있다. 희망과 좌절의 엇갈림 속에서 시인은 배회하고 있는 것이다.

역설적 구조는 시적 긴장을 유발한다. 예컨대 한용운의 「님의 침묵」에 있어 후반부에 보이는 역설적 신념, 즉 "님은 갔지마는 나는 님을 보내지 아니하였습니다"와 같은 것이 그렇다. 현실을 뛰어넘는 본체(本體)의 신비를 역설적인 자기 부정이나 아이러니를 통해서 보여주려는 것이다.

이것은 또한 예수 그리스도의 유명한 비유인 "마음이 가난한 자에게 복이 있다", "부자가 천국에 들어가는 것은 낙타가 바늘구멍으로 들어가는 것보다 더욱 어렵다" 등과 같은 종교적 잠언과도 일맥상통한다. 현상적 인식과 초월적 인식을 상호 지양하여 변증법적으로 통일시키려는 수법이다.

2. 근원적 사고가 응축된 시 세계

윤동주의 「별 헤는 밤」은 가장 원초적이고 기본적인 '역설적 긴장'의 유형을 따르고 있다. 시에 있어서의 긴장은 리듬의 정형성과 언어의 비정형성 사이, 특수성과 보편성, 구체적 표현과 추상적 표현, 미(美)와 추(醜), 현상과 본질 사이 등 여러 가지 유형으로 이루어진다. 따라서 시인들은 여러 가지 질료들을 효과적으로 사용하여 시적 긴장의 대립 관계를 효과적으로 처리하려고 노력한다. 훌륭한 시는 매우 조직적이기 때문에, 제 요소 상호 간의 관계가 시 속에서 일관성 있게 수렴 · 용해되는 것이다.

「별 헤는 밤」은 내용상 역설적 긴장미를 유발한다. 이 시의 전반부(1연에서 7연까지)가 제시하고 있는 시 세계는 상식의 세계요, 현상의 세계다. 여기서 '별'은 상징적 의미가 크게 발휘되지 않는다. 후반부, 즉 8연 이후에 이르러 비로소 윤동주의 모든 근원적 사고가 응축된 상징의 세계로 펼쳐진다. 8연 이후의 후반부가 역설적으로 보여주는 소박하면서도 심원한 통찰은, 이 작품을 통속적인 센티멘털리즘으로부터 시인이 지향하는 근원적 진리의 세계로 승화시킨다.

8연 이후의 후반부는 다시 8 · 9연과 10연 두 부분으로 나뉜다. 후반부에서도 다시 역설적 긴장구조가 사용되고 있는 것이다.

정병욱의 회고에 의하면, 원래 이 시는 마지막 한 연이 빠진 채로 완성되었다고 한다. 그런데 정병욱이 "어쩐지 끝이 좀 허전한 느낌이 든다"고 평하자, 윤동주는 이를 시인하고 마지막 연을 추가시켰다는 것이다(정병욱의 앞의 글 참조).

만일 마지막 연이 빠졌더라면 이 작품의 성격은 크게 달라졌을 것이다. 물론 8 · 9연만 가지고도 7연까지의 전반부가 보여주는 상식적이고 감상적인 톤을 극복할 수 있었겠지만, 지금의 「별 헤는 밤」이 주는 상징적 메시지의 계시적이면서 함축적인 효과를 기대하기는 어려웠을 것 같다. 그러므로 이 시의 역설적 구조를 다시 두 부분으로 나누자면 1~9연의 전반부와 10연의 후반부로 나눌 수 있다.

따라서 편의상 이 시의 역설적 구조를 도표로 요약 · 제시하면 다음과 같이 될 것이다.

<table>
<tr><td>전반부</td><td colspan="2">1~7연</td><td>가을에 느낄 수 있는 문학소년적 감상.
옛 친구들과 어머니, 고향 등에 대한 향수.</td></tr>
<tr><td rowspan="2">후반부</td><td>전반부</td><td>8~9연</td><td>자신의 현재 위치를 자각하고 스스로의 이름을 부끄럽게 여김.</td></tr>
<tr><td>후반부</td><td>10연</td><td>만물의 유전 법칙을 깨닫고 새로운 시대의 도래를 확신함.</td></tr>
</table>

이 시의 핵심을 파악하기 위해서는 후반부 가운데 8~9연이 보여주고 있는 '부끄러움'의 심상과, 10연이 보여주고 있는 '재생'의 심상을 분석 · 검토해 보는 것이 필요할 것이다.

8연에서 시인은 '무엇인지 그립다'고 했다. 그래서 그는 "별빛이 내린 언덕 위에" 그의 이름을 써보고는 "흙으로 덮어 버리"는 행위를 한다. 왜 흙으로 덮어 버린 것일까?

그 이유는 다음 9연에서 밝혀진다. 그는 주위에서 울어대는 밤 벌레들의 울음소리를 듣고 갑자기 '부끄러워'진 것이다. 별빛이 내린 언덕은 한밤중이긴 하지만 희미한 광명이나마 감도는 풍경이다. 별빛은 달빛보다도 아주 희미한 빛을 발하기 때문에 강렬한 의지나 희망의 상징이라고는 말하기 어렵다. 그러나 창백한 식민지 지식인으로서의 윤동주 시인에게는 걸맞는, 매우 나약하고 가냘프면서도 그런대로 내밀(內密)한 소망과 의지를 안고 있는 이미지다. 그러한 별빛을 보고 윤 시인은 자기의 이름을 써보는 행위를 한다.

'이름'이란 곧 그의 인격이요 행동이며 지성이다. 시인의 모든 인격적 총괄치(總括値)가 이 시에서는 '이름'으로 대언(代言)되고 있다. 그도 여느 인간들과 마찬가지로 그의 시대에, 그의 역사의 한 페이지에 '이름을 남기고' 싶었던 것이다. 물론 이름을 남기는 방법에도 여러 가지가 있을 수 있다. 하지만 윤동주는 그의 경건한 기독교적 신앙심과 견결한 윤리의식에 합당한 '보람있는 일'을 함으로써 이름을 남기고 싶었을 것이다. 하지만 심성이 약하고 우유부단한 그는 주위의 풀벌레 소리에조차 놀라 움츠러든다. 그래서 그는 풀벌레들이 우는 것이 바로 자기의 부끄러운 이름(별로 보람 있는 일을 하지 못하고 있으므로)을 슬퍼하는(비웃는) 것이라고 생각하는 것이다.

이러한 자연과의 교감적 행위는 윤동주의 「또 다른 고향」에도 나타난다. 그는 밤중에 개가 짖는 것을 '(나약한) 자기 자신을 꾸짖는' 것으로 들어 '쫓기우듯이' 또 다른 고향으로 가자고 결심하는 것이다. 그렇다면 윤동주는 왜 그토록 진지하게 '부끄러워'하는 것일까?

3. 부끄러움의 이미지가 시 전체를 지배

부끄러움의 심상은 윤동주의 시 곳곳에서 발견되는 대표적 심상이다. 윤동주의 부끄러움은 「자화상」, 「참회록」 등의 시에서 보여주고 있는 '들여다보는 행위', 즉 자기 성찰의 결과라고 볼 수 있다. 나라를 빼앗긴 식민지 지식인으로서의 부끄러움, 이상과 현실의 괴리에서 오는 부끄러움, 기독교적 원죄 의식이 가져다준 겸손한 신앙인으로서의 부끄러움, 윤리지상적(倫理至上的) 생활철학에 자신의 실천과 행동이 채 미치지 못했을 때 갖게 되는 부끄러움 등의 이미지가 한데 뭉뚱그려져 윤동주의 시 전체를 지배하고 있다. 그러므로 「별 헤는 밤」에 나오는 부끄러움도 특별히 별다른 류의 것은 아니다.

그러면 윤동주의 부끄러움의 본질을 구명(究明)해 보기 위하여, 그의 작품들 가운데 특별히 '부끄러움'이 강조된 부분들을 뽑아 비교해 보기로 하자.

(가) 죽는 날까지 하늘을 우러러
한 점 부끄럼이 없기를,

—「서시」 중에서

(나) 이브가 해산하는 수고를 다하면
무화과 잎사귀로 부끄런 데를 가리고
나는 이마에 땀을 흘려야겠다.

—「또 태초의 아침」 중에서

(다) 돌담을 더듬어 눈물짓다
쳐다보면 하늘은 부끄럽게 푸릅니다.

—「길」 중에서

(라) 내 그림자는 담배 연기 그림자를 날리고
비둘기 한 떼가 부끄러울 것도 없이
나래 속을 속, 속, 햇빛에 비춰, 날았다.

—「사랑스런 추억」 중에서

(마) 인생은 살기 어렵다는데
　　시가 이렇게 쉽게 씌어지는 것은
　　부끄러운 일이다.

—「쉽게 씌어진 시」 중에서

(바) —그때 그 젊은 나이에
　　왜 그런 부끄런 고백을 했던가

—「참회록」 중에서

(가)는 순결과 무사(無邪)에의 윤리적 지향에서 오는 부끄러움이다. (나)는 기독교적 신앙을 기조로 하여 씌어진 것으로서, 성경에 나오는 설화 그대로를 옮긴 것이기 때문에 별다른 함축과 은유를 내포하지 않은 것으로 보인다. (다)는 준엄한 윤리의식에 바탕을 둔 것으로서, (가)의 경우와 마찬가지로 하늘(동양의 천(天), 또는 기독교의 하느님)을 우러러볼 때 느껴지는 부끄러움이다. (라)에서는 하늘을 나는 비둘기의 자유로운 비상과 자신이 지니고 있는 지상적(地上的) 한계를 대비시키고 있다. 햇빛과 하늘은 이 시인이 동경하고 있는 절대 이상(理想)의 세계를 상징한다. 비둘기는 '부끄러울 것'이 없기 때문에 하늘을 마음껏 날아오를 수 있다고 시인은 생각한다. (마)에서는 한 인간으로서의 윤리적 삶에 대한 고뇌가 엿보인다. 삶의 어려움에 비해서 시가 너무 쉽게 씌어진다는 시인의 고백은 상대적으로 그의 삶의 고통의 깊이를 느끼게 한다. (마)의 부끄러움은 자신의 삶의 무의미성에 대한 회의의 결과로서 느껴지는 부끄러움이다. 여기에서도 윤동주 특유의 윤리적 결벽성이 드러난다.

이상의 것들과 「별 헤는 밤」에 나타나는 부끄러움의 심상을 비교 종합해 보 때, 윤동주의 '부끄러움'은 거의가 준엄한 윤리의식에서 오는 것이다. 윤동주의 부끄러움은 카뮈의 『페스트』에 나오는 신문기자 랑베르의 그것과 흡사하다. 랑베르는 오랑 시에 잠시 들렀다가 페스트의 창궐로 고립된다. 처음 탈출이 불가능했을 때는 탈출을 갈망했으나 그것이 가능해지자 오히려 그는 탈출을 포기한다. 랑베르는, "자신의 행복을 위해서 타자(他者)의 행복을 저버릴 수 있을까? 타자의 존재를 위하여 나의 행복을 포기하는 것이 위선이듯, 나의 행복을 위해 타자의 존재를 도외시하는 것도 역시 위선이다. 만일 지금 이 거리를 떠난다면 나 자신에게 '부끄러운' 일일 뿐 아니라, 파리에 있는 애인에게도 '부끄러운' 일이다"라고 말하면서 주위의 권고를 거부하고 재앙과 맞서 싸운다.

물론 윤동주의 부끄러움과 랑베르의 부끄러움에는 차이가 있다. 랑베르의 적극적 행동성이 윤동주에게는 조금 결여되어 있다. 그러나 윤동주의 부끄러움을 단지 마음 약한 인텔리 청년이 보여주는 의식의 갈등이나 내적인 웅얼거림에 지나지 않는다고 보아서는 안 될 것이다. 그의 부끄러움이 자신의 무능력에서 오는 자기혐오에 불과하다고 보는 것은, 당시의 시대상황을 배려하지 않는 지나친 분석주의의 결과라고 생각된다. 「별 헤는 밤」의 경우, 윤동주의 나약한 '자기혐오'는 마지막 연에 이르러 훌륭히 극복되고 있기 때문이다.

마지막 연의, "겨울이 지나고 나의 별에도 봄이 오면/무덤 위에 파란 잔디가 피어"난다는 표현은 영원히 계속되고 있는 '자연의 유전(流轉)'을 암시한다. 즉 음(陰)과 양(陽)의 교대 원리(交代原理)다. 밤이 언제까지나 계속될 수 없고, 보름달이 언제까지나 보름달일 수 없다. 낮과 밤의 교차, 보름과 그믐의 교차는 곧 자연의 끝없는 교대 작용을 가리키는 바, 이 시가 보여주고 있는 것같이 죽음과 탄생, 절망과 희망이 순환한다는 진리를 표상하고 있는 것이다.

윤동주는 자기의 이름자를 별빛 내린 언덕 위에 써보고 곧 부끄러워 흙으로 덮어 버리지만, 그것으로서 자신의 희망을 단절시키지 않는다. 곧 자연의 교대 원리를 깨달아 봄이 오면 그 위에 다시 풀이 돋아날 것을 확신한다. 이러한 세계관은 윤동주에게 있어 일종의 신념이었던 것 같다. 그러나 그는 막연히 운명이나 자연의 변화에만 맡겨 시대나 상황의 변화를 기다리기만 하는 것은 아니다. 자신에게 부여된 '하늘의 사명'을 충실히 수행해 나가면서 때의 변화를 기다리는 것이다. 즉 동양 전래의 생활 철학인 '진인사대천명(盡人事待天命)'을 따라가는 자세다. 또는 '모사재인 성사재천(謀事在人 成事在天)'이라는 긍정적 자연 귀의(自然歸依)의 인생관이라고도 볼 수 있다.

이러한 시인의 태도는 그의 「서시」에서 잘 드러나고 있다. 그는 언제나 섣부른 행동으로 역사의 흐름을 바꿔놓기보다는, 조용히 역사의 섭리, 하늘의 섭리를 기다리는 편이 낫다고 생각한다. "무덤 위에 파란 잔디가 피어나듯이"라는 구절은 자연의 질서, 또는 하늘의 섭리에 의탁하려는 시인의 심리를 잘 드러내 보여준다.

윤동주는 「한란계」라는 작품에서도 그러한 태도를 잘 보여주고 있다.

> 어제는 막 소낙비가 퍼붓더니 오늘은 좋은 날씨올시다.
> 동저고리 바람에 언덕으로, 숲으로 하시구려—
> 이렇게 가만가만 혼자서 귓속 이야기를 하였습니다.
> 나는 또 내가 모르는 사이에—
>
> 나는 아마도 진실한 세기의 계절을 따라—
> 하늘만 보이는 울타리 안을 뛰쳐,
> 역사 같은 포지션을 지켜야 봅니다.
>
> —「한란계」 중에서

역사는 '소낙비가 내릴 때'도 있지만 곧 '좋은 날씨'로 바뀌기도 한다. 따뜻한 계절이 자기를 충동하여 "언덕으로, 숲으로" 헤매었던 사실을 시인은 상기하고, 현재의 "영하로 손가락질한 수돌네 방처럼 추운 겨울"(「한란계」 3연)을 참아내려는 것이다. 이러한 자연의 순환이야말로 참다운 역사의 행로이기에, 역사적 섭리를 따르는 것이 더 낫다고 믿는 것이다.

우리의 생리가 따뜻한 날씨에 반응하여 자연을 쏘다니게 하듯이, 역사도 같은 생리를 갖고 있다. 소낙비가 오는가 하면 화창한 날씨도 된다. 그러니 역사는 우리의 생리 — 즉 직접적인 저항은 못하더라도 민중들의 집단 무의식에 의하여 반드시 이루어지고 말 긍정적인 미래에 대한 신념 — 대로 따라와 주리라고 그는 생각한다.

"진실한 세기의 계절"에는 역사의 주재자로서의 하늘의 섭리를 믿는 시인의 역사관이 반영된다. 자기는 지금 "하늘만 보이는" 답답한 울타리에 갇혀 있다. 하지만 자신에게 부여된 소명에 따라 역사의 흐름을 따라갈 것을 윤동주는 희망하고 있다.

그는 「화원에 꽃이 핀다」는 산문에서 "서리를 밟거든 얼음이 굳어질 것을 각오하라가 아니라, 우리는 서릿발에 끼친 낙엽을 밟으면서 멀리 봄이 올 것을 믿습니다"라고 쓰고 있는데, 이 역시 아무리 험악한 주변의 상황 가운데서도 희망을 가질 수 있다는 선언으로서, 「별 헤는 밤」의 종결부와 같은 맥락으로 이어진다 하겠다. 윤동주의 생각은, 아무리 외부 상황이 나쁘더라도 그의 마음속 화원 안에는 꽃이 필 수 있다는 것이다. 그러기에 그는 "자랑처럼" 풀이 무성할 거라고도 표현했다. 여기서 우리는 윤동주의 긍정적 미래관과 동양적 낙관주의를 엿볼 수 있다.

「별 헤는 밤」이 만약 9연에서 끝나버렸다면 그저 단순한 감상시(感傷詩)에 머물러버렸을 것이다. 그러나 다행히도 마지막 연이 첨가됨으로써 이 작품은 긍정적인 생명력을 얻게 되었다. 앞부분이 전혀 쓸데없는 넋두리라는 말은 아니다. 전반부가 있음으로 해서 후반부가 더욱 빛날 수 있기 때문이다.

체념을 희망과 신념으로 승화시킨 이 시의 전개 기법은 상징적 표현이 효과적으로 사용된 좋은 보기라 할 것이다. 따라서 이 시의 표제에 나오는 '별'과 '밤'의 이미지는 한층 중요한 의미를 갖는다. 이 시에 등장하는 '밤'은 낭만적인 분위기를 내포하고 있으면서도 시인에게 불안과 공포를 느끼게 하는 밤이다. 그렇게 '밤'이 불안하고 공포에 가득 찬 현실의 상징이기 때문에, 그러한 가운데서도 마음속의 '별'을 잃지 않고 간직하고 있었던 시인 윤동주의 맑고 건강한 성품이 더욱 명료하게 드러난다.

그러므로 결국 「별 헤는 밤」이 상징적으로 제시해 주는 것은, 대자연의 운행 질서를 겸손하게 바라보며 그 가운데서 역사의 발전적 전개를 확신하면서, 스스로의 미래지향적 의지를 키우며 천명(天命)에 따르려 애쓰는 청년의 모습이라 하겠다.

(1987)

수필에 대하여

1

수필처럼 폭이 넓은 문학 장르도 없다. 논문도 수필이고 비평도 수필이며, 신변잡기 또한 수필이다. 나아가 자전적 소설이나 회고록 역시 넓은 의미의 수필이라고 할 수 있다.

그런데 한국에서는 '에세이'와 '미셀러니'의 개념이 뒤섞여 사용되어 모두 다 '수필'로 통용되고 있다. 그래서 '에세이적 수필'이 갖고 있는 문학적 품격과 위상이 평가절하되고 있는 것이다.

물론 미셀러니가 에세이보다 격이 낮다는 말은 아니다. 다만 격조 높은 논술적 담론이나 문화비평 등일지라도 그것에 '논문'이나 '비평'이라는 딱지를 붙이지 않고 '수필'이라고 해놓으면 사람들이 우선 얕잡아본다는 뜻이다. 또 미셀러니는 미셀러니대로 '솔직한 배설'로서의 담론이기보다는 상투적 교훈이나 감상적 넋두리로 시종하는 일이 많아 독자들을 실망시키고 있다는 뜻이다.

나의 경우, 제일 처음에 낸 수필집인 『나는 야한 여자가 좋다』는 일종의 문화비평집이었다. 그런데 그것에 수필집이라는 라벨을 붙여 내

놓자 어처구니없는 험담과 매도에 시달리게 되었다. 만약에 그 책 겉장에 '문화비평집'이라고 표시했더라면 막연한 곡해와 비난이 훨씬 줄어들었을 것 같은 생각이 든다.

그러므로 우선 나는 '수필'과 '에세이'의 명칭을 따로 구별해서 쓰는 게 낫다고 생각한다. '수필(隨筆)'이란 말은 글자 그대로 '붓 가는 대로 씌어진 글'이라는 뜻이므로 미셀러니에 가깝다. 또한 미셀러니는 '잡다하다'는 말에서 온 것이므로 '잡문(雜文)'의 의미와도 통한다. 일상생활에서 느낀 감상의 파편들을 논리적 포장이나 가식적 수사 없이 솔직하게 털어놓는 것이 바로 '수필'인 것이다.

그러나 '에세이'는 몽테뉴의 『수상록(*Les Essais*)』에서 비롯된 명칭인 만큼 형식의 구애를 받진 않지만 어느 정도 논리적 사고를 바탕에 깔고 있는 글이요, 사상성과 철학성을 겨냥한 글이다. 파스칼의 『팡세』도 에세이고 쇼펜하우어의 저서나 니체, 키에르케고르의 저서들이 다 에세이다. 우리나라에서는 한때 에세이를 '시론(試論)'이라고 번역해 사용한 적이 있는데, 좀 어색하긴 하지만 에세이의 본질에 상당히 접근한 명칭이라고 본다.

요즘 들어 '담론(談論)'이란 말이 자주 쓰이고 있는 것은, 과거에는 아카데믹하고 현학적인 글을 이른바 '논문'이라고 부르며 격이 높은 글로 간주하고, 에세이를 논문보다 격이 낮은 글로 간주하던 풍조에 대한 반성의 결과라고 본다. '논문'이라고 하면 서론 · 본론 · 결론의 격식을 갖추고 일부러라도 잡다한 각주(脚註)들을 집어넣어 실증적인 틀에 맞추는 글이라고 볼 수 있는데, 가장 중요한 것은 역시 글쓴이가 무엇을 말했는가에 있지, 그가 얼마나 책을 많이 읽고 공부를 많이 했는가를 드러내는 데 있지 않다. 그런 의미에서 볼 때 앞으로는 설사 학위논문이라 할지라도 에세이의 형태를 갖추는 게 좋다고 본다. 형식이나 논리로 억지 허세를 부리다 보면 속 빈 강정이 되기 쉽기 때문이다.

따지고 보면 과거 우리나라 선비들이 쓴 글들은 모두 다 에세이였다. 『율곡집(栗谷集)』, 『화담집(花潭集)』 등에 실려 있는 이율곡이나 서경덕의 글은 모두 다 에세이지 논문은 아닌 것이다. 정약용이 그토록 많은 저작을 남길 수 있었던 까닭은, 그가 쓴 글들이 논리적 얽이나 방증의 제시에 구애받지 않고 자유롭게 써내려간 에세이 형식이었기 때문이다. 또한 이규보는 미셀러니에 가까운 에세이를 많이 남겼고 허균이나 박지원 역시 그랬다.

서양의 경우도 이와 비슷하다고 볼 수 있다. 베이컨이나 데카르트, 볼테르나 루소 등의 사상가들이 남긴 글은 다 에세이지 논문은 아니다. 다만 칸트 같은 이가 논리적 증명을 집어넣는 현학적 논문 형태의 글을 썼는데, 그렇다고 해서 베이컨이나 볼테르 등이 칸트보다 격이 낮은 사상가로 불리지는 않는다. 요컨대 얼마나 독창적인 사상을 담았느냐의 여부가 중요한 것이다. 한국의 저술가들은 대부분 내용보다는 형식에, 독창성보다는 현학성에 집착한다. 이런 현상이 문화의 '거품' 현상을 낳고 사이비 지식인들을 날뛰게 하는 결과를 초래한다.

2

미셀러니 형식의 글을 '수필'이라 부른다고 할 때, 가장 중요한 것은 역시 '솔직성'이다. 수필은 상투적 교훈이나 센티멘털리즘을 배격해야 한다. 지금까지 우리나라 수필은 대개 다 교훈성이나 감상성에 머물러 있었다. 알맹이 없는 도덕만을 부르짖는다든지 '촛불' · '고향' · '어머니' 등을 단골 소재로 삼아 스스로의 진짜 속마음을 감추려고만 하였다.

나는 모든 글쓰기의 기본 심리가 '노출증(exhibitionism)'에 있다고 본다. 말하자면 '솔직하게 발가벗기'가 글쓰기의 근본 동인(動因)이요,

좋은 글의 첫째 요건이라고 보는 것이다. '솔직하게 발가벗기'는 또한 '솔직한 배설'과도 연관되는데, 억압된 감정의 찌꺼기들을 문학을 빙자하여 배설해 내는 행위가 바로 글쓰기 행위이기 때문이다.

'발가벗기'나 '배설'에는 어떤 목적이나 수식이 있을 수 없다. 똥을 눌 때 우리는 이 똥이 비료로 쓰일까, 그냥 버려질까, 걱정하지 않는다. 또한 똥을 좀더 멋진 모양으로 배설해 내려고 애쓰지도 않는다. 발가벗는 것도 마찬가지다. 시원하게 벗어 젖히는 게 중요하지 '어떻게 벗느냐'는 중요하지 않다.

나는 문필가를 지망하는 어느 30대 초반의 여성과 꽤 오랫동안 편지를 주고받은 적이 있다. 편지의 내용이나 문장이 하도 좋길래 나는 글재주가 있다고 계속 칭찬해 주었다. 그래서 그녀는 글쓰기 모임에도 나가고 어느 수필 동인지에도 참가하여 수필을 발표하게도 되었다. 그런데 활자화된 수필을 받아서 읽어보니 나로서는 '영 아니올시다'였다. 그녀는 빤한 거짓말(도덕적 설교 위주의)을 늘어놓고 있었고 미문(美文)을 만들어보려고 무진무진 애를 쓰고 있었다.

그래서 나는 편지로 그녀에게 한바탕 야단을 쳐주고 나서, 도대체 내게 보낸 편지에 썼던 그 진솔한 '고백'들은 다 어디로 가고 공허한 설교나 '남 걱정'만 늘어놓았느냐고 물었다. 그랬더니 그녀의 대답이 걸작이었다.

"선생님께 드리는 편지에는 뭐든지 툭 털어놔도 비밀이 안 새나갈 것 같아 안심하고 써갈겼지만, 일단 활자로 발표되는 글에는 그럴 수가 없었어요. 혹시 남편이나 친구들이 보면 어떻게 하나 걱정이 돼서요."

이런 식의 태도로 수필을 쓰는 사람이 우리나라엔 상당히 많으리라 생각된다. 글을 쓸 때는 무조건 뻔뻔스러워야 한다. 이 눈치 저 눈치 보려고 들면 정말 쓸게 아무것도 없다. 또 고상한 미문만 쓰려고 들면 아무것도 쓰지 못한다. 특히 허구적 사실이 아닌 자기 자신의 이야기를 털어놓는 수필의 경우에는 더욱 솔직한 태도가 필요한 것이다.

이를테면 성문제 때문에 고민하는 사람이 "성은 아름다운 것이다"라고 쓴다면 이는 위선이다. 아버지나 어머니를 내심 증오하고 있는 사람이 '효도'의 가치를 역설한다면 이 또한 위선이다. 수필 쓰기란 '위선과의 싸움'이나 다름없다. 우리는 수필을 통해 스스로의 학식을 자랑한다거나 도덕성을 위장하는 것을 끊임없이 경계해야 한다.

수필은 또한 '나르시시즘'과도 관계가 있다. 모든 글쓰기는 사실 '명예욕'과 관련된 것이지만, 그래도 수필은 가장 진솔한 '자기도취'인 것이다. 다시 말해서 남 보라고 쓰는 글이 아니라 스스로 즐기기 위해서 쓰는 글이 수필이라는 말이다. 말하자면 성적 자위행위와 가장 유사한 글이 바로 수필이다. '일기'가 수필의 영역에 들어갈 수 있는 것은 그 때문이다. 남 보라고 벗는 '스트립 쇼'는 수필이 아니다. 혼자서 웃고 낄낄댈 수 있는 것이 수필인 것이다.

여기에 바로 수필의 이중성이 있다고도 할 수 있다. 혼자서 하는 배설행위를 남 보라고 활자화하는 것이 바로 '수필의 발표행위'이기 때문이다. 하지만 나는 이러한 이중성이 위선은 아니라고 생각한다. '당당한 노출'은 차라리 상업주의적 의도를 내포하는 것이 낫다. 요즘 세상에 상품화되지 않는 게 어디 있는가. 겉으로는 문학의 상품화를 경멸하는 체하면서, 속으로는 자신이 쓴 글이 상품화되기를 바라는(다시 말해서 책이 많이 팔리고 읽히기를 기대하는) 심리야말로 진짜 위선이다.

요즘 전문적 문인이 아닌 아마추어 문인들(주로 한 방면에서 성공한 이들)의 '자전적 수필집'이 잘 팔리는 까닭은 독자들의 '훔쳐보기(盜視症, 또는 觀淫症)' 욕구를 만족시켜 주기 때문이고, 그런 책들은 대개 문인이 쓴 수필보다 진솔한 고백에 기초하고 있기 때문이다.

3

수필이 갖는 진솔한 고백성이 미묘한 문학적 감동을 이끌어내는 것에 착안하여, 요즘 소설가들은 수필적 요소를 소설에 첨가시키고 있다. 그래서 수필은 점점 소설의 영역까지 지배하는 폭넓은 문학 장르가 되어가고 있다.

과거에도 소설에는 수필적 요소가 많이 들어가 있었다. 특히 자기고백조(調)로 일관하는 자전적 소설이 그러했는데, 대표적인 예로 헤르만 헤세의 『페터 카멘친트』, 서머셋 모옴의 『인간의 멍에』, 헨리 밀러의 『북회귀선』 같은 것을 들 수 있다. 특히 독일에서 발달한 '성장소설'(또는 교양소설)은 주인공의 지적 성장과정을 좇아가며 기술하는 수필적 요소로 이루어져 있다. 헤세의 『데미안』이나 토마스 만의 『토니오 크뢰거』 등에는 수필적 요소가 많다. 그리고 소설 전체가 수필로 이루어졌다고 해도 과언이 아닌 것이 릴케가 쓴 『말테의 수기』이다.

나는 허구적 사실에 기초하여 에로틱 판타지를 묘사해 본 소설 『권태』와 『광마일기』, 그리고 성심리에 바탕을 둔 세태소설 『즐거운 사라』와 『자궁 속으로』 등에서, 주인공의 의식을 추적하는 형태로 수필적 요소를 많이 집어넣어 보았다.

요즘 소설이 거대 담론이나 거대 이데올로기를 위주로 하는 교훈주의 성향에서 차츰 벗어나고 있다고 볼 때, 앞으로는 수필과 소설의 구분이 점점 더 어려워질 것 같다는 예감이 든다. 소설인지 수필인지 구분이 아주 어려운 작품의 예로 아르헨티나 작가 보르헤스의 단편들을 들 수 있다. 그는 자신의 방대한 독서 체험을 바탕으로 철학적 잡문에 가까운 수필을 쓰고 거기에 허구적 요소를 살짝 가미시키는 수법을 쓰고 있는데, 과거의 단편소설이 갖고 있는 정형성을 탈피하고 있다는 점에서 크게 주목된다. 다만 보르헤스의 소설은 지나치게 현학적인 면이 흠이라고 생각되므로, 앞으로 시도되는 수필적 소설에서는 '겸손한 털어놓기'가 더욱 강조되어야 한다고 본다.

현재 한국소설이 갖고 있는 문제점은 지나치게 '스케일'을 의식한다는 것이다. 몇 권으로 된 대하소설이나 역사소설이 너무도 많이 쏟아져 나오고 있고, 또 그런 작품을 쓰는 작가만이 '역량 있는' 작가로 간주되고 있다. 하지만 문학 발전을 위해 가장 필요한 것은 역시 '다원주의'이므로, "작은 것도 아름답다"는 명제에 기초하는 수필적 소설이 많이 나와야 한다는 게 내 생각이다. 필연성 없이 무작정 권수만 늘리는 대하소설은 필요가 없다. 또 장편소설이라 해도 꼭 원고지 1,000장 이상이 되어야 할 필요가 없고 500장 내외로도 충분한 것이다. 수필적 요소가 많이 가미된 짧은 장편소설이면서 높은 완성도를 가진 소설이 많이 씌어져야 한다.

예를 들어 프랑수아즈 사강의 『어떤 미소』나 『슬픔이여 안녕』 같은 작품은 분량이 200자 원고지로 500장도 못 되는 것이지만, 수필적 요소를 가미하여 더 친근감 있는 감동을 이끌어낼 수 있었다고 본다.

아무튼 수필은 소설의 영역까지 점령할 만큼 폭넓은 장르이고, 나아가 산문시까지도 수필적 요소로 씌어질 수 있으므로, 앞으로의 문학은 수필이 왕좌를 점령하게 될 것이다.

과거에는 특수한 경험(모험에 가까운)만이 소설의 소재가 될 수 있었고, 설사 수필이라 해도 소수 지식인들의 전유물로 끝나는 게 보통이었다. 그러나 자유민주주의 사회로 나아갈수록 누구나 글을 쓸 수 있게 되었고, 또 영웅적이고 모험적인 경험이 아닌 사소한 일상적 경험까지도 문학의 소재가 될 수 있다는 게 입증되었다.

그러므로 앞으로의 수필은 현학적 아카데미즘과 위선적 자기과시를 지양해야 하고, 특히 선량의식(選良意識)에 바탕한 교훈주의를 경계해야 한다. 또한 수필과 소설을 합치시킬 경우 과거의 상투적 구성법('발단 — 전개 — 위기 — 절정 — 결말' 투의)에서 탈피해야 할 것이다. 요컨대 현학적 외피(外皮)나 허구적 과장의 외피를 벗고 좀더 솔직하고 단순해져야 한다는 말이다.

하지만 그렇다고 해서 수필을 우습게 보고 문법에도 안 맞는 비문(非文)으로 가득 찬 글을 남발해 대는 최근의 현상을 좌시해서는 안 된다. 읽기 어색한 번역투의 문장과 주술관계(主述關係)도 안 맞는 문법을 벗어난 문장, 그리고 상투적인 교훈적 주제로만 시종하는 우리나라 수필계의 고질병이 치료될 때, 그때 비로소 한국 수필의 비약적 발전이 이루어질 수 있을 것이다.

(1998)

평폐론(評弊論)

1

평론이라는 문학형식 자체가 가지는 문제점을 논하려는 것이 아니라 요즘 우리 주위에서 볼 수 있는 잡다한 평론들의 병폐를 밝혀 보이려는 것이 이 글의 목적이다. 모두가 그런 것은 아니겠지만, 요즈음 발표되는 많은 평론들이 평론이 가지는 기본적 정도(正道)에서 벗어난 파행적인 양상을 띠고 있다. 평론이라는 문학형식이 창작가들에게는 정신적 기류(氣流)의 바탕을 형성시켜 주고 문학적 가치관의 좌표를 설정해 주며, 아울러 문학과 독자 간의 거리를 좁혀 독자들에게 문학적 가치판단의 척도로서의 기능을 다할 수 있는 것이라고 볼 때, 평론이 갖고 있는 영향력은 상당히 큰 것이라고 볼 수 있다. 창작가의 경우 그가 지닌 인생관이 통념에서 벗어났거나 객관성을 결여했다 해도 크게 문제가 되지 않는다. 작가의 구상이 작품화되는 과정에서 예술적 형상화의 통로를 거치게 되며, 읽는 사람은 '감동'이라는 본능적인 평가 수단을 거쳐 작품에 반응하기 때문이다.

그러나 평론은 다르다. 평론은 논리적 설명문의 성격으로써 독자를

'설득'한다. 평론의 논리적 설득력이 우수할 때 독자는 평론의 대상이 되는 작품과는 별개로 논리에 빨려들어가게 된다. 이런 평론이 위험성을 안고 있는 까닭은, 그때그때 발표되는 창작들이 항상 시평(時評) 같은 성격의 글을 쓰는 평론가들의 재단(裁斷)을 통해 우열(優劣)이 드러나게 된다는 데 있다. 물론 작품의 진정한 가치는 세월이 흘러가면 저절로 밝혀지게 되는 것이겠지만, 그 전까지는 대개의 작품이 평론가의 손에 의해서 가치판단이 이루어지게 되는 것이다. 자신이 느꼈던 순수한 감동보다 평론가가 제시하는 논리의 권위에 설복당하기 쉬운 일반 독자들은, 평론가들의 가치평가를 항상 옳은 것으로 믿게 될 위험성이 많다. 때문에 평론은 언제나 은연중에, 읽고 쓰는 제반 문학활동을 영향력 있게 지배하게 되는 것이다. 작가들 또한 평론가들의 비평에 따라서 스스로의 문학정신을 키워 나가게 된다.

이렇듯 평론이 갖고 있는 직능(職能)은 크다. 그러므로 그렇게 많은 영향력을 갖고 있는 평론이 정도(正道)의 길을 걷지 않는다면, 그것의 해(害)는 평론 하나로만 그치는 것이 아니라, 문학 전반에 걸쳐 이상조류(異常潮流)를 형성해 놓기까지에 이르는 것이다. 그런데 요즘 우리 문단의 실정은 어떤가? 한 마디로 말해 사이비 평론들이 활개를 치고 있다. 평론가는 마땅히 투철한 문학적 사명감을 갖고서 문학 전체를 투시(透視)하여 문학적 영혼을 전망해 주어야 할 터인데, 요즘 우리 문단의 거개의 비평들은 작품 전체로 작가의 문학정신을 조망하기보다는 부분적인 기예(技藝)의 지엽(枝葉)들을 줍는 데 그치고 있다.

영혼을 움직일 수 있는 '감동'보다는 몇 줄의 신기한 문장이나 낯선 주제의 기발함에 더 관심을 돌리게 되었고, 평론의 내용도 이제는 순수한 직관에 의한 것보다는 형식적 조작을 통한 분석에 더 중점을 두게 되었다. 그리하여 평론은 이제 그 내용으로 창작에 대하여 정신적 가치기준을 세워주기보다는 평문(評文) 자체의 단아한 형식적 구성이나 문장에 오히려 만족하게 되어 버렸다.

요즘 비평가들에게는 심금을 울리는 문학적 감동이란 우스운 것이고, 어떤 기발한 문체, 신기한 사건의 전개, 이상심리적(異常心理的)인 주인공의 변태(變態)가 더 재미있고 가치가 있다. 그럴듯하게 수식해 놓은, 평론에는 도무지 맞지 않는 번드레한 문체가 이제는 우수한 평론 문체가 되어 버렸다. 평론은 실로 이제까지 가졌던 문학정신의 예언자로서의 고매(高邁)한 영역을 떠나 언어적 유희로서의 상완(賞翫)의 지경에 이르고 만 것이다. 그런데 그것이 평론 자체로 끝나면 그래도 괜찮겠는데, 그런 평론들은 스스로의 궤변(詭辯)을 계속 고집해 나가려고 하기 때문에 그 폐(弊)는 이만저만 큰 것이 아니다. 창작가들은 종국에 가서는 평론가의 눈치를 살피게 되기 마련이며, 그런 터무니없는 문학적 가치기준 위에서 글을 쓰게 된다. 그릇된 평론이 문학 자체와 독자들에게 주는 해(害)는 보통 생각할 수 있는 것 이상으로 크다.

2

무엇이 오늘날의 평론의 안목(眼目)을 축소시키고 비평적 기량(器量)을 줄여, 안이(安易)의 경지에 머무르게 하는가? 그 가장 밑바닥에 깔리는 기본적 원인은 평론가들이 평론을 대하는 기본적 자세의 흔들림에 있다. 평론을 평론 자체로서 대하지 못하고 문학창작과 혼동하여 생각한다. 그 원인을 한 마디로 말한다면, 평론가들이 창작에 대해서 가지는 '뿌리깊은 열등감' 때문이라고 할 수 있을 것이다. 현학적(衒學的)인 교설(巧說)을 펴가며 평론의 존엄성이나 직능(職能)을 설명하려 드는 비평가들의 노력을 나는 수없이 보아 왔다. 그런데 평론을 과대평가한 글이거나 과소평가한 글이거나를 막론하고, 대개의 글이 평론이라는 장르가 갖고 있는 창작에 대한 열등성(劣等性)을 변호하려는 시도를 보이고 있다는 사실을 발견할 수 있었다. 그만큼 대다수의 평론가들은 창작에 대한 묘한 열등감을 의식적이든 무의식적으로든 갖고 있는 것이다. 이것이 평론을 스스로 본궤도에 올려놓지 못하게 하는 근본적 원인이 된다.

엄격히 말한다면 평론과 창작은 전혀 다른 별개의 작업이다. 창작은 허구의 세계를 창조하며, 따라서 주관적이며 자유로운 상상력을 허용하지만 평론의 세계는 그렇지가 않다. 평론은 엄격해야 하고 냉정한 판단을 요구하는 것이다. 평론은 어디까지나 이론적인 세계에 속하는 것이며, 그 이론은 허구(虛構)의 진(眞)이 아니라 참된 사실상(事實上)의 진(眞)을 포함하고 있는 것이어야 한다. 평론은 스스로의 세계와 창작의 세계를 혼동해서는 안 된다. 창작의 세계를 필요 이상으로 선망해서도 안 되며 또 멸시해서도 안 된다. 평론은 중립적이어야 한다.

그런데 평론이 기본적인 자세에서부터 창작에 대한 열등감을 갖고 있다면 그 평론은 어떠한 평론이 될 것인가. 우선 평론의 세계 속에 창작의 세계에서만 허용되는 방법론을 마구 도입하는 사태가 벌어진다. 그리고 평론에서도 창작의 세계에서 맛볼 수 있는 일종의 허구적인 창조의 쾌감을 맛보려고 급급하게 된다.

이론의 평범한 진리성(眞理性)보다 신기하고 참신한 것만 찾다 보면 평론의 방향은 엉뚱한 궤변으로 흘러들어가게 마련이며, 또 그러한 허구적 이론을 위장(僞裝)하려는 미봉책(彌縫策)으로 더 복잡하고 그럴듯한 분석적 이론들을 들이대게 되는 것이다. 평론은 창작과는 전혀 달라서, 자기의 문학적 소신을 담담하게 수식이나 기교 없이 표현하면 그것으로 족한데도 말이다.

평론에 대한 평가가 표현의 묘미나 논리전개의 교묘한 유희성에 의해 내려져서는 안 된다. 평론의 중심은 어디까지나 그 내용 자체에 있다. 시나 소설에 있어서는 내용을 떠나 기교의 수일(秀逸)함이나 문장의 참신함 하나만으로도 그 작품의 가치평가가 내려질 수 있는 것이지만 평론은 그렇지 않다. 평론의 중심은, 평론가가 "무엇을 말하려 했는가", 또 "말하려 하는 것이 문학 전반에 걸쳐 어떤 영향을 줄 수 있는가"에 있지, 그 내용을 "어떻게 말하려 했는가"에 있는 것은 아니다. 그런데 요즘 보이는 평론들은 모두 전자보다는 후자에 치우치는 것들뿐이다. 주제의 건설적인 면보다는 새로운 기발성(奇拔性)만을 추구하려 하고, 평론 문장으로는 용납될 수 없는 야릇한 기교를 부린 '창작적' 문장으로 이론을 아름답게 덮어싸려 한다.

그 까닭은 평론의 세계와 창작의 세계를 분간 못하여 서로 혼동하기 때문이다. 평론도 문학의 한 장르라는 생각에서 평론가들은 평론을 쓸 때 그 속에다가 아름다운 예술작품을 구현시켜 놓으려고 노력한다. 평론은 어디까지나 문학의 허구성(虛構性)을 떠난 일종의 비문학적(非文學的)인 진리추구의 세계이어야 한다는 사실을 그들은 깨닫지 못하고 있다. 이렇게 창작과 평론의 기본적 성격을 혼동하고서 비평을 한다는 것, 그것의 이유가 바로 창작에 대한 기본적 '열등감' 때문인 것이다. 평소 창작에 대해서 가졌던 선망과 열등감이 평론을 쓸 때에 저절로 녹아들어가, 그것이 평론 속에 배어들어 창작도, 엄격한 의미에서의 평론도 아닌 중간적 기형아를 탄생시키고 마는 것이다.

어찌하여 평론가들에게 이런 열등감이 잠재적으로 생기는 것일까? 그것은 애초에 평론에 대한 가치의식이 없기 때문이라고 볼 수 있다. 평론 자체의 의미에 대하여 만족할 만한 가치를 매기는 사람을 필자는 별로 보지 못했다. 또 처음부터 평론이나 문학이론을 목적으로 삼아 공부를 시작하는 사람도 드물다. 문학에 첫발을 들여놓을 결심을 하게 되는 동기가 되어 주는 것은 딱딱한 문학이론서나 평론이 아니라, 한 권의 연애소설이나 낭만적인 시집이기 때문이다. 대개는 처음엔 창작에만 가치를 매기다가 자신의 소양(素養)이나 개성이 창작에는 맞지 않는 것을 느끼면 문학이론이나 평론으로 전향(轉向)한다. 또 문학에 대한 애정은 여전함에도 불구하고 자신의 능력은 창작 쪽에 따라가지 못한다는 것을 느끼고서, 손쉽게 창작에 대한 미련을 떨쳐버리는 위안물로 평론을 택하게 되는 경우도 있다. 그들에게 있어 비평은 창작욕을 해소시키는 제 2의 창작 기능을 하게 된다. 즉, 그들에겐 평론 역시 시나 소설과 다를 바 없는 기술적인 수공(手工)을 통한 허구적인 미(美)의 노출인 것이다. 그들 최대의 관심사는 좀더 새롭고 기발한 '아이디어'이고 복잡하면서도 그럴듯한 만연체의 아름다운 문장이지, 내용의 건실함이 아니다.

이렇게 평론의 기본적 입장을 떠나 비평과 창작을 구별 못하는, 뒤범벅으로 뭉뚱그려진 평론들을 놓고서 요즘 비평가들은 스스로 도취되어, "작품에 대한 새로운 해석을 했다"는 식의 자위를 해가며 평론의 세계 속에서 창작의 세계를 도출시키려고 노력한다. 이런 현상 모두가 평론이 가지는 기본적 사명감을 잊고 있는 것인데 근본 원인은 모두 창작에 대한 열등감 때문이다. 이런 의식을 빨리 없애고 평론의 진정한 위치로 돌아오는 것이 시급한 우리의 과제다. 평론가는 창작의 세계와 스스로의 세계를 엄격하게 분리하여 문학 전반을 통찰할 수 있는 의연한 자세를 갖고 있어야 하는 것이다.

3

그릇된 평론이 가지는 그 다음의 폐(弊)는 '형식주의'의 폐(弊)다. 이것 역시 창작에 대한 열등감을 갖고 있는 평론가들에게서 뚜렷이 나타난다. 그리고 문학이론이나 고전문학을 연구하는 사람들한테서도 이 같은 경향을 찾아볼 수 있다. 그들은 창작에 대한 열등감의 해소책으로서 손쉽게 '분석적'이고 '체계적'이라는 매력있는 단어에 집착한다.

대상을 해체하여 분석적 · 체계적으로 재구성하는 과정에서 창작 비슷한 만족감을 느낄수 있기 때문이다. 종래의 인상적(印象的) 비평태도를 배격하여 좀더 분석적이고 과학적인 비평태도를 가지려고 노력하며 주관적 실재(實在)로서 문학을 바라보는 것을 부정하고 객관적 실재로서 문학의 본체(本體)를 분석해 보려는 그들의 의도 자체가 나쁠 것은 없다. 그러나 문제는 그런 분석적이고 과학적이라는 어휘가 그것이 갖는 본질적 의의와 사명을 떠나, 독아적(獨我的) 평론가들의 독단적 오류를 비호하려는 허울 좋은 수단으로 전락해 버릴 때 발생하게 되는 것이다.

그릇된 문학이론이나 바르지 못한 직관력에서 나온 현학적인 궤변을 두루뭉실하게 감싸서 얼버무려, 마치 진정한 이론인 양 정식화(定式化)하려는 데 형식주의처럼 좋은 도구는 없다. 형식주의자들은 실제 내용보다는 그것을 이끌어내는 데 쓰이는 과정의 형식성(形式性)을 더 중요시한다. 별로 대단치도 않은 결론을 이끌어내기 위해, 또는 억지로 꾸며다 붙인 객관성 없는 독단에 그럴싸한 당위성(當爲性)과 권위를 주기 위해, 그들은 장황한 인용, 걸리적거릴 정도로 많은 사치스런 각주(脚註)들, 그리고 그다지 필요하지도 않고 또 타당성도 별로 없는 수많은 도표와 도식들을 무기로 사용한다. 그런 평론이나 문학이론들이 항상 앞에 내세우는 것은, 감각적 직관에서 나오는 수필적 평론을 떠난 좀더 과학적이고 객관적인 평론이다. 그들은 솔직한 감정에서 우러나오는 직관적인 비평보다는 좀더 학문적이고, 치밀하게 분석적인 자세에서 나오는 준엄(峻嚴)한 이론적 취향에 매력을 느끼는 것이다.

그러나 그런 것이 정말 순수하게 이론적 학문의 세계에 대한 존경심에서 나온 자세라고 볼 수 있을까? 물론 그런 객관적이며 과학적인 평론을 진정한 문학이론 작업의 한 디딤돌로 사용하는 사람도 아주 없지는 않을 것이다. 그러나 필자가 보기엔 문학이 갖는 '이론적 작업'과

'창작적 작업'을 엄격하게 분리하여 진정으로 진지하고 경건하게 '이론적 작업' 한 가지에만 몰두하는 사람은 참으로 드문 것 같다. 대개는 그것을 엄격히 분별(分別)하지 못하고 이론적 작업에다 형식적인 도금(鍍金)을 입힘으로써, 무가치(無價値)하고 비생산적인 독단적 공설(空說)들을 진정한 정설(定說)인 양 둔갑시키는 도구로 사용하고 있는 것이다. 되풀이해 말하거니와 그런 형식주의적 평론이나 이론들의 배후를 캐보면 그 동기에는 반드시 창작에 대한 열등감이 끼어 있게 마련이다. 그들은 객관이 결여된 조작된 이론에 갖가지 형식적인 옷을 입힘으로써 당위성을 주어, 그런 억지스런 작업과정에서 창작가만이 가질 수 있는 '창작적 허구 조작의 쾌감'을 맛보게 되는 것이다.

그러나 이런 빗나간 평론을 쓰는 사람이 아니더라도, 평론의 형식적이고 과학적인 면만을 지나치게 추구하여 인상주의적 비평이나 에세이적 비평을 경시하는 사람들이 많이 있다. 이런 태도 역시 재고의 대상이 되리라 본다. 평론이 아무리 창작의 세계와는 별개의 세계를 갖는 장르라 할지라도, 그 방법에 있어서는 직관의 범주를 벗어나지 못한다. 따라서 지나치게 직관적이고 감정적인 비평태도를 경계하여 과학적 이론의 세계에서만 고차적인 가치를 추구하려고 하는 사람들은, 자칫 형식주의를 넘어선 권위주의에 빠져버릴 위험이 있는 것이다. 지나치게 과학적이고 분석적인 태도만을 중시하여, 어떤 시인을 논(論)할 때 그 시인의 시를 전부 조사하여 무슨 단어를 몇 번 썼다든지 무슨 품사를 가장 많이 썼다든지 하는 따위를 통계내어 봤댔자, 그것이 과연 과학적 비평의 본령(本領)이 될 수 있을 것인가.

평론하는 사람으로서 가장 경계해야 할 것의 하나로 '과학적'이라는 말과 '객관적'이라는 말이 있다. '과학적' 사고(思考)라든지 철학에 있어서의 실재론(實在論)은 물론 감각적 생태(生態)로서의 주관적인 것을 부정한다. 그러나 과학자나 철학자들이 말하는 과학적 추리의 기본 단위인 소위 양자(量子)니 전자(電子)니 하는 따위의 것 역시, 사실인즉 과학자들이 구성한 일종의 개념에 불과한 것이다. 그것은 물질적 개념이기는 하나 역시 주관의식(主觀意識)의 산물임에는 틀림이 없다. 도리어 이런 것들은 주관에 나타난 감각 상태보다도 훨씬 더 비현실적인 것이라고 할 수 있다. 평론에 있어 형식주의를 지나치게 숭상하는 사람들은 이런 점을 침착하게 돌아보는 것이 좋지 않을까? 이렇게 생각해 볼 때 역시 평론은 인상비평(印象批評)에서 그 본질적 기본 태도를 찾을 수 있지 않을까 생각한다.

감각적 인상은 차라리 외계(外界)와의 접촉에서 일어나는 만큼 설사 그것이 대상물의 실재(實在) 그 자체는 아닐지라도 그 실재에 접근한 것이다. 그러나 과학적 비평에서 말하는 판단은 현실적으로 주어지는 감각적 인상을 일반화해서 개념의 형태로 만들려고 노력하게 되는 점으로 보아, 감각적인 인상보다도 훨씬 더 대상물(對象物)의 실재에서 멀리 떠나 비평가 주관(主觀)의 사고능력에 의해서 발생되는 것이다. 그러므로 과학적 비평의 경우, 주관적인 직관적 인상비평의 단점을 벗어나려는 그들의 당초 의도와는 달리, 대상을 스스로의 의식 속에 용해시켜 자기 의식의 아류(亞流)로 전락시키고 마는 결과를 초래할 위험성이 있다. 그래서 과학적이고 분석적이어야 한다는 당초의 생각은 차츰 형식주의의 함정 속에 빠져들게 되고 만다.

4

형식주의적인 요즘의 평론이 갖는 또 하나의 부수적인 폐는 평론답지 않은 그릇된 문장이다. 모든 평론이나 문학연구들의 문장이 지나치게 화려한 기교적인 면으로 흐르고 있다. 일례를 들어 "이 작가의 역사의식은 이렇게 하여 자유의 의미와 행복하게 만난다"는 식이다. 이것 역시 창작과 비평의 한계를 명확히 그을 줄 모르기 때문이다. 평론은 시도 아니고 소설도 아닌 그야말로 솔직담백한 견해표명이나 논설로 그쳐야 할 터인데, 모두들 평론 속에서 '무엇'을 이야기하려고 하는데 그치려 하지 않고 문장에 있어 창작적 미학(美學)을 추구하려고까지 노력한다. 이런 현상도 그 근본원인은 창작에 대한 열등감 때문일 것 같다.

또 걸핏하면 외국어를 남발해 대는 것도 요즘 젊은 층의 평론가들에게서 자주 볼 수 있는 현상인데, 이것 역시 형식주의적 일면이라고 볼 수 있을 것이다. 영어까지는 괜찮다고 할 수 있으나 일반 평론에다가 그 평론가가 독문학, 불문학을 전공했다 하여 독일어, 불어까지 써가면서 어려운 문학이론의 용어들을 병기(竝起)하려 드는 것은 잘 납득이 안 가는 일이다. '시대인식(zeiterkenntnis)', '순서개념(ordnungs-begriff)', '고정화(nue fixation)' 등 아는 '티'를 내야만 그 평론에 현학적 권위가 붙는 것일까? 한심한 일이 아닐 수 없다. 애매모호하여 그럴듯하면서도 분명치 못한 개념적 어휘들을 잔뜩 구사해 놓고 그 위에 적당히 외국의 문학이론 용어들을 얼버무려 놓음으로써 그 평론이나 문학연구가 충실해지는 것은 아니지 않겠는가.

우리 평론은 스스로의 소박한 제 위치로 돌아와야 할 필요가 있음을 필자는 느낀다. 평론의 순수한 본질에 위배되는 모든 주변적인 요소들에서 오는 말초적 쾌락을 초극(超克)하는 것, 그것이 우리에게는 필요한 것이다. 주변적 요소들을 모두 다 제거해 버리고 솔직한 스스로의 직관에 머무는 것, 그것이 평론이 가져야 할 본분이다.

5

요즘의 평론이 갖고 있는 또 하나의 폐(弊)는 시류문학(時流文學)의 폐다. 시류문학이란 무엇인가? 그것은 시대배경적 신사조(新思潮)와 문학의 새로운 유행에 무조건 맹종(盲從)하여 휩쓸려 따라가는 문학을 말한다. '유행'이라는 것은 진정 무서운 것이어서 이제 그것은 세속적 의류(衣類) 형태나 유행가에만 국한되는 문제가 아닌 것 같다. 물질문명이 극도로 빠른 속도로 발전해 가고 있는 현대에 이르러, 우리는 폭주(暴走)하는 신사조(新思潮)의 탄생을 맞이하게 되었다. 그래서 유행에는 진정 초연(超然)해야 할 문학마저 그것에 어쩔 수없이 따라가야 하는 어설픈 비극을 맛보게 된 것이다.

새로운 것은 모두 전위(前衛)다, 새로운 시도는 모두 다 참신하고 좋은 것이다, 하는 식의 저널리즘의 왜곡된 사고방식이, 매스컴 문명이 맹위(猛威)를 떨치고 있는 이 땅 위에 그릇된 풍토를 심어놓고 있다. 센세이셔널리즘(sensationalism)과 스캔들리즘(scandalism)으로 뒤범벅이 되어, 신문 부수를 늘리기 위한 기삿거리로만 문학을 대하고 있는 형편없는 저널리즘의 횡포가, 가뜩이나 바탕 없이 겉돌고만 있는 우리 문단에 시류문학의 병폐를 자아내게 만들고 말았다.

그것에 앞장서고 있는 것이 바로 사이비 평론가들이다. 그들은 가장 새로운 것이 가장 좋은 것이라고 말하고 있다. 신문 문화면에 '이달의 수작(秀作)' 하는 식으로 월평(月評)을 쓰고 있는 이들에게는 문학의 '본질적 감동'의 측면이란 것은 가장 거리가 먼 것이다. 그저 새로운 것, 새로운 기교의 시도, 새로운 외국사조의 어설픈 수입만이 그들의 관심거리가 된다. 아무리 얼토당토한 작품이라도 단지 새롭다는 이유 하나만으로 당장 그것에 '문제작'이라는 타이틀이 주어지고 그 작가는 '문제 작가'가 된다. 이런 풍조는 비단 매스컴에 해당되는 것만이 아니다. 권위있는 문학지(文學誌)나, 매년 공모하고 있는 각 신문사의 신춘문예 현상모집에서도 그 작품의 가치판단의 기준이 되는 것은 단지 '새롭다'는 것 하나뿐이다.

신문이나 잡지의 현상모집에서 그런 식으로 우수작을 소개하고 있으니, 그것이 문학 전반에 미치는 영향이 어떠하겠는가? 창작가는 사실 순진한 사람들이어서 평론가가 추천하는 새로운 기법이나 사조에 종당에는 먹혀 들어가게 마련이다. 또 저널리즘에 인정받기 위해서라도 어쩔 수 없이 평론가의 주장에 추종(追從)해야 하는 형편이니, 문단 풍토는 단지 몇몇의 평론가나 문학이론가의 비리적(非理的) 교설(巧說)에 휘말려들게 된다. 또 평론가들도 스스로 그런 현상을 부채질하게 되는 것이, 그들의 마음 밑바탕을 이루고 있는 명성에의 욕망 때문에 스스로의 문학적 사색과 감동의 소박한 표출보다도 세속적 유행에 일시적으로 영합(迎合)함으로써, 얕은 출세의 쾌감에 안주(安住)하게 되고 마는 것이다.

그러나 문학은 그런 것이 아님은 누구나가 다 알고 있는 사실이 아닌가. 고래(古來)로 내려오는 감명깊은 고전(古典)들이 모두 그런 시대적 유행사조에 맹목적으로 영합한 것이었던가. 그리고 긴 안목으로 내다보지 않고, 단지 얕은 세류적(世流的) 출세에만 급급했던 유행문학(流行文學)들의 생명이 그토록 길었던가. 그런 것은 절대로 아닐 것이다. 그 어떤 고전적 문학작품이나 문학평론을 보더라도 뼈대를 이루는 가장 밑바탕이 되어 준 것은 '휴머니즘적 감동' 하나뿐이었다. 기교의 우수성이나 새로운 수법은 잠시는 평론가들의 구미에 맞았을지 모르나 생명이 그리 길지 못하였다. 가장 양심적이고 솔직한 본성 표출에서 나온 보편적 작품만이 그 시대의 갖가지 사조들을 초월하여 긴 생명력을 갖고서 오늘날까지 내려오고 있는 것이다.

그러나 요즘의 문학은 어떤가. 모두들 '문제작' 만들기에 혈안이 되어 있다. 그리고 그런 현상을 부채질하고 있는 것이 바로 평론가들이다. 그들에게 소월(素月)의 「진달래꽃」은 케케묵은 낡은 것이고 반드시 복잡하고 난해한 시들만이 '현대적'인 것이다. 시류문학적 평론가들은 항상 역사의식을 강조하면서, 시대의 흐름에 따라 문학적 기교나 사조도 마땅히 발전해 나가야 하는 것이라고 주장한다. 그들은 한송이 꽃을 보고 느낀 감동이라 할지라도 그것이 순수한 정서만으로 단순하게 표현된다면 그것은 작품이 되지 못한다고 말한다. 그 위에 반드시 시류적(時流的) 기교와 수공(手工)을 용해(溶解)시켜야만 현대적이고 우수한 작품이 된다는 것이다. 이런 평론가들과 무식하기 짝이 없는 저널리즘이 야합(野合)하여 판을 치니 그 해(害)는 이루 말할 수 없을 지경이다.

그들이 해놓은 것은 창작가들에게 '기발병(奇拔病)'을 만연케 해놓은 것뿐이다. 또 그들 자신이 기발병 속에 무의식적으로 젖어들어 있다. 기발병의 폐(弊)는 정말로 크다. 그것에 젖어 있는 문학가들은 그런 사실을 스스로는 의식하지 못한다. 그래서 그것을 스스로의 '소신'으로 밝히게 되니 문학의 진정한 본체(本體)는 그런 이물(異物)들에 가려 제빛을 보지 못하고 있다. 한시바삐 그런 평론가들의 우우(迂愚)함을 바로잡아 깨닫게 함이 필요한 것이니, 그것의 폐가 너무나 크기 때문이다.

지금 모든 문화현상이 시류문학적 기발병 속에 휘말려 들어가고 있다. 문학을 지망하는 사람들은 모두 습작을 그런 방향으로 하고 있으며, 다달이 발표되는 시류적 평론이나 월평(月評)의 눈치보기에 바쁘다. 그래서 자신의 문학적 경험이나 감동을 죽여가면서 기성(旣成)의 그릇된 시류문학의 기발병에 아부를 해야만 겨우 문학적 재질(才質)을 인정받는 형편이다.

그러니 새로 나오는 젊은층의 엘리트 작가군들의 문학은 온통 호흡이 짧은 것들뿐이고 얕은 안목으로 잔재주를 피워댄 것들뿐이지, 긴 안목으로 누구나 감명받을 수 있는 작품을 생산해 내지 못하고 있는 것이다. 그러면 또 평론가들은 그런 작품에 억지로 가치를 매기기 위해

친분이나 연고에 급급하여 엉터리 용비어천가(龍飛御天歌)를 읊어대게 마련이다. 그런 그릇된 평론의 영향으로, 문학을 공부하는 사람들은 모두 그런 식으로 아부하여, 겨우 문단에 등단하여 중견급에 낄 정도가 되면 이미 문학의 순수한 감동 따위는 거들떠보지도 않는다. 문단(文壇)의 문을 두들기기 위하여 책을 손에 드는 것은 젊은이들뿐이고, 중견들은 얄팍한 잡문류(雜文類)나 써대면서 권위주의만 키워대려고 하며, 엉터리 기준으로 새로운 신진(新進)들의 문학을 평가하게 되는 것이다.

오늘날 이 땅에서 그런 이들의 눈에 들어 인정을 받게 될 수 있는 방법은 그들의 아류가 되는 것뿐이다. 이러한 병폐 모두를 바로잡을 수 있는 위치에 있는 것이 평론인데, 평론을 쓰는 사람들도 모두 문단의 탁한 흐름 속에 휩쓸려 들어가고 마는 것이 최근의 양상이니, 그 책임의 소재는 그릇된 평론의 폐(弊)에 있다고 해도 과언이 아닐 것이다.

6

비단 평론만이 아니라, 일반적인 요즘 문학계의 병폐(病弊)로 가장 큰 것은 '독창(獨創)'을 '신기(新奇)'로 잘못 혼동하고 있다는 사실이다. '독창'과 '신기'는 엄연히 다른 성질의 것인데, 신기한 것이면 무조건 독창적인 것이요, 독창적인 것은 반드시 이제껏 듣도 보지도 못하던 새롭고 신기한 것이어야 한다는 생각이 은연중 요즘 평론가들이나 문학인들 머릿속에 중요한 자리를 차지하게 되었다. 그리하여 평론가들은 외국의 새로운 이론에 급급히 달려들어, 한국적 현실, 풍토, 기타의 상황들을 외면한 채, 외국 이론의 틀 속에 조금 새롭고 신기한 것 같은 작가의 작품을 집어 넣으려 하고 있는 것이다.

시대가 아무리 앞서고 이론이 아무리 발달해 나간다 할지라도 문학적 본질에 있어서는 그 무엇이 달라지겠는가. 그런데도 그들의 눈에는 문학적 감동이나 독자의 이해 여부에는 관심이 없고, 이 작품이 얼마나 시대성을 반영하고 있는가, 얼마나 사회의식을 드러내고 있는가, 1920 · 30년대의 소월(素月)이나 만해(萬海)의 시적(詩的) 범주를 얼마나 탈피하고 있는가, 하는 것만을 문제삼고 있는 것이다. 그러므로 '구조주의적'이니 하는 투의 지극히 형식론적(形式論的)인 방법론이 판을 치게 되었다.

방법론이 물론 중요하긴 중요한 문제이다. 그러나 방법론에 작품의 본질을 뜯어 맞추어, 문학작품 자체를 만신창이로 만들어놓는다면 그것이 과연 새로운 주의(主義)나 방법론이 될 수 있을까? 그것은 마치 의사가 수술을 지나치게 한 나머지 간을 염통이 있던 자리에 잘못 끼워 넣고, 위를 창자가 있던 자리로 바꾸어 끼워넣은 것과도 같다고 할 수 있을 것이다. 그러한 분석태도는 신기한 것은 될지언정 독창적인 것까지에는 미치지 못한다.

시에 있어서도, 우리가 지금 진솔한 감상(感想)에서 18세기식의 음풍영월(吟風咏月)을 한다 할지라도, 그것에 모방(模倣)의 때가 끼어 있지 않고 순수한 문학심(文學心)의 발로에 의한 것이라면, 그것은 반드시 '독창적'인 것이 될 수 있다. 지금처럼 선입관적(先入觀的)으로 '시대정신'을 작품 속에 주입시키려 하고, 이 작품이 과거의 형식을 못 벗어난 것은 아닐까, 과거 어느 작가가 이런 투로 작품을 썼던 것을 내가 모르고 지금 또 쓰고 있는 것은 아닐까, 이 작품이 누구의 모방이라고 의심을 받게 되지나 않을까, 하며 전전긍긍하는 창작태도는 마땅히 지양되어야 한다.

그러나 그 궁극적 책임의 소재는 결국 평론가들에게 있는 것이니, 여기서 그릇된 평론의 폐해가 또 한번 드러나게 된다. 이렇게 '독창'을 '신기(新奇)'로 오해하게 된 가장 큰 원인은 물밀듯이 밀려들어오고 있는 서구사조, 특히 지극히 분석적인 면모(面貌)의 방법론에 그냥 우리가 빨려 들어가고 마는 데 있는 것 같다. 그리하여 본질적인 '통체성(統體性)'을 망각하고, 세세한 분석이 가져다주는 말초적 쾌감에 이끌려 가는 평론가들의 외관상으로는 지극히 합리적인 태도가, 우리 문학계를 독창보다는 신기 쪽으로 경도(傾倒)하게 만든 것이다.

그러나 실상 우리가 놓치지 말고 살펴보고 음미해 봐야 할 것은 문학이 가지는 통체적(統體的) 측면이지 지엽적(枝葉的)인 것들이 아니다. 세밀하게 분석하지 않더라도, 몇 마디의 말들로 함축적 의미를 직관적으로 표현한다면, 그것은 화려하게 주석(註釋)을 많이 붙이고 괴교(怪巧)스런 도식(圖式)으로 핵심을 가리는 것보다는 훨씬 더 큰 가치를 지닐 수 있다. 한국의 문학이론가들은 너무나 통체성을 외면하고 있는 것 같다.

서양인이 분석적 천분(天分)을 갖고 태어난 사람들이라면 우리 동양인의 특장(特長)은 통체적 직관력에 있다고 할 수 있을 것인데, 우리가 이런 천분을 어찌 외면할 수 있을 것인가. 서양 이론을 애써 원용(援用)하고 그것에 우리 자신을 접합시키려고 하는 것보다는, 우리가 가진 특장을 신장시켜 나가는 편이 훨씬 더 정당하고 올바른 태도가 아닐까? 진정한 독창성은 이런 의미에서 재고돼야 할 줄 안다. 서구적 '신기(新奇)' 쪽에 기울였던 힘을 동양적 체취 안에서 다시 길어 올려야 할 것이다.

7

그렇다면 과연 우리는 평론을 어떤 방향으로 이끌어 가야만 할 것인가? 비단 평론뿐만 아니라 문학 전반에 걸쳐 나타나는 모든 부정적 요소와 폐들을 요약해서 말한다면 그것은 '농(濃)'(짙은 것)이라고 할 수 있을 것이다. 모든 면에서 우리 문학은 너무 자극적이고 신기한 것만을 좋아하였다. 그리고 너무 성급하고 너무 활발하였다. 그러나 만병(萬病)의 근원은 모두 다 '농(濃)'에서 나오는 법이다. '농(濃)'한 것이 잠시 강한 매력을 주고 충동적인 흥미를 줄는지 모르지만 그것은 오래 가지 못한다. 한국의 평론이 좀더 중용(中庸)의 길로 들어서서, 참된 형안(炯眼)을 가진 진정한 비평자 구실을 할 수 있는 길은 '농'을 떠난 '담(淡)'(옅은 것)이라는 처방에서 나올 수 있을 것 같다.

평론은 이제까지 현란한 것만 좋아했던 기개(氣槪)를 짐짓 꺾고, 차분히 명상하고 관조할 수 있는 여유를 보여줘야 한다. 그리고 진정한 문학의 가치가 무엇인지 숙고해 본 뒤에 비로소 평필(評筆)을 들 수 있는 신중성을 가져야 할 것이다. 그런 구체적 실천에서 지표로 삼아야 할 것은 '스스로의 직관에 충실하라'는 것이다. 모든 주변적 요소들의 유혹에 눈독 들이지 말고 스스로의 주체적 통찰에 의해서만 평론활동을 해야 한다.

요즘 평론가들을 유혹하고 있는 것은 분석적, 합리적, 구조적 또는 과학적이라는 말들인데, 사실 그런 개념보다 우리를 그릇되이 방황케 하는 것은 없다. 그런 것을 모두 초월한 오직 순수한 직관만이 바른 비평의 척도가 되어야 한다. 아무리 시대가 바뀌고 사조가 변천해 간다고 해도 문학에 있어 항상 기준이 되어 준 것은 하나였다. 즉, '감동' 그것이었다. 본능의 카타르시스를 주는 감동 없이는, 모든 새로운 기법이나 새로운 주의(主義)도 아무런 의의가 없다. 평론도 스스로의 순수한 카타르시스 욕구에 의해 씌어져야 한다.

노자(老子)는 『도덕경(道德經)』에서, "대교약졸 대변약눌(大巧若拙, 大辯若訥: 위대한 기교는 치졸함과 통하고, 큰 웅변은 말더듬는 것과도 같은 것이다)"이라고 하였다. 모름지기 우리의 문학은 기교면에 있어 이 말을 좌우명 삼아야 할 것 같다. 평론은 특히 더욱 그래야만 할 것이다. 좀더 정직해지고 진솔해져서, 문학을 모든 주변적 요소들의 방해로부터 독립시켜 스스로의 제 본분 위에 놓이도록 만드는 것이, 오늘날의 평론이 가지는 올바른 임무이다.

(1974)

장편소설 『광마일기』 〈작가의 말〉

— 전기적(傳奇的) 상상력의 부활을 위하여

1

『광마일기(狂馬日記)』는 1990년 7월에 행림출판사 판으로 처음 출간되고, 1996년 7월에 사회평론사에서 개정판이 출간된 내 두 번째 장편소설이다. 개정판을 내면서, 나는 문장을 꼼꼼하게 다시 손질하고 이야기의 흐름을 더 개연성 있게 다듬어, 책을 읽을 때의 '경쾌한 속도감'과 '기분좋게 빨려들어가기'의 효과를 극대화시키려고 노력했다.

독자들을 작품 속으로 빨아들이는 것, 즉 독자들을 '홀리는 것'은 소설의 필수요건이다. 그래서 소설은 근본적으로 '합의된 사기'일 수밖에 없고(물론 그 사기는 '즐거운 사기'다), 겉으로 표방하는 주제는 그런 사기 행위에 대한 그럴듯한 포장일 수밖에 없다. 말하자면 '썰을 잘 푸는 소설'이 좋은 소설이요, 재미있는 소설이요, 잘 쓴 소설이란 얘기다.

설사 사회주의적 리얼리즘의 명작이라는 게 있다 해도 그건 작가가 입심 좋게 썰을 잘 풀고 독자를 잘 홀렸기 때문이지 사상이 뛰어나서는 아니다. 숄로호프의 『고요한 돈강(江)』 같은 게 예가 되겠고, 홍명희의 『임꺽정』 같은 것도 예가 될 수 있을 것이다. 그런데도 쉽게 읽게 만들면, 다시 말해서 재미있게 빨려들어가게 만들면(그런 문장을 쓰기가 얼마나 어려운데!), 하룻밤에 심심풀이로 쓴 줄 알고 작가(또는 작품)를 우습게 보는 풍조가 우리나라 문학계에 만연하고 있다는 건 한심한 일이다.

'경쾌한 속도감'과 '쉽고 재미있게 읽히기'는 리드미컬한 문장 구조와 구어체의 솔직한 말투에서 나온다. 그런데 요즘 우리나라 소설은 지나치게 현학적이면서 둔중한 문어체로 돌아간 느낌이 있다. 뭘 쓰든지 '심각한 체'하며 써야 좋은 문학이라고 보는 경건주의와 엄숙주의가 문장 스타일에까지 침투하여, 소설의 본질이라고 할 수 있는 '구수한 이야기'의 재미를 빼앗아가 버렸기 때문이다.

나는 소설을 쓸 때 문장에 가장 신경을 쓴다. 거의 운문에 가까우리만큼 읽히도록 운율에 신경을 쓰고, 다른 장르의 글 예컨대 에세이나 논문 등과 구별지으려고 노력한다. 말하자면 더 친근감 있고 가벼운 문장이 되도록 애쓰는 것이다. 그런데도 상당수의 독자들(주로 기득권 지식인들)은 내 소설이 경박하고 천박하다면서 비판 정도가 아니라 매도 또는 심지어 단죄하는 경우가 많았다. 가볍다는 말과 경박하다는 말은 전혀 의미가 다른 말이다. 그런데도 우리나라 지식인들은 '가벼움'을 '경박함'으로 그릇 인식하는 경우가 많고, 설사 경박하다고 해도 그것이 '의도된 경박성'이라는 것을 아는 이가 드물다. 소설 문장에 사용되는 단어가 일상어 또는 비속어일 경우 흔히들 그런 인상을 받는 것 같다.

우리나라는 예전부터 한문을 숭상하고 우리말을 폄하해서 보는 습관이 지식층에 형성돼 있기 때문에, 이를테면 '핥았다', '빨았다' 등 순 우리말을 구사한 표현은 쉽사리 조악하고 경박한 표현으로 간주되는 경향이 있다. 그래서 특히 성희묘사의 경우 대체로 빙둘러 변죽 울리고 한자어를 많이 쓰는 문장이 더 품위 있는 문장으로 간주되고, 직설적인 구어체의 문장은 상스럽고 천박한 문장으로 간주되는 것이 보통이었다.

그렇지만 우리나라의 대표적 고대소설이라고 하는 『춘향전』이나 『심청전』, 또는 판소리 대본이나 가면극 대본 같은 민중적 표현양식들에는, 관념적이고 교훈적인 사대부 문학에 비해 솔직한 구어적 표현과 비속한 표현이 많이 들어가 있다. 또 그렇기 때문에 오히려 인간의 욕구를 진솔하게 표현한 민중문학으로서의 가치를 지금까지도 인정받고 있는 것이다. 그런데도 우리는 이런 사실을 잊고 있는 경우가 많다.

지금 한국의 문학인들은 '민중'을 부르짖고 '민중문학'을 부르짖으면서도, 실제로 문장을 구사하는 데 있어서는 양반문학이 갖는 '품위주의'를 벗어나지 못하고 있다. 『춘향전』에 나오는 질탕한 성희묘사는 진솔한 민중적 표현이라고 하면서 『즐거운 사라』의 성희묘사는 천박하고 음란하다고 보는 기이한 이중시각은, 오늘날의 한국문학을 '이념과 교훈으로 포장된 위선의 문학'으로 추락시키고 있다.

우리나라 민중문학의 전통은 관념과 윤리를 배제한 구어적이고 속어적인 표현에서 이룩되었다. 설사 그것이 '음담패설'류라 할지라도 그것 자체가 위선적 허위의식에 대한 도전이기 때문에 소중한 문학적 가치를 지니는 것이다. 나는 『광마일기』를 통해 자유민주주의가 외쳐지는 지금까지도 문단의 주류를 형성하고 있는 조선조식 양반문학에 도전해 보려고 했다.

2

『광마일기』는 열 가지 에피소드를 연작 형태로 연결하되 단순한 나열이 아니라 서로간에 유기적 관계가 이루어지도록 배려하여, 내 나름으로는 새로운 소설 형식을 시도해 본 것이다. 그래서 장르 명칭을 '연작소설'로 할까, '연작장편소설'로 할까, '장편소설'로 할까 망설이다가 '장편소설'로 결정하였다.

『광마일기』의 창작 의도는 '사소설(私小說) 기법을 바탕에 깔고 현실과 상상 속을 넘나들며 현대판 전기(傳奇)소설을 시도해 보자'는 것이었다. 그리고 소설의 주된 정서로는 '솔직하게 응석떠는 센티멘털리즘'을 위주로 하고, 거기에 '해학성이 깃든 퇴폐미'와 '명랑한 에로티시즘'을 가미하는 것을 기본 원칙으로 삼았다.

나는 소설이 주는 재미의 본질이 결국은 '감상(感傷)'과 '퇴폐'에 있다고 생각한다. 아무리 복잡한 사상을 담고 있는 작품일지라도 그런 주제의식은 '포장'이 될 수밖에 없고, 기둥 줄거리를 통해 독자가 얻는 카타르시스의 본질은 '감성을 억압하는 엄숙한 이성으로부터의 상상적 탈출'과 '답답한 윤리로부터의 상상적 일탈'을 통해 얻어지는 '감상'과 '퇴폐'에 있다. 거기에 곁들여 추가되는 것이 있다면 '과장', '청승', '엄살', '능청', '비꼼', '익살' 같은 것이 될 것이다.

이 소설에서 의도한 '명랑한 에로티시즘'이란 '성에 탐닉하고 보니까 허무하더라' 식의 교훈적 포장이나 변명이 없는 솔직하고 당당한 대리배설을 가리킨다. 그리고 '해학성이 깃든 퇴폐미' 는 윤리적 일탈에 적당한 해학을 곁들여 더 당당하고 유쾌한 대리배설 효과를 이끌어내기 위해 의도되었다. '웃음' 역시 눈물 못지않은 카타르시스의 원천이기 때문이다.

행림출판사 판 『광마일기』에는 '작가의 말'이 들어가 있지 않다. 원래 '군말'이 싫어서이기도 했지만, 특히 이 작품은 해설을 넣을 경우 독자의 감흥을 떨어뜨릴 우려가 있다고 판단했기 때문이었다. 그러나 소설 『즐거운 사라』로 세계적으로도 유례가 없는 필화사건(20세기 중반까지 이른바 외설을 이유로 작품의 유통제한을 위한 재판이 몇 번 열린 적은 있지만, 작가를 현행범으로 몰아 전격 구속하고 실형을 언도한 재판은 없었다)까지 당하다 보니, 이번에 내는 새판에서는 할 수 없이 '작가의 말'을 길게 끼워넣지 않을 수 없다는 생각이 들었다. '계몽'을 원래 싫어하는 나지만, 한국의 문학계가 아직도 소설의 본질이 허구라는 것을 인식하지 못하고 있고, 특히 소설을 이념적 포장물로만 몰고가 '백성'들을 계도하려는 고질적 엘리트주의와 교조주의에 빠져 있어, 어느 정도 '계몽'을 할 필요가 있다고 판단됐기 때문이다.

『광마일기』는 독자가 풍경화적 세태묘사에 대한 공감과 더불어 서사적 스토리텔링이 주는 속도감 넘치는 재미를 느끼도록 씌어진 작품이다. 즉, 소설의 본령이라고 할 수 있는 '허구성', 즉 '그럴 듯한 거짓말' 효과를 최대한도로 발휘하기 위해서 창작되었다. 다시 말해서 작가 입장에서는 '시치미떼고 거짓말하는 즐거움'을 십분 만끽하고, 독자 입장에서는 '작가의 거짓말에 짐짓 속아넘어가 주는 즐거움'을 십분 만끽하도록 하는 것을 목적으로 했다. 그래서 사소설 기법을 사용하고 주인공의 이름까지 내 이름을 그대로 사용하여 더 '실감나는 거짓말'이 되도록 유도한 것이다. 그래서 나는 첫 판을 낼 때 '작가의 말' 같은 것을 집어넣어 가지고 창작 의도를 조금이라도 밝혔다가는, '혹시 진짜가 아닐까?' 하고 생각하며 작가의 거짓말에 흥건히 심취해 있던 독자들이 '역시 거짓말이었군' 하고 실망해 버릴 우려가 있다고 생각했던 것이다.

내 예측은 그대로 적중하여, 첫 판이 출간된 후 상당수의 독자들로부터 "그게 정말 당신 체험에서 나온 얘기냐?" 하는 질문을 많이 받았다. 현실적인 에피소드를 가지고 그런 질문을 받는다면 그럴 수도 있는 일이었을 것이다. 그렇지만 고려 때 죽은 처녀귀신 야희(野姬)와의 로맨스를 그린 제10장 〈달 가고 해 가면〉을 가지고 그런 질문을 해오는 독자가 꽤 많았다는 것은 정말 의외였다. 나는 내심 실소를 금치 못하는 한편 꽤나 흐뭇한 기분이 들기도 했는데, 귀신 얘기를 가지고 그것을 실화처럼 꾸며낸 내 거짓말 솜씨가 그만하면 수준급이라고 생각됐기 때문이다.

하지만 다른 한편으로 나는 우리나라 독자들(특히 문학인들이 심하다)이 소설의 대원칙이라고 할 수 있는 '허구성'에 대해 상당히 무지하다는 생각이 들어 착잡한 심정에 빠져들지 않을 수 없었다. 왜냐하면 이 소설에 대한 비난 역시 '작가의 체험'을 전제로 하여 이루어졌기 때문이었다.

비난의 초점은 유부녀와의 연애를 다룬 〈연상의 여인〉이나 부부교환의 정사를 다룬 〈겉궁합 속궁합〉 같은 얘기였는데, 전문적인 문학인들조차 "교수가 그러면 되느냐"는 식으로 작중 인물과 작가를 그대로 동일시하고 있었고, 심지어는 〈어떤 크리스마스〉에서 내가(?) 친구의 애인을 몰염치하게 뺏었다고 흥분하는 글까지도 봤다.

설사 소설에서 완전범죄의 살인을 다룬다고 해도 작가가 공박당하지는 않을 것이다. 그런데 유독 성문제에 있어서만은 우리나라 문학인들은 무지하고 비합리적인 비난을 서슴치 않고 퍼붓는다. 이는 두고두고 연구해 봐야 할 기이한 병리현상이 아닐 수 없다.

나는 우리나라의 본격 소설이 고수해 온 전통이라고 할 수 있는 스토이시즘이나 도덕주의가 한국소설의 정체와 답보를 초래한 원인이라고 생각한다. 고착된 도덕주의는 도덕이 가장 나쁘게 자리잡은 모습일지도 모른다. 그것은 문학적 사고에서도 예외가 아니다.

문학에 준엄하고 경건한 역할, 심지어 혁명가나 사제(司祭)의 역할까지 요구하는 완강한 이데올로기에 권위적으로 지배되고 있는 우리나라의 문학풍토는 아직까지도 여전히 답습되고 있다. 여컨대 성을 소재로 할 경우 겉보기엔 성에 대한 담론이 만개하고 있는 것 같아 보이지만 속을 들여다보면 '성과 정치의 상관성'이니 '건강한 성'이니 해가며 여전히 양다리 걸치기 식 이중적 선정주의(성담론을 상품화하면서도 결말에 가서는 양비론이나 도덕주의로 슬쩍 도망치는)가 판을 치고 있는 것이다.

이러한 문학풍토는 문학적 상상력의 활기 있는 실천을 위축시킨다. 도덕이나 이념을 핑계대는 '문학적 품위주의'가 '상상적 일탈'까지 박해하는 또 다른 권위의 양상으로 나타날 때, 문학에 있어 '표현의 자유'는 영원한 신기루가 될 수밖에 없다. 『즐거운 사라』 사건 때 나를 처벌할 것을 주장한 몇몇 문학인들의 무지와 편협, 그리고 광기어린 사디즘을 나는 잊을 수 없다. 어느 문학교수는 작품 속의 사라가 끝까지 반성을 하지 않는다고 펄펄 뛰며 흥분하고 있었다.

3

거듭 말하지만 소설을 읽는 목적은 오로지 '재미있기' 위해서이다. 교훈을 얻으려고 또는 사상을 배우려고 소설을 읽는 사람은 아마 한 사람도 없을 것이다. 물론 현학취미를 가진 평론가들이나 학자들은 예외가 될 수도 있다. 그들은 소설을 통해 '작가의 주제의식'이 무엇인지 따져보려고만 한다. 그래야만 뭐라도 한 줄 쓸거리가 생기기 때문이다. 그냥 '재미있다'거나 '재미없다'고 평가하거나 분석할 수는 없기 때문에, 그들은 직업윤리(?)상 '소설 읽기를 빙자한 현학적 장광설'을 펼치지 않을 수 없다. 그러다 보면 자연히 소설의 주제나 작가의 이데올로기에만 초점을 두어 편향적인 독서를 하게 된다.

텔레비전이나 비디오, 또는 영화가 소설이 차지하고 있던 영역을 차츰 빼앗아가고 있는 지금, 재미없는 소설을 억지로 읽을 사람은 없다. 물론 재미에는 여러 종류가 있어서, '작가의 사상을 탐색해 나가는 재미'나 '형식미(形式美)를 분석해 보는 재미' 같은 것도 있을 수 있다. 그러나 그런 경우는 일반독자에겐 별로 해당사항이 안 된다고 나는 생각한다. 일반독자들은 단지 잠재된 욕구의 카타르시스(대리배설)를 위해서 소설을 읽지 사상이나 형식분석을 위해서 소설을 읽지는 않는다.

그런데도 소설을 '스토리로 포장한 사상'이나 '윤리적 교훈을 위한 계몽서'로 보는 문학평론가들이 우리나라에 많은 것은, 아직도 우리나라가 조선조식 유교 이데올로기에 바탕한 '훈민문학(訓民文學)'의 전통을 못 버리고 있는 문화적 후진국이기 때문이다.

나는 우리나라의 소설이 발전하려면 소설에 있어 '재미'와 '스토리'의 중요성을 재인식하는 일에서부터 출발해야 한다고 생각하여 『광마일기』를 썼다. 소설의 불가결의 요소로서, 또는 배제하려 해도 배제할 수 없는 요소로서 자리잡고 있는 '허구적 재미'의 의의를 재인식해야 한다는 말이다. 작가란 원래 재미있게 떠벌여대는 거짓말쟁이요, 소설에서 허구성이 없다면 진실이 포착되지 않을 뿐더러, 허구성을 배제하면 이미 비소설이 되고 만다는 사실이 요즘 우리 문학에서는 의외로 간과되고 있다.

나는 문학이란 현재의 평범한 거울이 아니라 존재하지 않는 상황에 대한 상상적이고 마술적인 유희라고 생각한다. 이것은 일종의 낭만주의적 문학관이라고도 볼 수 있는데, 사실 소설 양식의 태동은 이런 문학관 때문에 이루어진 것이라고 볼 수 있다.

굳이 낭만주의라고 이름붙이지 않더라도 소설이란 원래 황당무계하고 허무맹랑한 이야기를 통해 상상의 모험을 즐기는 한편 위선적인 현실을 비웃고, 궁극적으로는 카타르시스 효과를 만들어내는 것이 목적이었다. 그런데 20세기 이후 철학과 이념과 윤리가 소설에 끼어들어 소설은 관념적 리얼리즘만을 추구해야 하는 것으로 되고, 까다롭고 거추장스럽게 읽힐수록 좋은 것이 돼 버렸다.

그러므로 소설은 다시 본래의 허구성, 즉 유희적 요소로 돌아가야 오히려 문학의 본령인 '금지된 것에의 도전' 역할을 수행할 수 있다는 게 내 생각이다. 설사 아무리 그럴 듯한 명분을 내세우더라도, 관념이나 윤리 또는 이데올로기로 무언가를 선전 · 설교한다는 것 자체가 이미 인간의 자유로운 감성과 본능을 억압하는 위압적 독재수단 역할을 해주기 때문이다. 만약 그런 설교 목적이라면 소설 말고도 에세이나 논설 등 여러 장르가 있다. 그런데 소설에까지 철학적 · 정치적 · 윤리적 담론이 침투한다는 것은 소설의 본질적 역할을 훼손시키는 것밖에 안 된다. '억압적 윤리로부터의 상상적 탈출'과 '불가능한 것에의 상상적 도전'이라는 문학 특유의 정체성(正體性)을 잃어버린 현대문학이 갖는 경직된 엄숙주의와 도덕주의, 그리고 무환상성(無幻想性)과 이념 제일주의 같은 것들이 오히려 인간해방을 더 어렵게 만들어놓고 있다.

나는 『광마일기』를 쓸 때 독자와 작품 사이의 '거리'를 축소시킴으로써 독자를 허구적 환상에 사로잡히게 하고, 강렬한 허구적 심리를 경험하게 하려고 애썼다. 그리고 '허구적 심리'를 즐기려는 독서 심리의 이면에는 '상상적 일탈'을 통한 대리배설(카타르시스) 효과가 자리잡고 있다는 사실을 기본 전제로 깔았다.

4

『광마일기』의 열 가지 에피소드 가운데 나 자신이 주인공으로 돼 있는 얘기는 일곱 편이고 내 친구가 주인공으로 돼 있는 얘기는 세 편이다. 그리고 꽃의 요정, 처녀귀신, 신선 등 몽환적인 소재의 얘기가 세 편이고 현실적인 얘기가 일곱 편이다.

내가 몽환적인 얘기를 사이사이에 끼워넣은 것은 전기소설적(傳奇小說的) 흥취를 도모하기 위한 것이기도 했지만, 그것이 전체 줄거리와도 상관성이 있게 함으로써 소설로서의 '상상적 현실'의 중요성을 강조하고자 하는 의도에서였다. 그렇기 때문에 꽃의 요정이 나오는 얘기인 〈꽃과 같이〉의 무대는 설악산 백담사가 되었고, 내 친구가 선녀의 핏줄이었다는 발상으로 이루어진 〈꿈길에서〉는 6·25가 시대 배경으로 자리잡았다. 그리고 처녀귀신 야희와의 연애담인 〈달 가고 해 가면〉에서는 연세대학교 뒷산인 무악산이 등장하게 되었다(어떤 독자는 〈달 가고 해 가면〉을 읽고 정말 진짜 같아 직접 무악산 기슭을 답사해 보기까지 했다고 한다).

보통 사소설(私小說)이라고 하면 작가가 직접 등장하는 소설로서 작가의 체험이 그대로 소재화된 소설을 가리킨다. 그러므로 엄격하게 말하여 『광마일기』는 사소설이 아니다. 작가가 주인공으로 등장하긴 하되, 작가의 체험이 그대로 투영된 소설은 아니기 때문이다. 앞서 내가 이 소설을 '사소설 기법'에 의해 씌어진 소설이라고 하고 '사소설'이라고 하지 않은 것은 그 때문이다. 내가 사소설 기법을 채택한 이유는 역시 앞서 말한 대로 독자를 그럴 듯하게 속여 소설의 본질이 '그럴 듯한 거짓말'이라는 사실을 깨닫게 하기 위해서였다.

그래서 나는 10여 개의 에피소드 배열에도 신경을 써서 첫째 장에는 내가 대학시절에 사랑했던 여자들에 대한 회고담 형식으로 돼 있는 〈대학시절〉을 집어넣었고, 마지막 장에는 처녀귀신 야희와의 미완(未完)의 로맨스를 집어넣었다. 첫장을 읽은 독자로 하여금 이 소설이 완벽한 의미의 자서전적 사소설이라는 착각에 빠져들게 하여 긴장감 넘치는 호기심이 상승적으로 이어가도록 하다가, 마지막 장에 가면 결국 귀신 얘기로 끝나 이 소설 전체가 허구라는 사실을 인식하게끔 유도한 것이다.

『광마일기』의 창작 의도 가운데 또 하나 빼놓을 수 없는 것은 내가 이 소설을 통해 '가벼움의 미학'을 추구했다는 점이다. 한국의 현대소설은 지금까지 대체로 '무거움의 미학'으로만 일관해 왔다. 거듭 말하지만 나는 교훈주의를 바탕에 깐 경건주의가 우리나라 현대소설의 가장 큰 결함이라고 생각한다. 물론 '무거운 소설'이라고 해서 무조건 다 무가치하다는 말은 아니다. 하지만 '가벼운 소설'을 경시하거나 폄하하면서 '무거운 소설'만을 소설의 본령(本領)으로 삼는 것은 아무래도 문제가 있다고 보는 것이다.

『광마일기』 첫 판을 발간하기 다섯 달 전인 1990년 2월에 나는 첫 장편소설 『권태』를 발간했다. 『권태』는 『광마일기』와는 달리 주로 페티시즘의 심리를 특별한 스토리 없이 의식의 흐름 수법으로 추적해 본 소설인데, 리얼한 성희 묘사가 소설 전편에 깔려 있음에도 불구하고 『광마일기』만큼 어이없는 비난에 시달리지는 않았다. 그 이유는 우선 스토리 전체를 환상적 에로티시즘으로 처리하여 현실적 박진감을 이완시켰다는 점에 있는 것 같았지만, 그보다 더 핵심적인 이유는 내가 『권태』를 '무거운 소설'에 해당되도록 창작했기 때문인 것 같았다. 『권태』에는 인간의 성적 잠재의식에 대해 장황하리만치 긴 설명이 나오고, 거기에 덧붙여 고통과 권태 사이를 맴돌다 죽어 가는 인간의 실존적 양상에 대한 고찰이 허무주의적 터치로 이어진다.

말하자면 관념적 넋두리로 '포장'을 한 셈인데, 우리나라 비평가들은 문학작품을 이야기식으로 풀어 쓴 철학 교과서나 사회과학 교과서로 착각하는 경향이 있어서, 관념적 잔소리가 많이 들어갈 경우 리얼한 성희 묘사가 있더라도 대충 너그럽게 봐준다는 사실을 확인할 수 있었다. 그런데 『광마일기』는 '가벼운 소설'을 창작 목적으로 했고 거기다 '재미있는 소설' 또한 중요한 창작 목표로 삼았기 때문에, 여유 있는 '매도'와 '폄하'를 가능하게 해준 것 같다.

말하자면 철학이나 종교 또는 기타 이데올로기의 개입 없이 소설을 솔직하게 이끌어가는 소설이 바로 '가벼운 소설'이다. 나는 '가벼운 소설'을 통해 우리 문학계가 지녀온 '품위의 신화'를 거부해 보려고 했다. 이제껏 내게 가해진 상당수 기득권 문화인들의 분노와 단죄는, 지금까지 우리나라 지식인 사회가 지녀온 '품위의 신화'를 내가 전면 거부한 데 따른 반동이었다. '품위의 거부' 이것이 내게 주어진 모든 지탄과 비난과 억압의 이유였다. 열 사람의 일반독자(그들은 비교적 솔직한 의도로 소설을 읽기 때문에 소설의 본질이 '상상적 일탈'이라는 것을 알고 있다)가 좋아하더라도 한 사람의 기득권 문화인이 싫어하게 되면 작가가 곧바로 매장돼 버리는 사회가 바로 한국사회라는 사실을 나는 『즐거운 사라』 사건을 통해 절감할 수밖에 없었다.

나는 『광마일기』나 『즐거운 사라』 등을 통해 한마디로 말해 '즐거운 혼란'을 주려고 했다. 그리고 마치 '품위'와 '윤리'라는 소독약을 쳐 물고기가 못 살게 된 강물과도 같아져버린 한국문학계의 '물'을 적당히 흐려놓아 물고기들을 되살려보려고 했다. 또한 너무 큰 '대하(大河)'만을 바라는 '스케일 제일주의'에 빠져버린 한국문학을 좁은 '개천'으로 끌어들여 보려고 했다.

"개천에서 용 난다"는 속담이 있다. 나는 그 말을 "개천이라야 용 난다"로 바꿔서 생각해도 된다고 본다. 우리가 용, 즉 세계적인 문학을 바란다면 "작은 것도 아름답다"는 진리를 수용해야 한다. 거대 이데올로기나 대륙적 스케일, 관념성이나 역사성 같은 것들에 대한 짝사랑과 사대(事大)는 한국문학을 망친다. 우리 문학의 전통은 역시 작고 정교한 형식미와 익살스러운 해학 및 반어(反語)에 있지 서구적 스케일의 역사주의나 이성주의에 있는 것은 아니기 때문이다. 나는 그래서 우선 '품위의 신화'를 파괴해야만 새로운 문학의 장을 열 수 있다고 생각했던 것이다. 흔히 말해지는 '문학적 품위'란 플라톤의 이데아론에 바탕한 서구식 이성우월주의의 산물이라고 생각됐기 때문이다.

나는 이 땅에서 '고급문화'의 신화를 엮어온 기존의 상징체들, 즉 '지성의 권위', '전통윤리를 등에 업은 폐쇄적 도덕주의', '학자적 품위', '문인의 양반의식' 등에 기생하여 보신(保身)하지 않으려고 노력했다. 교수로서의 나든 작가로서의 나든, 나는 더 이상 이중적으로 점잔빼며 '품위의 꼭두각시'로 머물고 싶진 않았다. 이제는 이미 설득력을 상실한 '조선조식 봉건윤리'와 '관념적 교훈으로 포장된 소설'이 갖는 '상수도 문화'의 신성불가침성을 나는 '하수도 문화'의 방식으로 파괴해 버리고 싶었다. 그래야만 우리 문화가 비로소 '자유'와 '다원(多元)'의 기치 아래 새로운 발전을 기할 수 있다고 믿었기 때문이었다.

아직도 대다수의 한국 문학인들은 '문학 창작'을 봉건 왕조시대 때나 있었던 과거시험 답안지 정도로나 생각하고 있다. 그때는 '문장'으로 정치적 자질을 테스트했고 문장을 잘 쓰면 금세 입신양명의 출세가도를 달릴 수 있었다. 그리고 그 문장의 내용은 무조건 유교적 지배 이데올로기였다. 그래서 지금도 대부분의 제도권 문학인들은 문학은 그 안에 사상적 메시지가 있어야 하고, 무언가 '고상한 것'이어야 하고, 일종의 권선징악이어야 한다는 답답한 논리를 펼치고 있는 것이다.

5

어찌 보면 '가벼운 소설'이란 '자동사적 소설'과도 유사하다. 프랑스의 기호학자 롤랑 바르트에 의하면 이 세상엔 두 유형의 작가들이 있다. 한 유형은 타동사적으로 글을 쓰는 사람들이고 다른 한 유형은 자동사적으로 글을 쓰는 사람들이다. 한마디로 말해 바르트가 의미하는 '타동사적 작가'란 자신의 글을 읽는 독자들에게 무언가를 주입시키려고 노력하는 사람이다. 그는 언제나 무엇을 주장하고 쓰지 않으면 안 되는 사람으로서, 거칠게 표현하면 언제나 입에 거품을 물고 무엇에 대해 열변을 토하는 사람이다.

그러나 이 세상엔 자동사적 작가들 또한 존재한다. 타동사적 작가가 강력한 교훈성과 윤리성에 바탕을 두고 메시지를 전한다면, 자동사적 작가는 그저 말을 할 뿐 이렇다 할 윤리적 · 철학적 해답을 갖고 있지 않다. 그는 스스로의 배설욕구를 가지고 고백하고 늘어놓을 뿐이라서 수용자 입장에서는 그가 쓴 작품이 주는 교훈적 메시지를 발견할 수 없다. 그래서 보수적 작가의 관점에서 보면 이른바 '내용'이란 것이 없어 보인다. 자동사적 메시지는 언제나 문화적 · 윤리적 '정도(正道)'와는 소원한 관계를 유지한다. 그는 누구를 가르치거나 교육하려 하지 않는다. 따라서 그는 거짓말을 필요로 하지 않는다. 그는 사람들에게 '좋은 말씀'을 들려줘야 한다는 '건방진 책임감'으로부터 스스로를 해방시킨 것이다.

자동사적 작가의 글은 기존의 신념체계나 질서의식 속에서는 설명되거나 이해될 수 없다. 그들의 글은 문화적으로나 관습적으로 타당한 모범해답을 결코 제시하지 않으며, 그 결과 읽는 이들로 하여금 방향을 상실하게 할 수도 있다. 그들의 글은 말하자면 열린 텍스트(open text)이다. 타동사적 작가의 메시지가 부모의 권고에 따라 장래성 있는 남자에게 시집가는 여자의 '행복'에 비유된다면, 자동사적 작가의 메시지는 부모의 반대를 물리치고 좋은 사람과 눈이 맞아 집을 뛰쳐나가는 처녀의 '고통'과 '환희'에 비유될 것이다. 말 잘 듣는 착한 어린이는 칭찬을 받는 데 그치지만 질서를 파괴하는 어린이는 환희의 기쁨을 맛볼 수 있다. 바르트의 메시지에서 우리가 유추할 수 있는 것은, 진정 작가다운 작가(또는 선생다운 선생)는 독자(또는 학생)들로 하여금 많은 사람들이 다녀서 반들거리는 길을 일탈할 수 있도록 허용하는 작가라는 사실이다. 이런 의미에서 볼 때 독자들을 질서가 아닌 혼란 속으로 몰아넣을 수 있는 작가는 훌륭한 작가라고 할 수 있다.

특히 동양 또는 한국의 문학전통은 '가벼운 소설' 또는 '자동사적 소설'에 그 정서적 기초를 두고 있다는 사실을 간과해서는 안 된다. 내가 『광마일기』를 통해 현대판 전기소설(傳奇小說)을 시도해 보려 했던 것은, 서구 취향 일변도의 소설 양식으로부터 벗어나 동양의 전통적 소설 양식을 현대적으로 재구(再構)해 보려는 목적에서였다. 문장에 있어 3 · 4조나 4 · 4조의 산문시를 읽는 것 같은 느낌이 들도록 애쓴 것도 그 때문이고, 군데군데 시가 많이 삽입된 것도 그 때문이다. 그리고 몽환적 귀신 얘기든 현실적 얘기든, 스토리만을 좇아가며 간명한 문장으로 부담없는 이야깃거리를 만들어보려 한 것도 그 때문이라고 할 수 있다.

실제로 『광마일기』 중 몇 편은 옛 전기소설 『요재지이(聊齋志異)』 등에 나오는 기본 모티프를 재해석하여 뻥튀기한 뒤 현대화시켜 놓은 것이다. 그리고 센티멘털리즘과 에로티시즘의 조합을 시도해 본 것도 동양 전기소설 특유의 '애조띤 염정성(艶情性)'을 계승시켜 보자는 의도에서였다. 전기적(傳奇的) 상상력은 '만화적 상상력'과 통하는 것이고, 소설을 비주얼 아트와 당당하게 겨루게 해 새로운 흡인력을 창조해 낼 수 있는 무기가 된다고 나는 본다.

물론 동양의 전기소설은 대부분 결말에 가서 권선징악적 유교윤리로 끝맺는 게 결점이다. 그러나 그런 점을 빼놓고 전기소설의 특징인 '자유로운 에로티시즘'과 '상상적 대리배설'의 측면만을 우리가 취할 수 있을 때, 우리 문학은 이른바 '세계성'을 획득할 수 있다고 나는 확신한다. "한국적인 것이 세계적인 것이다"라는 말도 그런 방식으로 실천되어야 할 것이다. 한국의 옛 전기(傳奇) 문학이 갖는 해학적 · 환상적 · 쾌락주의적 성격을 도외시하고 무조건 서구의 이성주의적 문학관과 비극적 장엄미, 그리고 관념적 형이상성만을 추구하다 보면, 우리 문학은 영원히 사대적(事大的) 열등감의 늪에서 허우적거릴 수밖에 없다. 우리는 서양인과 체질이 다르기 때문이다.

'가벼운 소설'은 '자동사적 소설'이자 '솔직한 소설'이고, 도덕적 당위성이나 작가의 도의적 책임 같은 것을 염두에 두지 않고 창작되는 소설이다. '무거운 소설'이 다소 위선적인 태도를 밑바탕에 깔고서 제작될 수밖에 없다면, '가벼운 소설'은 다소 위악적(僞惡的)인 태도를 밑바탕에 깔고서 제작되는 것이라고 할 수 있다. 말하자면 '귀여운 일탈'과 '반어적 경박함'이 주조를 이룰 수밖에 없기 때문이다. 무거운 소설은 작가가 철학자나 교사(教師) 같은 위압적이고 권위적인 태도로 창작에 임하는 것이요, 가벼운 소설은 작가가 단지 본능에 따라 움직이는 평범한 인간의 입장에서 솔직한 대리배설을 위해 창작에 임하는 것이다.

나는 『광마일기』에서 도덕적 코멘트나 작중 인물의 정치 · 사회관, 또는 형이상학적 갈등 같은 것을 철저히 배제시키려고 애썼다. 그런 것들은 내가 따로 에세이나 논설 형식으로 담아내면 되고, 정직한 독자의 눈에는 오로지 군더더기나 잔소리, 또는 변명으로밖에 여겨지지 않는다는 사실을 알고 있기 때문이다. 그래서 이 소설은 선량의식(選良意識)에 젖어 있는 일부 식자층 독자들의 눈에는 단순히 위악적인 것이거나 진짜로 몰염치한 것으로 비쳐질 수도 있다.

하지만 나는 오히려 그런 점 때문에 『광마일기』에 애착이 가는데, 앞으로도 과연 이 정도로 솔직한 문장, 이 정도로 즐겁게 뻔뻔스런 문장을 쓸 수 있을지 의문이 가기 때문이다. 문화인들 스스로가 플라톤의 돋보기를 들고 당당한 검열관으로 행세하는 우리 사회의 척박한 문화풍토는 나를 너무나 지치게 만들고 너무 심각하게 만들어, 내 특유의 '끼'를 앗아가 버렸다. '모난 돌이 정 맞는' 문화풍토에서는 광기어린 집착과 자유분방한 상상력에 바탕하는 창조적 문학생산이 어렵다.

아직까지도 상당수의 우리나라 지식인들은 '현실적 도덕'과 '문학적 도덕'을 혼동하고 있다. 이를테면 카뮈의 『이방인』에 나오는 주인공 뫼르소는 어머니의 장례식에 참석해서도 눈물 한 방울 안 흘리고, 살인을 저지르고 나서도 조금도 뉘우치지 않는다. 현실적 도덕률의 입장에서 볼 때 뫼르소는 분명 패륜아다. 그러나 문학적 도덕률의 입장에서 볼 때 뫼르소의 행위는 실존적 인식의 리얼한 반영이 될 수도 있는 것이다.

더구나 연애 행위를 소재로 하는 소설에서 현실적 도덕률이 그대로 적용되는 경우는 매우 드물다. 처음엔 관습적 윤리와 검열주의자들의 횡포 때문에 매도됐던 작품들 중 뒤에 가서 이른바 '문제작'이라고 불리게 된 소설들을 보면, 주인공들이 거의 다 당돌한 성격을 갖고서 파격적인 행동을 하는 일탈적이고 반윤리적인 인물로 그려지고 있다.

그 까닭은 역시 대부분의 인간이 과도한 도덕적 금제(禁制)와 억압에 시달리고 있기 때문일 것이다. 사드의 소설 『소돔 120일』에서는 동물적 가학성과 패륜적 성행위가 서슴없이 그려지고 있고, 로렌스의 『채털리 부인의 연인』에서는 유부녀와 유부남 간의 당당한 혼외정사가 그려진다. 그리고 오스카 와일드의 희곡 『살로메』에서는 사랑하는 남자의 목을 잘라 그 입술에 키스하는 잔인하고 그로테스크한 관능미가 형상화되고 있고, 중국소설 『금병매(金瓶梅)』에서는 다양한 변태성욕과 무분별한 여성편력이 그려진다.

물론 이런 소설들 역시 대개는 구구한 변명을 달고 있다. 실컷 야하게 묘사해 놓고 나서 진짜 말하려 했던 건 이게 아니라는 식이다. 이를테면 『채털리 부인의 연인』에서는 여주인공이 산지기의 '정력'에 반해 남편을 두고 도망가면서도 남편의 위선이 싫어서 할 수 없이 가정을 버린 것처럼 변명하고 있고, 『금병매』에서는 여성편력과 변칙적 섹스탐닉 등 무분별한 성애 행각의 결과는 비참한 죽음뿐이라는 식의 결말로 도망가고 있다.

이런 '양다리 걸치기' 식 변명과 핑계가 없는 소설, 그야말로 뻔뻔할 정도로 솔직한 소설, 그런 소설이 앞으로 우리가 추구해야 할 소설이요 발전된 소설이라고 나는 생각한다. 소설의 본질은 역시 '금지된 것에의 도전'을 통한 '인간 해방'에 있기 때문이다. 소설은 인간적 진실을 추구하되 솔직한 본능에 맞춰 추구하는 것이어야 하고, 부질없이 강요된 죄의식이나 위선적 도덕률에 굴하지 않고 상상적 창조행위를 통해 진부한 권위주의와 관습적 편견들을 무너뜨리는 것이어야 한다.

6

나는 모든 문학작품을 '인공적 길몽'으로 본다. 우리는 꿈속에서 여러 가지 비현실적이고 일탈적인 경험을 한다. 꿈속에서 근친상간을 할 수도 있고 가책 없는 살인 행위를 저지를 수도 있다. 그러나 우리가 꿈을 깨고 나서 실제로 살인 행위를 저지르는 일은 없다. 그런 꿈일수록 오히려 길몽이 되어 현실에서의 실제적 일탈과 범죄를 예방해 주고, 억압된 본능의 대리배설에 의해 건강한 정신과 '실제적 행복의 성취'를 이룩하게 해주는 것이다.

『광마일기』는 '인공적 길몽' 효과를 최대한도로 발휘하기 위해서 씌어졌다. 꿈속에서의 일탈 행위가 우리의 정서를 가라앉혀 주고 '현실 윤리'에 짓눌려 있는 '본능 윤리' 또는 '상상 윤리'에 대리만족감을 심어주는 것처럼, 이 소설에 나오는 일탈 행위 역시 그런 효과를 갖도록 의도된 것이다. 그래서 나는 이 소설에서 성에 대한 묘사나 입장 또한 한껏 어린애처럼 야(野)하고 솔직해지려고 애썼다.

하지만 『광마일기』의 열 가지 에피소드 전부가 '일탈적인 꿈'을 주조로 한 것은 아니다. 〈서울 야곡〉에서는 여자의 손 한번 제대로 못 잡아보는 풋내기 서생의 연애를 그리고 있고, 〈K씨의 행복한 생애〉 역시 한 중년 남자의 애틋한 러브스토리를 담고 있다. 나는 과장적 센티멘털리즘 역시 '인공적 길몽'에 있어 중요한 소재로 기능한다고 보기 때문에(꿈속에서 실컷 흐느껴 울면 그것 또한 대길몽이다) 『광마일기』에서도 그런 분위기를 유지시키려고 애썼다. 나로서는 일종의 치졸미(稚拙

美), 다시 말해서 리얼한 현실인식을 떠나 마음껏 어리광부리는 데 따른 퇴폐적 카타르시스를 의식적으로 유도해 본 것인데, 한국의 현대소설이 너무 이성적으로만 가고 어른스런 체면치레의 담론 중심으로 이루어지는 데 대한 내 나름대로의 불만 표출이었다.

그런데도 이를테면 성문제의 경우, 이 소설을 포함하여 내 문학세계 전반을 두고 "성의 자유가 아니라 성의 퇴행이다", "시체를 봐야 성욕을 느끼는 겁쟁이의 페티시즘이요 불건강한 변태성욕이다" 등의 비난을 퍼붓는 지식인들이 많다. 그러나 나는 "성은 아름답고 건강하게 그려져야 한다"는 말만큼 허위적이고 이중적 위선으로 가득 찬 말은 없다고 생각한다.

정치나 사회 등 다른 것은 다 리얼하게 해부하고 찢어발겨 표현해도 되지만, 아니 그럴수록 좋지만, 성만은 예외라는 식의 사고방식이야말로 반(反)리얼리즘적 문학관이다. 또 리얼리즘을 운위하지 않더라도 성은 아름답다는 강변 자체가 전혀 솔직하지 못한 성적 죄의식 또는 '성 알레르기' 증세의 결과라고 볼 수 있다. 그런 사람들일수록 성에 대한 이중적 음험성과 노처녀 'B사감' 식 심통을 갖고서 타인의 성에 대해 질투와 감시의 눈길을 보낸다는 사실을 나는 알고 있다. 급변하는 문화의 흐름을 미리 예견하고 성에 대해 남보다 좀 먼저 말문을 열었다고 호들갑 떨며 나를 야단친 것도 촌스러운 짓이었지만, 성에 대한 담론은 반드시 건강하고 아름다운 것에만 한정돼야 한다는 단서 또한 궁색하기 그지없는 결벽증적 성 알레르기 증세나 성적 죄의식의 발로였다.

성은 그것이 어떤 양상이든, 다시 말해서 아름답든 추하든 건강하든 퇴행적이든, 우리의 실존 그 자체일 뿐 도덕적 당위와는 거리가 먼 문제이다. 특히 문학이 해야 할 일은 우리의 내면 가운데 감춰진 퇴행적이고 퇴폐적인 성적 욕구의 진상을 드러내어 그것을 카타르시스 시키고, 그런 '쓰레기통 뚜껑 벗기기'를 통해 성을 음지에서 양지로 이끌어 내 이중적으로 위장된 성윤리 때문에 빚어지는 갖가지 정치적 · 사회적 · 개인적 병리현상들을 예방하고 치유하는 일이라고 나는 생각한다.

7

『광마일기』는 꽤 많은 독자들로부터 사랑을 받았고, 나 역시 즐겁게 쓰고 즐겁게 대리배설할 수 있어 좋았다. 요즘도 나는 『광마일기』를 읽어볼 때가 많다. 중세기의 마녀사냥 같은 어이없는 필화사건을 겪은 후 요즘 내 심정이 꽤 우울해서 그런지, 낭만적 정서가 차츰 메말라가고 소설 쓰기의 '흥'과 열정이 사그라드는 것 같아 열정을 회복시키기 위해서다.

『광마일기』를 집필한 1989년 6월부터 1990년 5월까지의 기간은 꽤나 험한 구설수에 시달리긴 했지만 그래도 행복했던 기간이었다. 나는 개방적인 문화풍토와 다원주의적 가치관의 사회가 곧 도래할 것만 같은 낙관적 기대감에 부풀어 있었고, 내가 가르치는 학생들과 많은 독자들의 성원에 힘입어 그 동안 쌓이고 쌓였던 '글쓰기를 통한 대리배설' 욕구를 시원하게 풀 수 있었다. 첫 장편소설 『권태』나 두 번째 에세이집 『사랑받지 못하여』, 그리고 첫 문화비평집 『왜 나는 순수한 민주주의에 몰두하지 못할까』 역시 비슷한 기간에 집필된 것인데, 그토록 많은 분량의 원고를 피로를 모르고 즐겁게 써나갈 수 있었던 그때가 지금으로선 한없이 그리워진다.

최근에 나는 철학적 장편 에세이 『비켜라 운명아, 내가 간다!』를 출간한 바 있다. 그 책을 읽고 공감한 사람들 중엔 나를 다시 보게 됐다며 "왜 소설도 이 책처럼 점잖은 문체로 심각하게 써보지 그러느냐"고 권하는 이들이 많다. 하지만 내가 『비켜라 운명아, 내가 간다!』에서 얘기하고자 한 것이나 『광마일기』 등의 소설에서 얘기하고자 한 것이나 골자는 같다. 말하자면 다 '야한 철학'이다. 그러나 나는 소설과 에세이는 구성이나 문체상 현격한 거리를 갖고 있어야 한다고 생각했기 때문에, 지금껏 두 장르를 명백히 구별지으려고 애쓰며 집필 행위를 해왔다.

그런데 우리나라의 현실은 문인들의 과도한 양반의식과 품위주의가 표현의 자유에 대한 끊임없는 억압을 자초하고 있고, 그 결과 소설양식의 독자적 존재의의를 상실케 하고 있다. 그 점이 나는 몹시도 안타깝고 우울하기 그지없는데, 그래서 나 또한 앞으로 『광마일기』같이 가볍고 솔직한 작품을 다시 써낼 수 있을지 의심스럽다. 강요된 피해의식과 자기검열 때문에, 나도 남들처럼 철학과 관념과 정치적 시각으로 포장된 무거운 설교조(調)의 작품을 쓰게 될 것 같은 예감이 들기 때문이다.

나는 정치적 '투사'가 아니요 그저 솔직해 보려고 애쓴 선생이나 글쟁이에 불과하다. 그런데 강의가 한창 진행중이던 학기 중에 갑자기 잡혀가고 형사범이 되기까지 하면서 계속 늠름하게 신나긴 어렵다. 문화도 산업이라고 하면서, 잘 돌아가던 기계를 우리 사회의 시대착오적 봉건윤리 신봉자들은 기계 이용자(즉 독자)들의 합의도 없이 돌연히 망가뜨려 놓았다.

요즘도 우리 사회에서는 권위주의의 척결이 구두선(口頭禪)으로 외쳐지고 있다. 그러나 권위주의 척결을 외치는 문화인들조차 지배 엘리트로서의 특권을 포기하려 들지 않고 있고, 끊임없이 권위(또는 권력)를 추구하고 있다. 그러나 보니 양비론적 '눈치보기'나 '점잔빼기'가 기득권 진입의 수단으로 정착되어 창의력 있는 문화발전을 저해하고 있고, 도덕을 빙자한 테러리즘이 새로운 문화탄압의 양상으로 자리잡아 가고 있다. 다시 말해서 이데올로기적 권위주의가 도덕적 권위주의로 대체되었을 뿐, 표현의 자유에 대한 억압은 여전히 계속되고 있는 것이다.

낡은 형태의 박해가 쇠퇴했다고 만족스럽게 자축하는 것보다는, 새로운 형태의 박해에 진지하게 도전하는 것이 지식인의 참된 사명이요 의무다. 특히 '수구적 봉건윤리의 극복'과 '자유로운 성'에 대한 적극적 논의는, 이 땅의 비합리적이고 반지성적인 풍토와 문화적 폐쇄성을 깨뜨릴 수 있는 새로운 수단이 된다고 나는 본다.

예술에 대한 검열과 통제를 문화인들 스스로가 거침없이 해대는 척박한 문화풍토로부터 자유로워지기까지 우리는 또 얼마나 많은 세월을 흘려보내야 할까? 우울한 비애감 속에서 나는 이 글을 쓴다.

(1996)

표현 매재(媒材) 고찰을 통해서 본 문학의 사회적 효용성

1. 들어가는 말

모든 문학 연구에 있어, 문학자들로 하여금 가장 끈질기게 해답을 요구하도록 만드는 것은 바로 문학이 갖고 있는 사회적 효용성의 문제이다. 작가는 왜 작품을 쓰는가, 또는 누구를 위하여 작품을 쓰는가 하는 문제는 항상 문학가들의 뇌리를 떠나지 않고 그들을 괴롭혀 왔다. 그리고 거기에 부수되는 문학 자체의 본질에 대한 끝없는 의문이 뒤따랐다.

이 논문은 그러한 궁극적 문제에 대한 관심의 표명으로서 마련된 것이다. 문학과 사회가 갖는 불가분의 관련성은 문학연구에 있어 중요한 위치를 차지한다. 문학은 결국 남에게 읽힐 것을 전제하고서 씌어지는 예술형식이며, 또 그런 전달자로서의 역할 때문에 독특한 특성을 갖게 되기 때문이다.

그러나 문학과 사회의 관계를 규명하기 위해서는 문학에의 주변적 접근이 선행되지 않으면 안 된다. 문학의 근원적 매재(媒材)인 언어의 본질에 대한 고찰과, 그러한 언어를 표현 도구로 삼고 있는 문학의 원초적 출발형태의 문제, 또한 문학과 다른 예술 장르와의 관계성 등에 대한 고찰이 그것이다. 결론으로서의 문학의 사회적 효용성을 검토하기 위하여, 이 논문은 결론에 앞서 두 가지의 문제를 논하였다. 2절에서는 문학과 사회와의 관계규명의 기초를 이루고 있는 문학의 근원적 특성을 고찰하였다. 또한 문학이 일단은 언어를 통해서 표현되는 이상, 문학의 궁극적 특성에는 반드시 언어표현의 본질적 개입이 요청된다고 보아, 3절에서는 이 언어표현의 내적(內的) 질서의 근간(根幹)을 이루고 있는 상징의 문제를 논하였다. 상징의 문제는 특히 언어표현의 본질을 논하기 위해서는 필수적인 것으로서, 그것이 직접적으로는 문학의 대사회적(對社會的) 효용성에 관계하지 않는다 할지라도 지극히 중대한 의미를 지니고 있다. 왜냐하면 문학이 사회에 대하여 갖고 있는 전달능력으로서의 효용가치는, 언어적 전달수단의 본질이 상징이므로 상징의 영향을 받지 않을 수 없기 때문이다. 또한 문학의 기원 문제에 대한 고찰도, 문학의 성립과정이 인간 상호간의 '관계성'에 기초하고 있다고 보아, 빼놓을 수 없는 문제라고 할 수 있다.

여기서 논하고 있는 세 가지 문제는 서로 직접적으로는 관련이 없어 보이지만, 한번씩은 반드시 생각해 보아야 할, 그리고 근본적으로 서로가 연결된 문학의 기본문제들이라고 생각한다. 필자는 이 문제들을 다룸에 있어, 이제껏 생각해 왔던 것을 바탕으로 하여, 최선을 다해 그것을 종합해 보려고 노력하였다.

2. 문학의 근원적 특성

1) 문학 성립과정의 기저(基底)

문학이 근원적 매재(媒材)로 갖고 있는 언어나 문자를 통해서 예술성을 표출시키기 위해서는 우선 근본적 문제에 대한 고찰이 필요하다. 이 문제란 문학작품을 쓰는 근본적 동기의 문제, 즉 "작품을 쓴다는 것은 무엇인가?"라는 문제에 대한 문학가 나름대로의 해답을 얻는 데 있다. 이런 근본적 동기를 통한 문학의 성립과정을 이해해야만 그 뒤에 결론으로 파생되는 문학의 대사회적(對社會的) 효용성에 대한 결의(決意)가 분명해지게 되는 것이다. 우선, 문학이라는 예술형식은 생물학적 또는 생태학적(生態學的) 현상이라는 것이 이 논문의 기본 가정이다.[1] 문학을 이와 같이 생태학적 현상으로 고찰한다는 것은, 곧 문학을 인간의 보편적 본능의 소산으로 간주한다는 말이다.

인간의 근본적이고 생태적인 기본욕구 가운데는 '표현하고자 하는 욕망'이 반드시 들어갈 수밖에 없다. 표현하고자 하는 것은 곧 의미를 지향하는 본능적인 행동형식의 일부이고,[2] 그러한 입장에서 본다면 인간이라는 동물은 의미를 향한 의지로서 가장 큰 특성을 발휘하고 있다고 볼 수가 있다. 선사시대와 고대 이래로 인간은 표현하고자 하는 기본욕구를 실현하기 위하여 갖가지 실험과 반복의 과정을 거쳐 그 욕구의 달성을 기도해 왔다. 그러한 생리적 현상은 인간이 다른 동물과는

---

1) 이런 기본 가정에는 반드시 문학을 예술적 선입관념(先入觀念)으로부터 분리시키는 노력이 필요하다. 예술의 종속물로서 문학을 이해하려고 하면 이 가정은 무의미하다. 이것은 헝가리의 비평가 루카치도 다음과 같이 암시한 바 있다.
"The first task of critic is to translate the idea of a given work of art from the language at art into the language at sociology, to find what may be termed the social equivalent of given literary phenomenon." (G. Lukacs, *The Historical Novel*, Beacon Press, 1962, p.11)

2) 인간의 기본욕구를 '의미를 지향하는 의지'로 처음 본 것은 오스트리아의 심리학자인 Viktor E. Frankl이다.
프로이트가 그것을 "Will to Pleasure"로 보고, 아들러는 "Will to Power"로 본 것에 비해 프랭클은 인간의 기본욕구가 "Will to Meaning"에 있다고 하였다.
(Cf. Viktor E. Frankl, *Man's Search for Meaning*, 정태시 역, 『인간의 의미탐구』, 제일출판사, 1969.)

다르게 갖고 있는 특이성(特異性)으로 인정되었다. "인간이 갖고 있는 어떤 형태로서든 창조된 공작물에, 의미있는 형(形)을 부여하기 위한 기술로서의 예술이 각 장르의 발현(發現)을 중개한 것을 시사하는 여러 가지 증거들이 남아 있다"[3]고 본 리드의 말은 옳은 말이다.

인간은 생존상(生存上)의 근본문제인 도구나 사는 방법을 실용성에 따라 자꾸 개량할 정도로 문명화(文明化)되어 갔다. 이런 원시적인 최초의 문명을 편의주의(便宜主義)에 기초한 공민적(公民的) 문명이라고 부를 수 있다. 그러나 이런 공민적 문명은 인간의 육체적 기본생존을 지탱해 나가는 것 이외의 도움을 주지는 못했다. 예술이라는 욕망형태는 이런 일차적 만족이 쌓인 뒤에 자연스럽게 생겨나게 되었던 것이다.

예술품을 만들고자 하는 창조적 노력의 직접적인 목적은 인간의 지각력(知覺力)이나 식별력(識別力)을 한층 더 예민하게 하자는 데 있다. 그런 창조적 노력을 통한 '표현'의 기능이 인간의 사회적 특성에 부합된다고 하여, 이 목적은 형식상(形式上)의 차이를 보이면서 진화적(進化的)으로 달성되어 갔다. 어떤 형식과 다른 형식을 식별하는 성능이 차차 높아감에 따라, 인간은 자신을 둘러싼 환경을 지배해 감을 알게 된다. 이런 식별력은 '미적(美的)'인 안식(眼識), 즉 감각의 교육과 훈련에 기초한다. 어떤 형식의 비교상의 의미라든지, 그 형식의 전체적 장(場)에 있어서의 의미를 식별한다는 것 등을 미적 능력이라고 칭하게 되는데, 여타의 동물들과 구별되어 종교와 과학의 기초적 자아의식(自我意識)이 인간에게 부여될 때, 인간은 풍부한 예술적 심성(心性)과 지칠 줄 모르는 상상력을 이런 능력 때문에 갖게 되는 것이다.

---

3) H. Read. *The Disintegration of Form in arts*, 장덕상 역, 『예술형식의 붕괴』, 서울: 삼성문화문고, p.87.

2) 문학적 표현욕구의 본질

그런데, 이렇게 인간이 가장 기본적 요구조건으로 갖고 있는 '표현욕구'는 반드시 타자(他者)에게 영향력 행사를 위해서 존재하게 된 것임을 알 수 있다. 예술적 감각 그 자체는, 인간이 사회적 동물이라는 선입감을 제거해 버리더라도, 다시 말해서 무인도에서 혼자 사는 로빈슨 크루소와 같은 상황에 처해졌을 때라도 충분히 적용될 수 있는 것이지만, 유독 문자표현(文字表現) 예술, 즉 문학에 있어서만은 그런 개체적(個體的)인 예술적 심성(心性)은 존재하지 못한다. 왜냐하면 문학예술은 당초에 타자를 향한 인간의 전달욕구(이것은 지배욕구를 근본으로 깔고 있다)를 기초로 하여 파생된 것이기 때문이다. 문학은 처음에는 언어를 단순히 문자로 기록해 놓는 데 불과했다고 할 수 있으나, 당초에 언어가 갖고 있는 일상적(日常的) 실용성 즉 의사전달의 범주에만 머물러 있지 못하고 그 이상의 능력, 즉 타자(他者)에 대한 제어력(制御力)을 행사하기에 이른 것이다. 이런 문제를 논하기 위해서는 우선 인간의 본성 자체에 대한 인식을 다시금 새롭게 하고 넘어갈 필요가 있다.

인간사회의 보편적 양상은, 인간행동의 근본동기가 타자에 대한 자신의 우월감(優越感) 내지는 인간 그룹 속에서의 자아확인(自我確認, 그것은 물론 남에 대한 지배 욕구의 충족을 동반한다)에 있다고 생각된다. 그러나 이러한 인간집단 속에서 출발한 자아확인 내지는 우월감마저도 결국은 타자로부터의 소외와 자기 자신으로부터의 소외를 유발시키는 근인(根因)이 되는 것이다.[4] 왜냐하면, 인간은 본래적(本來的)

4) 인간은 사회적 동물, 즉 집단으로서의 특성을 갖고 있는 반면에, 그런 집단 속에서의 각자 각자는 항상 고립할 수 밖에 없다는 한계의식을 갖고 있다. 이런 한계의식은 모든 예술의 태동에 촉진제 구실을 했다고 볼 수 있다.

으로 소외된 상태로 태어난 고독한 존재이기 때문이다.

그러므로 문학이라는 표현양식은 다른 미적 감각의 예술, 즉 음악이나 미술 등의 장르와는 다르게, 이러한 타자(他者)와 자아(自我)의 상호소외감(相互疎外感)을 극복하고 위장하려는 인간본성에 기인한 것이라고 가정할 수 있다.

전(全) 생활과정에 있어 인류는 차츰 원시적 공동사회 질서를 떠나 타인을 자신의 이기적 목적달성을 위한 수단으로 이용하려는 생활관계를 수립해 갔고, 이 속에서 살아가는 인간은 삶의 적극적 주체라기보다는 그 무엇에 의하여 지배되고 조작당하는 '대상적 존재(對相的存在)'[5]로 전락되었다. 그렇기 때문에, 더욱더 '문자'가 갖고 있는 당초의 의의와 목적은 변질될 수밖에 없었던 것이다. 문학이 생태학적(生態學的) 현상으로 규정될 수밖에 없는 충분한 동기가 여기서 생겨난다. 인간에게는 누구나 본능으로 갖고 있는 남을 향한 자기표현 욕구가 있다. 그것은 소극적 의미로는 '감정이입(感情移入)' 현상으로 그쳐버리지만, 더 나아가서는 각 개인 사이의 내적 갈등에서 초래되는 상대방에 대한 지배 욕구로 발전하는 것이다. 사회학자 파펜하임은 그것을 다음과 같이 표현한다.

> 인구가 늘어감에 따라 사회 양상이 경쟁적인 개인주의가 편만(遍滿)하는 사회로 변했을 때, 인간 각자각자는 소외된 사회에서 '남의주의(注意)를 끈다는 것'이 얼마나 중요한 것인가를 깨달아가기 시작하

---

5) 인간이 다같이 대상적 존재로 전락되었다는 것은, 곧 사회환경이 인간의 정신생활을 결정한다고 보는 사회학적 견해에 속한다.
"의식이 존재를 결정하는 것이 아니라 존재가 의식을 결정한다"는 이론은 사회주의의 이론이다. 그러나 인간의 존재조건으로서의 현실이 인간의 정신을 결정하는 것인지, 아니면 그 반대인 것인지 하는 문제는 영원히 풀기 어려운 숙제일 것이다. 여기서는 다만 둘 사이의 관계를 대등하게 중요한 것으로 취급하였다.

였다.[6)]

이렇듯 주의(注意)를 끌기 위한 방법으로 가장 가치있게 등장한 것이 문자와 그것에서 파생된 문학이다. 문자는 권위적 의사전달의 가장 훌륭한 방법으로 지배적 계급에게 이용되기 시작했다. 과거로 올라갈수록 민중의 문맹률(文盲率)이 높아가는 것은 그 때문이다. 종교개혁 이전까지도 일반 신도들은 라틴어 원문으로 된 『성서』를 읽도록 허락받지 못했다는 것이 좋은 예다. 인류 문화는 이러한 문자적 표현방법을 통해서 이룩되었으며 전승(傳承)되었다. 사실, 우리의 문화 형태가 불완전하기 짝이 없는 문자만을 통하여 이루어지고 있다는 사실은 큰 문제가 아닐 수 없다.

지금도 우리는 직접 말로 의사전달을 받는 것보다 한 장의 글, 예를 들어 공용문서(公用文書) 같은 것을 받는 데서 더 중대성과 확실성을 느끼며, "글은 그 사람이다"라는 식의 사고방식에 젖어, 무조건 문자화(文字化)된 것을 신뢰하고 마는 습성에 젖어 있다. 이렇게 문자가 단순한 도구 역할만 했다는 것은 또 다른 의미를 포함한다. 즉 문학은 인간욕망의 순화제(純化劑) 구실도 해주었다고 볼 수 있는 것이다. 인간의 무한한 지배본능과 타자에게 영향력을 미치고 싶어하는 욕망은 현실에서 완전한 충족을 맛보기 어려웠다. 인간은 문자로 스스로의 욕망을 배설해 냄으로써 본능적 충동을 달랠 수 있었다. 문자가 이런 '배설'의 기능을 갖고 있다는 것은 이미 많은 사람들이 언급한 바 있다.[7)]

---

6) Fritz Pappenheim, *Alienation and Society*, 앎과 함 편간위원회 역, 『소외와 사회』, 서울: 백범사상 연구소, 1974, p.9.

7) 가장 대표적인 학설이 아리스토텔레스가 『시학(詩學)』에서 말한 '카타르시스'설(說)이다. 즉 비극의 목적은 인간의 심성을 정화(淨化)시키는 데 있다고 하였는데, 이것은 문학창작에 있어서도 충분히 적용될 수 있는 말이다.

3) 언어로 인한 문학의 예술적 독자성

문학을 원초적으로 살펴봄에 있어, 우선 문학이라는 예술장르가 음악이나 미술 등과는 근본적으로 다른 것이라는 점을 검토하고 넘어갈 필요가 있다. 예술의 일반적 범주에 문학을 포함시킨다면, 문학이 유미주의 이외의 것으로 발전하기 곤란해지기 때문이다. 많은 작가들이 문학에 있어서의 '자유'의 필요성 — 즉 문학표현이 하등의 외부적 제약 없이 순수한 방심상태(放心狀態)나 무의식적 자유연상법(自由聯想法) 등을 통해서 이루어질 수 있다고 하는 — 의 본보기를 음악이나 미술 등에서 찾는 데 대해 필자는 많은 의문을 품고 있다.[8] 이런 사고방식을 갖고서 한국에서는 1930년대에 김영랑, 박용철 등이 주도하여 결성했던 시문학파(詩文學派)의 순수시 운동, 즉 언어 자체의 미적(美的)·음악적 쾌감만을 중시하는 조류가 형성되었고, 또한 영국의 초현실주의 운동 같은 것이 한국에서는 이상의 「오감도(烏瞰圖)」로 수입되어 나타났다. 지금도 많은 시인들이 그러한 무질서에 가까운 표현의 자유를 동경하고 있다. 다음과 같은 시는 좋은 예가 될 것이다.

> 詩集을 안고, 빠「지중해」의 辭表. 거만한 高架線. 과부구락부. 메기표. 걸어가는 헌병 mr. Lewis Poker. 검문소의 몽코코 크림. 聖教堂에서 街娼婦人과 졸업증서. I'd like some air. 노오란 웃음의. 소녀소녀소녀소녀소녀소녀. lie blue blume. 防風林넘어. 누워있는 파아랗지 않은 바다. 검은별. darkness at noon. 제2국민병제2국민병제2국민병제2국민병. 무말랭이. 글쎄요. 소년matroos. 〈아달린〉과. 기차를 타고요.[9]

---

8) 졸고, 「시와 자유」, 「연세 어문학」 제4집, 연세대 국문학과, 1973 참조.
9) 조향, 「어느날의 MENU」의 일부(『한국 전후(戰後) 문제 시집』, 신구문화사, 1961).

이런 식의 작품은 문학의 효용성을 전혀 부정하고 있으며, 문학을 음악이나 미술 같은 형식예술과 혼동하고 있다고 볼 수밖에 없다. 문학과 음악은 근본적으로 다르다. 그 까닭은 문학의 표현방식인 언어의 속성 때문이다. 문학의 근원을 이루고 있는 언어는 한마디로 말해서 우리의 존재 그 자체이다.[10] 존재는 언어 속에서 그것의 기반을 찾을 수 있고, 우리의 존재는 언어의 힘을 빌리지 않는 한 근원적으로 '현실화'될 수 없다. 우리의 존재가 현실화되는 것을 기록하는 것이 역사인데, 그 역사의 성립이 가능하도록 만드는 것은 바로 언어인 것이다.

그러므로 언어는 지극히 필수적이며 본질적인 것이다. 왜냐하면 언어로 하여 우리의 존재는 의미를 갖게 되기 때문이다. 그러나 음악에서 사용하는 음(音)이나 미술의 색(色)과 선(線)은 다르다. 그것은 우리의 미의식에 작용하여 우리의 생존을 윤택하게 한다. 그러나 우리의 사회적 상호관계로서의 실존(實存) 그 자체에까지는 미치지 못한다. 더 파고든다면 그것은 비본질적(非本質的)인 것일 수밖에 없다. 인간은 색이나 선 때문이 아니라 언어로 인하여 궁극적으로 다른 존재와 구별되었다. 그래서 인간 존재는 바로 언어와 직결되며 언어는 바로 인간의 본질이 된다. 그 때문에 문학은 다른 예술과는 다르게 언어를 사용하는 예술로서의 독특한 특성을 지니게 되는 것이다.

그러나 여기서 아주 중대한 문제가 제기된다. 언어는 우리로 하여금 존재할 수 있게 하는 재보(財寶)의 구실을 하고 있지만, 또 다른 위험성을 내포하고 있다. 언어만큼 손쉽고 간단하게 구사되어, 상상하기조차 어려울 정도의 파급적 효과와 위력을 갖고 있는 것은 없다. 그것은 언어의 자의성(恣意性) 때문이다. 여기서 문학이 인간의 욕망충족을 위한 도구로서, 생리적 목적을 위하여 이용되는 근거가 발생한다. 하이데거는 이런 측면을 다음과 같이 지적한다.

---

10) 하이데거는 이것을 부연(敷衍)하여, "언어는 존재의 집이다"라고까지 하였다.

> 왜 언어는 가장 위태로운 재보(財寶)인가?
>
> 언어가 위험 중에서도 가장 위험한 것은 무엇보다도 그로 인하여 위험의 가능성이 조성되기 때문이다. 위험이란 존재가 존재자(存在者)에 의하여 위협받고 있는 것을 말한다. 그런데 인간은 대체로 언어의 기능에 의하여 비로소 그 정체가 드러나 보이게 되며, 그것은 존재자로서는 인간을 그 현존재(現存在)에서 위협하고 자극하며, 비존재자(非存在者)로서는 인간을 기만하여 환멸에 빠지게 한다. 언어가 비로소 거기서 '존재'가 위협을 받고 매혹당할 수 있는 분명한 터전을 마련하며, 또한 존재를 상실할 가능성, 즉 위험의 가능성도 언어에 의해서 마련되는 것이다. 왜냐하면 존재하는 것을 그대로 작품에 나타내어 그것을 보유하는 것이 언어의 사명이지만, 언어는 가장 순수하고 가장 깊숙이 숨어 있는 것과 동시에 혼란하고 저속한 것도 입밖에 나타낼 수 있기 때문이다.[11]

언어가 지니고 있는 두 개의 양면성을 여기서 살펴볼 수 있다. 즉 첫째는 존재 자체를 언어가 결정하고 있다는 본질적이고 실존적인 특성이고, 둘째, 즉 반대쪽에서는 그러한 언어적 존재로서의 인간을 끊임없이 위협하고 있는 비존재자(非存在者)로서의 언어적 특성이다. 이 두 양면성이야말로 시를 미술이나 음악과 분리시킬 수밖에 없도록 만드는 가장 중요한 요소가 된다.

'언어적 통일성'이 우리의 존재를 떠메고 있다. 이 언어적 통일성이 존재 자체로서의 언어와 가장 위태로운 재보로서의 언어의 두 양극단 사이에 새로운 관계를 맺어주는 계기(契機)가 되어준다. 이것이야말로 언어를 도구로 하는 예술인 문학만이 필요로 하고 있는 것이다. 이러

11) M. Heidegger, *Hölderlin und das wesen der Dichtung*, 신일철 역, 『시와 철학』, 서울: 신조문화사, 1965, p.210.

한 점에 있어 문학은 또 다른 언어의 특징인 '대화'로서의 성질을 갖게 된다. 즉 인간 존재는 언어 속에 그 기반을 갖고 있으며, 언어는 바로 대화에 있어서만 비로소 본래적(本來的)으로 나타나는 것이다.

문학은 바로 이 '대화'의 예술이다. 사회적 동물로서의 인간이 스스로의 고립으로부터 벗어나기 위해서 상보적(相補的)인 인간관계를 갖고자 하는 수단으로서의 '대화'는, 바로 문학의 본질 그 자체가 된다. 대화는 곧 '전달'을 의미한다. 그리고 전달은 반드시 의미의 동반을 필요로 한다. 문학이 다른 예술과 다를 수밖에 없는 것은, 이 '전달성'이 갖고 있는 '의미' 때문이다. 미술은 화가의 복잡한 심상(心象)을 자의적(恣意的)으로 표현하는 데 그쳐버릴 수 있는 것이지만, 문학은 반드시 독자에게 전달하는 역할을 필요로 하는 것이다.

따라서 문학은 스스로 자유분방하고 무목적적(無目的的)인 예술적 무질서(無秩序)로 향하는 정열을 제약할 필요가 있다. 다른 예술이 누리고 있는 본능적이고 즉감적인 표현의 자유를 넘어, 문학은 우리의 생활과 직결되는 생존경쟁에 필요한 합목적적(合目的的) 의미를 갖고서 인류 역사를 통해 구현되는 것이다. 그러므로 문학은, 일반적인 예술개념과는 동떨어지게 생각되어야 하는 숙명적 조건을 갖는다. 문학은 생존욕구가 우리를 지탱해 나가고 있는 것과 같은 이유로, 그것과 똑같은 목적을 갖고서 타자를 대상으로 하는 의미전달을 목표로 발생되었다는 사실이 여기서 자명해진다.

4) 문학적 표현의 한계와 함축

인간의 생리적 본능에 충실한 도구역할을 하기 위해서 존재하는 문학에는 또 다른 결함이 있다. 그것은 '말'과 '문자'가 상호 비슷해 보이는 관계에 있으면서도 그 관계가 매우 모호한 관계에 머물 수밖에 없기 때문에 생긴다. 문학은 형식성보다 내용성, 즉 의미성밖에 가질 수 없는 것인데, 그러한 의미성은 곧 언어로부터 오는 것이요, 또 언어는 사람이 갖고 있는 여러 가지 관념들에 기인한다. 이러한 내용과 형식의 문제는 사실상 오랜 세월을 걸쳐 문학가들을 괴롭혀온 난문제였다. 한국에서도 1920년대에 비롯된 내용과 형식 논쟁이 그 대표적인 예라고 할 수 있을 것이다.[12)]

그러나 내용과 형식의 문제를 다루려면, 관념의 문제와 결부하여, 형식의 차원을 기교·표현·디테일의 차원에만 머물게 하지 말고, 내용의 차원과 상호융합하는 일원적(一元的)인 것으로 나가야 할 것이다.[13)] 인간은 누군가가 언어라는 형식을 통하여 가르쳐준 관념(내용)을 자기 것으로 갖고 있는데, 그 관념을 전달해 준 말 자체에 대한 기억을 송두리째 잊고 있는 수가 있다. 이런 상황에서 내용은 형식에 우선하는 것 같은 착각을 일으키게 되는 것이다. 문학의 본질적 차원이 '정신적 관념'으로부터 출발한다는 데서 문학의 문제점이 발생한다. 정신적인 차원에서 순간적으로 결성된 언어 이전의 뭉뚱그려진 사고(思考)의 집합(集合)이 다시 언어로 화해지고 그것이 다시 문자화(文字化)될 때, 그 사이에서 반드시 변질의 과정이 첨가되기 때문이다.

언어가 불완전한 존재라는 사실에 문학가들은 항상 고민해 왔다. 언어는 인간의 진실된 사고를 밝히는 역할을 하지만 또한 그것을 숨기는 역할도 한다. 언어는 유동적(流動的) 현상을 일정한 제약을 가진 형식 속에 담아서 표현하기 때문에, 필연적으로 변질되어 실상(實相)을 놓쳐버릴 수 있기 때문이다. 사실상 이제까지 문학은 '예술'이라는 신성불가침의 금역(禁域)에 둘러싸여 있어서, 언어 자체의 무리한 공정성

---

12) 이 논쟁은 1926년 말에 김기진과 박영희의 논쟁으로 시작되었다. 소설은 한 개의 건축이라고 하여 팔봉(八峰)은 관념주의자 회월(懷月)을 비판하였고, 회월은 '문예의 전(全)목적은 작품을 선전 삐라화'하는 데 있다고 하여 이에 맞섰다.

13) 김윤식, 『한국 근대 문예비평사 연구』, 서울: 한얼문고, 1973, pp.58~73 참조.

(公正性)을 시인하면서, 그러한 언어를 다시 문자로 나타내려 할 때 생기는 변질성은 무시해 왔다. 언어를 논할 때면 그 언어는 반드시 곧장 동일한 '글'이 되는 것으로 착각하였다. 그리고 현대의 매스컴 문명이 만들어놓은 '활자(活字)에의 무조건적 신뢰심'이 문자의 진실성을 그대로 믿게 하였다. 또한 과도한 시인 숭배사상[14]은 글의 당위성(當爲性)을 교묘히 비호하였으므로, 그런 모순은 이제껏 가려져 올 수밖에 없었던 것이다.

다음과 같은 논리에서 그런 정황의 실례를 볼 수 있다.

> 시인은 언어 밖에서 존재하는 것이다. 시인은 마치 인간조건(人間條件)에 속해 있지 않은 듯이 언어를 거꾸로 본다. 그는 사람들에게로 향할 때 방책(防柵)같이 앞을 가로막는 '말'에 부딪친다는 듯이, 사물들을 우선 그 이름으로서 인지(認知)하지 않고 우선 사물 자체와 침묵의 접촉을 갖는다. 차라리 시(詩)는 언어를 전혀 사용하지 않는다고 보는 편이 옳을 것이다. 시인들은 언어를 이용하기를 거부하는 사람들이다. 그들은 외부세계를 '명명(命名)하려'고도 생각지 않으며, 사실상 아무것도 명명하지 않는다.[15]

이와 같이 시가 언어와 별개의 것이라고 보는 생각에는 다분히 글과 언어 간에 생기는 본질적인 갈등을 무시하고자 하는 저의(底意)가 숨어 있다. 그러나 문학가는 반드시 언어 자체에 대한 성찰을 필요로 한다. 특히 말이 글로 될 때 생기는 변질성을 무시해서는 안 된다. 글이 말보다도 더 실상(實相)을 놓치고 있다. 원래의 사고가 직접 글로 전달되지

14) 시인 숭배사상은 사실상, 문학의 원초적 출발이 산문보다는 시에 있었던 관계로 불가피한 것인지도 모른다. 그러나 지나치게 시와 산문을 구별하고 있는 사람들이, 시를 산문보다 고아(高雅)한 위치에 올려 놓는 것은 다분히 무리한 선입견이라고 볼 수 밖에 없다.
15) J. P. Sartre, 『문학이란 무엇인가』, 김붕구 역, 서울: 신태양사 출판국, 1959, p.22.

않고 언어의 구조적 연상작용(聯想作用)을 거쳐야만 글로 화할 수밖에 없는 그런 이중적 과정을 걷기 때문이다. 문학가(특히 시인)를 언어로부터 해방된 별개의 특수한 인간으로 보는 사고방식은 중대한 오류를 범한 것이라고밖에 볼 수가 없다. 표현의 매체(媒體)는 예술가가 언제나 분투노력해서 이겨야만 되는 장애물이며 난관이다. 그것은 예술가의 주관에 대하여 심술궂게 저항하는 객체(客體)다. 예술가는 객체로서의 매체를 자기의 주관에 복종시킴으로써 자기 자신을 표현할 수 있지만, 객체를 복종시키려면 그 성질을 잘 알아야 하고, 그 성질을 알려면 자기 자신이 객체에 완전히 굴복해서 모든 비밀을 알아낼 수밖에 없다. 선불리 언어 자체에 대한 부정이나 긍정의 선택을 해서는 안 된다.

비록 하찮은 정서나마 표현이 완벽해서 독자에게 생명력 있게 체험되는 경우가 있다. 그러나 작가는 어떤 정해진 방법에 따라 수월하게 그런 효과를 만들어낸 것이 아니라, 언어매체와의 무서운 투쟁을 치르고 난 뒤에 그것을 획득했을 것이다. 그러면서도 양심적인 문학가라면 자기의 표현에 대해서 항상 불만을 느끼는 것이다.[16]

그러므로 문학가는 말과 사고(思考)와의 괴리(乖離), 말과 문자와의 괴리를 의식하고, 그런 한계 안에 있는 문자적(文字的) 표현방법인 문학이, 애초에 타인에 대한 의사전달 즉 비예술적(非藝術的)이고 대사회적(對社會的)인 효용을 위해 시작된 것이라는 것을 선입관으로 감수해야 한다. 그리고 문학적 표현을 언어의 단순한 '기호적 표시'에서 '함축'의 상태로 발전시켜야 한다. 문학표현의 본질을 '함축성'으로 볼 때, 언어와 문자가 갖는 근본적 괴리성(乖離性)은 다소 극복된다. 함축이란 특정한 말의 고정된 뜻이 아니라, 그런 말로 인해 창조되는 일종의 분위기, 또는 감화력이라고 할 수 있다. 문학작품 속에는 문자가 표시하는 것 이외의 또 다른 어떤 의미가 포함된다.

16) 최재서, 「표현매체로서의 언어」, 『사상계』 1956년 7월호, pp.86~90 참조.

함축은 전달자가 제시하려고 하는 관념 또는 목적에 대해서, 언어나 문자 자체가 갖는 고유한 의미를 떠나서 존재한다. 하나로 표현된 문구(文句)는 전체적 문맥 속에서 좋은 함축, 또는 나쁜 함축으로 변한다. 함축은 문학표현에 언어적 분위기를 덧붙임으로써 문자로 표현되지 않은 직관적 연상을 가져온다. 함축성에 대한 새로운 통찰로 문학의 한계는 좀더 확대돼 나갈 수 있을 것이다.

5) 한계적 인식의 필요성

문학은 여타의 다른 인간행동과 동렬(同列)에서 논의되어야 한다. 이제껏 문학가들은 문학을 지나치게 특수한 것으로 취급해 왔다. 또한 문학은 앞으로 올 시대를 예지하는 예언자적 입장에 서있는 것이므로 시대정신을 예민하게 반영할 뿐만 아니라, 시대정신을 앞질러 가야 한다는 특권의식적 사고방식이 문학을 좁은 울타리 속에 가두어 놓았다. 그러나 문학의 원초적 의미가 인간 상호간의 자연스러운 대화를 위한 단순한 목적에서 출발했다는 데 있다는 사실과, 그런 목적은 문자의 출현과 더불어 차츰 이기적 욕망충족의 수단으로 변질되어 갔다는 사실을 재확인해 볼 필요가 있다. 이런 현상은 지금의 현실사회에서도 충분히 재현되고 있다.

이렇게 문학의 동기를 사회적 본능의 면에서 재인식할 때, 문학의 권위감에 짓눌려 있는 문학가의 자아의식은 새롭게 환기될 수 있을 것이다. 아울러 언어와 문자의 갈등에 대한 뚜렷한 태도와 문학의 한계성에 대한 인식은, 문학가가 환상적이고 낙관적인 태도의 미망(迷妄)에서 빠져나올 수 있는 계기를 만들어준다. 그러면 지금까지 논의한 문학의 근원적 문제에 대한 기본개념을 갖고서, 문학이 사회적 효용성을 발휘하기 위한 발판으로 갖고 있는 문학적 관념의 문제와, 거기서 파생되는 상징의 문제를 짚고 넘어가기로 한다.

3. 문학에 있어서의 관념과 상징

1) 관념과 문학의 관계

문학이 궁극적으로 독자들에게 주는 효용(效用)이 '감동'에 있는 것이라면, 감동의 근저(根底)를 이루고 있는 것은 역시 '관념'이라고 할 수밖에 없다. 개별적인 표현이 주는 감동 역시 하나의 관념으로 합쳐진다. 문학은 그 성질에 있어 사회와 인간을 취급하기 때문에 관념과 불가분의 관계를 갖고 있다. 그렇기 때문에 문학의 사회적 효용성을 논하기 위해서는, 반드시 필수적으로 관념형태에 대한 고찰이 필요하다. 문학은 공식화된 가치나 사회적 결의(決意)를 취급하여, 그것을 함축적이고 명시적(明示的)인 체계로 정리하기 때문에 더욱 그렇다. 인간은 감정을 가진 유기체로서, 관념에서 나오는 원칙에 따라 행동한다.[17] 이런 원칙이 있기 전에 먼저 행동이 선행되었다 하더라도, 그것을 관념으로 공식화(公式化)하고 예시하여 또 다른 제2의 관념으로 나아가게 만드는 것이 인간이다.

인간의 자아의식은 행동의 원칙을 일반적 행동에서 추상화한 어떤 관념의 형태로 이끌어낸다. 그리고 그것은 문학이 소재로 삼고 있는 여러 가지 사유활동(思惟活動)을 대표한다. 문학작품의 형식과 내용을 구별하여 고찰한다 하더라도, 우선 가능한 한도 내에서 본질적으로 문학의 원질(原質)을 파헤쳐 보면, 그것의 근간을 이루고 있는 것은 하나의 관념이라고 말할 수밖에 없다. 물론 거개의 창작가들은 "사실상 문

---

17) 예를 들면, "쾌락이 고통보다 낫다"는 식이다. 우리의 모든 행동은 후천적으로 환경이 형성해 놓은 관념에 따라 좌우된다고 볼 수 있다.

학창작의 최초의 노력은 무질서와의 관계, 즉 조직적 추리를 동반하지 않는 우연성으로서의 관계를 내포하는 듯싶다"[18]고 고백하고 있다. 그러나 막연한 흥분이나 전언어적(前言語的) 예감에서 문학의 창작충동이 일어난다 할지라도, 이때 작가의 의식에 나타나는 일체의 것들은 어떤 결정을 지향하지 않고 어떤 특수한 성질도 띠지 않은 듯이 자유분방해 보인다. 이런 사실은 작가의 의식 내부의 잠재 세계에 있어, 연륜(年輪)에 의해 축적된 경험의 집합에 의해서 생겨난 어떤 '관념'이 표현의 근본적 동인(動因)을 이루고 있음을 암시하는것이다.

말하자면 관념의 형태는 귀납적으로 우리의 의식세계에 축적되지만, 그것의 표출(表出)은 이론을 동반하지 않은 연역적 방법에 의거한다고 볼 수 있다. 문학이 어떤 작품에서나 공통점으로서 갖고 있는 '주제'에 대해 관심을 돌려보면 그것은 더욱 자명해진다.[19] 주제의 중요성을 인정한다는 것은 곧 관념의 정당성을 인정하는 것이다. 주제는 체계적이고 논리적인 저작에 의해서만 이끌어낼 수 있는 개념이 아니다. 그것은 관념 일반에 의해 문학에서 공통으로 연출되는 역할이다. 어떤 형태의 문학에 있어서도 문학작품이 갖는 미학적 효과는 작품의 형식상의 기법문제(技法問題)를 떠나서 존재한다. 문학작품의 진정한 미학은 관념의 형태를 갖고서 독자들에게 은근히 부딪쳐 오는 지성의 힘, 정신이 작용하는 재료의 양감(量感), 그리고 그런 재료를 사용하는 정신의 성공적 구사력 등에 달려있다. 백낙청은 한국의 신문학 전체의

---

18) Brewster Ghiselin, *The Creative Process*, 이상섭 역, 『예술창조의 과정』, 서울: 연세대 출판부, 1964, pp.9~15 참조.

19) 여기서 쓰여진 '주제'란 곧 관념을, 그리고 관념은 경험과 현실을 의미한다. 관념은 결코 유미적(唯美的) 공론(空論)으로서의 관념을 의미하는 것이 아니다. 한국문학에서 관념을 선입관으로 감수하여 작품을 성공으로 이끈 사람은 한용운이다. 그는 문학의 형식적 유혹에 맞서서 경험적 관념이 가져다주는 시의 주제성(主題性)을 솔직히 인정하고 실천하였다. 『님의 침묵』은 그런 뜻에서 볼 때 한국문학사의 값진 유산이라고 볼 수 있다.

주제를 '시민의식'으로 보고, 그것의 동의어를 '사랑'에서 찾은 바 있다.[20]

문학이 주제를 부정하지 않는 한 관념은 끈질기게 작품의 동력원(動力源)을 이루면서 존속해 나갈 것이다. 더군다나 관념의 종류가 충분히 웅대하고 포괄적인 것이라면, 문학작품이 갖는 표현의 면(面)은 이차적(二次的)인 것으로 돌려질 수 있다. 그렇다면 작가의 관념을 이루는 모태가 되어주는 것은 무엇인가? 그것은 두말할 것도 없이 그 작가가 갖고 있는 '경험'이다. 예술과 철학이 갖고 있는 대립과 기능의 차이를 혼합시켜, 그 혼합을 승화시키는 역할을 해주는 것이 바로 경험이기 때문이다.

예술에서 말하는 인스피레이션이라는 것도, 언뜻 보기에는 전혀 자연발생적이고 무질서한 것 같아 보이지만, 실상 여러 가지 경험의 갑작스런 노출에 불과하다고 볼 수가 있다.[21] 완전히 자연발생적인 문학적 충동은 존재하지 않는다. 설사 그런 것이 있다 하더라도 복잡하게 혼합된 의식의 집합체에 불과하기 때문에 우리가 그것을 영감(靈感)이라고 부르고 있을 뿐이다. 영감은 작가의 경험이 문학적 수업에 부가되어 나타나는 필연적 산물이다.[22] 경험은 작품 속에 관념의 형태로 주입되어 창작활동의 중요한 모티프를 형성한다.

---

20) 백낙청, 「시민문학론」, 『창작과 비평』 1969년 가을호 참조. 그는 그것을 다음과 같이 언급한다. "…… 따라서 우리는 우리가 추구하는 시민의식이 때로는 '사랑'이라는 시인의 말로서 나타나는 것에 주목하게 된다. 우리나라의 현대문학에서만 해도 한용운의 『님의 침묵』은 온통 사랑의 노래이며, 김수영의 작품에서 사랑은 '자유'와 '참여'의 동의어로 쓰이고 있다." (윗 책, p.467)

21) 졸고, 「문학적 가치기준의 기저」, 『문우』 제9집, 연세대학교 문과대학, 1972 참조.

22) 문학이 갖고 있는 '경험'의 의의(意義)를 가장 소설에 잘 활용한 작가는 최서해였다. 「고국(故國)」, 「탈출기」 등 그의 소설은 모두 경험의 소산이었다. 또한 사소설(私小說)만 쓴 이봉구도 같은 범주에 넣을 수 있을 것이다.

2) 관념과 상징

그런데 중요한 것은, 이런 문학상의 관념은 일반적 의미로서의 관념이 아니라, 반드시 상징의 형태를 통해서만 문학적으로 이용될 수 있다는 사실이다. 여러 가지 관념들이 단순한 자료, 단순한 지식으로 문학작품 속에 잔존하고 있는 한, 관념은 명백하게 문학적인 관념이 되지 못한다. 따라서 그런 관념이 사회적 효용에까지는 더욱 미치지 못하게 되는 것이다. 관념이 문학작품의 구성 속에 융합되려면, 다시 말해서 여러 관념들이 문학작품의 중요한 구성요소로서 독자에게 전달되기 위해서는, 관념은 일반적 의미의 '개념'이 아니라 '상징'의 형태로 변화되어야 한다.

엄밀히 따져서 말한다면, 관념이란 것도 상징의 일부분이라고 말할 수밖에 없을 것이다. 관념은 상징의 산물인 언어형식(言語形式)을 거쳐서 생겨나지 않을 수 없기 때문이다. 실제적으로 인간은 상징의 기능을 소유함으로써 다른 동물들과 구별되어 발전하였다.[23] 상징은 인간을 사고(思考)로 나가게 하는 본질적 활동이었으며, 인간 정신의 원천적 에너지였다. 인간을 동물과 가장 다르게 만든 것은 언어인 바, 이 언어야말로 집합적(集合的) 상징의 산물이었던 것이다. 언어는 우리가 현실세계를 이해하는 데 있어 없어서는 안 될 도구이자 활동인데, 그런 언어 전부를 상징이 지배하고 있다. 그러므로 문학과 관념의 관계는 곧 상징과 문학의 관계로 대치될 수 있다.

또한 문학의 궁극적인 대사회적(對社會的) 효용으로서의 직능(職能)도 상징의 매개역할 없이는 불가능하다. 문학가는 언어를 부리어 사용

---

23) 이러한 견해는 인간이 '상징적 동물'이라는 데 기초하고 있다. 인간의 본성이 상징에 있다는 것은 철학자 카시러가 주장한 것이다. 필자는 그의 의견에 동조한다.
E. Cassirer, *The Philosophy of Symbolic Forms*, Vol. Ⅰ, tr. by R. Manheim, Yale Univ. Press, 1968 참조.

하는 사람이기 때문에, 언제나 사물에 접할 때 사물 자체를 직접적으로 이해하지 못하고 그것의 '이름'을 통해서 이해하려고 한다. 그들의 의식 내부에서부터 상징의 연역화 작용(演繹化作用)이 다각화(多角化)되어 나타난 결과이다.[24] 니체가 말한 것처럼, 언어란 꿈틀거리는 메타포(은유)들의 무리이기 때문에, 그런 무한정한 메타포들에 둘러싸여 생활해 갈 수밖에 없는 우리는 은유가 연역된 세계 속에서 빠져나갈 수가 없다.

인간이란 아직 이름지어지지 않은 것, 또는 감히 그 이름을 말하지 못하는 것에 이름을 붙이는 동물이다. '사랑'이나 '증오'라는 말은, 그 말과 더불어 아직 감정을 결정하지 않았던 사람들 사이에 사랑과 증오의 기분이 솟아나오게 한다. 그만큼이나 언어상징(言語象徵)은 인간의 내부경험(內部經驗)에 대한 판단과 태도 결정에 지대한 영향을 주고 있다. 물론 사랑이나 증오라는 말이 없더라도 그런 '정조(情調)'는 막연한 상태로 있을 수가 있다. 그러나 어떤 실정(實情)이 언어로 선언될 때 인간은 비로소 분명한 의식을 하게 되고 결단 앞에 서게 되는 것이다. 언어적인 선언은 곧 상징의 연역화 작용 때문에 나타나는 것이고 그것이 곧 문학에 있어서의 관념이 된다.[25] 상징은 우리의 사고 형식에 있어 필수적인 의미를 갖고 접근해 오는, '인간의 이성이 밖으로 표상(表象)

24) 상징의 연역화 작용이란 한마디로 말하여, 상징의 대상물(對象物)이 먼저 있어서 거기서 상징이 생겨나는 것이 아니라, 상징물이 자의적(恣意的) 형태로 존재하여 거기서 대상이 생겨나고 상징의 지배를 받게되는 현상을 말한다. 우리는 흔히 상징을 상징화되기 이전의 대상과 동일시하게 되는 수가 많은데, 이것은 상징의 연역화 작용을 우리가 의식하고 있지 못하기 때문이다.

25) 특히 이런 언어적 연역화 작용의 예를 주술적(呪術的) 샤머니즘의 형태에서 찾아볼 수 있다. 성황당이나 집안에 모셔놓은 각종 신위(神位)는 모두 이름이 있으며, 이런 이름들은 인간의 마음속에 신비스런 신앙심을 불러일으켜 곧 신(神)의 인격적 실체로 화(化)하게 된다. 그런 현상의 대표적 실례가 포송령(蒲松齡)의 『요재지이(聊齋志異)』에 나오는 「금고부(金姑夫)」의 설화다. 졸고, 「상징의 연역」, 『원우론집』 제1집, 연세대 대학원, 1973, p.8 참조.

한 것'이다.

인식의 형식으로서의 '존재'는 상징을 전제하고서만 성립된다. 인식을 뛰어넘어 아득히 보이는 세계, 그것은 직관의 세계다. 인식은 경험을 기초로 하고 경험은 논리에 우선한다. 그러나 지금까지 우리의 인식 방법은 두 가지 이상의 것이었다. 직관적 인식과 논리적 인식, 이 둘은 다같이 존재하는 것이면서도, 직관은 논리의 배정 아래서만 인식의 문제로 인정될 수 있었던 것이다. 직관 그 자체를 논리적으로 설명해 보려는 서구철학적 노력에 당면하여 문학가는 예술적 입장에서 당혹감을 느끼지 않을 수 없다. 예술 그 자체를 논리적 사고의 귀결이라고 볼 수는 없기 때문이다.

그러나 사고해야만 존재할 수 있는 이성적 존재인 우리는 실존의 근저(根底)에 이미 '논리적 방법 우선(優先)'이라는 필연적 성질을 내장하고 있다. 관념이 갖고 있는 논리적 분석의 가능성은, 문학적 상징을 대사회적(對社會的) 가치를 외면하는 유미적(唯美的) 신화의 울타리 속에 가두어버리는 역할을 하여왔다. 그러나 현상계(現象界)는 인간의 한정된 의식으로는 부분적으로만 지각되는 편향성(偏向性)을 갖고 있기 때문에, 인간이 지금까지 만능으로 여겨왔던 논리적 사고방식의 필연성은 차츰 깨질 수밖에 없게 되었다. 그래서 과학적 분석을 위한 판단적 의식 구조 면으로도 인간은 상징적 사고의 도움을 요청하지 않을 수 없게 됐던 것이다.

그런 측면에서 살펴보면 문학작품 속에서 관념과 상징 양자가 갖고 있는 불가분의 관련성은 쉽게 파악된다. 상징은 관념의 형태를 확대시켜 관념이 인간의 과학적 추리능력을 뛰어넘어 전진할 수 있게 하는 계기를 만들어주고, 문학작품의 표현을 통해 더욱 더 인간의 우주적(宇宙的) 심성(心性)을 확대시키는 역할을 하고 있는 것이다.

3) 상징의 암시성

상징은 문학의 효용에 있어 중요한 기능을 가지지만, 그런 효용은 비단 문학 하나에만 그치는 것이 아니다. 물론 상징은 문학을 통해 가장 강력하게 표출(表出)되겠지만, 문학작품에 내재돼 있는 상징을 논한다는 것은 종교적 차원이나 철학적 차원에서 상징을 논하는 것과 똑같은 중요성을 가진다. 상징의 가장 중요한 특성은 암시성에 있기 때문이다. 상징의 암시성이 갖고 있는 효용성에 주목하여 일어난 것이 바로 19세기 말 프랑스에서 일어났던 상징주의 운동이었다. 상징주의의 개척자인 말라르메(Mallarme)는 상징이 갖고 있는 암시성을 다음과 같이 설명했다.

> 사물을 지적하여 일일이 명료하게 표현해 버리는 것은 시흥(詩興)의 4분의 3을 감소시키는 것에 지나지 않으며, 조금씩 점차로 추량(推量)해 가는 상태에서 시의 감흥은 더욱 고조되게 되는 것이다. 원래 암시는 환상적 성격을 띤 것이어서, 상징은 이런 불가사의한 작용이 가장 완전하고 효과적으로 사용된 것이라고 볼 수 있다.[26)]

위에서 보는 바와 같이 암시적 상징의 '환상적 성격'은 종교적 · 철학적 성격을 포함한다. 개념의 전달을 문학이 사회적 효용성을 지니기 위한 제1보(第一步)로 볼 때, 개념전달에 중요한 관건 역할을 하는 상징의 패턴을 다른 곳에서도 찾아볼 수 있다. 예를 하나 들어보자. 동양철학의 주축을 이루고 있는 '이(理)'와 '기(氣)'의 사상은 표현방법상으

26) 어문각 편, 『문예사조사』, 「상징주의」(김현승), p.127에서 재인용. 우리나라에서 이러한 경향은 특히 『폐허』와 『백조』 동인들에 의해 모방, 실천되었다. 특히 황석우의 「벽모(碧毛)의 묘(猫)」와 같은 시는 상징의 암시성을 가장 두드러지게 드러내 보여주고 있다.

로 볼 때 대단히 함축적이고 비분석적인 면을 갖고 있다. 또 서양사상의 시원(始源)을 이루는 기독교의 경전인 『신약성서』를 살펴봐도, 기독교의 교리가 위대한 상징의 세계에 속한다는 것을 깨달아 알 수 있을 것이다.[27]

기독교의 역사는, 예수가 당초에 보여줬던 상징의 불가해성(不可解性) 속에 떠돌고 있던 진리들을 손쉽게 이해시키기 위해, 상징적 진리를 사도(使徒)들의 조잡한 현실 속으로 이전시켜 나간 역사였다. 이 말은 곧 예수의 제자들이, 예수의 현실적이고 대사회적(對社會的)인, 그리고 실용적 목적에 바탕을 두고 있는 모든 비유와 설교들을 지상(地上)의 것으로부터 공허한 천상(天上)의 것으로 이전시켜, 실제적 효용성을 떠나 '신자'들만의 환상적 천국을 만들었다는 것을 의미한다. 비단 예수의 비유뿐만 아니라 '아버지' 와 '아들' 이라는 기독교의 평범한 말까지도, 그것을 지배하고 있는 것은 상징인 것이다.

프리드리히 니체가 제시한 놀라운 해석에 의하면, "하나의 표지(標識)로서의 '아들'이라는 말은 모든 사물들의 총제적 변용(變容)의 감정이 도달할 수 있는 축복받는 상태로의 첫 출발을 의미하는 것이며, '아버지'라는 말은 그러한 감정, 즉 '영원성'과 '완성'이라는 두 가지의 감정을 나타내는 것"[28]이라고 한다. 이러한 점에 비추어 볼 때, 종교적 · 철학적 문제들을 그 자체의 입장에서 격리시켜 문학이 갖는 총체적이고 직관적인 사회적 효용의 면에서 다루어 봐야 할 필요가 생기는 것이다.

상징은 인식하는 자아와 인식받는 외부 사이를 연결시킨다는 뜻에서

27) 『신약성서』에서 상징적 표현의 압권을 보여주고 있는 것은 역시 예수의 '비유'들이다. 달란트의 비유, 탕자의 비유, 선한 사마리아인의 비유 같은 것은 문학적 상징의 세계를 종교적 차원으로 승화시키고 있다.

28) Walter Nigg, 『예언자적 사상가 프리드리히 니이체』, 정경석 역, 왜관: 분도출판사, 1973, p.166.

우리에게 중요한 의미를 지닌다.[29] 이러한 외부와의 연결은 나와 너의 관계, 즉 사회적 동물로서의 인간의 특성을 암시해 주고 있어, 이미 언급한 문학의 본질적 기원에 연결된다. 상징은 이제껏 과학 발달의 기반을 이루어 왔다. 근세기까지만 해도 과학은 시간을 잊어버린 채 공간만으로 된 일면적 오류를 범하였다. 아인슈타인의 상대성원리의 개척과 더불어 '시간'에 대한 인식이 새로워지기 시작한 것은, 인간을 점차 본질인 창조적 원점(原點)으로 진일보(進一步)하게 만드는 원동력이 되어 줬던 것이다.[30] 역사에 나타난 모든 종교적 경험들은 상징을 통해서만 대언(代言)되고 제시되었다.

문학에 있어서의 상징은 직관과 깊은 관련성을 가지고 있다. 어떤 순간적인 직관은 일종의 예정적(豫定的)이요, 계시적인 것이다. 그것은 이유나 설명을 필요로 하지 않고 우리의 의식세계에 파고들어 우리를 지배한다. 그것은 일종의 선천관념(先天觀念)이다. 상징은 수많은 사물을 이름을 통해 여러 범주(範疇)로 분화시키는 데서 발생한다.[31] 인간은 그런 문학적 상징체들 속에서 본질적 사고를 위한 계시적 충격의 계기(契機)를 받아들인다. 인간의 사고구조는 상징을 통해 다음과 같은 궤도를 돌고 있다고 우선 가정할 수 있다.

---

29) 신일희, 「Topology of Symbol」, 『인문과학』 26, 27 합집(合輯), 연세대 인문과학연구소, 1972, pp.71~76 참조.

30) 이 점에 관해서는 약간의 설명이 필요하다. 아인슈타인의 특수상대성 이론의 골자는 공간에 있어서의 '길이'의 개념이나 '시간'의 절대성 개념을 부정하는 것이다. 길이, 시간, 질량의 값은 측정자에 따라서 달라지는 것이라고 보는 것이 아인슈타인의 견해다. 즉, 속도가 빨라지면 물체는 단축되고, 증대하고, 무거워진다고 한다. 정지하고 있는 측정자가 운동하고 있는 물체의 길이, 질량 및 물체 내의 시간 경과의 속도를 측정하면 길이는 물체의 운동방향으로 단축되고, 질량은 증대하고, 물체 내의 시간경과는 늦어져 보인다는 것이다. 링컨 버넬, 『우주와 아인슈타인 박사』, 이철주 역, 서울: 정음사, 1963 참조.

31) 범주에 관해 자세한 언급을 한 최초의 사람은 임마뉴엘 칸트이다. 『순수이성비판』은 이성의 범주화 기능을 논한 것이다. 정석해, 「도식(圖式)과 형상(形象)」, 『인문과학』 14, 15 합집, 연세대 인문과학연구소, 1965 참조.

즉 상징은 가장 밑바닥에서 출발하여 언어로 화(化)하게 되고, 언어는 또한 문학 내지 문자적 표현으로 바뀌게 되며, 언어표현으로서의 문자, 즉 '글'은 인간의 사고활동에 간접경험의 요소로서 주입(注入)된다는 가정이다.[32)]

위에서 주의할 것은, 사고는 상징을 경유하여 언어로 치환되고 언어는 글로 변질되는데, 글은 사고로 변질되거나 대입(代入)되는 과정을 거치는 것이 아니라, 곧바로 사고에 주입되어 버린다는 사실이다. 그러므로 우리는 상징과 언어를 통해 혼합돼 만들어진 문학적 표현이 다시 사고로 주입되느니 만큼, 모든 정신적 창조행위가 변질된 문자의 영향하에 있다는 것을 시인하지 않을 수 없게 된다. 상징이 표면구조의 가장 중심부에 자리잡고 있다는 사실도 중요한 문제다. 결국 인간의 인식과 표현은 끝없는 변질의 경로를 통과하고 있는 셈이다.

문학이 갖고 있는 내면적 관념의 문제는, 이런 궤도 안을 돌고 있는 순환적 전이과정(轉移過程) 속에서 밑바탕을 이루고 있는 '과정적 경유(過程的 經由)'로 이해되어야 한다. 무한한 변천과정 속에서 인간은 어떤 고형(固形)된 상징체(象徵體)를 붙잡아 파악하게 되는 것이니, 그 상징체가 유전(流轉)하는 본체(本體)의 일부이며, 무휴(無休)의 운동을 계속하고 있는 과정 속에서의 일우(一隅)에 불과하다는 것을 알아야만, 비로소 문학적 상징에 대한 올바른 인식이 이루어질 수 있다. 이런 순환궤도 전부를 지배하고 있는 것이 바로 예술적 직관의 불가사의한 섭리다.

상징을 우주와 본체(本體)의 불가해(不可解)한 존재를 향한 '근원적

32) 이 궤도는 순환궤도이지만, 상징이 가장 밑바닥에 자리잡고 있으므로 순환의 기점은 역시 '상징'으로부터 시작된다고 봐야 한다. 또 언어가 글을 통하여 사고에 주입되는 과정도 극히 찰나적인 것이어서, 그것을 완만한 시간관념의 궤도로 이해해서는 안 된다. 이 궤도의 기본조건은 역시 동양의 '역(易) 사상'이 보여주고 있는 '무한한 변천의 가능성'에 있다.

암시'로 봐야만,[33] 문학적 관념이 상징이라는 사실의 이해가 가능해진다. 상징의 이해는 또 문학이 갖고 있는 사회적 관심과의 합일을 유도해 준다.

4) 언어표현에 있어서의 상징의 역할

상징이 문학에서 중요한 비중을 차지한다고 해서, 그것이 절대적이고 독창적인 가치기준을 갖고 있다고 생각해서는 안 된다. 상징은 건전한 인식 과정을 오히려 왜곡으로 치달리게 만드는 위험성도 다분히 내포하고 있기 때문이다. 문학적 상징의 오류성을 불가피하게 조성해 주고 있는 가장 기본적인 요인은 바로 언어이다. 즉, 상징은 곧바로 문학적 표현의 단계에 이르지 못하고 언어적 인식의 과정을 반드시 거쳐야 하는 것이다.

이런 현상은 언어의 성질이 대단히 모호한 이중성을 띠고 있기 때문에 더욱 심해진다. 언어는 그것이 직접적으로 지향하는 사실과 단순하게 접선(接線)하고 있지 않다. 언어와 대상 사이에는 정신적 작업을 거치는 아주 복합적인 경유(經由)의 단계가 있다. 이 복합적인 단계는 곧 '중간세계(中間世界)'이다. 중간세계는 언어의 자의성(恣意性)에 그 기반을 둔다. 이규호는 이 중간세계를 다음과 같이 설명한다.

> 말의 의미는 객관적인 사실 자체를 뜻한다기보다는 그 사실이 말

---

33) '근원적 암시'에 대하여, 다음과 같은 설명은 그것을 부연해서 해설하고 있다. "상징이란, 감정을 포함해서 문학가의 내면에 숨겨져 있는 사상이건 인간이 구하는 초자연적인 완벽한 세계를 형성하는 플라톤적 의미의 이데아건, 요(要)는 현실을 뛰어넘어 그 배후에 있는 이데아의 세계에 헤쳐 들어가려는 시도이다." 여기서 말하는 이데아란 곧 문학적 관념을 의미한다. Charles Chadwick, *Symbolism*, 김화영 역, 『상징주의』, 서울: 왕문사, 1974, p.11.

> 하는 사람의 마음속에 비추어진 표상을 뜻한다. 그런데 이 표상이 언어라고 하는 초개인적(超個人的)인 틀에 담겨서 초주관적(超主觀的)인 형태를 이룩하는데, 이것이 객관적 사실 그대로도 아니고 주관적 표상 그대로도 아닌 중간세계(中間世界)를 형성한다.[34]

언어의 의미는 객관적 사실과 정신적 작업이 긴밀히 손잡는 장(場)에서 이루어진다는 설명이다. 이런 정신적 작업을 다시 부연해서 설명한다면 그것은 곧 문자가 갖고 있는 '자의성(恣意性)'에 대한 설명이 될 것이다. 자의성은 곧 글의 '우연성'이다. 일기를 매일 쓰던 사람이나 무슨 생각이고 메모지에 적어 버릇하던 사람은 머릿속에서 글의 소재나 내용이 곧바로 떠오르지 않는다. 반드시 원고지 앞에 펜을 쥐고 앉아 직접 글을 써나가야만 좋은 구상이 떠올라오고, 그 구상이 곧 글로 화해지게 되는 것이다. 심지어 글에 자신이 붙어 있는 사람들은, 무작정 좋은 글을 써야겠다는 의도만 갖고서 글을 쓰려고 하는 수도 있다.

대다수의 사람이, 또 글에 숙달된 사람일수록, 애초에 가졌던 어렴풋한 생각이 비로소 글자로 종이 위에 그 윤곽을 뚜렷이 드러낸 다음에 가서 그 생각에 대한 확실한 인식과 확신을 갖게 되는 과정을 밟고 있다. 이때에 글 쓰는 이의 의지적 주관과는 별도로 새로운 내용과 의미가 글에 첨가되는 것이다. 이것이 바로 글이 갖고 있는 자의성이다. 우리는 우리의 사고(思考)에 덧붙여진 언어적 발상법의 도움을 얻어 글을 써나가고 있는 것이라고 믿고 있으나, 사실은 무의식적으로[35] 글 자체의 우연적 운동이 첨가되고 있다.

이런 우연적 운동은 좋은 의미에서는 글을 윤택하게 하고 유연하게 하기도 한다. 문학을 지망하는 사람에게 흔히 습작이 많이 권장되는 것은, 문장 쓰기에 있어 그러한 우연성을 십분 활용하여, 문장력을 확

34) 이규호, 『말의 힘』, 서울: 제일출판사, 1968, p.138.

보하자는 의도에서일 것이다. '문장력'이란 글을 씀에 있어 좋은 의미의 우연성을 확보하고 있다는 의미로 해석될 수 있다. 그러나 우연적 자의성(恣意性)의 기능을 맹신(盲信)해서는 안 된다. 특히 초현실주의 시론은 우연성을 자유연상(自由聯想) 내지 방심상태(放心狀態)의 뜻으로 받아들여, 그것을 극도로 미화시켜 정당화시키고 있다. 다음과 같은 이론과 시에서, 우리는 문장의 우연성이 그러한 방편이 되어주지 못한다는 실례를 찾아볼 수 있을 것이다.

> 현대시엔 아무런 현실적이고 일상적인 의미면(意味面)의 연관성이 전혀 없는, 동떨어진 사물끼리가 서슴없이 한자리에 모여 있다. 이와 같이 사물의 존재의 현실적이고 합리적인 관계를 박탈해 버리고, 새로운 창조의 관계를 맺어주는 것을 'depaysement'이라 한다. …… 이러한 'Surrealism'의 시에서 우리는 의미도 음악도 아닌 순수한 이미지를 읽으면 그만이다. 사람에게 순수함을 느끼게 하는 것은 곧 '카타르시스'다. 시인에게 있어서 '이미지'는 절대의 본질에 통하는 유일한 통로요 탈출구다.[36)]

> 잎은 젖꼭지를 위해 영역(領域)하고
> 젖은 아기를 위해 지는데
> 불(火)로 목욕하는 남녀들
> 정확한 목적의
> 충분한 상실[37)]

---

35) '무의식적' 이라는 말은 무척이나 모호한 말이다. 그러나 일단은 우리가 불가사의하게 느끼면서 생활하고 있는 우주적 질서, 또는 초월적 의지로 계시되는 직관력이라는 뜻으로 받아들이면 좋을 것이다.

36) 조향, 「시의 발생학」, 『국어국문학』 16호, 국어국문학회.

언어와 문자 간의 관계를 논의하는 데 있어, 위의 시에서 보여주는 것 같은 무분별한 자의성을 떼어놓고 생각한다는 것은 무척이나 위험한 일이다. 1장에서 언급한 바와 같은 방식으로 문학의 원초적 성질을 이해한다면, 그런 위험성은 납득될 수 있는 문제라고 생각한다.

5) 발전적 부정(否定)의 필요성

이런 여러 가지 상황을 고려해 볼 때, 문학은 우선 관념이나 상징을 위주로 하는 언어의 장벽에 둘러싸여 있기 때문에 퍽이나 유동적이고 가변적인 진리만 가지고 있을 뿐이라는 결론에 도달하게 된다. 그러므로 문학가는 문학작품에 나타난 언어적 관념이나 표현의 절대성을 약간은 부정해야 할 필요가 있다. 문자적 표현의 정확성을 의심해 보는 일은 제일 먼저 선행되어야 할 작업이다. 이것은 문학의 기존질서를 파괴하자는 것이 아니라, 문학의 절대성에 맹종하는 문학적 우상주의(偶象主義)로부터 탈피하여, 문학의 사회적 효용을 숙고해 보자는 뜻에서다.

문학가들은 근시안적인 문학숭배자의 입장을 떠나야 한다. 그리고 문학의 표현범주(表現範疇)를 뛰어넘어, 그리고 여러 가지 현상적(現象的) 지성의 도구 등을 초월하여, 더 멀리 전진해 나가야 한다. 그런 노력은 문학을 진정한 근원적 진리에 도달하게 할 수 있다. 만약 일정한 현실을 고정적 언어로 용이하게 표현할 수 있다고 단정하지만 않는다면, 문학은 현실을 투명하게 꿰뚫어 파악하고 실상(實相)을 좀더 근사(近似)하게 표현할 수 있을 것이다.

문학적 표현이 용이하다는 그릇된 판단과 문학의 위력을 맹목적으로 믿는 안일한 생각은, 문학가로 하여금 어떤 사실을 설명하는 데 아주

37) 김구용, 「4곡(四曲)」의 일부분 『한국문학』 1호, 현암사, 1965.

피상적인 재래의 표현방법을 사용케 하여, 사물의 본질로부터 독자들을 점점 멀어져 가게끔 하는 오류를 범하게 된다. 이것이야말로 표현생명(表現生命)의 최대의 적(敵)이다. 일정한 형태의 안이한 표현 구사에 머문다면, 문학은 대사회적(對社會的) 가치를 외면하는 자위행위적 자가당착에 빠질 수밖에 없다.

4. 문학의 사회적 효용성

1) 문학적 진실과 사회적 진실

제2절과 제3절에서 언급한 문학의 주변요소에 관한 고찰을 바탕으로 하여, 이제 결론으로 파생되는 문학의 사회적 효용성의 문제를 고찰해 보고자 한다. 문학과 사회 상호간에 갖는 관계성에 관한 논의는 지금까지 많이 이루어졌다. 그것은 곧 "문학가는 왜 작품을 쓰는가?", "누구를 위하여 작품을 쓰는가?" 하는 문제이다.

문학과 사회 상호간에 갖는 불가분의 관련성을 이해하기 위해서는 먼저 문학적 진실과 사회적 진실의 차이를 생각해 볼 필요가 있다. 우리의 어린 시절을 풍족한 꿈으로 키워준 동화들이 그 차이를 생각케 하는 좋은 예가 될 수 있을 것이다. 동화 속에는 대개 공주와 왕자들만 등장한다. 그러고 결말은 모두가 해피엔딩이다. 물론 현대동화에는 서민적이고 현실적인 주인공들이 많이 등장하지만, 거개의 전통적 명작동화나 전래동화에는 반드시 왕자가 나오고 공주가 나온다.

독자나 문학가에게 첫 번째로 부딪쳐 오는 문학사상적(文學思想的) 회의(懷疑)는 이런 동화적 내용에 대한 회의로부터 출발한다. 사람들은 어렸을 때 동화책을 통해서 가꾸었던 온갖 꿈과 이상들이 현실에 부닥치면서 차츰 와해되어 가는 것을 느끼면서, 차츰 환멸감을 경험한다. 또한 동화 속에서는 그리도 흔하게 등장했던 왕자님들과 공주님들이 이 세상에는 그리 많지 못하다는 것도 문제가 된다.[38] 그리고 동화 속에서 소수의 왕자와 공주들을 위하여 단지 선량한 엑스트라로서 등장했던 시녀들이나 하인들을 비롯한 다수의 민중들이, 현실적으로는 왕자들만큼의 꿈과 이상을 갖지 못하고 생활하고 있다는 것을 깨닫기 시작하면서, 문학적 진실이 사회적 진실과 유리되어 있다는 것을 알게 된다. 그리하여 사회주의적 계급문학론이나, 문학 자체의 존재에 대해 회의를 표시하는 반문학론(反文學論)이 꾸준히 대두하게 되었다.

사실 '계급'에 대한 회의(懷疑)는 문학에 대한 고찰에도 수반된다. 학벌은 출세의 방편으로 이용되고 있는데, 학벌의 근본을 이루고 있는 고등교육의 본질은 예부터 문자교육이었다. 현대사회에 와서 의무교육제도가 실시되어 다소 나아지긴 했지만, 그래도 '아는 자'와 '모르는 자'의 대립은 가진 자와 못 가진 자의 대립 못지않게 지배와 피지배의 관계를 유지하는 구실이 되고 있음을 본다. 이런 사실은 과거로 거슬러 올라갈수록 더욱더 심화되고 확대되는 것이며, 예전의 통치자들이 국민 대다수를 무식하게 만들어, 그것을 그들의 권력유지 수단으로 삼았다는 것이 실례로 남아 있는 것이다.

이런 사실에 대한 회의(懷疑)는 문학이 갖고 있는 본질적인 가치를 부정하는 것이 아니라, 당연한 의문을 제기함으로써 문학의 가치를 높이려는 것이다. 이런 회의는, 문학이 아주 보수적이거나 적당히 보수적인 세력, 그리고 지배계급의 권익에 이바지할 뿐이라는 생각을 강력

---

38) 이 문제는 사실상 꽤 심각한 문제이다. 한 예를 들자면 유명한 톨스토이의 민화(民話) 「바보 이반」이 있다. 이반은 선량함의 표본적인 인물로 등장하는데, 이반의 선행(善行)의 대가로 작품의 결말에서 이반에게 주어진 선물은 '왕'이라는 칭호였다. 물론 이 동화의 왕은 별다른 의미의 복지사회적이고 민주적인 왕을 상징하고 있긴 하지만, 여하튼 동화의 해피엔드가 '왕'이라는 정치적 권위로 대표될 수밖에 없다는 것은 큰 문제점이 아닐 수 없다.

하게 갖도록 만든다. 모든 문학이 다 그런 것은 아니지만, 문학이 계급 차별을 낳는 하나의 도구가 되어버린 것을 전혀 부정할 수는 없다. 아직까지도 많은 예술가들은 훌륭한 예술작품이란 대중에게는 이해될 수 없고, 작품을 이해할 태세가 갖추어진 소수의 선민(選民)들에게만 이해될 수 있다는 생각을 하고 있다. 예술의 역사를 살펴보면 이런 생각이 정당한 쪽으로 기울어지는 것을 느끼게 된다.

과거 봉건제도시대의 예술은 확실히 상류층 사람들의 교양적 쾌락을 위해서만 제공되었다. 음악은 궁중의 화려한 무도회를 위해서 마련되었고, 미술은 귀족들의 초상화를 제작하기 위해서 발전되었다. 이런 역사적 배경하에서, 지금의 시대상황이 아무리 민주적인 쪽으로 기울어졌다고 해도, 많은 수의 대중들이 예술을 감상할 균등한 기회를 부여받지 못하고 있다는 사실을 부인할 수 없다. 그래서 마르크스주의적 문학관은 탄생하였다. 한국도 1920년대에 거센 계급문학의 소용돌이를 겪었다. 따라서 프롤레타리아 문학을 주장하는 이들이 말하는 '문학의 본질'은 한번쯤 들어둘 필요가 있다.

> 다른 이데올로기와 마찬가지로 마르크스주의 문학은 계급사회에 있어서 일정한 계급적 기초 위에 성장한 일정한 사회적 의식의 한 형식이다. 인간의 의식 행위 등이 계급적 생활과 계급투쟁의 제조건에 의해 결정되는 계급사회에 있어서는 모든 의식활동을 내포하여 인간적 사회활동은 계급투쟁의 과제에 봉사한다. 임의의 다른 이데올로기와 마찬가지로 문학은 계급적 인식의 한 형태다. 여기에 다른 종류의 이데올로기와 과학과의, 사회적 발생과 사회적 기능과의 공통점이 있는 것으로서, 문학은 이러한 이데올로기와 함께 일반적인 생산적 계급적 기초 위에서 성장한다.[39]

이런 순수한 계급이론이 아니더라도, 많은 사람들이 문학의 편파성을 지적하고 있다. 독일의 오스발트 뷔이너(Oswald Wiener)가 "문학은 높은 사람들이 강요한 것이다"라고 불평을 털어놓은 것이나, 미국의 언어학자 루이 캠프(Louis Kampf)가 "예술의 범주 그 자체가 계급 차별을 만드는 또 하나의 도구가 되어 버렸다"라고 말하면서, "문학의 개념 자체가 사회적인 선량의식(選良意識)에 뿌리박고 있으며, 문학은 계급 압제(壓制)의 도구 이외의 아무것도 될 수가 없다. 비특권층 사람들이 문화적 재화(財貨)에 눈 뜨게 되는 것은 압제의 한 형태(지배자의 손아귀에 들어 있는 무기)에 길들여지는 현상이라고 말할 수 있는데, 그 까닭은 고급문화가 사회 내부의 권력질서를 강화하는 경향이 있기 때문이다"라고 말한 것은, 모두 다 일리 있는 신념에서 나온 것이라고 볼 수 있는 것이다.[40]

문학적 진실과 사회적 진실 사이의 갈등을 해소시키기 위해서는, 그리고 궁극적으로 문학작품의 본질적 목표와 가치를 고찰하기 위해서는, 이런 회의주의적(懷疑主義的) 주장을 통해 문학에 접근해 가는 것이 필요하다. 그런 태도는 곧 유미주의의 함정을 피할 수 있는 길이 되어준다. 문학가 모두의 예술적 표현 욕구는 원칙적으로 모든 인간을 대상으로 하고 있다는 것을 전제할 때, 현재까지의 문학이 다분히 많은 민중들을 외면해 왔다는 것은 반성되어야 한다.

2) 두 진실의 융합 가능성

그렇다면 문학적 진실과 사회적 진실이 과연 서로 융합할 수 있을 것

39) 콤 아카데미 문학부 편, 『문예백과사전』 중 「문예의 본질」(누하노프 집필)의 인용을 김윤식, 앞의 책, p.51에서 인용.
40) 이상의 반문학론(反文學論)들은 Rene Wellek, "The Attack on Literature"(*The American Scholar*, 1972 겨울호)에 소개된 것을 재인용한 것이다.

인가 하는 의문이 제기된다. 문학적 진실과 사회적 진실이 영원히 맺어질 수 없는 것이라면, 대중의 입장에서 볼 때, 대중은 그들의 정치적 입지의 향상을 위해 문학을 전면적으로 거부해야 한다는 결론에 도달하게 될 것이다. 그렇다면 우리는 덕수궁의 석조전 앞에서도 그것이 이룩되기까지 공교(工巧)하게 쌓인 근대적 건축양식의 향상보다도, 그러한 멋진 광경에 우리 자신이 도취되게끔 만든 온갖 정치적 죄악과 노동자들의 고통을 생각하지 않으면 안 될 것이다. 분명히 이집트의 피라미드를 위시한 고대의 장려한 건물들은 노예들에 의해서 세워졌고, 문학의 고급한 형태는 소수의 귀족만을 위해서 제공되었다.

그러나 이런 식으로 예술이나 문학에 전면적인 분노를 터뜨린다는 것은, 사실상 여러 시대에 있어 문학이 보여준 반골적(反骨的) 저항의 경향에 대해서만은 지극히 부당한 평가로 여겨진다. 잠깐만 생각해 봐도, 허다한 역사적 상황하에서 문학이 얼마나 두드러지게 반항적이었으며 민중의 해방을 위해 스스로의 역할을 했다는 것을 기억할 수 있다. 프랑스 대혁명은 장 자크 루소나 볼테르 같은 계몽주의자들에 의해서 준비되었던 것이고, 러시아 혁명은 제정(帝政)에 비판적이었던 수많은 문인들에게 지지를 받았다. 또한 구소련이 저지른 새로운 압제에 영웅적으로 항거한 알렉산더 솔제니친을 찬양하지 않을 사람은 없다. 우리나라에서도 일제하 36년 암흑기간 동안에 얼마나 많은 문학인들에 의해 저항의식이 고취되었으며 독립의 기반이 다져졌는가를 알 수 있는 것이다.

이육사는 「광야」, 「절정」 등의 가편(佳篇)을 통해 반항의 미학을 구축했고, 윤동주는 일제 말의 진정한 암흑기에 있어 실로 우리나라에 새로운 희망으로 아로새겨질 만한 작품들을 남겼다. 특히 「십자가」, 「서시(序詩)」, 「또 다른 고향」 등은 문학의 대사회적(對社會的) 효용성을 여실히 입증할 만한, 예술적으로 보나 사회의식적으로 보나 한결같은 수작(秀作)이었다.

그런데 이러한 문학의 대사회적(對社會的) 공헌에도 불구하고 지속적으로 문학에 대한 불신의 소리가 일어나고 있다는 것은, 그 동기가 언어에 대한 불신에 있기 때문이라고 말할 수있다. 또한 언어에 대한 문학가들의 불만조차 오직 언어에 의해서 표현될 수밖에 없었기에 그러한 불신을 더욱 가속화시켰다.[41] 언어 자체에 대한 불만, 또는 문학 자체에 대한 항거는 곧 사회체제에 대한 막연한 거부반응에 뿌리를 두고 있는 것이기 때문에, 사회주의적 관점에서의 반문학론(反文學論)과 동일한 의미를 갖는 것으로 간주되기도 했다.

많은 문예비평가, 특히 문명비평가들이 문학의 소멸을 예언한 바 있다. 마샬 맥루한 같은 매스컴 연구가는 구텐베르크 시대 즉 활자시대(活字時代)의 종말을 선언하고,[42] 텔레비전과 같은 청각적이며 시각적인 복합매체로의 대체를 성급하게 주장하고 있다.[43]

그렇다면 문학은 과연 앞으로 다가올 시대에 영원히 소멸돼 버리고 말 것인가? 만약 읽고 쓰는 능력이 없어지고 텔레비전이나 영화가 미

---

41) 이러한 불신감은 순수한 동기에서 생긴 것도 있겠지만 언어에 대한 권태감, 문학 자체에 대한 무력감 등이 원인이 되어 야기되는 안이한 자포자기도 들어 있다고 봐야 할 것이다.

42) 활자가 언어나 문학에 또 하나의 권위적 위상을 만들어놓았다는 것을 부정할 수 없다. 현대의 많은 문학가들이 다분히 '활자숭배'의 관념에 젖어 있다는 것과, 민중들이 활자화된 것은 무조건 믿고 만다는 것은 커다란 문제이다.

43) 맥루한에 의하면, 인쇄기술의 발달로 인간은 '눈의 문화' 만 발전시켰으며 결과적으로 시각-두뇌만 발달한 불균형적인 비극의 시대가 도래하게 되었다는 것이다. '음성 심볼'이 '회화 심볼'을 대체하고, '영화 심볼'이 '시청각 심볼'을 대체하게 됨에 따라 인간은 동일한 정보를 받아들이게 되어 급속한 등질화(等質化), 융합화 현상을 빚어내게 되었다고 한다. 결국 인쇄물이란 '핫 미디어'는 고급문화와 저질문화의 구별을 낳았고, 텔레비전이란 '쿨 미디어' 는 낮은 정보량에 높은 관여도와 넓은 등질화를 촉구하는 시대와 사회를 만들어놓고 있다고 그는 보고 있다. 『현대사상 77인』(『신동아』 1971년도 1월호 부록, 동아일보사), pp.184~187 참조.

디어 사장을 독점하게 된다면 우리는 언어조차 망각해 버리고 말지 모른다. 그러나 인간이 언어를 제1의 아이덴티티로 갖고 있는 동물이며, 인간의 본능적 표현욕구가 언어를 통하지 않으면 불가능한 현 상황에서, 언어가 소멸되리라는 상상은 공상과학소설에서나 볼 수 있는 예측이라고 볼 수밖에 없다.

언어를 전달수단으로 삼고 있는 '문자' 역시 쉽사리 소멸되진 않을 것이다. 오히려 변증법적 발전의 과정을 통해 문학은 반문학론(反文學論)의 상보적(相補的) 작용에 힘입어 이상적으로 개선되어, 어떤 합일점으로 나아갈 것이라는 낙관적 예상을 할 수 있는 가능성은 충분히 있다. 이런 예상은 곧 문학적 진실과 사회적 진실이 정(正)과 반(反)의 대립과정을 거쳐 융합점(融合點)으로 나가고 있다고 믿을 수 있는 근거가 되어 준다. 2절에서 밝힌 바와 같이, 문학을 생태학적 현상의 하나로 간주할 때, 이러한 개선과 합일의 과정은 진화론적 발전과정과 동일한 것이라고도 볼 수 있다.

3) 사회적 효용으로서의 '목적성'

이러한 문학 개선책(문학적 진실과 사회적 진실을 합치시키려는)을 속히 달성되도록 하기 위해서는 문학창작가의 어떤 결의(決意)가 요청된다. 그것은 바로 이 글을 쓰게 된 필자의 동기요 목적이기도 한 것인바, 지극히 중요한 의미를 지니고 있다. '어떤 결의'란 문학가들이 문학을 함에 있어 필수적인 '목적성(目的性)'을 인정해야 한다는 것이다. 문학의 '목적성'을 인정한다는 것은 문학의 '순수성'[44]을 옹호하는 문학가들에게는 심히 불순한 것으로 받아들여질 것이다. 그러나 문학의 목적성을 인정해야 문학의 사회적 진실성을 높이고 문학의 사회적 효용성과 사회적 기여가치(寄與價値)를 높이는 결과를 낳게 된다. 왜냐하면 문학의 원시적 기능은 실생활에서의 의사소통과 감정이입(感情移入)이라는 현실적 '목적' 아래에 놓여 있기 때문이다.

문학이 갖는 기초적 목적성을 이해하기 위해서는, 우선 문학가가 문학을 일반예술의 입장과 독립시켜 생각할 필요가 있다. 언어가 인간 실존의 근거인 것과 마찬가지로, 문학도 인간 실존의 기본적 근거가 된다. 따라서 미적 개념으로서의 예술성보다도 생태학적 개념으로서의 예술성에 의해, 문학과 인간 존재의 자연스러운 '접합(接合)'이 가능해지게 되는 것이다. 최근의 분석철학에서 미학의 따분함과 미(美), 형식(形式) 등 미학상의 온갖 전통적이고 권위적인 용어들에 대한 '무의미성'이 논증되고 있는 것은 이러한 사유에 기인한다.[45)]

우리나라에서도 1920년대에 문학의 목적의식에 대한 시비가 있었다. 그러나 그것은 프로 문학을 중심으로 한 문예비평에서 일어났던 논쟁이었다. 문학의 목적성은 주로 회월(懷月) 박영희에 의하여 주장되었고 높이 평가되었다. 그는 문예운동의 3대 목적을 다음과 같이 보았다.

> (1) 목적의식으로 나아가기 위해 부분적 투쟁에서 전체적 투쟁, 경제적 투쟁에서 정치적 투쟁으로 나아갈 것.
>
> (2) 무산문예(無産文藝)의 실천과 이론의 현실적 통일을 이룩할 것.
>
> (3) 보수적 · 부르주아적 국민문학을 배격하여 사적(史的) 필연적 과정인 민족주의 문학운동을 전개할 것.[46)]

---

44) 순수성의 개념은 심히 모호하다. 모호한 채로 순수성이란 개념은 '참여와 순수' 논쟁을 가져왔다. 그러나 여기서는 우선 순수성의 개념을, 문학의 대사회적(對社會的) 효용성을 무시하고 문학을 스스로의 울타리 속에 가두어 특수예술화시켜 고립시키고자 하는 유미주의적 사고방식으로 이해하도록 한다.

45) A. J. Ayer, *The Revolution in Philosophy*, 신일철 역, 『분석철학입문』, 서울: 박영사, 1962, pp.137~153 참조.

위와 같은 언명(言明)에서 프로 문예운동이 극도로 정치화한 것을 엿볼 수 있다. 그는 문예운동은 곧 정치운동이라는 극단적 선언을 하여 민족주의 문학에 대한 철저한 대결을 부르짖었다. 그러나 이러한 목적성은 곧바로 정치도구화될 운명에 놓이게 된다. 이 글에서 말하고 있는 문학의 목적성을 프로 문학의 목적성과 구별하여 인지(認知)하는 것은 대단히 중요한 일이다. 문학의 목적성은 정치성과는 별도로 분리된, '순수한 사회학적 양상으로서의 문학'에 기초해야 하는 것이다.

예술에 있어 인간의 존재성을 인정해 주려면 예술을 한번 더 인간생활과 조화시키지 않으면 안 된다는 요망이 일어난다. 그러한 요망은 예술의 기준이 현실상에 존재하고 있는 있는 그대로의 '인간적 실존'에 접근해서 얻어지지 않으면 안 된다. 이러한 요망은 인간적 현 존재와 예술 일반의 관계에 대한 근본적 성찰을 요구한다. 그리하여 이러한 성찰이 고전적 · 봉건적 미학의 테두리를 뛰어넘어 전진할 때, 문학은 좀더 밀접하게 인간 실존의 현 생활양식인 언어와 연결돼 있는 것으로 나타날 것이다. 그렇게 되면 문학을 우선은 일반예술의 전통적 의미에서 분리시키게 될 것이다. 그 결과로 문학이 고전적 전통 미학의 지배력으로부터 해방될 때,[47] 문학은 곧바로 인간 개개의 실용적 목적과 결부되게 되는 것이다. 실용적 목적이라는 것은 곧 문학의 사회적 효용성을 인정하는 것이다. 만약 모든 문학가들이, 문학의 가치가 명백한 사회적 효용성에 담보되고 있다는 견해를 똑같이 가질 수 있다면, 우선 문학적 진실을 사회적 진실에 접근시킬 수 있다.

그렇다면 이러한 '목적성'은 구체적으로 무엇을 뜻하는가? 톨스토이

---

46) 박영희, 「문예운동의 목적의식론 — 문예의식 구성과 계급문학의 진출」, 『조선지광(朝鮮之光)』 1927년 7월호, pp.1~6. 김윤식, 앞의 책, 전게서 p.67에서 재인용.

47) 이런 점을 철학자 딜타이는 '미를 생활경험으로부터 분리시키려는 작위적 태도로부터의 탈출'이라고 규정짓고 있다. 란트 그레베, 『예술의 철학적 문제』, 최동희 역, 서울: 범우사, 1961, pp.133~155 참조.

가 말하는 식의 종교적이고 도덕적인 목적인가, 아니면 미적 쾌락을 기도하는 유미주의적인 목적인가? 필자의 생각으로는, 우선 '문학의 목적을 설정하는 것'을 필연적인 것으로 인정한다고만 해도, 그런 관점은 문학의 사회적 쓰임에 이바지하는 길이 된다고 본다.

지금까지 문학의 목적성은 목적소설이라든지 목적문학이라든지 하여 비예술적인 것으로 간주되어 완강히 거부돼 왔다. 그리고 그것은 곧 공산주의의 목적문학과 동일시되었다. 또한 문학적 목적성은 반드시 불순한 것이요, 그것은 곧 사회주의적 선동의 수단으로서 이용되는 것으로만 해석되었다. 그러나 문학에 있어 목적이라는 것이 불순한 동기에서만 우러나온다고 볼 것이 아니라, 작가가 스스로의 존재를 인간의 보편적 존재와 동일시하고, 또한 스스로를 예술적 특권의식과 선민의식적 귀족주의 사상으로부터 독립시키려는 노력에서 우러나올 수 있는 것이라는 사실을 이해해야 한다.

이러한 전제를 바탕으로 문학의 목적을 설정한다면, 우선 '표현'에 수반되는 '의미성'과, 의미성에 수반되는 '흥미성'까지도 개략적인 목적의 범주 안에 포함될 수 있다. 먼저 문학이 언어처럼 상대방에게 의사를 전달하고 상대방에 대해 영향력을 구사하기 위한 것이라는 것을 인정할 때, 문학작품의 가치평가를 그것의 '외양'에 따라 하게 되는 경향은 배제되게 된다. 이를테면 에드거 앨런 포가 단편만 썼다고 해서 '숭고한 대작'만 쓴 톨스토이나 괴테 등과 구별되어 초라한 소설가로 평가되는 일은 없어지는 것이다. 포는 짧은 지면 속에서 긴박한 효과를 독자에게 줌으로써 그 나름대로의 목적을 달성하고 있고, 톨스토이는 그 스스로 공언하고 있는 대로 국민 대중의 도덕적 · 종교적 감화를 위한 목적에 이바지하고 있기 때문이다.

톨스토이의 문학은 미학적 관점에서 볼 때 구태의연한 잠꼬대에 지나지 않는 것이고, 에드거 앨런 포의 문학은 병적 심리를 가진 불완전한 인간이 창작해 놓은 문학이라고 보는 견해는 불식되어야 한다. 이런 사항은 한국에 있어 이광수를 향해 지나친 공격을 가하고, 마치 소설을 정치적 목적에 이용한 사이비 작가같이 몰아대는 것에도 해당된다. 이광수는 이광수대로 그 나름대로 충분히 정당한 '목적의식'을 문학 창작 의지로 갖고 있었다.

문학적 진실을 사회적 진실과 격리시켜 '엘리트 예술'의 편협한 영역 안에 가두어 버리려는 의도가 아직도 문학가들의 사고를 지배하고 있다는 것은 실로 크나큰 문제가 아닐 수 없다. 물론 문학의 상품적 목적을 인정하고 들어간다 하여 조잡한 유행문학이나 센세이셔널리즘 문학을 모두 포함시키자는 말은 아니다. 다만 현금의 시점에서 볼 때, 가장 시급한 문제는 우선 문학의 목적성을 기본개념으로 감수하여 그것이 갖는 대사회적(對社會的) 효용성을 깨달아야 한다는 뜻이다.

4) 장르의 통합에 대하여

문학의 목적성을 인정하고 난 다음, 그런 인식에 제일 먼저 실제적 실천 문제로 따라오는 과제는, 각 문학 장르 간의 포괄적 통합문제이다. 문학의 제1차적 목표가 '표현' 즉, 의사전달에 있는 것이라면, 산문과 운문 간에 갖는 현격한 거리는 자연히 좁혀질 수 있다. 각 장르의 통합이란 완전히 장르의 구별을 없앤다는 것이 아니다. 문학이 언어로써 무언가의 의미를 표현 · 전달하는 문제에 있어서는 각 장르가 똑같은 목적을 갖고 있는 것인데, 그런 상황하에서는 다소간의 외형적 차이 같은 것은 그리 큰 문제가 되지 않는다는 뜻이다.

특히나 시는 유독 문학의 다른 장르들과는 다르게, 미술이나 음악과 비슷한 '특수한' 예술로 취급돼 왔다. 시에 사용되는 언어는 다른 문학 장르의 언어와 전혀 다르다는 견해가 시인들의 머릿속을 지배하고 있었다.

그러나 일반대중들은 그런 견해에 무척이나 당황한다. 왜냐하면 시인은 항상 일반사람들이 늘 사용하고 있는 언어로 문학작품을 창조하고 있는 사람인데, 만약 시에서 쓰이는 언어가 일반적 언어와는 다른 특수한 것이라면, 시적(詩的) 언어는 어디로 귀속돼야 할지 알 수 없기 때문이다.

시의 특성이 음악성 즉 운율에 있으며, 그것이 산문의 언어와 전혀 다르게 존재한다는 견해는 많은 의문을 품게 만든다. 우리가 쓰고 있는 언어는 시에 있어서도 일상 언어와 마찬가지로 동일한 언어로 표출되는 것이지, 언어가 특별하게 둔갑하여 다른 언어로 화하게 되는 것은 아니기 때문이다.

시인들을 진정한 표현의 자유로부터 이탈되게 하고 있는 것이 바로 '운문적(韻文的) 편견'이다. 시의 언어와 산문의 언어를 다른 것으로 보기 때문에 거기서 특권 의식이 생겨나 시인들을 좁은 울타리 속에 감금시키고 있는 것이다. 시와 산문 간에 근본적 차이 같은 것은, 내용을 표현하고자 하는 동일한 목적하에서는 존재할 수 없다. 다만 그 형식상에 있어, 산문보다 운문이 좀더 짧은 양(量)의 형식을 갖고 있는 것뿐이다.

시인은 산문과 똑같은 평범한 언어를 부리어내되, 그것을 산문보다 짧은 문장 속에서 다정다감하게 주관화시켜 '함축적'으로 표현한다. 그리고 산문을 쓰는 사람은 아무런 분량의 제약이나 형식의 제약 없이 사실 그대로를 펼쳐서 표출시킨다. 시와 산문의 용어는 본질적으로 같다. 이런 문제에 대해서는 이미 워즈워스(W. Wordsworth)도 다음과 같이 언명한 바 있다.

> 산문과 운문의 용어 사이에는 근본적으로 어떤 차이가 있는 것도 아니고, 있을 수도 없다는 것을 안심하고 단언할 수 있다. 우리는 시

와 미술의 차이점을 더듬기 좋아하고, 따라서 그것을 자매예술이라고 부른다. 그러나 운문과 산문과의 상이성을 특징지을 만한 아주 엄밀한 관련성을 어디서 찾겠는가. 시와 산문은 모두가 같은 신체기관에 의해서, 그리고 같은 기관에 대해서 말을 한다. 그리고 그것들이 모두 들어 있는 단체는 동질의 것이고, 그들의 애정은 혈연관계이며, 거의 동일하여 필연적으로 추호도 다름이 없다고 말할 수 있다. 시는 '천사가 흘리는' 눈물을 흘리는 것이 아니라 자연의 눈물, 인간의 눈물을 흘린다. 시는 그 혈액이 산문의 그것과는 다른 천사의 혈액이라고 말할 수 없다. 같은 인간의 혈액이 두 가지 예술의 혈관을 똑같이 순환한다.[48]

이처럼 시와 산문 간에 근본적 차이가 없다는 것을 확신해야만 문학에 있어 '같은 목적을 향한 순수한 전진'이 가능하게 된다. 지금의 문학가들, 특히 시인들에게 있어 그들의 표현 능력을 방해하고 있는 것은 바로 이러한 초언어적(超言語的) 특권의식, 즉 그들이 일상적 언어 이상의 그 무엇으로 언어를 초월한 예술에 종사하고 있다는 의식이다.

산문과 시의 언어적 경계를 뛰어넘어 훌륭한 작품을 생산해 낸 실례로서, 김수영과 한용운을 들 수가 있다. 두 사람의 대표적 작품인 김수영의 「어느날 고궁을 나오면서」와 한용운의 「당신 가신 때」를 보면 그런 사실이 충분히 납득된다.

왜 나는 조그마한 일에만 분개하는가
저 왕궁 대신에 왕궁의 음탕 대신에
오십원짜리 갈비가 기름덩어리만 나왔다고 분개하고

48) W. Wordsworth, "Prologue", *Lyrical Balads*(second edition), 백철 역, 『비평의 이해』, 서울: 민중서관, 1963, p.112.

옹졸하게 분개하고 설농탕집 돼지같은 주인년한테 욕을 하고
옹졸하게 욕을 하고

한번 정정당당하게
붙잡혀간 소설가를 위해서
언론의 자유를 요구하고 월남파병에 반대하는
자유를 이행하지 못하고
이십원씩 받으러 세 번씩 네 번씩
찾아오는 야경꾼들만 증오하고 있는가.

— 김수영, 「어느날 고궁을 나오면서」 중에서

당신이 가실 때에 나는 다른 시골에 병들어 누워서 이별의 키스도 못하였습니다.

그때는 가을바람이 첨으로 나서 단풍이 한가지에 두서너 잎이 붉었습니다.

나는 영원의 시간에서 당신 가신 때를 끊어내겠습니다. 그러면 시간은 두 토막이 아닙니다.

시간의 한 끝은 당신이 가지고 한 끝은 내가 가졌다가 당신의 손과 나의 손과 마주 잡을 때에 가만히 이어놓겠습니다.

— 한용운, 「당신 가신 때」 중에서

위의 실례에서 보는 바와 같이 시와 산문 간의 근본적 차이에 대한 편견을 무너뜨릴 때, 거기에 나오는 작품은 훌륭한 감동을 자아내게 된

다. 가장 중요한 것은, 시와 산문으로 구별된 언어들을 혼연일체로 합치시켜 나가기 위한 노력이다. 산문에 있어 시적(詩的)·서정적 요소를 신장시키고 산문의 무미성(無味性)과 그것을 결합시켜야 하며, 또한 시에 나타나는 시인의 특권의식을 산문이 갖는 보편적 대중성과 소박한 의사전달 효과와 합치시켜야 한다. 시와 산문의 확고부동한 격리상태는 그러한 상호융합에의 노력으로 하여 차츰 없어질 수 있는 것이다.

5) 예술적 편견으로부터의 해방

이상에서 우리는 문학의 근본적 목적이 대사회적(對社會的) 효용성에 있다는 것을 확인하였다. 문학이 좀더 넓은 시야를 확보할 수 있는 제1의 방도는, 문학의 본래 의미가 인간사회의 '대화'로부터 파생되는 의미전달로서의 '목적성'에 있다는 것을 깨닫는 데 있다. 그리고 기타 다른 장르의 형식예술들로부터 문학을 분리시켜 내용성에 좀더 충실하도록 만드는 것 또한 중요한 과제이다. 문학을 형식적인 대내적(對內的) 시각으로부터 분리시켜, 그것을 언어 이외의 다른 인간생활의 단면들과 접합시켜 나가야 한다. 그것은 바로 문학의 기초적 목적성을 감수하고 들어가는 것이 된다. 그런 태도는 문학을 예술적 측면으로부터 분리시키는 역행작용이 아니라, 문학에 대한 보조작용이 되어 준다.

문학이 갖고 있는 '예술'이라는 '편집적(偏執的) 울타리'로부터 벗어나, 그것을 범인간적인 문학으로 확대시켜 나가기 위하여, 이런 기본적 개념은 더욱 요청된다. 또한 언어표현이 갖는 한계성의 인식과 표현의 상징성이 갖고 있는 가능성에 대한 기대는 '열린 문학'으로의 전진을 뒷받침해 준다.

문학의 사회적 효용성은 당연히 존재할 수밖에 없다. 문학의 현실적 효용성을 어떻게 예술적 차원과 결합시켜 승화시키느냐 하는 문제가 마지막 과제로 대두될 뿐이다. 그러기 위해서는 우선 문학을 예술의 좁은 울타리로부터 해방시키는 작업이 선행되어야 하는 것이다.

5. 맺는 말

문학작품을 생산해 내는 일은 문학가들에게 있어 두 가지 복합적 의미를 가진다. 단순히 '쓰는 즐거움'만을 위해서 글을 쓴다는 입장과, 그러한 입장에 저절로 수반되는 '남에게 읽힌다'는 입장이 그것이다. 단순히 쓰는 즐거움만이 문학의 본질이 되어 준다면 문학 연구의 폭은 그만큼 좁혀질 수밖에 없을 것이다. 그러나 단순히 쓴다는 입장만으로는 문학이 존재할 수 없기 때문에 복잡한 문학론(文學論)들이 대두하지 않을 수 없게 되었다. 문학이 창작가의 손에서 씌어진다는 것만으로 그쳐버릴 수 없다는 사실을 깨닫는 일은 매우 중요하다. 여타의 단순한 형식예술들과는 달리, 문학은 내용성을 핵심적 요소로 간직하고 있기 때문이다.

문학이 단순히 '나'만의 것으로 그쳐버릴 수 있는 예술이 아니고 반드시 '너'를 필요로 하는, 너와 나의 '관계'를 필수조건으로 하는 예술이라는 사실을 확인하기 위하여, 지금까지 이 글은 문학의 근본적 문제들을 고찰하였다.

문학이 그러한 '관계성'을 벗어날 수 없는 이상, 문학은 여러 가지 한계성을 특징으로 지니고 있다. 그 까닭은 문학이 예술적 도구로서는 많은 저항을 느끼게 만드는 '언어'라는 매재(媒材)를 가지고 있기 때문이다.

그렇기 때문에 문학가는 이중(二重)의 고뇌를 항상 짊어지고 있지 않으면 안 된다. 어떻게 하면 평범한 언어를 순수예술화하여 예술적 작품수준으로 만들어놓느냐 하는 문제와, 그런 예술로서의 '작품'을 어떻게 일반대중들의 생활수준에 효용성 있게 접합(接合)시키느냐 하는 문제가 그것이다.

그래서 문학가는 문학을 앞에 놓고 그것을 예술로서만 대할 것인가, 아니면 사회적 필요물로서의 수단으로 대할 것인가 하는 문제에 고심하게 되는 것이다. 그러나 이러한 고뇌는 문학에 있어 반드시 필요한 것이며, 이런 문제에 대한 회의(懷疑)는 문학을 완성의 도달점으로 이끌어가게 만들어준다.

또한 허다한 문제점을 안고 있는 문학이 완벽한 사회적 가치를 누릴 수 있도록 만들어주는 역할을 하는 것이 바로 문학적 언어표현에서 나타나는 상징성이다. 상징의 분석으로 말미암아 일어나는 '상징적 사고의 확장'에 대한 기대는 문학의 무한한 가능성을 암시해 준다. 그 결과 문학가의 두 가지 고뇌를 해결점으로 인도해 주는 역할을 '상징'이 맡게 되는 것이다.

요컨대, 문학은 상징성을 위주로 하는 언어표현의 무한한 가능성을 깨닫는 것으로부터 시작하여, 문학 이외의 것에 더 많은 관심의 눈길을 돌려야만 한다. 인간을 떠나서는 예술이 존재할 수 없다는 엄연한 사실과, 인간은 반드시 상호간의 관계에 기초하여 생존할 수밖에 없다는 사실을 인정하고, 그런 기본조건들을 당연한 고민으로 감수해야 하는 것이다. 문학의 사회적 효용성 문제에 대한 더욱 밀도 높은 사색, 즉 '목적성'을 인정하는 것의 불가피성은 그런 관점에서 입증된다.

(1974)

첫 에세이집 『나는 야한 여자가 좋다』 〈서문〉

사랑을 찾아 미친 듯이 헤매다닌 것이 지금까지의 내 삶이었다. 주변 환경이 아무리 어려울 때도 난 사랑에의 집착을 버릴 수 없었다. 배가 고플 때도 사랑, 배가 부를 때도 사랑, 자나깨나 나의 궁극적 관심의 대상은 언제나 사랑이었다.

물론 사랑의 실체를 발견하기까지는 꽤 오랜 시간이 걸렸다. 한때는 정신적 사랑, 숭고한 사랑의 허상을 좇아 긴긴 밤을 지새우기도 했고, 넋두리 같은 수백 통의 편지를 써보기도 하였다. 그러나 현재의 내가 얻은 결론은 결국 사랑은 관능적 욕망 그 자체일 뿐이라는 것, 아무리 시대상황이 어렵고 고달플지라도 본능은 그 작동을 멈추지 않는다는 것, 행복은 오직 관능적 쾌감에서 온다는 사실이다. 먹는 문제보다도 사랑의 문제가 우리의 모든 삶을 지탱해 주는 원동력이라는 것을 나는 점점 깨달아 가고 있다.

나는 야한 여자를 좋아한다. 아니 야한 사람을 좋아한다. '야하다'는 말이 지금은 천박하다는 뜻으로 쓰이는 경우가 많지만, 나는 야하다는 말의 의미를 '야(野)하다'로 생각하여 자주 거리낌없이 사용하고 있다. 말하자면 좀더 솔직하게 스스로의 본능을 드러내는 사람, 자연의 본성을 거스르지 않는 사람, 자기 자신의 아름다움을 천진난만하게 원시적 정열을 가지고 가꿔가는 사람이 '야한 사람'이다. 아프리카의 원주민들이 온몸에 울긋불긋 채색을 하며 아주 자연스럽게 벌거벗고 살 듯이 말이다.

이 책에는 '손톱'을 소재로 하여 쓴 글들이 많다. 내가 좋아하는 야한 여자의 이미지는 손톱에 가지각색 원색의 물감을 칠하고 온몸에 한껏 요란한 치장을 한, 소위 관능적 백치미를 가진 여인이기 때문이다. 어린 시절부터 지금까지 나의 머릿속을 떠나지 않고 맴돌며 관능적 상상력을 키워준 것은 언제나 '손톱'의 이미지였다. 특히 나는 여인의 긴 손톱을 너무나 사랑한다. 손톱은 원시시대의 인류에게는 다른 동물의 경우처럼 일종의 가학적 무기였을 것이다. 그래서 비수처럼 날카로운 여인의 긴 손톱은 사디즘을 연상시킨다. 그러나 가학적인 용도로 쓰이던 손톱이 이제 화사한 아름다움의 상징으로 변했다는 점, 그로테스크한 관능미의 심벌로 변했다는 점에서 나는 인류의 미래를 밝게 바라볼 수 있는 어떤 희망적 예감을 얻는다.

인간의 가학성이 미의식과 합치되어 아름다운 판타지로 승화될 수 있을 때, 진정한 인류의 평화, 전쟁이 없는 세계가 건설될 수 있다. 주관과 객관, 감정과 사상, 관념과 사물의 대립을 지양하고 그것을 생동력 있게 통일시킬 수 있는 근원적 에너지가 바로 '판타지'에 간직되어 있기 때문이다. 관능적인 아름다움과 관념적 사랑이 아닌 성애적(性愛的) 사랑이 합치될 수 있을 때, 우리는 이데올로기의 질곡에서 벗어나 개개인의 당당한 쾌락 추구에 기초하는 진정한 평화와 행복을 이룰 수 있을 것이라고 나는 믿는다.

지금까지 써온 것들을 두서없이 묶어놓고 보니 부끄럽고 창피하다. 또 여기저기 겹치는 부분도 있다. 그러나 정신주의와 육체주의의 틈바구니에서 헷갈리며 방황한 끝에, 유미주의적 쾌락주의를 인생관으로 택하게 된 내 정신적 역정을 내 딴엔 솔직하게 발가벗겨 보일 수 있었다는 것이 후련하고 시원하기도 하다. 하지만 나는 아직 완전히 발가벗지 못했다. 더 헷갈리고, 더 완전히 발가벗기 위해서 노력하겠다.

(1989)

장편소설 『불안』 〈작가의 말〉

— 영상적 리얼리즘의 창출을 위하여

『불안』은 『권태』, 『광마일기』, 『즐거운 사라』에 이은 내 네 번째 장편소설이다. 계간지 『리뷰』에 1995년 겨울호부터 1996년 가을호까지 연재한 후, 다시 꼼꼼하게 다듬고 고쳤다.

『즐거운 사라』로 '마녀사냥'을 당한 후 처음 쓰는 소설이라 무척이나 힘이 들었다. 나는 뜬금없이 당한 '모럴 테러리즘'을 통해 문학이 권력의 그물망 안에 꽁꽁 갇혀 있는 상태라는 사실에 새삼 절망하게 되었고, 한국 지성계의 야비함과 비속함, 그리고 옹졸함에 환멸을 느끼게 되었다. 그러다 보니 자유로운 창작은 물론 자유로운 상상조차 영원한 신기루가 아닐까 하는 의구심에 빠져들지 않을 수 없었다. '불안'이란 제목은 그러한 심경의 반영이라고도 할 수 있다.

이 소설은 그런 우울한 상황에서 나로서는 안간힘 쓰며 생산해 본 작품이다. 탐미주의적 입장에서 묘사적 리얼리즘의 회복을 목표로, 새로운 형식의 영상미학적 소설을 시도해 보았다. 전에도 늘 견지해 왔던 생각이지만, 유미적 판타지의 회복이야말로 관념과 설교 위주의 우리나라 문학에 한줄기 숨통을 터줄 수 있는 계기가 된다고 믿기 때문이었다.

'표현의 자유'에 대한 확고한 의식 결여와 비합리적이고 수구적인 봉건윤리, 그리고 현학적 엄숙주의는 한 작가의 창의력을 고갈시킴은 물론 한 나라 전체의 문화를 침체상태에 빠뜨린다는 사실을 나는 '즐거운 사라 사건'을 통해 절감했다. 정치과잉으로 세태가 점점 더 살벌해지고 있는 우리나라 사회를 치유할 수 있는 방법은 노장 사상에 바탕한 양주(楊朱)식 유미주의와 실용적 쾌락주의라는 게 내 생각이다. 구두선으로 외쳐지는 '도덕'이나 '정의'는 근본적 치유책이 될 수 없다.

도덕이나 정의는 인간의 질투심 · 적개심에 그 뿌리를 두고, 흑백논리로 선과 악을 가를 때 동원되는 잔인한 덕목이기 쉽다. 지나치게 도덕을 부르짖는 사람들은, 다른 사람들이 행여 관능적 쾌락에 탐닉할까봐 항상 전전긍긍 감시의 눈길을 보내며 중상과 테러를 서슴지 않는다. 시대의 변화를 인정하지 않고 늘 '과거'에만 집착하는 수구적 도덕주의자들의 살벌한 권위주의가, 우리 사회를 숨막히게 하고 사람들을 이중적 위선으로 몰아가고 있다.

관능적 쾌락을 철저히 배격했던 스파르타가 비할 데 없이 잔인하고 비겁한 병영국가, 후세에 아무것도 남겨주지 못한 하잘것없는 사회였다는 사실은 시사하는 바가 크다. 중국에서도 유가(儒家)의 덕치주의는 결국 지배 엘리트 위주의 문화독재주의나 강압적 전체주의일 수밖에 없기 때문에, 도가(道家)는 그것을 막기 위해 야(野)한 정신과 허무주의에 바탕한 자유분방한 개성과 관능적 쾌락을 내세웠던 것이다. 자유의 억압과 개성의 말살은 권위주의적 독재권력에 의해서만 자행되는 것이 아니다. 한 사회의 도덕문화가 억압적일 때도 자유는 질식되고 만다. 정치투쟁이 격화되고 관념우월주의가 팽배할 때 인성(人性)의 황폐, 인권 경시, 개성 억압의 풍조가 생겨나는데, 이럴 때 유미주의는 근본적 해열제 구실을 할 수 있다.

『불안』은 '무엇을'보다 '어떻게'에 중점을 두고서 씌어진 작품이다.

말하자면 형식미학적 실험을 시도하여, 스토리나 주제의식 중심의 한국소설에 변화의 계기를 만들어보려고 했다. 나는 독자에게 마치 컬러로 된 무성영화를 보고 있는 듯한 느낌을 주려고 애썼다. 그리고 독자가 현실과 상상 사이의 경계를 부수며 '감상(感傷)'과 '퇴폐'의 몽롱한 꿈속에 당당하게 잠겨들어갈 수 있도록 유도했다. '……인 것 같다', '……일지도 모른다' 등 추정형의 문장을 많이 사용한 것도 안개낀 듯 몽롱한 영상감을 유지하기 위해서였다.

요즘 소설이 영상매체에 밀려 위기를 겪고 있다는 얘기가 많이 나오고 있다. 하지만 나는 소설의 독자성과 가치는 영원하리라고 본다. 소설은 세밀한 묘사를 통해 독자의 '상상적 참여'를 가능하게 하지만, 영화는 배우의 얼굴이나 풍경 등이 그대로 현시(現示)되기 때문에 '상상적 참여'에 제한을 주기 때문이다. 내가 이 소설에서 집요한 묘사를 시도한 것은, 영화를 닮기 위해서가 아니라 영화보다 더 매력적인 영상미를 문장으로 창조해 보기 위해서였다.

나는 또한 이 작품에서 회화적인 기법을 원용해 보려고 애썼다. 나는 미술과 문학 중 어느 것을 전공으로 택할까 몹시 망설였고, 지금도 계속 그림을 그리고 있다. 그래서 내 마음 한구석에는 미술에 대한 선망과 향수가 늘 자리잡고 있었다. 회화(특히 유화)에서는 '한 소재에 대한 반복적인 집착'과 '거듭거듭 덧칠하기', 그리고 '순수한 형식미의 창출'이 가능하기 때문이었다.

이 소설이 '바라보기'의 심리를 바탕에 깔고 여주인공의 외양이나 주변 풍경 묘사를 지루하리만큼 되풀이하고 있는 것은, 그런 미술적 효과를 의도해서이다. 묘사 중간중간에 끼어드는 소설미학적 담론이나 사변적 서술 역시 형식적 파격이나 회화적 여백의 효과를 노린 것일 뿐, 교훈적 메시지의 전달을 목표로 한 것은 아니다.

나는 문학에서도 반드시 '반복적 집착'이 필요하다고 믿는다. 이 작품에서 '긴 손톱'을 위주로 페티시즘(fetishism)의 이미지를 거듭 변주(變奏)하며 형식실험을 해본 것은 그런 이유에서다. 작가든 화가든 평생 무엇인가를 좇는 '광적인 집착'이 있어야 하고, 또 그것이 허용돼야 한다고 나는 생각한다. 상상적 일탈(逸脫)에 바탕을 둔 독창적인 광기(狂氣)가 '모난 돌이 정 맞는' 식으로 매도되는 풍토에서는 창조적 생산이 이루어지기 어렵다.

내가 시로 문학생활을 시작해서 그런지, 나는 이 소설에서 현실과 상상이 혼합된 시적 분위기를 유지시켜 보려고 애썼다. 이 작품의 착상 역시 내 다른 산문 작품들과 마찬가지로 먼저 씌어진 시를 갖고서 이루어졌다. 『불안』엔 네 편의 시가 삽입돼 있는데, 이 소설을 쓰기 이전에 창작된 것들이다. 실린 순서로 제목을 소개해 보면, 「서울의 우울」, 「늙어가는 노래」, 「삶의 슬픔」, 「모든 것이 불안하다」이다. 이 네 편의 시가 이 소설을 이끌어가는 기본적 이미지 역할을 하며 창작의 원동력이 되어줬다고 할 수 있다.

(1996)

실존주의 문학에 나타난 인간 존재의 의미

— 동양사상과 관련하여

1

실존주의라는 말은 철학과 문학에 걸쳐서 두 가지 의미로 쓰이고 있다. 그러나 사실상 이 말은 문학에 있어서보다는 원래 철학에 속하는 말이며, 모든 인간 행동에 걸쳐 나타나는 근원적 본질의 기반을 추구하려는 노력의 집약인 것이다. 그러나 실상 실존주의라는 말은 많은 오해와 편견을 낳게 하고 있다. 즉 실존주의는 이유없는 반항이나 퇴폐적 허무주의 등의 의미와 동일시되고 있는 수가 많다.

이러한 오해는 문학에 있어서의 실존주의에 기인한다. 실존주의 문학에 나타나는 모든 현실적 사건들을 실존주의 철학과 결부시켜 혼동하고 있기 때문이다. 문학은 철학적 사상에 그 주제의 기초를 두고 있긴 하지만 철학 그 자체는 아니다. 철학에 있어서의 뭉뚱그려진 이념의 덩어리들을 현실적 사건을 소재로 한 상징을 매개로 하여 구체적으로 표현하고 있는 것이 문학인 까닭이다. 물론 철학적 주제와 문학적 표현이 상호융합함을 보이면서 친근하게 밀착하고 있는 경우는 실존주의 문학에서 가장 두드러진다.

하지만 철학의 용어를 편의상 빌려 문학작품에 무턱대고 주입시켜 버리고 마는 경향은 우리가 지극히 기피해야 할 사항이다. 예를 들면 낭만주의에 몽상적인 요소가 있다고 하여 시대가 바뀐 지금 21세기에 와서도 꿈에 잠기기 쉬운 사람을 가리켜 '낭만적 인간'이라는 라벨을 붙여버리고 마는 것은 일종의 넌센스인 것이다.

이 글에서 필자는 실존주의 사상과 실존주의 문학에 있어 인간의 본질적 양태가 어떻게 집약되어 종합적으로 추출될 수 있는가 하는 문제를 살펴보려고 한다. 즉 우리가 사르트르나 카뮈 등의 작품을 통하여 너무도 손쉽게, 그리고 '문학적'인 의미로만 받아들이고 있는 실존의 철학을 다시 한번 객관적 입장에서 조명해 보려고 하는 것이다.

2

20세기 중엽까지만 하더라도 서구인들은 문명과 문화를 통해서 이룩되는 '인간성의 끊임없는 향상'을 믿어왔다. 무수한 전쟁이 일어나고 민족간의 갈등과 종교적 충돌이 빚어지기는 했지만, 그것은 어디까지나 인간의 본질 문제를 떠난 2차적인 문제로 간주되었다.

일찍이 쇼펜하우어가 『의지와 표상으로서의 세계』를 발표하여 '욕망의 포로로서의 인간'과 '비극을 자초할 수밖에 없는 인간성'의 문제를 제기했는데도 불구하고 사람들은 그의 주장에 관심을 기울이지 않았고, 종교적 인습이 가르쳐주는 대로 '신(神)의 모습에 점점 다가가는 인간'을 믿는 안이한 인간관에 빠져 있었다.

중세 암흑시대에 대한 반성으로 일어난 문예부흥 운동을 통해 '신 중심으로부터 인간 중심으로의 환원'이 일단 이루어지기는 했었다. 하지만 그것이 인간성 자체에 대한 철저한 분석과 점검으로 이어진 것은 아니었다. 또한 그 뒤에 일어난 루터의 종교개혁 역시 신 중심의 '단일한 인간관'을 신 중심의 '복합적 인간관'으로 바꿔놓았을 뿐, '인간 중심의 인간 분석'을 시도하지는 못했던 것이다.

17세기 프랑스의 철학가 파스칼은 인간은 무력한 존재지만 신의 자비에 의지할 때 '인간성의 향상'을 이룰 수 있다고 주장했다. 또한 합리주의 철학가 데카르트 역시 신의 존재를 증명해 보이려고 무던히 노력하며, 신이 인간에게 선물한 이성에 의해 인간성이 점진적으로 발전해 간다고 확신했다. 말하자면 인간의 배후에 도사리고 있는 신의 존재와 인간에 대한 신의 사랑과 섭리, 그리고 그에 따른 인간성의 향상을 부정하려는 사람은 없었던 것이다.

근대 시민사회의 이론을 세운 장 자크 루소도 "인간의 영혼 속에는 진리와 정의의 선천적 원칙이 있는데, 우리는 신이 준 이 원칙에 따라 우리 자신과 남들의 잘못을 판정하는 것이다. 나는 이것을 양심이라고 부르겠다"고 말하면서, 양심이 인간성의 본질이며 양심이야말로 갖가지 방황과 혼란과 악(惡)으로부터 인간을 마침내 구해 줄 것이라고 역설했다.

비록 전쟁이 일어나고 질병이 퍼지는 일이 있어도 그런 것은 잠깐 견어내기만 하면 되는 장애물에 지나지 않았고, 오직 신에 의해 약속된 '미래의 왕국'을 향한 미련스런 전진만이 계속되었다. 인간이 무섭게 이기적이고 탐욕스러운 모습을 보이는 경우가 많이 나타나도 사람들은 그런 것들에 대해 무심했다. 인간에게는 신으로부터 부여받은 '옳고 그른 것을 인식할 수 있는 능력'이 있으므로, 그런 능력을 낙관적 관점에서 계발시키는 것이 인간의 의무라는 주장만이 되풀이됐을 뿐이었다.

이런 생각은 20세기에 들어와 1, 2차 세계대전을 겪으면서도 여전히 계속되었다. 프랑스의 철학자 베르그송은 '창조적 진화'라는 표현으로 인간성의 진보를 확언했고, 프랑스의 신학자 테야르 드 샤르댕 역시

'오메가 포인트'라는 개념을 내세워 '궁극적 지향점을 향해 부단히 전진해 가는 인간정신'을 강조했던 것이다.

3

그러나 20세기 후반에 들어서부터 인류는 새로운 경험을 치러내지 않으면 안 되었다. 그것은 두 가지 커다란 '상황 변화'로 요약될 수 있다. 즉 '문명 발달에 의한 공해의 증가'와 '식량 및 자연 자원의 고갈'이 그것이다. 이전까지와는 전혀 다른 형태로 무수한 인명의 희생과 환경의 파괴를 경험하게 된 인류는 그래서 당황하지 않을 수 없었다.

1, 2차 세계대전 때만 해도 환경피해가 그렇게 심하지는 않았다. 그래서 그 이후의 예술풍토는 그래도 인간의 순수한 미의식이나 이성적 통찰력에 기반을 두는 '초현실주의'나 '모더니즘' 또는 '사회주의적 리얼리즘' 같은 쪽으로 기울어질 수 있었다. 물론 그런 사조들은 세계적인 절망과 불안에 항거하는 뜻으로 '퇴폐적 반어(反語)'나 '유물론적 이상주의'를 내세웠다. 하지만 그것은 어디까지나 낙관적 세계관에 기초한 것이었고, 인간성 자체나 신의 섭리(또는 신에 버금가는 '절대적 이데올로기'의 섭리) 자체에 대한 본질적 회의와는 거리가 먼 것이었다.

더욱이 1980년대 이후에 일어난 여러 가지 현상들은 신의 섭리나 인간의 능력을 여전히 굳게 믿고 있던 사람들의 마음을 뒤흔들어 놓기에 충분하였다. 그것은 바로 에이즈의 만연, 아프리카의 사막화 현상, 지구 온난화에 따른 기상이변, 인구의 폭발적 증가, 식량부족에 따른 아사자의 증가, 대기 오존층의 파괴, 엔트로피(쓸 수 없게 된 에너지)의 급속한 증가 같은 것들이었다.

동양의 순환론적 역사관과는 달리 발전론적 역사관에 젖어 있던 서구의 지식인들에게 있어, 이러한 현상들은 매우 충격적인 것이었다.

그것이 신(또는 이데아)의 뜻 때문인가, 인간의 뜻 때문인가 하는 문제로 지식인들은 고민하기 시작했다. 그렇지만 그들은 신이나 이데올로기의 능력에 대해 불안한 회의를 느끼면서도, 한편으로는 '신의 자비로운 손길'에 대한 희망이나 '이데올로기의 승리'에 대한 희망을 아주 버리지는 않았다. 인간은 신으로부터 선택받은 자 또는 스스로 신이 될 수 있는 자라고 굳게 믿고 있었기 때문이었다.

그러나 구소련의 붕괴를 겪고 나서 사정은 판이하게 달라졌다. 여러 가지 시행착오를 치르고 나서도 여전히 편의적으로 해석된 '이성'과 '양심'을 믿으며 번영과 진보의 노력을 가다듬고 있던 그들에게 철퇴가 내려진 것이다. 마르크스주의는 겉으로만 무신론을 표방하고 있었을 뿐, 실제로는 기독교적 유토피아니즘의 변형물에 다름 아니었다. 그리고 그것은 플라톤주의의 아류이기도 했다. 그렇기 때문에 구소련의 붕괴는 신을 믿든 안 믿든 서구의 모든 진보적 지식인들에겐 치명타였다.

많은 지식인들은 심각하게 고민하지 않으면 안 되었는데, 그들로서는 천만 명이 넘는 희생 위에서 이룩된 러시아 혁명이 갑자기 '죽음'을 맞이한 것이 역사의 섭리에 의한 것인지 인간의 잘못에 의한 것인지 판단하기 어려웠기 때문이다. 또한 일종의 불가지론(不可知論)에 입각하여 인간성 안에 내재된 합리성과 양심에 희망을 걸고 있던 휴머니스트들에게도 그 충격은 마찬가지로 컸다.

그 사건을 계기로 2천 년 이상을 이어 내려온 서구 정신문명의 찬란한 전통은 갑자기 닥쳐온 스스로의 '몰락'을 뼈저리게 의식하기 시작했다. 수세기에 걸쳐 지켜온 가치관이 어이없게 무너져내리고, 희망은 하나하나 어긋나갔다. 파괴적이고 비극적이며 또한 부조리하기 짝이 없는 인간의 운명을 지켜나갈 이데올로기나 수호신은 없는 것 같아 보였다. 그래서 안쓰러운 해결책으로 등장한 것이 바로 '해체'와 '탈(脫)

합리'를 내세우는 포스트모더니즘이다.

하지만 나는 지금 우리에게 필요한 것은 오히려 '실존의 재인식'이고, 재래의 실존주의 사상을 동양사상과 접목시키는 일이라고 생각한다. "하늘 아래 새로운 것은 없다"는 말도 있듯이, 위기에 처한 인류를 구원할 수 있는 길은 의외로 새 것보다는 헌 것에서 찾아질 수 있다고 보기 때문이다. 그럴 경우 모든 문제 해결의 실마리는 결국 '인간 실존의 재음미'가 될 수밖에 없다.

인간의 실존적 본질에 대해서 숙고해 보려면 우선 1930년대 후반부터 싹튼 사르트르의 실존주의 사상을 재음미해 볼 필요가 있다. 물론 그 이전에도 실존주의 사상은 있었다. 그러나 그것은 유신론과 긍정적 낙관주의에 기초한 실존주의였기 때문에, 절망적 인간 인식에 바탕을 두는 진정한 실존주의와는 거리가 먼 것이었다.

'인간 존재의 근본에 대한 유추'는 관념이 아니라 체험에 의해서만 가능하다. 뼈저린 불안과 고독, 그리고 극한적 고통과 절망을 체험해 봐야만 인간은 스스로의 본질을 발견해 낼 수 있다. 그런 의미에서 볼 때 인류가 20세기 말엽에 체험한 여러 가지 돌발적인 상황들은, 사르트르가 주장한 '진정한 의미의 실존주의'를 새롭게 조명하게 하는 요인이 되고 있는 것이다.

4

그렇다면 도대체 '실존'의 진정한 의미는 무엇인가? 사르트르는 "존재는 본질에 선행(先行)한다"고 주장하면서, '인간은 아무런 의미 없이 그저 던져진 존재'라는 사실이 곧 인간의 '실존'이라고 말한다. 그래서 사르트르의 소설에서는 언제나 실존의 의미가 인간의 '한계상황'이나 '극한상황'과 결부되어 형상화되고 있다. 인간의 능력이 무엇을 할 수 있는가 하는 문제는, 고통의 밑바닥까지 가볼 대로 가본 연후에야 판단할 수 있는 문제라는 이유에서이다.

한계상황을 경험해 보지 못한 인간은 인류가 이룩해 놓은 '문화의 껍데기'만을 믿고 살아간다. 하지만 문화의 산물이라고 할 수 있는 양심 · 도덕 · 종교 · 윤리 같은 것들은 사실 '본래의 인간성'과는 무관한 것이다. 인간은 먹어야 살고, 수면을 취해야 살고, 성 본능을 충족시켜야 산다. 그 이외의 요소들을 관심의 대상으로 삼는 것은 이런 본능들이 충족된 이후에만 가능하다.

그렇기 때문에 실존의 의미를 탐구하려 했던 카뮈 등의 실존주의 문학가들 역시, 인간이 모든 문화적 껍데기를 벗어버리고 인간 본래의 본성을 노출시킬 때 나타나는 '한계상황'에 초점을 맞추었다. 그들 또한 '현실적 상황 속에서의 인간 존재'가 '인간의 본질'에 선행한다고 봤던 것이다.

선천적 본질(또는 이데아) 없이 이 세상에 내던져진 인간은 자기가 처해 있는 상황 속에서 스스로의 힘으로 '자신의 본질'을 만들어가야만 한다. 그런데 한계상황을 경험하기 이전의 인간은 산다는 것이 너무나 고달픈 일이기 때문에 '신으로부터의 타율(他律)'을 요청한다. 그리고 스스로의 '비참한 실존'을 망각하기 위해 정신적 · 종교적 · 이데올로기적 껍데기를 필요로 하게 되는 것이다. 대체로 이런 생각이 실존주의 문학의 기본 입장이라고 할 수 있다.

하지만 실존의 의미를 좀더 확실히 재음미해 보기 위해서는, 동양철학의 도움을 필요로 한다는 게 내 생각이다. 서구의 실존주의는 20세기 중엽에 이르러 꽃피웠지만, 동양의 '실존주의적' 사상은 이미 수천 년 전부터 일종의 상식처럼 정립돼 있었던 것이기 때문이다.

예전부터 중국철학에는 뚜렷한 인격적 신(神)이 존재하지 않았다. 공자가 '천(天)'을 항상 언급하고는 있지만 기독교의 유일신과는 달리

'인간과 우주를 총괄하는 어떤 원칙으로서의 천(天)'이거나 '범신론적 우주관에 바탕을 둔 천(天)'이었다. 중국인들은 어디까지나 '인간'에 바탕을 둔 철학을 내세웠다. 그들에게 있어 '하늘'은 인간을 지배하고 인간에게 섭리를 베푸는 타자적(他者的) 존재가 아니라, 인간을 포함한 모든 우주 현상을 움직여 나가는 일종의 '자연질서' 그 자체였다.

그렇기 때문에 중국철학이나 중국문학에는 '한계상황'이나 '극단적 절망' 같은 것은 보이지 않는다. 어디까지나 상대적 가치관에 바탕을 둔, 무한한 변전(變轉)과 순환의 끊임없는 운행(運行)만이 있을 뿐이다. 서구의 역사관이 기독교적 종말론이나 헤겔주의적 이성발전론에 입각한 전진적(前進的) 구조로 되어 있는 데 비해, 동양의 역사관은 영원한 반복의 논리에 입각한 순환적 구조로 되어 있는 것이다. 그래서 동양 사람들은 일찍부터 인간의 본성이 자연 그 자체에 불과하다는 것을 겸손하게 깨달아 알 수 있었고, 극단의 희망이나 극단의 절망에 빠지는 것을 막아주는 중용(中庸)의 철학을 유지할 수 있었다.

중국사상의 대종을 이루는 『주역』이 제시하고 있는 '역(易)'(즉 '바뀜')의 철학이나, '달도 차면 기운다', '궁하면 통한다' 등이 바로 그런 생각을 보여주는 좋은 예다. 절대적인 '궁(窮)'도 없고 절대적인 '통(通)'도 없다. 궁하면 통하고 통하다 보면 궁해진다. 마치 경제이론에서 끝없는 호경기도 없고 끝없는 불경기도 없다고 말하듯이, 계속되는 변화의 사이클을 유지하고 있는 것이다. 그렇기 때문에 동양사람들은 언제나 비교적 침착할 수 있었고 느긋할 수 있었다.

동양의 물질문명이 서양의 물질문명에 비해 다소 더디게 진보한 까닭은, '끝없는 희망'이나 '끝없는 좌절'을 경험해 보지 못했기 때문이다. 서양인들은 언제나 끝없는 희망으로만 가득 차 있었기 때문에 일단 물질문명의 진보를 이룩할 수 있었다. 『구약성서』「창세기」에서 여호와 신이 약속한 '땅 끝까지 지배하는 인간'과 플라톤이 확언한 '인위적 이상국가 건설의 가능성'이 그들 사고방식의 전부였다.

이런 극단적 희망(또는 자만)이 무너질 때 인간은 극단적 좌절을 경험할 수밖에 없다. 1, 2차 세계대전이 야기한 절망적 상황 속에서 일부 서구인들이 재래의 가치관을 무너뜨리며 실존주의 철학을 뒤늦게 시작한 것은 이런 이유에서였다.

5

따라서 실존주의 문학가들이 인간의 절망과 불안을 중심적 소재로 취한 것은, 동양사상의 핵심인 '궁하면 통한다'의 '궁'에 초점을 맞춘 것이라고 볼 수 있다. 불경기가 있어야 호경기가 오듯이, 인간이 스스로의 힘으로 구원을 찾기 위해서는 궁할 때까지 궁해 봐야 한다는 결의가 필요했던 것이다.

바로 이런 점 때문에 실존주의 문학에 대한 모든 오해가 빚어졌다고 볼 수 있다. 그들이 보여준 인간의 극한상황은, 그 극한상황을 뛰어넘어 더 멀리 전진할 수 있는 '근원적인 힘'을 이끌어내기 위한 일종의 '통과의례적 시련'의 의미를 갖는 것이었다. 그런데 대다수의 사람들은 문학 속에 나타난 극한상황을 극한상황 자체로만 받아들인 나머지, 극한상황의 이면에 내재하고 있는 원동적(原動的)인 힘을 인식하지 못했다.

여기서 실존주의 문학과 실존주의 철학 간의 괴리가 생겨난다. 실존주의 철학이 주장하고 있는 '실존적 인식으로서의 회귀(回歸)'가 문학작품에서는 간접적으로 시사될 수밖에 없었기 때문이다. 그러므로 우리는 여기서 실존주의 문학이 시사하고 있는 '실존적 인식'의 의미를 편의상 정리하지 않으면 안 되겠다. 실존적 인식이란 한마디로 말해서 '인간의 생존을 방해하는 일체의 부조리한 여건들과 대결하려는 휴머니즘적 노력'이라고 할 수 있다. 사르트르가 그의 문학을 오해하고 있는 독자들을 위해 『실존주의는 휴머니즘이다』를 써서 발표한 까닭이 여기에 있다. 이 책에서 사르트르는 다음과 같이 말한다.

> 실존주의는 행동하는 인간을 대상으로 하는 것이므로 공소(空疎)한 관념 위주의 철학이라고는 할 수 없다. 실존주의는 또 인간을 비관적 입장에서 바라보고 있지도 않다. 인간의 운명은 인간 자신이 결정한다는 것이 실존주의의 주장이므로, 그보다 더 낙관적인 이론은 없을 것이다. 또한 실존주의는 사람에겐 자기 자신의 행동밖에는 희망이 없다는 것, 사람이 살 수 있도록 하는 유일한 힘은 행동이라는 것을 말하고 있기 때문에, 행동하려는 사람을 절망시키기 위한 시도하고도 할 수 없다. 실존주의는 결국 행동과 앙가주망(참여)의 모럴인 것이다.

사르트르는 『파리떼』, 『자유의 길』 등의 작품을 통해서, 개인이 '타인 및 자기가 처해 있는 환경'과 연대책임하에 있음을 보여주고 있다.

카뮈는 『이방인』에서 개인이 부조리한 상황과 맞서 싸우려면 니체적 허무주의 윤리로 무장할 필요가 있다고 시사한 바 있다. 그러나 그도 나중에 가서는 『페스트』를 통해, "인간은 비록 우주적 부조리에 절망할망정 상호간의 유대를 맺어야 하며, 이 일을 위해서라면 개인적인 행복을 잃어도 하는 수 없다"고 말하게 된다.

이러한 '참여'의 모럴이야말로 실존주의 문학의 도덕적 기초가 된다. '참여'를 선택할 필요성, 다시 말해서 '절망적으로 위험한 상황일지라도 그런 상황에 참여해야만 한다는 본능적 절박감'이야말로 참된 인간성의 재건을 위한 밑거름이 되는 것이다. 관념적 심미주의(審美主義)가 아닌 대중적 미감(美感)에의 참여, 초현실적 세계가 아닌 현실적 세계에의 참여, 이것이 바로 실존주의 문학에 나타난 '실존적 인식'의 본질적 의미라고 할 수 있다.

6

실존적 인간관이 단순한 절망으로서의 인간 인식이 아니라 인간 스스로의 노력을 강조하는 인간관이라는 것을 이해하기 위해서는, 실존주의 문학의 주된 소재가 되고 있는 '불안'과 '고독'의 의미를 찾아내지 않으면 안 된다.

그럼 먼저 불안의 의미를 살펴보기로 하자. 실존주의는 우선 '불안'을 '공포'와 구별하는 것에서부터 불안의 본질을 캐들어 가기 시작한다. 불안과 공포는 서로 가깝다. 그리고 둘은 가끔씩 서로 구별되지 않고 사용된다. 그러나 둘 사이에는 분명히 엄밀한 차이가 존재한다.

공포는 어떤 일정한 것에 관계되어 있다. 사람들은 재난 · 폭력 · 인격모독 · 처벌 · 치명적 질병 같은 것들에 대해 공포를 느낀다. 그런 것들은 인간에게 언제나 현실적이고도 구체적인 위협을 준다. 말하자면 공포는 인간을 해칠 수 있는, 따라서 인간은 그 앞에서 조심해야만 하는 그 어떤 것과 관련되어 있다. 인간은 일정한 위협에 당면할 때 공포를 느낀다. 그리고 예상되는 피해의 정도에 따라 공포가 더 커지기도 하고 작아지기도 한다.

그러나 불안은 공포와 다르다. 그것은 결코 일정한 대상을 갖고 있지 않다. 사람들은 자기가 무엇에 불안해하고 있는지를 구체적으로 말할 수 없다. 사람들은 무엇에 불안해하느냐는 질문을 받았을 때 누구나 당황하게 된다. 물론 그들은 자신이 느끼고 있는 불안이 '뚜렷한 근거가 없는 불안'이라는 사실만은 명백하게 알고 있다. 그러므로 불안의 특성은 공포와는 달리, 이성적 사고를 통한 논의나 타협으로는 그것을 제거할 수 없다는 데 있다.

불안은 반항할 수 없을 정도의 완강한 힘을 갖고서 인간 존재의 심연에 가로놓여 있다. 인간이 격렬한 노력과 희망을 통해 제아무리 불안을 잊어보려고 해도, 불안은 절대로 자취를 감추지 않는다. 인간이 느끼는 불안은 인간의 본질 깊숙이 내재해 있는 '실존적 불안'이기 때문이다. 사람들이 신을 찾게 되고 이데올로기에 매달리게 되고 문화를 이룩해 나가게 되는 것은, 모두 다 불안을 망각해 보려는 안쓰러운 노력의 소산인 것이다.

설사 불안을 망각해 버린다고 해서 우리가 곧장 긍정적 희망으로 줄달음칠 수 있는 것도 아니다. 병이 들었을 때 진통제만으로는 병을 고칠 수 없듯이, 불안을 망각하려는 것은 진통제의 헛된 사용과도 흡사하다. 오히려 우리는 병의 확실한 원인을 알고 났을 때 우선 안심할 수 있다. 병의 원인을 규명하지 못한 상태인 채로 잘못된 치료를 거듭하며 의사의 낙관적 위로를 받는다고 해서 병은 나아지지 않는다.

실존주의 문학이 대두하기 이전의 문학은 인간 존재의 본질적 불안을 망각하기 위한 헛된 노력에 불과 했다. 그러나 사르트르나 카뮈의 문학에서부터 '불안'은 비로소 모습을 드러내게 되었고, 불안이야말로 인간 실존의 본질이라는 사실이 알려지게 되었다. 그리고 인간이 느끼는 불안은 '파악될 수 있는 일정한 근거'에 뿌리박고 있는 것이 아니라는 사실이 명백해졌다.

7

실존주의 문학은 결국 일체의 거짓된 태도, 즉 '불안을 일시적으로 해소해 보려는 맹목적인 노력'을 규탄하는 데서부터 출발한 문학이라고 할 수 있다. 인간을 불안한 상태로 발가벗겨 놓고서, 또 지성이라는 가면을 깨끗이 벗어던지게 해놓고서, 그 불안의 심연으로부터 탈출할 수 있는 '단말마적 노력'을 이끌어내려는 것이 바로 실존주의 문학의 목표인 것이다.

따라서 인간은 단순히 '신의 피조물'로 머물러 있어서는 안 되며, 인간으로서의 자존심을 갖고서 자신의 삶을 스스로 만들어보자는 것이 실존주의 작가들의 과제가 될 수밖에 없었다. 그래서 그들은 절망적 상황 속에서 역설적으로 솟아나오는 '자유에의 용기'를 즐겨 묘사하고 있는 것이고, 허위와 위선과 인습 속에 안주해 있거나 그 속으로 도피해 버리려는 사람들을 가차없이 고발하고 있는 것이다.

가령 기존의 인습적 도덕률에 따라 신의 이름을 빌려 인간을 선과 악 양자로 갈라놓기를 주장하는 『이방인』에 나오는 검사나, 매일같이 되풀이되는 습관적 생활을 아무런 의심이나 회의 없이 이어가면서 소극적 자기만족을 얻는 『구토』에 그려진 부빌의 시민들은 '도피적 인간형'의 좋은 예다. 그들은 한마디로 말해서 실존적 불안을 망각하려고 발버둥치는 속물(俗物)의 표본인 것이다. 『이방인』의 마지막 부분에서 주인공 뫼르소는 자신이 처형될 시간을 앞두고 다음과 같이 말한다.

> 나는 아주 새롭게 소생된 것 같은 느낌을 느끼고 있다. …… 나는 비로소 이 세계의 정다운 무관심에 마음을 열었다. 세계를 나에게 가까운 것으로 느끼고 또 형제같이 여기게 되니, 나는 내가 지금까지 행복했으며 또 지금도 행복하다는 것을 깨달았다. 나는 모든 것이 성취되어 전보다 고독하지 않다는 것을 느끼고 있다. 내게 남아 있는 희망이라면, 내가 사형당하는 날 많은 구경꾼들이 모여들어 증오의 소리를 외치면서 나를 맞이해 주는 것뿐이다.

뫼르소는 스스로 막연하게 느끼고 있던 불안의 의미를 발견하고, 고독한 실존 자체를 완전히 긍정적으로 받아들이게 되는 경지에 이른다. 말하자면 세상의 인과율과 도덕과 세평(世評)을 초월하여, 스스로의 존재에 만족할 수 있는 '행복한 자기'를 되찾게 된 것이다. 여기서 우리는 진정한 의미의 인간 승리를 느낄 수 있다. 타자에 의해 가치규정된 자아가 아니라 '스스로의 노력과 깨달음에 의해서 만들어진 주체적 자아'의 확립이야말로 실존주의 문학의 목표가 된다. 그리고 이러한 깨달음은 '불안'의 체험 없이는 획득할 수 없는 것이다.

8

그 다음에는 '고독'의 문제기 제기된다. 고독의 문제는 존재와 무(無)의 관계에 대한 문제다. 또한 나와 너, 개인과 사회 간의 문제이기도 하다. 여기서 말하는 '무(無)'란 '대자적(對者的) 존재' 즉 '의식적 존재'의 '무'를 가리킨다. '즉자적(卽者的) 존재' 즉 '물질적 존재'가 '유(有)'인 데 반하여, 대자적 존재는 '무'일 수밖에 없다는 것이다. 그러므로 관념으로 강제된 불안에서 벗어난 뒤에, 사람들은 안도의 한숨을 쉬며 자신에게 이렇게 말할 수밖에 없다. 즉 "근본적으로는 아무것도 없었다"라고.

실존주의는 바로 이 '무(無)'의 확인, 즉 모든 정신적 관념들에 대한 개인적 자유의 확인으로부터 출발한다. '나의 현존(現存)' 이외에는 실제로 아무것도 존재하지 않는다. 인간은 본래 고독한 존재이며, '자유'라는 무거운 짐을 지고 있는 존재이기도 하다. 따라서 우리가 불안의 대상이 어떤 것인가를 따져 묻는다면 다음과 같은 대답이 나올 수밖에 없다. "그것은 자유 때문에 생기는 고독이다."

불안과 고독은 언제나 서로 대응한다. 인간은 죽음에 의해서 제한된 삶을 불안에 사로잡힌 세계 속에서 살아가고 있으며, 시간과 공간의 제한된 질서 속에서 고독하게 존재하고 있는 것이다. 데카르트처럼 "나는 생각한다. 그러므로 나는 존재한다"라고 말한다든지, 또는 플라톤처럼 "참된 존재는 이데아의 세계에 있다"라고 말한다는 것은 인간 존재를 허공에 뜬 관념 덩어리로 보는 것에 지나지 않는다.

어떠한 변명과 논증을 갖다대더라도, 인간은 정신만으로는 존재할 수 없다. 모든 정신적 표상들은 인간의 육체적 감성과 경험에 기인하여 생긴다. 그러므로 인간은 본래부터 '의식(또는 정신)의 무(無)'에 바탕을 두고 있는 존재이고, 따라서 어떤 사상이나 종교로도 위안받을 수 없는 '고독한 생명체'일 수밖에 없다. 이런 사실을 깨닫는 것이야말로 '인간에 대한 가장 확실한 인식'의 출발이 된다.

9

하지만 고독은 고독 그 자체로 끝나는 것이 아니다. 고독에 따라붙는 '자유'는 또한 고독으로부터의 탈출을 가능하게 한다. 여기서 실존주의 사상과 동양철학과의 만남을 다시 한번 확인할 수 있다. 노장사상이나 불교사상이 보여주고 있는 '무아(無我)'와 '허무'의 경지는, 곧바로 '실존적 자각'과 결부되기 때문이다. 『장자(莊子)』「제물론(齊物論)」편에 나오는 장자의 꿈 이야기는 인간의 정신적 실체가 무(無)일 수밖에 없다는 사실을 상징적으로 시사해 주고 있다.

> 언젠가 나 장주(莊周)는 꿈속에서 나비가 되었다. 훨훨 날아다니는 나비가 되었다. 나는 나비 상태를 마음껏 즐기는 가운데 내가 나라는 것마저 잊고 말았다. 얼마 후 문득 꿈에서 깨니 나는 여전히 나 그대로였다. 그렇다면 지금의 내가 꿈속에서 나비가 되었던 것일까, 아니면 그 나비가 꿈을 꾸면서 지금의 나로 변한 것일까. 물론 지금 모습

> 으로는 장주와 나비 사이에는 뚜렷한 구별이 있다. 그러나 그것은 물화(物化) 즉 '온갖 것의 끊임없는 변화' 속의 거짓 모습인 것이다.

장자는 꿈을 통해 비로소 그가 나비일 수도 인간일 수도 있다는 상대적 진리를 체득했다. 즉 그는 절대적으로 나비일 수도 없고 절대적으로 인간일 수도 없는 것이다. 그렇다면 그의 존재는 '무(無)'일 수밖에 없다. 그것만이 우리가 할 수 있는 '존재에 관한 유일한 답변'이다. 인간 이성의 우월성에 대한 막연한 믿음이나 기독교에서 말하는 '하느님의 형상대로 지음을 받았다'는 것만으로는 충분하지 않다. 오직 '무(無)'로부터 우리가 출발했다는 것만이 확실한 진리이고, 그것을 깨달을 때 우리는 고독을 벗어난 '달관'의 경지로 들어가는 것이다.

이런 무(無)의 자각, 즉 '절대적 고독'과 '절대적 자유'의 자각이야말로 실존적 사고의 진정한 출발점이 된다. 그러므로 우리는 사르트르와 카뮈가 보여준 고독의 문제를 단순한 감상(感傷)으로 받아들이지 말고, 인간 심연에 가로놓여 있는 본질의 문제로 받아들여야 한다.

사르트르는 그의 소설 「벽」을 통해서 다음과 같이 고백한다.

> 내가 죽은 것을 알면 콩샤는 눈물을 흘리리라. 여러 달을 두고 살맛이 없을 것이다. 하지만 어쨌든 죽어가는 것은 나다. 그녀의 다정스럽고 아름다운 눈이 떠오른다. 나를 바라볼 때는 무엇인가 그녀한테서 흘러 들어오는 것이 있었다. 그러나 그것도 다 끝난 일이라고 생각한다. 지금 나를 바라본다고 해도, 그녀의 눈동자는 눈 속에 담겨 있을 뿐 나에게까지 흘러들어오지는 않을 것이다. 나는 외로웠다.

비록 콩샤와 사랑을 불태웠지만 '죽어가는 것은 나다'라고 주인공은 느낀다. 결국은 혼자인 것이다. 모든 사회적 관계나 애정의 갈등은 스스로가 혼자라는 것을 깨달은 다음엔 무의미한 것이 된다.

이런 절대적 고독의 자각으로부터 인간은 비로소 실존을 경험할 수 있다. 마치 공을 바닥에 내려던지면 위로 튀어오를 수밖에 없듯이, 인간 존재도 밑바닥 즉 '고독의 심연'과 '허무의 경지'까지 내려갈 수 있어야만 비로소 '반동력(反動力)에 의한 탈출과 비약'이 가능해지는 것이다.

'불안'과 '고독'과 '허무' 세 가지는 인간이 가장 피하고 싶어하면서도 결국은 피할 수 없는, 그리고 그것을 절감하는 과정을 거쳐야만 '새로운 희망'으로 튀어올라 갈 수 있는, 일종의 '필연적 고통' 이다 이를테면 '궁즉통(窮則通)'을 전제로 하는, '통(通)하기 위한 몸부림으로서의 궁(窮)'이라고나 할까. 위기에 처한 인류는 이런 '실존적 인식'을 통해야만 거듭날 수 있다.

10

이제 마지막으로 우리는 희망의 문제를 다루지 않으면 안 된다. 희망과 결부되지 않은 실존은 무의미하다. 여기에 있어 동양과 서양의 가치관엔 차이가 보인다. 동양의 실존은 무(無)와 고독을 자각하기는 하였으나, 그것을 희망의 경지에까지 이끌어 올리지는 못하였다. 끊임없는 반복과 변전의 되풀이 속에서 동양의 인간들은 희망도 절망도 없는 중용적(中庸的) 세계관을 고수했을 뿐이다.

그러나 서양의 실존주의는 다르다. 사르트르와 카뮈의 작품이 중요시되는 것은 이 점에 있다. 비록 무신론적 실존주의라고 비난받고는 있지만 사르트르의 철학이 공산주의의 유물론적 철학과 접합(接合)될 수 없는 것은 이런 까닭에서이다. 유물론에 있어서는 인류의 궁극적 희망을 인정하지 않는다. 물론 '능력에 따라 일하고 필요에 따라 분배를 받는' 마르크스의 이상적 공산주의 사회를 동경하고는 있지만, 어디까지나 그들의 역사관은 냉철하고 기계적인, 인간을 부정적인 각도에서 보는 유물론에 바탕하고 있다.

그러나 사르트르와 카뮈의 실존주의는 희망을 전제로 한다. 카뮈의 『페스트』에서는 신이 없이 은총을 베풀 수 있는, 즉 인간적 사랑의 희망에 충만한 의사 리외를 등장시키고 있다. 그는 자기의 행동을 위대한 진실에 봉사시킴으로써 한걸음 한걸음 전진해 나간다. 절망적 상황에 부딪치면서도, 또한 절망을 마음속으로부터 뼈저리게 체득하고 있으면서도 그의 행동은 봉사에의 희망으로 충만되어 있다. 이것이 바로 진정한 실존주의자의 모습이다. 그리고 그러한 모습은 삶의 불안과 고독을 체험하지 않은, 즉 일시적 낙관주의와 선량주의(善良主義)에 불과한 인간들과는 본질적으로 다른 것이다. 희망은 막연한 동정이나 양심, 도덕, 윤리만으로는 이루어질 수 없다. 뼛속 깊은 절망의 체험만이 진정한 희망을 가능케 한다.

슬픔을 당했을 때 사람들은 운다. 마음 놓고 울어버려야만 속이 후련해지고 그 다음의 행동으로 나아갈 수가 있다. 희망도 마찬가지다. 현실을 왜곡하는 몽상적인 낙관만으로 그것은 이루어질 수 없다. 실존주의가 희망의 문제를 전제로 하면서도, 그 소설의 소재로 희망을 택하지 않고 절망을 택하고 있는 것은, 바로 희망이 절망으로부터 출발하는 것이라는 것을 깨닫고 있기 때문일 것이다.

11

이상에서 우리는 실존주의 문학에 나타난 인간과 실존의 상호적 의미를 간단히 살펴본 셈이다. 물론 실존주의 자체를 다 설명했다고는 볼 수 없다. 그러나 실존주의 문학을 일별(一瞥)해 봄으로써 실존주의에 대한 새로운 이해를 도모해 보려고 필자는 노력하였다.

결국 남는 문제는 더욱 기본적인 문제들, 즉 문학의 사회적 효용성, 철학과 문학의 관련성 등의 문제다. 그러한 문제를 가늠해 보기 위해서는 더욱 세부적인 분석이 필요한 것이겠지만, 이 글에서는 문학의 당위적 속성을 전제로 하여, 결과로서의 문학의 대사회적(對社會的) 효용성에 기반을 두었다. 실존주의가 고독과 불안, 그리고 절망을 그리고 있는 문학이니만치 그것이 독자에게 주는 파급력은 크다. 또한 그것에 대한 오해와 잘못 수용되는 데 따른 오류와 부작용도 나올 수 있다. 그러한 것을 바로잡아 보기 위해서 이 글은 실존의 의미를 동양철학과 비교하여 설명해 보았다.

결국 실존주의 문학은 '인간에 의한 인간구원의 실현'을 목적으로 하는 희망의 문학인 셈이다. 그런데 이러한 실존주의 정신은 바로 동양의 여러 사상들이 공통적으로 보여주고 있는 사유(思惟) 양식인 것이다. 대국적인 견지에서 본다면, 불교나 유교나 도교는 모두 다 인간에 의한 인간의 구원을 목표로 하고 있다고 볼 수 있다.

실존주의가 휴머니즘에 뿌리박고 있는 사조라면 불교의 '실유불성(悉有佛性)'이나 유교의 성선설(性善說) 또는 '인(仁)'의 사상과 근본적으로 통한다고 볼 수 있다. 도교사상에 이르러서는 더욱 그러하다. 도교에서는 궁극적 목적을 인간이 신선이 되는 데 두고 있는 만큼, 더욱 실존주의 사상과 밀접하게 결부되어 있다. 노자나 장자가 죽음을 친구로 알아야 하고, 추한 것을 아름답다고 느껴야 하며, 고통을 달관된 체념의 경지로서 받아들여야 한다고 주장한 것은, 결국 실존주의 문학에 나타나고 있는 모든 제재들과 통하는 바가 많다. 다만 노장사상에서는 우화적 비유, 상징적 비유로만 사용되었던 제재들이, 실존주의 문학에서는 더 직접적이고 현실적인 사물들로 바뀌었을 뿐이다.

이제 우리는 동양정신과 서양정신의 근본적 차이점을 논할 것이 아니라, 그 근원적 유사성을 살펴봄으로써, 동서 사상을 구체적으로 통합시킬 단계에 이르렀다. 이런 관점에서 볼 때, 실존주의 문학은 그러한 가능성을 직접적으로 뒷받침해 주는 좋은 실례가 될 것이라고 나는 생각한다.

(2000)

시집 『가자, 장미여관으로』 〈서문〉

'장미여관'은 내 상상 속에 존재하는 가상의 여관이다. 장미여관은 내게 있어 두 가지 상징적 의미를 갖고 있다. 하나는 나그네의 여정(旅程)과 향수를 느끼게 해주는 여관이다. 우리는 잡다한 현실을 떠나 어디론가 홀가분하게 탈출하고 싶은 충동을 느끼며 살아간다. 나의 정체를 숨긴 채 일시적으로나마 모든 체면과 윤리와 의무들로부터 해방되어 안주하고 싶은 곳 — 그곳이 바로 장미여관이다. 또 다른 하나는 '러브호텔'로서의 장미여관. 붉은 네온사인으로 우리를 유혹하는 곳, 비밀스런 사랑의 전율이 꿈틀대는 도시인의 휴식공간이다.

우리는 진정한 안식처를 직장이나 가정에서 구할 수 없다. 직장의 분위기는 위선적 체면치레와 복잡한 인간관계가 얽혀 있어 우리를 숨막히게 한다. 가정은 겉보기엔 단란하지만 사실상 갖가지 콤플렉스들이 얽혀서 꿈틀대는 고뇌의 장(場)이다. 가족관계란 싫든 좋든 평생 묶여서 지내야 하는 굴레가 될 수도 있기 때문이다. 이럴 때 우리는 잠깐만이라도 모든 세속적 윤리와 도덕을 초월하여 어디론가 도피함으로써 자유를 호흡할 수 있어야 한다. 장미여관 — 그 달콤한 음탕과 불안한 관능이 숨쉬는 곳, 거기서 우리는 비로소 자연의 질서와 억압에 저항하는 '관능적 상상력'과 '변태적 욕구'를 감질나게나마 충족시킬 수 있고, 우리의 일탈욕구(逸脫欲求)를 위안받을 수 있다.

이 시집의 표제로 삼은 「가자, 장미여관으로」를 쓴 1985년 여름을 전후하여 내 시 스타일은 많이 바뀌었다. 그 이전까지는 유미적 쾌락에의 욕구와 현실상황에 대한 고뇌 사이에 '양다리를 걸치는' 식의 내용이 많았다. 여인의 긴 손톱은 섹시하다, 그러나 그런 손톱은 '민중적 손톱'은 아니다, 라는 식으로 말이다. 나는 공연히 '민중적 고뇌'로 괴로워하는 척하면서 지식인의 명예욕을 충족시키고 있었던 것이다. 나의 초기작에서는 치열한 고뇌와 갈등이 엿보이는데 요즘 작품은 너무 퇴폐적으로 흐르고 있다고 지적해 주는 분들이 많다. 그러나 오히려 나로서는 그 '치열한 고뇌의 정신'이 부끄럽고 창피하게만 느껴진다. 말하자면 나는 솔직하게 발가벗지 못하고 그저 엉거주춤 발가벗는 척하기만 했기 때문이다.

그 이후로 나는 그런 지식인의 위선을 떨쳐버리기로 결심하였다. 아무런 단서나 변명 없이도, 여인의 긴 손톱은 아름답고 야한 여자의 고혹적인 관능미는 나의 상상력을 활기차게 한다. 모든 사람들을 다 민중으로 만들 것이 아니라 다 귀족으로 만들 수 있도록 해야 한다는 것, 그래서 귀족들만이 누렸던 감미로운 사치와 쾌락을 맛볼 수 있도록 해야 한다는 것이 요즘의 내 생각이다. 사람들은 모두 '진정한 쾌락'을 위해서 산다. 지배계급에 대한 적의(敵意)는 쾌락에 대한 선망일 뿐, 숭고한 평등의식의 소산은 아니다.

누구나 잘사는 사회, 누구나 스스로의 야한 아름다움을 나르시시즘으로 즐길 수 있는 사회를 만들어야만 한다. 일을 안 해 '희고 고운 손'을 질투한 나머지 모든 여성의 손을 '거칠고 못이 박힌 손'으로 만들어 버리자고 신경질적으로 주장해서는 안 된다. 모든 여성의 손을 다 '길게 손톱을 기른 화사한 손'으로 만들 수 있는 방법을 강구해야 한다. 노동은 신성한 것이 아니라 괴로운 것이다. 모든 사람들이 '괴로운 노동'으로부터 해방되어, '즐거운 노동', 이를테면 화장이나 손톱 기르기 등을 통해 자신의 아름다움을 가꾸는 노동에서 진짜 관능적 쾌감을 얻을 수 있도록 구체적인 해결책을 모색해 봐야 할 것이다. 따라서 유미주의에 바탕을 둔 쾌락주의, 또는 복지지상주의(福祉至上主義)가 요즘의 내 신조라면 신조라고 할 수 있다.

즐거운 권태와 감미로운 퇴폐미의 결합을 통한 관능적 상상력의 확장은 우리의 사고를 더 자유롭고 풍요롭게 만들어준다. 인류의 역사는 상상을 현실화시키는 작업의 연속이었다. 꿈이 없는 현실은 무의미한 것이고 꿈과 현실은 분리되지 않는다. 꿈은 우리로 하여금 현실적 실천을 가능케 해주는 원동력이 되어 주기 때문이다. 시에서의 상상이 설사 '생산적 상상'이 아니라 '변태적 공상'이 된다 한들 무슨 상관이 있겠는가. 시는 꿈이요, 환상이요, 상상의 카타르시스이기 때문이다. 꿈속에서 하는 행위조차 윤리나 도덕의 간섭을 받아야 한다면 우리의 삶은 정말로 초라하고 무기력해지고 말 것이다. 누가가 뭐래도 나는 시를 통해서 사랑의 배고픔과 사디스틱한 본능들을 대리배설시키고, 또 그럼으로써 격노하는 본능과 위압적인 양심 사이에 평화로운 타협을 이루고 싶다.

하지만 솔직히 말하여 현실 속의 나는 여전히 외롭다, 외롭다. 진짜 관능적인 사랑, 진짜 순수하게 육체적인 사랑, 모든 이데올로기적 선입관과 도덕적 위선을 떨쳐버리고 솔직하게 발가벗을 수 있는 사랑이 내 앞에 펼쳐지기를 나는 애타게 기다리고 있다. 하지만 과연 그 누가 나의 이 허기증을 달래줄 수 있을는지? 그 어느 날에나 나는 상상 속의 장미여관이 아니라 진짜 현실 가운데 존재하는 장미여관에 포근하게 정착할 수 있을는지?

(1989)

문학 모방론의 통시적 고찰

1. 정의와 설명

문학은 우리가 사는 우주의 삼라만상과 인생의 여러 가지 일들과 긴밀한 관계 아래에 놓여 있다. 김소월의 「진달래꽃」에서는 자연물 가운데 하나인 진달래꽃이 가장 중요한 사물로 등장한다. 또 셰익스피어의 『로미오와 줄리엣』에서는 사랑이라는 인생 문제가 중요 소재가 된다. 이와 같이, 문학작품은 모두가 문학 밖의 세계와 관련되어 표현된다. 이런 뜻에서 문학에 있어서의 '모방론'이 중요한 논점으로 등장하게 되는 것이다.

모방론에 의하여 문학을 정의한다면, 문학(또는 예술 일반)은 '언어(또는 기타의 매재)를 수단으로 하여 우주의 모습과 인간의 경험을 재현하는 것'이다.[1] 이런 견해로 보면 문학은 그림과도 비슷하다. 다만 표현의 수단만이 다를 뿐이다. 『햄릿』은 어떤 외적 현상뿐만 아니라, 어떤 특수한 사정에 처한 개인의 내적 갈등을 모방하고 있다. 그런 면에서 문학에 있어서의 모방은 다른 예술 장르에 비해 좀더 폭넓은 의미

1) 이상섭, 『문학의 이해』, 서울: 서문당, 1972, p.30.

를 가진다고 할 수 있겠다.

엄밀하게 모방 자체의 정의를 내린다면, 모방이란 "원상(原像)과 유사한 모상(模像)을 만들어내는 것"[2]이다. 그런 전제 아래서 우리가 모방론을 연구한다면, 모방은 다음 두 가지로 구별된다. 첫째는 남의 작품을 모범으로 하여 그것과 비슷한 방법으로 비슷한 작품을 만드는 것이다. 로마 시대와 근대의 의고전주의(擬古典主義) 이론들은 여기에 입각하고 있다. 로마 시대엔 완성된 그리스의 작품들이 모범이 되었고, 근대 의고전주의의 시인들에겐 고대 그리스 · 로마의 작품이 모범이 되었다. A. 포프 같은 시인은 "자연을 따르라"[3]고 말했지만, 그 '자연'은 순수한 의미의 '자연법칙'이 아니라, 호메로스나 호라티우스의 작품에 규정된 자연이었다.

모방의 두 번째 의미는 미학적 측면에서 보는 의미이다. 즉, 현실의 존재를 모방하여 표현하는 것이다. 이것은 다시 ① 외적 · 객관적 사물을 대상으로 하여 그대로 재현 · 묘사함을 의미하여, 따라서 내적 · 주관적 표현과는 대립되는 경우와, ② 더 넓은 뜻에서 인간의 행동이나 자연을 모방하여 이념의 세계와 보편적 진리까지도 표현하는 것을 의미하는 경우가 있다.

①의 경우는 사실에 충실하는 것이 목적인 바, 여기서 근대 사실주의로 발전하는 이론적 계기가 마련되었다고 볼 수 있다. ②의 경우는 플라톤을 비롯하여 아리스토텔레스의 모방설에 입각한 것으로서, 이것이 진정한 의미의 모방이라고 할 수 있다. 아리스토텔레스의 모방은 자연질서, 즉 우주의 창조 과정과 그 법칙의 모방을 의미하는 것이지,

---

2) 문덕수 편, 『세계 문예 대사전』, 서울: 성문각 1976, p.664.

3) A. Pope, *An Essay on Criticism*, 백철 역, 『비평의 이해』, 민중서관, 1968, p. 74. 여기서 포프는 다음과 같이 부연하고 있다. "자연을 모방한다는 것은 옛날 법칙을 모방하는 것과 다름이 없다."

결코 남의 작품이나 대상의 있는 그대로의 '모사'·'재현'을 의미하는 것은 아니었다. 플라톤은 모방 예술이 '실재(Idea)'의 외양만을 모사하기 때문에 진리에서는 몇 단계나 멀어진다고 했으나, 이것은 모방의 참뜻과는 거리가 먼 견해라고 생각된다.

모방론이 갖는 또 다른 의미는, 예술의 기원을 '모방'에 두는 것이다. 이 설은 아리스토텔레스에 의해 제기되었다. 현대에 와서는 이 설이 많이 초극되었다고 볼 수 있겠으나, 예술 창작의 중요한 계기가 됨은 오늘날에도 인정되고 있다.

현대에 이르러 모방은 또 다른 각도에서 접근되고 있다. 오스카 와일드는 예술이 자연을 모방하는 것이 아니라, "자연이 예술을 모방한다"는 역설을 토로하여, 근대예술의 극단적 주관주의와 자율성을 표명하였다. 또 모방을 감정이입(感情移入)의 입장에서 보아, 예술적 체험으로서의 '내적 모방'을 말하기도 한다.

2. 모방론의 기원 — 플라톤과 아리스토텔레스, 문학의 이원성 문제

"시는 인간의 행동을 모방한다"는 정의에 있어서는 아리스토텔레스와 플라톤은 동일한 관점을 갖고 있다. 그러나 문제는 그 정의의 해석에 있다. 플라톤은 이 점에 있어서 리얼리스트로서의 천재를 발휘하였다.

플라톤은 모방 예술이 이데아의 외양만을 모사하기 때문에 진리에서 멀어진다고 말했다.[4] 플라톤의 철학은 확실성의 탐구, 즉 불변하고 절대적이며 완전하고 고정된 실재의 탐구라고 말할 수 있을 것이다. 이것은 부분적으로 보면 그 시대의 그리스 궤변론자들의 회의론에 대한 반동이었다. 궤변론자들은 만물은 상대적이며 모든 지식·판단·평가

4) 플라톤, 『국가론』 제10권 참조.

는 개개인의 반응에 의존한다는 주장을 갖고 있었다. 여기에 맞서서 플라톤은 그의 확고한 신념, 즉 사물에는 의의와 질서와 목적이 있으며, 만일 정신이 충분히 긴장만 되어 있으면 그 의의를 식별할 수 있을 것이라는 신념으로써 대항하였다. 그에게 있어서는 우주의 영속적인 질서와 그 질서가 작용하는 여러 형식만이 유일한 실재였던 것이다. 그는 변동하고 불확실한 세계와 구체적인 환경을 여러 가지로 보았다. 그는 그것이 단순한 '그림자', 즉 우리의 마음이 충분히 각성하지 못하여 참으로 그것이 무엇인가를 알아보지 못하기 때문에 존재하는 것처럼 느끼는 그림자라고 생각하였다.

간단히 말해서, 그것들은 실재가 아니라 '현상세계'이다. 물질세계는 궁극적으로 기껏해야 절대적인 실재의 불완전한 '모사'에 지나지 않는다. 인간은 이성을 가지고 이러한 '여러 관념'을 인식하고, 그리하여 확실성에 도달하는 잠재적 능력을 갖고 있다. 인간의 다른 능력, 즉 감각 · 상상력 및 정서는 그들이 이성을 도울 때 비로소 가치가 있다. 그들이 그렇지 못할 때는 다만 방해물에 지나지 않는다.

이런 철학적 배경을 갖고서 플라톤은 예술을 비난하였다. 그는 시가 허구의 창조로서 '실재'를 제공하는 것이 아니라 비실재적인 '모방'을 제공해 줄 뿐이라고 믿었다. 이것은 조형 예술에 있어서는 사실일지 모르나, 문학에는 그대로 들어맞지 않는다. 플라톤은 이 점에 있어 회화와 시를 완전 동일시했다. 시의 모방 대상이 인간의 행동이라는 말은 했지만, 그가 이 방면으로 깊은 사색을 한 흔적이 없다. 플라톤의 모방론은 철학적 도그마를 깊이 깔고 있는 단세포적인 것이었던 것이다.

아리스토텔레스는 이 방면에 있어서 실로 독창적이었다. 그의 『시학』이 플라톤에 대한 답변으로 만들어진 점에서 보자면, 그는 두 가지 기초에 입각하여 시를 정당화하고 있다. 첫째 자연의 모방으로서의 시, 또는 지식의 한 형식으로서의 시의 진실성과 정당성, 둘째 인간의 마음에 미치는 이러한 인식이 가진 도덕적 효과가 그것이다. 플라톤은 이 두 가지 정당성을 심각하게 의심하였다. 플라톤은 궁극적인 실재가 구체적이며 물질적인 세계에서 유리된 순수 '관념'으로 구성되어 있다고 생각했는데, 아리스토텔레스는 실재 또는 자연을 생성 또는 발전의 과정이라고 생각한 것이다.[5] 시는 인간의 행동을 모방함으로써 이념의 세계를 그릴 수 있다. 물론 소재로서의 행동은 구체적이고 특수적이지만 그가 말하는 모방 예술의 3요소 — 수단과 대상과 양식 — 의 독특한 결합으로 말미암아, 시인은 능히 보편적 진리의 세계를 표현할 수 있다고 생각했다. 그가 시를 역사와 비교하여 더욱 철학적이며 더욱 엄숙하다고 말한 것은 이런 신념을 기초로 한다. 그는 다음과 같이 말한다.

> 시인의 분야는 현실적으로 발생했던 일을 이야기함이 아니라, 발생할 수 있는 일, 다시 말하면 개연적으로 또는 필연적으로 있을 수 있는 일을 이야기함에 있다. 역사가와 시인의 차이는 전자가 산문으로 쓰고, 후자가 운문으로 쓰는 데 있지 않다. 헤로도투스의 글을 운문으로 쓴다고 해도 그것은 여전히 역사일 것이다. 그 차이는 전자가 현실적으로 발생했던 일을, 그리고 후자가 발생할 수 있는 일을 그리는 데 있다. 그러므로, 시는 역사보다 더 엄숙하고 철학적이다. 그 이유는 역사의 서술이 특수한 것을 대상으로 함에 비하여 시의 그것은 보편적 진리를 대상으로 하기 때문이다. 예를 들어 말하면, 일정한 성격을 가진 인물이 개연적 또는 필연적으로 어떻게 행동하느냐 하는 방식은 보편적인데, 그것이 바로 시의 목적인 것이다.[6]

---

5) W. J. Bate, *Criticism*, 장철인 역, 『서양 문예비평사 서설』, 형설출판사, 1973, pp. 29~36 참조.
6) 아리스토텔레스, 『시학』, 정명환 역, 법문사, 1963, p.20.

이것으로써, 아리스토텔레스의 모방이 플라톤의 그것과 근본적으로 다르다는 것을 알 수 있다. 그가 말한 시적 모방의 진정한 의미를 이해하려면 문학론을 떠나 행동에 대한 그의 철학을 연구해 볼 필요가 있다. 아리스토텔레스는 그의 『윤리학』에서, 인간 활동의 두 종류를 구별하여 '만드는 일(making)'과 '행하는 일(doing)'이라고 했다. 그는 또 두 가지 활동에 대응하는 정신적 능력을 설명하면서 작위의 능력을 '기술'이라 했고 행위의 능력을 '지혜'라고 했다. 활동에는 목적이 있는데, 그것은 '선(善)'이다. 작위의 목적은 물질적 · 외면적 선이고, 행위의 목적은 정신적 · 내면적 선이다. 물질적 선은 다른 목적에 대한 수단이 되지만 정신적 선은 목적 그 자체이며 최고선이다. 그것은 인간 활동의 제1원리다. 아리스토텔레스는 그것을 행복이라고 했다.

시인이 인간의 행동을 모방한다고 할 때, 그는 '지혜'의 세계를 대상으로 삼으며, 따라서 그는 인간의 제1원리 즉 '행복'을 궁극의 목적으로 삼는다. 아리스토텔레스는 이것을 다음과 같이 표현한다.

> 비극은 인간의 모방이 아니라 행동의 모방이다. 다시 말하면 생활과 행복과 불행의 모방인데, 행복은 행동 속에 존재하며, 인생 목적 그 자체인 최고선일지라도 성질 속에 있지 않고 일정한 종류의 행동 속에 존재한다.[7]

아리스토텔레스는 문학이 안고 있는 영원한 숙제, 즉 교훈 대 쾌락이라는 효용론의 안티테제를 그의 독자적인 방법으로 지양하고 있다. 그러나, 문학이 '언어예술'이기 때문에 갖고 있는 이런 이원성의 문제는 완전히 해결되지 못했다. 이것은 문학 연구 전반에 걸쳐서 거론되는 문제다. 이것은 모방론의 문제와 깊은 연관을 갖고 있다. 플라톤에 있

---

7) 같은 책, p.15.

어서, "실제의 외양을 흉내낸다"는 지극히 얕은 의미로 쓰였던 '모방'의 뜻은, 아리스토텔레스에 와서 깊은 함축성을 가지고 쓰이는 동시에, 문학의 이원성이 노골화되었다. 이것은 문학과 다른 기타 예술(예를 들어 그림)이 갖고 있는 상이한 속성에서 비롯된다. 플라톤에게는 시인과 화가가 모방 예술자로서 사실상 동일시되어 있었으므로 별로 문제가 없었지만, 아리스토텔레스는 양자를 구별하고 있으므로 시인이 과연 예술가(artist)냐 하는 문제가 제기될 수밖에 없었다.

『시학』에서는 '시인'이란 말과 '모방자'라는 말이 병용되고 있다. 그러나 이 두 개념을 무차별하게 사용하고 있지는 않다. 그는 표현 수단과 모방 대상과 모방 양식의 세 개의 범주를 가지고 예술을 분류한다. 그는 시에 기술의 개념을 도입(즉 '수단'의 문제)하여 시인을 '운율 제작자'라고 부른다. 이것은 당시 그리스의 전통적 사고방식이었다.

그러나, 이와 같이 순전히 형식적 요소만 가지고 구별의 표준을 삼는다면 철학 논문을 운문으로 쓴 엠페도클레스의 저술 같은 것도 시에 포함시켜야 한다는 모순이 생긴다.[8] 그래서 그는 '대상'의 범주를 중요시한다. 즉 내용면에 대한 고찰인 것이다. 내용면에서 볼 때, 시인은 모방자이며, 또 그 대상이 인간인고로 그는 기술의 세계를 떠나 '지혜'의 세계에 참여한다. 그러면 시인은 예술가인가, 학자인가? 시인은 작품을 '만들어내는' 만큼 기술자다. 그러나, 시의 본질에는 인간의 최고선인 '행복'의 문제가 포함되느니만큼 시인은 '논리'에도 참여한다. 그러므로 시인은 이원적 존재다. 이것이 아리스토텔레스의 논리다.

그러나 엄밀하게 말하여, 시인이 모방자로서의 작위인(즉, 외부세계로 향한 활동)이냐, 단순한 행위인(즉, 행동자 자신 안에만 머무르는 활동)이냐 하는 문제는 해결되지 못하였다. 이것은 지금까지도 숙제가 되는 문제다. 문학이 언어를 수단으로 하여 '모방'하는 예술 형식이니

---

8) 최재서, 『문학원론』, 서울: 춘조사, 1957, p.27.

만큼 형식과 내용의 이원적 구별과 상충은 불가피한 것 같다. 물론, 형식과 내용을 조화·통일시켜 나가자는 것이 문학의 이상이긴 하다. 그러나 모방의 문제가 여기에 엇섞이게 되면 우리는 잠시 주저할 수밖에 없는 것이다.

아무튼 아리스토텔레스의 외부(자연) 지향적 모방론과 내적 구조에 관한 모방론은 서로 상당한 거리가 있으면서도 단일한 개념을 이루고 있다. 또 한편으로 시야를 넓혀 바라볼 때, 플라톤과 아리스토텔레스의 모방론은 고전적 모방론의 전체 구조를 형성한다고 할 수 있다. 그 양극단은 영감론과 내적 구조론의 양면이다. 그리고 그 사이에 자연의 모방론이 자연스럽게 개입되게 되는 것이다. 내부 구조적 모방론은 창조의 이념에 접근한다. 그리고 영감론 역시 낭만주의적 이념에 접근하고 있다. 그러므로 이 두 사람은 서로 극단적이면서도 조화를 이룰 수 있는 가능성을 남겨주었다고 할 수 있다.

3. 고전 모방론의 계승 — 호라티우스

로마 시대로 접어들면서, 시는 자연 질서를 모방한다는 그리스 사상은 "그리스의 고전을 모방한다"는 사상으로 변한다. 이러한 전승의 배후에는, 제작된 예술품은 현실적 대상의 모방이 아니고 그 뒤에 숨은 '순수 관념'의 모방이라는, 플라톤에 대한 소박한 수정이 가해져 있다. 키케로는 그것을 다음과 같은 식으로 말한다.

> 예술가가 단순한 시간적 경험을 초월한 근거가 되는 이지적 이념에 참여하는 것같이, 웅변적 문장도 그 이념이 있다. 우리는 그것을 마음속에 간직하고 또 들을 수 있는 말로 모방하고자 하는 것이다. 이러한 사물의 형상을 플라톤은 관념이라고 불렀다.[9)]

이것은 플라톤의 이데아의 철학을 역이용하여 문학의 가능성을 긍정적으로 보는 것이다. 그는 이데아(관념)의 사상을 이용하여 예술의 단순한 모방적 속성을 초탈하고자 한다. 이때부터 문학은 대체로 긍정적으로 받아들여졌다. 호라티우스의 『시론(*Ars Poetica*)』이 나오면서, 문학은 이미 철학의 협조를 얻어야만 하는 유년기를 뛰어넘어, 지성인들의 이상에도 들어맞는 성년기에 접어들게 된다.

호라티우스는 모방론의 범주 안에서, "문학은 어떻게 제작해야 하는가?" 하는 실천적 문제에 대한 교사적 자세를 취하고 있다. 그는 "그리스의 위대한 원전을 연구하라. 밤에는 그들을 꿈꾸고 낮에는 그들을 곰곰이 생각하라"고 권한다. 또한 단일한 주제를 끝까지 이끌고 가라고 강조하여 '단순성'과 '통일성'을 말한다. 그는 본래의 의도에 어울리지 않는 부분에 대한 지나친 배려를 금하고 있는데, 이것은 이른바 '적당성(Decorum)'의 문제와 관계가 있는 것이다. 그가 후세에까지 최대의 영향을 끼친 것은 바로 '데코럼'의 개념일 것이다.

> 지금까지 연극에서 해본 일이 없는 어떤 새로운 것을 의도하여 과감히 새로운 인물을 창조하고자 할 때는, 그 인물로 하여금 처음 무대에 등장했을 때의 바로 그 인물에 닮도록 하여 끝까지 불일치가 없도록 하라.[10]

문학은 인간 행위의 모방이므로, 사람의 성격 또는 직업, 말씨, 태도 등이 서로 들어맞도록 하는 것이 모방의 제1원칙이라는 것이 '데코럼'의 개념이다. 그는 인간의 본성을 모방해야 한다는 아리스토텔레스의

---

9) Cicero, *Orator*, 3장, 이상섭, 『문학이론의 역사적 전개』(연세대 출판부, 1976)에서 재인용. 이하 같음.

10) Horatius, *The Art of Poetry*, 123절.

모방론을 따르면서도 방법을 단순화시키고 있다. 이것은 아리스토텔레스의 개연성과 필연성의 개념과 비슷하지만, 훨씬 더 실천적인 개념이라고 할 수 있겠다. 호라티우스는 이러한 문학론을 확장하여 '전형'의 이론을 펴나간다. '데코럼'은 전형을 지켜야만 이뤄진다고 본다. "모방의 기술을 배운 자는, 인생과 실제의 관습에 시선을 돌리어 모델을 삼으라"[11]고 그는 외친다. 시인이 직접적으로 해내야 할 일은 아리스토텔레스식의 철학적 · 형이상학적 사고가 아니라 인생 체험으로 인하여 획득되는 '인생의 모방'인 것이다. 전형의 개념은 '행위'보다는 '성격'에 관계된다. 그래서 이 이론은 훗날 풍자적 문학과 희극에 보다 많은 영향을 주게 되었다.

호라티우스의 약점을 말하자면, 그는 아직도 문학과 그림을 혼동하고 있었다는 점이다. 그는 시는 말하는 그림이라는 신념을 갖고 있었던 듯하다. "시는 그림과 같다"[12]고 그는 말한다. 역시 그의 모방론은 단순 소박하며, 모방의 대상이 되는 외부 사물이 '시각적'인 것이라는 생각을 버릴 수 없었던 모양이다.

그는 문학의 본질에 대한 철학적인 설명은 하지 않았다. 그러나 문학의 제작 과정에서의 문제들을 상식적인 입장에서 규칙화하였다는 점에서 의의를 갖고 있다.

여기에 첨가하고 넘어가야 할 것은 롱기누스에 대한 것이다. 그는 문학의 엑스타시에 관한 효용론에 더 비중을 둔 사람인 바, 황홀경에 빠지도록 만드는 언어의 신비력에 주목하였다. 그는 '숭고미'를 거론하여, 모방론에 대한 직접적 대결을 피하지는 않았다. 그러나 이성주의적 시론을 초월하는 시의 영감적 · 감동적 특성을 인정했다고 볼 때, 일말의 반모방론적 요소를 갖고 있었다고 보아야 할 것 같다. 롱기누스

---

11) 같은 책, 309~332절.
12) 같은 책, 139절.

의 이론은 후에 취미론, 상상력 이론 등으로 이어져, 18세기에 이르러 영국의 드라이든을 비롯한 다수의 고전주의자들에게 비모방론적 문학관을 수립할 계기를 만들어주었다고 볼 수 있다.

4. 르네상스기의 모방론

모방론이 다시금 재론된 것은 르네상스 시대이다. 그 이전까지의 중세 시대에는 모방론은 문제가 되지 못했다. 그러나 초기 르네상스 시대의 모방론의 배후에는 중세의 스콜라 철학이 밑바탕이 되어 있다. 즉 앞에서 말한 바와 같은 문학예술이 갖고 있는 이원성의 문제에 대한 중세기적 사고방식이 문제가 된다. 특히 중세기의 스콜라 철학자 토마스아퀴나스는, 예술은 철학이나 종교와 합치될 수 없다는 신념을 갖고 있었다. 즉 , 그는 예술은 행위가 아니라 작위에 속하는 활동이기 때문에 외재적인 것이며, 따라서 예술 활동 자체는 비도덕적인 것이라고 생각한 것이다. 그는,

> 예술로 말미암아 만들어지는 객체적 선(善)은 인간 의지의 선이 아니라 객체 자체의 선이다. 그러므로 예술은 의지의 공정(公正)을 전제하지 않는다. 인간적 선을 상대로 하는 '지혜'에는 필연적으로 도덕이 결합된다. 그러나 외부적 선을 상대로 하는 예술은 그렇지 않다.[13)]

라고 말하여 예술이 도덕 또는 철학과 합치된다는 것을 부정한다. 이렇게 예술을 기예(技藝)의 면에 한정하여 논하고 있는 것은, 르네상스기의 모방론에까지 영향을 미쳤다. 우선 그 대표자로 카스텔베트로가

13) Thomas Aquinas, 『윤리학 해석』, 최재서, 앞의 책, p.28에서 재인용.

있다.

그는 진리를 발견하는 것은 철학자의 일이고, 사실을 발견하는 것은 역사가의 일이니까, 시인은 그 진리를 교묘히 이용만 하면 된다고 믿었다. 이 '이용법'의 하나가 바로 '모방'인 것이다. 진리를 발견하고 싶으면 시인 되기를 포기하라는 것이다. 그러므로 그의 모방론은 플라톤의 모방론에 다시 접근한 셈이다. 즉 시인은 남이 발견한 진리나 사실을 빌려다가 그럴 듯하게 꾸며놓는 '쟁이'에 불과하다는 생각이다. 독창성과는 전혀 관계없는 단순한 '모방'이다. 이것은 확실히 모방론의 퇴보라고 생각된다. 그는 시인의 모방 능력을 다음과 같이 격하시킨다.

> 시인이 행해야 할 모방이라는 것은 그냥 '모방'이라고 부를 수가 없다. 그것은 인간 행동 가운데서 흥미진진한 것들을 찾아내려는 노력이다.[14)]

시인은 이야기를 창작하는 것이 아니라 수집할 뿐이라는 것이다. 개연성 · 필연성 · 일반성 등의 개념은, 여기서 '그럴 듯한 느낌' 정도의 의미로 한정되고 있다. 문학의 소재는 역사에서 빌려오는 것이 합당하고 스스로 창조하는 것은 피해야 한다고 그는 믿는다. 그는 지나친 상상력이라든지 미래지향적 시도보다는 손쉬운 사실감을 더 강조하여 연극에 있어서의 삼일치법을 법칙으로서 작가들에게 강요하였다. 시인은 과학이나 진리를 함부로 운위해서는 안 된다. 그래서 그는 문학 속에 종교철학적 요소를 주입한 단테의 『신곡』을 비난한다.

여기에 비하여 마조니는 조금 특이한 이론을 전개하고 있다. 그는 문학의 일반적 이론에 대한 고찰을 다시 전개하면서, 모방론에 대하여

---

14) Castelvetro, *The Poetics of Aristotle*, 4장.

새로운 해석을 가한다. 모방에는 두 종류가 있다. 첫째는 '실존하는 사실을 여실히 보여주는 것'이고, 둘째는 '예술을 마음대로 꾸며낸 환상적인 것'이다. 전자는 호라티우스적인 회화주의에 입각한 것으로서 '사실과 닮지 않은 것을 표현한다는 것은 시의 큰 오류'라는 생각이다. 이것은 훗날 사실주의의 이론적 기초가 되었다고 볼 수 있겠다. 그러나 마조니의 관심은 전자보다 후자에 더 있었다. 시는 진리를 나타낼 수는 없으나, 그럴 듯한 이미지를 형성해 내는 데 더 적합하다는 것이다. 그것은 '믿을 만한 것'이어야 한다. '믿을 수 있는 불가능'이 '믿을 수 없는 가능'보다 낫다는 생각이다. 이른바 허구의 이론이라고 하겠다. 마조니는 환상의 세계에 속한 것을 시의 근본 영역으로 생각하였다.

이것은 분명 모방론의 확장이었다. 환상이란 실재적인 것이 아니다. 그러므로 환상적 모방론이란 이론적으로 모순이다. 마조니는 다만, 시인이 스스로 마음속에 만들어낸 형상을 세밀하고 정확한 언어로 충실히 묘사한다는 의미로 이 말을 사용하였을 것이다. 즉, 자기 마음속의 자의적 내용을 모방하는 것이다. 이것은 사실상 모방이 아니다. 외부 세계와 단절된 자기 내부 세계의 창조는 모방의 본령은 아니다. 그래서 마조니는 결국 '환상을 만들어내는 능력'을 '상상력'이라고 부르고 만다.[15] 이것은 훗날 낭만주의의 중심 과제인 상상력 이론과 흡사한 것이라고 할 수 있는 것이다. 이로써 모방의 개념은 '창조'의 개념에 점점 가까이 접근해 갔다는 것을 알 수 있다.

타소도 또한 시의 미학적 측면을 철학적 측면보다 더 강조한 사람이다. 시는 미의 탐구이다. 그리고 그것은 모방에서 온다. 모방은 개연성과 박진성(verisimilitude)을 요구한다. 이것이 그의 이론의 요지이다. 결국 그는 보수적인 심미주의자라고 말할 수 있겠다. 다음과 같은 그

---

15) Cf. J. Mazzoni, *On the Defence of Comedy.*

의 말을 들어 보면 그것을 알 수 있다.

> 시는 모방 이외에는 아무것도 아니다. 모방은 박진성에서 분리될 수 없다. 시는 유사한 것을 제시하는 것 이외엔 아무것도 아니기 때문이다. 그러므로 시의 어느 한 부분도 사실에 대하여 진실하지 않을 수 없다.[16]

이것은 상당히 보수적 이론이지만, 현상을 제시하는 것 자체가 아름답다는 생각은 상당히 현대적 유미주의에 부합되는 것이라고도 할 수 있다.

한편, 박진성의 이론을 더욱 고수한 학자로 가리니를 들 수 있다. 그는 모든 작품이 모방을 힘입지 않고는 성립될 수 없다고 강조한다. 하나님이 인간을 창조하실 때, "나를 닮게 만들자"고 성경에 씌어 있는 것을 봐도 그렇다는 것이다. 창조 자체가 바로 모방이라는 생각, 즉 '모방은 새로운 것의 생산'이라는 그의 생각은 좀더 차원 높게 박진성의 이론을 전개한 것이라고 할 수 있을 것이다.[17]

요약컨대, 이 시기는 로마의 형식과 정신에 대한 동경으로 가득 찼던 시대였다. 모방의 대상은 바로 로마의 형식과 정신이었다. '형식'에 대해서 가졌던 이 시대의 집착은 이상스러우리만치 지속되었다. 형식은 곧 상류 사회와 하류 사회의 계급 차이를 구별하는 기준이 되기도 하였다. '데코럼(Decorum)'의 의미를 우리는 그런 뜻에서 다시 재음미해야 할 것이다. 또한 인간의 경험에 대한 재평가가 이뤄졌다는 사실도 중요하다. 이것은 천주교가 점차 세력을 잃어가고 있었다는 의미도 된다. 인간의 경험으로 새로운 창조가 가능하다는 생각, 이것은 모방론

---

16) T. Tasso, *Discourse on the Heroic Poem* 참조.
17) G. Guarini, *The Compendium of Tragi-Comic Poetry* 참조.

의 범주를 점점 확장시켜 창조론적 면모를 갖게 만들었던 것이다.

영국의 필립 시드니의 모방론은 이 시대의 여러 이론을 통합하여 다음 세기로 넘겨주었다는 뜻에서 의의가 있다.

그는 문예부흥 말기에 속한 이론가였다. 그래서 다른 초기의 비평가들이 기교상의 규칙론에 얽매어 있는 데 비하여 문제를 대담하게 보편화시키고 있다. 그는 모방의 의미를 완전히 '꾸며냄'의 뜻으로 확장시켰다. '시는 완전한 모방의 기술'이라고 정의하면서도, 그 모방이란 재현과 형상화에 의한 '꾸며냄'이 본질이라는 것이다. '꾸며냄'이란 창조 · 조작을 의미한다. 즉, 시인의 능력이 최고조로 발휘되는 것은 상상의 힘을 작용하여 자연현상을 능가할 때라는 것이다. 여기서 '상상적 가능성'의 문제가 대두된다.

> 세상의 모든 지적 탐구, 즉 학문과 예술은 자연을 대상으로 하지만, 단지 시인만은 자연에 대하여 그런 종속적 관계에 매이기를 거부하고 자신의 창조력의 힘을 입어, 전혀 새로운 성질을 띠게 되어, 자연세계가 생산하는 것보다 더 훌륭하다든지, 영웅, 신, 괴물과 같이 자연에 전혀 없는 존재를 새로 만들어낸다. 자연의 세계는 구리빛 정도이지만, 시인은 황금빛 세계를 만들 수 있다.[18)]

시는 자연의 모방이 아니라 자연을 능가하는 이상적 · 상상적 세계의 모방이고, 이 이상적 세계는 바로 시인만이 창조할 수 있는 세계라는 것이다. 이로써 플라톤의 이론은 완전히 재론의 여지없이 무너져버린 셈이었다. 시드니에 이르러, 모방의 개념은 거의 창조의 개념으로 바뀌었다고 할 수 있다. 시드니는 이 '창조적 모방'이, 시가 보편성과 특수성을 합치시키는 능력을 갖고 있기 때문에 가능하다고 믿었던 것 같

---

18) P. Sidney, *The Defense of Poesy.*

다. 그는 시인의 선험적 직관을 믿은 것이다.

5. 신고전주의 시대의 모방론

신고전주의 시대에 이르면, 모방론의 형식주의적 경향은 사라지기 시작한다. 그리고 좀더 넓은 의미의 '자연에의 모방'이 '상상적 창조'의 이론과 더불어 모방론을 확장시켜 나가는 것이다.

이 시기의 인물들 가운데서, 최초로 현대적 입장에서 모방론을 재정비한 사람은 영국의 드라이든(1631~1700)이었다. 그는 당시 프랑스의 신고전주의자들이 모방론을 창작 방법으로 중요시하여 지나치게 형식(예를 들어 삼일치법 같은)에 집착하는 것을 비난하였다. "과거 작가에 대한 모방은 의미가 없다. 우리는 그들이 그은 선을 따라서 그리지 않는다. 우리는 자연의 선을 따라서 그릴 뿐이다"라고 그는 말한다. 그는 르네상스 이래, 당시의 프랑스나 이탈리아에서 편협하게 강요되고 있던 '박진성'의 개념을, 다시금 아리스토텔레스적인 넓은 '개연성'의 개념으로 환원시켰다. 이 개연성은 현실과 연극을 혼동하는 데서 오는 것이 아니라, '관객의 상상에 의한 기꺼운 참여'에 의해서 이룩된다.

> 희곡은 자연의 모방이다. 우리는 속을 것을 알고 또 속기를 원한다. 그러나 사실의 개연성에 의하지 않고서 속을 사람은 없다. 우리는 도시와 시골을 나타낸 무대 장면이 진짜가 아니라 판자와 캔버스에 그린 그림에 지나지 않음을 너무나 잘 안다.[19]

문학의 박진성은, 그것을 사실이라고 속여 넘기기 위한 것이 아니라(관객은 절대로 속지 않는다) 사실적인 것을 좋아하는 인간의 상상력을

---

19) J. Dryden, *An Essay of Dramatic Poesy.*

도와주기 위함이라는 것이다. 그는 또한 '생동감(liveliness)'를 강조하여, 참다운 모방은 형식적인 것보다는 인간의 정서와 기질의 재현에서 기인한다고도 말한다. 이것은 아리스토텔레스의 모방론을 더욱 확실히 이해한 데서 나온 결과이다. 인간 행위를 강조한 아리스토텔레스의 모방론이 이탈리아와 프랑스에서 삼일치 법칙 같은 단순한 형식론으로 격하되었을 때, 드라이든은 그런 좁은 규제보다는 인간성의 가장 자연스러운 표현인 감정과 기질을 보여주어야 한다고 주장한 것이다. 여기서도 역시 상상력의 문제가 제기되고 있다.

포프(1688~1744)는 자연이 예술적 모방의 대상이라고 강조하여, 형식적 모방론에서 일보 전진하고 있으나, 드라이든에 비하면 훨씬 폭이 좁은 모방론을 전개하고 있다. 그는 자연을 떠나서는 예술이 존재할 수 없다고 말하면서도, 자유분방한 창작 방법을 경계하여, 여전히 오랜 법칙을 따를 것과, 선배 작가들을 '모방'할 것을 권고하였다.

프랑스의 코르네이유(1606~1684)도 역시 소극적이었던 당시 대륙의 모방론자 중 하나다. 그는 프랑스 신고전주의의 장벽을 깨뜨리려고 기도하기는 했으나, 결국 거기서 주저앉고 말았다. 당시의 이론가들이 내세운 여러 법칙들을 지키기 어려움을 절실히 느끼면서도, 그것을 거부할 생각은 못하였다. 그러나 그가 한때 시간과 장소의 일치에 대한 노예가 되어서는 안 된다고 생각했던 것(「Le Cid」 논쟁이 그것이다)은 의의가 있다. 형식에 너무 얽매여서는 안 된다고 그는 믿었던 것이다.

아무튼 형식에 대한 집착은 무너져 가고 있었다. 프랑스의 합리주의자 볼테르(1694~1778)도, "거의 모든 예술이 법칙의 장애를 받고 있다. 법칙이란 대부분 쓸모없을 뿐 아니라 허위이다"라고 말했다.[20] 그는 모방론을 부정하지는 않았으나, 모방의 방법과 대상이 전적으로 보편적일 수는 없다고 생각하였다. 그는 작가가 속한 풍토와 국가적 배

---

20) Voltaire, *Essay on Epic Poetry.*

경 등을 중요시한다. 즉 작가적 경험의 요소를 강조하는 것이다. 이것은 중요한 의의가 있다. '문학적 취급의 대상'만을 가장 중요하게 여겼던 고전적 · 보수적 모방론에서 '모방자의 개성'을 중요하게 여기는 또 다른 모방론으로서의 발전을 암시하기 때문이다.

신고전주의의 모방론이 가장 결정적 진전을 이룬 것은, 영국 최대의 고전주의자라고 할 수 있는 사무엘 존슨(1709~1784)에 이르러서였다. 그는 볼테르와 같이 체험을 중시하였으며 국한적이고 편협한 모방론을 공격하였다. 당시의 모방론에 대한 문학인들의 태도는 두 가지 면이었다고 생각된다. 첫째는 더 제한적인 개념이다. 즉 권위와 과거의 유형에 입각하는 태도로서, '모방 작품'이 목표가 되는 태도이다. 둘째는 더 넓고 유연성 있는 개념이다. 즉, 진리를 보편적 자연이라고 생각하고, '작품 모방'을 거부하며, 이성과 감성에 직접 부딪쳐 나가는 것이 예술의 지상 과제라는 태도다. 존슨은 후자 쪽이었다. 작가는 위대한 작가의 원리와 목적을 연구하여 도움을 받을 수 있다. 그러나, 과거 작가의 특수한 외적 형식만을 복사하는 것은 낡아빠진 길을 걸어가는 것과 같다. "지금까지 타인을 모방해서 위대해진 사람은 아무도 없다"고 존슨은 강조한다. 그리고 보편적 자연을 무시하는 비평가들은 소위 '법칙'을 성문화(成文化)하기에 이른다고 비난한다. 그의 가장 큰 업적은 이것이다. 즉 보편적 자연의 원리를 넓게 적용하여, 합리적이고 고전적인 기반에 입각해서, 신고전주의의 외적이고 형식적인 많은 법칙들을 부인했다는 사실이다. 그는 다음과 같이 말한다.

> 작가가 첫째로 노력해야 할 것은 습관과 자연을 구별하고, 또 '정당하기 때문에 존재하는 것'과 '존재한다는 이유만으로 정당성을 주장하는 것'을 구별하는 일이다. 즉 '개체'가 아니라 '종류'를 조사하는 일이며, 보편적 인간 본성과 거시적 현상을 주시하는 것이다.[21]

그리하여, 그는 유명한 「셰익스피어 서문」에서 셰익스피어가 자연 자체에 직접 입각하여 사회 규범에 관한 더 개방적이며 신축성 있는 개념을 지니게 됨으로써, 신고전주의의 중요 법칙을 무시한 것을 정당화한다. 그는 시인이 넓은 인생 경험을 갖고 있어야만 인간의 '보편적 본성(general nature)'을 제시할 수 있다고 보았다. 그래서 '경험'과는 관계가 별로 없는 여러 법칙을 공격하여, "진정한 모방은, 그 모방이 사실이라고 오해되어서가 아니라, 그 사실을 기억시켜 주기 때문이다"라고 말한다. 따라서 '박진성'의 개념은 그에 의하여 수정되지 않을 수 없었다. 그는 무대 장치와 분장과 연기를 실제 인생과 혼동시키려는 노력은 관객의 상식에 어긋나기 때문에 실패하기 쉽다고 주장했다. 어떤 관객도, 무대를 현실로 오해하는 바보 같은 짓은 범하지 않는다는 것이다. 그는 진정한 모방은 '보편 타당성'과 일치하는 모방, 작가의 체험에서 나온 모방이라는 신념을 갖고 있었다.

존슨 모방론의 또 다른 특징은, 가변적이며 편의적인 형식의 개념을 존중한 그의 태도로 볼 때, '상상력'의 개념을 모방론에 첨가시켰다는 사실이다. 상상으로 만들어진 작품에는 각 부분을 배열하고 사건을 삽입하고 장식을 사용하는 데 동일한 타당성을 가진 무수한 방법이 있을 수 있다고 그는 보았다. 그런 뜻에서 볼 때, 상상력을 믿는다면 시간의 일치나 장소의 일치는 별로 중요하지가 않다는 것이 그의 생각이다. 상상력은 몇 시간의 경과를 몇 년의 경과로 쉽게 받아들일 수가 있다는 것이다. 즉 '시간의 상대성'을 그는 예견한 셈이다. 이것은 결국 낭만주의의 의의였다. 신고전주의의 최후의 인물인 존슨은 스스로의 아성을 허물었다. 당시의 보수적 이론의 틈바구니에서 그가 이렇게 다양하고 폭넓은 모방론을 가질 수 있었다는 것은 대단히 의미 있는 일이라고 해야 할 것이다. 신고전주의 시대의 모방론은 보수적 모방론으로 시작

21) S. Johnson, *Rasselas*, 10장.

하여 결국 낭만주의적 모방론으로 그 바통을 이어주게 된 것이다.

6. 낭만주의 시대 이후의 모방론

개인의 감정과 체험이 시의 정신과 근본적인 연관성이 있다는 생각에서, 결국은 낭만주의가 잉태하게 되었다. 사실상 모방론은 낭만주의 시대에 이르러 별 의미를 지니지 못하게 된다. 그러나 그 영향을 고찰해 볼 수는 있다.

에드워드 영이나 프리드리히 쉴러 같은 초기 낭만주의자들은, 고전의 법칙을 준수하기를 거부하기는 했지만, 자연의 모방 또는 재현이라는 개념을 버리지는 못하고 있었다. 쉴러는 예술의 최고 목적을, '이념세계의 재현(즉 모방)'으로 보고, 이것을 위해서는 자연의 법칙을 응용하지 않을 수 없다고 생각했다. 그러나 그는 '이념의 세계'와 '정념의 세계'는 밀접한 관련이 있다고 믿었다. 이 점에서 그가 낭만주의적 태도를 가졌다고 볼 수 있는 것이다. '인간성의 모방'에 큰 비중을 둔 것이 바로 낭만주의자들이기 때문이다.

낭만주의의 대표적 시인인 워즈워스(1770~1850)도 모방의 개념을 그대로 가지고 있었다. 그는 자신의 문학 태도를, "실제 생활과 일상언어에 가깝게 묘사하는 것"이라고 말하면서, 이전까지의 문학이 가장 자연스럽고 아름다운 상태의 인간의 삶의 모습을 재현(모방)하지 못했다고 공격한다.[22] 그러나 그는 그의 모방 위에다 '상상'의 요소를 부가시켰다. 상상력은 낭만주의의 가장 특징적 요소이다. 상상력으로 하여 평범한 사물은 특이한 빛깔을 나타내게 된다는 게 워즈워스의 생각이다. 그러므로 그의 모방론은 절충적 모방론이라고 할 수 있다. 그러나 그가 예술적 재현의 대상을 귀족적인 것보다 평민적이고 농촌적인 것

22) W. Wordsworth, *Preface to Lyrical Ballads* 참조.

에서 찾으려 했다는 것은 중요하다. 이것은 모방의 대상이 전환되어 감을 시사해 주는 것이 아닐 수 없다.

워즈워스에 비하여, 낭만주의 최대의 이론가인 콜리지(1772~1834)는 모방의 개념을 좀더 직접적으로 다루었다. 그는 예술적 쾌감이란, 작가가 자기의 지식과 재질을 자연스럽게 융합시켜 '자연스러운 재현'을 이룩하는 데서 나오는 것이라고 생각했다. 사물의 재현(모방)은 당장 쾌감을 가져다주지 못한다. 그것을 '예술적'으로 모방했을 때 '쾌감'을 가져다준다는 것이다. 콜리지는 '예술적 모방'과 '단순한 모방'을 분리시켜 생각하고 있다. 단순한 모방은 모방이 아니라 복사에 불과하다는 것이다.

> 우리는 모든 예술이 자연의 모방자임을 알고 있다. 도장을 찍어서 낸 자국은 도장의 모방이 아니라 복사다. 그러나 도장 자체는 모방이다. …… 모든 모방에는 두 요소가 같이 존재해야 한다. 이 두 구성 요소는 '유사점'과 '차이점'이라는 것이다. 진정한 예술의 창조에는 이 대립적 요소의 결합이 있어야 한다.[23)]

단순한 '복사'에서 오는 즐거움은 일시적이고, 그것은 복사라는 것을 안 순간부터 소멸한다. 그러나 진정한 예술적 모방은 모방의 대상과의 '유사성'과 '차이성'을 동시에 파악케 한다. 이것은 모방과 대상과의 관계를 미학적 입장에서 강조한 모방론이다.

윌리엄 해즐릿(1778~1830)은 여기서 한 걸음 더 나아가, '예술적 모방'은 '자연의 변모'라고 말했다. 모방과 모방의 대상과의 차이점이 상당히 강조되어야만, 독자나 관객은 그들의 상상력을 적극적으로 동원하게 된다는 것이다. 진정 낭만주의자다운 모방론이다. 여기서 '암시

---

23) S. T. Coleridge, *On Poesy of Art.*

성'이 강조된다. 작품이 지나치게 사실적이면, 독자는 상상력을 펼 여유가 없게 되기 때문이다. 상징주의적 모방론이라고도 할 수 있겠다. 그는 "모방은 진실에 대한 더욱 강한 파악력을 자극하고 관찰과 비교의 능력을 환기시킨다"[24]고 말하면서, 모방의 개념에 상상의 개념을 접합시키려고 노력한다.

낭만주의자들은 보편성의 원리를 더욱 승화시켜, 정신적 · 초월적 · 신비적인 개념으로 절대화하는 경향이 있었다. 그럼으로 해서 모방의 대상인 사물은 이념화의 과정을 거쳐 결국 다른 제2의 사물로 변조되게 된 셈이었다. 따라서 모방론은 이미 그 본래 의의를 갖지 못하게 된 것이라고 볼 수 있다. 셸리 같은 시인이 "시는 찌그러진 사실을 아름답게 만드는 거울이다"[25]라고까지 한 것을 보면, 모방은 이제 '재창조'의 개념으로 완전한 전환을 보게 된 것이었다. 다만 모방과 복사의 개념적 차이를 규명한다는 의미로서 모방론은 겨우 명맥을 이었을 뿐이다.

그 뒤 낭만주의 후기에 등장한 상징주의 시대에 이르면, 모방의 개념은 자취를 감추게 된다. 문학은 어떤 사물의 외형과 무관한 절대적 형상을 상징의 방법으로 추구하는 것이라는 것이 상징주의의 주장이었기 때문이다. 그 이후에 나타난 리얼리즘 문학은, 모방론의 부활이라고 볼 수도 있을 것이다. 그러나 고전적 모방론과는 판이하게 다르다. 고전적 모방론은, 자연을 모방의 대상으로 삼아 그 속에서 어떤 인간적 조화와 질서의 일반적 규칙을 발견하려는 것이었다. 거기에 비해서 사실주의는 자연과 인간 간의 연관성이나 조화를 인정하지 않는다. 진화론적 적자생존의 원리나 냉혹한 생존경쟁만이 자연계엔 존재한다고 믿는다. 종교적 섭리주의는 문학과 결별한 것이다. 더구나 자연주의 문학에 가서는 객관적 사실 자체를 있는 그대로 '묘사'하는 데 중점을

24) W. Hazlitt, *On Imitation*.
25) P. B. Shelly, *A Defense of Poetry*.

두게 된다. 고전적 모방론은 완전한 변모를 하게 된 셈이다. 모방에 대한 집착은 낭만주의와 더불어 멈추어 버렸던 것이다.

7. 앞으로의 과제

'모방'이란 말은 이제 완전히 어색하고 저차원적인 용어로만 쓰이게 되었다. 우리는 이제 모방이란 말보다는 '재현'이란 말을 쓰기를 더 좋아한다. 그러나 모방이란 말을 쓰든, 재현이란 말을 쓰든, 모방론이 완전한 종식을 보게 된 것은 절대로 아니다. 오히려 좀더 심화된 철학적 · 미학적 연구 대상으로 우리는 모방론을 다루어야 할 것이다. 아무리 현대예술이 추상화의 길을 달리고 있다고 해도, 모방의 개념을 벗어날 수는 없겠기 때문이다. 가령 우리가 눈사람을 만든다고 할 때, 우리는 무엇인가를 눈사람에 결부시키고 있지 않은가? 플라톤식으로 말한다면, 우리는 사람의 '이데아'에 따라서 그것을 만들고 있지 않은가?

물론 사진술이 발명되면서, 예술적 탁월성이 정확한 재현과는 무관한 것이라는 것이 입증되기 시작하였다. 사실의 정확한 모방은 환상보다 가치가 없는 것으로 여겨졌다. 쉬르리얼리즘은 바로 모방의 의미에 종지부를 찍으려는 노력의 일단이었다고도 볼 수 있다. 그러나 아무리 초현실적주의인 작품이라 할지라도, 그것을 감상하는 것은 결국 인간이다. 그렇다면 예술과 인간의 관계는 끊을래야 끊을 수 없는 관계이니만큼(문학은 특히 더 그렇다), 어쨌든간에 예술은 '인간의 반영'이라는 사실을 부정할 수는 없을 것 같다. 그렇다면, '반영'은 '모방'과 또한 불가분의 관계를 가질 수밖에 없는 것이다. 왜냐하면 반영이나 모방이나, 어떤 근거를 객체로부터 찾는 점에 있어서는 공통되기 때문이다. 이런 면에 비추어 볼 때, 모방론은 다음 몇 가지 점으로 다시금 재고찰되어야 할 것 같다.

첫째, 모방과 모방 대상 및 모방 능력 간의 상호관계를 명백히 밝히는 일이다. 일례를 들어 언어의 문제가 있다. 1950년 이전까지의 언어학에서는 언어란 시행착오의 반복을 통하여 환경적으로 습득되는 기계론적인 결과물이라고 믿고 있었다. 그러나 그 이후에 나타난 변형생성 이론에 의하면, 언어의 습득에는 단순한 모방적 습득이라는 면보다는 '언어 능력'이라는 생태적 창조력이 더 중요한 요소가 된다고 한다. 즉, 대상이 있기 때문에 그것을 모방하여 모방 결과가 생기는 게 아니라, '모방 능력'이 대상을 포섭한다는 것이다. 여기서 모방 능력이란 '창조력'으로 대치될 수 있는 말이다.

문학에서도 그것이 미학적으로 논의될 수 있다. '예술적 지각'이란 '기대의 변형'으로 간주될 수 있는가, 없는가 하는 문제가 그것이다. '예술적 지각'이란 대상을 전제로 하지 않은 순수한 창조 능력이다. 쉽게 말하여 인스피레이션이다. '기대의 변형'이란 체험을 통하여 '모방적'으로 축적된 결과로서의 지각을 말한다. 체험 없는 영감이 가능한가 안 한가, 예술적 영감이란 것은 탁월한 '모방 능력'(일반 사람들이 갖지 못한), 즉 대상을 쉽사리 자기 내부에 용해시키는 능력을 말함인가, 아니면 순수한 창조력을 말함인가 등등의 문제가 제기될 수 있다. 이러한 점들은 표현론, 수사학 등과 결부되는 문제들로서 기본적인 고구(考究)가 계속되어야 할 문제들이다.

그 다음 둘째로, 문학의 효용성과 직결되는 문제가 있다. '리얼리즘'을 문학이 영구적으로 갖고 있는 과제라고 생각할 때, '모방'은 거기에 부수적으로 거론되어야 하는 필수적인 것이 된다. 즉, 작가가 사회 및 인간을 관찰하고 해부하는 것 자체, 그것이 현대적 의미의 모방인가, 아니면 거기에서 일보 전진하여 사회를 개조할 수 있는 비전을 제시하는 것이 진짜 작가의 할 일이요 모방인가 하는 문제이다. 지금까지는 사실상 문학작품은 표면적으로는 전자의 편에 더 치우쳐 있었다고 볼 수 있다. 그것이 문학이 갖는 궁극의 사명이라면, 거기에서도 진정한 모방이 어떤 효용을 갖고서 나타나는가 하는 문제를 더 깊이 연구해 봐야 할 것이다. 또 후자의 편에 선다면, 사실상 모방이란 말은 별 의미가 없어져 버린다고 할 수 있지만, 역시 개조의 대상이 사회이고 미래의 비전이 작가의 마음속에 있는 모방의 원형이라고 볼 수 있으므로, 모방론의 문제는 거론의 여지가 있게 되는 것이다.

이 점에 관한 필자 나름대로의 소박한 결론을 말한다면, 문학은 이제 전자적인 것만 가지고는 그 사명을 다할 수 없을 것이라는 것이다. 문학은 무언가 행동으로써(비록 그것이 언어에 의한 행동일지언정) 사회에 참여하고 개조를 꾀해야만 한다. 여기서 모방론이 전혀 새로운 차원으로 재조명될 수 있는 소지가 생겨나는 것이다. 즉, 분석이나 가언적(假言的) 판단의 현상 세계를 대상으로 하는 모방이 아니라, 어떤 본체적이고 실상에 접근하는 형이상학적 모방이 중요한 과제가 된다.

현상을 떠난 본질 세계를 바라볼 수 있는 '직관'의 문을 열어놓는다는 것 — 그리고 그러한 초험적(超驗的) 직관을 모방한다는 것 — 그것이 바로 진정한 의미의 실체적 모방이 될 수 있는 것이다. 일례를 들어보자. 눈 내리는 광경을 보고 (그것을 '모방'하여) 어떤 화가가 눈의 결정체 모양인 '*' 표시를 중심으로 한 일련의 추상화를 그린다고 하자. 눈의 결정체가 무엇인지를 아직 배우지 않은 어린아이는 그 그림을 보고 그것이 무엇을 의미하는가를 전혀 깨달을 수 없을 것이다. "이건 엉터리 그림이야" 하고 말하면서, 그건 눈의 '모방'이 아니라고 할 것이다. 그러나 그것은 어디까지나 눈을 확대시켜 더 본질에 근사하도록 애쓴, 역시 모방은 '모방'인 것이다.

모방의 기준을 어디까지로 잡느냐 하는 문제, 그리고 직관이라는 것이 경험과 아주 동떨어지게 존재하는 것인가, 아닌가 하는 문제 등이 과제로 남는다. 문학의 목적성도 모방론과 관련지어질 수 있다. 목적

문학(예를 들어 사회주의적 리얼리즘)이 모방의 대상을 어떤 이데올로기로 잡는다면, 그 모방은 문학적 기준에서 어떻게 평가되어야 할 것인가 하는 문제다. 문학이 참여냐 순수냐 하는 문제도 모방론과 결부될 수 있는 문제이다.

마지막으로 상징의 문제를 들 수 있다. "내 마음은 호수다"라는 상징을 예로 들어 본다면, 거기서 원관념인 '마음'과 보조 관념인 '호수'가 서로 간에 어떤 모방적 계기를 갖는가 하는 문제다. 이것은 아주 간단한 예지만, 점점 상징의 폭을 넓혀서 형이상학적 상징(이를테면 '신'의 개념)에 들어가면, 모방론은 큰 연구 과제가 되는 것이다. 예를 들어, 천사의 모양이라든지 하나님의 모습을 환상으로 보았다는 사람에게서, 어떤 본체적 상징의 모방적 원형을 추리해 낼 수 있을 것이다. '개념'과 '선입감'에 의한 모방이 어떤 경로를 통해 물상적인 형상을 갖고서 우리에게 주입되는가 하는 문제도 재미있는 과제다.

결국, '모방론'의 문제는 점점 더 철학적인 쪽으로 기울 수밖에 없을 것이라고 생각한다. 인간과 신, 인간과 우주의 문제가 모두 다 모방을 근본적 요인으로 안고 있기 때문이다. 우리의 가치관도 그렇다. 어떤 기준에 대한 모방과 이탈의 반복에서 가치관은 형성된다. 이러한 근원적인 문제에 대한 성찰을 수반해야만, 앞으로의 '문학 모방론'은 더 큰 의의를 지니면서 연구될 수 있다.

(1978)

문학은 도피행위가 아니다

— '삶'과 '문학'의 일치를 위한 제언

새삼스럽게 '참여'냐 '순수'냐 하는 식의 구태의연한 논쟁을 되풀이하자는 것은 아니다. 그러나 요즘 느껴지는 우리의 문학풍토에 대한 인상은 다시 한번 문학에 있어서의 참여와 순수의 문제를 거론하지 않을 수 없게끔 만들어주고 있다.

수년 전부터 우리 한국문단은 활기를 다시 찾은 것 같아 보인다. 종전까지 되풀이되어 이야기되던 '작가'와 '독자' 간에 갖는 현격한 거리는 많이 줄어들었다. 순수 소설이냐 통속 소설이냐 하는 이원적인 구별도 없어졌다. 작가들은 많이 쓰고 독자들은 많이 읽는다. 게다가, 요즘 특히 눈에 띄게 두드러지는 사실은 소설 못지않게 시도 역시 많이 읽히고 팔린다는 사실이다. 물론 소설이나 시나 몇몇 인기작가의 것에 국한된 것이기는 하다. 그러나 여기서 '인기'라는 말은 통속작가를 의미하는 말은 절대 아니다. 그만큼 문학이 '대중화'하고 있다는 뜻이다. 독자들의 수준이 높아졌다고나 할까?

그러나 이러한 현상 내부에는 상당히 위험한 요소가 도사리고 있다는 것을 알아야 한다.

그것은 꼭 참여와 순수의 문제를 기준삼아 논의할 필요가 없겠으나,

우선 간편히 말해서 최근의 문학풍토는 대부분 내성적인 도시인의 소시민적 생활을 그리고 있고, 그 수법에 다분히 기교주의적 색채가 짙다는 뜻에서, 소위 '순수'의 쪽에 지나치게 기울어지고 있다고 볼 수 있는 것이다. 다시 말하여, 대사회적(對社會的)인 참여의식, 역사의식, 작가의 투철한 인생관 수립보다는 일종의 기예적(技藝的)인 '글쟁이'로서의 역할에 안주하고 있다는 뜻이다. 문학은 미술이나 음악 같은 예술 장르와도 또 달라서, 참여함으로써만 순수할 수 있는 예술 형식인 것인데, 그들은 참여하지 않음으로써만 순수해질 수 있다고 믿고 있는 것 같다. 마치 예술가나 음악가가 우선 열심히 색(色)이나 음(音)이 갖는 형식적인 미를 완성하려고 애쓰듯이 글은 기교의 숙련과 순수, 절대미(絕對美)를 가장 중요시한다.

물론 여기에도 예외는 얼마든지 있을 수 있다. 그러나 몇 년 전부터 폭발적인 인기를 끌고 있는 몇몇 작가들의 작품, 예를 들어 최인호의 『별들의 고향』이나 김홍신의 『인간시장』 등이 그것을 증명하고 있다. 더구나 이런 작품들의 주된 독자층이 청소년 내지는 대학생이라는 데 더 큰 문제점이 있다.

이들의 소설은 달콤한 술맛과도 같이 독자들을 순간적으로 마취케 한다. 그 현란한 묘사력이나 유창한 말솜씨는 사실 완벽하기까지 하다. 그러나 그들의 작품에는 사회와 역사를 보는 '눈'이 없다. 특히나 그들의 작품은 곧바로 영화화되어서 매스컴이 갖고 있는 오락성과 잘 결탁되었기 때문에 더욱 그러한 것 같다. 그 뒤에 쏟아져 나오고 있는 많은 신문 연재소설들이 다 그렇다. 최근에도 박범신, 한수산, 조해일, 조선작 등의 작가들은 신문 연재에 힘을 기울여 그들의 작품을 '상품화'하기에 골몰해 있는 것같이 보인다.

이것은 시도 마찬가지일 것이다. 시가 물론 문학 장르 가운데서는 가장 음악과 많이 닮은 예술이라고 볼 수 있겠지만, 그래도 시가 궁극적으로 추구해야 할 것은 '의미의 형상화'이다. 그런데 의미가 빠져버리고 형상과 음악적 형식만 잔존해 있는 시가 요즘은 수작(秀作)으로 평판 받고 사랑을 받고 있다.

소위 '무의미의 순수시'를 주장하는 김춘수의 여러 작품이라든지, 가장 완숙한 시인으로 인정되고 있는 서정주의 요즘 작품들, 또는 순수한 미의식을 탐구하는 김영태의 작품들이 그렇다. 그들은 시를 가장 핑계 좋은 방패로 삼아 애써 현실과 역사와 사상을 잊으려고 노력한다. 그들의 관심거리는 여자 손톱의 반달무늬, 한 떨기 꽃에 맺힌 이슬, 그리고 가장 현대적이고 신선한 조작적 이미지 등일 뿐이다. 시인은 어떤 초월적이고 근원적인 우주의 진리를 전달해야 하고, 또 미래를 향한 투철한 예언자적 사명을 갖고 있어야 한다는 것을 망각한 것일까?

어쨌든 최근의 우리 문학은 시나 소설이나 극도로 왜소화되고 기교적 유미주의로 떨어지고 말았다는 게 필자의 인상이다. 그런 까닭에 그런 작품에 대한 독자들이 늘어나고 있다는 사실은 사실 두렵기조차 한 현상이라고 생각되는 것이다.

왜 요즘의 문학인들은 그들의 한계를 스스로 좁히려고만 들고 있는 것일까? 거기에는 몇 가지 적절한 처방이 있어야 할 것이다. 필자 나름대로 그것을 몇 가지로 요약해 본다면 다음과 같다.

첫째로, 작가나 시인들은 좀더 문학에 있어서의 심층적이고 근본적인 문제에 눈을 돌릴 수 있어야 한다. 문학 창작 이전의 문제, 예를 들어 작가는 왜 작품을 쓰는가, 누구를 위하여 작품을 쓰는가, 또는 작품을 써서 궁극적으로 얻어지는 사회적 효용성은 어떠한 것인가 하는 진부하기조차 한 기본적인 문제점들에 대한 회의와 사색을 계속해야 한다.

이것은 문학이 궁극적으로 추구하는 것은 무엇인가를 규명하는 것이며 그러한 목표에 도달하기 위한 방법을 모색하자는 것이다. 문학 창작 이전의 '문학정신'의 본질을 캐보는 것, 그것은 '문학철학'의 재정립이라고까지 말할 수 있는 실로 중대한 당면과제이다.

둘째로, 최근 문학인들이 갖고 있는 뿌리 깊은 선입관인 "작가는 작품으로 말해야 한다"는 관념을 개조해야 한다. 이것은 작가들의 실생활에 있어서의 불완전성과 기회주의적인 안일성 등을 변명하는 좋은 구실이 되어왔다. 작가의 사생활을 통해서 나타나는 개인적 자아는 작품을 통해서 나타나는 제2의 예술적 자아와 다를 수밖에 없다고 그들은 말한다. 19세기 말엽의 유럽을 풍미한 퇴폐주의적 '데카당'으로서 문학인을 바라보는 관습이 어느새 우리에게도 붙어 버렸다.

이러한 생각은 곧 '문학적 진실'과 '사회적 진실'은 다를 수밖에 없다는 체념을 독자들에게 생기게끔 만든다. 그러나 역사상 많은 위대한 예술가들이 예술을 뛰어넘어 사회 구성원으로서 뛰어난 사회적 활동이나 사상개혁에 참여한 예를 우리들은 수없이 많이 목격할 수 있다. 다시 말하여, 작가는 문학의 예술적 형식으로 뿐만이 아니라 다른 '모든 수단을 다 동원하여 표현해야' 한다는 것이다. 이러한 관점은 인간의 현존재와 문학의 일반성과의 관계에 대한 문학가들의 근본적 성찰을 요구한다. 이러한 성찰이 봉건적 미학의 테두리를 넘어 전진할 때, 문학은 다른 예술보다도 좀더 사회의 제 현상과 밀접하게 관련될 수밖에 없다는 결론에 도달할 수 있을 것이다.

셋째로, 작품을 생산하기 이전에 작가들의 의식구조가 개조되어야 한다.

작가들은 모두가 '선량주의(選良主義)'의 고정관념에 사로잡혀 있다. 불행하게도 많은 작가들은 아직까지도 유아독존적이고 자기중심적인 '이성' 및 '지식' 그리고 예술의 '숭고성'이라는 낡은 개념에 심하게 지배당하고 있으며, 또한 이러한 것 자체의 의의에 관하여 근본적으로

지각하기를 거부하고 있다. 그들은, 실은 전통적 주지주의 철학을 유지하고 있으면서도 불편부당하고 냉정한 사고와 이성을 신봉하고 있다고 생각하고 있다.

그러나 실상 역사상에 나타났던 이성주의와 방관자적 엘리트로서의 지식인관(知識人觀)은, 문학인을 포함한 소위 지성인들이 그들의 사상과 예술적 사명의 사회적 무력성(無力性)을 스스로 자위하기 위해서 쌓아올린 교설(敎說)에 불과한 것이었다. 그들은 여러 가지 조건 때문에 금지당하고, 문학인들 특유의 개성인 '용기의 결핍'으로 인하여 후퇴당한 채, 그들의 안일과 자기만족의 구실을 '문학적 감성'이라는 유미주의적 개념에서 찾으려고 했다. 지금도 많은 문학인들은, 예술적 표현을 도덕적 · 사회적으로는 무책임하기 짝이 없는 '심미주의'라는 괴물로서 변형시켜 놓고 있다.

그런 관점에서 본다면, 문학은 생존의 고해에서 도피하는 하나의 일시적 도피처밖에 되지 못한다. 그러나 문학이 대단히 능동적이고 실천적인 것이라는 새로운 신념이 문학가들 마음속을 지배하게 된다면, 문학가들에게 있어 '이상(理想)의 세계'라는 것은 이제 고립적이고 도피적인 것은 되지 않을 것이다. 그렇게만 된다면, 도리어 그것은 인간을 새로운 노력과 실현으로 인도하고 자극하는 '상상적 가능성'의 집합이 된다. 작가적 감성과 상상력은 단지 유미주의적 신화의 형태에 머물게 되는 것이 아니라, 또 다른 이상 실현의 세계로 나아갈 것을 긍정적으로 예시하는 역할을 해주게 되는 것이다.

끝으로 강조하고 싶은 것은, 지금까지 추상적으로 선전되어 온, 모든 구체적인 존재로부터 멀리 떨어져 존재해 왔던 문학 자체만으로서의 인간적 이상(理想)에로의 독자적 접근이 불가능하다는 것이다. 미(美) 그것 자체가 진실일 것이라는 소박하고도 편의주의적인 사고방식은 문학의 발전에 아무런 도움도 주지 못한다.

문학은 이상과 현실의 관계의 문제, 인간의 고통의 문제를 근본적으로 해결할 수 있는 성질의 것은 아니다. 그러나 문학은 문학가 스스로 원하기만 한다면 소극적인 것 이상의 일을 할 수 있다. 구체적인 사회현상을 관찰하고 공명할 수만 있다면, 환상이나 한낱 감정의 배설이 아닌 현실적인 확실한 이상, 즉 문학의 사회적 효용의 목적을 명시해줌으로써, 인류 전체가 발전의 정도(正道)를 걸어 나가는 것을 좀더 평탄하게 해줄 수도 있는 것이다. 이것이 바로 순수를 통한 참여요, 참여를 통한 순수다.

최근 보이는 것 같은 문학의 대중화에 따른 지엽화, 왜소화가 못마땅하여 감히 필자는 일언(一言)해 본다.

(1978)

고전으로서의 전기소설(傳奇小說)

— 소설 『광마잡담(狂馬雜談)』 〈발문〉

고전(古典)이란 단순히 '잘 씌어진 책'을 의미하는 것은 아니다. 시간과 공간을 초월하여, 어느 시대 어느 사람들에게도 보편적인 공감을 줄 수 있는 책이어야 한다. 어떤 특정한 시대나 특수한 환경에서는 사람들에게 공감을 주었던 책이라도, 시대가 바뀌고 사람들의 의식 구조가 달라지면 전혀 공감을 주지 못하는 수가 있다. 그런 책은 아무리 문학사적 의의가 있다 하더라도 고전으로 간주될 수 없다. 예컨대 톨스토이의 작품은 작가 당대에는 세계적인 공감을 불러일으켰지만 지금은 그렇지 못하다. 특히 『부활』 같은 작품은 기독교적 이데올로기의 범주 안에서만 고전으로 인정받을 수 있을 뿐이다. 불교 문화권에 속하는 나라에서는 『부활』에 나타난 작가의 인생론 · 우주관을 보편적인 세계 인식으로 받아들이기가 도저히 어렵다.

그러나 그 반대로 허먼 멜빌의 『모비 딕』 같은 소설은 발표될 당시에는 독자들에게 큰 공감을 불러일으키지 못하였지만, 발표 후 100여 년이 지난 현재에는 미국의 고전으로 간주되고 있다. 그 까닭은 이 소설이 인간의 보편적 감성에 기반을 두고 있기 때문이다. 같은 미국의 경우, 19세기 중반에 발표된 스토 부인의 『톰 아저씨의 오두막』은 미국

내에서 센세이셔널한 반응을 불러일으켰다. 그래서 북군이 남북전쟁을 치르는 데 정신적 지주가 되어주었고 결국은 링컨에게 정치적 승리를 가져다주었다. 하지만 지금 그 책을 미국의 고전, 나아가 세계의 고전이라고 보는 사람은 없다. 왜냐하면 『톰 아저씨의 오두막』은 그 당시 미국 사람들의 가장 큰 정치적 관심사였던 노예 해방 문제를 다룬 책에 불과하기 때문이다.

하지만 같은 남북전쟁을 소재로 하는 마가릿 미첼의 『바람과 함께 사라지다』의 경우는 다르다. 이 작품은 남군이냐 북군이냐, 노예 해방이냐 노예 제도 존속이냐 하는 등의 당시의 정치적 이슈가 소설의 핵심을 형성하고 있는 것이 아니라, 주인공 스칼렛을 중심으로 하는 다양한 인간관계와 애증, 그리고 전쟁 그 자체가 인간 사회에 가져다주는 다양한 변화의 편모를 파노라마식으로 보여주고 있기 때문에 현재까지도 훨씬 더 '보편적인' 감동을 준다. 그러므로 발표 당대의 독자들로부터 환영을 받았든 못 받았든, 또 그 작품이 정치적 변혁이나 사회 개조에 영향을 미쳤든 못 미쳤든, 그 작품 자체가 갖고 있는 '세계적 보편성'의 기준에서 고전이냐 아니냐의 가치 매김이 이루어져야 한다.

역사상 많은 천재적 문학가들이 자기 자신이 처한 국한된 현실 상황과 이데올로기 또는 종교의 울타리 속에서, 피눈물 나는 노력으로 비웃음과 경멸을 헤쳐 나와 당당히 자신의 벌거벗은 알몸뚱이 그대로를 내보였다. 그런 솔직하고 감성적인 삶, 즉 현상을 그대로 수용하는 것이 아니라 현상 뒤편에 웅크리고 있는 본질을 상징적으로나마 이해하고자 몸부림쳤던 노력의 결실이 바로 뛰어난 고전작품들이다. 선과 악을 뛰어넘어 인간의 무한한 상상력의 가능성을 일깨워준 에드거 앨런 포의 작품이나 로트레아몽의 작품, 그리고 패륜아로 낙인 찍히면서 스스로의 본능을 숨김없이 고백하여 현대 심리학의 길을 열어준 사드나 마조흐의 작품을 그 예로 들 수 있을 것이다. 사드가 만들어놓은 사디즘이란 용어와 마조흐가 만들어놓은 마조히즘이라는 말은 오직 정신분석학이나 심리소설의 분야에만 응용되는 것이 아니라, 사회학·정치학에까지도 응용되어 인간의 본성을 파악하는 데 빼놓을 수 없는 개념이 되어버렸다.

나는 고전이 될 만한 작품은 반드시 탈(脫)현실주의적인 주제나 소재로 이루어진 것이어야 한다고 믿는다. 인간의 보편적 감성을 바탕으로 하여 어느 시대의 독자에게나 공감을 줄 수 있는 작품은 반드시 '상징적'이기 때문이다. '상징'을 통해 비로소 본체의 신비에 좀더 밀접하게 접근할 수 있는 문학의 계시적 측면이 발현되는 것이며, 문학에서의 '상징'은 형이상학적 관심, 즉 인간이면 누구나 갖고 있는 근원적 관심에 대한 해답의 실마리를 제공하는 것이다.

서양의 고전 가운데 가장 최고의 고전을 꼽는다면 역시 『성서』가 될 것이다. 성서, 특히 『신약성서』에 나오는 예수 그리스도의 문학적 비유들은 모두 '사랑'이라는 보편적 감성을 매개로 하여 이루어져 있다. 관념적 이성이 아닌 감성을 통하여 예수는 형이상학적 진리, 근원적인 본체의 신비를 상징적으로 해명하려고 노력했던 것이다. 『성서』의 예를 놓고 볼 때, 고전이 될 수 있는 기본적인 조건이 인간의 '보편적 감성'과 '상징적 계시성'에 있다는 사실이 다시 한번 확인된다.

이런 전제 아래서 서양이 아닌 동양의 고전, 또 우리나라의 고전 문학작품의 특성을 생각해 본다면 우리나라를 비롯하여 중국, 일본 등을 중심으로 하는 동양의 고전 문학작품들은 모두 고전의 기본 요건에 잘 부합되는 것들이라고 볼 수 있다. 서양의 고전들이 아리스토텔레스의 모방 이론에 근거를 두고서 쓰여진 '재현(representation)의 문학'이었다면, 동양의 문학은 현실과 현상을 뛰어넘어 본체의 신비를 캐보려고 노력한 '표현(presentation)의 문학'이라고 볼 수 있기 때문이다. 또한 서양의 고전들이 이데올로기와 이성에 기초한 것들이라면 동양의 고전은 보편적 감성에 기초한 것들이 대부분이었다.

서양의 고전 문학작품은 대개 종교적 · 교훈적인 면과 결부되어 있다. 앞서 말한 톨스토이의 『부활』이 그렇고, 톨스토이보다 한 수 위라고 하는 도스토예프스키의 『카라마조프가의 형제들』 역시 주제의 핵심은 결국 마찬가지이다. 결국 아리스토텔레스의 모방론과 기독교적 도덕주의가 서구의 고전 문학작품들을 지배하고 있는 것이다.

물론 예외가 없지는 않아서, 낭만주의 시대에 이르러서는 문학을 개인적 정서의 분출, 또는 창조로 보기 시작하여 모방의 개념이 사라져 버렸지만, 19세기 이후 사실주의가 대두되면서 지금에 이르기까지 모방이란 말은 다시금 등장하고 있다. 지금도 우리는 잘된 문학작품을 읽을 때 '리얼하다'는 말을 곧잘 하게 된다. 그러면서 '리얼'한 것이 곧 명작의 조건이요, 고전의 조건이라고 착각하게 된다. 그러나 '리얼하다'는 것은 '현상의 재현'에 불과한 것이지 '본질의 표현'은 되지 못하는 것이다.

그러면 동양문학은 어떤가? 그 문학관의 핵심은 언제나 '표현적'인 데 있었다. 다시 말하면, 동양문학의 본령은 어디까지나 '전기문학(傳奇文學)'에 있었다는 말이다. 전기문학은 언뜻 보면 서구의 로맨스와 일치한다. 그러나 현재 서구의 문학은 완전히 리얼리즘 일변도로만 흐르고 있는 것 같기 때문에 로맨스적 요소는 소멸된 감이 있다. 서구의 로맨스적 작품을 고전, 특히 현대의 고전으로 꼽는 이는 드물 것이다. 그저 '특이한 작품'으로만 치부될 뿐, 톨스토이나 로맹 롤랑의 휴머니즘적 대하소설과 어깨를 나란히 할 수 없다.

그러나 동양의 고전은 시종일관 전기(傳奇)로만 이루어졌다. 중국의 고전이라고 할 수 있는 『삼국지』, 『수호지』, 『서유기』 같은 작품을 보면 작품의 근본적 뼈대가 전기성(傳奇性)에 기초하고 있다는 것을 잘 알 수 있다. 『삼국지』는 언뜻 보면 역사소설에 가까운 것으로 보이지만 역사적 사실을 작가의 상상력으로 마음껏 왜곡시켜 쓴 연의체(演義體) 전기소설이다. 제갈량의 신비스러운 도술적 능력이 그렇고, 관우의 사후에 일어나는 신비한 사건들이 그렇다. 특히 『전등신화』나 『요재지이』에 가면 전기문학의 매력을 마음껏 즐길 수 있다.

우리나라의 고대소설인 『구운몽』이나 『홍길동전』 역시 불교나 도교 또는 사회 비판이 주제가 아니라, 환상적이고 비현실적인 소재를 통하여 근원적 진실을 알아보려는 표현적 전기소설로서의 특성이 강하다. 『박씨전』, 『임진록』, 『장화홍련전』 등의 작품 역시 그 표현의 기저(基底)는 비현실적이고 탈현상적인 우주관에 있다고 할 수 있다.

결국 서구의 소설이 현실을 대상으로 한 뉴스(즉, novel)를 주로 다룬다면 동양의 소설은 환상과 저승의 세계를 다루는 전기소설에 그 초점을 맞추고 있다고 볼 수 있다. 지금껏 동양의 전기소설은 그 비현실성 · 황당무계성 등으로 인하여 서구소설에 비해 낙후된 형식으로 받아들여졌다. 이러한 현상은 서구의 문학이론을 무분별하게 추종하는 데서 비롯된 것이라고 할 수 있다.

전기소설의 특징은 '유현성(幽玄性)'에 있다고 할 수 있는데, '유현'이란 현실의 세계가 아닌 상상적 세계, 환상의 세계를 말한다. 물질을 중심으로 한 서구의 과학 문명이 현상적인 가시(可視)와 가능의 세계를 밑바탕으로 하여 이루어진 데 반하여, 동양의 생활 철학은 실용적이면서도 현실의 모든 양상을 불가지론적 관점에서 상징적 그림자에 불과한 것으로 생각하는 바탕 위에서 이루어졌다. 그런 관점에서 본다면 우리의 인생은 이미 '꿈'으로밖에는 표현될 수 없는 지극히 애매모호하고 가변적인 것이다. 그러므로 현실을 영원과 연결시키기 위해서는 현실을 현실 그대로 보지 않는 일종의 '상징적 계시'가 필요하다.

그러한 상징의 속성이 모든 동양문학, 특히 중국과 우리나라 문학에 침투하여 신비주의적 요소로서 체질화되었다. 우리의 고대소설이 갖고 있는 특성인 비사실성 · 환상성 등은 서구문학의 사실성보다 그래서 오히려 더 의의가 있다. 서구적 '재현'의 관점에서 본다면 동양문학은 단순하고 비사실적인, 소위 박진감(verisimilitude)이 없는 것이 될지도 모른다. 그러나 궁극적인 관점에서 본다면 인간의 모든 표면적이고 찰나적인 현상들을 상징적으로 약분하여 더욱 큰 상상적 가능성의 기회를 열어주는 것이라고 볼 수 있다. 우리나라 고대소설 곳곳에서 볼 수 있는 환상적인 요소들은 현실을 도피하는 몽상적인 것으로 그쳐버리는 것이 아니라, 우리의 우주적 · 궁극적 관심을 채워주는 역할을 해주고 있다.

그것은 우주의 불가해한 질서의 비밀에 도전하는 일종의 '상징적 열쇠'의 의미를 갖는다. 일례를 들어 고대소설에 나오는 무수한 원귀(寃鬼)들을 보면 그것을 쉽게 파악할 수 있다. 그들은 현실의 모든 비밀과 숙제를 현실로서 못 박아 고정시키는 것이 아니라 내세적 보상으로써 해결하려고 하며, 독자에게 신비적이고 탈현실적인 체험을 통한 궁극적 실체에의 관심을 불러일으켜, 현실을 뛰어넘는 자연의 초월적 메시지를 전달하려고 한다. 이것이 바로 '재현'이 아닌 '표현'인 것이다. 이렇게 보면 지금껏 우리가 생각해 왔던 '리얼리즘 만능주의'는 수정되어야 한다.

'리얼'한 작품만이 고전이 될 수 있는 자격을 갖추는 것이 아니다. 특히 한국과 같이 동양문화권에 속한 나라의 문학작품들 가운데서 현대의 고전을 고른다면, 아무리 시대가 1900년 이후라 하더라도, 동양문학의 전통을 얼마나 긍정적으로 계승 · 수용하고 있는가를 기준으로 삼아야 할 것이다. 이것이 바로 공자가 말한 '온고이지신(溫故而知新)'의 참뜻이리라.

지금까지 다소 장황하게 밝힌 이론적 근거를 바탕으로, 나는 현대판 전기소설이라고 할 수 있는 『광마잡담(狂馬雜談)』을 썼다. 이 중에는 옛 전설이나 설화를 패러디한 것이 많다. 이 책은 내가 몹시 우울할 때 씌어졌다. 우울할 때는 현실을 도피하고 싶어지고 자꾸 꿈속으로만 잠기고 싶어진다. 하지만 삶이 괴롭고 어려울 때뿐만 아니라 소설은 그 자체로 이미 '현실 도피'라고 생각한다.

(2005)

상징을 현실적으로 수용할 때 나타나는 직접상징과 간접상징의 가분성(可分性) 문제

1. 과제

인간의 어떠한 인식현상에 있어서도, 우리가 알고 있는 것은 경험의 현실적 계기(契機)인 것이 사실이다. 그러나 존재 그 자체의 영역은 우리의 경험현상에 의한 인식과 별개로 존재하고 있어, 우리의 인식 가능성을 초월하고 있는 '실재'의 영역과 관련하여 각양각색으로 분화(分化)된다. 경험의 현실적 계기는 실재(實在)의 영역과 합치될 수도 있고 합치되지 않을 수도 있다. 그러나 전자의 가능성은 극히 희박하다. 세계 지성의 역사는 바로 이러한 사실을 발견해 가는 역사였다. 인간은 그들만이 가지고 있는 인식과 표현의 직접적 도구, 즉 언어로써 그 자체의 본질적 실체를 나타내 보려고 하였다. 그렇지만 하나하나의 언어들은 본래 언어가 전달하려던 것, 전달하기 위하여 안출(案出)되었던 것 이상의 것을 우리에게 전달해 주지는 않았다.

수세기 전까지만 하더라도 많은 철학자와 과학자들은 언어적 표현양식에 의한 이성의 추리(推理)를 확고부동하게 믿어 왔다. 많은 과학자들은 지금도 그들 스스로의 힘으로 실재와 경험적 현상과의 합치점(合

致點)인 어떤 교환소(交換所)를 만들려고 애를 쓴다. 그러나 문제는 그러한 가지각색의 교환소들이 집의 한 모퉁이는 될 수 있어도 집 전체는 되지 못한다는 것이다. 그러므로 우리는 집 전체를 뭉뚱그려 대언(代言)할 수 있는 전혀 별개의 교환소를 발견해야만 한다. 아니, 그것은 이미 훨씬 전에 발견되었다고 할 수 있다. 그것은 바로 상징이다. 그러나 상징은 적극적 실천의 단계에 이르지 못하고 다만 혼란된 개념의 덩어리로만 인식되어 왔다. 지금까지 상징의 의미에 대해서 수많은 논의가 이루어지고 있다는 것은 상징의 중요성에 무엇인가 한층 더 깊고, 또 무엇인가 부정적이며 또 긍정적이기도 한 여러 요소가 내포되어 있다는 것을 암시한다. 현대의 철학이나 신학, 또는 문학에 있어서의 언어표현의 한계로부터 일어나는 여러 가지 혼란과 갈등이, 언제나 상징과 관련된 주제에 관계되어 있다는 사실은 상징의 중요성을 뒷받침해 준다.

낙관적인 관점에서 말한다면, 우리는 대단히 중요한 일들이 재발견되는 과정 속에 놓여 있다고도 할 수 있을 것이다. 즉 실재에는 전연 다른 실재의 수평(水平)이 있다는 것과, 이 다른 수평은 다른 연구방법과 다른 언어를 요구한다는 것이 점점 밝혀져 가고 있다. 그리고 실재의 모든 것은 수리적(數理的) 과학에 적합한 언어의 표현양식으로는 터득되지 않는다는 사실도, 모든 진리와 가치의 문제에 상대성이론이 침투되면서 입증되기 시작했다. 이 같은 상황에 대한 통찰이야말로, 상징의 문제를 다시금 신중하게 받아들이게 된 가장 적극적인 측면이 될 것이다.

현대의 실존철학은 인간의 실존을 사변적 · 분석적 · 논리적 조작을 배제한 주체적이고 자각적인 방법으로 파악하려고 하는 데서 출발했다고 할 수 있다. 거기에서 비로소 진정한 '지혜'의 회복에 주력하고 있는 인간의 주체적 노력이 시작된다. 그리고 그것은 언제나 상징의 문제에 귀착하게 되는 것이다. 야스퍼스가 말한 'Chiffer', 즉 암호나, 사르트르가 말한 '무(無)' 등은 바로 이 상징의 변형적 표현이라고 할 수 있다. 실재를 계시하는 상징에 대한 인간의 경험적 인식의 유한성, 무력성(無力性), 그것이 곧 '무(無)'로 표현된 것이다.[1] 상징은 사물의 밑바닥에서 빛을 내고 있다. 그것은 인식이 아니다. 상징 가운데서 생각할 수 있는 것은 '비전'과 그것의 해득(解得)뿐이다. 해득이란 어떤 조짐(兆朕)의 뜻을 풀이하는 것이다. 상징은 보편타당성에 입각한 경험이라든지 실증 가능성하고는 전혀 관계가 없다. 상징의 진리는 실존, 즉 실재(實在)와 관련돼 있는 것이다.

상징은 존재의 공간을 열어준다. 그러나 그것은 인간의 언어표현을 떠나서 존재한다. 여기서 언어표현이라고 함은 모든 논리적 · 귀납적 인식구조를 갖고 있는 언어를 말하는 것이다. 그러므로 모든 궁극적 물음에 관한 대답은 상징을 통해서 찾아질 수밖에 없다. 모든 종교적 우주론이나 신화의 서술형식이 상징의 형태를 취하고 있다는 것은 그것을 말해 주고 있다. 사실상 역사상에 나타났던 모든 종교적 경험은 상징을 통해서만 대언(代言)되었고 계시되었다.

복잡한 상징에는 여러 가지 혼합된 속성들이 엇갈려 잠복해 있기 마련이다. 그런데 그러한 복잡한 상징의 속성들이 우리들을 당황시키는 요인이 되고 있다. 상징은 우리로 하여금 어떤 통체적(統體的) 우주관에 접근할 수 있는 기회를 마련해 주지만, 그 반면에 그것의 그릇된 해석은 우리들을 더욱더 본질로부터 떨어지게 하여, 전혀 엉뚱한 오해를 빚어내게도 만드는 것이다. 여기서, 어떤 초월적 계시로서의 상징을 우리가 선험적(先驗的) 인식으로 받아들이지 못하고, 단지 경험적 인

1) 이것은 모든 고정된 실체는 없다는 동양철학의 무상관(無常觀), 불교적 허무주의와도 일치한다. 모든 것은 변한다는 관념, 우리의 인식이 붙잡을 수 있는 것은 아무것도 없다는 것 등의 불가지론(不可知論)을 '무(無)'라고 이름 붙일 수도 있을 것이다.

식에 의해 현실적으로 수용하게 되는 문제점이 생겨난다.

모든 종교적 학설과 교리의 논쟁은, 종교적 상징을 어떻게 현실적으로 수용하는가 하는 데 대한 의견의 엇갈림이었다. 한 예를 든다면 기독교의 『구약성서』에 나오는 창조신화 즉 아담과 이브의 존재를 직접적인 사실로 받아들이느냐, 아니면 단순한 종교적 · 초월적 상징으로 받아들이느냐에 따라 종교적 신앙과 교파의 확연한 차이점을 낳게 되는 것이다.

그래서 필자는 우선 편의상 상징의 엇갈린 혼합체들을 '직접상징'과 '간접상징'의 두 가지 범주로 구분할 필요성을 느꼈다. 물론 초월적이고 총체적인 상징을 편의상 구분한다는 것은 위험한 일이긴 하다. 그렇지만 일단 상징을 상징 그대로 두지 않고 우리의 현실 속으로 끌어들여 실제적 효용의 면에 이르기까지 수용해야만 하는 현실적 입장을 생각한다면, 그것은 그리 무모한 일은 아닐 것이다. 또한 우리의 인식구조 자체가 '외형적 범주화(外形的 範疇化)'에 기본해 있다고 볼 때, 상징을 좀더 본질적으로 인식하기 위해서는 그런 식으로 범주의 가분성(可分性)을 인정하는 것이 불가피한 것 같아 보인다.

동양에 있어서도, 무(無)와 상대성에 기인한 괘상(卦象)을 통한 암호적 상징으로 모든 범백사물(凡百事物)을 구체적으로 분화표상(分化表象)한 『역경(易經)』의 「계사상전(繫辭上傳)」에, "재천성상 재지성형 방이유취 물이군분(在天成象 在地成形 方以類聚 物以群分)"이라고 한 것을 보면, 상징을 두 가지 기본적 패턴으로 구분한다는 것은 그다지 무리한 일은 아닐 것 같다.

2. 직접상징과 간접상징

그렇다면 직접상징과 간접상징이란 무엇인가? 우선 간단히 표현해서 말한다면, 직접상징이란 우리의 경험적 인식으로 쉽게 이해할 수 있는 것을 직접적으로 우리의 경험적 표현양식을 통해 표현함으로써 우리의 이해를 빠르게 하는 비유적 상징을 말하고, 간접상징은 우리의 경험적 인식으로는 도저히 이해할 수 없는 본질적이고 실체적(實體的)인 문제들을 다만 인간의 경험적 인식의 통로를 빌려서 표현하는 것을 말한다. 즉, 쉽게 말하여 전자는 모든 언어적인 인간의 시공차원(時空次元)을 통하여 표현되는 일종의 수사적 기교를 말하는 것이고, 후자는 그러한 것으로는 도저히 납득될 수 없는 일종의 초월적이고 계시적인 형이상학적인 진실들을 우리의 유한한 표현양식을 통해 되도록 근사(近似)하게 나타내려는 노력을 말하는 것이다.

쉽게 예를 든다면, "내 마음은 호수다"라는 시구(詩句)는 직접상징이다. 마음이 갖고 있는 그윽하고 심원한 면을 호수라는 상징체를 통해 표현함으로써 우리의 이해와 인식을 좀더 윤택하게 하는 것이다. 그러나 '신(神)'이라는 말을 우리가 썼을 때, 그것은 간접상징이 된다. 우리가 신을 직접적으로 볼 수도 없고 인식할 수도 없기 때문이다. 그것은 단지 '편의상' 신이라는 상징어(象徵語)로서 나타내졌을 뿐이다.

최근에 이르러, 신(神)이란 인격적 개물(個物)이 아니라 우리 인간들 마음속에 공통으로 작용하고 있는 궁극적 관심이라고 표현할 수 있다는 설(說)이 나타나게 되었다는 것과[2] 신은 구체자(具體者)가 아니고 구체적인 현실태(現實態)의 근거이기 때문에, 신은 곧 궁극적 제한(制限)이며, 신의 존재는 '비합리성(非合理性)' 그 자체라는 설[3]이 보편화

2) 이 설은 신학자 틸리히(Paul Tillich, 1866~1965)의 학설이다. 그는 그의 저서 『궁극적 관심』에서 이것을 주장하였다. 또한 인도 철학자 라드하크리슈난(Radhakrishnan, 1888~)도 이와 비슷한 설을 주장하였는 바, 그는 신(神)의 본질을 '상호간의 사랑'으로 보았다.

3) 이 설은 화이트헤드(1861~1947)의 학설이다. N. Whitehead, *Science and Modern World*, 제11장, "God" 참조.

되기 시작했다는 사실은 우리들의 사고구조가 상징의 형식을 이해하게끔 발전되었다는 증거가 될 것이다.

여하튼 신의 실체는 우리의 인식구조의 유한한 베일에 가려 있는 것만은 확실하다.[4] 그러나 이같이 불확실한 본체(本體)의 초월적 사실의 문제를 우리의 인식이 포기할 수는 없다. 그러므로 여기서 간접상징의 도움이 필요하게 되는 것이다. 종교적 신화나 모든 민족이 공통으로 가지고 있는 창조설화 등은 모두가 간접상징의 뚜렷한 실례들이다.

그런데, 상징체(象徵體)들 가운데는 직접상징과 간접상징을 뚜렷이 구분할 수 없는 것들이 많이 있다. 그러므로 직접상징을 간접상징으로 오해한다든지, 간접상징을 직접상징으로 오해한다든지 하는 것은 상징의 본질을 이해하는 데 커다란 장애가 된다. 이것이 바로 필자가 상징을 두 가지로 분류하는 것의 현실적 필요성을 절감하게 된 까닭인 것이다. 프리드리히 니체의 예를 보면 그것이 뚜렷해진다. "신은 죽었다"고 외치며, 성서에 대하여 지나칠 정도의 비방을 해대던 니체는 뜻하지 않던 심대한 타격을 받고, 성서에 대한 그의 표현을 180도 회전시켰다. 그는 『신약성서』가 '상징의 세계'에 속한다는 위대한 인식을 하게 되었던 것이다.

그는 초기의 사도(使徒)들이 "상징과 불가해(不可解) 속에 떠돌고 있던 존재를, 무엇인가 그 속에서 이해시키기 위해서 우선 그것을 그들 스스로의 조잡한 현실 속으로 이전시킨" 사실을 무엇보다도 힐난(詰難)했다.[5] 즉 예수가 간접상징으로서 표현했던 '아버지'라든지 '천국'이라든지 하는 상징어들을 무식한 사도들은 곧바로 현실적인 직접상

---

4) 여기에 관해서는 동양철학적(東洋哲學的) 신관(神觀)을 참고할 필요가 있다. 『역경(易經)』에 나오는 신(神)의 해석은 흥미롭다. 『역경』「계사상전(繫辭上傳)」에서는 신을 '음양불측지위신(陰陽不測之謂神)'이라 정의하고 있다.

5) Walter Nigg, *Prophetische denker Friedrich Nietzsche*, 정경석 역, 『예언자적 사상가 니이체』, 왜관: 분도출판사, 1973. p.166.

징으로서 쉽게 받아들이고 말았다는 이야기다. 니체에 의하면, 『신약성서』에 나오는 위대한 예수의 상징들을, 교회는 그들 나름의 설명을 통하여 조소(嘲笑)하고 말았다는 것이다. 그는 상징만이 본질에 도달할 수 있는 유일한 통로요, 상징은 조건화(條件化)된 내재성(內在性)을 무조건(無條件)의 초월성으로 연결하는 변질의 도구라는 것을 이미 깨닫고 있었던 것이다.

니체의 해석에 의하면, 하나의 표지(標識)로서의 '아버지'와 '아들'이 뜻하는 바를 누구나 명백히 파악하기 어렵다는 것이다. 즉 '아들'이라는 말은 모든 사물들의 종합적(總合的) 변용(變容)의 감정이 도달할 수 있는 축복받는 상태로의 첫 출발을 의미하는 것이며, '아버지'란 말은 그러한 감정, 즉 '영원성'과 '완성'이라는 두 가지의 감정 자체를 나타내는 것이라고 한다.[6] 그의 이러한 상징적 해석에 비추어 볼 때, 니체가 기독교의 전(全)역사를 마치 "원래의 상징주의를 점점 난폭하게 오해해간 역사"라고 바라본 것은 당연한 추론이라고 볼 수 있을 것이다.

그런 관점에서 본다면 모든 종교적 개념의 혼란은 반드시 직접상징과 간접상징의 혼동과 병행해 왔다는 것을 알 수 있다. 예수가 말한 '천국'이나 불교에서 말하는 '극락'은 더 좋은 예다. 예수는 단지 지상(地上)에 있어서의 마음의 평화와 신을 따르는 기쁨의 실현을 '천국'이라는 간접상징을 통해서 표현했을 뿐인데, 금세기 이전까지만 해도 천국은 지옥의 반대어로서 신도들에게 강요되었으며, 실제로 사후(死後)에 인간이 갈 수 있는 '지상적(地上的)' 관념의 표현으로 간주되어 많은 선량한 신앙인들을 위협해 왔던 것이다. 불교의 극락과 지옥도 마찬가지다. 원래 불교는 극락이나 초월적 신을 인정하지 않는다. 석가가 절대적 주재자(主宰者)도 아니다. 그런데도 다수의 불교신자들이

6) 같은 책 p.168.

사후(死後)의 지옥에 겁을 내고 있고 극락의 쾌락을 기대하고 있다는 사실은 실로 중대한 문제가 아닐 수 없다.

그러므로 우리가 상징의 문제에 좀더 깊숙이 접근하기 위해서는, 모든 초월적 진리의 인식에 대하여 불가지론적(不可知論的) 태도로부터 출발할 필요가 있다. 서구철학의 역사는 대단히 귀납적인 추리를 이행(移行)해 온 역사인 듯 보이지만, 사실상은 세계질서의 원동자(原動者)로서의 '신(神)'을 가정하여 그것에 맞추어 추리해 나간 연역적 진리인식의 역사임을 알 수 있다. 즉 서구의 여러 이론은 가설을 기초로 한 여러 개념에 바탕을 두고 있기 때문에, 아무리 그 이후의 사유방식이 과학적이고 귀납적이라 할지라도 본질에 있어서는 오히려 비과학적인 면을 넘어설 수 없는 것이다. 그러나 동양은 반면에 직각(直覺)을 사유의 방법으로 채택하였다. 그러한 직각은 형이상학적이고 유신론적(有神論的)인 개념을 배제한 불가지론적이고 인본주의적인 것이었다.

그러므로 동양의 사고방식은 다분히 연역적인 면을 띠는 듯하면서도, 사실상 서구의 그것에 비하여 훨씬 더 인간의 유한한 인식범위(認識範圍)와 지식의 가변적(可變的) 상대성을 미리 선입관으로 인지(認知)한 '과학적'인 것이 되는 것이다. 이러한 불가지론의 밑바탕에는 다분히 회의정신(懷疑精神)이 주조를 이루고 있다. 중국 유교철학에 있어서 우리가 주목해야 할 것은, 그들이 자주적 독립사상을 권장하고 회의를 권장하였다는 점이다. 공자는 천(天)을 이야기하긴 했으나 형이상학적인 실재(實在)나 사후(死後)의 문제, 신(神)의 문제에 대하여 언급한 적은 없었다. 그의 관심은 그가 인식할 수 있고 실천할 수 있는 인간적인 문제에만 국한되어 있었다. 공자(孔子)의 철학에 형이상학적인 자취가 보이지 않는다고 하여, 그것을 철학이 아니라고 무시한 서구 철학자들은 중대한 과학의 문제, 즉 진정한 과학정신의 문제를 잊고 있었던 것이다. 필요 이상의 확대해석과 한계를 뛰어넘는 추리는 공상은 될 수 있어도 진정한 진리는 될 수가 없다. 동양의 학문에 있어서 지식상(知識上)의 이러한 성실성은 인본주의적 불가지론(不可知論)의 중요한 한 부분이 된다.

공자는 한 제자에 대하여, "유(由)야, 너에게 안다는 것을 가르쳐줄까? 아는 것을 안다고 하고 아지 못하는 것을 아지 못한다고 하는 것, 그것이 진정 아는 것이다"[7]라고 하였다. 또 한번은 어느 제자가 귀신을 어떻게 대할 것인가를 물은 데 대해, "사람도 아직 잘 섬길 수 없는데 어찌 귀신을 섬기랴?"고 하였고 그 제자가 계속하여 죽음에 대해서 묻자 공자는 말하기를 "생(生)을 아직 아지 못하는데 어찌 죽음을 알랴?" 고 대답하였다.[8] 이것은 문제를 회피하는 것이 아니다. 이는 사람이 진정으로 아지 못하는 일에 대해서는 지식상(知識上)의 성실한 불가지론을 보지(保持)해야 한다는 것을 교훈한 것이다.

그러므로 이 같은 회의주의의 전통은 꾸준히 동양사상의 기초가 되었다. 후기에 불교가 들어와 중국 전체를 지배하게 된 다음에도 중국의 사상가들에게 있어 가장 큰 문제는 어떻게 하면 종교적 독단과 광신(狂信)으로부터 중국을 구할 것인가 하는 문제였다.[9] 또한 서구 철학자 가운데서도 20세기의 대표적 철학자라 할 수 있는 버트런드 러셀이 철저한 비신앙(非信仰)과 불가지론에 입각한 휴머니즘적 이성주의를 옹호했다는 것도, 상징을 독단적으로 해석하는 안이한 오류로부터 우리를 건질 수 있는 좋은 자극제가 될 것이다.[10]

---

7) 『논어(論語)』「위정편(爲政篇)」에서 "由 誨汝知之乎 知之爲知之 不知爲不知 是知也".

8) 『논어(論語)』, 「선진편(先進篇)」에서 "季路問事鬼 子曰 未能人事 焉能事鬼 敢問死 曰 未知生 焉知死".

9) 호적(胡適), *Philosophy and Culture, East and West*, Hawaii Univ. Press, 1962 참조. 중국적 전통에 젖어 있는 순수한 휴머니스트들에게는 불교나 도교 그 자체가 하나의 광신(狂信)이요, 인간의 나약한 안이성(安易性)의 결과로 보였다. 사실상 중국의 고대철학(제자백가 사상)에는 전혀 종교의 자취가 없다.

요컨대, 상징을 직접상징과 간접상징의 두 대표적 범주로서 분류하려고 하는 의도의 밑바탕에는, 우리의 상징적 인식을 좀더 독단적 오류와 비약으로부터 멀리하게 하여 순수한 상징해석의 단계에 이르게 하려고 하는 노력의 일단이 숨어 있다. 그런 까닭으로 하여 상징의 이원적(二元的) 가분성(可分性)의 문제는 그것이 상징의 현실적 수용에 그 목적을 두고 있느니만큼, 좀더 철저한 인간인식과 경험의 한계성에 대한 기초적 점검으로서의 불가지론적 전제가 반드시 요청되는 것이다.

3. 간접상징의 직접상징으로의 전용(轉用)

혼란되게 뭉뚱그려진 상징의 본질적 실체를 파악하기 어렵게 만들고, 또 가장 많은 오해가 그릇된 원용(援用)을 낳게 만드는 것은 간접상징에 있어서이다. 간접상징은 그 상징의 대상, 즉 본래의 원초적 의미를 초월성 실재(實在)에다 두는 까닭에 더욱 그럴 가능성이 높다. 대개의 종교적 무지(無知)와 확대해석은 간접상징을 직접상징으로 잘못 해석하는 데서 기인한다. 비록 초월적인 형이상학의 문제가 아니라 하더라도, 많은 현실적 효용(效用)으로서의 종교적 계시(啓示)나 성인(聖人)의 가르침들이 직접상징으로 잘못 이해되었던 것이다. 우리는 그것의 가장 좋은 예로 기독교의 『신약성서』에 나와 있는 예수의 비유들을 생각할 수 있다. 좀전에 밝힌 바 있는 니체의 설(說)대로, 예수의 비유는 좀더 심원(深遠)하고 복합적인 다면적(多面的)·초월적 성격을 띠고 있

10) Bertrand Russell, *Why I am Not a Christian*(edited by Paul Edwards) 참조. 그는 만일 이 세계의 원동자(原動者)로서의 신(神)을 인정한다면, "신은 누가 만들었느냐"에 대한 의문을 숨길 수 없다고 솔직히 고백하고 있다. 또한 종교적 독신(篤信)과 신념이 이 세상 역사의 모든 죄악과 압제(壓制)를 낳았다고도 말한다. 즉 히틀러조차도 '종교적 신념'으로 그러한 무서운 죄악을 감히 저지를 수 있었다는 것이다.

었음에도 불구하고, 많은 신학자들은 그것을 손쉽게 그들의 선입관(先入觀)과 주변상황, 그리고 현실적 사고(思考)의 인습 속으로 끌어들여 격하(格下)시키고 말았다. 우선 다음 구절을 살펴보자.

> 옛날에 한 부자가 있었는데, 그는 화사하고 값비싼 옷을 입고 날마다 호화로운 잔치를 베풀었습니다. 한편 사람들은 라자로라는 거지를 그 부자의 대문간에 데려다 놓곤 하였는데, 그는 헌데투성이의 몸으로 부자의 식탁에서 떨어지는 빵 부스러기로나마 주린 배를 채우려고 했지만 심지어 개들까지 몰려와서 그의 헌데를 핥았습니다. 얼마 후에 그 거지는 죽어서 천사들의 인도를 받아 아브라함의 품에 안기게 되고 부자는 죽어서 땅에 묻히게 되었습니다. 부자가 죽음의 세계에서 고통을 받다가 눈을 들어보니, 멀리 떨어진 곳에서 아브라함이 라자로를 품에 안고 있었습니다. 그래서 그는 소리를 질러 "아브라함 할아버지, 제게 자비를 베풀어 주십시오. 라자로를 보내어 그 손가락 끝에 물을 찍어 제 혀를 적셔서 시원하게 하도록 해주십시오. 저는 이 불꽃 속에서 심한 고통을 받고 있습니다." 하고 애원하였습니다. 아브라함이 대답하였습니다. "너는 살아 있을 동안에 온갖 좋은 것을 마음껏 누렸지만 라자로는 온갖 불행을 다 겪지 않았느냐? 그래서 지금 그는 여기서 위안을 받고 있고, 너는 거기서 고통을 받고 있는 것이다. 그 뿐만 아니라 너와 우리 사이에는 큰 구렁텅이가 가로놓여 있어서, 여기서 네게 건너가려 해도 가지 못하고 거기서 우리에게 건너오지도 못한다."[11)]

이 비유의 핵심은 우리가 보통 생각하고 있는 것같이 가난한 라자로

---

11) 『신약성서』 「누가복음」 16장 19~26절.

에게 위안을 주는 내세(來世)에 있어서의 실제적 천국에 대한 공상과 희망이 아니다. 이 비유를 단순한 직접상징으로 이해한다면, 그런 방식으로밖에는 이해가 되지 않을 것이다. 즉, "가난한 자만이 천국에 갈 수 있다" 정도로 말이다. 그러나 이 비유에는 다분히 간접상징적인 면이 내포되어 있다. 실재나 본체의 문제는 아니더라도, 일단 비유의 표면구조적 해석을 벗어나 그 심층에 깔려 있는 복합된 사상이 간접적으로 표출되고 있을 때에는, 그 상징은 간접상징으로 간주될 수 있기 때문이다.

이 비유는 단연코 부유한 사람들을 대상으로 한 것이다. 다시 말해서 가난한 자들을 사후(死後)의 희망으로 위로하기 위한 것이 아니라, 부자들이 저주당할 것을 미리 경고하며, 또한 그들로 하여금 이 말에 귀를 기울여 이 세상에서 '나눠주는' 행동을 하게 함이 목적인 것이다. 즉 계급을 초월한 평등한 부(富)의 분배를 실현시키기 위하여, 부자들에게 그들의 재산을 가난한 이웃을 위하여 나눠주라고, 지옥의 비유로써 겁을 주어 위협하고 있는 것이다. 이것을 다만 현실에서의 금욕생활(禁慾生活)과 청빈(淸貧)을 권하기 위한 비유로만 해석한다면, 그것은 바로 간접상징을 직접상징의 평면적 수준으로 떨어뜨리는 결과를 낳고 만다. 이것은 다음과 같은 비유에도 해당된다.

> 거듭 말하지만 부자가 하나님 나라에 들어가기보다는 낙타가 바늘귀로 빠져 나가기가 더 쉬울 것입니다.[12)]

이 비유 역시 그것을 직접상징으로 해석한다면, 단지 천국의 실재(實在)에 대한 확신과, 그 천국에는 가난한 사람들만이 들어갈 수 있다는 것을

12) 『신약성서』「마태 복음」 19장 24절.

낙타와 바늘의 과장된 수사법을 써가며 상징하고 있는 것으로 보인다. 그렇게 해석한다면 예수의 사고방식은 다분히 현실도피적이고 내세중심적이며 금욕주의적인 인상을 띠게 될 것이다. 그러나 그것은 이 비유의 간접상징이 직접상징으로 잘못 적용되었기 때문이다.

이 비유가 지닌 원래의 의도는 역시 현실적 효용에 그 바탕을 두고 있는 것이다. 소수의 부자들이 이 세상의 재화(財貨)를 향유하고 가난한 사람들을 착취하는 것은 하나님의 뜻이 아니라는 것, 그리고 부자는 마땅히 그들의 재화를 가난한 사람들에게 분배해 주어야 한다는 것,[13] 또한 천국의 현세적(現世的) 실현이 가능하다는 것 등을 그는 이야기하고

---

13) 이러한 예수의 현실적 태도는 『신약성서』 곳곳에서 찾아볼 수 있다. 예를 들면 다음과 같은 것들이다. 「예수께서 길을 떠나셨을 때에 어떤 사람이 달려와서 그 앞에 무릎을 꿇고, "선하신 선생님, 제가 영원한 생명을 얻으려면 무엇을 해야 하겠습니까?" 하고 물었다. 예수께서는 그에게 이렇게 대답하셨다. "왜 나를 선하다고 합니까? 선한 분은 오직 하나님뿐이십니다. '살인하지 말라', '간음하지 말라', '부모를 공경하라' 한 계명들을 당신은 알고 있을 것입니다." 그 사람이, "선생님, 그 모든 것을 제가 어려서부터 다 지켜 왔습니다." 하고 대답하였다. 예수께서는 그를 바라보시고 대견하게 여기시며 이렇게 말씀하셨다. "당신에게 한 가지 부족한 것이 있습니다. 가서 가진 것을 다 팔아 가난한 사람들에게 나누어 주시오. 그러면 하늘에서 보화를 얻게 될 것입니다. 그러니 내가 시키는 대로 하고 나서 나를 따라오시오." 그러나 그 사람은 재산이 많았기 때문에 이 말씀을 듣고 침울한 표정으로 근심하며 떠나갔다.」(「마가복음」 10장 17~22절). 「사람의 아들이 자기 영광을 떨치며 모든 천사들을 거느리고 와서 영광스런 왕좌에 앉을 때에 모든 민족들이 불려나와 그 앞에 모일 것입니다. 그리고 사람의 아들은 마치 목자가 양과 염소를 갈라놓듯이 그들을 갈라놓아 양은 그의 오른편에 염소는 그의 왼편에 자리잡게 할 것입니다. 그때에 그 임금이 자기 오른편에 있는 사람들에게 이렇게 말할 것입니다. "너희는 내 아버지의 축복을 받은 사람들이다. 와서 천지창조 때부터 너희를 위하여 준비한 이 나라를 차지하여라, 너희는 내가 굶주렸을 때에 먹을 것을 주었고, 목말랐을 때에 마실 것을 주었으며, 나그네 되었을 때에 따뜻하게 맞아주었다. 또 헐벗었을 때에 입을 것을 주었으며, 병들었을 때에 돌보아주었고, 감옥에 갇혔을 때에 찾아주었다." 이 말을 듣고 그 축복받은 착한 사람들은 이렇게 대답할 것입니다. "주님, 저희가 언제 주님께서 주리신 것을 보고 잡수실 것을 주었으며 목마르신 것을 보고 마실 것을 드렸습니까? 또 언제 주님께서 나그네 되신 것을 보고 따뜻이 맞아드렸으며, 헐벗으신 것을 보고 입을 것을 드렸습니까? 그리고 언제 주님께서 병드셨거나 감옥에 갇히신 것을 보고 저희가 찾아가 뵈었습니까?" 그러면 임금은 "분명히 말하지만 너희가 여기 있는 형제 중에 가장 보잘 것 없는 사람 하나에게 해준 것이 곧 내게 해준 것이다." 하고 말할 것입니다.」(「마태복음」 25장 31~40절)

있다. 부자가 천국에 가기 어렵다고 한 것은 다분히 부자들을 위협하여 공포심 때문으로라도 가난한 사람들에게 그들의 재산을 나누어 주고 싶어지게끔 만들고 있는 것이라고 볼 수 있다. 어떤 의미로 본다면 예수의 이러한 사상은 원시공산주의적(原始共産主義的) 표현이라고도 볼 수 있는 것이다. 그러므로 이 비유는 낙타와 바늘귀의 직접상징이 아니라, 실질적 효과를 염두에 두고서 취해진 좀더 복합적이고 본질적인, 사회 전반에 관한 간접상징이라고 봐야만 한다.

이밖에도 예수의 비유는 단지 표면적인 수사기교로서의 직접상징이 아니라, 복잡미묘한 다원성(多元性)을 내포하는 간접상장으로 이해되어야 할 것이 많다. "마음이 가난한 사람은 복이 있다. 애통하는 사람은 복이 있다" 등으로 시작하는 예수의 산상(山上) 8복음(八福音)도[14] 그런 각도에서 다시 해석되어야 할 것이다.

그러나 더 재미있는 것은 간접상징이 이러한 현실적 관점에서 이루어졌을 때보다도, 초월적인 우주의 실재(實在)나 자연법칙 등을 나타내고 있을 때이다. 우리가 막연한 공상이나 설화로만 믿어왔던 것들이 현대과학이 발달함과 더불어 확연한 사실의 암시(暗示)로 재해석되고 있다.

아인슈타인의 상대성원리가 발표되기 전까지만 하더라도 사람들은 「립 반 윙클」[15]의 설화를 그저 재미있는 동화로만 이해했다. 우리는 그것을 단순한 인간 공상의 산물인 '문학적'인 것으로만 받아들였던 것이다. 그러나 아인슈타인의 상대성이론이 등장하자, 우리가 그렇게 단순한 상상으로만 알았던 동화적 사실들이 기묘하게도 과학법칙과 비

---

14) 『신약성서』 「마태복음」 5장 1~12절 참조.

15) 미국의 수필가 어빙(W. Irving)의 수필집인 『스케치북(*Sketch Book*)』에 나오는 짤막한 설화. 주인공은 우연히 산속의 사람들을 만나 한나절을 보낸다. 그러나 그가 자기 집으로 돌아와보니 벌써 수십 년이 지나 있었다. 이 같은 이야기는 동양의 설화나 전기소설(傳奇小說)에도 수없이 많이 있다.

슷하게 들어맞는다는 사실이 판명되게 되었다. 아인슈타인의 상대성 이론은 속도의 증가에 따라서 시간이 지연될 수 있다는 것이다. 더 자세히 말하자면, "정지하고 있는 측정자가 운동하고 있는 물체의 길이 · 질량 및 물체 내의 시간경과의 속도를 측정하면, 길이는 물체의 운동방향으로 단축되고, 질량은 증대하고, 물체 내의 시간경과는 늦어져 보인다"는 것이다.[16] 그러므로 로켓이 광속도(光速度)에 준(準)한 속도로 난다면 지상의 시간 경과는 로켓 안의 시간 경과보다 훨씬 더 빨라질 수 있다는 결론이 나온다.

즉, 지구상의 사람이 측정해서 빛이 50년간에 도착하는 것은 50광년의 거리인데, 로켓이 지구상의 사람이 측정한 준광속도로 날면, 로켓 안의 승무원이 측정한 로켓 안의 50년간에, 지구상의 사람이 측정한 약 2,500광년(光年)의 거리를 날 수 있다는 것이다. 준광속(準光速) 로켓으로 우주여행을 하고 다시 지구로 돌아오면, 승무원의 수명은 실제로 지상(地上)에 있을 때보다 길어진다. 따라서 승무원은 현대판 '립 반 윙클'이 된다.

비단 「립 반 윙클」뿐만 아니더라도, 우리나라의 설화에서 용궁에 놀러갔거나 신선과 바둑 한판을 두고 온 사람이 다시 집에 돌아와 보니 몇 백 년이 지나가 버린 세상이었다는 상상이 이같이 과학적으로도 가능해진다. 즉, 우리가 단지 문학적 상상력의 소산이라고 믿어 단순한 직접상징(신선이나 용궁의 신비로움을 강조하는)으로 돌렸던 설화가, 우주적 법칙을 암시하고 있는 간접상징으로 바뀔 수도 있다는 사실이 입증되는 것이다. 이것은 직접상징과 간접상징을 혼동하고 있는 좋은 예다.

그렇다면 어떤 추리의 경로를 통하여 그러한 간접상징적인 예견(豫見)이 이루어질 수 있었느냐 하는 것이 흥밋거리로 남는다. 게다가 하

16) 猪木正文, 『현대물리학 입문』, 한명수 역, 서울: 전파과학사, 1973, p.142.

나의 설화뿐만 아니라 동서양의 여러 전설, 우화에 걸쳐 이 같은 이야기가 고르게 분포되어 있다는 것은 신비스런 일이 아닐 수 없는 것이다. 여기에 대해서는 우리도 일단은 침묵을 지킬 수밖에 없다. 그러나 인간이 갖고 있는 직관적이고 선험적(先驗的)인 인식으로, 직접적인 투시(透視)는 불가능하더라도 간접적인 암호, 즉 상징에 의한 본질적 실체(實體)에의 투시는 가능하다는 것을 우리는 깨달을 수 있다. 이것이 바로 현상이 무화(無化)된 인간의 영성(靈性) 깊숙이 파고 들어오는 초월적 상징의 계시기능일 것이다.

사실 서양에서는 20세기에 들어와서야 '상대성'이 철학의 큰 분야를 차지하게 되었지만, 동양에서는 수천 년 전부터 상대성을 그 기본법칙으로 삼아왔다. 음양(陰陽)의 이론이 그것이다. 『주역(周易)』에서 "일음일양지위도(一陰一陽之謂道)"[17]라 하여, 도(道)의 근본 곧 우주법칙의 근본을 음양의 변전(變轉)으로 본 것은, 바로 상대성에 그 이론적 기초를 둔 것이었다. 그러기에 어떤 궁극적 원리를 인정하지 않고, 다만 모든 것은 변한다는 원리 그 자체만을 인정한 사람들이 바로 중국 사람들이었던 것이다.

이것으로 미루어 생각한다면, 모든 우주적 진리, 본체적(本體的) 진리라는 것은 어떤 수치적인 과학적 이론이나 현실적 의미의 실험만 가지고서는 입증될 수 없다는 것을 알 수 있다. 오히려 절대적 진리와 실재(實在)의 세계는 암호적(暗號的) 상징의 세계, 인간의 직관과 선험적(先驗的) 지각체계를 거쳐 인식되는 그런 간접상징의 세계 속에서 계시적(啓示的)인 찬란한 조짐(兆朕)의 빛을 발하고 있다고 보아야 할 것이다. 간접상징을 본체적 진리에까지는 이끌어 가지 못한다 하더라도, 다만 그 상징 자체를 직접상징이 아닌 '간접상징'으로, 우리의 신중한 불가지론적(不可知論的) 태도에 입각하여 받아들인다는 것이 얼마나

17) 『역경(易經)』「계사상전(繫辭上傳)」第五章.

중요한가 하는 것이 여기서 다시금 입증된다.

4. 직접상징의 간접상징으로의 전용(轉用)

상징을 직접상징과 간접상징으로 구분함에 있어, 반대의 경우도 생각해볼 수 있다. 곧, 직접상징이 간접상징으로 잘못 이해되는 경우이다. 이것은 상징의 가장 초보적이고 소박한 원의(原意)를 지나치게 부연(敷衍)·확대시키는 것을 말한다. 상징에 대해서 너무나 지나친 기대를 가지고 그것에 집착한 나머지, 상징을 너무나 '암호적(暗號的)'인 것으로만 해석하여 그것을 자의적(恣意的)으로 부풀려가는 경우가 많이 있다.

사실상 이 경우에는 상징을 '비유'와 갈라서 생각해 볼 필요가 생긴다. 이 논문에서는 상징의 커다란 범주 속에 '비유적 상징'까지도 포함시키고 있기 때문이다.[18] 초월적 상징, 즉 실재(實在)의 의미에 접근하는 상징과 일반적 상징(다시 말하여 문학적 상징)은 사실상 우리의 유한한 인식구조 안에서는 결정적 차이를 가를 수 없다고 나는 생각한다. 그 두 가지는 똑같은 힘과 가치를 가지고 우리의 언어생활과 문화생활을 빛나게 한다. 그러나 지나치게 비밀적(秘密的)인 상징주의, 비교적(秘敎的) 상징현상(예를 들어 계시나 신화 같은)에 눈을 돌리다 보면 단순한 우리의 인식구조 안에서 충분히 이해될 수 있는 상징 즉 직접상징을, 어떤 초월적 실재나 본체(本體)에 대한 간접상징으로 착각하기 쉬운 것이다. 이러한 면은 특히 많은 종교가나 신학자들에게서 찾아볼 수 있다.

---

18) 여기서 비유란 일종의 수사적 기교로서의 '기호(Sign)'를 말한다. 아주 엄격하게 말한다면 기호와 상징은 완전히 다르다고도 할 수 있다. 상징과 기호는 둘 다 그 자신을 초월한 무엇인가 다른 것을 가리킨다. 그러나 이 둘을 가르는 결정적인 차이는, 기호는 어떤 방법으로든지 그것들이 지시하는 존재의 힘에 참여할 수 없다는 사실이다.

문제는, 실제로 실재(實在)의 수평(水平)을 열어 보일 수 있는 유일한 방법이 상징에만 간직돼 있는 것도 사실이지만, 그것의 가능성은 그것의 잘못된 해석으로 하여 전혀 엉뚱한 실재성(實在性)의 오류나 확대까지도 낳을 수 있는 가능성과 확률을 같이한다는 사실이다. 간단한 예를 하나 들어보자. 역시 『성서』에서 예를 찾아보는 것이 좋을 것이다. 『구약성서』의 첫머리에는 다음과 같은 기사(記事)가 보인다.

> 하나님께서 말씀하시기를, "사람을 우리 모습대로 우리와 비슷하게 만들자. 그래서 사람들로 하여금 바다의 물고기와 하늘의 새와 가축과 모든 들짐승들과 땅위에 기어다니는 모든 동물들을 다스리게 하자." 하셨다. 하나님께서 당신 모습을 따라 사람을 창조하셨도다. 하나님의 모습 따라 그를 창조하셨도다.[19]

이 부문에서 "우리의 모습대로 사람을 만들자"는 대목은 신학자들에게 많은 논쟁을 불러일으켰다. 과연 여기서 말하는 '하나님의 형상대로'라는 표현은 무엇을 말하고 있는 것일까? 정말로 인간은 외형적(外形的)으로도 하나님을 닮은 것일까? 하나님은 동양의 신선도에서 볼 수 있는 것 같은 백발이 성성한 인자한 노인의 모습일까? 아니면 그 구절은 단순한 간접적 상징, 즉 우리 인간에게 영성(靈性)을 불어넣어 줬다는 데 대한 상징적 표현인 것일까? 이런 물음들이 언제나 문제가 되었다.

그래서 그러한 여러 가지 구구한 억측은 결국은 후자(後者)의 편으로 기울어지게 마련이었다. 하나님의 초월적 존재성, 즉 무소부재(無所不在)하시고 전지전능(全知全能)하신 하나님의 존재를 믿는 신학자들에게는 정말로 인간이 하나님의 외형(外形)을 '육체적'으로 닮았다는 것

19) 『구약성서』 「창세기」 1장 26~28절.

은 말도 되지 않는 억설이 될 수밖에 없었다. 또 시대가 현대에 이를수록, 모든 성경의 신화적(神話的) 기록들은, 단지 인간들의 마음속에 좀 더 쉽게 신(神)의 신비스런 창조의 능력을 보이기 위하여 아주 상징적으로 표현된 것일 것이라는 해석이 압도적으로 우세해지고 있다.

아무리 보수적인 신자라 할지라도 지금까지 아담과 이브가 정말로 세상에 처음 존재한 2인(二人)이었다는 것을 문자 그대로 믿는 사람은 드물다. 그들이 따먹고 죄를 지었다는 금단의 열매인 선악과(善惡果)까지도, 지금 많은 학자들은 그것이 섹스의 심벌이라는 등의 '상징적 해석'을 내리고 있는 것이다. 다시 말하여 모든 성경이나 신화들을 직접상징으로보다는 간접상징으로 해석하려 하는 것이다. 이것은 우리나라의 경우를 보더라도, 단군조선(檀君朝鮮)이 요즈음 완전히 신화의 형태를 띠어가고 있는 것과 같다.

그러나 물론 『성경』을 직접 기록한 사람을 만나볼 수 없는 이상 사실의 진위(眞僞)를 쉽게 판단할 수는 없는 일이겠지만, 『성경』에 나오는 기사들을 직접상징의 면(面)으로 다시 한번 검토해 보는 것도 나쁜 일은 아닐 것이다. 종교적 신앙심을 떠난 순수한 객관적 회의론자(懷疑論者)의 불가지론적 입장에서는, 상징을 무조건 간접상징의 면으로만 해석하려는 고정된 관념은 상징의 본질을 해부하려고 하는 커다란 목적에 브레이크를 걸 수도 있겠기 때문이다. 그런 관점에서 살펴보면, 「창세기」의 창조에 관한 부분은 여러 가지 모순으로 가득 차 있다. 우선, 왜 신(神)은 '나'라는 말 대신 '우리'라는 복수형 대명사를 쓰고 있는 것일까? 기독교의 신은 여호와 유일신(唯一神)이 아닌가? 이 모순은 다음의 성경 구절로 더욱 확대된다.

> 사람이 땅위에 번성하기 시작할 때에 그들에게서 딸들이 나니 하나님의 아들들이 사람의 딸들의 아름다움을 보고 자기들의 좋아하는

모든 자로 아내를 삼는지라 ……[20]

하나님의 어떤 아들들이 사람의 딸을 아내로 삼은 것일까? 고대 이스라엘 사람들은 유일신을 숭상했다. 그렇다면 '하나님의 아들들'은 어디에서 온 것일까? 또 「창세기」 6장 4절에는, "당시에 땅에 네피림 거인(巨人)들이 있었고 그 후에도 하나님의 아들들이 사람의 딸들을 취하여 자식을 낳았으니 그들이 용사라, 고대에 유명한 사람이었더라"라는 말이 나온다. 여기에도 인간과 교혼(交婚)한 하나님의 아들들이 나온다. 그리고 거인이라는 말이 여기서 처음 나온다. '거인'이라는 표현은 동양과 서양의 신화에도 나오는 말이다. 사실 거인이라는 말은 모든 민족의 창조설화를 덮고 있다. 그렇다면 그것은 단지 간접상징적 표현, 즉 신화적 표현으로 돌릴 수만은 없을 것이다. 직접상징이라고 표현하기에는 조금 무리가 갈 듯한, 단지 직접적인 사실의 서술이라고도 볼 수 있는 것이다.

세계의 도처에 깔려 있는 거석문화(巨石文化)의 자취들을 단지 불가사의(不可思議)로만 돌릴 게 아니라, 이런 거인들의 행적으로 생각해 보면 어떨까? 즉 하나님의 아들로서의 거인 — 더 확대하여 추리하자면 다른 외계의 별에서 온 탁월한 선진 기술을 자랑하는 우주여행자들로 보면 어떨까? 그렇게 보면 『성경』의 모든 간접상징적 기술(記述)이 갖고 있는 여러 가지 모순들은 우선 쉽게 해결된다. 물론 하나님을 외계(外界)의 우주인으로, 우리 인류를 그들의 자손으로 본다는 것은 어디까지나 가설이다. 그러나 "하나님의 형상대로 인간을 지으셨다"는 말의 함축적 의미를 그런 각도에서 해결해 보려는 시도는 충분히 가능한 것이다. 『구약성서』의 「에스겔서(書)」에 나오는 다음과 같은 기사(記事)도 또한 직접상징으로 해석해 볼 소지를 충분히 가지고 있다.

---

20) 『구약성서』 「창세기」 6장 1~2절.

제 30년 4월 5일에 내가 그발 강가 사로잡힌 자 중에 있더니 하늘이 열리며 …… 내가 보니 북방에서부터 폭풍과 큰 구름이 오는데 그 속에서 불이 번쩍번쩍하여 빛이 그 4면(四面)에 비취며, 그 불 가운데서 단쇠 같은 것이 나타나 보이고 그 속에서 네 생물(生物)의 형상이 나타나는데, 그 모양이 이러하니 사람의 형상이라 각각 네 얼굴과 네 날개가 있고 그 다리는 곧고 그 발바닥은 송아지 발바닥 같고 마광(磨光)한 구리같이 빛나며 …… 내가 그 생물을 본 즉, 그 생물 곁 땅위에 네 바퀴가 있는데 그의 네 얼굴을 따라 하나씩 있고 그 바퀴의 형상과 그 구조는 넷이 한결같은데 황옥(黃玉) 같고, 그 형상과 구조는 바퀴 안에 바퀴가 있는 것 같으며 행(行)할 때는 사방(四方)으로 향한 대로 돌이키지 않고 행하며, 그 둘레는 높고 무서우며 그 네 둘레로 돌아가면서 눈이 가득하며 생물이 행할 때에 바퀴도 그 곁에서 행하고 생물이 땅에서 들릴 때에 바퀴도 들려서 ……[21]

위의 기사를 단지 에스겔의 열렬한 신앙심으로 인한 하나님의 환상(幻想)으로 보는 것이 지금까지의 통례였다. 『구약성서』에는 하나님의 불마차라든지, 선지자가 그것을 타고 하나님께로 올라갔다든지 하는 대목이 많이 나오는데, 그것을 모두 다 극도의 신앙심에 기인한, 하나님의 형태에 접촉한 선지자들의 성령적(聖靈的) 체험(體驗)이나 환상으로 처리하는 것이 보통이었던 것이다. 다시 말하자면 하나님의 초월적 실체에 대한 완전한 간접상징으로 말이다.

그러나 「에스겔서」에 나오는 위의 기록은 완전히 '비행물체(飛行物體)'의 기록과 흡사한 것을 부인할 수 없다. 그는 광선을 방사(放射)하고 사막의 모래를 구름처럼 일으키며 북쪽에서 날아온 광택나는 비행체를 묘사하고 있다. 하느님은 전능의 신(神)이다. 그런데 왜 이렇게

---

21) 『구약성서』 「에스겔서」 1장 1~19절.

소란을 피우면서 날아와야만 했을까? 그렇게 하지 않아도 편재(遍在)할 수 있는 신이 아닌가? 특히 뒷부분에 이르러서는 완전히 구체적인 비행체의 묘사라고 봐도 무방하다. 환상적 경험으로 보기에는 그 묘사가 너무도 요즈음의 비행체 착륙광경과 유사하다. 현대와 같은 문명의 이기(利器)에 대한 지식이 전연 없었던 에스겔의 눈으로는, 그것은 신에 의한 경이적 기적으로 이해될 수밖에 없었던 것이다. 그렇기 때문에 이런 '상징적'인 묘사가 이루어질 수 있었을 것이다.

이러한 예는 수없이 많다. 이러한 예에 비추어 볼 때, 인류의 조상이 우주인이요, 인간의 창조자가 바로 우주인이라는 학설이 최근에 많이 나오게 된 것은 극히 일리가 있는 일일 것이다.[22] 필자는 신의 존재여부라든지 신의 유일성(唯一性) 등을 논의하자는 것은 아니다. 다만 구체적인 상징의 본질을 파악하기 위해서는 좀더 다각도의 분석이 행해져야만 한다는 것을 보이고자 하는 것이다. 그러기 위해서는 직접상징과 간접상징 두 가지를 한데 묶는 통체적(統體的) 직관으로서의 상징에의 접근도 필요하겠으나, 우선은 상징을 두 가지 면으로 분류하여 양(兩) 관점에서 바라봄으로써, 좀더 객관적이고 다양한 상징의 해석이

22) 이 설은 스위스 학자 에리히 폰 대니켄(Erich von Däniken)에 의해서 주장되고 있다. 그의 연구결과를 요약하면 다음과 같다. 1. 아득한 과거에 은하계에서 우주전쟁이 일어났다. 2. 전쟁의 패자(敗者)들은 우주선을 타고 지구로 도피했다. 3. 그들은 지구에 있던 원시적인 인류의 조상들을 생태과학적(生態科學的)으로 진화시키고 개조하여 그들 수준으로 이끌어 올리려고 노력했다. 4. 절대권력자, 즉 '신(神)'이 된 우주인들은 인류의 진화를 위해서 냉혹한 방법을 썼다. 신들은 인류 가운데 불평분자와 생물학적 법칙을 지키지 않은 자들을 벌하고 멸하는 데 서슴지 않았다(노아의 홍수, 소돔과 고모라의 멸망이 그 예다). 그들은 인간의 창조자로서 인류의 발전에 책임이 있다고 느꼈기 때문이다. 5. 그러므로 인간은 신들을 두려워하고 그들의 징벌을 무서워했다. 그래서 갖가지 와전(訛傳)에 의하여 신의 존재는 신화적으로 굳어졌다. 6. 그러다가 우주인들은 그들의 고향 또는 다른 별로 돌아가버렸다. 지구에는 그들의 불가사의한 기적의 자취들만이 남았다. 자세한 것은 Erich von Däniken, *Enigma of Gods*, 문일영 역, 『신들의 수수께끼』, 정음사, 1975 참조.

가능해질 수 있다. 그러나 이 상징은 직접상징이고 저 상징은 간접상징이라고 하는 확고한 도식적(圖式的) 분류는 금물이다. 다만 그 두 가지 관점을 다 포괄할 수 있는 좀더 객관적이고 회의적인 태도가 필요한 것이다.

5. 결어

우리는 이제껏 상징의 해석을 두 가지 각도에 따라 다르게 할 수도 있다는 것을 살펴보았다. 그러나 문제는 그것만으로 끝날 수 있는 것은 아니다. 상징적 암호는 언제나 저 멀리 있다.

상징만이 다른 방법으로는 열어 보일 수 없는 감추어진 실재(實在)의 수평(水平)을 열어 보이는 것만은 사실이다. 상징을 통해서만 우리는 실재 자체의 심층적(深層的) 차원을 경험할 수 있다. 그리고 이것은 다른 차원과 다른 심층의 터전인 실재의 차원이기 때문에 다른 모든 차원 중의 한 수평이 아니다. 이 심층차원(深層次元)은 근본적인 수평, 모든 다른 수평 밑의 수평, 존재 그 자체의 수평, 또는 존재의 궁극적인 힘이다. 간접상징에 의한 종교적 · 초월적 상징은 인간의 영혼이 갖고 있는 심층적 차원의 경험을 열어 보인다. 간접상징이 이 기능을 멈춘다면, 그때는 실재 그 자체가 죽어버린다. 또한 직접상징은 우리의 모든 표현양식(表現樣式)과 지각형식(知覺形式)을 대표하여 정돈시켜 줌으로써, 우리의 인식을 좀더 깊은 곳으로 이끌어준다. 인간이 영성(靈性)을 가지고 존재할 수 있는 것, 인간이 언어를 가지고 문화를 꾸려나갈 수 있는 것은 모두 다 직접상징의 힘이다.

그러나 상징은 역시 멀리 있다. 상징을 직접상징과 간접상징으로 분리하는 것조차 위험한 것일지도 모른다. 그렇기 때문에 역시 가장 중요한 것은, 상징의 이원적 가분성(二元的 可分性)을 생각해 보기에 앞서, 이 세상 모든 사물들에 대한 인식을 선험적으로 무화(無化)시켜 새롭게 하는 일이다. 이 세상 사물의 실제의 모습이 본질적인 절대불변(絕對不變)의 실체를 가지고 있지 않다는 대진리(大眞理)를 깨달은 다음에라야 모든 상징에의 접근이 가능해지는 것이다.

일체의 고정적 관념을 배제한 무념(無念)의 경지에서만 상징은 암호의 베일을 벗어던지고 빛을 낸다. 상징은 인간의 경험에 입각한 상상력의 바탕 위에서만 논의되어서는 안 된다. 그것을 넘어서, 어떤 집단무의식(集團無意識)의 상태 — 우주 전체를 포괄하여 존재하는 대생명력적(大生命力的)인 형태에서 상징은 논의되어야 한다.

그런 목적을 염두에 두고서, 필자는 '과정적 경유(過程的 經由)'로서의 상징의 가분성(可分性)을 논하였다. 상징이 무휴(無休)의 운동을 계속하고 있는 변환(變換)과 전이(轉移)의 궤도 안에 있으며, 그 안에서 일시적으로 고착(固着)된 어떤 일현상(一現象)만을 붙잡아 파악하는 것이 인간의 연구임을 우리는 선입감(先入感)으로 감수하여야 한다. 그런 가변성(可變性)의 논리 위에서만, 직접상징과 간접상징의 시론적(試論的) 분류는 상징의 본질을 이해하는 데 도움을 줄 수 있는 것이다.

(1976)

상징의 본질과 시적(詩的) 상징의 형이상성(形而上性)

1. 상징(象徵)

1. 상징(Symbol)이라는 말은 그리스어인 'Symballein'에서 나왔다. 'Symballein'은 동사로서 '짜맞춘다'는 것을 의미한다. 이것의 명사형은 'Symbolon'으로서, '표시'라는 의미로 사용되었다. 두 사람이 서로 약속을 할 때, 동전 따위를 둘로 나누어 다시 짜맞추어 본다는 뜻이다.[1]

상징은 우리말 사전에, "어떤 사물, 사상, 정조(情調) 등을, 이것과 어떤 의미로서 상통하는 다른 사물에 의하여 암시나 연상 따위로 표명하는 방법"이라고 정의되어 있다.[2] 즉, 상징이란 한 심상과 한 관념을 어떤 유사성을 토대로 하여 연결시킬 수 있는 방법을 말한다. 상징적 세계는 가설적인 세계이지만, 이 가설적 세계의 구축에 의하여 미지의 세계가 드러나게 되는 것이다. 그러므로 상징은 그 자체로서 다른 것을 표시할 때 사용된다. 상징은 둘이 결합 또는 연결됨으로써 비로소

1) 문덕수, 『세계문예대사전』, 성문각, 1976, '상징주의' 항목 참조.
2) 신기철, 신용철 편, 『새 우리말 큰사전』, 삼성출판사, 1978.

자율적인 의미를 나타내는 언어의 양식이라고 부를 수 있다. 상징은 다른 뜻을 함축하고 있는 심상이라는 점에서 은유의 일종이라고 할 수도 있으나, 일반적인 은유는 두 사실 사이의 유사성, 상호관련성을 근거로 한 1:1의 유추적 관계에 의존하므로, 그런 상호관련성을 갖지 않는 상징과는 다르다. 그러므로 상징은 불가시적(不可視的)이고 형이상학적인 실재(實在)를 드러내어, 그것에 참여하는 가시적(可視的) 형(型) 또는 대상의 뜻으로 파악되어야 할 것이다. 여기서 '연상'의 힘이 상징에 추가된다. 연상은 두 사물이 상상적으로 연결되고 결합되는 정신활동이므로, 그런 점에서 상징의 내포적 의미를 연상을 통하여 발견할 수 있다.[3]

2. 인간 존재의 기본적 특성이나 현상학적 고찰을 위해서는 상징에 대한 논의가 불가피해진다. 인간이 수많은 다른 동물들과 전혀 다른 특성을 갖고서 진화해 내려온 것은 순전히 상징적 기능의 도움을 받아서였다. 상징은 인간의 사고활동을 가능하게 하였으며, 인간정신의 원천적 에너지로서의 역할을 하였다. 인간을 동물과 가장 다를 수 있도록 만든 것은 바로 '언어'인데, 이 언어야말로 온통 '상징적 약속'의 산물이었던 것이다. 현상계(現象界)는 무수한 상징과 신호(Sign)들로 이루어져 있다.[4] 인력이 작용하여 물질계의 질서를 지탱해 주고 있듯이, 모든 생물계에는 상호간의 교호작용이 끊임없이 이루어지고 있는 바, 이 교호작용의 근간이 되는 것이 바로 상징과 신호인 것이다.

신호와 상징은 구조적으로는 아주 비슷한 것으로 보인다. 신호에 대해서는 동물이거나 인간이거나를 막론하고 모두가 즉각적인 반응을 한다. 그리고 행동으로 나아간다. 파블로프는 조건반사작용을 실험적으로 증명함으로써 동물들이 직접적인 자극에 대해서만 아니라 온갖

3) 이상섭, 『문학비평용어사전』, 민음사, 1978, '상징' 항목 참조.

간접적 또는 대리적(代理的)인 자극에 대해서도 반응하도록 훈련될 수 있다는 것을 주장하였다.

그러나 조건반사라는 신호적 자극에 대한 반응현상은 인간의 상징적 사고의 본질적 성격과는 거리가 먼 것이다. 즉, 신호에 대하여 우리가 반응하는 것에는 '사고작용'의 개입이 필요하지 않다. 상징에 대해서만 우리들은 깊은 생각의 과정을 거치게 되고 그 더딘 반응 속에서 사고의 진보를 이룩하게 되는 것이다. 그러므로 신호와 상징은 서로 다른 논의의 세계에 속하는 것이다. 즉, 신호는 물리적인 존재세계의 일부요, 상징은 인간의 의미의 세계의 일부다. 신호는 조작자(operator)요, 상징은 지시자(designator)다. 따라서 상징에 대한 이해가 없는 동물들에 있어서, 그들은 대상물인 '그것에 관하여' 생각하는 일은 전혀 없고, 다만 '그것'을 생각할 따름이다.

인간은 동물들과는 달리, 정신생활의 여러 가지 의미를 상징에 담는다. 그리하여 인간의 세계에는 무수한 상징이 있다. 이러한 상징들은 또한 다각화되고 세분화된 해석의 과정을 거쳐 더욱 복잡해진다. 인간이 깊고 복잡한 정신생활, 즉 생각하는 생활을 하게 된 것은 바로 이러

---

4) 상징과 신호의 다른 점은, 신호는 본의(本義)와 직접 관련이 없는 것이 자의적(恣意的)으로 쓰인다는 것이다. 다시 말하면 본의와 자의적으로 맺어진 유의(喩義)를 신호(또는 기호)라고 할 수 있다. metaphor→symbol→allegory→sign에서 sign 쪽으로 갈수록 유의와 본의와의 거리가 멀고 자의적(arbitrary)이다. William York Tindall은 Sign과 Symbol의 차이를 다음과 같이 말하였다.

① Sign은 명확한 것을 나타내고 Symbol은 불명확한 것을 나타낸다.

② Symbol은 어떤 것을 남김없이 나타낼 수 없고, 우리가 말할 수 있는 것보다 더 많은 사상과 감정을 암시한다.

③ Sign은 본의에 관심을 갖게 하나 Symbol은 유의(喩義) 자체에 관심을 갖게 한다.

④ Sign은 작자와 독자 사이의 Communication을 중시하는 데 반하여 Symbol의 가치는 그것 자체와 독자 사이의 Communication에 있다.

William York Tindall, *The Literary Symbol*, Bloomington & London: Indiana Univ. Press, pp.68~71 참조.

한 상징의 작용 때문이라고 할 수 있다. 인간은 갖가지 상징을 만들며, 그것들에 둘러싸여 살아가기 때문에, 철학자 에른스트 카시러(Ernst Cassirer)는 인간을 '상징적 동물'이라고 정의하였다.[5)]

3. 왜 인간은 상징을 형성하는 것일까? 그 까닭은, 인간이 본능의 충족만을 위한 현실생활에 만족하지 않고 이상을 추구하고, 의미 있는 것, 더욱 가치 있는 본질의 세계를 찾으려고 노력하며 또 창조해 내기 때문이다. 이것은 인간의 본성이고, 이 본성은 이윽고 인류의 문화를 산출하기에 이르렀다. 문화는 본래 자연적 질서를 떠나서 이루어지는 것이다. 인간이 더 높은 것을 추구하여 건설한 문화가 다름 아닌 종교요, 언어요, 예술이다. 따라서 우리의 모든 문화형식은 상징형식과 일치된다.

인류의 역사와 문화를 생각해 보면, 역사의 추진력이 되었던 것은 이성이 아니라 오히려 사회적 신화(神話)였다는 것을 발견하게 된다. 정신과 현실 사이에 다리를 놓아주는 것, 현실에 대한 우리의 상념(想念)을 결정하고 조형하는 것은, 상상력 · 감정 · 의욕 등을 포함하는 우리의 심성(心性) 전체라고 할 수 있는데, 이 인간 심성 전체의 활동은 다름 아닌 인간 정신의 상징기능으로 말미암은 것이요, 이러한 상징기능이 모여서 하나의 뭉뚱그려진 사회적 관습 · 역사 · 문화 등의 종합된 '사회적 신화'를 창조했다고 볼 수 있는 것이다.

20세기에 들어와서, 모든 종교적 · 철학적 · 과학적 진보의 실마리가 되어준 것은, 현상계(現象界)에서 지각되고 추리되고 있는 본체적 실상들이, 모두 다 인간의 유한한 인식의 근저를 자극하는 상징에 불과한 것이라는 사실을 깨닫고 나서부터였다. 인간이 쓰고 있는 언어 자

---

5) E. Cassirer, *The Philosophy of Symbolic Forms*, tr. by R. Manheim, Yale Univ. Press, 1968, Vol. I, pp.51~70 참조.

체가 상징이고, 인간은 그 언어적 상징을 통해서만 사고하고 무언가를 표현할 수 있다. 그런 의미에서 볼 때, 우리가 지각하고 있다고 가정하는 실체의 세계는 모두 다 '상징적 그림자'들에 불과한 것이다. 그러나 상징의 도움이 없다면, 우리들은 그나마 그림자조차도 지각할 수 없다. 따라서 상징이란, 우리들 존재 내부에 자리잡고 있는 무의식의 잠재세력을 이끌어내어, 조건화(條件化)된 내재성(內在性)을 무조건(無條件)의 초월적 실재(實在)로까지 이끌어주는 역할을 해주는 것이다.[6)]

현실의 참된 개념은 평면적이고 추상적인 우리의 존재형식에 각인(刻印)될 수 없고, 오히려 정신생활의 혼란된 다양성 전체와 풍부함을 포함한다. 이러한 의미에서, 어느 상징형식도 — 인식의 개념과 체계뿐 아니라, 언어나 예술의 직관적인 형식까지도 — 내부로부터 외부로 향한 계시가 되며, 우주와 정신의 종합이 되는 바, 오직 이것만이 우리에게 양자(兩者)의 진정한 결합을 확보해 준다.

현실 세계 전체는, 어떤 마음의 영상을 통해서건, 예술이나 언어를 통해서건, 혹은 과학적 개념을 통해서건, 오직 상징의 도움을 빌려서만 파악될 수 있다. 그러므로 문학에 있어 상징을 연구하는 것은, 한없이 많고 가지각색으로 다른 신화적 상징, 사회적 상징, 종교적 상징, 예술적 상징 등이 거기서 나오는 뿌리라고 할 수 있는, 인간정신의 상징적 기능의 통일성을 밝히는 데 목적이 있다. 원시시대의 샤머니즘이나, 현대의 최고도로 지성화된 신학이론이나, 그것이 모두 다 인간의 상징 기능에서부터 나온 한, 그 중심적 핵심은 몇 가지의 상징적 원형으로 통일되어 표현될 수 있는 것이다.

4. 상징은 고정된 형식으로 우리에게 지각되지 않는다. 상징은 언제

---

6) 신일희, 「The Topology of Symbol」, 『인문과학』 27, 28 합집, 연세대학교 인문과학연구소, 1972, pp.71~76 참조.

나 유동적이다. 실상(實相)을 계시하고 있으면서 또한 실상 그 자체를 왜곡하거나 변형시키기도 한다. 그러므로, 상징에는 두 가지의 서로 모순된 속성이 동시에 내포되어 있다고 할 수 있다. 그 한 가지는, 인간의 유한한 인식구조를 갖고서는 무한한 본체의 신비를 알아낼 수 없는 바, 그러한 본체의 신비를 개연적으로나마 알아낼 수 있게 만드는 '암호적(暗號的) 계시성'이다. 그리고 다른 하나는, 그러한 암호적 계시성으로 인한 모호함으로 하여, 또 새로운 오류를 낳게 만들 수 있는 '위험성'이다.

그런 의미에서 볼 때, 상징은 '자유'의 의미와 밀접한 관련성을 갖고 있다. 상징은 우리의 자유의지에 호소하여 모든 철학적 · 직관적 사고를 위한 계시적 충격의 계기(契機)를 만들어주지만, 본질적 진리와는 거리가 먼 독단의 오류 속에 빠져들게 만들 수도 있는 것이다. 그러므로 상징이 우리에게 주는 의미는 일정한 형식을 갖고서는 파악될 수 없다. 그것은 상징의 다양한 전이과정(轉移過程) 속의 일부로 파악되어야 한다.[7)]

사실상 상징의 본질을 살펴보는 데 있어서는, 상징이 귀납적인 것이라기보다는 연역적인 것이라는 것과, 그러므로 상징은 우리들을 혼돈의 와중으로부터 탈출시켜 상상의 자유와 직관으로의 길을 넓혀주는 역할을 해줄 뿐이라는 사실을 선입관으로 감수해야 한다. 종교적 계시나 비유, 신화 등을 가장 대표적인 것으로 하여 여러 가지 형태로 표시되는 여러 상징들을, 현상적인 인식이나 철학적 언어를 동원하여 이해하려고 한다면 더욱 큰 미망(迷妄) 속에 빠져들고 만다. 그러므로 우선 모든 상징에 대한 철학적 인식을 문학적 인식으로 변화시켜 수용하는 것이 필요하다. 철학적 인식은 논리에 바탕을 두고 존재하는 것이지만, 문학적 인식은 감성에 기초하여 존재하는 것이고, 따라서 그것은

---

7) 졸고, 「상징의 연역」, 『원우론집』 제1집, 연세대학교 대학원 원우회, 1973, pp.14~18 참조.

논리의 배정 아래서 움직이는 철학적 인식보다 좀더 초월적 직관의 세계에 가까울 수 있기 때문이다. 한 편의 시가 수십 권의 철학서적의 내용을 압축할 수 있다는 사실이 여기서 가능해지는 것이다. 이러한 상징의 융통성 있는 해석을 위해서, 편의상 다음과 같은 상징의 순환궤도를 가정할 수 있다.

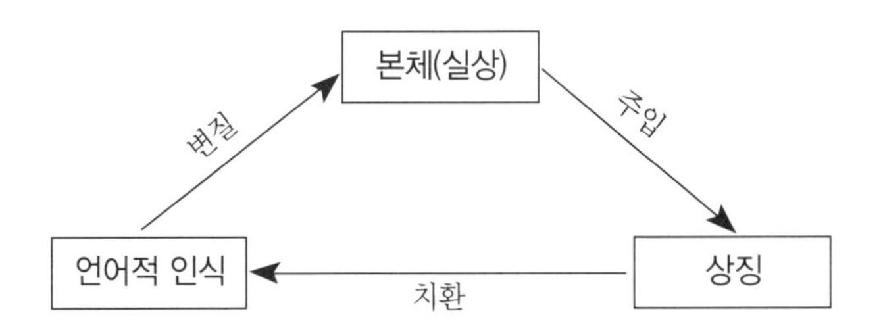

우주적 실상으로서의 본체(本體)는 우리가 살고 있는 현상적 세계 내부에 실재하고 있으나, 직접적으로 파악되지는 않는다. 우리의 인식구조가 너무나 유한하기 때문이다. 우리가 보고 듣고 판단하는 것들은 모두가 가변적인 것이며, 본체의 일부나 그림자일 뿐이다.

중세기 이전까지의 과학자들은 천동설(天動說)을 굳게 믿고 있었다. 그러나 코페르니쿠스와 갈릴레이에 의한 지동설(地動說)에 의하여 천동설은 무너지고 말았다. 그리고 다시 20세기에 이르러 지동설은, 고도한 천문학의 발달로 인하여, 지구의 회전을 포함하는 태양계 전체가 회전운동을 하고 있고, 태양계를 포함하는 은하계 전체가 움직이고 있

8) 우주 전체가 팽창하고 있고, 그것이 태초의 근원인 대폭발(Big Bang)에 의하여 이루어졌다는 이론은 러시아의 과학자 가모프(George Gamow)에 의하여 창시되었다. 그의 이론에 의하면 우주가 하나의 거대한 태초 원자에서 시작하고, 그것이 폭발하여 우리가 아직도 겪고 있는 팽창을 촉진하였다고 한다. 처음의 우주핵은, 이미 별들의 내부에도 없는 상상 이상의 온도로 뒤끓는 동질적 원시증기(原始蒸氣)의 수라장이었다. 우주괴(宇宙塊)가 팽창하기 시작하자 온도가 내려가기 시작하고, 모든 원자가 형성되었다는 것이다. G. Gamow, *Creation of Universe*, 현정준 역, 『우주 창조』, 전파과학사, 1975, 참조.

으며, 은하계를 포함하는 우주 전체가 끝없이 움직이며 팽창하고 있다는 거시적(巨視的) 우주관으로 바뀌었다.[8] 이런 우주관이 언제 또다시 바뀌어 버릴지는 아무도 모른다. 그러므로 우주적 질서를 가진 본체를 우리의 인식구조로 직접 자각한다는 것은 불가능한 일이다. 불가지론(不可知論)밖에는 명백한 것이 없다.

그러나 본체의 신비는, 다행스럽게도 상징의 문을 통하여 우리의 인식 내부에 주입된다. '주입'이라는 단어를 편의상 쓰게 된 것은, 상징의 세계는 인간의 인식구조나 감각기관과는 별도로 우리의 주위에 산재해 있기 때문이다.

사실상 감각적 인식이 판별하는 모든 실체에 대한 경험은 지극히 상징적이고 주관적인 것이라고 말할 수밖에 없다. 인간의 눈에 보이는 빛깔들은 모두가 지극히 좁은 가시광선의 한도 이내의 색채들로만 구성되어 있다. 자외선이나 적외선은 감지되지 않는다. 귀에 들리는 소리도 마찬가지다. 지나치게 큰 소리나 지나치게 작은 소리를 우리는 들을 수 없다. 우리가 듣는 소리는 모두 좁은 가청(可聽) 주파수 이내의 소리다. 또한 모든 언어적 판별(判別)들이 인간의 상대적이고 소극적인 인식구조 내부의 한계 안에 머물고 있다. 그러므로 그것들은 모두가 '상징적 인식'이요, '상징적 판단'들이라고 밖에는 부를 수 없는 것이다.

그런 측면에서 볼 때, 동양의 이기론(理氣論)이나 음양설(陰陽說) 등

9) 자연의 수학적 서술을 인정함에 있어서, 물리학자들은 우리들이 경험하는 일상의 세계, 감각의 세계를 포기하지 않을 수 없었다. 이 후퇴가 가지는 의미를 이해하려면, 형이상학에서 물리학을 구별하는 가느다란 선을 넘어갈 필요가 있다. 관찰자와 실재, 주관과 객관의 관계를 내포하는 문제들은, 추리의 역사가 시작된 이래 철학가와 사상가들을 붙어다녔다. 2,300년 전의 그리스 철학자 데모크리토스는 이런 말을 하였다. "모든 빛깔과 감신(甘辛), 한란(寒暖) 이 모든 것들은 관념으로만 존재하지 실재하지는 않는다. 실제로 실재하는 것은 불변의 입자들과 원자, 그리고 그것의 허공 속의 운동이다."(김준섭, 『과학철학서설』, 정음사, 1965, pp.25~30 참조)

은, 우주적 진리를 철학적 논리의 지배를 받지 않고 가장 원초적인 상징체들로 간명하게 표현한 탁월한 문학적 상징능력에 의하여 이루어졌다고 볼 수 있다.[9)]

이렇게 상징으로 대리되어 표출된 본체 즉 실상은 다시금 우리의 언어적 인식으로 치환되어 전달된다. 언어는 그 실제적 효용에 있어서 신화적 주술(呪術)과 가장 가까운 것이었으며, 인류의 문화발달의 초기단계에 있어, 언어와 신화의 관계는 아주 밀접하고 유기적인 것이었다. 그러나 인류문명이 발전되어 감에 따라 이 둘 사이의 관계는 점점 멀어져가고, 둘은 상이한 역할을 하게 되었다. 즉, 신화는 본체가 주입된 상징체 그대로의 형태를 가지게 되었고, 언어는 좀더 원활하고 현실적인, 인류의 실용적인 면에 기여하게 되었다.

당초에 언어는 신화적 · 형이상학적 · 주술적 의미를 다 함께 담고 있었다. 『신약성서』의 「요한복음」 첫 부분에 나오는, "태초에 하나님의 말씀이 계셨다"는 구절 속의 '말씀'은, 바로 이러한 원초적 의미로서의 언어를 말해 주는 것이다.[10)] 하나님은 그 '말씀'으로 천지를 창조하였다는 것이다.

그러나 현재의 언어의 기능은 좀더 현실적인 것이 되었다. 그러면서도, 본체적 실상의 계시적 상징을 인간의 인식으로써 가장 가깝게 파악할 수 있는 길은 아직도 언어가 가장 큰 가능성을 차지하고 있다. 뭉뚱그려진 상징적 인식들을 언어로 치환시킬 때, 인간은 확실한 납득을 하게 된다. 본체를 가장 직관적으로 받아들여 표현하려고 노력하는 모든 예술 형식들도, 그 궁극을 파고들어가면 모두 다 일종의 '상징적 언어'라고 할 수 있다. 예술은 그것이 나타내고자 하는 것, 즉 주제로서의 사상을 갖고 있는데, 그것들은 모두 다 결국은 언어의 힘을 빌려서 수

---

10) 성서에 나오는 이 구절과, 하이데거가 말한 "언어는 존재의 집"이라는 말의 관련성을 생각해 볼 필요가 있다.

렴적으로 표시되기 때문이다.

이와 같이, 언어적 인식과정에 의해서 추리해 낸 본체의 구조는 원래의 실상 그 자체일 순 없다. 그러므로 본체는 변질된다. 끝없는 변질의 순환과정 가운데서 우리는 본체의 일부분을 '상징적 약속'으로 지각하고 있을 뿐이다.[11] 따라서 모든 상징적 현상들은 이러한 순환궤도 속의 '과정적(過程的) 경유(經由)'의 일부분으로 파악되어야만 한다. 이러한 순환궤도의 무한한 변질과정 속에서, 인간은 어떤 고형(固形)의 상징체를 붙잡아 이해하게 되는 것이다. 그러므로 그것이 유전(流轉)하는 본체의 한낱 일부분에 불과하며, 무휴(無休)의 운동을 계속하고 있는 과정 속의 한 일우(一隅)에 불과하다는 것을 깨달을 때, 상징에 대한 올바른 인식은 이루어질 수 있다.

5. 상징이 인간의 심층심리 속에서 일으키는 기능은, 결코 외적인 언어현상만으로는 단정짓기 어려운 심오한 원리를 인간들에게 던져 주고 있다. 상징은 언제나 인간의 본질적인 문제에 접근되어 있다. 특히 현대문화가 외적인 것으로부터 내적인 것으로 전환되었다는 데서 이러한 가능성의 정도는 더해질 수 있을 것이다. 상징이 20세기 현대문

---

11) 여기에 대해서는, 다시 한번 모든 가치와 판별(判別)의 상대성의 대하여 생각해 봐야 한다. 20세기에 출현한 아인슈타인의 상대성이론은 그러한 '상대적 진리'와 '상대적 가치'를 입증해 준 것이다. 이를테면, 우리가 놓은 장기판 눈 위에 그대로 있는 장기쪽들은 모두 다 같은 자리에 있다. 즉 움직이지 않는다. 그 장기판이 이 방에서 저 방으로 옮겨졌다고 하더라도……. 또한 이를테면, 배가 그 동안에 항해 중이라 하더라도, 그 배가 이웃의 육지와 같은 거리를 유지하고 있다고 생각한다면, 그 배는 같은 자리에 있다고 말할 수 있다. 그리고 장기쪽과 선실과 배는 어느 것이나 더 먼 물체와 비교한다면 장소를 변경하였다. 장기쪽이 움직이고 있지만 안 움직인 이 자그마한 설명에는 한 가지의 상대성 원리, 즉 위치의 상대성이 나타나 있다. 그리고 또한 운동의 상대성을 암시한다. 이러한 가장 기초적인 예에 비추어 보더라도, 우리는 모든 진리에 관한 판단이 상대성에 기초한 '상징적 판단'에 불과하다는 것을 알 수 있을 것이다.
Limcoln Barnett, *The Universe and Dr. Einstein*, Mentor Press, 1957 참조.

화에 지대한 영향을 주었다는 사실은 다음과 같은 두 가지 사실에서 잘 찾아볼 수 있다.

첫째, 20세기 현대예술은 프랑스의 문예사조인 상징주의로부터 그 기원을 찾을 수 있다는 것이다. 19세기의 로맨티시즘에 대한 반발로 프랑스의 몇몇 시인들에 의해서 시작된 상징주의는 구미 각국에 그 영향을 주어, 그 후의 현대예술을 대변한다고 할 수 있는 초현실주의 · 다다이즘 · 이미지즘 등 현대의 많은 예술사조를 낳게 하였다. 20세기 초반의 문화는 바로 이런 의미에서, 상징이란 단어를 결코 한 사조에 국한된 단어로 가벼이 생각할 수 없게 만든다. 20세기 현대예술이 과거의 예술과 본질적으로 다르다는 것을 감안한다면, 그 본질적인 변화의 문제를 근본적으로 해결해 줄 수 있는 실마리는 바로 상징이 될 것이다. 그러므로 현대예술뿐만 아니라, 모든 현대문화가 안고 있는 여러 가지 문제점을 통해서 상징의 의미를 어느 정도 파악할 수 있다.

둘째, 20세기의 현대문화는 심층심리학의 지대한 영향 아래서 이루어졌다는 점이다. 의식의 차원으로부터 심층심리학적 무의식이란 새로운 차원이 현대문화에 새롭게 덧붙여짐으로써, 과거에 우연으로 돌렸거나 극히 무관심하게 버려둔 현상들에 대해 재평가 내지 분석을 가하게 되었다. 즉, 무의식이라는 거대하고 신비로운 새 세계를 알기 위해서 과거에는 무관심하게 버려두었던 사물들에 대해 다시 눈을 돌리게 되었던 것이다. 상징은 바로 이러한 재평가로부터 얻어진 가장 값진 것이었다. 무의식이 의식 속에 표상화(表象化)되는 기능이 바로 상징이었기 때문이다.

이로써 꿈속에 나타나는 우연한 사물들이 무의식의 상징이라는 점에서 극히 중요한 분석의 자료로 등장하게 되었으며, 융 같은 정신분석학자는 꿈에서 뿐만 아니라, 전 인류문화 속에서도 이러한 상징을 찾을 수 있을 것이라고 하였다. 이러한 이론은 과거에 옛날 이야기로만 아무렇게나 내버려두었던 많은 신화 · 민담 · 전설 등을 인간을 연구하는 데 있어 아주 중요한 자료로 재평가하게 하였으며, 한걸음 더 나아가 현대문화와의 연관까지도 가능하게 하였다. 이러한 모든 혁명이 무의식이라는 새로운 차원에 의해서 이루어진 것이라면, 그 무의식의 표출 작업이 바로 상징이라는 데서, 상징의 심층심리적 기능을 중요시하지 않을 수 없는 것이다.[12)]

이러한 근거에서 상징은 20세기의 현대문화, 특히 예술의 본질을 말해 줄 수 있는 가장 본질적인 언어로 평가될 수 있다. 그러므로 이러한 상징을 분석하고 이해하기 위해서는, 무엇보다도 우리가 과거에 가졌던 상징의 기존개념으로부터 자유로워져야 한다. 즉, 한 문예사조의 용어로부터, 문장 수식론의 용어로부터, 정신분석학의 용어로부터 그 언어를 해방시켜 아무런 구속 없는 태초의 언어본질로 보존해야만 한다.

이러한 상징의 새로운 발전을 위해서 가장 먼저 요구되는 것은, 상징이 활동하게 되는 하나의 장(場)을 설정하는 일이다. 물론 이 장(場)은 무의식을 포함한 인간 심리 전체이다. 그런데 이 심리적 영역은 막연한 상태로서의 장이 아니라, 좀더 구체화된 공간적 구조를 갖고 있다. 상징을 3차원적 공간의 구조로 가정하는 것은, 상징의 기능을 막연한 느낌으로부터 좀더 구체적인 느낌으로 분석하게끔 만들어준다.

공간의 본래적 의미는 공간 전체로서보다는 수직적인 요소에 있다. 3차원 공간이 2차원의 평면과 구별될 수 있는 차원이 바로 이 수직적인 요소이기 때문이다. 이러한 기하학적 공간의 의미는, 상징이 활동하게 되는 심리공간 속에도 그대로 적용될 수 있다. 심층심리학이 의식의 2차원적 평면에 무의식이라는 새로운 차원을 도입하여 탄생된 것이라면, 기하학적 공간의 수직적 차원과 심리공간의 무의식적 차원

---

12) 이성훈, 「상징의 심층심리적 기능」, 『연세』 제10호, 연세대학교, 1976, pp.202~210 참조.

을 동일시할 수 있다. 그리고 수직적 요소인 무의식을 다시 그 농도에 따라 정도를 정한다면 심리공간의 수직축은 곧 무의식의 농도를 가리키게 된다.

상징은 이러한 심리공간의 수직적인 운동에 의해서 이루어지는 심층적 기능이다.[13)]

6. 인간의 어떠한 인식현상도, 그것은 모두 경험의 현실적 계기(契機)에 의하여 파악될 뿐이다. 그러나 그것은 존재 그 자체의 영역과 관련하여 각양각색으로 분화된다. 존재 그 자체의 영역에 속하는 것은 우리의 경험현상에 의한 인식과 별개로 존재하여 있기 때문에 우리의 인식가능성을 초월한다. 경험의 현실적 계기는 실재의 영역과 합치될 수도 있고 합치되지 않을 수도 있다. 그러나 전자의 가능성은 극히 희박하다. 인간 지성의 발달사는 바로 이러한 사실을 발견해 나아가는 역사였다. 인간은 그들만이 가지고 있는 인식과 표현의 직접적 도구인 언어로써 그 자체의 본질적 실체를 나타내 보려고 하였다. 그러나 하나하나의 언어들은 본래 언어가 전달하려던 것, 전달하기 위하여 약속되었던 것 이상의 것을 전달해 주지는 않았다.

수세기 전까지만 하더라도 많은 철학자와 과학자들은 언어적 표현방식에 의한 이성적 추리의 가능성을 확고부동하게 믿어왔다. 많은 과학자들이 지금도 그들 스스로의 힘으로 '실재'와 '경험적 현상'과의 합치점인 어떤 '교환소'를 만들려고 애쓴다. 그러나 거기서 제기되는 문제

---

13) 상징의 심층적 기능이 잘 드러나게 될 때, 상징은 두 가지로 나뉜다. 즉 일반적 상징과 초월적 상징이다. 일반적 상징이란, 현실세계를 넘어선 이상세계나 초월세계를 향한 초월적 상징의 상징기능이 아니라, 단순히 심층공간을 상징으로 표상화시킨 기능이다. 이러한 일반적 상징은 상징주의자들이 말하는 개인적 상징과, 주로 프로이트 학파에서 말하는 꿈의 상징, 그리고 융 학파에서 말하는 'Archetype'에 의한 상징 등으로 구분하여 분석할 수 있다.

점은, 그러한 가지각색의 교환소들이 집의 한 모퉁이는 될 수 있어도 전체가 되지는 못한다는 사실이다. 그러므로 집 전체를 완전하게 대언할 수 있는 전혀 별개의 교환소를 마련해야 한다. 그것이 바로 상징인 것이다. 그러나 상징은 단지 혼란된 개념의 덩어리로만 인식되어 왔다. 지금까지 상징의 본질에 대해 수많은 논의가 이루어지고 있다는 것은, 상징의 본질에 한층 더 깊고 또 무엇인가 부정적이며 또 긍정적이기도 한 여러 가지 요소들이 내포되어 있다는 것을 암시한다.

현대의 철학이나 신학, 또는 문학에 있어서 언어표현의 한계로부터 파생되는 여러 가지 혼란과 갈등이 언제나 상징과 관련되어 있다는 사실은 상징의 중요성을 뒷받침해 준다. 낙관점인 관점에서 말한다면, 우리는 대단히 중요한 일들이 재발견되는 과정 속에 놓여 있다고 할 수 있을 것이다. 즉, 실재에는 전혀 다른 실재의 수평이 있다는 것과, 이 다른 수평은 전혀 새로운 연구방법과 다른 언어를 요구한다는 것이 밝혀져가고 있다. 그리고 실재의 모든 것은 수리적 과학에 적합한 언어의 표현양식으로는 터득되지 않는다는 사실도 입증되기 시작했다. 이 같은 상황에 대한 통찰이야말로, 상징의 문제를 다시금 새로운 차원으로서 신중하게 받아들이게 된 가장 적극적인 측면이 될 것이다.

현대의 실존철학은 인간의 실존을, 사변적 · 분석적 · 논리적인 조작을 배제한 주체적이고 자각적인 방법으로 파악하려고 하는 데서 출발했다고 볼 수 있다. 거기에서 비로소 진정한 '지혜'의 회복에 주력하고 있는 인간의 주체적 노력이 시작된다. 그리고 그것은 언제나 상징의 문제에 귀착하게 되는 것이다. 야스퍼스가 말한 '암호'나 사르트르가 말한 '무(無)' 등은 바로 상징의 변형적 표현이라고 할 수 있다. 실재를 계시하는 상징에 대한 인간의 경험적 인식의 유한성, 무력성, 그것이 곧 '무'로 집약된 것이다.[14] 상징은 사물의 밑바닥에서 빛을 내고 있다. 그것은 인식이 아니다. 상징 가운데서 생각할 수 있는 것은 '비전'과 그것의 해득(解得)뿐이다. 해득이란 어떤 조짐의 뜻을 풀이하는 것이다. 상징은 보편타당성에 입각한 경험이라든지 실증가능성 같은 것과는 전혀 관계가 없다. 상징의 원리는 실존, 즉 실재와의 관련성에서 찾아진다.

상징은 존재의 공간을 열어준다. 그러나 그것은 인간의 언어적 표현을 떠나서 존재한다. 여기서 언어표현이라고 함은 모든 논리적 · 귀납적 인식구조를 갖고 있는 언어를 말하는 것이다. 모든 궁극적 물음에 대한 대답은 상징을 통해서 찾아질 수밖에 없다. 모든 종교적 우주론이나 신화에 있어서의 서술형식이 상징의 형태를 취하고 있다는 것은 그런 사실을 뒷받침해 주고 있다. 역사에 나타났던 모든 종교적 경험은 상징을 통해서만 대언(代言)되었고 계시되었다.

상징의 본질을 파악하는 데 있어 가장 중요한 것은, 이 세상 모든 사물들에 대한 인식을 선험적으로 무화(無化)시켜 새롭게 하는 일이다. 일체의 고정적 관념을 배제한 무념(無念)의 경지에서만 상징은 암호의 베일을 벗어던지고 빛을 낸다. 문학에 있어서의 상징을 연구함에 있어서도, 문학 자체 안으로만 상징의 기능을 축소시켜 버린다면, 상징은 문학적 기교의 문제로 그 의미가 좁혀질 것이다. 모든 종교적 · 철학적 · 과학적 · 문학적인 개개의 상징 전체를 포괄하는 종합적 수렴이 이루어진 뒤에, 문학에 있어서의 상징의 기능도 확연히 판별될 수 있다.

2. 상징과 시

1. 시란 무엇인가 하고 묻는다면, 그것에 대해 단적으로 대답하기는

14) 이것은 모든 고정된 실체는 없다는 동양철학의 무상관(無常觀) 또는 불교적 허무주의와도 일치한다. 모든 것은 변한다는 관념, 우리의 인식이 붙잡을 수 있는 것은 아무것도 없다는 것 등의 불가지론(不可知論)을 뭉뚱그려서 '무(無)'라고 이름 붙일 수 있을 것이다.

무척이나 힘들 것이다. 시는 문학에 있어 가장 중요한 장르로 되어 있으면서도 아직 애매한 개념으로 남아 있다. 시를 가장 간단히 정의하자면, 소설 등의 일반 산문이 아닌 운문으로 된 글이라는 것이다. 그러나 이러한 단순한 정의는 현대에만 성립되는 것이다. 옛 사람들에겐 시란 희곡과 서사시, 즉 운문으로 된 '이야기'였다. 이것은 현대의 산문문학과 내용면에서 유사하다. 현재 시는 개인 감정의 표현, 즉 서정시로서의 의미만을 갖는 게 보통이지만, 18세기 이전까지는 서정시는 시 전체의 극히 일부분에 불과하였다. 서정시보다는 서사시가 인간 전체에 대한 보편적 진리를 말하기에 적당한 형식이라고 서구인들은 믿었다. 이에 비하면 동양은 고대부터 서정시를 시의 본령으로 본 듯하다. 공자는 시를 개인 감정의 표현으로 보았다. 그가 편찬했다고 하는 『시경』에는 서정시만 수록되어 있다.[15)]

그러므로 여기서는 시를 현재 쓰여지고 있는 서정시로 보면서, 다른 한편으로는 더 넓은 의미의 시를 포괄시키고자 한다. 시를 시인의 내부의 본질과 연결시켜, 시를 어떤 구체적인 작품으로보다 어떤 성질이나 정신적 측면으로 보려는 것이다. 즉 시는 시의 여러 장르에 속한 작품들의 총칭이라기보다는, 인간 체험의 어떤 공통된 특징을 가리키는 말이 된다. 그렇게 되면 훨씬 더 시에 대한 보편적 인식이 가능해질 것이다. 이렇게 말로 표현되기 이전의 어떤 특질을 시로 파악하면서, 구체적인 말로 만들어진 작품도 시라는 개념 안에 수용한다. 시에서 쓰이는 언어는 역시 특수한 언어이다. 정보제공이 목적이 아닌 글, 내용과 형식을 분리할 수 없도록 된 글, 외연적이고 기호적인 언어사용이 아니라 함축적이고 정서유발적인 글, 그것 자체로서 충족된 하나의 의미세계를 이루고 있는 글, 그것 자체로서 하나의 통일된 심상을 이루는 글 등등의 개념으로 시는 정의될 수 있다.

---

15) 이상섭, 앞의 책, '시' 항목 참조.

언어는 본래 원시시대에는 비유적이고 상징적이고 신화적이었는데 차츰 관념화되었다고 하는 사실은, 시가 인간의 본질과는 떨어질 수 없는 것이라는 진리를 내포하고 있다. 시가 할 수 있는 가장 큰 역할은 철학이나 과학처럼 관념전달의 목적을 가지고 있지 않다는 점이다. 시가 없다면 인간은 자기의 원초적 본질을 확인할 수 없다. 그러므로 시는 문학의 기본적 장르의 하나인 동시에 인간의 깊은 내면을 암시하는 일체의 것들을 가리킨다.

2. 위대한 시인일수록, 관념을 직접 전달하려고 하거나 혹은 윤리적 목적을 의식하며 시를 쓰지 않는다. 시인의 임무와 설교자(說教者)의 임무가 다르다는 것을 알기 때문이다. 설교자는 교훈을 주는 것이 임무이고 시인은 감동과 생기 또는 영감으로써 힘을 북돋아주는 동시에 기쁨을 주는 것이 그 임무이다. 그렇다고 해서 시가 철학적인 목적을 가지고 있지 않은 것은 아니다. 시적 진리는 철학적 진리를 포괄한다. 그러나 시는 어떤 사실이나 감정·사상의 직접적 기술에 힘쓰지 않고 이미지와 음악을 통해 암시를 구하는 점이 철학과 다르다.[16] 의미를 의미 그대로 전달하지 않고 구체적으로 형상화시켜 전달한다. 이미지란 우리의 마음속에 나타나는 형상을 말하는 것이고, 음악이란 말은 시적 언어의 음악적인 울림을 의미한다. 이렇게 어떤 형상을 구체적으로 제

---

16) 에즈라 파운드는 이미지를 다음과 같이 정의하였다.

"An 'image' is that which present an intellectual and emotinal complex in an instant of time. I use the term 'complex' rather in the technical sense employed by the newer psychologists such as Hart, though we might no agree absolutely in our application.

It is the presentation of such a 'complex' instantaneously which gives that sense of freedom from time and limits; that sense of sudden growth, which we experience in the presense of the greatest works of art." (*Encyclopedia of Poetry and Poetics*, Princetion Univ. Press, 1965)

시해 줌으로써, 또는 음악적인 율동으로 어떤 암시를 줌으로써 관념 이전의 근본적인 의미를 전달해 주는 것이, 시가 상징을 표현의 가장 직접적인 질료로 삼게 된 이유일 것이다.

> 푸른 구름의 옷 입은 달의 냄새,
> 붉은 구름의 옷 입은 해의 냄새,
> 아니 땀 냄새, 때 묻은 냄새,
> 비에 맞아 축업은 살과 옷냄새,
>
> 푸른 바다…… 어즈리는 배……
> 부드랍은 그리운 어떤 목숨의
> 조고마한 푸릇한 그무러진 靈
> 어우러져 빗기는 살의 아우성……

위의 시는 김소월의 「여자의 냄새」의 일절이다. 여자가 풍기는 냄새를 소박한 형태로 상징하고 있다. 많은 형상들이 모여서 전체적 상징의 구조 안에 포용되어 있다.

시인이 가지고 있는 독특한 정서를 독자에게 전달해서 감동시키려는 방법이 시 언어를 통한 이미지의 형상화 작용이고, 이 이미지가 지니는 언어적 한계를 무한히 넓혀, 언어 이상의 본질적 실체의 세계로 이끌어가는 작용이 시에 있어서의 상징적 수법이다. 단순한 시어 하나하나의 형상화보다도 한걸음 더 나아간, 시 전체의 유기적 통일성에 기본한 포괄적 상징이 이루어질 때, 시적 주제는 심화되고 확대되어 보편적 진리에 접근할 수 있다.

따라서 시에 있어 상징이란 용어는, 유추적인 현상의 세계, 곧 가시(可視)의 세계인 물질세계가 연상의 힘에 의하여 불가시(不可視)의 세계, 곧 본질의 세계와 일치하게 되도록 노력하는 표현의 양식이다. 연상의 힘에 의한다는 면이 중요하다. 연상은 두 사물이 상상적으로 연결되고 결합되는 정신활동인 바, 이 연상의 작용을 통하여 우리는 상징이 내포하는 본질적 의미를 파악할 수 있다. 결국 시적 상징은 이미지와 관념의 결합이라고 할 수 있다. 이미지가 관념을 암시적으로 환기시킨다.

그러나 시적 상징을 비유와 혼동해서는 안 된다. 비유란 관례적인 언어사용으로부터 벗어난, 어떤 특수한 의미나 효과를 위하여 언어가 독특한 양식으로 쓰임을 의미한다. 관례적인 언어사용은 언어의 함축적 의미를 지양한다. 상징을 비유적 측면에서 논의한다고 할 때, 상징은 사상적(思想的) 비유, 곧 직유, 은유 등과 같은 개념으로 이해될 수밖에 없다.[17)]

그러나 상징은 끝끝내 이런 사상적 비유는 아니다. 겉으로 보면 둘은 서로 비슷하다. 마치 은유에서 A라는 진술이 B라는 진술로 전이되거나 역전되듯이, 상징 역시 포괄적으로는 A라는 이미지가 B라는 관념을 나타낸다. 그러나 엄밀히 살펴보면 두 가지는 서로 다르다. 은유는 대체로 사상성(相似性) 혹은 유사성을 통한 두 사물의 결합이다. 그러나 상징은 비사상성(非相似性) 혹은 비유사성을 통한 두 사물의 결합이라고 할 수 있다. 전혀 이질적인 두 사물, 곧 이미지와 관념이 외면적인 아닌 내면적인 유사성을 암시하거나 진술하는 표현의 양식이다.[18)] 상징과 비유의 기능을 좀더 간단히 비교해 본다면, 비유는 대개 회화적

---

17) 에이브람스는 비유를 특히 사상적 비유(figures of thoughts, or tropes)와 수사적 비유(rhetorical figures, or figures if speech)로 나눈다. 전자는 전이(轉移) 혹은 역전(conversion)에 의해서 한 의미를 나타내고, 후자는 말의 수사적 효과를 위해 쓰일 때를 지칭한다. M. H. Abrams, *A Glossary of Literary Terms*(Holt, Rinehart & Winston Inc., 1971.)의 'Figurative language' 참조.

18) 이승훈, 『시론』, 고려원, 1979, pp.151~153 참조.

인 묘사의 목적을 위해서 존재한다. 예를 들어 이장희의 시 「봄은 고양이로다」에서,

> 꽃가루와 같이 부드러운 고양이의 털에
> 고운 봄의 향기가 어리우도다

는 정확한 그림을 위한 비유다. 그러나 상징은 더욱 넓고 깊은 의미를 함축한다. 유치환의 「깃발」에서,

> 이것은 소리 없는 아우성,
> 저 푸른 해원을 향하여 흔드는
> 영원한 노스탈자의 손수건.

의 '소리 없는 아우성', '노스탈자의 손수건' 등은 인상에 의한 감각적인 비유들로 그려진 '깃발의 그림'은 아니다. 어떤 고귀함, 어떤 이상적인 상태를 그리워하며 몸부림치는 정신적인 태도를 암시하고 있다. 이것은 비유가 아니라 상징에 속하는 것이다.[19)]

이런 점에서, 상징을 한편으로 '확장된 은유'라고 부를 수도 있겠다. 이렇게 은유가 확장되어 나타난 상징은 원시적이고 마술적 · 주술적인 결합의 양식이기도 하다. 상징이 표출되는 관념은 어디까지나 어떤 논리적인 힘에 의하여 드러난다.

3. 시에 있어서의 상징을 논의하기 위해서는 상징주의 문학사조에 대한 이해가 불가피하다. 일반적으로 상징을 많이 사용하고 상징의 체

---

19) 서정주, 「시 창작에 있어서의 비유와 상징」, 『창작실기론』, 어문각, 1962, pp.110~114 참조.

계를 가지고 있는 문학을 상징주의라고 할 수 있겠으나, 19세기 중엽에 프랑스에서 일어난 문학운동을 특별히 상징주의라고 부른다.

상징주의는 고대 그리스의 철학자 플라톤의 사상에 그 기원을 두고 있다고 할 수 있다. 플라톤은 이 세상의 모든 사물이 이데아, 즉 본질적 관념의 세계의 희미한 그림자에 지나지 않는다고 말했다. 낭만주의적 문학사조도 플라톤의 사상과 관계가 깊지만, 감각적 정서로 환기되는 문학의 쾌락적 효용가치를 인정했다는 점에서 플라톤의 생각과 상당히 다르다. 상징주의는 감각과 정서와 상상력을 대단히 중요시하기 때문에 역시 낭만주의가 발전된 사조라고 볼 수도 있으나, 감각의 대상이 되는 실체의 사물, 현상계의 사물을 그대로 즐기려고 하지 않고, 그것이 희미하게 암시한다고 생각하는 어떤 또 다른 세계 — 본질적 세계를 나타내고자 노력하였다.

현실적인 사물들이 암시하는 영원히 아름다운 세계는 아무나 느낄 수 없고, 단지 영감을 가진 자만이 직관으로 느낄 수 있는 초현실적인 신비의 세계다. 상징주의 운동이 처음으로 프랑스에서 시작되었을 때, 그것은 다만 시적 기교의 혁신같이 생각되었을 따름이었다. 그러나 상징주의는 더 발전하여 '시를 형이상학적 수단'으로 삼으려는 노력의 집약이 되었다. 그리고 인간과 미지의 신비 사이를 중개해 주는 역할, 즉 많은 사람들이 보기엔 이성이나 철학으로는 감당할 수 없게 된 역할을 스스로 떠맡으려는 것이었다. 시가 종교적 의식(儀式)과 대치될 수 있는 정신활동이란 것은 이미 그 전의 많은 문학가들도 지적한 바 있었던 것이다.[20]

처음 상징주의 운동은 베를렌에 의해서, 그리고 그의 주변의 시인들에 의해서 전개되었다. 그러나 우울을 노래하고, '행동'에 맞서 '꿈'을 내세우면서, 거부와 방랑의 상태에 머물렀던 상징주의는 말라르메, 게오르게 등의 후계자를 맞이하여 점차 '행동의 새로운 수단', '존재의 핵심을 찌르려는 인식의 수단'으로 발전하였으며, 특히 랭보의 출현과 아울러 이러한 발전의 경향은 더욱 일반화되었다. 상징주의적 신비주의자인 라이너 마리아 릴케의 다음과 같은 물음은 그러한 의도를 잘 나타내 주고 있다.

> 우리는 발명과 진보를 이루고, 그리고 문화와 종교와 우주에 관한 지식을 향유하고 있다. 하지만, 사실 생(生)의 겉껍질만 만지고 있었으니, 이것이 도대체 무슨 말인가?[21]

이와 같이 생(生)의 핵심으로 파고들려는 의욕이야말로 상징주의 시의 혁신을 초래한 것이다. 즉, 애초에는 낭만주의적 · 유미주의적인 방종한 태도의 악습에 물들고, 지극히 허무적 · 체념적이던 시가 마침내 상징이라는 수단을 사용하여 '행동적 현실'을 발견한 것이다. 그것은 철학에서 직관을 통하여 진리의 세계에 이르려고 했던 베르그송의 노력과도 유사한 것이었다. 인간은 사회적 · 집단적 도그마에 의해서만 신비로운 본질의 세계에 참여할 수 있었다. 인간과 신(神)의 관계조차, 초월적 계시가 아닌 사고(思考)라는 매개를 통하여 이루어졌고, 그 매개의 표현이 되어온 과학 · 정치 · 예술 등 모든 것이 일반적이며 비개

---

20) 예를 들어 영국의 매튜 아놀드(Matthew Arnold) 같은 사람이 그렇다. 그는 『시의 연구(*Study of Poetry*)』에서 다음과 같이 말했다. "시의 미래는 한없이 넓다. 왜냐하면 높은 운명을 누릴 자격이 있는 시에서 우리 종족은 시간의 흐름에 따라 점점 더 확실한 지주(支柱)를 발견할 수 있기 때문이다. 흔들리지 않는 신조는 하나도 없고, 의심스럽지 않은 교리는 하나도 없으며, 붕괴의 위기에 놓여 있지 않은 전통은 하나도 없다. 우리 종교는 사실 속에서 구상화되었는데, 지금은 그 사실이 종교를 뒷받침해 주지 못하고 있다. 그러나 시에 있어서는 사상(idea)이 전부이다. 그 밖의 것은 환영의 세계, 신적인 환상의 세계다. 시는 그 정서를 사상에 밀착시킨다. 사상은 곧 사실이다. 현대종교의 최고 지상 목표는 무의식적인 시에 있다." 버어넌홀 2세, 『서양문학비평사』, 이재호 역, 탐구당, 1972, p. 29.

21) Rainer Maria Rilke, 『말테의 수기』, 박종서 역, 정음사, 1975, p.29.

성적이었다. 그런데 그 이후에 발견된 수단은 개성적인 것이 되었으며, 특히 시의 영역에 있어 탈속(脫俗)한 개성적 언어들이 새로운 수단으로 등장하게 된 것이다.[22)]

관용적(慣用的)인 언어표현에 있어서는, 용어가 모두 통념화(通念化)되어 대상을 막연히 지칭할 따름이다. 그러나 상징주의는 그러한 애매모호한 언어관습을 지양하려고 하였다. 누구나 일상적으로 쓰고 있는 말을 입에 올리는 것이 그들에게는 두렵고 싫었던 것이다. '영혼', '정신', '육체' 같은 관념어들이 그들에겐 전혀 생경하고 자의적(恣意的)인 언어들로 느껴졌다.

그리하여 시는 준형이상학적(準形而上學的)인 역할을 지니고, 인간이 다른 모든 인식수단을 의문시하게 되었을 때 새로운 인식의 수단이 되었다. "시는 미지의 세계에 대하여 물음을 던지는 수단이 된다. 시는 제언하고 그것이 존재할 수 있는 조건을 만들어준다"고 폴 클로델은 말하고 있다.[23)] 이러한 목적을 위하여, 시인은 철학자들이 발견하지 못한 언어를 발견해 내야만 한다. 상징주의가 추구한 이러한 '마술적 인식'의 힘을, 예이츠는 '생명의 격앙(激昂)'을 통해 추구한 바 있다.

무엇보다도 시의 중심문제, 즉 무엇이 가장 뛰어난 시의 내용인가 하는 것이 문제다. 보들레르는 시는 '초자연주의적 아이러니'라고 말한다.[24)] 초자연의 세계라는 것은 상상의 세계이다. 따라서 시는 자연이나 현실의 세계가 아닌 이데아의 세계, 초자연의 세계를 그려내야만 한다. 초자연의 세계는 상상된 사고의 세계다. 따라서 시는 상상하는 것이다. 또한 시가 아이러니라고 하는 것은, 두 개의 상반하는 것 사이의 긴장

---

22) 폴 발레리, 엘리엇 및 그 밖의 초현실주의자들이 제기한 언어의 본질에 대한 문제가 특히 중요성을 띠게 되는 것은 이러한 이유 때문이다.

23) Paul Claudel, *Positions et Propositions*, Vol Ⅰ, Gallimard, 1928, p.54.

24) 민희식, 「프랑스 상징과 시인의 이론」, 『심상』 1979년 6월호, p.30 참조.

이나 조화를 목격하기 때문이다. 모순 또는 역설을 통한 본질에의 접근 방법이라고도 할 수 있겠다. 따라서 시는 두 가지의 서로 상반되는 것끼리의 투쟁이다. 상호간에 서로를 부정함으로써, 두 개의 존재가 성립된다. 존재의 신비는 이러한 절대적 부정을 통해서 파악된다.

시를 쓰는 목적은 새로운 관계를 발견하는 데 있다. 새로운 관계는 자연이나 현실과는 다른 관계이다. 돼지가 침대에서 잠자고 있다는 발상은 현실과는 다른 하나의 새로운 관계를 표명한다. 돼지와 인간과의 관계는 현실의 관계지만, 돼지와 침대의 관계는 새로운 관계, 비현실적인 관계이다. 이렇게 새로운 관계 속에서 인간에게 신비로운 의식, 새로운 미의식의 체험을 느끼게 하는 것이 바로 시다. 이러한 새로운 관계를 통해서 추구하는 것은 바로 '절대'라든지 '무한'이라든지 '영원'이라든지 하는 초자연적 세계다. 여기에 '신(神)'이라는 말도 때때로 사용된다. 이러한 미지의 세계, 무한의 세계, 본질의 세계를 표현하기 위해서는 다음 몇 가지로 관계적 양식이 나누어진다.

첫째, 무한의 세계와 유한의 세계가 결합된 경우이다. 우리가 '영원한 집'이라고 말할 때, 여기서 '집' 은 없어져 버린다. 즉 유한의 세계는 없어져 버리는 것이다. 영원이라는 것은 유한의 세계를 포함하면서 그것을 초월하기 때문이다.

둘째, 이러한 표현 자체가 무엇을 상징할 경우다. 이럴 때는 '영원', '집'의 두 가지의 의미는 모두 다 소멸되고 전혀 새로운 의미 — 초월적 의미가 성립된다. '영원한 집'은 '천국'을 의미하게도 된다. 그러나 이것이 관습화(慣習化)되면 새로운 의미는 낡은 의미로 변질되어 버린다.

셋째, 만약 아무것도 상징하지 않고 그 언어 자체만을 인정할 경우, 무의미한 관계만 남는다. 다만 표현 그 자체로만 보고 감정이나 사고의 개입을 인정하면 안 된다. 철저하게 원시적 · 주술적(呪術的)인 관점이다. 그러나 이 세 번째의 경우가 상징주의 시에서는 중요한 것이다.

이것은 불합리한 세계, 언어의 실용성을 배제한 세계이다. 불합리한 것은 자연의 법칙을 파괴한다. 유한의 세계를 부정하는, 절대적 세계의 절대적 부정성을 암시한다. 여기서 '상상하는 행위'의 '마술적 행위'로의 이행이 가능해진다.

그래서 시에는 상징이 필요하다. 상징이란 유한의 세계에 의해서 무한의 세계를 표현하는 것이다. 예를 들어, 그리스도라는 인물은 신의 권위로 존재하기 때문에, 유한의 세계에 속한 인간이 아니라 '신' 이다. 다시 말하면 '신의 상징'이다. 또 영원이나 무한이나 절대라는 인간의 사고는 신을 상징하는 사고이다. 그러면 절대의 사고니, 절대의 힘이라는 것은 무엇을 의미하는가? 그것이 바로 상징주의가 말하는 불가시(不可視) 세계이며 그 힘인 것이다. 그것은 우주의 존재를 가능하게 하는 절대적인 존재이다.

지구상에 존재하는 모든 물질들과 이 절대의 세계와는 관계는 수수께끼이며 신비다. 그런데 이러한 유한의 세계와 무한의 세계의 신비로운 대립을 생각해 내는 것은 바로 다름아닌 인간의 상상력이며 시의 세계인 것이다. 시인의 상상력에 의해서 두 개의 상반되고 모순되는 것들의 결합이 이루어진다. 그러면 여러 가지 상반되는 요소가 서로서로 파괴하기 시작한다. 그 때문에 시 속에 있는 유한의 세계, 곧 자연이나 현실은 파괴되고 그 폐허 속에서 새로운 인간상이, 절대적 진리의 세계가 드러난다. 이러한 상징주의 이론은 현대예술에 있어 공통적으로 적용되는 미학적 개념인 '변형(deformation)'의 개념을 낳게 하였다.[25)]

이상과 같이, 상징주의 시가 혁명적 역할을 수행한 것은 분명하다. 그러나 그것은 다만 인식의 범주에만 제한된 혁명적 역할이었다. 만일 이러한 시적 인식이 행동으로 옮아가지 않는다면 시는 다시금 공허한 이론 속에 갇히어, 그 대담한 시도에도 불구하고 유미주의로 전락할

---

25) Charles Chadwick, *Symbolism*, 김화영 역, 왕문사, 1974 참조.

위험성을 가지고 있다. 사실 상징주의 시인들의 이론이 갖고 있는 최대의 결함은 그런 데 있었다. 즉, 현실세계의 새로운 질서를 찾으려는 것까지는 좋았으나, 그들은 그것을 오직 가상계(假象界)가 가리고 있는 또 하나의 다른 세계에서만 찾으려고 했던 것이다. 현실과 비현실의 이분법적(二分法的) 사고방식에 기초한 이러한 시작(詩作) 태도의 최후의 귀착점은 초현실주의가 될 수밖에 없었다. 그리하여 시와 현실의 대립관계가 한층 심화되어, 시를 특권자의 아편, 지성의 유희라고까지 공격하게 된 소지가 생겨나게 된 것이다.

물론 시가 단순한 노래나 장식으로 머물기를 거부하고, 종교적 의식에서 신비롭고 신성한 성격을 빌려와 일종의 주술이 되려고 한 점은 탁월한 착상이었다. 그러나 시가 상식의 세계와 전적으로 인연을 끊어야만 한다는 극단적인 태도는 시를 공허한 넋두리로 전락시킬 위험성을 내포하고 있었다. 시가 상식과 전혀 동떨어지지 않고, 인간 자신과 인간의 정상적 감정에 충실한 기반을 두면서 노래 불러질 때, 시는 힘을 갖는 것이다.

4. 한국의 상징주의 시는, 1918년 김억(金億)이 『태서문예신보』에 상징주의 이론을 소개하면서부터 비롯되었다. 뒤이어 프랑스 상징파의 작품이 번역되었으며, 이어 『창조』 제2호를 통해서 일본 상징파 시인들의 작품이 번역 소개된다. 그 뒤로 동인지 『폐허』, 『백조』가 발간되면서 상징적 경향의 작품이 차차 발표되었다.

한국에 있어서 최초의 상징주의 시는 주요한의 「불놀이」가 될 것이다. 그리고 이상화의 「나의 침실로」가 발표되는데, 「불놀이」는 여러 모로 미숙한 점이 눈에 띄지만, 「나의 침실로」는 수준급에 드는 작품이다. 이 시는 상징주의 시의 특색을 꽤 선명하게 드러내 보여주고 있다. '마돈나'는 성모 마리아를 뜻하는 이탈리아 말인데, 여기서는 애인의 호칭으로 사용되고 있다. 그러나 "너는 내 말을 믿는 마리아"라고 하여 자기 자신을 예수에 비유함으로써 애인관계와 보좌관계가 겹치고, 성스러움과 육감적인 것이 교차되어 도착적인 관능미가 발산된다.

이 시의 내용은, 요컨대 날이 새기 전에 어서와, "죽음의 외나무 다리 건너 있는" 침실, 즉 "부활의 동굴"인 침실로 사랑의 탈출을 감행하자는 것이다. 이 시의 주인공이 밤에만 활동할 수 있다는 것은 당시의 우리나라 지식인들의 공통된 상황을 '상징'한다. 그리고 '침실'이라는 이미지는 '피안의 세계'로서, 프랑스 상징주의 시인들이 말하는 무한의 세계, 절대의 세계와 통하는 상징이다. '외나무다리'는 초월적인 피안의 세계와 현실세계를 연결해 주는 유일한 길이라는 뜻인데, 모호한 가운데 상징어로서의 진가를 발휘하고 있다. "눈으로 유전하던 진주"니, "우리는 밝음이 오면 어딘지 모르게 숨는 두 별"이라는 이미지도 상징들이다. 그러나 이러한 시에는 절대적 세계로 향하는 형이상학적 기반이 없었다. 다만 상징주의적 시풍(詩風)을 흉내냄으로써, 서정시가 갖고 있는 우울 · 퇴폐 등의 표피적 특질만을 답습한 것에 지나지 않았다. 이런 점에서 「불놀이」와 「나의 침실로」는 유사한 점이 많다.[26)]

상징주의를 지상의 명제로 내세웠던 이들은 『백조』와 『폐허』를 거점으로 삼았던 황석우, 박종화, 박영희 등이었다. 『폐허』 창간호에 실린 황석우의 「벽모(碧毛)의 묘(猫)」는 한국 상징시의 한 전형이다. 고양이는 신비스러운 동물인 관계로, 에드거 앨런 포의 괴기소설이나 보들레르의 시에서도 자주 소재로 등장하고 있다. 제목에서 암시하는 바와 같이, 고양이의 털이 녹색이라는 것은 그것이 보통 고양이가 아니라 초월적 세계에 대한 상징임을 암시해 준다. 황석우의 시에는 상징으로서의 이미지들이 풍부하다.

---

26) 김은전, 「상징주의의 수용과 그 전개」, 『문예사조』, 문학과지성사, 1977, pp.431~440 참조.

그러나 시에 있어 이미지의 역할은, 단순한 심리적 현상으로 나타나는 이미지와는 다른 것이다. 독자의 마음속에 어떤 조형을 선명하게 떠오르게 함과 동시에, 어떤 정서를 환기(喚起)시켜 주어야 한다. 그래서 그 정조(情調)에 독자가 흡수되어 현실의 세계가 아닌 또 하나의 다른 시적 현실의 세계에 노닐게 하는 데 그 특수한 역할이 있는 것이다. 이런 점에서 볼 때, 황석우의 상징주의적 시들은 관념의 상징에만 치우쳐, 자칫 관념의 유희로 전락되고 말 위험성을 안고 있다. 그리고 언어 나열의 생경함과 거친 수사의 결점을 면치 못한다.

한국 상징주의의 또 다른 양상은 『백조』에 발표된 박종화, 박영희의 시에 나타난다. 그들이 즐겨 사용한 저승, 죽음, 유령 등의 이미지들은 그 시대의 우리 민족이 처한 질곡의 상황을 상징화한 것들인 바, 한국 현대문학사에서 흔히 말하는 '병적 낭만주의', '퇴폐적 상징주의'를 형성하는 요인이 된다. 이러한 시의 경향을 3·1운동의 실패와, 그 실패에 따른 우리 민족의 암담한 상황, 그리고 절망적 분위기와 결부시켜 해석하는 것도 일리는 있다. 그러나 그 당시 일본의 문단에서도 '세기말 사상'이 유행했다는 점을 감안한다면, 그런 해석은 적합지 않다. 역시 그들은 시대의 고통이나 민족의 고난을 소극적 도피주의로 받아들여, 퇴폐적 허무의식으로 그것을 즐기기까지 했다고 보는 것이 적합하다. 그들의 퇴폐주의적 경향의 시에 자주 나타나는 '유령의 나라'나 '환영(幻影)의 세계' 등은 역시 정신적인 귀족들의 도피처요, 허무적 귀착점이라고 볼 수 있다.

1920년대의 상징주의 계열의 시인들을 분류하면 대체로 셋으로 갈라진다고 볼 수 있겠다. 김억, 주요한, 홍사용과 같이 향토적·민요적 서정의 세계로 후퇴한 일군, 변영로, 양주동 등과 같이 낭만적 색채가 풍부하되 비교적 건전한 시풍을 유지한 사람, 그리고 퇴폐적 경향을 지향한 박영희, 박종화, 황석우 등이다. 그런데 이들 사이엔 아무런 공통점을 발견할 수 없다. 그들의 작품 수준도 습작 수준을 못 벗어나고 있다. 이것은 그들이 상징주의를 표방하거나 동경은 하고 있었지만 상징과 시가 갖는 철학적 관계, 상징주의의 이론적 연구 등에 소홀했기 때문이다. 우리의 현대 시사에 있어 1920년대 전반기는 상징주의의 시대라고 할 수 있으나, 별다른 가작(佳作)을 남겨놓지 못한 채 그저 흉내로만 끝나버렸다고 할 수 있겠다.

시인들은 구호는 외치면서도 상징주의 정신이나 이념의 파악이 제대로 되어 있지 않았고, 물론 시 이론에 입각한 비평정신의 옹립이 있을 수도 없었다. 그저 절제할 줄 모르는 감정의 대량 방출로 끝나버린 것이다. 그러나 1930년대에 들어서면서, 김영랑, 박용철, 김기림, 김광균, 서정주 등이 등장하여 좀더 순수한 상징주의에 접근하는 계기를 만들게 된다. 그러나 이때에 가면 이미 상징주의라는 유파적 개념을 벗어나, 시와 상징이라는 시 본질상의 문제가 대두되게 되는 것이다.[27]

5. 결국 남는 문제는 상징과 시의 관계가 현대에 와서 어떻게 규정지어졌는가 하는 문제이다. 상징주의가 '상징'을 문학상의 중요한 언어로 정착시켜 놓은 것은 사실이지만, 상징주의자들이 말했던 '상징'의 해석을 그대로 받아들일 수는 없다. 문학운동의 하나였던 상징주의는 상징의 '암시성'을 극단적으로 추구하여 일체의 산문적 의미, 사실성, 상식성을 배제하려고 하였다. 그러나 지금에 와서 상징은 그러한 극단적 문학운동의 수단으로가 아니라, 문학의 보편적 양상의 하나로 받아들여지고 있다. 또 문학에서 뿐만 아니라 인간 인식의 근저를 이루는 일반적 형식이 되었다. 그러므로 '시적 상징'의 일반적 · 본질적 형태

27) 우리나라의 상징주의 작품에 대해서는 더 이상 자세히 언급하지 않기로 한다. 그것은 본 논문의 성질과 그리 관계가 없기 때문이다. 한국의 상징주의 운동을 시사적으로 연구하는 것과, 시적 상징 그 자체를 연구하는 것은 별개의 문제이다.

를 밝히는 것이 필요하리라 생각된다.

시적 상징은 언어적 상징과 구별될 때 잘 파악된다. 언어적 상징은 모든 언어의 특성이라고 할 수 있는 '대신함'(즉 어떠한 사물을 다른 사물로 대치시키며 표현하는 것)을 그 기본 속성으로 가진다. 이것은 두 가지 사물이 비교 · 연결됨으로써 상호 상징작용을 하는 것이다. 이 언어적 상징은 다시 실제적 상징과 기호적 상징으로 나뉜다. 실제적 상징은, 예를 들어 '책상'이라는 상징이 실제 책상이라는 사물을 대신하는 것이고, 기호적 상징은 논리적 또는 문법적 기능만을 나타내는 것, 곧 우리말의 토씨 '은', '는' 따위나 숫자 등을 말한다. 시적 상징은 물론 언어로 구현된다는 점에서 언어적 상징과 다르지 않다.[28)]

그러나 언어적 상징의 경우, '책상'이 상징하는 것은 일반화되고 통속화된 의미만을 갖고 있어 어떤 특정한 의미 즉 화자(話者)만이 가지고 있는 특정한 의미를 갖고 있지 않지만, 시적 상징에서 그 대상은 시인 나름의 특정한 의미를 갖는다. 왜냐하면, "그 대상이 시인에게 어떤한 의미를 갖기 때문에 시에서 그렇게 사용되는 것이기" 때문이다.

대체로 시적 상징은 상징이 되기 위하여 '추상화(抽象化)'의 과정과 '정신적 조작'의 과정을 거친다. 그 예로 '십자가', '깃발' 같은 표현을 들 수 있다. 윤동주의 시 「십자가」나 유치환의 시 「깃발」에서 십자가와 깃발은 그 시인 특유의 개성과 체험, 그리고 시적 표현방식을 통하여 독특한 의미로 형상화되어 있다. 십자가는 당초의 '사형도구'의 의미, 즉 언어적 상징의 단계를 넘어 이 시인에게 특별한 의미를 갖고서 쓰여진 것이다. 성스러운 것을 나타내는 종교적 상징도 아니다. 그것은 기독교에 있어서의 제의적(祭儀的) 약속, 곧 기호일 뿐이다. 이 시인이 표현하고자 한 '십자가'의 의미는, 윤동주만이 느낄 수 있는, 또 그것이 시로 표상화될 때만 얻을 수 있는 독특한 시적 감동을 준다. 이것은

---

28) 이승훈, 앞의 책, p.161 참조.

「깃발」에 있어서도 마찬가지다. 깃발은 단순한 제도적 상징의 단계를 뛰어넘어 어떤 복합적인 시인의 정서를, 그 시인의 특유의 정신적 조작의 단계를 통해서 드러내고 있는 것이다.

시적 상징을 명확히 파악하는 데 있어 가장 중요한 것은, 역시 은유와 상징의 차이를 어떻게 명료하게 인식할 수 있느냐 하는 것이다. 상징은 은유적 형식과 비슷하면서도 은유적 형식을 초월한다. 은유와 상징은 시작품에서 비슷한 양식으로 드러나지만, 면밀히 분석해 보면 둘은 다르다. 은유는 결국 언어적 상징의 결과임에 반하여, 상징은 언어적인 분석의 영역을 뛰어 넘고 있는 것이다. 은유와 상징은 둘 다 일종의 '이중적 의미'의 복합을 그 핵심으로 한다. 그러나 은유의 경우엔 두 가지 사물이 각각 언어적인 의미, 즉 낱말로서의 의미만을 갖지만, 상징의 경우는 두 가지가 각각 하나는 사물로서 또 다른 하나는 본질적 관념으로서 의미의 복합을 이룬다. 즉, 은유는 언어에 의해서만 존재하고 상징은 언어를 떠나서 존재한다. 상징은 '사물의 본질'과 더불어 사고하는 방법이요, 은유는 '언어로 기호화된 사물'과 더불어 사고하는 방법이다.

그러므로 시적 상징은 은유보다 더 근본적이고 심층적이다. 상징의 이중성은, 인간의 사유(思惟)가 물질체계의 대상들과 갖는 상호반응을 통한 '현상의 초월'을 그 근본요건으로 하기 때문이다. 예를 들어보자. "내 마음은 호수"라고 할 때, '내 마음'과 '호수'는 각각 낱말의 의미를 가질 뿐이다. '내 마음'이라는 언어가 갖는 국한된 의미와 '호수'라고 하는 언어가 갖는 국한된 의미가 복합되어 또 다른 복합적인 언어로 활동하고 있을 뿐이다. 그러나 '바다'라는 시적 상징이 어떤 시인의 시에 있어 지속적으로 쓰여질 때, 그것은 언어적 낱말과 낱말의 만남을 통한 복합적 의미의 추출을 목적으로 하는 것이 아니라, 사물과 관념의 결합을 최후의 목적으로 갖는다. 즉 '바다'는 단순한 사전적 의미의 영역을 넘어, 모성(母性)으로서, 또 창조의 근원, 생명의 근원 또는 파괴의 근원으로서 승화된 의미를 나타내게 되는 것이다. 비단 '내 마음'뿐이 아닌 모든 사물 전체를 의미하기도 하며, 그 사물을 뛰어넘어 존재하는 본질의 세계를 의미하기도 한다.[29)]

은유와 상징의 차이는, 상징이 보다 더 '근원적 사고'에 접근하고 있다는 사실이다. 시인의 근원적 사고가 사물을 직관적으로 파악하고 사물의 본질에 선험적(先驗的)으로 공명(共鳴)할 때, 시적 상징은 이루어진다. 시적 상징은 대개 특수한 의미를 지닌다. 그러나 그것이 일반화되어 관습적 의미로 되면 시적 상징은 언어적 상징으로 전락해 버린다. 시인의 근원적 사고가 시적 상징으로 잘 표출된 작품의 예로, 윤동주의 「서시(序詩)」를 들 수 있다.

죽는 날까지 하늘을 우러러
한 점 부끄럼이 없기를
잎새에 이는 바람에도 나는 괴로워했다.
별을 노래하는 마음으로
모든 죽어가는 것들을 사랑해야지
그리고 나한테 주어진 길을
걸어가야겠다.

오늘 밤에도 별이 바람에 스치운다.

---

29) 이것을 이승훈은 앞의 책에서 다음과 같이 도식화하였다.

처음 그림은 은유를 나타낸다. word 1과 word 2의 겹침, 곧 $w^1 = w^2$의 양식으로 오직 단어와 단어만이 만난다는 것이다. 두 번째 그림은 상징을 나타낸다. 상징은 $thing^1$과 idea∞의 겹침이다. 곧 $t^1 = i\infty$이 된다.(여기서 ∞는 무한을 나타내는 기호이다.)

이 시에 나타난 '별', '바람', '하늘' 등은 모두 근원적 사고를 지향한다. 다른 현상적인 의미, 단지 낱말로서의 의미로 제한되어 있지 않고 본질적인 우주, 근원적인 우주의 비밀을 선험적으로 제시하고 있다. 물론 이러한 제시는 상징의 암시성을 위주로 한 것이다. 만일 이 시인이 "내 마음은 별"이라고 노래했다면 '별'의 의미는 은유적인 의미로 제한되어, 훨씬 좁은 영역의 감동을 독자에게 줄 뿐이었을 것이다. 이 시에 나타난 여러 가지 시적 상징들은 언어적 기호로서의 직능을 초월하며, 또한 시적 기교로서의 직능까지도 초월한다. 윤동주 개인의 체험을 뛰어넘는 어떤 보편적인 진리를 향한 노력, 우주적 실상의 파악을 위한 과정으로서의 승화된 기도(企圖)가 이 시에 내재해 있는 것이다.

3. 시적 상징의 형이상성(形而上性)

1. 이제 시와 형이상학의 관계, 그리고 시적 상징의 형이상성(形而上性)을 구명(究明)해야 할 단계에 이르렀다. 먼저 형이상학을 포함한 철학과 시의 관계를 고찰해 보자. 우선 문제가 되는 것은, 시가 인간의 '철학적 이해'를 위하여 어떤 의의를 가질 수 있는가 하는 점이다. 다시 말하면, 철학적 인간학의 입장에서 볼 때 시 자체가 철학의 영역에 어느 정도의 역할을 하느냐 하는 것이다. 즉, 시가 인간 생활에 미칠 수 있는 기능이란 무엇인가 하는 문제다.

현대에 이르러 '언어'의 분석이 철학적 사고의 중심점이 되고 있다고 본다면, 그것은 또한 시가 지금까지보다 한층 더 중요한 성질을 띠게 되는 것을 뜻한다. 시란 언어와 결코 떼어놓을 수 없는 밀접한 관계를 가지고 있기 때문이다. 벌써 언어철학의 초기 단계서부터, 시는 인류 언어의 원천이었다. 시에서부터 산문은 파생적으로 이루어졌던 것이다. 시란 언어의 가장 순수한 형태이며, 그렇기 때문에 언어의 근본을 가장 순수하게 인식하기 위해서는 시를 연구하지 않으면 안 된다는 것이 철학자들의 견해다. 하이데거는 그의 시론에서 "언어는 존재의 집"이라고 정의하고, "시 자체가 비로소 언어를 가능케 한다"고 말했다.

시는 언어의 잠재력을 가장 강하게 지니고 있다. 그런 뜻에서 시는 격언(格言)의 의미와 상통한다. 격언은 사람들에게 깊은 예지의 결정체로 작용하는 것이며, 살아가는 방향을 위한 철학적 지표가 된다. 산문의 한 구절은 이렇게도 저렇게도 바꾸어 말할 수 있는 가변성이 있다. 산문에는 말하자면 적당한 융통성이 있어 어느 한도 안에서는 말을 바꾸더라도 같은 내용을 지닐 수 있으나, 시로 표현된 구절은 이렇게 임시적인 융통성이 있을 수 없어 그대로 하나의 결정적인 표현이 되고 마는 것이다. 곧 철학적 격언의 형태가 된다.

시인의 말 속에는 시인의 생각을 설득하는 힘만 있는 것이 아니라, 그밖에도 그 생각을 간결하게 표현함으로써 끊임없이 유동하는 인생의 물결 속에서 한 생각을 '구체화'하여 진리로 인식되게 하는 요소가 있다. 이것이 바로 시적 언어의 창조적 힘을 낳는다. 그 속에서 우리는 언어의 고유한 기능, 즉 신화적 창조의 기능을 볼 수 있고, 그러한 기능을 통해서 말이 생활 속에서 지니는 힘을 깨닫게 된다. 시인은 새로운 말을 주조해 내는 특별한 창조의 능력을 가진 사람이다. 시인은 보통 사람에게는 덜 뚜렷하게 느껴지지만 근본적으로는 같은 생각을 압축하여 간결하고 뚜렷이 표현할 수 있다.

시에서는 이미 주어진 자연의 체험이 표현되는 것이 아니라, 그 시 속에서 자연의 체험이 비로소 그 형태를 갖추게 된다. 시를 통해서 모든 사물과의 대화가 가능해지고, 언어는 마술사의 주문의 힘을 가진다. 시인의 눈을 통해서만 우리는 비로소 세상의 아름다움을 인식하게 된다. 인간은 언어 속에 갇혀 있는 것이며, 단지 언어를 통해서만 세상을 파악할 수 있고 이해할 수 있기 때문이다. 그런데 언어는 시를 통해서 더욱 고양되고 승화되어 새로운 감동을 형상화한다.

시는 사람으로 하여금 '보는 것'을 가르쳐준다. 객관적으로 형성된 인간의 예술을 통해서만 우리는 주관적 감각이 풍부해지는데, 이 예술 가운데서 언어를 다루는 시의 위력은 뚜렷하게 드러난다. 언어가 '개념'에 가장 가깝고, 또 '사고(思考)'와 불가분의 관계에 놓여 있기 때문이다. 우리의 눈이 그림이나 조각의 길을 따라 나가게 되어 있다면 우리의 사고는 우리에게 주어지는 언어의 길을 따르게 되어 있다. 그리고 사고가 우리의 생활을 이끌고 나가듯이, 우리들 전체의 삶은 이미 말해진 언어의 궤도 속으로, 특히 언어 중에서도 가장 순수한 형태인 시 속으로 용해되어 들어가는 것이다.

일상생활에 있어, 인간은 언제나 실질적인 욕구에 얽매여 사물의 세계를 파악하고 있다. 이 욕구 때문에 인간은 '사물 자체'를 보는 것이 아니고 다만 실생활의 효용가치에 따른 용도만을 보게 된다. 사물 자체의 순수한 의미를 파악하려면 이 욕구로부터 해방되어야 한다. 그러나 이러한 욕구로부터 스스로를 해방시킨다는 것은 거의 불가능하다. 이러한 '해방'을 가능하게 해주는 것이 시가 해야 할 과제다. 이 점에서 시가 인생에 주는 깊은 의미는 철학과 다르지 않다. 즉, 시와 철학은 다 같이 인간을 '존재의 진실성' 으로 인도하는 길잡이이다.

플라톤은 인간을 엄습하는 경이(驚異)에 관해서 이야기했고, 또한 그러한 경이 속에서 철학이 기본적으로 지녀야 할 태도를 본 바 있다. 이 '놀라움'이란, 일상생활의 목적의식에만 사로잡혀 있던 인간이 우주의 신비로운 실상 앞에서 깜짝 놀라 서 있는 상태를 말한다. 이 경이, 갑작스레 우주의 무한함에 눈을 뜬 이 놀라움은, 의식적인 노력에서가 아니라, 철학자들이 비록 그러한 의식적 노력의 필요성을 절감하고 있다고 하더라도, 무의식중에 인간을 엄습한다. 이것은 시인이나 철학자나 마찬가지다. 플라톤은 이러한 경이감을 도모하기 위하여 현상학적 방법론을 내세웠으며, 그러한 방법의 목적은, 이미 구성된 모든 개념을 포기하고 사물을 사물 그 자체로서 보도록 노력해 보자는 것이었다.[30]

그렇지만 이것은 시인의 역할을 철학자가 해보려는 기도에 지나지 않는 것이다. 그러므로 철학자들이 우주와 인생의 근원적인 진실을 찾고자 노력한다면, 그들은 어쩔 수 없이 시인의 작품 속에 실린 자유로운 눈길과, 상처입지 않은 순수한 현실 앞에 선 경이에 찬 시인의 눈길을 따르지 않으면 안 된다. 이 말은 이 세계의 근원을 파악하는 일이 결코 불가능하다는 뜻이 아니다. 다만 이런 경이의 순간이란 아주 귀하고 드문 순간이며, 비록 이러한 순간이 철학자에게 주어진다 하더라도, 그는 시인의 작품을 통해서만 자극이 되고 확신이 되며, 그 순간을 포착할 수 있다는 말이다.

시인들과의 접촉은 철학자에게 있어 결코 부수적인 일이 아니다. 철학은 조직적인 사고를 본업으로 삼지만, 조직적인 사고를 유발시키는 어떤 계시적 충격의 계기는 시를 통해서 얻어진다. 철학은 시를 내면적으로 필요로 한다.

시를 철학적으로 이해하려면 언어의 기능에 대한 좀더 깊은 연구가 요청된다. 언어의 기능을 관습적인 개념전달의 용법과 정서적인 용법으로 구분하고, 시의 언어가 정서적인 언어라고 설명하는 것은 너무나 소박한 논리다. 이제는 시에 의미론으로 접근하는 방법이 필요하다. 시는 다른 모든 것과 달라서, 언어의 정식적(正式的) 용법을 보이는 것

---

30) 플라톤은 그의 『공화국』 제 10권에서 모든 예술은 모방의 세계라고 정의한다. 모방으로는 본질적인 이데아의 세계를 똑같이 재현할 수 없다. 침대를 예로 들어볼 때, 이 세계에는 세 개의 침대가 있다. 첫째는 침대의 본질에 해당하는 절대관념으로서의 침대이다. 그것은 신이 만든 침대다. 둘째는 첫째의 침대를 모방하여 목수가 만든 현상으로서의 침대이다. 셋째는 둘째의 침대를 다시 모방하여 화가가 캔버스에 그린 침대이다. 결국 예술의 세계는 본질의 세계도 현상의 세계도 아닌, 현상의 허상에 지나지 않는다는 것이다. 따라서 시인이나 예술가나 추방되어야 한다는 논리이다. 그는 시보다는 철학을 더 우위에 두었다.

이요 창조적 언어의 전형(典型)이다. 언어의 시적 용법은 본질적으로 정식화(定式化)의 과정을 지향한다. 언어적 진술을 통한 시적 구성의 참된 예술적 효과를 나타낼 경우도 있으나, 시는 미문화(美文化)된 언어도 아니고, 효과적인 묘사도 아니다. 시의 본질은, 시가 '지각할 수 있는 인간 경험의 새로운 창조'라는 데 있다. 그와 같은 경험은 과학이나 실제 생활의 관점에서는 환영(幻影)에 지나지 않는 것이다.[31]

시인은 사람들에게 무엇을 이야기하려 하지 않는다. "시인은 무엇을 이야기하는가?" 또는 "어떻게 해서 경험을 전달하는가?" 하는 물음은, "시인은 무엇을 창조했는가?", "어떻게 해서 창조했는가?" 하는 물음으로 바뀌어야 한다. 그러면 시 작품에 대한 철학적이고 근본적인 이해가 가능해진다. 관념의 전달을 위해서도 아니고, 어떠한 사물에 대한 정서를 표현하는 것도 아닌, 창조적이고 직관적인 표현이 시에서는 중요한 구실을 하고 있는 것이다. 그것이 시적 이미지를 구성하여, 시인 자신의 것도 독자의 것도 아닌, 양자의 상상력의 결합에 의해서 지각되는 새로운 창조적 경험을 만들어낸다.

시는 단지 감각적인 이미지를 창조해 내는 것이 아니다. 역동적(力動的)인 이미지를, 정서적 충동의 환상을 창조한다. 그 충동은 내부로부터 일어나는 것이어서, 그 유인(誘引)이 되는 것은 사물의 총체라고 할 수 있다. 그러나 사물들 낱낱의 성질은 서로 관계가 없다. 시인은 사물에 대한 갖가지 인상을 끌어모아 겹쳐 쌓는다. 그리고 거기에다 차례차례로 관념을 집어넣는다. 그 하나하나의 관념에는 정서적인 가락이 곁들여져, 때로는 고도의 긴장감을 보이기도 한다. 그 결과, 고양된 감정의 창조적 표현이 이루어진다.

시 속에 나타난 서술이나 비유, 이미지, 상징, 문법적 형식, 언어의 리듬, 기타 그 어떠한 요소도 본질적으로 순연(純然)한 창조적 기능을

31) Susanne Langer, *Problems of Art*, 곽우종 역, 문예출판사, 1978, pp.197~200 참조.

가지고 있다. 시는 그 자신만으로도 존재하는 전면적인 세계를 창조한다. 시의 이미지가 아무리 사실적인 것이라 하더라도, 그것은 시의 이미지 자체로서 순순한 것이요 현실적인 것은 아니다. 그것은 창조된 가상(假像)으로서의 표현형식이요, 그것에 소속된 것은 어느 것이나 생명력 · 정서 · 의식의 상징적 표현을 증폭(增幅)한다. 시는 모든 다른 예술과 마찬가지로 추상적이고 유기체적인 것이다. 그것은 음악과 마찬가지로 유기적인 리듬을 가지고 있으며, 미술과 마찬가지로 어떤 이미지를 가지고 있다. 시는 언어가 갖는 힘 — 현실의 현상을 정식화하는 힘으로부터 생긴 것이지만, 시의 힘은 일상언어의 전달기능과는 근본적으로 다르다. 시는 언어적 서술이 아니라 창조인 것이다.

2. 시와 철학의 관계, 특히 형이상학과의 관계를 고찰하려면 '형이상학'에 대한 이해가 필요하다. 시와 형이상학이 추구하는 것은 근본적으로 서로 다르지 않다. 두 가지가 모두 근원적 존재의 실상과 본질을 추구한다. 이제 형이상학이란 무엇인가 알아보기로 하자.

'형이상학(metaphysics)'이란 말은 아리스토텔레스로부터 연유한다. 아리스토텔레스의 유고가 그의 사후에 편집될 때, 제일철학(第一哲學)에 관한 것이 자연학(自然學)에 관한 것, 곧 'ta physica'의 뒤에 놓였기 때문에, 'ta meta ta physica'라고 불리게 되었다는 우연한 사정에서 발생한 것이다. 그런데 자연학 또는 보통과학의 문제를 초월하여 그 배후에 있는 존재 일반의 구조를 해명하려고 하는 제일철학의 성질을 정확히 표현하고 있기 때문에, 그때부터 일반적으로 채용하게 되었던 것이다. 그러므로 형이상학에 있어서는 아리스토텔레스가 내린 규정이 결정적 의의를 가지고 있다.

아리스토텔레스에 의하면, 철학이란 이해할수 없고 납득할 수 없는 일에 대하여 경이를 느끼는 경우에, 실제적 이익을 떠나서 진리를 진리로서 탐구하는 일이다. 그런 의미에서는 수학도 자연학도 또한 철학의 범주에 속한다. 그러나 수학은 불변적이긴 하지만 양적인 데 지나지 않는 규정에 관한 것일 따름이고, 실체(實體)에 관한 것이 아니라는 데 그 한계가 있다. 자연학은 가변적 · 물질적인 것만을 다루는 데 한계가 있으며, 다시 동식물학 · 생리학 등도 마찬가지다. 그러므로 수학과 자연학은 제2차적 철학이다. 여기에 비하여 더욱 깊이 '존재로서의 존재'를 문제삼으려고 하는 것이 제일철학이며, 이른바 형이상학인 것이다. 아리스토텔레스의 형이상학은 보통 존재론이라고 불린다.[32]

아리스토텔레스의 형이상학은 고대 형이상학을 대표하는 것이지만, 중세에 이르러서는 '신학(神學)의 시녀'가 되어버렸고, 초월적 개념도 본래적으로는 신에게만 적용될 수 있는 것이라고 생각되었다. 근대에 와서는 신학으로서의 형이상학을 파괴하기 위해 노력이 집중되었다. 그러면서 아리스토텔레스의 존재론은 차츰 변형되었다. 존재를 수용적(受容的)으로 직관하는 데 그치지 않고, 그 근원을 주체(主體) · 주관(主觀)에서 찾아내어 구성해 보려고 하였으며, 아리스토텔레스에게는 제 2차적인 의의밖에 가지지 못했던 진(眞)의 개념에 입각하여 존재론이 인식론적으로 전개되었다.

근대의 데카르트 및 라이프니츠의 철학은 형이상학이며 실체론이다. 데카르트는 생각하는 주체의 자기의식에서 출발하여 물체와 신의 실체까지도 파악해 보려고 하였다. 또 라이프니츠는 작용하는 주체에서 출발하여 이 작용을 표상(表象)과 욕구라고 부르고, 여러 가지 정도에서 명암을 갖추고 있는 단자(單子, Monade)라는 형이상학적 원자(原子)의 상호작용에 의하여 우주와 신을 해명하려고 하였다. 뒤에 칸트가 나와서 선험적(先驗的) 존재론을 내세운다. 그는 존재를 현상의 범

32) 강영계, 『철학의 흐름』, 제일출판사, 1977, '형이상학' 항목 참조.
33) 김용정, 『칸트철학 연구』, 유림사, 1978, pp.121~125 참조.

위에 제한하고, 그 선험적 규정은 수순직관의 형식인 시간과 공간, 그리고 순수오성(純粹悟性)의 개념인 범주(範疇)를 결합하는 선천적 구상력에 의하여 구성된다고 했다.[33]

현대에 이르면, 근대의 주관주의에 대한, 또는 과학만능주의적 공리주의에 대한 반항이 있고, 이에 대응하여 존재론적 형이상학의 경향은 더욱 유력하게 되었다. 독일 관념론은 칸트의 형식주의를 반대하고, 철학으로 하여금 실질적인 것이 되게 하려 하였는데, 특히 헤겔은 논리학이 곧 형이상학이라 생각하고, 이것으로써 자연과 정신을 창조하는 신(神)이 자기정신을 전개하는 것이라고 했다. 고대적 존재론의 부흥을 가장 선명하게 기도했던 것은 하이데거이며, 그는 철학이란 일반존재론에 지나지 않는다고 보았다. 실존철학자 야스퍼스의 체계도, 고정화된 세계인식을 초월하려 하는 기도와, 근원적 자유에 호소하여 실존을 규명하려 하는 실존 규명과, 역사적 존재를 암호적(暗號的) 상징으로 보고, 이를 해독함으로써 신에게 접근하려고 하는 형이상학으로 채워져 있다. 과학의 실용주의 · 공리주의에 반항하는 대표적인 형이상학은 베르그송이며, 그는 내적 생명과 순수지속을 파악하려고 하는 노력에서 출발하여, 창조적 진화(進化), 또는 생명의 약진에 의하여 실재(實在) 전반을 해명하려 하고, 그 방법론에 있어서도 '지적(知的) 공감'이라는 형이상학적 인식의 필요성을 강조했다.

어떠한 형이상학이라도 그것은 암암리에 일정한 실천적 이상(理想)을 전제로 한다. 거기에 이미 아리스토텔레스가 존재와 최고선(最高善)은 동일한 것이라고 한 이유가 있다. 일정한 형이상학에는 반드시 일정한 인생관 · 세계관이 전제로 되어 있는 것이며, 오직 그것에 의해서만 형이상학은 이해된다. 다만, 세계관에서 형이상학이 생성될 때, 그것에는 자연적인 것 이외에 역사적인 것과 사회적인 것이 포함된다.

3. 그러면 시와 형이상학은 어떠한 관계를 가지며, 어떠한 측면에서 만나게 되는가? 이 문제를 고찰하기 위해서는, 20세기 초엽에 비엔나 학파를 중심으로 하여 일어난 논리적 경험주의(Logical empiricism)의 관점을 알고 넘어갈 필요가 있다. 그것은 논리적 실증주의(Logical positivism)라고도 불렸는데, 반형이상학적(反形而上學的) 태도를 취했고 의미론과 실용주의에 입각한 새로운 철학을 주장했기 때문이다. 논리적 경험주의는 넓은 의미에 있어 분석철학에 속하는 철학적 경향이라고 할 수 있다.[34] 일반적으로 분석철학이란 20세기 초반부터, 헤겔의 절대주의적 사변철학에 대한 비판을 시초로 하여 점차로 확대된 철학 탐구의 방법이다.[35] 이것은 형이상학적 명제를 배제하여 논리적 분석에 의하여 문제를 명확히 하고 해결하려는 것이다. 인간의 사상과 사고는 언어란 매개체에 의하여 전개되어 표현되기 때문에, 언어분석이 가장 중요한 과제가 된다.

분석철학은 대체로 크게 두 가지 경향으로 분류할 수 있다. 첫째, 자연언어를 순화하여 기호논리를 사용한 엄밀한 인공언어(人工言語)를 보조수단으로 설정하여 철학을 과학화해야 한다는 경향과, 둘째, 일상적인 자연언어를 사용하는 방법을 그 언어의 구조형식에 맞추어 더 명확히 함으로써 철학적 문제를 해명할 수 있다는 경향이 그것이다.

논리적 경험주의자들은 형이상학을 거부한다. 형이상학적 명제는 진위(眞僞)를 결정할 수 없는 무의미한 명제로서 거짓 명제라는 것이다. 왜냐하면 형이상학적 명제는 분석적인 것도, 경험적인 것도 아니기 때문이다. 분석적인 것이라면 수학적이고 논리적인 것으로 그 진위 여부를 해명할 수 있겠고, 경험적인 것이라면 실험과 관찰 및 검증에 의하여 그 진위를 가려낼 수 있겠으나, 양자 가운데 어느 것도 아니기

34) 김준섭, 『과학철학 서설』, 정음사, 1965, pp.36~37 참조.
35) 강영계, 앞의 책, p.276.

때문이다.

형이상학적 명제란 어떤 것인가? 논리적 경험주의자들에 의하면, 그것은 '논리적이 아닌 것'으로서 '경험을 초월한 것에 관한 지식'을 나타내는 명제다. 가령 사물 자체, 존재, 무(無)의 본질, 절대자, 신, 우주 등에 관한 명제가 그것이다. "있는 것은 모두 그 본질이 물질적이다"라는 유물론자들의 명제는 모두 검증할 수 없는 명제들이다. 이러한 명제는 모두 다 우리의 경험을 초월한 것이기 때문에 '경험적 지식'의 범주에 속하지 아니하며, 따라서 경험적으로 진위를 결정할 수 없는 무의미한 명제가 된다. 형이상학의 명제는 단순한 '의사표시'에 불과하고 경험적 대상의 표시가 되지 못한다.

언어는 두 가지 기능을 갖고 있다. '의사표시 기능'과 '대상표시 기능'이다. 이것을 다시 말하면 '표현기능'과 '재현기능'이라고 할 수도 있겠다. 전자는 자기의 의사를 표시하는 기능이고, 후자는 대상에 관한 자기의 주장을 표시하는 기능이다. 그런데 형이상학은 존재 자체, 실재, 신 같은 초경험적인 대상에 관한 의사표시이기 때문에, 그것은 진위를 가릴 수 있는 것이 아니고, 일종의 '형이상학적 시(詩)'라는 것이다. 바로 이 점이 중요하다. 논리적 경험주의에서는 형이상학의 철학적 역할을 포기하고, 그것을 시한테로 이양했다는 사실 — 이 사실은 시와 형이상학의 문제, 특히 시가 가지고 있는 형이상학적 기능의 당위성을 밝힐 수 있는 중요한 논리적 근거가 된다.

형이상학은 지식이 아니라 시와 같은 성격을 띠고 있다. 형이상학과 시는 대단히 유사한 점이 많다. 형이상학이나 시에서 쓰이는 언어가 이론적인 것이 아니라 상상적인 것이라는 점에서 우선 공통점이 발견된다. 그러나 시와 형이상학은 완전히 같은 것이 될 수는 없다. 시는 본래부터 허구적 · 상상적인 것이며, '현실의 사실을 그대로 말하는 것이 아니라는 것'을 내세우고 있다. 그런데 형이상학은 '어떤 것'에 관하여 말하고 있다. 즉 경험할 수 없는 것, 경험을 초월한 것에 관하여 말하고 있다. 이것은 독자를 속일 뿐만 아니라 자기 자신을 속이는 것이다. 형이상학이 비논리적이라는 성격 자체는 결점이 아닐 것이다. 형이상학의 결함은 그 자기기만적인 점에 있다. 형이상학은 실제에 있어 아무런 지식도 주지 못하고 '지식이라는 환상'만을 주고 있다. 그러나 예술은 비논리적인 성격을 가지고 있으면서도 개인과 사회생활에 있어 높은 가치를 지닌다.[36)]

형이상학적 체계의 진술은 모두 우리의 인식이 가능한 감각과 경험의 한계를 초월하는 실재(實在)에 관한 진술로서, 문자상의 의미를 가지고 있지 못하다. 일반적으로 철학자들이 실제적으로 존재하지 않는 본체(本體)를 자꾸 들먹거리게 되는 것은, 문장의 주어(主語)가 되는 말이 거기에 대응되는 실제적인 본체가 어디엔가 있어야 한다는 미망(迷妄)에 근거한다. 이 '본체'라는 것을 인간의 경험적 세계에서는 도저히 발견할 수 없으므로, 많은 형이상학자들은 비경험적 세계를 도입하는 오류를 범하였다.

논리적 경험주의 철학은, 공허한 말장난에 지나지 않을지도 모르는 재래의 형이상학에 대한 자극제 구실을 하였다. 그리하여 시가 가지는 초월적 실재나 본체에 대한 직관적 파악능력이 새롭게 부각되었던 것이다. 형이상학자보다 시인이 형이상학자의 일을 더욱 직접적으로 성취시키고 있다. 다시 말해서 시는 형이상학을 당연히 포괄하는 것이다. 시인과 형이상학자는 둘 다 비현실적이고 비실제적인 무의미한 말만 하는 것 같아 보이지만 사실은 그렇지 않다.

시인의 문장은 대부분 문자상의 의미를 가진다. 언어를 과학적으로 사용하는 경우와 정서적으로 사용하는 경우가 있는데, 시인은 후자의 경우이다. 시인의 경우 그가 표현하는 작품은 예술작품으로서, 정서적

36) 김준섭, 앞의 책, p.52.

인 문학으로서의 시이다. 그러나 형이상학자의 문장은 본래가 예술적 의미의 문장을 나타내려는 게 아니고 지극히 논리적인 의도를 가지고 씌어진 것이다. 그런데 그 결과는 결국 시적(詩的)인 내용과 문장이 될 수밖에 없다. 형이상학자는 문법에 속아서, 혹은 우리의 잘못 때문에, 감각의 세계는 비(非)실재적이라는 오류에 빠지기 쉽다. 형이상학자는 신비적 감정을 나타내는 문장을 쓰는데, 그것이 도덕적 · 심미적 가치를 나타내기도 하지만, 감각적 경험을 말하는 것이 아니기 때문에 경험적 지식이 될 수 없다. 또한 시인과 같이 허구적 상상력을 전제로 하지 아니하고, 마치 사실같이 말하는 것이기 때문에 허위에 빠지는 것이다.

이제 형이상학과 시의 관계는 명백해진다. 시는 형이상학적 기능을 갖고 있는 것이며, 형이상학은 시를 모방하려는 철학적 시도이다. 그렇다면 시는 반드시 '형이상학적'이어야 하는가 하는 문제가 제기된다. 이 문제는 다음에 자세히 논의되겠으나, 우선 요점만 말한다면 시는 반드시 형이상학적인 것만은 아니라는 것이다. 현실적인 대상을 노래하는 시도 얼마든지 있을 수가 있다. 그러므로 시의 내용은 다양하고 무한하다. 실제적이고 실용적인 것으로부터 비실제적인 것에 이르기까지, 그리고 초월적인 본체의 문제로부터 현상의 문제에 이르기까지, 모든 것을 시는 포함한다. 시가 갖는 이 드넓은 포용력이야말로 시를 철학의 위에 올려놓게 하는 요인이며, 인간의 선험적 문제 및 경험적 문제 모두를 포괄할 수 있는 창조의 능력을 시에 부여해 주는 요인이다.

4. 그렇지만 시가 궁극적으로 지향하는 것은 역시 본질의 세계, 본체의 세계이다. 시는 일상적 언어 및 문법적인 언어를 구사하면서도, 그것을 통한 초월적 존재의 인식을 기도하고 있다. 이것이 바로 시가 갖

는 형이상성(形而上性)이라고 할 수 있을 것이다. 그런데 시의 형이상성은 바로 상징의 형이상학적 기능의 도움을 받아서 구현된다. 이제 시적 상징의 형이상성을 고찰해 보기로 하자

시적 상징의 특성은 '전체성'에 있다. 비유와 상징의 차이는, 전자의 경우엔 '부분적'이라는 것과 후자의 경우엔 '전체적'이라는 데서 차이가 난다. "내 마음은 호수다"라거나 "낙엽은 폴란드 망명정부의 지폐"라고 했을 때, 은유의 대상은 부분적으로 국한된다. 따라서 그것은 쉽게 분석될 수 있고 감지될 수 있다. 그러나 이러한 표현은 기교의 측면에서 머물고 말기 쉽다. 시적 상징은 시 전체를 통해 흐르고 있는 전체적 분위기, 혼란된 주제, 분석하거나 해명할 수 없는 불투명한 이미지들로 구성된다. 그래서 그것은 '형이상학적'이 된다. 복잡한 시적 창조의 행위의 모든 것이 복합적인 상징으로 현현될 때, 그것은 인간의 창조적 상상력과 결합되어 형이상학적 깨달음이나 계시를 낳는다. 시가 그 특유의 힘으로 우리들로 하여금 믿게끔 만드는 모든 것 — 그것은 진실된 상징이다.

그러므로 지성적인 판단이나 신념, 인습 같은 것들이 시에 개재되어서는 안 된다. 시에는 지성적 모순이 존재한다. 상징과 주제는 서로 불일치할 수도 있다. 시인에게 있어서는, 진실한 것은 모든 것에 대하여 그 역(逆)도 또한 진실하다. 달을 노래할 때, 달을 보고 정숙한 여인이라고 해도 되고, 그 반대로 바람둥이 여인이라고 말할 수도 있다. "나는 미워한다. 나는 사랑한다"라는 식으로 한 마디 말 속에 모순을 포함할 수도 있다. 이렇게 지성적 판단으로는 모순이 되지 않을 수밖에 없는 가변적 진리가 바로 시의 생명적 요소다. 철학은 이러한 모순을 용납하지 아니한다. 따라서 현상적 질서를 초월하는 본체적 진리와 형이상의 세계는 철학에서보다 시에서 더 직관적으로 구현될 수 있다. 즉 모순을 감각적으로 긍정할 수 있는 정열과 창조적 상상력에 의하여, 모순을 합

리성으로 이어주는 구상력(構想力)에 의하여, 모순 그 자체는 사라지고 상이한 물상(物象)들은 하나로 융합되는 것이다.

이러한 시적 상징의 세계는 물론 인공적인 세계이다. 그러나 그것은 실재의 세계까지 통찰할 수 있는 기능을 가지고 있다. 시인의 상징은 전 세계, 전 우주의 실재를 부분적으로 직관한다. 그러나 이 부분적 직관은 전체적 직관으로 연결될 수 있다. 시적 상징은 하나의 사물만이 아니라 경험과 관계된 사물, 더 나아가서는 재창조된 사물을 형상화한 것이다. 시적 상징은 '우주의 극히 작은 일부분까지도 정확하게 봄으로써, 그 무한의 넓이를 암시하는 것'이다. 그 좋은 예로 김수영(金洙暎)의 「폭포」를 보기로 한다.

폭포는 곧은 절벽을 무서운 기색도 없이 떨어진다.

규정할 수 없는 물결이
무엇을 향하여 떨어진다는 의미도 없이
계절과 주야를 가리지 않고
고매한 정신처럼 쉴사이 없이 떨어진다.

금잔화도 인가(人家)도 보이지 않는 밤이 되면
폭포는 곧은 소리를 내며 떨어진다.

곧은 소리는 소리이다.
곧은 소리는 곧은
소리를 부른다.

번개와 같이 떨어지는 물방울은

취(醉)할 순간조차 마음에 주지 않고
나타(懶惰)와 안정을 뒤집어 놓을 듯이
높이도 폭도 없이 떨어진다

폭포는 하나의 자연현상에 지나지 않는다. 이를테면 우리의 현상적 인식으로 감지할 수 있는 작은 사물일 뿐이다. 즉 이 세계의 한 부분인 것이다. 그러나 이 시에서는 폭포의 이미지가 이 세계, 이 우주의 어떤 질서를 상징하고 있다. 폭포를 어떤 현실적 언어로 비유하고 있는 것이 아니다. 회화적인 이미지나 감각 전체에 호소하는 음악적 기교로서가 아니라, 이 시 전체가 하나의 거대한 전체적 상장구조를 이루어 세계의 비밀, 우주적 본질, 실재세계의 법칙 등을 '암시'하고 있다. 폭포라는 아주 작은 '부분'으로 '전체'를 상징하고 있는 것이다. 이 작품은 여러 가지 각도로 해석될 수 있다. 아니, 해석되지 않고 직관적인 느낌으로 감지될 수 있다.

폭포가 이루어지기까지는 작디작은 물방울들이 모여서 결합하는 과정이 필요하다. 또 그 물방울들은 여러 개의 물의 분자가 결합한 것이다. 물방울 하나하나의 힘은 대단히 약하다. 그러나 그것들이 모여서 폭포를 이루면 무서운 힘이 된다. 그 힘은 어떤 의미로 규정지어질 수 있는 것이 아니다. '고매한 정신'일 수도 있겠지만, 그런 식으로 가볍게 정의내려질 수 있는 힘이 아니다. 그것은 인간의 지식이나 판단력으로는 쉽사리 규정할 수 없는 어떤 '초월적인 힘'이다. 그 초월적인 힘 — 사물의 밑바닥에 흐르고 있는 우주적 법칙 — 은 곧은 소리를 낸다. 그 이유를 설명할 수는 없다. 다만 "곧은 소리이기 때문에" 곧은 소리이다. 그 힘은 민중의 자유일 수도 있고 민중적 의지로 결합된 정의(正義)일 수도 있다. 또 민중들 다수가 모였을 때 생기는 집단 무의식에 의한 군중심리일 수도 있다. 그렇지만 무어라고 꼬집어 설명할 수는 없다. 다만 희미하게 암시를 받거나 제시적으로 전달될 뿐이다.

이 시에서 시인이 어떤 의미를 시 속에 주입시키지 않았다는 말은, 이 시가 '무의미'를 지향하고 있다는 뜻은 아니다.[37] 시 전체가 무의미한 단어의 나열로 뒤섞여 있으면 그 시는 전체적 상징구조를 이룰 수 없다. 어떤 의미를 지향하긴 하되 그 의미는 '초월적 의미'라서, 시인 스스로도 설명할 수 없는 것이어야 한다. 그것은 직관과 상상력의 결합으로 이루어진다. 그리고 그것의 결과로 탄생되는 시적 이미지들은 우리가 감각할 수 있는 사물들로 조직된 것이어야 한다. 무의미를 지향한다는 것 자체가 어떤 개념을 형성하고 있으므로, 그것은 초월적이고 형이상학적인 상징을 이룰 수 없다.[38]

시 전체가 하나의 상징을 이루어, 그 형상화 작용으로부터 본체적 실상과 실재의 신비를 형이상학적으로 암시(또는 계시)하는 예를, 다음 시에서도 볼 수 있다.

어미를 따라 잡힌
어린 게 한 마리

큰 게들이 새끼줄에 묶여

---

37) 시가 무의미를 지향해야만 순수해진다고 믿는 사람들이 있다. 이미지가 관념의 도구 또는 수단으로 쓰이는 경우에는 이미지는 불순한 것이 된다는 것이다. 모든 비유나 상징은 그 자체로서 존재해야 한다고 한다. 김춘수 등이 그런 이론을 고수한다. 그렇다고 하면 다음과 같은 시가 가장 무의미한 시이고 따라서 가장 순수한 시가 될 것이다. "內壁을 뚫는 총소리/비둘기 떼가 박수갈채로 날아오른다/두 사람은 생글생글 웃으면서/처형장에서 쓰러졌다/바다가 해의 가장자리에서 깨어져/옷깃에 주름을 잡는/옛 목조보살은 미안하도록 아름다워라"(김구용, 「三曲」의 일부)

38) 여기서 초월적이고 형이상학적인 상징의 이론을 초현실주의적인 문학이론과 혼동하지 말아야 한다. 초현실주의는 단지 현실을 '초월'하는 것으로 그친다. 어떤 궁극적이고 초월적인 실재를 지향하는 것은 아니다. 현실을 변형시키거나 벗어났을 때 나타나는 어떤 충격적인 쾌락과 초현실주의는 연결되어 있다.

거품을 뿜으며 헛발질할 때
게장수의 구럭을 빠져나와
옆으로 옆으로 아스팔트를 기어간다

개펄에서 숨박꼭질하던 시절
바다의 자유는 어디있을까
눈을 세워 사방을 두리번거리다
달려오는 군용트럭에 깔려
길바닥에 터져 죽는다

먼지 속에 썩어가는 어린 게의 시체
아무도 보지 않는 찬란한 빛

김광규(金光圭)의 「어린 게의 죽음」이다. 언뜻 보기에 시장바닥 게장수의 풍경을 옆눈으로 일별하고서 그것을 다만 스케치하고 있는 것에 불과해 보이는 이 시는, 그러나 단순한 비유적 서경시에 그치지 않고 어떤 근원적 진리를 암시하고 있다. 시인은 시적 상징을 죽음과 다를 바 없는 현실 속에서 찾아내어 실존과 대결하고 있는 것이다. 이 시에서 가장 중요한 상징으로 등장하고 있는 것은 게인데, 게는 시적 대상이며 시적 자아이다. 처음에 그것은 게 한 마리가 어미게들 틈바구니에서 빠져나온다는 한 평범한 사물의 묘사에 의해 대상으로 형상화되기 시작한다. 그러다가 결국 군용트럭에 깔려 길바닥에 터져죽는 것으로 끝나는데, 여기서 게의 죽음은 시적 상징으로서, 대상의 일상성과 현상성을 초월하고 있는 것이다.

시인은 그의 시적 상징을 함축적으로 완성시킨 마지막 부분에서, "먼지 속에 썩어가는 어린 게의 시체/아무도 보지 않는 찬란한 빛"이라고 적고 있다. 죽은 게가 무엇 때문에 찬란한 빛을 발하는가. 그 이유를 설명할 수는 없다. 또 설명이 가능하다면 상징으로 성립되지도 않는다. 죽음의 현실을 눈과 귀로만 보고 듣던 시인이 직접 '길바닥에 터져 죽은 게'와 동일시됨으로써, 시인은 관찰자의 허위의식을 벗어던지고 대상의 이면에 있는 초월적 차원을 경험하고 있는 것이다. 이 초월적인 차원은 독자에게도 공감을 가지고 전달된다. 그리고 무언가 충격적인 계시를 주게 된다. 이 '계시적 충격'의 계기를 만들어주는 것, 그것이 바로 시가 할 일이다. 그것은 시 전체의 상징구조를 이룸으로써만 가능하다. 계시적 충격은 곧 사물의 본질에 대한 새로운 경이감을 불러일으켜, 형이상학적 감동과 직관으로 연결되는 것이다.

시적 상징을 형성하는 작업은 재생(再生)이며 재창조의 작업이다. 시적 상징을 통해서 우리의 경험은 새로운 진리의 발견을 향한 도약대가 된다. 시적 상징은 사람들에게 감화력을 갖고 전달되어, 어떤 근원적인 사실에 대한 계시를 충격적으로 이루어낸다. 이것이 진정한 시적 감동의 본질이다. 그 결과 인간은 자아의 감각적 의식과 본능적 충동과의 교섭을 갖게 되며, 그렇게 혼합된 형태에서 생기는 무의식적이고 원형적인 형태,[39] 즉 문학예술 작업의 기초가 되는 시로서의 말, 형상적 이미지, 언어의 음악성 등이 이루어지게 되는 것이다. 이성적 철학과 감성적 예술의 경계를 부수고, 시와 형이상학의 접합을 이루어지게 하는 것, 그것이 바로 시적 상징이다.

(1982)

39) 일반적으로 모방은 어떤 사물의 실재 때문에 가능하고, 어떤 사물도 한결같이 원형을 내포한다면, 결국 모든 모방의 행위는 궁극적으로 사물의 세계가 아니라, 그 세계가 나타내는 보편적 형식인 원형의 세계를 지향한다고 볼 수 있다. 원형의 세계는 모든 구체적인 사물들이 한결같이 지니는 여러 특성들을 기본적으로 대표하는 세계이다. 그것은 매우 추상적인 범주의 세계라고 할 수 있으며, 어떤 특수한 사물도 한결같이 뿌리를 박고 있는 깊은 근원인 것이다.

전통문화와 외래문화의 갈등

해방 이후로 서구문화가 급격히 밀려들어옴에 따라 우리는 또 다른 사대주의 사상에 젖어들게 된 사실을 우선 인정하지 않을 수 없다. 어떻게 생각해 보면 우리나라의 문화는 줄곧 사대주의적 사고방식 안에서 맴돌고 있었던 것이 사실이다. 조선시대까지는 계속 중국문화의 영향을 크게 받았고, 일제 강점기에는 일본문화의 영향권에 놓여 있었다. 그러다가 독립이 된 이후에는 다시금 구미의 문화에 대한 무분별한 동경과 우리나라의 전통문화에 대한 지나칠 정도의 열등감 속에서 지금까지 모든 문화활동을 유지해 오고 있는 것이다.

특히 6·25를 겪은 이후로 미국에 대한 문화적 의존도가 특별히 높아진 것을 부인할 수 없다. 더군다나 우리나라의 현실은 남북이 분단된 상태에 놓여 있기 때문에, 완벽한 의미에서의 '전통의 창조적 계승'이 민족적 주체성에 의하여 이루어지기 어려운 여건하에 처해 있는 것이다.

이렇게 불안한 상태에 처해 있는 지식인들이나 문화인들은 자칫 민족전통에 대한 모멸감이나 자기비하에 빠지기 쉬운 법이며, 현실에 대한 불만을 외국문화에 대한 막연한 호기심이나 동경으로 가득 채우기 쉽다.

1950년대 이후에 우리나라 제반문화 형태에 있어 외래문화가 전통문화를 압도해 왔다는 사실은, 이런 현실적 여건을 생각한다면 충분히 납득될 수 있는 있는 문제다. 이 글에서는 외래문화에 대한 우리 문화의 긍지를 되살리기 위해서 우리 전통문화의 특성과 그 독자적 우월성을 재점검해 보기로 한다.

그럼 먼저 일반적인 이야기를 해보자. 연극에 대해서 초점을 맞춘다면 훨씬 더 이해가 빨라질 것 같다. 사실상 우리나라에는 전통적으로 '연극'이라는 예술형태가 없었다. 여기서 연극이라 함은 배우와 희곡과 관객의 세 가지 요소가 결합되어 이루어지는 무대예술, 즉 서구적 의미로서의 연극을 말한다.

그렇게 서구적 장르의 개념을 가지고 한국의 연극을 말한다면 한국은 연극에 있어서만은 전혀 불모지였다고 말할 수도 있다. 같은 동양이라 할지라도, 이웃나라 일본에는 '노오(能)'나 '가부끼(歌舞伎)' 같은 무대예술이 있었고, 중국에는 '경극(京劇)'이라는 훌륭한 뮤지컬 드라마의 양식이 있었다. 그러나 우리나라에는 무대 위에서 일정한 연출자가 대본을 가지고 배우들을 훈련시켜 공연하는 연극형태는 없었던 것이다.

그러나 바로 그렇게 생각하는 것이 문제다. 지금 우리들이 쓰고 있는 모든 예술장르의 개념들은, 모두 우리나라식 기준에서 붙여진 것이 아니라는 사실을 우리는 다시 한번 새롭게 인식할 필요가 있다.

예를 들어 문학에 있어 '소설'을 살펴보자.

'소설'은 서구의 'novel'의 번역어이지 우리나라에서 옛날부터 있어 내려온 문학형식은 아닌 것이다. 물론 패관소설(稗官小說) 같은 것이 있어 소설이라는 명칭을 보이고 있기는 하지만, 거기서 말하는 소설은 '대설(大說)' 즉 사서삼경이나 『사기(史記)』 같은 정통적 유교경전에 대한 반대적 의미로 이름 붙인 것에 불과하다. 당시의 소설은 오히려 지금의 수필에 가깝다. 서구에서처럼 주제 · 구성 · 문체 따위를 구성요소로 가지는 'novel'의 기준으로 우리 고전을 비평하려는 시도가 많이 있다. 그것은 명백히 잘못된 것이다.

『홍길동전』이 서구의 피카레스크(picaresque) 소설(악당소설)과 비슷하다고 보아 동양의 소설발달 단계를 서구의 그것과 비슷하다고 설명하려고 하는 것도 같은 예다.

연극도 마찬가지다. 우리가 지금 연극이라고 부르고 있는 것은 서구에서 수천 년에 걸쳐 발달해 내려온 '드라마(drama)'를 편의상 번역한 것에 불과하다. 그리스의 고전 연극으로부터 셰익스피어를 거쳐 현대의 사무엘 베케트에 이르는 서구의 연극을 한국인들은 20세기 초엽에 허겁지겁 받아들였다. 그러니 한국에 전통적인 연극(드라마로서의)이 존재하지 않았다는 것은 자명한 사실이 될 수밖에 없었다.

하지만 그렇다고 해서 우리가 서구에 비해 예술적 감정이 둔하여 연극을 발전시키지 못했다고 자탄하거나 부끄러워할 것도 없다.

서양사람인 소프라노 가수가 슈베르트의 성악곡을 멋지게 부를 수는 있겠지만, 어찌 판소리 『춘향가』의 구성진 대목을 흉내인들 낼 수 있겠는가? 문제는 모든 예술을 서구적 척도로 획일화하여 평가하려는 좁은 사대주의적 안목을 없애는 일이다. 다리가 짧은 우리나라 사람들이 어찌 그들의 발레솜씨를 흉내낼 수 있으랴. 그러나 우리나라에는 우아한 부채춤 등의 전통무용이 있다.

그러므로 우선 우리는 한국연극을 서구연극과 혼동한다거나 비교해서 생각해서는 안 된다. 연극이 가지는 여러 가지 양식이나 관습은 시간과 장소의 차이에 따라 얼마든지 변할 수 있는 것이기 때문이다. 우리에게는 우리나라의 고유한 연극형태를 발견하고 그것을 재평가 하는 일이 필요한 것이다. 외래문화에 대한 우리 전통문화의 당당한 자주의식과 자존의식을 살려나가려면 바로 이와 같은 식으로 모든 문화현상에 대한 평가기준을 우리 나름대로 마련해야 하는 것이다. 아니, 꼭 우리나라만의 기준이라기보다는 더 넓은 의미에 있어서의 동양적 사고양식의 재평가와 그것에 대한 우리의 떳떳한 자부심이 요구된다.

역사의 흐름을 이루어온 기반을 민중에 두고, 삶의 공영(共榮)을 지향하는 민중적 의식을 토대로 한 문화만이 그 존재이유가 있다고 생각할 때, 민중적 의식과 민중적 사고양식에 대한 탐구는 필연적인 것이다. 가면극이나 굿 등을 중심으로 하는 민간연희(民間演戱)를 미개적 퇴행현상(退行現象)으로 쉽게 규정짓지 않는다면, 가면극을 중심으로 하는 우리나라 전통극에 대한 탐구와 이해에서 우리는 한국적 심상(心象)의 원형을 쉽게 찾을 수 있을 것이다.

그리하여 옛날 민중이라는 집단이 그 핵심을 둘러싸고 창의적인 잠재능력을 발휘한 것같이, 우리도 그 핵심에서 출발하여 현대문명 속에서 차단되고 있는 '이해'와 '공감'의 영역을 넓혀가야 한다. 한국의 전통극이 갖고 있는 의의는, 그것이 연극으로서 갖고 있는 양식적 특성의 문제를 떠나 이러한 근본적 정신문제의 차원에서 다시금 조명될 때 더 커질 수 있을 것 같다.

위와 같은 사실은 문학에 있어서도 같은 경우로 적용된다. 문학에 있어 우리 문학의 전통에 대한 자긍(自矜)을 높이고 외래문화 또는 외래의 문학이론에 대한 뿌리깊은 선망을 없애 버리려면 먼저 표현(表現)과 재현(再現)의 차이점에 착안하여 설명해 나가야 할 것 같다.

표현과 재현이 갖고 있는 차이점은 동양과 서양이 갖고 있는 본격적 차이점과 유사하다. 동양의 문학은 전체적으로 보아 표현의 문학이었다고 볼 수 있다. 거기에 비해 서양의 문학은 재현의 문학에 그쳤다.

서양의 문학이 재현의 문학이라는 것은, 앞에서 말한 바와 같이 아리스토텔레스의 문학론에서부터 시작되어 줄기차게 계승된 '모방'의 이론에 근거를 두고서 한 말이다. 아리스토텔레스는 언어를 다루는 사람이 시인이며, 그 시인의 기술은 언어로 대상을 모방하는 기술이라고 말했다. 그 모방의 대상이 문제인데, 그는 『시학』 제2장에서, 모방의 대상은 '행동하는 인간(men in action)'이라는 말을 분명히 하고 있다. 그러나 이 '행동하는 인간'이란 문학예술의 또 하나의 대상인 '자연'을 전제해 놓고서 하는 말인 것이다.

서양의 예술이 그 시작에 있어 먼저 자연계의 질서와 미(美)에 유도되어 자연의 모방에서 출발한 것은 분명한 사실이다. 여기서 말하는 자연은 인간과 유리된 자연이다. 인간이 자연의 한 부분으로 자연스럽게 포함되어 버린다면 굳이 '모방'이라는 말을 쓸 필요가 없을 것이다. 또한 서구인들은 자연을 인간세계와 유리된 것으로 볼 뿐만 아니라, 자연을 불신하기조차 한다. 그 결과 그들이 예술의 표준으로 삼은 자연은 '수단으로서의 자연(methodized nature)'이다. 그러므로 그들은 문학을 표현(present)한 것이 아니라 재현(represent)한 것이다.

즉, 인간의 기준에 의하여 다시금 제조해 낸 자연이다. 조직적인 자연, 어떤 인공적인 질서를 가한 자연은 본질적이고 궁극적인 진리로서의 자연이 아니다.

그러나 동양의 문학관은 다르다. 똑같이 자연을 이야기하고 있으나, 동양의 자연은 서구문학에서처럼 인간과 유리된, 모방의 대상으로서의 자연이 아니라 인간과 상호 융합된 자연이다. 중국에 있어 최초의 문학이론서라고 볼 수 있는 유협의 『문심조룡(文心雕龍)』에는 그런 사상이 잘 나타나 있다. 이 책에서 저자는 문학이란 '자연적으로 생성'된 것이라는 태도를 밝히고 있다.

아리스토텔레스는 시란 인위적으로 '제작'되고 모방되어야 한다고 말했으나, 『문심조룡』에서는 시인이 자연 안에 그대로 머물러 있으면 문장의 도(道)는 스스로 성립되는 것으로 본다. 인간이 자연 안에 있고 자연이 인간 안에 있으므로 굳이 모방된다거나 하는 개념은 있을 수 없다. 또한 글을 쓴다는 것은 자연의 도(道)와 일치되는 것이기 때문에 모방의 '기술(art)'이란 개념이 필요치 않다. 다만 자연발생될 뿐이다. 서양에서는 문학의 본질을 기술로 보았기 때문에 재현을 문학의 속성으로 보았으나, 동양에서는 문학이 본질적으로 도(道)와 합치하기 때문에 스스로 창조하고, 우주적 원리와 궁극적 실재를 계시적으로 '표현'할 수 있다고 본 셈이다.

동양에서는 문학과 철학을 서로 다른 것으로 보지 않았다. 시인도 우주만상에 대한 근원을 파악하는 인식론적 철학성을 띠고 있어야만 되었다. 그러므로 문학도 종교나 철학과 마찬가지로 어떤 계시를 전달할 수 있다. 현실을 그대로 보여주는 것으로 만족하지 않고 현실 뒤에 잠복해 있는 초현실의 세계를 계시적으로 현현시켜 표현해 내는 것, 그것이 동양인들이 가졌던 문학관이다.

이러한 문학관의 차이는 비교적 뒤늦게 발달한 소설 장르에 있어서도 마찬가지이다. 지금 소설의 표준은 완전히 서구문학의 이론으로 규정지어진 느낌이 들지만, 문학이론에 있어 서구적 선입관을 제거한다면, 동양의 소설형식은 서구소설이 재현적 속성에 초점을 맞추고 있는 점에 비하여 표현에 주력하고 있으므로, 훨씬 더 근원적 문제에 접근하고 있음을 알게 된다.

현재까지 완성된 서양소설의 형식은 'novella'와 'romance'에 기원을 두고 있다고 생각된다. 'novella'는 새로운 이야기, 새 소문, 뉴스라는 뜻의 이탈리아어이다. 이것에서 노블(novel)이란 말이 나왔다.

그리고 프랑스에서는 아직도 소설을 로망(roman)이라고 부르는데, 이는 중세 시대에 남유럽에서 로망스 말로 씌어지던 환상적인 이야기

(주로 놀라운 무용담, 주술(呪術), 연애 등을 다룬다)를 뜻하는 말에서 왔다. 이것은 동양에서도 어느 정도 같다.

소설(小說)이라는 말은 민심의 소재를 파악하기 위한 자료로 삼기 위하여 수집되었던 항간에서 떠도는 '자질구레한 이야기'라는 뜻이다. 이것은 어느 정도 서구의 현실적인 이야기, 현실의 재현으로서의 이야기와 비슷하다. 그러나 동양소설의 본령은 어디까지나 전기적(傳奇的) 소설에 있다. 이것은 서구의 로망스와 일치한다. 그러나 현재 서구의 소설은 완전히 리얼리즘으로 정착된 느낌이 들기 때문에, 로망스적 요소는 소멸된 감이 있다.

서구의 소설이 현실을 대상으로 한 뉴스(즉 novel)를 주로 다룬다면 동양의 소설은 환상과 저승의 세계를 다루는 전기소설에 그 초점을 맞추고 있다고 볼 수 있다. 지금껏 동양의 전기소설(傳奇小說)은 그 비현실성, 황당무계성 등으로 인하여 서구소설에 비해 낙후된 형식으로 받아들여졌다. 그러나 그것을 뒤집어 생각해 보면, 그러한 속성들은 현실을 현실 그대로 받아들이지 않고 현실 너머에 있는 근원적 진실의 세계에 눈을 돌리고 있었기 때문에 생긴 결과라고 할 수 있다. 전기소설의 특징은 유현성(幽玄性)에 있다고 할 수 있는데, 유현이란 현실의 세계가 아닌 상상적 세계, 환상의 세계를 말한다.

서구의 물질을 중심으로 한 과학문명이 현재적인 가시(可視)와 가능(可能)의 세계를 밑바탕으로 하여 이루어진 데 반하여, 동양의 생활철학은 현실의 모든 양상을 인과(因果)와 전생의 업보에 연결시켜 생각하는 윤회사상에 기초하여 이루어졌다. 그런 관점에서 본다면 우리의 인생 자체는 이미 '꿈'으로 밖에 표현될 수 없는 불가지론적인 것이다. 그러므로 현실을 영원과 연결시키기 위해서는 현실을 현실 그대로 보지 않는 일종의 '상징적 계시'가 필요하다. 그런 상징의 속성이 우리의 모든 전통문학에 침투하여 신비주의적 요소로 체질화되었다.

동양의 소설이 가지고 있는 비사실성, 환상성 등은 그래서 오히려 의의가 있다. 서구적 '재현'의 관점에서 본다면 우리의 전통문화는 단순하고 비사실적인, 박진감이 없는 것인지도 모른다.

그러나 궁극적 관점에서 본다면, 인간의 표면적이고 찰나적인 현상들을 상징적으로 약분(約分)하여, 더욱 큰 상상적 가능성의 계기를 열어주는 것이라고도 볼 수 있다. 우리 전통문화, 예컨대 문학, 탈춤, 굿 등의 도처에서 볼 수 있는 모든 환상적인 요소들은, 그것이 현실을 도피하는 몽상적인 것으로 그쳐버리는 것이 아니라, 인간의 우주적 · 궁극적 관심을 채워주는 역할을 해주고 있다는 것을 알아야겠다.

이런 의미에서 볼 때, 우리의 전통문화 양식은 서구문화 양식과 비교하여 그 우월을 가릴 수 있는 성질의 것이 아니며, 또한 그런 비교가 가능하다 하더라도, 절대로 서구문화 양식에 뒤떨어지지 않는 고차원적이고 영속적인 문화양식이라고 할 수 있겠다. 요컨대 나무를 보고 숲을 보지 못하는 것이 서구의 문화양식이라면, 숲 전체를 보려고 노력한 것이 우리의 전통문화 양식이라고 할 수 있을 것이다. 서구문화와 우리 문화의 갈등은, 대국적 견지에서 한국인으로서의 자긍과 자각이 선행돼야만 발전적 해결의 실마리를 찾을 수 있을 것이라고 생각한다.

(1982)

이순 장편소설 『바람이 닫은 문』에 반영된 대학과 대학인*

1. 머리말

1980년을 전후하여 한국의 많은 소설가들은 대학생을 주인공으로 등장시키는 소설을 썼다. 이러한 현상은 일종의 유행처럼 번져간 것 같이 느껴진다.

1970년대 초반에 최인호가 『별들의 고향』으로 많은 독자들에게 폭발적인 인기를 모은 다음, 한때 '호스테스 문학'이라고 불리는 일련의 소설들이 발표되어 많은 인기를 끈 일이 있다. 그런데 그 후엔 조해일의 『겨울여자』를 필두로 대학생, 특히 여자 대학생을 주인공으로 삼는 작품들이 계속 발표되고 또 영화화되어 대중들에게 파고듦으로써, 젊은 독자들에게 많은 환영을 받았다.

이러한 현상은 지금까지도 계속되고 있다. 특히 최근 들어 대학에 대한 사회의 관심이 고조됨에 따라 대학을 배경으로 하는 소설은 더욱 많이 씌어질 전망이다. 이런 현상의 원인으로는 여러 가지를 꼽을 수 있

---

* 이 글은 나의 대학 선배인 이순 교수를 추모하는 뜻으로 씌어졌다. 이순 교수는 1986년에 큰 병을 얻은 후, 현재(2006)까지 건강을 회복하지 못하고 있다.

겠으나, 우선 '대학생'의 이미지가 젊고 신선하게 느껴진다는 것이 첫째 이유일 것이다. 요즘의 소설 독자들은 차츰 심각하고 복잡한 본격소설을 읽기보다는 일종의 '오락(entertainment)'으로서의 소설을 더 원하고 있다.

사회의 어둡고 추한 면을 파헤치고 고발하는 소설보다 밝고 명랑한 내용을 가진, 일종의 청량음료와 같은 효과를 지닌 소설을 즐기길 원하는 독자들에게 '대학생 이야기'는 가장 안성맞춤의 소재가 되어주는 것이다. 이런 류의 소설의 원조격이 되는 작품으로는 『겨울여자』 말고도 『죽음보다 깊은 잠』, 『바보들의 행진』, 『내일은 비』, 『내마음의 풍차』, 『추락하는 것은 날개가 있다』 등을 꼽을 수 있다.

이순(李筍)의 『바람이 닫은 문』은 폭발적인 인기를 끈 작품은 아니다. 그러나 필자가 이 작품을 이 글에서 다루려고 하는 까닭은, 이 소설이 비교적 정확하게 1980년 전후의 대학과 대학생을 다루고 있고, 특히 신촌에 있는 특정한 대학(H대 등)을 배경으로 삼아 대학의 신성성(神性性)에 도전하며 대학인들의 모순과 고뇌를 솔직하게 묘파하고 있다는 점에 있다. 다른 작품들에 표현된 대학은 퍽 추상적이고 상상적인 데 반하여, 이 소설은 작가의 대학시절 체험을 살려 꽤 상세하고 솔직하게 대학생을 묘사하고 있는 것이다.

물론 이 소설의 작가는 연세대 출신이기 때문에 H대 미대에 관한 묘사는 조금 불확실한 것이 있긴 하지만, 그런대로 간접경험에 충실하려고 애쓰고 있다(〈작가의 말〉에 의하면, 이 작품을 쓸 당시 작가가 재직하고 있던 모 고교의 동료교사인 H대 출신에게서 모든 자료를 수집하였다고 한다. 또한 H대에도 수차 방문하여 직접 자료를 확인했다고 한다).

『바람이 닫은 문』은 1980년 5월에 문예신조사에서 단행본으로 발간되었다. 1949년생인 작가가 1972년 대한일보 신춘문예에 「외인학교(外人學校)」가 당선되어 문단에 데뷔하고, 다시 1979년 동아일보 신춘문예에 중편 『부자(富者) 실습』으로 이문열과 공동당선된 후, 처음으로 발표한 장편소설이다. 그 전에 이순은 단편 「영하 4도」, 「병어회」 등으로 문단의 주목을 받았고, 『바람이 닫은 문』을 발간한 후 연작소설집 『우리들의 아이』(문학과지성사, 1981)와 단편소설집 『백부(伯父)의 달』(예전사, 1985)을 발표하여 신선한 여류작가로 문단의 기대를 모았다. 그러나 1986년에 큰 병을 얻어 장기간의 투병생활로 들어가게 됨으로써, 지금(2000년 1월)까지 작품을 생산해 내지 못하고 있다.

2. 작품에 표현된 H대의 이미지

물론 이 소설에는 홍익대(弘益大)라는 학교 이름이 직접 등장하지는 않는다. 그러나 주인공이 H대 미술대학생이라는 사실과 학교 주변의 풍경 묘사, 실기실의 분위기 묘사 등으로 하여 누구나 H대가 곧 홍익대학교라고 알아차릴 수가 있다. 우선 이 소설의 시작부터가, 서울 마포구 상수동에 있는 홍익대학교의 한 고층건물 위층에 있는 미술 실기실을 무대배경으로 설정하고 있다.

> 팔층에서 구층으로 올라가는 꺾임에서 승준은 숨을 좀 돌리려고 걸음을 멈추었다. 뒷골이 쪼개지는 것처럼 아팠다. 간밤에는 정말 억수로 퍼 마셨다.
>
> 벽에 난 작은 창으로 유엔군 참전기념비가 서 있고 그 아래의 한강이 길게길게 이어지고 있는 것이 내다 보였다. 안개가 철수를 서두르는 강안을 끼고 강은 제법 반짝이고 있었다. 얼마만인가 하고 생각했다. 이제 다시 저 반짝임을 눈 아래 두고 있다는 것이 꿈만 같았다.

서울에서 대학을 다니는 대학생이라면 이 장면이 바로 홍익대학교에서 내려다보이는 한강(지금은 유엔군 참전기념비가 없어졌지만)을 그린 것이라는 것을 금세 알 수 있을 것이다. 승준은 3년 전에 입학하고 나서 곧바로 군에 입대한 미대 학생이다. 승준이 복교하여 같은 과에 새로 입학한 세령과 만나는 데서부터 이야기는 시작된다. 이 두 사람의 러브 스토리가 결국 이 소설의 기둥 줄거리이다.

세령은 H대가 2차임에도 불구하고(1980년 당시에 홍대가 2차로 학생을 뽑았으므로 이 소설엔 그렇게 기술되고 있다) 1차 응시를 포기하면서까지 H대에 입학한 열렬한 '홍익인'이다. 이러한 사실은 이 소설의 부주인공이라고 할 수 있는, 세령의 사촌언니 명혜(그녀는 Y대 국어 강사를 지낸 소설가로, 작가의 실제 경험이 짙게 투영되고 있다)를 통해 이렇게 묘사된다.

"근데 참 그 동생은 어떻게 됐어요?"

마담이 갑자기 생각났다는 듯 명혜를 향해 물었다.

"그 아프던 예쁜 동생, 대학입학 시험을 본다는 소릴 저번에 들은 것 같은데."

"H대에 들어갔어요, 이번에 1차는 지망만 하고 시험을 보지 않았어요. S대에 원서를 넣었는데 시험치러 갔더니 숨이 막히더래요."

(중략)

"세령이가 워낙 뛰어나지. 근데 걔가 그런 괴짠줄은 몰랐다. 하긴 H대가 매력적인 데가 있지. 하지만 2차 아냐? 1차를 아예 안보고 2차를 본 애는 내가 알기로 걔가 처음이다."

명혜가 나지막히 소리내어 웃었다. 지금 한창 입학시험을 치르고 있으리라 생각했던 세령이가 나타났던 그 아침의 일이 기억나서였다. 너, 미쳤니? 하고 이쪽에서 정작 미친 듯이 소리질렀던 것이다.

이러한 주인공의 설정으로 미루어 보아 작가는 홍익대학교에 굉장한 매력과 애정을 느끼고 있다는 것을 알 수 있다. 물론 '홍익대=미술대학'이라는 등식을 고정관념으로 가지고 있는 것이 조금 개연성을 떨어뜨리긴 한다. 그리고 홍익대학교를 발랄하고 신선한 대학, 자유로운 예술의 추구가 가능한 대학, 다른 대학의 추종을 불허할 만큼 멋진 낭만이 있는 대학으로 그리고 있는 것 역시 약간 과장됐다는 느낌이 든다. 아마도 미술대학이 없는 연세대를 다녔던 작가의 서운함(보수적이라는 점에서)이 작용했을 것이다. 이러한 면은 다음의 서술을 통해서도 잘 알 수 있다.

> 떠들어대는 소리가 실기실을 넘쳐 복도에 낭자하게 흘렀다. 그들이 다가오자 문 옆에 서 있던 여학생이 안으로 들어갔다. 녹색의 후드 달린 반코트에 진을 입고 있었다. 요새 누구나 다 신고 있는 부츠가 아닌 게 오히려 눈을 끌었다. 뒷모습이 늘씬하고 하나로 추켜 맨 긴 머리가 보조에 따라 탄력있게 흔들렸다. 흔히 말하는 '미술하는 멋쟁이 아가씨'인 것이다.
>
> 입구에 들어서자 사물함이 만드는 골목이 있었다. 문 양 옆에 철제의 거대한 사물함 캐비넷이 각각 하나씩 버티고 서서 길고 좁은 특이한 출입구를 형성하고 있는 것이다. 교실 뒷 벽에 붙여 세워놓아도 그만인 것을 굳이 거기에 그런 식으로 두는 것은 외부와의 차단을 염두에 둔 것이고, 정말 그 골목을 통과하여 안으로 들어가면 외부세계와는 격리된 느낌이 났다. 그래서 어느 감상적인 여학생 하나가 그 골목에다 '아케론의 길'이라는 이름을 바치고 상상의 아케론 강을 추상으로 그린 10호짜리 캔버스를 문틀 위에다 걸었다. 그걸 거는 날은 또 그 여학생이 소주와 오징어를 사와 헌납식이니 어쩌니 하며 온 클라스가 한바탕 놀았었다. 상단 왼쪽 사물함 문짝 하나에 은빛 바탕에 잘

도드라지도록 빨강색으로 내갈겨 놓은 글자가 이런 문장이 되며 눈에 잡혔다.

"물감은 가라. 테레핀도 가라. 누드도 가라. 우리에겐 액션이 있을 뿐." "여기는 물감지옥, 귀신들 나와라 오버."

"물감귀신 나왔다. 물감은 억울하다 오버."

읽는 이로 하여금, "아, 이것이 정말 예술하는 대학의 낭만적인 분위기라는 것이로구나" 하고 선망 어린 감탄사를 내뱉게 할 만한 대목이다. 미술대학의 실기실 분위기와 거의 흡사하지만, 거기에 덧붙여진 여류작가 특유의 섬세하고 감각적인 묘사력과 문장력 때문에 멋진 젊은이들의 분위기가 더욱 도드라져 보인다.

하지만 작가는 미술대학, 특히 홍익대학교 미술대학에 대하여 지나친 확대 해석을 하고 있다. 예술하는 분위기는 어딘가 좀 병적이어야 하고 약간은 퇴폐적이어야 한다는 선입관 때문에, '미술하는 분위기'를 지나치게 특수한 것으로 부풀린 대목도 없지 않다. 누드화를 그리는 대목에서 모델과 주인공 남학생이 만나는 장면이 그렇다. 그러나 이런 부분 정도는 애교스러운 과장법이요, 소설의 내용에 어느 정도 액센트를 주기 위한 필수적인 허구라고 할 수 있을 것이다.

"오랜만이야 미스 지."

여기에 옛 전우가 있었군, 하고 생각했다. 이 여자에게 빌린 돈을 다 갚았던가 하는 생각이 문득 떠올랐다. 실기실 창 밖에서 누드 모델을 훔쳐 보며 히죽거리는 공대생 두 놈 중에 한 놈을 잡아 실컷 패 주었을 때 미스 지가 눈물을 글썽이며 고마워했던 것은 사실 승준으로선 엉뚱한 일이었다. 승준보다 고작 두 살 위인 나이에 세상을 겪을 대로 겪은 여자는 너그럽고 푸근했다. 정이 헤프고 눈물이 헤프고 몸이 헤펐다. …… 미스 지는 승준에게 엉덩이가 타개진 바지도 꿰매주고 술값도 빌려주고 자취방에 와 설거지도 해 주고 서너 번 같이 자주기도 했다. …… 승준은 반코트 호주머니를 뒤져 찌그러진 담배갑을 찾아들고 모델 대 앞으로 갔다. 핑크색 가운의 허리띠를 매며 미스 지가 다가오는 승준을 향해 웃었다.

"고마워요."

손을 잡아 모델 대를 내려서는 일을 도와주자 은빛 샌들을 신으며 미스 지가 말했다. 그리고 승준이 앞 열의 작업 의자를 끌어다 받쳐주자 덜썩 주저앉아 승준이 내미는 담배갑에서 한 가치를 뽑아 들었다.

"오늘은 대단히 춥군요."

불을 붙여 한모금 깊숙이 연기를 삼켰다. 뱉으며 미스 지가 풀가신 목소리로 말했다. 눈 아래가 거뭇거뭇했다.

"나 그새 늙었지요."

"더 애띠졌는걸."

승준이 석유난로를 끌어다 주고 반코트를 벗어 걸쳐주며 위로했다. 사실 그 정도의 퇴색이야 화장으로 충분히 가려질 수 있을 것이었다. 모델 설 때는 메이크업을 삼가도록 되어 있었던 것이다.

사실 모델과 학생들의 사이는 이렇게 비정상적으로 가까울 수가 없다. 작가는 다소 퇴폐적이고 선정적인 무드를 살리기 위하여, 누드 모델과 누드 실기실 장면을 과장적으로 삽입하고 있는 것이다.

3. 교수를 바라보는 학생들의 시각

이 작품에서 작가는 대학교수를 퍽 부정적인 시선으로 바라보고 있다. 특히 이 소설에 등장하는 인물들이 미술대학 학생과 교수들임에도 불구하고, 자유스럽고 멋진 학생들에 비하여 미술대 교수들은 예술가적 기질을 가진 이들이라기보다는 보수적이고 권위주의적인 인물들로 묘사되어 있다. 이러한 점은 사실 실제와 거의 부합한다고 생각되는데, 이러한 교수관(教授觀)은 작가가 대학과 대학원에서 국문학을 전공하며 경험했던 것이 거의 그대로 투명되고 있는 듯하다.

이 작품에서 교수는 무조건 다 나이가 많고 오만한 고집불통으로 그려진다. 여주인공 세령은 입학 면접 시간부터 그런 낡고 추한 교수들을 야무진 말투로 공격하여 당황하게 만든 '용기있고 깜찍한' 성격의 인물이다. 이 작품의 이런 측면은 교수들 입장에서 볼 때는 섭섭한 일이겠지만, 한편으로 개연성이 전혀 없는 것은 아니다. 실제로 대학생들이 교수들을 그렇게 '차갑고 멋대가리 없는' 인간으로 이해하고 있는 경우가 많기 때문이다.

다음 장면들을 보기로 하자.

> "저 앤 역시 물건이야."
>
> 평국이 푸하하거리며 말했다.
>
> "저 애라니?"
>
> "재 말야. 이번에 수석으로 들어온 세령이란 앤데, 면접시험에서 노교수 각하 다섯 분을 깨끗이 케이오 시켰지. 늙은이들 노발대발하는 스크린이 꽤 볼만하던걸. 얼마나 노기충천했던지 합격취소를 하자고 펄펄들 뛰었지. 그날따라 재수좋게 내가 면접고사 조교로 차출되었기 망정이지, 천하의 진풍경을 놓칠 뻔했어."

> 과대표가 밖으로 나갔다. 그리고 교수가 들어왔다. 김가였다. 입맛이 없어졌다. 이마가 더 벗어지고 뒤통수의 백발이 터틀 넥을 덮고 있었다. 콧등이 번질번질했다. 평국이 놈이 단정히 고개숙여 인사했다.

"어, 호명 끝났나?"

교수는 자기의 입장으로 조용해진 교실 안은 거들떠 보지도 않고 잘 절제된 음성으로 조교에게 말했다.

"현 교수님은 일찍 나가셨나 부죠?"

"오늘 안 나오셨어요."

"웬일이에요, 그 개근생이."

미정이 이죽거렸다. 남녀공학을 가당치 않은 제도로 여기고 있는 교수는 아직도 꽤 있었다. 그 고루파(固陋派) 가운데서도 현 교수는 영수급이어서, 게다가 대학원에까지 비집고 들어왔다 해서 과의 홍일점인 미정에게 구박이 자심했다.

"감기 몸살이 대단하시대나 봐요."

빙그레 웃음을 감추지 못하며 경식이 대답했다. 현 교수 말이 비치면 곧장 부아가 터지는 미정이 늘상 경식은 재미나고 귀여웠다. 목표로 하고 있던 올 A가 현 교수의 「최 근세사」 과목 때문에 틀어지고 말자 분루를 참지 못하던 지난 학기말의 그녀가 새삼 떠올랐다.

"미정이가 귀여워서 그러시는 거예요."

하고 경식은 미정을 위로했었다. 그러자 미정은 이 판에 농담이라니 하고 더욱 분통을 터뜨렸다. 미정의 선연한 눈매라든지 강의에 열중해 뾰죽해진 입술이 귀여운 나머지 A를 매기지 못하는 기분을 경식은 이해했다. 교수는 그렇게 살아온 사람이고 그것은 미덕일 수가 있었다.

"감기 몸살에 걸리는 일도 있군요. 그 쇠갈꾸랭이가."

쇠갈꾸랭이는 미정이 현 교수에게 붙인 별명이었고, 깡마른 체격에 미상불 적격이어서 노상 경식은 고소를 금치 못했다. 쇠갈꾸랭이 타입의 교수란 이제 끝물이었다. 여학생에게 후한 교수가 더 많았다.

위의 인용들 가운데, 특히 마지막 인용 부분은 재미있다. 작가가 여성인 관계로, 작가는 여대생에 대한 남자 교수의 태도를 예리하게 감지하여 은근히 비꼬고 있다. 남자는 예쁜 여자에게 눈길이 가게 마련인데, 그러한 사실을 감추고 합리화시키기 위해 A학점을 예쁜 여학생에게 주지 못하는 현 교수는 작가가 보기엔 분명 '위선자'인 것이다.

또한 이 소설에서는 교수들의 치부와 사치스런 집치장을 학생들이 공격하는 대목에 이르러, 교수는 비교적 검소하고 청빈하게 살아주길 바라는 학생들의 소망적 사고가 반영되고 있다.

> 대학의 교수들에게로 화제가 옮겨와 아무개 교수는 지난 봄에 S동에다 새로 집을 지었는데 건평이 백 평인 건 고사하고 따로 붙은 아뜨리에가 선 룸까지 달려가지고 삼십평이라는 둥, 선 룸의 창 유리가 프랑스제 특수 모자이크 유리여서 한낮에 햇빛이 비치면 방바닥에 오색이 무늬가 아로새겨지는데 그 무늬의 효과를 위해 이탤린지 스페인인지에서 흰 대리석을 특별 주문해다가 바닥에 깔았다는 둥, 야, 그 뿐인줄 알아? 커튼이 순 레이스인데, 하고 자기 눈으로 본 일이 없는 얘기를 주거니 받거니 하며, 끝도 없이 주절대다가 이윽고 초점이 김현기 교수에게 맞추어졌다. 김 교수에게 잘 보이고 싶다는 욕망을 가지지 않은 놈이라곤 그 자리에 없었던 만치, 김 교수에게 원한을 가지지 않은 놈이라곤 또 없어서 소주병이 너댓 개 나뒹굴 때까지 그들을 게거품을 물고 또 물었는데, 결국은 최근에 그가 구입했다는 2백만 원짜리 대문으로 얘기는 종착되었다.
>
> "K씨가 조각한 거라는데 상대가 김가이니 만큼 아첨하느라고 재료값만 받고 넘긴 게 두 장이라는군."
>
> 하는 얘기가 나오자 하나같이 지금껏 마셔댄 소주가 머리끝에 모인다는 낯짝을 했다.

이건 분명 과장이다. 작가는 미대 교수는 다 부자이고 작품을 터무니없이 비싼 값에 팔아 치부하고 있다고 단정하고 있다. 또 학생들이 하나같이 교수에게 적개심을 느끼고 있다고 믿고 있다. 이러한 극단적인 개인적 선입견이 작품의 박진감을 감소시키는 게 사실이다. 하지만 이런 과장된 묘사들은, 대학을 일종의 '성역'으로 설정하고 있는 다른 소설들에 비해 한결 시원한 카타르시스를 선물해 주고 있다고 볼 수 있다.

4. 허무주의적 인생관

이 소설의 주인공인 승준과 세령은 일종의 허무주의자들이다. 작가는 대학생들, 특히 예술을 전공하는 대학생들은 다 허무주의에 빠져 있다고 믿고 있다. 아니, 반드시 허무주의적인 인생관과 세계관을 가지고 있어야만 훌륭한 인간이나 위대한 예술가가 될 수 있다고 생각하고 있는 듯하다. 말하자면 '생산적인 회의와 방황'이 젊은이들에겐 반드시 필요하다고 보고 있는 것이다. 작가는 이 책의 발문에서 다음과 같이 피력한다.

> 사랑이란 무엇인가? 시란, 그림이란 무엇인가? 세상에 사랑이란 것은 있는 것인가? 진정한 문학이란 얼마만큼 가능한 것인가를 끊임없이 반복하여 따져보지 않을 도리는 없다. 위대한 무신론자에서 출발하지 않으면 위대한 교황은 될 수 없는 게 아닌지. 하늘만큼 사랑을 부정한 뒤에야, 시를 그림을 부정한 뒤에야, 비로소 한 웅큼의 사랑과 시와 그림을 우리는 얻어 가질 수 있는 것은 아닌지. 허무야말로 구원을 향해 떠나는 힘겨운 항햇길을 위한 유일한 믿음직한 항구는 아닌지 하는 생각을 나는 언제나 지울 수가 없다.

아마도 작가는 변증법적 발전의 과정을 통해서 진정한 자기완성이 가능하다고 믿는 듯하다. 따라서 정(正)에 대한 반(反)으로서의 반발과 좌절, 그리고 회의야말로 젊은이들에겐 반드시 필요한 수업절차가 되는 것이다.

그러면 이 작품에 나타나고 있는 젊은 대학인들의 가치관을 인용문을 통해서 가늠해 보기로 하자 우선 여주인공 세령은 H대에 수석으로 입학해 놓고서도 대학의 분위기에 실망하여 한 학기만에 학교를 그만두고 마는 저항적인 성격의 여학생이다. 그녀에겐 학교고 교수고, 아무튼 모든 기성세대들이 마땅치가 않다. 그녀는 입시 면접에서 왜 미대를 지망하게 됐느냐고 교수가 물으니까, 예술의 지배계급 추종사를 공부하고 싶어서라고 대답한다. 그리고 "회화건 조각이건 줄곧 그 당시의 권력층의 주거 생활을 장식해 주어왔지 않았느냐, 오늘날에도 선생님들은 돈 많은 사람들에게 팔기 위해 그들 눈에 드는 그림을 그리고 계시지 않느냐"라고 말해 교수들을 화나게 만든다.

그녀는 좋게 말하면 리버럴리스트이고 나쁘게 말하면 철없이 반발하기만 하는, 소위 '똑똑한' 학생의 전형이다. 이러한 성격을 작가는 허무주의로 파악한 듯하나, 사실 주인공의 그런 세계관이 이 소설에서 명징하게 구체화되어 있지는 못하다. 그저 '겉멋'에 지나지 않는 것같이 느껴지기조차 한다. 우선 세령의 말을 들어보자.

> "남자하구 잤어. 그래서 애기가 생겼는지두 모른다는 생각이 들어서 말이야. 그렇게 깜빡 죽을 것 없어. 난 언니같은 바보는 아니니까."
>
> "뭐라구?"
>
> "언니같이 그런 일 따위에 가위눌려 일생을 지내려는 멍텅구리는 아니란 말야."

"아뇨, 아직도 나는 허덕여요. 나를 가지라고 그 사람에게 말했을 때 난 그건 별것도 아니라고 생각했어요. 그런데 그렇지가 않았어요.…… 난 벼라별 짓을 다 했어요, 대학 입학 고사장에서 중간에 와버리기도 하고 2차대학에 수석으로 합격하기도 했지요. 하긴 그건 순전한 우발만은 아니었지만요. 난 S대를 지겨워하고 있었거든요. 난 그전부터 H대에 가고 싶었지요. H대에 들어가서는 처음엔 좋았어요. 난 공부해 보고 싶었던 게 있었거든요."

그런데 그녀는 한 학기를 끝내고 나서 그만 지쳐버리고 만 것이다. 젊은이다운 생기발랄함보다는, 마치 산전수전 다 겪고난 뒤에 모든 게 시들해 보이는 식의 씁쓸한 허무의식을 엿볼 수 있다.

이것은 대학교육에 대한 불신과 실망 때문이라기보다는 주인공의 인생관 자체에 문제점이 있다는 것을 의미한다. 이러한 여대생상이 당시의 모든 여대생에게 통용되는 것이 아님은 분명하다. 당시의 여대생들은 좀더 현실적이고 발랄한 생동감을 가지고 있었다. 여러 가지 레크리에이션(특히 디스코 춤이 그렇다)을 꽤 즐길 줄 알았다.

그런데 이 소설에는 디스코 클럽에서 신바람나게 춤을 추며 스트레스를 풀어버리는 대학생들의 모습은 그려지고 있지 않다. 그 까닭은 이 소설의 작가가 역시 구세대에 속하며 보수적이기 때문이었는지도 모른다.

승준도 역시 세령과 마찬가지로 막연한 반발심으로 꽉 뭉쳐져 있는 인물이다.

승준은 마시고 또 마셨다. 그리고 오랜 친구인 평국에게 대고 이 소리 저 소리를 마구 내깔겨댔다.

"누구나 잘 되고 싶어하는 거지. 특히 가난한 집에서 태어난 놈일

수록 더욱 더 이를 갈아붙이고 잘 되고 싶어하지. 그걸 그림 같은 걸루 어떻게 해 보려고 드는 놈들은 다 잡아 죽여야 돼. 다아 찢어 죽이구 볶아 죽이구난 담에 그림은 시작되어야 하는 거야."

평국이 묵묵히 술잔을 기울이며 오랜 친구의 주정을 경청했다.

"탈을 만들어 달라구? 오오냐 만들어 주구 말구. 니 놈이 밑을 핥을려구 하는 실존인지 뭔지 하는 게 바루 쌍판가면이라는 걸 밝혀주기 위해서라두 내 만들지. 개새끼 실존 좋아하네. 동그라미 좋아하네, 예술 좋아하네……"

이러던 승준도 세령과 마찬가지로 학교를 떠나게 된다. 시위 주동자를 숨겨주었기 때문이다. 그러나 승준이 시위에 가담한 것은 아니다. 그는 그러한 행위를 시들하게 생각하고 있다. 다만 주동자가 군대 친구였던 까닭으로 숨겨주었을 뿐이다. 승준은 자기가 사건에 연루된 것을 '재수가 없었다'고 생각한다.

세령은 결국 미국으로 유학을 떠나고, 떠나기에 앞서 두 사람이 텅빈 미술 실기실에서 만나는 장면으로 이 소설은 막을 내린다. 마지막 장면의 분위기 묘사는 자못 상징적이다.

승준은 걸터앉은 매트리스의 찢어져 스폰지가 드러난 것을 멀리서 바라다 보았다. 녀석들은 여름방학에도 여기서 진을 치고 있었나 보다.

소줏병이 굴러 있었고 냄비가 한 옆에 치워져 있었다. 눈을 들어 추상의 에스키스가 되어 있는 캔버스를 보았다. 그리고 물감 상자를 보았다. 팔레트에 우유병이 서 있었고 징크 화이트와 컴포즈 블루가 쥐똥만큼씩 굳어져 있었다. 문득 힘이 솟구쳐 벌떡 일어나 물감 상자를 발끝으로 밀어보았다.

아주 조금 건드렸는데도 그건 매끈하게 굴러갔다. 작업할 때 그 바퀴가 삐걱거리는 소리를 누구나 다 싫어했으므로 거기에 기름을 쳐 두는 일을 게을리하는 학생은 없었던 것이다.

컴포즈 블루 곁에 세워 있던 우유병이 굴러가는 물감상자 위에서 뒤뚱거렸다. — 이 병은 조합의 재산이므로 매매할 수 없음 — 빨간 글씨도 흔들리고 대서랍에 매달린 자물통도 건들댔다. 상자는 깊은 숲처럼 임립해 있는 이젤들 사이를 용하게 빠져나가 "물감은 억울하다" 해프닝이 있는 벽에 가 부딪쳤다.

우유병이 굴러 떨어졌다. 유리의 병이 깨지는 소리가 넓은 빈 방을 쩡쩡하게 울리고 거기 담겨 있던 텔레핀이 시멘트 바닥을 검게 적셨다. 화악 퍼지는 기름 냄새를 깊이깊이 들이 마시며 승준은 사지가 환희로 쑤시는 것을 느꼈다. 승준이 속으로 중얼거렸다. 잘 있거라. 이 거짓의 화려한 꽃들아.

이처럼 이 작가의 문장력과 묘사력은 재치있고 탁월하다. 하지만 작가 자신이 발문에서 "승준과 세령을 허무주의자로 만들지 않을 다른 방법이 내겐 없었다"고 언급한 것만큼 이 소설의 주인공들의 허무주의적 인생관이 선명하게 부각되어 있진 못하다. 사건의 전개에 부수되는 대화의 처리에 있어 남녀 주인공의 사고방식이 확연하게 드러나지 않는다. 그러나 아무튼 이 작품을 통해 우리는 당시의 대학생들이 가지고 있었던 막연한 불안감 · 좌절감 · 반항심 · 허무감 등을 짐작해 볼 수는 있는 것이다.

이 점이 바로 이 소설을 일종의 '성장소설'로 보게 만드는 요소인데, 평론가 최원식도 이순의 작품에서 성장소설의 가능성을 보았다고 말하고 있다.

나는 이순의 작품을 읽으면서 성장소설 또는 교양소설의 가능성을 새롭게 생각해 보았다. 끊임없는 선택과 결단을 요구하는 우리의 엄중한 상황 속에서 성장소설은 평가절하되었던 것이 사실이다. 그러나 미리, 기성사회와의 애매한 타협으로 끝나는 것이 성장소설이라고 못박을 필요는 없는 것 같다. 개인과 사회의 애매한 타협이 아니라 그 관계에 대한 진지한 성찰로 이끌어주는 진정한 성장소설은 그 교육적 가치 때문에 더욱 절실히 요구되는 시점에 와 있는 것이 아닌가? 우리 문학에 아동문학과 성인문학을 연결하는 청소년 문학이 결핍되어 있다는 점에 주목하기 바란다. 어느 고교 교사로부터 들은 얘기인데, 순수시는 물론이고 이육사(李陸史) 같은 시인의 시도 학생들이 진정으로 우러난 감동으로 받아들이지 못한다는 것이다. 나 자신도 중고등학교 때 '님'만 나오면 뭐든지 임금이니 절대자니 하는데 질색을 했던 기억이 새삼스럽다. 사랑과 우정, 현실과 역사에 새로운 눈을 떠가는 이 예민한 시기를 본격적으로 탐구하는 진정한 성장소설이 창작될 때, 잘해야 헤르만 헤세(Hermann Hesse) 아니면 무슨 하이틴 로맨스니 무협지니 하는 엉터리 통속소설이 청소년 사이에서 판을 치는 저 한심한 작태를 구축할 수 있을 것이다. 이순 씨가 이 방면에 보다 본격적 관심을 가진다면 아마도 뛰어난 업적을 내리라고 나는 믿는다.

— 최원식, 「성장소설의 가능성」, (『생산적 대화를 위하여』, 창작과비평사, 1997) 중에서

5. 직업으로서의 대학교수

'대학인'의 큰 비중을 차지하고 있는 것이 대학교수라면, 대학교수라

는 직업에 관한 사회적 인식이 어떠한가, 대학교수가 되는 과정은 어떠한가 하는 문제에 대한 관심이 응당 제기될 수 있다. 이것은 대학생이 바라보는 대학교수관(觀)과는 또 다른 별개의 문제일 것이다.

다른 직종에 비하여 대학교수는 그 선발과정에 대해 일반인들에게 구체적으로 밝혀지는 경우가 드문 듯하다. 그러나 이 작품에서 작가는 자신의 대학원 조교시절 경험을 참고로 하여 대학교수가 되는 길이 멀고 험난하다는 것과, 또 대학교수 사회가 무척이나 폐쇄적이고 보수적이라는 사실을 부각시키고 있다(이 작품을 발표할 당시엔 작가가 고교 교사였으나, 1985년에 작가는 어느 대학의 전임교수가 되었다).

그러나 지나치게 부정적인 면만을 강조한 듯하여 조금 부자연스러운 느낌을 갖게 한다. 우선 교수가 되기 위한 준비과정으로서의 조교생활에 대해 작가는 과장적으로 그 '곤욕스러움'을 그려나가고 있다.

> 대걸레를 다시 수돗가로 가지고 가 물에 적셔 비틀어 짜서는 방바닥을 닦고 손걸레로 현 교수의 책상과 의자와 책장의 창살까지를 말끔히 훔쳐야 되었다. 그런 연후에 다시 그것들을 빨아야 했다. 무엇보다 수돗가에 두 차례씩이나 번번히 걸레를 끌고 나가는 일이 싫었다. 더구나 대걸레는 그 길다란 대 때문에 꼭 바닥에 눕혀 놓고 쭈그리고 앉아 짜야 했다. 그러고 있을 때 누군지가 곁을 지나가면 모닥불이 숙이고 있는 뒷목에 쏟아 부어지는 것 같았다. 그 지나가는 사람이 다른 방의 조교라든가 교수라면 그 뜨거운 느낌은 좀 덜했다. 그런데 그 늦은 오후 시간에 굳이 이 연구실 층에까지 볼 일 있는 학부 학생들이 있어 곁을 지나며 경이에 찬 눈으로 바라다보곤 하는 것이었다.

> 현 교수는 틀니였으므로 쫄깃쫄깃하게 씹히는 것은 질색이었다. 그래서 교수의 라면을 끓일 때면 경식은 언제나 냄비 한 가득히 물을

부었다. 그것이 끓으면 라면 한 개를 네 토막으로 분질러 넣고 수프는 반만 털어넣었다. 냄비 뚜껑이 들썩이는 정도가 싸인이었다.

(중략)

교수가 그것을 드실 시간 정확히 몇 분 전부터 끓이기 시작해야 하는가의 섬세함이 그 직업의 섬세함이기도 했다. 교수는 점심시간을 엄수한다는 생활규칙을 가지고 있어서 먹을 사람이 늦게 왔다든가 하는 이유로 라면이 제대로 조리되지 못하는 경우라곤 없었다.

몇 번 교수의 입맛에 못미치는 라면 냄비를 대령했던 일은 전부 경식의 미숙에서 비롯된 것들이었다. 초기의 일들이었으므로 점심의 라면을 즐기는 일이 망쳐져서 언짢은 낯색이면서도 교수는 그냥 넘어가 주었지만 막상 경식으로선 진땀나는 일이 아닐 수 없었다. '목자르기' 아니면 '끝내주기'라는 괴벽한 교수 밑에 배치된 것을 재수 없어 해야 할지 알 수 없었던 시절이 있어서, 그 못 미친 라면 냄비에 대한 전전긍긍은 더 심했던 것인지도 모른다.

도제식(徒弟式) 조교의 참상(?)을 얘기하고 있는데 이것은 실상 당시의 조교제도와는 조금 거리가 있다. 한 예로 필자가 재직했던 홍익대의 경우 각 교수 연구실에 배치되어 있는 조교는 한 사람도 없고, 모두 학과의 사무조교만 있었던 것이다. 이것은 다른 각 대학도 비슷한 형편이었다. 연구조교 제도가 있었기는 하나, 당시부터 차츰 일본식 도제 제도는 사라져가고 있었다고 봐야 할 것이다.

작가는 대학교수가 되는 과정에 있어서는 개인의 실력보다는 소위 '플러스 알파', 즉 혈연 · 지연 · 학연 등의 연줄에 더 의존하게 된다고 기술하고 있다. 만약 이것이 일반 대학생이나 독자들에게 정말로 대학교수 선발과정의 전부라고 인식된다면 문제가 생긴다. 학생들은 교수를 무조건 불신하게 될 것이다. 이 작품이 출간될 당시는 공개채용 제도가 비교적 활성화되어 가고 있었기 때문에, 과거처럼 추천에 의해 '적당히' 선발하는 과정은 차차 없어져가고 있었다고 생각된다. 다음의 서술을 보면 작가의 대학교수관(觀)이 다소 왜곡되어 있다는 것을 알 수 있다.

> C여대 전임자리가 나서 명혜가 추천되었는데 정호가 가로채간 일이 있다. 정호는 모교 W대의 전임 말이 오가고 있던 때였으므로 명혜는 정호가 C여대 자리를 탐내리라고는 꿈에도 생각지 못했다. 고모부가 얻어준 셋집에서 회용 엄마와 암담한 세월을 보내던 때였으니 만큼 C여대 전임이란 명혜로선 구원과도 같은 일이었다. 그걸 정호가 노렸다는 사실을 안 것은 정호에게 W대와 C여대의 전임자리가 함께 떨어져 그가 당연히 W대를 골라가진 다음의 일이었다. 정호로선 W대가 안될 경우를 염두에 두고 벌인 공작이었다.
>
> 결국 C여대 자리는 다른 사람에게 돌아가고 정호는 돈 많은 집 딸인 다른 여자와 약혼을 했다.
>
> (중략)
>
> 정호는 C여대 학장 귀에 직통이 되는 줄에다 대고, 명혜가 무척 헤픈 여자이며 자기도 그런 줄 모르고 그 여자의 많은 연인 중의 하나가 되는 불명예를 덮어 썼노라고 주장했다는 것이다. W대가 안 될 경우를 염려해 상대를 치워버리느라 벌인 공작치고는 필요 이상이었다는 생각을 하다가, 명혜는 결국 버릴 여자를 아깝지 않게 갈가리 찢고자 했던 저의 때문이었음을 깨달았다. C여대 전임이 되는 여자라면 던져버리기에 미련이 남는 것을 그 남자가 계산했으리라고 명혜는 굳게 믿었다. 또한 이 세상에 연애란 없는 것이며 사람 사이엔 이해관계만이 있다는 사실도 명혜는 굳게굳게 믿었다.

정호는 명혜와 사랑하던 사이였으나 사회적 출세를 위해 명혜를 버린 남자다. 그와 명혜는 둘 다 교수지망생들이었으나 정호 쪽이 더욱 현실타협적이 되었다. 그는 결혼조차도 사회적 지반확립을 위한 수단으로 생각하여 가난한 집안인 명혜를 버리고 만다. 뿐만 아니라 C여대 전임으로 취직하기 위해서 옛 애인인 명혜를 중상하기까지 한다. 그래서 결국 다소 순진했던 명혜로 하여금, "이 세상엔 연애란 없다. 사람 사이엔 이해관계만 있을 뿐"이라고 부정적이고 비틀린 인생관과 처세관을 확고부동한 결론으로 갖게 만드는 것이다(이 소설의 전체적 흐름으로 보아, 이러한 결론은 곧 작가 자신의 인생관일지도 모른다는 짐작을 하게도 한다).

아무튼 이 소설에는 주인공인 세령과 승준보다는 오히려 부주인공이라고 할 수 있는 명혜의 주변 이야기가 다소 장황하리만큼 많이 나오는데(그것이 이 소설의 플롯을 집중적이 되지 못하고 산만하게 만들고 있다), 이것은 작가의 의도적 배려하고 할 수도 있겠다. 왜냐하면, 승준과 세령을 통해서 보여주는 대학생들의 깨끗하고 발랄한 이미지와는 달리, 정작 대학을 이끌어 나가는 대학인들, 즉 교수나 경영자들은 사회적 경험에 의해서 얻어진 우유부단함과 타협적인 소심성으로 말미암아 대부분 어두운 이미지를 갖고 있기 때문이다.

이것은 젊음과 늙음, 기성세대와 신진세대, 건강함과 추루함 등의 대비를 통해 주제를 강조하는 효과를 돋보이게 하려는 작가의 소설기법이라고 볼 수 있다.

그러나 기성세대의 부정적 측면이 지나치게 과장적으로 묘사되고, 또 밝은 면보다는 어두운 면만을 집중적으로 조감함으로써, 이 작품이 책을 읽는 젊은 독자들로 하여금 대학교수와 대학당국에 대해 지나치게 그릇된 선입관을 갖게 하지나 않았는지 두려워진다.

하지만 일면으로는 이 작가의 예리한 비판적 안목과 날카로운 감수성에 감탄하게 될 수밖에 없는데, 대학의 부패상이 요즘 점점 더 부각되고 있기 때문이다. 이 작품은 확실히 대학인들의 자성(自省)을 촉구하는 비판적 리얼리즘으로서의 힘을 지니고 있다.

6. 젊은 대학인들의 좌절과 희망

이 소설에 등장하는 인물들은 모두 다 무엇엔가 억눌려 있는 자들이다. 그러면서도 '대학'에 대해 무언가 막연한 희망을 갖고 있고, 대학생활을 통해 젊은이로서의 꿈과 낭만을 실제로 실현시키고자 한다. 그러나 그 결과는 씁쓸한 패배자의 느낌, 언제나 개운치 않은 절망과 허무감일 뿐이다.

여주인공인 세령은 자기의 불우한 가정환경에 짓눌려 있다. 그러나 그녀가 경제적으로 불우한 것은 아니다. 다만 가족의 화기애애한 사랑에 굶주려 있을 뿐이다. 그래서 그녀는 무조건 모든 것에 반발한다. 남자에게 반발하고, 교수에게 반발하고, 대학에 반발한다.

승준도 마찬가지다. 그 역시 대학과 기성세대에 대한 반항심을 가지고 있다. 또한 월남전에 참가한 군대 경험 때문에 더욱 냉정하고 메마른 인생관을 지니고 있다. 이러한 승준에게 세령은 의기투합할 수 있는 좋은 짝으로 비쳐졌을 것이다.

명혜는 첫사랑에 실패하고 나서부터 긍정적인 세계관과 휴머니즘을 포기하고, 오직 약육강식의 원리만이 존재하는 거친 세상에 나설 것을 결심한다. 그녀는 무조건 출세해야만 한다는 집념에 억눌려 있다. 그녀의 목표는 소설가로서의 화려한 명성과 대학교수라는 직함이다. 아직도 우리나라같이 여자가 대학교수가 되기엔 좀 어려운 실정에서, 여교수가 된다는 것은 그녀의 맺힌 한(恨)을 풀어 줄 수 있는 가장 좋은 대상물(代償物)이다.

그녀의 애인이었던 정호도 마찬가지다. 그는 출세(대학교수직과 富)를 위해 애인도 버리고, 마음에도 없는 부잣집 딸과 결혼한다. 그에게 있어 교수란 직책은 연구하는 직업이 아니고 이 사회의 상류사회에 끼어들 수 있는 자격증이 될 뿐이다.

이러한 인물들이 부대끼는 상황에서, 작가는 그러나 하나의 탈출구를 막연한 해답으로 제시하고 있다. 그것은 바로 '예술'이다. 승준과 세령은 모든 불만을 미술을 통해 해소하고 승화시킬 수 있다. 명혜는 '글쟁이'에 불과하기 때문에 완전한 표현의 자유가 없다. 문학은 미술에 비해 '의사소통', 또는 '의미의 전달'이라는 기본 전제가 따라가야 하기 때문이다.

작가는 평소에도 항상 미술하는 사람들을 부러워해 왔던 것 같다. 그래서 이 소설에서는 여느 대학들보다는 덜 '숨막히는' 대학으로 H대 즉 홍익대를 사건의 배경으로 선택하고 있는 것이다. 물론 승준과 세령은 학교를 그만두게 되지만 결국은 둘이 다시 학교로 돌아오게 될 것을 희망한다. 이 소설의 마지막 부분은 그래서 의미심장한 여운을 남긴다.

> 세령이 앞장을 섰다. 아케론의 길을 지나 문을 나오자 맞은 편의 열린 창으로부터 휙 바람이 쳐들어왔다. 승준이 닫으려던 문이 쾅 소리를 내며 닫혔다.
>
> 세령이 우뚝 섰다. 뒷 바람이 어깨 언저리에 묶어 늘어뜨린 여자애의 머릿다발을 마구 펄렁이었다.
>
> "우린 다시 돌아올 거에요."
>
> 세령이 소곤거렸다.
>
> "우린 다시 돌아와서 저 문을 열 거에요."
>
> 작은 얼굴이 다가왔다. 그건 아주 예쁜 원(圓)이었다.

그 원을 붙잡고 승준이 오래오래 입맞추었다.

『바람이 닫은 문』이라는 이 소설의 표제가 이 마지막 장면에 비로소 등장한다. 이 제목은 자못 상징적이고 다의적(多義的)인 성격을 띠고 있다. 바람은 희망의 상징도 되지만 거친 세파(世波)나 시련의 상징도 된다. 문(門) 역시 마찬가지다. 열린 문은 새로운 탈출구로서의 문이 될 수 있지만, 닫힌 문은 답답하고 암울한 좌절을 의미할 뿐이다.

그러나 이 소설의 주인공들은 '우린 다시 돌아와서 저 문을 열게 될 것'이라고 다짐하며 힘찬 포옹과 입맞춤을 나눈다. 이심전심으로서의 이념적 화합과 단결이 감성적(感傷的) 사랑의 표현으로 승화되는 순간이다.

작가는 이 소설에 나오는 젊은 대학인들의 분위기를 좌절과 허무의식이 지배하는 분위기로 그렸지만, 결국에 가서는 어렴풋하게나마 약간의 희망과 꿈을 여운있게 남겨주고 있다. 그러나 그것은 한낱 소망적 사고에 그칠 뿐, 문(門)은 여전히 닫겨진 채로 있다. '바람'이라는 타자적(他者的)·외부적 요인에 의해 젊은이들의 꿈과 이상이 단절되어 버리고 말았다는 것을 암시해 주고 있는 것이다.

작자의 이러한 인생관과 현실관이 옳은 판단에 의한 것이든 그른 판단에 의한 것이든, 어쨌든 이 소설의 마지막 장면은 독자로 하여금 아름답고 애틋한 감미로움을 느끼게 만든다. 작품 전체를 통하여 다소 두서없이 장황하게 전개되었던 작가의 주제의식이, 이 마지막 몇 줄에 의해 절제있고 조화있게 잘 수렴되고 있다.

명목뿐인 희망보다는 허무와 좌절이 대학인들의 의식구조를 지배하는 현금의 시점에서, 대학인들의 사고는 어느 방향으로 흘러가고 있는 것일까? 이 소설의 작가는 그것을 명혜를 통해 '실리적인 출세욕'으로 결론 내렸지만, 「신촌일대」라는 수필(작가의 수필집 『제3의 여성』에 수록, 어문각, 1984)에서는 대학생들의 공통된 풍조를 다음과 같이 결론 내리고 있다.

> 대학가나 대학생들은, 내가 대학을 다니던 시절과는 많이 달라져서 어느 구석은 뭐가 뭔지 잘 알아볼 수가 없었다. 그러나 자세히 살펴보면, 결정적으로 달라진 것은 별로 없다고 나는 생각했다.
>
> "요즘 애들은 옛날하곤 천지차이로 달라요. 얼마나 실리적인데요."
>
> 하는 말도 어느 한 면은 놓치고 있는 의견이다. 옛날에도 실리적인 건 마찬가지였다. 다만 오늘날에는 그것이 결점이라기보다는 장점으로 개발되어 장려되고 있을 따름이다. 옛날엔 실리를 앞세우는 것은 교양인이 꺼리는 덕목 중의 하나였는데, 오늘날엔 그것이 특히 세련된 교양의 일부로까지 되어버린 감이 있을 뿐이다. 그것만은 분명 달라진 것이다.
>
> 하긴 그 차이가 대단한 변화인지도 모를 일이다. '실리'라는 말처럼 '도덕적'이며, 동시에 '비도덕적'인 말도 없을 터이니까 말이다.

7. 평가 및 제언

이 작품이 소설로서 갖추고 있는 여러 가지 구성적 요소들과 기법적 특성을 살펴볼 때, 『바람이 닫은 문』에 대하여 다음과 같은 문학적 평가를 내릴 수 있다.

먼저 스타일 면에서 볼 때, 이 소설은 여류작가 특유의 섬세한 관찰력과 정교한 문장력을 통하여 신선하고 발랄한 인상을 독자들에게 주는 데 성공하고 있다. 특히 당시 대학 사회에서 유행하고 있던 여러 가지 새로운 어투들과 용어들을 적절히 사용함으로써 한결 상쾌한 느낌을 갖게 한다. 저자가 발문에서 밝힌 바와 같이, 원숙한 스토리 텔러로서의 기량을 바라는 작가의 노력이 어느 정도 긍정적으로 드러나 있다 하겠다.

그러나 리얼리즘의 측면에서 살펴본다면, 이 작품은 당시의 대학인 상(像)을 아주 확실하고 선명하게 부각시켜 주고 있지는 못한 것 같다. 특히 대학교수들의 생태와 시간강사 또는 대학원생들의 가치관을 그려내는 데 있어서는, 지나치게 출세주의적 인생관에만 작가의 시각을 고정시켰기 때문에 다소 과장되고 부자연스러운 느낌을 갖게 한다. 대학사회의 극히 작은 부분을 마치 전체라도 되는 양 과장하여 확대해석하는 것은 요즘 발표되는 대학 관련 소설에서도 전체적으로 발견되는 양상인데, 이 소설도 그러한 문제를 안고 있다.

또한 이 소설에서 우리는 대학사회를 바라보는 작가의 차갑고 냉소적인 시선을 엿볼 수 있다. 비판정신과 냉소주의는 현대소설에 있어 가장 중요한 창작이념이 될 수 있는 것이겠지만, 그것이 성공적으로 형상화되고 예술로 승화되려면 반드시 그 밑바탕에 '대상을 바라보는 작가의 정확한 시선'이 내재해 있어야 한다.

이런 점에서 볼 때, 이 소설의 작가는 대학사회를 무척이나 비뚤어진 편견을 갖고서 바라보고 있으며, 대학인들을 포함하는 모든 지식인 사회 전체에 대해서 회의적이고 부정적인 시선을 과장적으로 보내고 있다 할 것이다. 이런 점이 바로 이 소설이 독자에게 보편적인 감동을 주지 못하고 있는 이유라 하겠다.

그러나 작품 자체가 갖는 이런 약점에도 불구하고, 이 소설은 대학인들에게 많은 반성의 계기를 마련해 주고 있다. 필자는 그것을 정리하여 더 바람직한 대학 관련 소설을 위한 제언으로 삼고자 한다.

첫째, 이 소설이 미술대학을 배경으로 삼고 있다는 점에서, 작가는 대학생 소설의 현 상황에 대하여 새로운 과제를 던져주고 있다. 먼저

이 소설이 '대학에는 허무주의적 낭만밖에 없다'는 일반적 고정관념을 따르고 있다는 점에서, 앞으로의 대학생 소설은 더 과감한 대학생들의 심리 해부를 통해 진짜 대학생상을 독자들에게 심어주도록 힘써야 하리라고 본다. 이것은 대학의 낭만적 이미지를 깎아내리라는 뜻이 아니라, 막연한 낭만 이외의 문제, 특히 내적(內的) 고뇌의 밀도를 좀더 심도있게 묘사해 나가야 한다는 의미이다.

다음으로, 이 소설에서 묘사되고 있는 대학의 분위기가 다소 의도적으로 과장된 선정성을 띠고 있다는 점이 문제점으로 지적될 수 있을 것 같다. 자유분방한 '멋'은 좋으나, 그것이 자칫 겉멋 위주로 흐르는 도피적 쾌락주의로만 묘사되어서는 안 될 것이다. 좀더 리얼한 대학생 성(性)문화 분석을 통해서, 대학생들의 진정한 성의식을 독자들에게 심어줄 수 있도록 노력해야 한다.

둘째, 대학인의 일원으로서의 '교수'에 대한 학생들의 불신과 거리감이 이 소설에서는 아주 과장적으로 묘사되고 있는데, 앞으로의 대학생 소설에서는 그런 지나친 과장이나 축소보다는 진짜 '대학교수상'이 정직하게 그려져야 한다. 학생들에게 권위주의로만 임하는 것이 아니라 친절한 조언자로서의 역할을 하는 교수도 묘사되어야 하고, 또 그와 정반대되는 교수도 묘사돼야 하는 것이다. 물론 대학의 주인은 역시 학생이라는 의식을 갖고서, 그들을 존중할 때 진정한 사제관계가 이루어질 수 있다는 것을 작가는 염두에 두어야 한다.

또한 소설에서 그려지는 사제간의 관계가 형식적이고 상투적인 것이어서는 안 되며, 독자가 직접 학생과 교수들의 생각과 호흡을 같이할 수 있는 아주 솔직한 것이 되어야만 한다. 그들의 실제 가치관과 세계관이 단순한 '낭만'을 넘어 소개돼야 하는 것이다.

셋째, 대학교수 예비생이라고 할 수 있는 조교 또는 시간강사들의 생활(또는 상황)이 더 정확하게 묘사되어야 한다. 조교나 강사는 교수와

학생 사이의 교량적 역할을 해주는 귀중한 존재이다. 그들이 학생지도에 소신껏 임할 수 있도록 교수들이 그들을 인격적으로 대해 주고, 학교당국도 여러 가지 제도적 장치를 통해 그들의 처우 문제에 각별한 신경을 쓰게끔 소설가가 유도하는 것이 필요하리라 본다. 만일 이 소설에서 묘사되고 있는 대로 조교나 강사들이 모두 마음 한구석에 불만과 스트레스의 응어리를 갖고 있다면, 그들이 교수가 되었을 때 어떻게 되겠는가. 결국 그들은 보상욕구가 발동하여 더욱 가혹하고 냉정하게 학생들을 대하려 할 것이다. 이런 점을 염두에 두고서, 작가는 소설이 갖는 사회적 영향력을 십분 발휘할 필요가 있다.

넷째, 학생들의 스트레스를 풀어줄 수 있는 제도적 장치가 대학 내에서 이루어지도록 작가가 유도할 필요가 있다. 디스코텍을 교내에 설치해 운영한다든지, 다양한 취미활동을 할 수 있는 동아리 활동을 장려한다든지 하여, 학생들의 막연한 울분을 창조적으로 수렴시키는 문제에 작가는 관심을 기울여야 할 것이다.

결국 이순의 『바람이 닫은 문』이 우리에게 제시해 주고 있는 것은 대학인들 간의 대화의 단절과 젊은 대학생들의 불투명한 허무의식이다. 이러한 현상의 근본적 해부나 치유는 문학 외적(外的) 차원에서 이루어져야 하는 것이겠지만, 우선 작가가 대학의 실상을 막연한 '낭만'이 아닌 실제적 '현실'로 묘사할 수 있도록 노력하고, 자신의 대학생활에 대한 '솔직한 고백'에 좀더 용감해질 수 있을 때 점차 해결될 수 있는 문제라고 필자는 생각한다. 결국 진정한 '정직성'의 실천만이, 문학이 사회의 문제점을 해결해 줄 수 있는 유일한 열쇠라는 것을 이 소설은 시사해 주고 있다.

(2000)

참을 수 없는 존재의 무거움

— 밀란 쿤데라의 『참을 수 없는 존재의 가벼움』을 읽고

체코슬로바키아의 작가 밀란 쿤데라의 소설 『참을 수 없는 존재의 가벼움(*The Unbearable Lightness of Being*)』을 읽었다. 이 작품을 원작으로 필립 카프만이 연출한 영화는 우리나라에 〈프라하의 봄〉이란 제목으로 1989년에 수입되었는데, 영화가 수입되어 상영되기 이전부터 번역소설로 소개되어 우리나라 독서계에도 꽤 알려졌던 작품이다. 영화의 원래의 제목도 소설과 마찬가지로 〈참을 수 없는 존재의 가벼움〉인데, 왜 〈프라하의 봄〉으로 바꿔 버렸는지 알 수가 없다. 아마도 요즘 우리나라의 문학, 예술계가 온통 '정치적 민주화'에 대한 관심과 열기에 휩쓸려 들어가고 있는 것을 겨냥하여, 영화 수입업자가 상업주의적 목적에서 제목을 고친 것 같다.

아무튼 나는 이 소설을 영화의 내용과 비교해 가며 감상하면서 많은 생각을 해볼 기회를 가졌는데, 그것은 이 작품에서 작가가 집요하게 추구하고 있는 주제라고 할 수 있는 생(生)의 '무거움'과 '가벼움'의 문제였다. 과연 어떤 인생이 무겁고 어떤 인생이 가벼운 것이며, '무거운 문화'와 '가벼운 문화'의 차이는 무엇인지, 그리고 결국은 쾌락을 좇아 살아가는 우리가 진정한 행복을 발견할 수 있는 것이 '무거움'으로부터인지 '가벼움'으로부터인지, 이러한 여러 가지 상념들이 엇물려 돌아가면서 내 머릿속을 복잡하게 만들어주었다.

1968년, 이른바 '프라하의 봄'이라 일컬어지는 체코슬로바키아의 민주화운동 시대를 배경으로 하는 이 작품은 주인공 남녀들 간에 벌어지는 사랑의 갈등을 중심 소재로 하면서도, 체코의 정치적 격동기를 사회배경으로 삼아 사랑의 본질과 정치, 그리고 인생철학의 상관관계를 한꺼번에 다루려고 시도하고 있다. 프라하에서 외과의사 노릇을 하고 있는 토마스와 그의 애인인 사비나, 그리고 나중에 토마스와 결혼하게 되는 테레사, 이 세 사람이 살아가는 인생역정이 정치적 격동기 때문에 빚어지는 여러 사건들과 함께 다이나믹하게 그려진다.

토마스는 여자를 엄청나게 좋아하는 독신남이다. 그에게 있어 여자와 성관계를 갖는다는 것은 지극히 '가벼운' 일에 속한다. 그래서 그는 남녀관계에 있어 육체적 사랑만을 가볍게 즐기고 싶어하는 자기를 잘 이해해 주는 여자 사비나와, 정신적 사랑이 배제된 정사를 당연한 일과처럼 즐기면서 살아간다. 그러다가 수술차 어느 시골마을로 출장을 갔는데, 거기서 그는 카페 여급 테레사를 만나게 된다. 토마스와 테레사는 서로 매력을 느끼지만 토마스는 그냥 프라하로 돌아오게 되고, 얼마 후 갑자기 테레사가 무작정 토마스의 아파트로 찾아온다. 그래서 토마스와 테레사의 사랑은 동거로 발전하고, 결국 토마스는 테레사와 결혼을 결심하게 되는 것이다.

테레사는 사비나에 비해 볼 때, 사랑을 '무겁게' 느끼는 여자였다. 그래서 결혼 이후에도 토마스가 계속 가벼운 기분으로 이 여자 저 여자의 품을 전전하는 것을 도저히 이해할 수가 없었다. 토마스는 테레사를 정신적으로 사랑하여 결혼하기까지는 했으나, 마누라 하나만 갖고서는 도저히 성적 만족을 얻을 수 없었던 것이다. 둘이서 그 문제로 크게 다투던 중에 소련군의 체코 침공이 시작된다. 토마스와의 결혼 이후에 사진작가가 되려고 열심히 작업하고 있던 테레사는 소련군의 만행장면을 카메라에 수록하고, 토마스는 토마스대로 반소(反蘇) 데모대의 행렬에 끼어 열렬히 저항한다. 그러나 소련군은 결국 체코에 친소 괴뢰정권을 수립시키는 데 성공하고, 토마스와 테레사는 스위스로 망명할 수밖에 없었다. 한편 사비나 역시 스위스로 망명한다.

제네바의 병원에서 근무하게 된 토마스는 다시금 사비나와 만나 계속 비밀의 정사를 가진다. 사비나는 사비나대로 테레사에게 접근하여 서로 우정을 키워 나가고, 둘은 서로가 누드사진의 모델이 되어 주기도 하는 등 친숙한 관계로 발전한다. 그때 사비나에게 프란츠라는 이름의 대학교수가 나타나는데, 그는 아내와 이혼할 테니 자기와 결혼해 달라고 졸라댄다. 하지만 사비나는 사랑은 역시 '가볍게' 하는 것이 좋다고 생각하는 여자였다. 그래서 그녀는 프란츠를 피하여 다시 미국으로 건너가 버린다.

한편 테레사는 성실한 남편 노릇을 할 것을 요구하는 자기가 토마스에게 짐이 된다고 생각하고, 부부가 키우던 애견(愛犬) 카레닌과 함께 다시금 프라하로 돌아가 버리고 만다. 그때 그녀는 토마스에게 쪽지 한 장을 남겼는데 그 내용은 이러했다.

> "더 이상 당신을 지탱할 수가 없어요. 그뿐만 아니라 나에게는 무거운 짐이었어요. 나에게는 인생이 이다지도 무거운데, 당신에게는 어찌 그리 가벼운지요. 나는 그 가벼움을 참을 수 없어요……"

이 글을 읽고 생각에 잠겨 있던 토마스는 결국 테레사에 대한 자신의 사랑을 깨닫고 뒤쫓아 프라하로 간다. 그러나 프라하에서 그는 유리창 닦이로 전락하고, 여전히 '가벼운' 여성편력을 계속해 나간다. 테레사는 자기도 남편처럼 가볍게 외도를 즐기려고 시도해 보지만 결국 실패하고, 남편을 설득해 시골로 가서 농사를 지으면서 살자고 한다. 평화로운 전원 속에서 두 사람과 애견 카레닌은 진정한 평화와 행복을 맛볼 수 있었다. 그러나 카레닌이 암으로 죽자 두 사람은 크나큰 슬픔을 느낀다. 특히 테레사는 카레닌을 통해서, 진정한 사랑이란 질투도 느끼지 않고 어떤 보상도 바라지 않는 것이라는 것을 깨달았기 때문이었다. 얼마 후 두 사람은 트럭을 타고 가다가 교통사고로 죽게 되는데, 사고 직전에 토마스가 한 말은 "테레사, 난 지금 참 행복하다는 생각을 하고 있어"라는 말이었다.

이 작품을 기둥 줄거리만을 중심으로 살펴본다면, 사랑을 '가볍게' 여기던 토마스가 진짜 '무겁고 진지한' 사랑에서 참 행복을 발견해 나가는 과정을 묘사한 것이라고 볼 수도 있다. 그렇게 되면 결국 그렇고 그런 '양다리 걸치기식' 메시지 중심의 훈계조(調) 소설이 되어 버린다.

사실 내가 처음 이 소설을 읽었을 때 받은 느낌은, "이건 양다리 걸치기 정도가 아니라 세 다리, 네 다리 걸치기의 비빔밥 잡탕식 소설이로구나……"라는 것이었다. 사랑과 성(性)의 본질을 추구해 나간다고 하면서도, 거기에 적당히 정치문제나 사회문제 등을 양념으로 끼워넣는 소설에 나는 질려 있었기 때문이다. 상업적 의도에서 삽입한 '벗고 뒹구는 포르노 장면'을 구차스럽게 변명하기 위해서, 사회악의 고발이니 여성상품화의 고발이니 하는 투로 양다리 걸치는 소설이 사실 요즘 판을 치고 있다.

이런 측면에서 본다면 이 소설에도 분명 그런 요소가 많기는 많았다. 특히 영화화된 걸 봤을 때, 기록영화 필름처럼 흑백으로 처리된 소련군 침공장면을 지루할 정도로 길게 삽입시킨 연출자의 의도를 나는 이해할 수 없었다. 또 오직 사랑에 목숨을 거는 카페여급 출신의 테레사가, 갑자기 '애국적 사진작가'가 되어 이리 뛰고 저리 뛰고 하는 것도 도무지 이해가 되지 않았다. '사랑'과 '정치'란 원칙적으로 분리되어야 한다고 나는 믿고 있기 때문이다.

그러나 창작자의 의도가 어디에 있었든지 간에, 나는 이 소설을 통해 나름대로 갖고 있던 인생관과 행복관을 다시금 확인해 볼 수 있었다. 그것은 다름 아니라, 행복한 인생을 위해서는 '가벼운 것'과 '무거운 것' 이 완전히 별개로 분리될 수 있어야만 한다는 믿음이다. 아니 분리될 수 있는 정도로 끝나서는 안 되고 반드시 '분리되어야만' 우리의 고달픈 인생이 어느 정도 보람 있는 삶으로 발전할 수 있다는 평소의 생각을 다시 한번 확인할 수 있었다.

나는 이 소설의 어느 장면이 무척이나 인상적이었는데, 그것은 토마스가 여자 간호사를 세워 놓고 옷을 벗게 하는 장면이었다. 그런데 재미있는 것은 반투명의 유리를 통해서 그 옆방에 있던 동료의사와 환자가 토마스의 방을 엿보며, "저 친구 참 재주도 좋아"라고 중얼거리며 선망어린 시선을 보내는 대목이었다. 그러니까 토마스는 상당한 지위에 있는 중견의사임에도 불구하고 자기의 방탕한 사생활을 전혀 부끄러움 없이 즐기고 있는 셈이었다.

만약 우리나라의 경우라면 어떠했을까? 점잖은 직업에 종사하는 사람들일수록, 자기들의 '고상한 품위'가 손상되면 사회적으로 매장되어 버릴 것을 겁내어 사생활에 있어서까지도 항상 전전긍긍하게 되는 것이 우리나라의 현실이다. 말하자면 '밤'과 '낮'의 분리가 이루어지지 않고 있는 셈이다.

낮에 학자이면 밤에도 학자여야 하고, 낮에 판사면 밤에도 판사이어야 한다. 특히 성문제에 있어서만은 더욱 심하다. 소설에 보면 토마스가 상대한 여자의 숫자는 2백 명에 달한다고 되어 있다. 아마 우리나라 같았으면 그는 결국 파렴치한으로 몰려 직장을 쫓겨났을 게 틀림없다. 남자와 여자의 상호 합의하에 이루어지는 성적 교접은 어떠한 형태의 것이라 하더라도 그 프라이버시를 보장받아야만 한다는 게 내 생각인데, 그게 우리나라에서는 잘 먹혀 들어가지 않는 것 같다.

토마스는 무거움과 가벼움을 분리시켜 생각할 수 있었기에 소련군이 체코에 침공했을 때에도 오히려 데모대열에 앞장 설 수 있었고, 또 신문에 보수적 공산주의 관료들을 비난하는 글을 쓸 수도 있었다. 그에게 있어 정치적 관심은 무거운 것에 속하는 것이었고, 사랑의 행위는 가벼운 것에 속하는 것이었기 때문에, 이 두 가지 일이 서로 엇섞이거나 혼동되는 법이 없었던 것이다. 이것은 사비나나 테레사도 마찬가지였던 것 같다.

지금 우리나라의 사회적 분위기를 살펴볼 때, 모든 것을 지나치게 '무거움' 쪽으로 몰고 가는 듯한 인상을 받게 되는 일이 많다. 특히 문화계에서조차 자유스러운 개성의 표현이나 상상력의 표출을 마다하고, 모든 예술 장르에 걸쳐 정치적 주제나 이데올로기 문제만을 다루는 것이 마치 이 시대를 살아가는 양심적 문화인의 올바른 태도라고 생각하고 있는 것 같다.

최근 몇 년 동안 나는 신춘문예에 당선된 소설들을 읽을 때마다 깜짝 놀랄 수밖에 없었다. 작품의 주제가 온통 '무거운 쪽'으로만 쏠려 있었기 때문이다. 분단문제, 통일문제, 이념문제, 운동권 학생 문제 등 요즘 신문의 정치면을 장식하고 있는 테마들이 그대로 고스란히 수용되고 있었다. 가장 자유롭고 개인주의적이어야 할 문학가들마저 주변의 눈치를 살펴 가며 '고민하는 지성인'의 모범을 보이고자 오로지 무거운 쪽으로만 작품을 이끌어 나가고 있는 것이다. 인생을 가식없이 그려 나가는 것이 문학이라면, 인생에는 무거운 것 못지않게 가벼운 것 또한 많다. 그런데 왜들 다 가벼운 것을 무시하거나 멸시해야만 스스로 체면이나 작가정신이 유지된다고 생각하는 것일까. 나는 몹시도 안타까웠다.

우리 사회에서 가볍게 생각해도 될 것을 지나치게 무겁게만 생각하여 부작용을 초래하고 있는 것의 대표적인 예가 바로 성 문제이다. 성이란 꼭 행위에 의해서만 충족감을 맛볼 수 있는 것이 아니고, 자유로운 '느낌'이나 '분위기'만 가지고도 얼마든지 충족감을 얻어낼 수 있는 성질의 것이다. 그런데도 불구하고, 모두들 성을 무겁게만 생각하여 아예 차갑게 회피하거나 또는 거꾸로 그것에 미칠 듯이 몰입하거나 하는 것이 우리나라의 현 실정이라고 볼 수 있다.

영화 〈프라하의 봄〉에서는 벌거벗는 장면도 많이 나오고, 변태적인 성행위의 묘사도 많았지만, 관객들은 왠지 모르게 산뜻하고 신선한 느낌을 받을 수가 있었다. 그 까닭은 역시 성은 가벼운 상상력의 유희요 게임에 불과하다는 믿음을 연출자나 배우가 갖고 있었기 때문이라고 나는 생각한다. 성을 가벼운 놀이로 생각할 때, 또는 가벼운 상상력의 게임으로 생각할 때, 우리는 비로소 성과 죄의식을 연관시켜 생각하곤 하는 위선적 윤리의 질곡으로부터 벗어날 수 있다. 그래야만 우리는 정치 문제나 이데올로기 문제에도 더 무겁고 진지한 접근과 모색을 시도할 수 있을 것이다.

인간은 행복을 얻기 위해서 살아가는 존재이고, 그 행복은 지극히 가벼운 것에서부터 온다. 무더운 여름날 소나기가 쏟아져 내릴 때 우리는 행복하고, 향기로운 커피의 냄새를 음미할 때 우리는 행복하고, 땀으로 뒤범벅이 된 몸뚱어리를 샤워의 물줄기로 시원하게 씻어낼 수 있을 때 우리는 행복하다. 이러한 가벼운 쾌락들을 무시하고 무거운 관념으로써 그것을 억누르는 것만이 우리의 행복을 보장해 준다고 믿었던 중세기의 금욕주의자들은 결국 인류의 역사를 그르쳐 놓았다. 그런데도 아직까지 우리나라에서는, 가벼운 것을 무시하고 무거운 것만을 강조하는 사람들만이 '지도자적 인격을 지닌 지성인'이나 '시대를 아파하고 민중의 고통에 동참하고자 하는 양심적 문화인'으로 간주된다는 것은 참으로 우스꽝스러운 일이 아닐 수 없다. 가벼운 것으로부터 출발하여 무거운 쪽으로 가는 것이 정도(正道)가 아닐까?

모두들 민주화를 주장하고 있는 요즘에 있어서도 사회의 각 기관에는 무거운 것만을 중요시하는 사람들이 높은 자리를 차지하고 앉아 여전히 권위주의적이고 관료주의적인 속성을 버리지 못하고 있는 것 같다. 커다란 대의명분만 내세우면 작은 문제들은 저절로 해결된다고 생각하는 이들이 많은데, 천만의 말씀이다.

중고등학교의 경우라면 교실에 '교훈'이니 '급훈'이니 하는 거창한 구호를 써붙여 놓는 것보다, 학생들이 신체발육에 따라 앉기에 편한 걸상을 만들어주는 게 더 중요하고, 공해 없는 백묵을 개발해 내는 게 더 중요하다. 또 피곤한 교사들을 '연수'라는 명목으로 억지로 집합시켜 거창하고 무거운 교육철학을 주입시키는 것보다는, 교사들의 잡무시간을 줄여준다거나 근무환경을 개선해 주는 것이 더 중요하다. 대학도 마찬가지여서, 아직도 여전히 파벌과 인맥이 난무하며, 교육의 주체로서의 교수가 독자적 학문탐구와 커리큘럼의 개발 등 진보적 교수방법을 모색하는 데 들이는 시간보다, 교수 상호간의 인간관계나 학교 행정당국의 눈치를 살피는 데 더욱 많은 시간을 쏟아붓게 만들고 있다.

한국의 남성들은 특히 스트레스에 많이 시달리게 되는데, 아주 사소하고 가벼운 문제들이 오히려 그들의 의욕을 꺾거나 근무능률을 떨어뜨리는 것이다. 직장의 상사에게 인사치레를 제대로 하지 않는다거나 너무 개성적인 옷차림을 하여 왠지 모르게 건방진 인상을 준다거나 하는 등의 사소한 문제들이, 모든 직장인들을 전전긍긍하게 하고 결국 그들을 적당주의자나 타협주의자로 만들어버린다. 이러한 가볍고 자잘한 문제들이 개선되지 않는 한, 우리나라에서 진정한 민주적 분위기의 정착은 요원한 일이 될 것만 같다.

이 소설에서 테레사는 '존재의 가벼움'을 참을 수없다고 절규한다. 그리고 토마스는 '존재의 무거움'을 참을 수 없다고 말한다. 물론 두 사람이 느끼는 가벼움이나 무거움은 사랑의 문제에 국한된 것이지만 어쨌든 두 사람은 서로의 사랑관(觀)이 상극으로 대치되고 있는 셈이다. 그런데도 종국에 가서 토마스와 테레사는 서로 떨어질 수 없는 사이가 되고, 서로가 서로를 깊이 사랑하게 된다. 말하자면 무거움과 가벼움이 만나 상호보완 관계로 발전하면서 아름다운 조화를 이룬 셈이다. 우리가 바라는 행복한 삶이나 정의로운 사회, 민주적인 정치 등도 결국은 가벼움과 무거움의 사이좋게 결합할 수 있을 때 비로소 가능해질 수 있는 것은 아닐까?

나는 우리 사회가 진정으로 민주화되려면 정치와 경제와 문화가 삼권분립을 이루어야만 한다고 생각하는 사람이다. 그 가운데서 특히 문화는 정치나 경제에 비해 '가벼운' 쪽에 속한다고 나는 본다. 인간의 행복이 '보람 있는 일'과 '아름다운 사랑' 그리고 '즐거운 놀이'의 세 가지 조건의 충족에 의해 달성될 수 있는 것이라고 볼 때, 문화는 아무래도 '즐거운 놀이'에 속하는 것이겠기 때문이다.

물론 철학이나 역사 등의 학문적 영역을 다 문화에 포함시킨다면 문화는 가벼운 놀이일 수만은 없다. 하지만 문학이나 기타 예술장르를 중심으로 문화를 생각해 본다고 하면 역시 문화는 건전한 레크리에이션이요, 시원한 카타르시스로서의 놀이 쪽에 가까운 것이라고 나는 생각한다.

아무리 시대가 어수선하고 정치상황이 복잡하게 돌아간다 하더라도 감상적인 연애소설은 여전히 필요한 것이고, 소위 뽕짝이라고 설움받는 전통가요 역시 필요한 것이다. 자잘하고 가벼운 스트레스라 할지라도 그것을 어떤 방법으로든 카타르시스시키지 못하고 그냥 억눌러버릴 때, 우리의 정신은 그 반작용에 의해 더욱 더 무거운 쪽으로만 향하게 된다. 중세의 엄격주의적 종교재판을 방불케 하는 위선적 권위주의가 우리나라에서 아직도 활개치는 것은 이 때문이다.

『참을 수 없는 존재의 가벼움』을 읽고 나서 나는 우리 사회에서 풍미하고 있는 '참을 수 없는 존재의 무거움', '참을 수 없는 위선적 권위주의의 무거움'을 절감할 수밖에 없었다. 그 어느 날에나 우리들은 인생을 더 '자유롭고 가볍고 경쾌한 것'으로 즐기면서, 서로가 화사한 웃음을 나눌 수 있게 될는지!

(1989)

시에 있어서의 형이상학적 상징의 기능

1. 형이상학적 상징과 형이하학적 상징

시에서의 형이하학적 상징은 원칙적으로 존재하지 않는다. 시적 상징이 성공적으로 이루어지면, 그것은 곧 형이상학적이고 초월적인 의미를 지니게 되기 때문이다. 그럼에도 불구하고 이 글에서 형이상학적 상징과 형이하학적 상징을 구별하여 설명하려고 하는 것은, 시적 상징이 원숙한 경지에 이르지 못하고 단순한 일상적 형태나 현상적 형태로 남게 될 때, 그러한 상징을 우리는 형이하학적 상징으로 볼 수 있기 때문이다.

한 편의 시 작품으로 표현된 상징을 형이상학적 상징과 형이하학적 상징으로 구별해 볼 수 있는 판단력이 생길 때, 우리는 시적 상징의 본질적인 면에 더욱 깊이 접근할 수 있다. 물론 초월적이고 총체적인 상징을 어떤 인위적 기준을 가지고 구분하여 생각한다는 것은 위험한 일이기는 하다. 그렇지만 상징의 초월적 진리를 우리의 경험 체계에 맞추어 수용해야 한다는 현실적 입장을 생각하다면, 그것이 그리 무의미한 일만은 아닐 것이다. 상징은 우리로 하여금 어떤 총체적인 우주관에 접근할 수 있는 기회를 마련해 주지만, 그 반면에 상징의 그릇된 해석은 우리를 더욱 더 본질로부터 멀어지게 하여 전혀 엉뚱한 오해를 빚어내게도 만드는 것이다. 모든 과학적 · 철학적 · 종교적 논쟁들은 상징으로 계시된 진리를 어떻게 현실적으로 수용하느냐 하는 데 대한 의견의 엇갈림 때문에 생겨났다. 한 예를 일반적 상징에서 든다면, 기독교의 『구약성서』에서의 창조 설화 즉 아담과 이브 그리고 선악과의 존재를 직접적 사실로 받아들이느냐, 아니면 어떤 초월적 · 종교적 상징으로 받아들이느냐에 따라 신앙과 교파의 확연한 차이를 낳게 되는 것이다. 우리의 인식 구조 자체가 '외형적 범주화(範疇化)'를 기본으로 하여 형성되었다고 볼 때,[1] 상징의 가분성(可分性)을 인정한다는 것은 그래서 불가피하다.

이렇듯 시에서의 형이상학적 상징과 형이하학적 상징을 살펴보기에 앞서, 일반적 상징에서의 형이상학적 상징과 형이하학적 상징을 고찰해 보기로 하자. 우선 한마디로 설명한다면, 형이하학적 상징이란 우리의 경험적 인식으로 쉽게 이해할 수 있는 것을 직접적으로 우리의 경험적 표현 양식을 통하여 표현함으로써 우리의 이해를 빠르게 하는 상징을 말한다. 그러므로 형이하학적 상징을 '직접상징'이라고 이를 수도 있다. 그리고 형이상학적 상징은 우리의 경험적 인식으로는 도저히 포착할 수 없는 본질적이고 실재적인 문제들을 인간의 경험적 인식의 통로를 빌려서 표현하는 것을 말한다. 따라서 이것은 '간접상징'이 된다. 다시 말하여 형이하학적 상징은 인간의 언어적 시공(時空)의 차원을 통해 표현되는 일종의 수사적 기교를 말하는 것이고, 형이상학적 상징은 그러한 것으로는 도저히 납득될 수 없는 일종의 초월적이고 계

---

1) 동양문화권을 대표하는 중국에서도, 암호적 상징으로 모든 사물을 구체적으로 분화표상(分化表象)한 『역경(易經)』의 「계사상전(繫辭上傳)」에, "在天成象 在地成形 方以類聚 物以群分"이라는 말이 있다.

시적인 진리들을 우리의 유한한 표현 양식을 통하여 될 수 있으면 근사(近似)하게 나타내보려는 노력의 결과인 것이다.

예컨대 '낙엽'이나 '꽃'으로 상징되는 것은 형이하학적 상징이다. 그러나 '신(神)'이라는 말을 우리가 썼을 때, 그것은 형이상학적 상징이 된다. 우리가 신을 직접 볼 수도 없고 인식할 수도 없기 때문이다. 그것은 단지 '편의상' 신이라는 언어로 약속되어 표현되었을 뿐이다. 최근에 이르러 '신'이란 인격적 고정물(固定物)이 아니고, 우리들 마음속에 공통적으로 작용하고 있는 '궁극적 관심'이라고 표현할 수 있다는 설이 나온 것[2]과, '신'은 구체자(具體者)가 아니고 구체적인 현실태(現實態)의 근거이기 때문에 '신'은 곧 궁극적 제한(制限)이며 '신'의 존재는 '비합리적'인 것이라는 설[3] 등이 등장했다는 사실은, 우리들의 사고 구조가 형이상학적 상징의 형식을 이해하게끔 발전되었다는 실증이 될 것이다. 그러나 이같이 불투명한 '신'의 실체가 우리의 인식 구조의 유한한 베일에 가려져 있는 것만은 확실하다.[4] 하지만 이같이 불확실한 본체의 초월적 사실의 문제를 우리의 인식이 포기할 수는 없다. 여기서 '상징(象徵, symbol)'의 도움이 필요하게 되는 것이다. 종교적 신화나 모든 민족이 공통적으로 가지고 있는 창조 설화 등은 모두가 형이상학적 상징의 뚜렷한 실례들이다.

그런데 상징들 가운데는 직접적으로 형이하학적 상징과 형이상학적 상징을 뚜렷이 구분할 수 없는 것들이 많다. 그러므로 형이하학적 상

---

2) 이 설은 미국의 종교학자 폴 틸리히(Paul Tillich)의 견해를 담고 있다. 또한 인도의 현대 철학자 라드하크리슈난(Radhakrishnan)도 이와 비슷한 설을 주장하였는데, 그는 신의 본질을 '상호간의 사랑'으로 보았다.

3) 이 설은 화이트헤드의 학설이다. N. Whitehead, *Science and Modern World*, New York: Macmillan Co., 1925, 제11장 참조.

4) 여기에 관해서는 동양철학적 신관(神觀)을 참고할 필요가 있다.『역경』에 나오는 신의 해석은 흥미롭다.『역경(易經)』 계사상전(繫辭上傳) 제 6장에서는 신을 "陰陽不測之謂神"이라고 정의하였다.

징을 형이상학적 상징으로 오해한다든지, 형이상학적 상징을 형이하학적 상징으로 오해한다든지 하는 것은 상징의 본질을 파악하는 데 커다란 장애가 된다. 니체(F. Nietzsche)의 예를 보면 그것이 명백해진다. "신은 죽었다"고 외치며, 성서에 대하여 지나칠 정도로 비방하였던 니체는 뜻하지 않던 심대한 충격을 받고 성서에 대한 그의 표현을 완전히 뒤바꾸었다. 그는 『신약성서』가 '상징의 세계'에 속한다는 위대한 인식을 하게 되었던 것이다. 그는 초기의 사도들이 "상징과 불가해(不可解) 속에 떠돌고 있던 존재를, 무엇인가 그 속에서 이해시키기 위해서, 우선 그것을 그들의 조잡한 현실 속으로 이전시킨" 사실을 무엇보다도 힐난했었다.[5] 즉 예수 그리스도가 형이상학적 상징으로 표현했던 '아버지'라든지 '천국'이라든지 하는 상징 언어들을, 무지한 사도들은 곧바로 현실적인 형이하학적 상징으로 쉽게 받아들이고 말았다는 이야기이다.

니체에 의하면, 『신약성서』에 나오는 위대한 예수의 상징들을, 교회는 그들 나름의 설명을 통하여 왜곡시키고 말았다는 것이다. 그는 이미 상징만이 본질에 도달할 수 있는 유일한 통로요, 조건화된 내재성(內在性)을 무조건의 '초월성'으로 연결하는 변질의 도구라는 것을 깨닫고 있었던 것이다. 니체의 해석에 의하면, 하나의 표지(標識)로서의 '아버지'와 '아들'이 뜻하는 바를 누구나 명백하게 파악하기가 어렵다는 것이다. 즉 '아들' 이라는 말은 모든 사물의 총체적 변용(變容)의 감정이 도달할 수 있는 축복 받는 상태로의 첫 출발을 의미하는 것이며, '아버지'란 말은 그러한 감정 즉 '영원성'과 '완성'이라는 두 가지의 감정을 나타내는 것이라고 한다.[6] 그의 이러한 상징적 해석에 비추어볼 때, 니체가 기독교의 전 역사를 마치 "원래의 상징주의를 점점 난폭하

5) 발터 니그, 『프리드리히 니체: 예언자적 사상가』, 정경석 역, 분도출판사, 1973, p.166.
6) 같은 책, p.168.

게 오해해간 역사"라고 본 것은 당연한 추론이었다고 볼 수 있다. 그런 관점에서 본다면 모든 철학적 · 종교적 개념의 혼란은 반드시 형이상학적 상징과 형이하학적 상징의 상호적 혼동과 병행해 왔다는 것을 알 수 있다.

그러므로 상징의 문제에 좀더 깊숙하게 접근하기 위해서는 모든 초월적 진리의 인식에 대하여 불가지론적 태도로부터 출발할 필요가 있다. 서양철학의 역사는 대단히 귀납적인 추리로 일관되어 온 역사인 듯 보이지만, 사실상은 세계 질서의 원동자(原動者)로서의 '신'을 가정하여, 그것에 맞추어 추리해 나간 연역적 추리와 진리 인식의 역사였다. 즉 서구의 여러 이론들은 가설을 기초로 한 여러 명제와 개념에 그 바탕을 두고 있기 때문에, 아무리 그 이후의 사고방식이 과학적이고 귀납적인 것이라 할지라도 그 본질에서는 오히려 비과학적일 수 있었던 것이다. 그러나 동양은 그 반면에 직각(直覺)을 사유의 방법으로 채택하였다. 그러한 직각은 유신론적인 개념을 배제한 인본주의적이고 불가지론적인 것이었다. 그렇기 때문에 동양의 사고방식은 다분히 연역적 속성을 띠는 듯하면서도, 사실 서구의 그것에 비하여 훨씬 더 인간의 유한한 인식 범위와 지식의 가변적 상대성을 미리 선험적으로 인지한 '과학적인'것이 되는 것이다. 이런 불가지론의 밑바탕에는 다분히 회의(懷疑) 정신이 그 주조를 이루고 있다.

중국 유교 철학에서 주목해야 할 점은, 그들이 자주적 독립사상을 권장하고 회의를 권장하였다는 점이다. 공자는 '천(天)'을 이야기하였으나 사후의 문제, 신의 문제에 대해 언급한 일은 없었다. 그의 관심은 그가 인식할 수 있고 실천할 수 있는 인간적인 문제에만 국한되어 있었다. 공자의 철학에는 형이상학적 자취는 보이지 않는다. 그러나 그는 '시'를 옹호하였다. 그리고 '음악'을 사랑하였다. 그는 형이상학과 시의 결합을 도모하고 있었던 것이다. 필요 이상의 확대 해석과 추리는 공상은 될 수 있어도 진정한 진리는 될 수 없다.[7] 동양의 학문에서 지식상의 이러한 성실성은 인문주의적 불가지론의 중요한 요소가 된다.

공자는 한 제자에 대하여, "너에게 안다는 것을 가르쳐줄까? 아는 것을 안다고 하고 알지 못하는 것을 알지 못한다고 하는 것, 그것이 진정 아는 것이다"라고 하였다.[8] 또 한번은 어느 제자가 귀신을 어떻게 대할 것인가를 물은 데 대해 "사람도 아직 잘 섬길 수 없는데 어찌 귀신을 섬기랴?"고 하였고, 그 제자가 계속하여 죽음에 대해서 묻자 공자는 말하기를 "생을 아직 알지 못하는데 어찌 죽음을 알랴?"고 대답하였다.[9] 이것은 문제를 회피하는 것이 아니다. 이는 사람이 진정으로 알지 못하는 일에 대해서는 성실한 불가지론을 가져야 한다는 것을 가르친 것이다.

또한 서구 철학자 가운데도 20세기의 대표적 철학자라고 할 수 있는 러셀(B. Russell)이 철저한 무신앙과 불가지론에 입각한 휴머니즘적 이성주의를 옹호했다는 것도, 상징을 독단적으로 해석하는 안이한 오류로부터 우리를 벗어나게 할 수 있는 좋은 자극제가 될 것이다.[10] 요컨대 상징을 형이상학적 상징과 형이하학적 상징의 범주로서 분류하려고 하는 것의 밑바탕엔, 상징적 인식을 좀더 독단적 오류와 비약으

7) '공상'과 '상상'의 차이는 중요하다. 'Imagination' 즉 상상과 'Fancy' 즉 공상을 처음으로 구별했던 것은 영국의 시인인 콜리지(Coleridge)였다. 그는 심원한 우주적 질서는 창조적인 상상력을 통해서만 엿볼 수 있고, 그것은 단순한 백일몽적 몽상에 불과한 'Fancy'와 절대적 차이를 갖는다고 주장했다.

8) 『논어(論語)』 「위정편(爲政編)」에서 "由 誨汝知之乎 知之爲知之 不知爲不知 是知也."

9) 『논어(論語)』 「선진편(先進篇)」에서 "季路問事鬼 子日未能人事 焉能事鬼 敢問死 日 未知生 焉知死."

10) 버트란드 러셀, 『나는 왜 기독교인이 아닌가』, 김창락 역, 휘문출판사, 1962 참조. 그는 만일 이 세계의 원동자(原動者)로서의 신을 인정한다면, "신은 누가 만들었느냐?"에 대한 의문을 숨길 수 없다고 솔직하게 고백하고 있다. 그리고 종교적 독신(篤信)과 신념이 이 세상 역사의 모든 죄악과 압제(壓制)를 낳았다고도 말한다. 즉 히틀러 같은 인간도 '종교적' 신념에 의하여 유태인들을 학살할 수 있었다는 것이다.

로부터 멀리하게 하여, 순수한 상징 해석의 단계에 이르게 하려고 하는 노력이 숨어 있다. 그러므로 상징의 이원적 가분성(可分性)의 문제는 그것이 상징의 현실적 수용에 목적을 두고 있느니만큼, 좀더 철저한 인간 인식의 한계성에 대한 기초적 점검으로서의 불가지론적 전제가 요청되는 것이다.

2. 한국 현대시에 나타난 상징의 사례들

이제 한국 현대시에 나타난 형이상학적 상징과 형이하학적 상징의 예를 보기로 하자. 그런데 다시 한번 밝혀둘 것은, 어떤 시 한 편을 놓고, 이것은 형이상학적이라거나 형이하학적이라거나 하는 단정을 내리기가 곤란하다는 사실이다. 사실상 그러한 차이는 시를 해석하는 과정에서 가려질 뿐이다. 어떤 점에서 볼 때는 모든 시는 다 형이상학적 상징의 세계를 지향하고 있다고 할 수 있다. 그런데 당초에 시인이 작품을 쓸 때, 완전히 형이하학적인 상징에 그 목적을 두었느냐 혹은 형이하학적 제재의 상징을 통한 형이상학적 진리의 발견에 그 목적을 두었느냐 하는 차이는 있다. 또한 어떤 작품을 독자가 감상하는데, 지나치게 형이상학적인 진리만을 선입관으로 갖고 있는 나머지, 시인의 본래 의도를 확대 · 부연시킬 수도 있다.

다시금 쉽게 설명하자면, 형이상학적 상징은 '간접적' 표현방법이요, 형이하학적 상징은 '직접적' 표현방법이다. 꽃 한송이를 놓고 단순히 꽃의 현재적 아름다움만을 노래했다면 그것은 직접적인 표현이며 곧 형이하학적 상징이라고 할 수 있다. 그런데 꽃을 통하여 우주의 신비, 실재의 신비를 탐지하려고 했다면 그것은 간접적인 표현이 되며 곧 형이상학적 상징이 되는 것이다. 그러므로 작품 자체만을 놓고서는 그 구별이 상당히 어려워진다. 거기서 작품의 가치 평가가 좌우

되고 해석이 달라진다. 그 좋은 예로, 이상화의 「나의 침실로」가 있다.

'마돈나' 지금은 밤도 모든 목거지에 다니노라 피곤하여 돌아가련도다.
아 너도 먼동이 트기 전으로 수밀도의 네 가슴에 이슬이 맺도록 달려오너라.

'마돈나' 오려므나 네 집에서 눈으로 유전하던 진주는 다 두고 몸만 오너라
빨리 가자, 우리는 밝음이 오면 어딘지 모르게 숨는 두 별이어라.

(중략)

'마돈나' 날이 새련다 빨리 오려므나 사원의 쇠북이 우리를 비웃기 전에
네 손이 내 목을 안아라, 우리도 이 밤과 같이 오랜 나라로 가고 말자.

'마돈나' 뉘우침과 두려움의 외나무다리 건너 있는 내 침실 열 이도 없느니!
아 바람이 불도다 그와 같이 가볍게 오려므나 나의 아씨여 네가 오느냐?

'마돈나' 가엾어라 나는 미치고 말았는가 없는 소리를 내 귀가 들음은—

내 몸에 피란 피 — 가슴의 샘이 말라버린 듯 마음과 몸이 타려는도
다

'마돈나' 언젠들 안 갈 수 있으랴 갈테면 우리가 가자 끄을려 가지
말고 —
너는 내 말을 믿는 '마리아' — 내 침실이 부활의 동굴임을 네야 알
련만……

'마돈나' 밤이 주는 꿈, 우리가 얽는 꿈, 사람이 안고 궁그는 목숨
의 꿈이 다르지 않느니.
아 어린애 가슴처럼 세월 모르는 나의 침실로 가자, 아름답고 오랜
거기로 (하략)

이 시의 핵심은 역시 '침실(寢室)'의 이미지에 있다. 또한 이 시인이 그토록 애타게 부르는 '마돈나(마리아)'가 무엇을 나타내고 있는가 하는 것도 흥미 깊은 문제다. 그런데 지금까지 이 시는 상당히 애국적이고 민족적인 시로 이해되었다. '마돈나'는 구원의 여인상으로서 곧 조국을 상징하는 것이며, '침실'은 조국의 광복을 의미한다는 소박한 해석이다. 그러한 해석은 이 시인이 쓴 또 하나의 애국시 「빼앗긴 들에도 봄은 오는가」의 주제와 부합되며 또 충분히 타당성이 있다.

이 시가 조국의 앞날을 걱정하고, 조국의 광복을 희원하는 마음에서 씌어진 것이라면, 그리고 그 '광복'은 단순한 해방이나 독립이 아니라 지상에서 성취될 수 있는 이상향적인 미래상을 설정하고 있는 것이라면, 이 시는 충분히 형이상학적인 상징시라고 할 수 있을 것이다. 침실은 "아름답고 오랜 나라"이며, "부활의 동굴"이며, "어린애 가슴처럼 세월 모르는 곳"이기도 하다. 그것은 구원의 세계, 영원한 세계, 평화

와 안식이 충만한 아가페적 사랑의 세계일 수도 있다. '마돈나'는 단순히 애인을 지칭하는 말이 아니며, '침실'은 그 애인과의 정사를 위해 예비된 관능적인 장소도 아니다. 그것은 어떤 형이상학적 진리의 세계인 것이다.

그러나 이 시인이 살았던 시대가 일제 치하였으며, 당시의 지식인이나 예술가는 모두 다 반일 감정과 애국적 충정을 가지고 있었을 것이라는 도식적인 선입관을 제거하고 순수하게 이 시를 감상할 것 같으면, 이 시가 애국시이고 따라서 '마돈나'는 조국이며 '침실'은 광복의 상징이라는 해석에 많은 의문을 가지게 된다. 즉 이 시에 보이는 '마돈나'는 단순한 애인을 지칭하는 말이고, '침실'은 글자 그대로 잠을 자는 곳, 사랑을 나눌 수 있는 곳, 정사가 이루어지는 곳이란 뜻이라고 볼 수도 있다. 물론 여기에 그 당시의 어두운 민족적 상황이 투영되어 있는 것은 사실이다.

이 시에 나오는 두 남녀는 낮에는 만날 수 없다. 쫓겨다니는 몸이다. 남이 보지 않는 밤에만 만나야 한다. '밤'은 무엇을 상징하는가? 관능적인 성의 유희, 육체적 쾌락을 통한 단말마적 현실도피 등을 암시한다. 그렇게 보면, "뉘우침과 두려움의 외나무다리 건너 있는 침실"이라든지 침실이 "부활의 동굴"이라든지 하는 표현의 이해가 가능하다.

성(性)은 단지 육체적인 쾌락만을 준다. 거기서 정신적인 승화나 현실의 불안 · 우울 등을 근본적으로 해결시킬 구원의 손길이 나올 수는 없다. 처음에는 두렵고 떨리는 마음으로 성의 신비에 도전하고, 그것을 통하여 현실적 고뇌를 잊어보려고 하지만, 결국 남는 것은 '뉘우침' 뿐이다. 그러나 주인공은 끝까지 성에서 해방감을 맛보고 구원을 얻어내려고 한다. 그러니까 침실은 쾌락주의자에게 "부활의 동굴"이 될 수가 있다. 그곳은 "어린애 가슴처럼 세월 모르는" 곳, 현실과 상황으로부터 탈출할 수 있는 곳이다.

이렇게 보면 이 시는 '직접적'으로 사랑을 호소하는 사랑의 노래다. 어떤 초월적인 존재를 향하고자 하는 노력이나 궁극적 실재의 비밀을 엿보고자 하는 것이 아니다. 조국과 민족의 장래, 역사의 의미, 민족의 궁극적인 부활 등을 상징하고 있지 않다. 따라서 이 시는 '형이하학적' 상징을 구성한다고 볼 수 있다. 육체적 관능의 세계는 역시 현상적인 것이요, 형이하학적인 세계이겠기 때문이다. 성을 통해서 어떤 황홀경에 들어간다거나, 거기서 신비한 깨달음을 얻는다거나 하는 문제를 논외로 한다면 말이다.

이와 같이 어떤 시를 놓고서, 그 시가 형이상학적 상징 즉 간접적 상징을 형성하고 있느냐, 아니면 형이하학적 상징 즉 직접적 상징을 형성하고 있느냐 하는 것을 미리 구별한다는 것은 상당히 중요하다. 물론 그러한 가분성(可分性)을 인정한다는 것이 또 다른 도그마를 만들 우려도 있으나, 시의 총체적 이해를 위한 보조 작용으로서의 역할은 충분히 해줄 수 있는 것이다.

시 전체가 형이하학적 상징의 구조를 이루고 있는 시는 상당히 많다. 흔히 일반적으로 서경시라고 부르는 경우라든지, 우리들 생활의 일상적 소재 가운데서 취재한 시들은 일단 형이하학적 시라고 부를 수 있을 것이다. 예를 들면 다음과 같은 시가 그렇다.

차운 산 바위 위에 하늘은 멀어
산새가 구슬피 울음 운다.

구름 흘러가는
물길은 칠백리

나그네 긴 소매 꽃잎에 젖어

술익는 강마을의 저녁 노을이여.

이 밤 자면 저 마을에
꽃은 지리라.

다정하고 한 많음도 병인양하여
달빛 아래 고요히 흔들리며 가노니……

조지훈의 「완화삼(玩花衫)」이다. 우리나라의 토속적 자연과 풍류를 한시적(漢詩的) 율격으로 노래하고 있다. 궁극적 우주의 실재라든지 초월적 존재를 노래하고 있지 않다. 우리의 시야에 들어오는 현상적 물상(物象)들의 외양을 충실히 묘사하고 있을 뿐이다. 독자에게 따뜻한 정서와 감동을 주지만 그 이상의 것, 즉 현상을 초월한 그 이면의 세계, 본질의 세계를 꿰뚫어 볼 수는 없다. 이러한 서경 묘사를 통한 정서적 감동의 추출은, 우리나라의 시적 전통을 이루어왔다. 옛 시조에 나타나는 소재들을 모두 형이상학적 체계로 생각할 수도 있겠으나, 그것이 언제나 진부하게 반복됨으로써 결국은 매너리즘에 빠지고 말았다. 비록 본질의 세계를 지향한다고 하더라도, 그 주제가 참신하고 새로운 모색으로 가득 차 있지 않으면, 시는 진부한 관습의 형태로 전락하고 만다. 이것은 다음 시편의 경우도 마찬가지다.

넓은 벌 동쪽 끝으로
옛 이야기 지즐대는 실개천이 휘돌아나가고
얼룩배기 황소가
해설피 금빛 게으른 울음을 우는 곳
— 그곳이 참아 꿈엔들 잊힐리야.

질화로에 재가 식어지면
비인 밭에 밤바람소리 말을 달리고
엷은 졸음에 겨운 늙으신 아버지가
짚베개를 돋아 고이시는 곳
— 그곳이 참아 꿈엔들 잊힐리야.

흙에서 자란 내 마음
파아란 하늘빛이 그리워
함부로 쏜 화살을 찾으려
풀섶 이슬에 함추름 휘적시던 곳
— 그곳이 참아 꿈엔들 잊힐리야.

정지용의 「향수」 전반부다. "금빛 게으른 울음"이라든지, "밤바람소리 말을 달리고" 같은 신선한 비유나, '휘돌아', '해설피', '함추름' 같은 음악적인 시어들이 한데 어우러져 이 시를 세련된 경지로 이끌어가고 있다. 그러나 역시 이 시는 본질적이고 실재적인 세계에 대한 궁극적 관심을 보여주지 못하고 있다. 이 시가 우수한가의 여부를 떠나서, 우리는 손쉽게 이 시를 형이하학적인 시라고 규정할 수 있을 것이다. 이것은 김영랑, 신석정, 박용철 등도 마찬가지다 이렇게 우리의 일상적 정서나 자연 풍물을 노래하지 않고, 형이상학적인 문제들 예컨대 죽음 등의 문제를 노래한다고 하더라도 형이상학적 상징의 구조를 못 이루는 경우가 있다. 김소월의 「초혼(招魂)」 같은 시가 그 예다.

산산이 부서진 이름이여!
허공중에 헤어진 이름이여!
불러도 주인 없는 이름이여!

부르다가 내가 죽을 이름이여!

심중에 남아 있는 말 한마디는
끝끝내 마저 하지 못하였구나.
사랑하던 그 사람이여!
사랑하던 그 사람이여!

이같이 영탄조로 시작되는 「초혼」은 비록 애인의 죽음과, 그 애인의 영혼을 저승으로부터 불러내려는 노력을 주제로 하고 있지만, 죽음 그 자체의 본질에 대한 직관을 결여하고 있다. 단지 죽음 그 자체를 소재로 채택하고 있을 뿐이다. 어떤 형이상학적인 관념이 시의 주제나 소재가 된다고 해서 그 시가 형이상학적인 시가 되는 것은 아니다. 시인의 선험적 직관에 의한 형이상학적 진리에 관한 상징적 유추가 시 전체의 흐름을 지배하고 있어야 한다.

같은 김소월의 「진달래꽃」도 사랑의 본체 특히 한국 여인의 한(恨)을 주조로 하는 희생적이고 아가페적인 사랑을 주제로 하고 있으나, 그것이 완전히 형이상학적 상징을 이루고 있다고는 보기 어렵다. 물론 떠나는 님이 가시는 길에 진달래꽃을 뿌려드리겠다는 발상은 탁월한 상징이다. 그렇지만 「진달래꽃」에 투영된 사랑은 보편적인 사랑의 형이상성을 다루고 있는 것이 아니라, 단지 사랑의 어떤 양태를 상징적으로 묘사하고 있을 따름이다. 한국의 여인이 느끼고 실천하는 사랑의 형태를 관조하고 있을 뿐이지, 사랑 자체의 초월적인 본질에는 접근하지 못하고 있다. 따라서 「진달래꽃」도 순수한 형이상학적 상징의 시라고는 볼 수 없겠다.

그렇다면 어떤 시가 전형적인 형이상학적 시요, 형이상학적 상징을 구사하고 있는 시라고 할 수 있을까? 물론 그것을 규정짓기는 무척 어렵다. 그러나 몇 가지 특성을 추출해 낼 수는 있다. 앞서 말한 바와 같이, 우선 시인의 궁극적 관심 특히 초월적 실상이나 우주의 실재 등에 대한 관심이 시 전체에 직관적으로 투영되어 있어야 한다. 그리고 한 구절이나 단어를 통한 은유나 상징이 아니라, 시 전체의 흐름을 통하여 어떤 '상징적 암시'가 엿보이는 것이라야 한다. 또한 시인의 직관은 진부하거나 상식적인 것이 아니라 새롭고 참신한 진리를 드러내 보여주어야 하는 것이다. 따라서 그 소재는 형이하학적인 것이라도 무방하다. 그러나 시의 밑바탕에 깔려 있는 주제는, 반드시 어떤 우주의 불가해(不可解)의 비밀에 도전하는 시인의 선험적 직관력을, 변증법적 발전 과정의 한 경로로서 보여줘야 하는 것이다.

형이상학적 소재와 형이상학적인 주제가 완벽한 조화를 이룰 때, 형이상학적 상징의 진수가 드러나게 된다. 형이상학적 주제가 관념 그 자체로만 머물고 상징의 형태로 바뀌지 않는다면, 그 시는 시로서의 기능을 상실한다. 그러므로 완벽하게 형이상학적 상징을 구사하고 있는 작품을 찾아보기는 무척 힘들다. 그것은 단지 이상적인 형태로 상상 속에 머물고 말지도 모른다. 그러나 가장 비슷하게라도 형이상학적 상징의 수준을 보여주고 있는 시를 고른다면 다음과 같은 작품을 예로 들 수 있을 것이다.

> 한 송이의 국화꽃을 피우기 위하여
> 봄부터 소쩍새는
> 그렇게 울었나 보다.
>
> 한송이의 국화꽃을 피우기 위하여
> 천둥은 먹구름 속에서
> 또 그렇게 울었나 보다.

그립고 아쉬움에 가슴 조이던
머언 먼 젊음의 뒤안길에서
이제는 돌아와 거울 앞에 선
내 누님같이 생긴 꽃이여.

노오란 네 꽃잎이 피려고
간밤엔 무서리가 저리 내리고
내게는 잠도 오지 않았나 보다.

서정주의 「국화 옆에서」이다. 꽃 한송이를 통해서 엿볼 수 있는 우주 삼라만상의 신비, 생명의 신비를 읽을 수 있다. 꽃의 형태적 아름다움이나, 그런 현상적 아름다움을 통해서 느낄 수 있는 감상적인 정서 이전에, 꽃 한송이가 탄생하기까지의 과정을 그리고 있다. 그 과정은 우주의 조화와 질서에 바탕을 둔다. 그리고 현상적 시간의 흐름과 공간적 양식을 초월하는 초월적인 시공(時空)의 차원을 이룩한다. 꽃과 우주 그리고 시인 자신이 한데 엉켜 신비로운 근원적 질서를 유지한다. 모든 만물은 이 근원적 질서, 다시 말하면 '인연(因緣)'에 의거하여 생성되고 서로가 관계되는 것이며 궁극적인 실재를 형성하는 것이다. 그렇지만 이 시가 불교적인 사고방식에 바탕을 두고 창작된 것이라고 볼 수는 없다. 불교의 연기설(緣起說)을 시로 상징한 것이라고 간주할 수도 있겠으나, 어떤 한 종교의 교리나 철학 체계를 그대로 시 속에 주입시킨 것이라고 보기에는 이 시가 다루고 있는 형이상학의 세계가 훨씬 더 깊다.

확실히 이 작품은 종교나 철학의 일정한 체계를 초월하고 있다. 이론적인 설명으로는 불가능한 그 무엇, 즉 불가사의한 우주의 신비를 시인의 상상적 직관력으로 간파한다. 물론 이 시가 궁극적인 해답을 주고 있는 것은 아니다. 다만 상징적으로 암시하고 있을 뿐이다. 꽃 한송이, 풀 한포기를 통해서 우주를 직관할 수 있는 능력이야말로 시인만이 가질 수 있는 능력이라고 생각할 때, 이 시의 작자는 그 능력을 유감없이 발휘하고 있다.

다만 아쉬운 것은 이 시에서 궁극적 실재, 원동자(原動者)로서의 실재가 너무나 막연하게 처리되었다는 점이다. 즉 상상의 계시적 기능이 제대로 발휘되고 있지 못하다. 우주의 신비를 상징적으로 제시하고는 있으나, 그 신비의 열쇠를 독자에게 던져주는 데까지는 못 미치고 있다. 형이상학적 상징의 궁극적 도달점은 '시를 통한 초월적 계시'이다. 시인이 예언자가 될 수 있어야 하는 것이다. 물론 이것은 쉬운 일은 아니다. 그러나 시인의 마음속에 이상적 좌표로 세워져는 있어야 한다.

시에서의 형이상학적 상징을 다루는 데 가장 경계해야 할 일은, 형이상학적 상징이 초현실적이고 무의미(無意味)에 가까운 것이라는 생각을 배제하는 일이다. 일체의 현상적이고 현실적인 의미 질서를 떠난 무의미의 언어, 즉 자동기술적인 언어 배열이 곧 초속적(超俗的)이고 탈현상적인 초월적 상징이 된다고 생각하면 안 된다. 무의미의 시가 곧 순수시요, 거기서 순수한 이데아의 세계가 도출된다는 이론은 형이상학적 상징의 세계와 거리가 있다.

프랑스의 상징주의 운동에는 다분히 그런 일면이 있었다. 말라르메는 '무(無)' 그것 자체가 가장 진실된 시적 형이상학의 본질이라고 믿었던 것이다. 말라르메는 그의 시작(詩作) 초기에, 현실을 대신할 수 있는 이상 세계를 이론적인 지성으로서 탐구해 보고자 노력하였는데, 그의 이러한 이지적인 탐구의 결과, 현실 세계의 배후에는 참다운 허공 이외에는 아무것도 존재하지 않는다는 결론에 도달하게 되었다. 이것은 상당히 허무주의적인 결론이었다. 이러한 결론으로 말라르메는 결국 시인의 역할은 현실과의 모든 접촉을 끊고 자기의 내부에 일종의

'허공'을 만들어내는 것이라고 보게 된 것이었다.

현실과의 모든 접촉점을 끊는다는 자체는 현실 세계의 '의식적 파괴'이다. 이 이론은 훗날 초현실주의나 다다이즘의 골자가 된다. 그러나 의식적 파괴에 의해서 형이상학적 진실이 드러나는 것은 아니다. 상징의 매재는 결국 형이하학적인 현실의 것을 소재로 하고 있으므로 상징주의의 원의(原義)와 잘 들어맞지 않는다. 현실로부터 오는 모든 이미지를 마음속에서 몰아내고 스스로 진공을 만들려고 했던 초기 상징주의 시운동은, 결국 '무의미'의 이론을 낳게 하였고 거기에 당위성을 주었다. 아주 깊은 무의식의 언어, 아주 높은 의식의 농도를 가진 언어로 표현하게 될 때, 그 순간에는 두 구조가 일치하게 되지만 결국 두 구조의 관계는 끊어지고 만다는 것이다. 이러한 이론은 최근까지 '무의미의 순수시' 이론으로 주장되고 있다. 다음과 같은 경우가 그것이다.

> 이미지의 대상을 가지고 있는 이상, 대상을 위한 수단이 될 수밖에 없다는 뜻으로는, 그 이미지는 불순해진다. 그러나 대상을 잃은 언어와 이미지는 대상을 잃음으로써, 대상을 무화(無化)시키는 결과가 되고 언어와 이미지는 대상으로부터 자유로운 것이 된다. 이러한 자유를 얻게 된 언어와 이미지는 시인의 실재(實在) 그것이라고 할 수 있다. 언어가 시를 쓰고 이미지가 시를 쓴다는 일이 이렇게 하여 가능해진다. 일종의 방심 상태인 것이다. 무의미의 시에서는 적어도 이러한 상태를 위장이라도 해야 한다.[11)]

대상으로부터 자유로워져서, 관념이 사라지고 의미가 없어진 시가 가장 순수한 시라는 것이다. 그러나 그것이 시적 자유의 본질이고 시

11) 김춘수, 「한국 현대시의 계보」, 『어문논총』 7집, 경북대학교, pp.15~16.

인의 실재 그 자체라면, 시의 형이상성은 현실과 지나치게 유리된 것이 되어버린다. 시의 형이상성은, 그것이 우리에게 상징적으로 계시되어야만 의의가 있다. '형이상'이라는 말 자체가 '형이하'를 전제로 하고 있는 만큼, 시는 형이하학적 소재를 가지고 그것을 상징의 매개물로 삼아 형이상학적 본질의 세계를 계시해야 하는 것이다. 시가 철학과 다른 것은 형이상학적인 관념을 형이하학적으로 상징할 수 있다는 점에 있다. 무의미한 것이 가장 순수한 것이요, 초월적인 적이라는 생각은 시를 언어의 유희로 전락시킬 위험이 있다.

> 남자와 여자의 아랫도리가
> 젖어 있다
> 밤에 보는 오갈피나무,
> 오갈피나무의 아랫도리가 젖어 있다.
> 맨발로 바다를 밟고 간 사람은
> 새가 되었다고 한다.
> 발바닥만 젖어 있었다고 한다.

김춘수의 「눈물」 전문(全文)이다. 이 시는 확실히 중심 이미지가 '상징적'인 것이지만, 인간들의 보편적인 이해에 배치되는 개인적인 상징의 조작이기 때문에 계시와 공감의 기능을 다하지 못하고 있다. 물론 이 시에 투영된 시인의 잠재 의식을 심리학적으로 분석해 보면 상징의 뜻이 밝혀질는지도 모른다. 그러나 상징이 상징적 표현 그 자체에 머물고 초월적 실상(實相)의 세계를 암시해 주지 못한다면, 그것은 형이상학적 상징이 될 수 없는 것이다.

형이상학적 상징은 반드시 인간의 경험 세계에 긴장된 밀도를 가지고 투영될 수 있는 것이어야 한다. 다시 말하여 경험과 선험(先驗)의 두

세계 사이에 다리를 놓아줄 수 있는 역할을 해야 한다는 뜻이다. 형이상학적 상징이 비록 '암호적'인 것이라 하더라도, 그 암호는 풀 수 있는 가능성이 있기 때문에 존재 의의가 있는 것이다. 그 암호는 경험과 선험, 또는 직관 상호간의 계기에 의하여 풀린다. 시는 인간의 경험적 사고양식인 언어에 의하여 표출되는 것이니만큼 단순히 무의미한 '기호'가 되어서는 안 된다. 현실적 언어 질서를 떠나기만 하면, 그것이 '형이상학적'이고 '상징적'인 것이 된다는 사고방식은, 결국 시의 무력화(無力化)를 초래하게 하는 것이다.

3. 시적 형이상학의 함의와 기능

이처럼 시적 상징이 형이상학의 구실까지도 포괄하는 폭넓은 기능을 가질 때, 시는 비로소 확연한 고차원의 존재 의의를 갖는다. 이것은 문학이 구체적 언어 즉 구상(具象)으로서의 언어(형이하학적 언어)를 통하여 새로운 것을 창조할 수 있기 때문이다. 시에서 창조적 사물로 표현하고 있는 것을, 합리적이고 추상적인 논리로 바꿔 놓으면 그것은 곧 '시적 형이상학'이 된다. 이것은 시적 상징과 이미지를 해석하고 일반화하는 것이다. 그러나 시가 형이상학적 기능을 발휘하여 구성해 낸 일반론이나 합리적 논리는, 인간의 실존에 바탕을 두고 인간의 '경험'을 기초하여 추출되어야 한다.

그러므로 시적 형이상학은, 철학을 예술보다 과학적인 것으로 생각하는 개념을 지양한다. 우선 시의 기능은 철학적 기능과 전혀 다르다. 또한 시가 취급하는 지식은 보통의 철학과는 다른 주제와 대상에 관계되는 것이다. 그것은 의미와 진실에서도 전혀 다른 판단 기준을 요구한다. 요컨대 시적 형이상학의 제 일차적인 인식적 기능은, 과학의 특징인 객관적 사실에 관한 지식들을 논리적으로 재구성하는 것과는 다

르다. 그것은 개인적 경험의 세계 안에서 제기되는 지적 · 정서적 태도가 복합된 기능이다.[12)]

시가 형이상학적 기능을 지향하는 목적은, 과학적 개념을 설명하는 데 있지 않다. 인간 존재의 조건을 밝히는 것 또는 실존의 상황에 '빛을 던지는' 것이다.[13)] '실존'이나 '존재'라는 말은 인간 생활과 경험의 양식을 가리키는 것이지, 물질적 존재와는 유리된 형이상학적인 것, 또는 근원적인 것을 가리키는 것은 아니다. 철학과 시의 다른 점이 바로 이 점이다. 물질 즉 형이하학적인 것과 근원적 존재로서의 형이상학적인 것을 접합시킬 수 있는 것이다. 그래서 이러한 시적 형이상학의 과제는 과학의 전제 조건들과 기본 개념들을 취급하여 그 정당성을 확인하고 설명하는 것이 아니라, 본질적이고 주관적인 인간 존재의 전제 조건, 양식 그리고 보편적 범주 등을 밝히고 이해하게 하는 것이다.

결국 모든 문제는 실존의 문제로 귀착된다. 형이상학적 관심, 궁극적 관심에의 모색 과정은, 역사적 상황 속에 처해 있는 인간이 그 역사적 존재를 이해하려고 노력할 때 당연히 걸어가야 하는 길이다.

우리들이 인식 범주 안에서 존재하는 것이 무엇인가 하는 문제는, 우리들 자신이 무엇인가 하는 문제와 불가분의 관계에 있다. 그러므로 형이상학적 관심의 출발점은, 객관적 존재 양식(즉 우리를 둘러싸고 있는 존재)과 주관적 존재 양식(바로 우리 자신과 우주의 본질적 실재로서의 존재)이 직접적 경험 속에 분리할 수 없을 만큼 융합되어 있는 상태이다. 그런데 과학은 이러한 기본 전제에서 이탈하여 이것을 왜곡시킨다. 객관적 존재 양식만을 추구하기 때문이다. 과학이 전달하는 지식은, 비록 객관적으로 타당하더라도, 인간 생활의 정황 속에서 제 일차

12) 한스 마이어호프, 『문학 속의 시간』, 김준호 역, 심상사, 1979, pp.185~190 참조.

13) Karl Jaspers, *The Perennial Scope of Philosophy*, New York: Philosophy Library, 1949, p.26.

적으로 관심을 불러일으키는 그러한 진리를 취급하지 않는다. 그런데 이러한 주관적 존재 양식과 객관적 존재 양식의 진정한 접합은 철학만으로는 불가능하다. 철학은 아무래도 관념의 보편화, 객관화 그리고 논리를 지향하고 있기 때문에 과학에 접근하기 쉽다.

주관과 객관의 접합은 상징을 통해서만 가능하다. 상징은 객관적 사물을 통한 주관적 실재를 파악하기 위한 수단이 되기 때문이다. 상징은 현상적 인식과 초월적 인식의 다리를 놓아주는 역할을 한다. 여기에 중개자로서의 역할을 하는 것이 바로 상상력이다. 인간의 창조적 상상력은 직관과 결합하여 상징적 계시를 직접적으로 이해할 수 있도록 한다. 그리고 상징과 상상력이 가장 잘 결합될 수 있는 계기가 '시'를 통하여 이루어지는 것이다. 시는 예술과 철학을 합치시킨 것이며 형이상학적 진리를 가장 완벽하게 상징의 형태로 바꿔놓은 것이라고 할 수 있다.

그렇다면 시적 상징이 갖고 있는 형이상학적 기능이란 어떠한 것인가. 그것은 한마디로 말해서 '진실'을 전달하는 기능이다. 다른 어떠한 요소의 간섭도 받음이 없이, 순수한 직관의 선험적 인식능력에 의해서 진실을 전달한다. 그러므로 여기서 결국 문제가 되는 것은, '시적 진실'이란 무엇이냐 하는 문제다.

시는 이제까지 쾌락과 지식의 원천으로서 높이 평가되어 왔다. 시를 읽을 때 우리가 느끼는 감각적이고 정서적인 쾌락은 직접적이고 뚜렷한 것이다. 서사시의 경우 비극에서처럼 그 쾌락의 본질이 명료하지 않은 경우도 있으나, 역시 시는 무언가 즐거움을 준다. 이 문제는 더 이상 상세히 논하지 않더라도 자명한 사실일 것이다.

그러나 지식의 문제에 관해서 말한다면 그것은 쾌락의 문제보다 한층 복잡하고 까다롭다. 지식은 교훈과 흡사한 것으로 간주할 수 있다. 아무튼 무언가 우리에게 관념적으로 '주는 것'이다. 시가 우리에게 정보와 지식을 전달한다는 것은 어떤 의미에서는 완전히 옳은 것같이 생각된다. 우리는 시를 통해서 무언가를 '배운다'고 한다. 한용운이나 이육사의 시에는 확실히 조국애의 정신이 서려 있다. 그들의 작품은 확실히 무언가를 배우게 한다.

그렇지만 또 다른 의미에서는, 시가 지식의 원천일 수 있는가 하는 데 대해서 의혹을 느끼는 경우가 있다. 왜냐하면, 시 작품은 시인의 인생관과 현실관을 '개인적'으로 표출한 것이며, 어떤 특수한 정서적 상황을 통해서 시인의 이런 인생관과 현실관을 전달하기 때문이다. 감각적 이미지, 특수한 체험 등은 시 작품의 중심부를 형성하며 여기서 예술이 환기하는 직접적 쾌락의 대부분이 산출된다. 그러나 한 편의 시는 시인이라는 한 인간의 세계관을 반영한다. 그러면 시인의 이런 주관적 견해가 일반적으로 납득할 수 있고 받아들일 수 있는 지식을 어떻게 전달할 수 있는가? 이 문제에 대한 해답은 이러한 지식의 문제가 발생하는 여러 가지 경우를 검토함으로써 얻어질 수 있다.

우선 아주 평범한 의미에서의 지식이라는 것이 있다. 시 속에는 시 이외의 다른 담화 형태로도 사용되는 기술적(記述的) 요소가 있다. 이것은 바로 시의 형이하학적 상징이 나타내는 세계다. 그러니까 시의 이러한 기술적 요소도 경험적이고 인식적인 의미로 사용될 때에는 진실일 수도 있고 허위일 수도 있다. 이것이 사실적 묘사를 목적으로 하는 시인들의 이론이다. 충실한 묘사에 의한 서경시, 시의 회화적인 성격을 강조하는 시인들에게서 이러한 면을 발견할 수 있다. 시는 가령 어떤 인물을 묘사한다고 할 때, 그가 누구이며 어떠한 사람인가, 그는 무엇을 입고 있으며 무엇을 어떻게 행동하는가의 서술일 수 있다. 또한 시는 인간의 감정과 사상이라는 내적 세계를 취급하여 그가 무엇을 말하고 생각하고 느끼고 있는가를 서술한 것일 수도 있다.

또한 시 작품에는 시인의 인생관과 세계관이 일반론으로서 전개될 수도 있다. 인간, 신, 자유, 사랑, 미움 등에 관한 이론들이 시적으로 전개된다. 그러나 이것 역시 문학적 진실이 일반적으로 뜻하는 것과는 다르다. 왜냐하면 시가 일반론을 전개할 때의 증거와 추론은 시인이 아닌 일반인에 의하여 개진된 보통의 이론과 같은 것이기 때문이다. 그러한 이론들은 인간이 생각하고 느끼고 희망하고 두려워하는 것에 관한 실제적 기술, 즉 어떤 한정된 시대의 어떤 계급의 사람들이 품고 있는 사상과 감정의 보고서이며 역시 앞서 말한 기술적 진술의 범주에 속한다. 즉, 진실은 진실이되 '시적 진실'은 되지 못하는 것이다.[14)]

여기서 오로지 시적인 문맥 그 자체에만 속하는 특수한 의미의 진실과 지식의 문제가 발생한다. 이것은 시인의 특수한 주관적 견해에만 통용되는 것이지 일반적이고 상식적인 보편성이 있다고는 볼 수 없는 것이다. '시적 진실'이란 단지 제 일차적으로 문학작품이 묘사한 경험, 감정, 행동, 상황에 속하는 것이며, 시를 창작할 때 이런 것들에 현실성을 부여하는 독특한 방법에 적용되는 것이라고 본다. 이것이 시적인 진술을 심미적으로 분석했을 때 발견되는 제 일차적 의미다. 이것은 시적 진실의 제 이차적 의미와 구별된다. 제 이차적 의미의 진실은 시 작품 그 자체에는 적용되지 않으나 그 작품으로부터 추출한 일반적 추론에 적용된다. 시에서의 진실성의 문제가 이처럼 매우 복잡하게 된 것은 진실의 두 가지 의미가 상호 작용하고 있기 때문이다.

즉 제 일차적인 미학적 의미는 일반적 의미와는 부합되지 않으나, 반면에 제 이차적인 추론적 의미는 일반적으로 통용되는 의미와 일치하기 때문이다. 그리고 우리가 시의 인식적인 면의 공헌을 말하는 경우, 우리는 보통 그 제 이차적인 추론적 지식만을 의미하고 있는 것이다. 다시 말하면, 이런 경우 우리의 시적 진술이 비록 한 시인에 의하여 묘사된 주관적이고 특수한 세계일지라도, 인간 행동 일반을 설명하는 심

---

14) 한스 마이어호프, 앞의 책, pp.170~173 참조.

리학적 · 사회적 작용에 대한 깊은 통찰을 드러내고 있다고 믿고 있다. 여기서 우리가 지식을 얻는다는 믿음은 당연한 것이다.

시인은 생래적으로, 일반인이 학문적 지식으로서는 아직 꿈꾸지 못했던 많은 사물을 알고 있다. 이러한 생각은 바로 제 이차적 의미로서의 진실이다. 이런 뜻에서 볼 때, '진실'과 '지식'을 시에 적용시키는 경우, 우리가 의미하고 있는 것은 다음과 같은 것이다. 즉, 시는 다양하고 다채롭고 짜임새 있는 경험, 생명의 정열, 개인과 우주 등을 형성하는 복잡한 원동력 등을 묘사함으로써, 이것들의 원인과 동기에 관한 실마리를 제공해 줄 뿐만 아니라, 사물의 근본적 원동자(原動者)로서의 우주적 실재의 궁극을 설명하는 통찰력을 제공해 준다. 또한 시는 우리를 매혹하고 당황하게 하는 인생의 다양성을 우리로 하여금 한층 더 이해하게 하고 그 다양성 속에서도 방향감각을 갖도록 해준다. 이것은 일반적인 가정이다. 그러나 이러한 통찰은 문학적인 일반 원리이며, 이러한 일반적 추론이 시의 심미적 문맥, 즉 시 자체로서의 당위성을 갖는 제 일차적 의미의 진리와는 구별되어야 한다.

일차적인 의미는 세 가지 성격을 지니고 있다. 첫째, 그것은 오로지 '시적'인 것이다. 둘째, 시적 진실은 과학 논문의 경우와 같이 문장 그 자체의 내용으로서 사용되는 것이 아니라 현실과 인생 자체 — 여러 사건, 경험, 감정, 행위로 이루어지는 — 의 속성으로서 어떻게 사용될 수 있는가를 설명하는 데 도움을 준다. 셋째로, 그것은 문학적 진실에는 주관적 직관의 요소가 뿌리박혀 있다는 것을 시사한다. 이러한 세 가지 점에서, 문학적 진실은 일반적인 의미의 진실과는 다르다. 이런 차이는 몇 가지의 방식으로 나타난다. 이 방식이야말로 시의 '기능'이 될 수 있을 것이다.

첫째는 대조적으로 쓰이는 경우의 진실이다. '진실한 벗'이라거나 '진실한 가치'라고 말하는 경우와 똑같이, 시에서도 평범하게 '진실하다'고 부를 수 있는 경험의 양상이 있다.

둘째, 이러한 현실적 경험과 가치관이 시 작품에서만 표현되는 독특한 방법으로 나타날 수 있다. 그리하여 문학에서 인생과 우주 등의 여러 양상은 일반적으로 저속하다고 불리는 예술적 표현과는 다르게 그 작품의 독특한 양식에 의해서 '진실되게' 묘사될 수 있다.

셋째, 이러한 시적 표현이 독자에게 직접적으로 감응하여 '진실된' 행동을 유발시키는 경우가 있다. 이런 경우의 작품은, 독자에게는 허위적이라든지 단지 평범할 뿐이라든지 아무런 감응도 일으키지 않는 작품과 구별된다. 이러한 작품을 통하여 독자의 생은 변화한다.

마지막으로, 시 작품이 독자에게 진실된 영향을 줄 뿐 아니라, 시인과 독자 상호간에 '진실한' 소통이 이루어질 경우가 있다. 이런 경우 '시적 전달'이란, 두 사람이 침묵 가운데서도 서로 이해했을 때, 양자간에 이심전심의 진실한 대화가 이루어졌다고 말할 수 있는 그런 형태의 것이다.

그러므로 시적 진실은 우리가 보통 사용하는 진실과는 다르다. 결론적으로 말해서, 시적 진실의 의미와 그것을 입증하는 기준은 본래 작품 그 자체에 있다. 이 점이 시와 철학, 과학이 서로 다른 점이다. 시는 객관적 상관물(相關物)이 아니라 주관적 상관물일 뿐인 것이다.[15] 그러나 다른 한편으로 시적 진실은, 진실한 감정, 진실한 선택, 진정한 가치, 진정한 반응 등 현실의 여러 양상의 속성으로서의 진실의 의미를 인정한다. 그러나 시는 철저히 주관적 · 절대적인 것이기 때문에 현실적 대상이 거부되거나 반응을 일으키지 못하게 되는 경우에도 그 진실성이 감소되지 않는 것이 확실하다.

15) 환언하면 일련의 대상들, 하나의 상황, 일련의 사태들을 시는 발견하는 것이지만, 이것들은 반드시 어떤 '특수한' 정서를 알리는 것들이어야 한다. 감각적 경험으로 드러나는 외부적 사실들에 의하여 정서는 즉시 환기되지만, 그것이 시의 비밀 그 자체는 아니다.

4. 시적 진실과 형이상학적 기능

지금까지 시의 형이상학적 기능을 설명하기 위하여 '진실'의 문제를 고찰하였다. '시적 진실(poetic truth)'의 표현은 시의 궁극적 목표다. '진실'이라는 언어 속에 모든 우주, 모든 실재의 총괄적인 의미가 내재하고 있는 것이며, 그러한 의미는 곧 시의 형이상성을 지향한다. 그렇다면 시적 진실을 표현하기 위하여 상징이 어떤 형태로 그 기능을 발휘하는가 하는 문제가 남아 있다. 여기서 시를 '상징적 행동'으로 보는 또 하나의 관점이 요청된다. 시는 언어로 기술된 것이지만, 그 언어는 일상적 언어는 아니다. 시의 언어를, 과학에서와 같이 지식 전달의 수단으로 사용하는 언어로부터 구별하여 생각할 필요가 있다.

그러면 시의 언어는 어떠한 언어인가? 시의 언어는 바로 상징적 행동으로서의 언어인 것이다.[16] 언어를 지식의 도구로서 고찰하면, 언어를 인식론적으로 또는 의미론적으로 과학에 의하여 고찰하게 된다. 그러나 언어를 하나의 행동의 양식으로서 고찰하려면 시의 언어를 대상으로 해야 한다. 왜냐하면 시 작품은 하나의 행동, 즉 그것을 만든 시인의 상징적 행동이며, 나아가서는 하나의 주체적 구조로서 존재하게 되므로, 그것으로 말미암아 독자는 새로운 체험을 얻어내어 행동으로 연결지을 수 있기 때문이다. 시인과 독자 상호간의 진실한 소통이 이루어져, '시적 진실'이 그 기능을 제대로 발휘한다고 할 때, 시적 진실은 '상징적 행동'의 형태로 나타난다. 언어 하나하나의 분석적 의미를 초월하여, 시 작품 전체가 하나의 뭉뚱그려진 상징으로 표현되었을 때, 그것은 단순한 언어의 집합이 아니라 행동이 된다. 그것은 복잡한 유기체적 조직을 가지고 생명력있게 활동한다.

---

16) K. Burke, *The Philosophy of Literary Form*, Univ. of California Press, 1973, pp.8~9 참조.

시가 갖는 '상징적 행동'의 활동 범위는 매우 넓다. 유한과 무한의 사이를 왕래하며 형이상학과 형이하학을 연결시켜 준다. 철학은 단순히 설명하고 이해시키는 것으로 끝나지만, 시는 설명하는 것으로 끝나는 것이 아니다. 독자에게 상징적 행동을 유발시켜 새로운 직관, 새로운 창조의 계기를 만든다. 이것이 바로 시가 갖는 마술적인 힘이고, 원시 시대부터 인간에게 신비로운 주문으로 간주되었던 이유이기도 하다. 그러나 시는 현상적 기적이나 변형을 가져오는 주문이나 마술로서가 아니라 형이상학적 진실, 초월적 진실을 직접적으로 계시할 수 있고, 체험시킬 수 있는 능력이 있다.[17] 이러한 새로운 체험을 통해서 인간은 우주적 존재, 초월적 존재가 되는 것이다. 시가 갖고 있는 상징적 행동의 패턴은 종교적인 시들을 통해 잘 드러난다.

특히 기독교에서 예수 그리스도가 말한 시적 비유는 곧 현실적으로 기적이 되어 나타나고 수많은 민중들의 마음속에 상징적 행동력을 불어넣어 주었다. 예수가 말한 가장 중요한 상징, 즉 예수는 하나님의 '아들'이라는 것과 모든 인류는 다 하나님의 '아들'이라는 상징은 상징적 행동의 본보기이다. 예수는 백성들에게 기도할 때 "하늘에 계신 우리 아버지"라고 하도록 시켰다. 예수는 신인(神人)이요, 하나님의 아들이다. 그런데 모든 인간들도 "하늘에 계신 우리 아버지"를 찾을 수 있기 때문에 역시 하나님의 '아들들'이다. 그렇다면 예수와 모든 인간은 동격(同格)이 된다. 이렇게 해서 인간이 신과 같다는 신념이 생겨난다. 예수는 말하기를 "내가 곧 하나님"이라고 했기 때문이다. 예수가 하나님이라면 예수의 형제들인 모든 인류는 다 하나님이다.[18]

이러한 철저한 자긍(自矜)의 신념에 의한 긍정적이고 진취적인 '행

---

17) 이승훈, 「말의 새로운 모습」, 『한양어문』 1집, 한양대학교 국어국문학과, 1974, pp.101~110.

18) 이른바 삼위일체설(三位一體說)은 이런 방식으로 이해되어야 하리라 본다. 성부 · 성자 · 성신은 예수와 하나님의 양자적 관계에서만 이루어지는 것이 아니다. 여기에 마땅히 평범한 피조물로서의 인간이 첨가되어야 한다.

동'은, 모두 예수의 시에 의하여 가능했던 것이다. 그의 시는 형이상학적 진실을 지향하였고 그러한 진실은 상징적 행동의 양식으로 표현되었다. 만약 예수가 그런 시적 비유의 형식으로서가 아니라 단순하고 무미건조한 이론적 교설(教說)로써 백성들을 가르쳤다면 그만한 영향을 미치기 어려웠을 것이다. 시적 '상징'의 기능이란 그만치 대단한 것이다.

이러한 예는 불교에서도 찾아볼 수 있다. 석가가 말한 "천상천하 유아독존(天上天下 唯我獨尊)"도 예수와 비슷한 패턴의 시적 상징이다. 이 세상에서 '내'가 홀로 존귀하다는 것은 석가 자신만이 존귀하다는 것이 아니라, 석가를 포함한 모든 인간이 다 존귀하다는 것이다. 누구나 다 부처가 될 수 있다는 말이라든지, 심지어 개(狗子)에게조차 불성(佛性)이 있다는 말 등은 모두 다 상징적 신념을 통한 행동을 목적으로 한 것이었다.[19] 이런 점에서 볼 때, 모든 탁월한 종교의 교리들이 이론적인 논문으로서가 아니라, 모두 시적인 비유나 상징의 형태를 띠고 있다는 것은 흥미로운 일이다. 모든 현실적인 이론이나 현상적 분석을 초월하는 초월적 직관에 의한 '진실'은, 항상 시의 형태를 빌려 전달될 수밖에 없었다는 말이 된다. 모든 종교의 밑바탕을 형성하고 있는 계시적 상징, 초월적 상징 등은 모두 시의 변형인 것이며, 따라서 그런 경로를 통해야만 형이상학적 실재는 그 자체로 머물지 않고 실질적 행동으로 이어질 수 있다는 것을 증명해 주고 있다.

우리나라 현대시에서도 그러한 자취를 찾아볼 수 있다. 한용운의 「님의 침묵」의 경우, 그 후반부는 시적 상징을 행동으로 승화시킨 것이다.

그러나 이별은 쓸데없는 눈물의 원천을 만들고 마는 것은, 스스로

19) 대한불교조계종 편, 『불교성전(佛教聖典)』, 1969, pp.301~310 참조.

사랑을 깨치는 것인 줄 아는 까닭에, 걷잡을 수 없는 슬픔의 힘을 옮겨서 새 희망의 정수박이에 들어부었습니다.

우리는 만난 때에 떠날 것을 염려하는 것과 같이 떠날 때에 다시 만날 것을 믿습니다.

아아, 님은 갔지마는 나는 님을 보내지 아니하였습니다.

떠난 님을 그리워하는 단순한 애상의 노래, 그리움의 노래가 아니라 다시 만나게 될 것을 '확신'하는 신념의 노래가 되고 있다. 다시 만날 것을 믿는 마음, 그리고 님은 갔지마는 마음속의 님은 보내지 아니하였다는 힘찬 절규는, 한용운의 행동력을 시사해 주고 있다. 시가 현실에 끌려다니는 푸념조의 노래도 아니고, 또한 이론적인 관념이나 보편적인 진실을 평범하게 전달하는 매개 수단도 아니고, 새로운 신념과 형이상학을 상징적으로 부각시켜 '상징적 행동'의 실현으로 이어질 수 있는 것이라는 것을, 이 시는 잘 입증해 주고 있는 것이다.

또한 시는 어떤 사물 혹은 우리의 마음이 공간과 시간 속으로 확대되는 순간을 포착하는 것이라고 볼 때, 김광섭의 다음과 같은 작품도 구체적인 사물, 즉 형이하학적인 물상을 통하여 자연 세계의 초자연적 무한성, 사회적 체계의 초월적 무한성, 형이상학적이고 초자연적인 세계의 무한성을 상징적으로 제시해 주고 있다.

지구의 저 끝에서도

할아버지가 살고 할머니가 살고
아들이 살고 딸이 살고
조카가 살고 친구가 살다 죽는다

눈물이 천리에 흐르고
울음이 만리에 뻗는다
눈물 끝에서 목숨이 붐비다가
나중에 대지는 사자(死者)의 것으로 돌아간다

죽음을 묻고 돌아선 민중의 슬픔에 안겨
자라는 무덤은
봉우리보다도 높고
궁전보다도 커서
산 사람의 키 위에 선다

— 김광섭, 「사자(死者)의 대지(大地)」

이 시가 이야기하고 있는 것은 우리의 삶의 탈현상적(脫現象的)인 초월성이며, 그 초월성이 가지는 형이상학적 본체감(本體感)의 고귀함이다. 이 시에서 죽음이란 단지 '끝남'이 아니라 하나의 영원한 '회귀(回歸)'이다. 죽음은 삶의 부정이 아니라 부단한 자기정화(自己淨化) 끝에 이루어지는 새로운 탈바꿈이요, 더욱 커다란 진실로 향하는 평화로운 진화(進化)인 것이다.

이처럼 형이하학적인 물상들을 매개로 한 시적 상징이 형이상학적인 진실을 전달한다고 할 때, 또한 그 진실이 독자에게 상징적 행동으로서 주입된다고 할 때, 그 전이과정(轉移過程)에는 몇 가지 단계가 있다. 이러한 단계들을 거쳐나가면서, 시는 형이상학적 기능을 점차 지향하게 되는 것이다.

첫째로, 시적 표현은 아직 알려지지 않은 경험과 인생의 중요한 면들을 드러내고 제시함으로써 새로운 지식을 전달한다. 위대한 시인은 외계와 자기의 마음에 일어난 사물들을 면밀히 기록하고 주의 깊게 분석하는, 감수성이 매우 예민한 관찰자들이다. 그러나 그들은 예민한 관찰자 이상의 존재다. 그들은 인생의 새로운 사실을 창조하거나 제조하는 존재다. 경험의 다양성과 그 특수한 정서적 격조는 시적 표현에 의해서만 새로운 실재성(實在性)을 얻게 되는 것이다. 지금껏 모르고 있었던 경험과 인생의 새로운 차원이 시적 창조의 작용을 통해서 비로소 존재하게 된다. 우리에 대해서 존재하지 않던 사물들, 즉 우리의 유한한 일상적 인식 범주 안에서 존재하지 않던 사물들도 시 속에 표현되거나 알려질 때에야 비로소 존재하게 된다. 즉 시는 인간이 접근할 수 있는 가능적 경험 세계를 확대하고 풍부하게 한다.

둘째로, 시의 이러한 인식적 공헌도 우리 자신의 생활에서 우러나온 감정 · 사고 · 행위에 관한 한, 시 고유의 문맥 속에서 제시되는 시적 진실에 의하여 훨씬 더 커다란 의의를 가진다. 시적 상징은 우리들 마음 가운데 모호하고 막연하게 남아 있을지도 모르는 것을 매우 명료하게 함으로써 우리에게 새로운 직관력을 부여한다. 이러한 능력은 인생의 '산문적' 관찰자와 분석자에게는 좀처럼 부여되어 있지 않다. 그리하여 어떤 감정을 진실한 것으로 포착하고 이것을 독특한 문학적 양식으로 '진실하게' 표현함으로써, 시는 우리가 지금까지 흔히 느끼고 생각하기는 했지만 '직관하지' 못한 것을 명확한 형태로 존재하게 한다. 시는 산문처럼 기술하거나 묘사함으로써 사물을 보여주는 것이 아니라, 독특한 상징에 의한 창조적 표현에 의해 '직접적'으로 사물을 제시한다. 그러므로 시는 역시 비평가와 철학가들이 사물에 대해 논평하는 경우보다 훨씬 더 많은 것을 스스로 말하며, 다른 진술양식보다도 말하고자 하는 것을 훨씬 효과적으로 전달할 수 있는 것이다.

셋째, 그리하여 시의 이러한 직관적 통찰의 기능은 개인적 감정과 사상의 세계로부터 자아의 구조 전체에 미친다. 우리는 시적 상징을 통해 우리의 실존과 세계 존재를 재인식함으로써 존재의 근거와 궁극적 실재를 파악한다. 시를 읽고 감상하는 것은 우리 개인의 자아에 대한 통찰이다. 우리는 시가 진실에 의하여 창조된 것을 인식하고 이해함으로써, 우리 자신의 존재와 생의 구조에 대해서 중요한 진실을 이울러 발견할 수 있다. 위대한 시는 인간성을 반영하는 거울이 된다. 그리고 시는 인생에 대한 시의 통찰이 어떤 단일한 국면에 한정되어 있다고 하더라도 우리의 경험 영역을 확대시키는 것이다. 그러나 시를 통한 자기인식은 이미 그 시 자체를 넘어서는 행위이다. 즉 이것은 우리가 시를 우리 자신의 경험 세계 속으로 이끌어들여 결합시키는 것을 의미한다. 이것은 시의 일반화 과정이다. 즉 문학적 진실이 보편적 진실로 전이되는 것이다.

여기서 문학적 '통찰'이 쉽사리 과학적 범주로 옮겨질 위험성이 있다. 시로부터 매우 많은 추론이 이끌어 내어져서, 여기에 심리학과 사회학, 인류학 등에 관한 일반적 원칙들이 문학의 해석에 참여한다.[20) 이것은 인간적 지식을 위해서는 큰 공헌을 하지만, 시 자체가 갖고 있는 초월적 진실, 형이상학적 진실의 기능을 마비시킨다. 이러한 단계를 뛰어넘은 다음에라야 시는 제대로의 기능을 발휘할 수 있다. 즉, 시를 일반적 경험의 거울에 반사시켜 인식하는 단계에서 다시금 시의 원초적 본질로 돌아가는 것이다. 이러한 역전은 반드시 필요하다.

넷째로, 시가 일반적 인식의 범주 안에서 용해되는 과정을 뛰어 넘어, 좀더 높은 차원의 선험적 직관과 형이상학적 상징으로서의 상징적 행동을 지향하게 되려면, 독자가 보편적 지식의 규준을 뛰어 넘어 '창조적 상상력'을 발휘해야 한다. 독자의 창조적 상상력이 시적 창조에 참여할 때, 시는 진정한 '행동'으로서의 기능을 갖는다. 이러한 행동은 '형이상학적인 행동'이다.[21) 형이상학이 관념의 유희로 그쳐버리는 것

20) 시와 과학을 상호 접근시키려는 노력은 일견 타당성이 있는 것같이 보이지만 궁극적으로는 아무런 의의가 없다.

이 아니라 실제적으로 효용을 발휘하게 되고, 제 기능을 다하게 되는 것이다.

창조적 상상력은 인간이 갖고 있는 가장 독특하고 탁월한 능력이다. 그것은 우리들이 스스로 상상하는 모든 모형과 계획들을 대생명력(大生命力)에 의한 우주 질서에 의하여 '실제로' 응답하게 하는 신비스럽고 불가사의한 존재다. 우리들이 내심적(內心的) 느낌, 가지고 있다는 것의 확신을 유지할 때, 세계의 창조를 주관하는 자연의 보편적 질서와 우주적 정신은 그 욕망의 달성으로 인도하는 데 필요한 모든 일에 착수하는 것이다. 한용운의 「님의 침묵」에서, "아아 님은 갔지마는 나는 님을 보내지 아니하였습니다"라고 확신에 찬 단언을 하는 것은, 님을 만날 수 있다는 것, 그것으로 나아가는 직접적 행동 등을 암시하는 '창조적 상상력'의 표현이다. 창조적 상상력의 과정을 거쳐서 모든 희망이나 욕구는 비로소 채워진다. 창조적 상상력이 갖고 있는 참된 의미는, 우리로 하여금 행동하는 것에 앞서 사고하는 상태, 직관하는 상태를 제공하여, 그것이 곧 행동과 마찬가지로 실천적이고 영향력 있는 위력을 갖고 있다는 신념을 갖게끔 만들어준다.

인간은 영혼을 갖고 있다. 영혼은 대우주의 창조를 맡은 부분인 것이다. 어디에나 창조의 영혼이 작용하고 있는 것을 인식하고 있기 때문에, 우리들의 사고와 신념, 또는 정신 속의 이미지나 상징적 상상력 등은, 곧 인간의 실제 체험을 통하여 드러난다는 것을 인정하여야 한다.

---

21) 이 점에 관해서는 사르트르의 다음과 같은 말을 참고할 필요가 있다. "시인은 언어 밖에서 존재하는 것이다. 그는 마치 인간조건에 속하지 않은 듯이 언어를 거꾸로 본다. 마치 사람들에게로 향할 때 우선 방책(防柵)같이 앞으로 가로막는 말에 부딪친다는 듯이, 시인은 사물들을 우선 그 이름으로 인지하지 않고 우선 사물 자체와 침묵의 접촉을 갖는다고 해도 무방하다. 차라리 시는 전혀 언어를 사용하지 않는다고 하는 편이 옳을 것이다. 시인들은 언어를 이용하기를 거부하는 사람들이다. 그들은 외부세계를 명명(命名)하려고 하지 않는다."(사르트르, 『문학이란 무엇인가?』, 김붕구 역, 신태양사, 1959, p.22)

시가 궁극적으로 시적 행동, 상징적 행동으로 나아갈 수 있는 것은, 이러한 창조적 상상력의 보조작용에 의하여 가능한 것이다. 시가 일반적 인식과 보편적이고 분석적인 지식의 수준으로 일단 이해되었다가, 다시금 시 자체의 본질로 복귀하여, 새로운 충격의계기 및 계시적 행동의 계기가 되는 것은, 창조적 상상력에 의해서 이루어진다. 이 모든 것을 뒷받침해 주는 것은 역시 시의 선험적 존재 양식인 '상징'이라고 할 수 있다. 시적 상징이 창조적 상상력과 결합할 때 우리는 초월적 인식의 세계, 형이상학적 진실의 세계로 접근해 갈 수 있는 것이다.

(2004)

내 소설의 주인공들

— 초기작 3편을 중심으로

내가 발표한 소설에 나오는 인물들은 모두 다 가공인물들이다. 이것이 소설과 시의 다른 점인데, 시는 나 자신이 그대로 시 속의 화자(話者)로 등장하기 때문이다. 나는 문학 생활을 시로 시작했고 나름대로 열심히 썼다. 그러나 시를 써 나가는 동안 뭔가 답답한 기분을 느낄 수밖에 없었다. 그 이유는 시가 상상의 세계를 그리는 것이긴 하지만 '거짓말하는 즐거움'이 소설만큼 없기 때문이었다. 그래서 나는 소설이 갖고 있는 허구적 특성에 매력을 느끼게 되었고, 처음부터 겁도 없이 장편소설에 손을 대게 되었다.

나의 첫 장편소설은 1989년에 『문학사상』에 연재한 『권태』이다. 『권태』의 주인공은 '희수'인데, 화자인 '나'와 어느 나이트클럽에서 우연히 만나 이틀 동안 사랑을 나누는 여자로 나온다. '나'가 이 소설의 주인공이라고도 볼 수 있지만 나는 그를 희수의 개성과 성관(性觀)을 설명해 주는 보조자의 역할로 그쳐 버리도록 의도했기 때문에, 주인공은 역시 희수라고 볼 수 있다.

희수는 내 마음속에 자리잡고 있는 이상적 여인상이라고 할 수 있는 '똑똑한 마조히스트'의 성격을 대변하는 인물이다. 그래서 나는 '희수'라는 이름도 '喜囚'라는 한자가 연상되도록 만들었다. '똑똑한 마조히스트'란 마조히즘이 단순한 복종 심리, 또는 힘 앞에 할 수 없이 굴복하게 되는 심리가 아니라, 마치 음양의 관계처럼 사디즘과 당당하게 대(對)를 이루는 심리라는 것을 자각하고 있는 마조히스트를 가리킨다.

지금까지 프로이트류의 정신분석학에서는 마조히즘을 사디즘의 변형물로만 보아왔다. 즉, 남을 지배하고 학대하지 못하니까 거기에 대한 보상심리, 또는 전이(轉移) 현상으로 자기 자신을 학대하게 된다는 것이다. 그렇지만 나는 마조히즘은 그 자체만으로도 인간 심리의 보편적 양상의 성격을 띠고 있다고 생각하였다. 특히 종교적 복종심이 좋은 보기인데, 기독교도들이 하느님께 복종하며 즐거워하는 심리는 하느님을 지배하지 못하기 때문에 그렇게 된 것이라고는 볼 수 없기 때문이었다.

희수는 또한 페티시스트(fetishist)인 '나'의 성 심리를 이해하는 여자로도 나온다. 페티시즘이란 이성의 특정한 신체 부위에 대한 탐미적 경탄을 통하여 성적 만족감을 얻는 심리를 가리키는데, '나'는 특히 여인의 긴 손톱에 무한한 애착심을 갖고 있다. 희수는 손톱을 길게 기름으로써 손가락을 마음대로 놀릴 수 없는 데 따른 마조히스틱한 쾌감을 스스로의 나르시시즘으로 향수(享受)하는 여성이다. 그래서 '나'와 '희수'는 곧바로 의기투합하여 이틀 동안의 농염한 성희를 즐기게 되는 것이다.

『권태』 다음에 발표한 두 번째 장편소설은 『광마일기(狂馬日記)』이다. 『광마일기』는 열 개의 에피소드로 이루어진 일종의 연작소설이라고 할 수 있는데, 나는 이 소설을 '거짓말이 많이 섞인 사소설(私小說)' 형식으로 썼다. 그래서 남주인공이 꽃의 요정과 연애하기도 하고 고려

때 죽은 처녀귀신과 연애하기도 한다. 그리고 그런 식의 전기적(傳奇的) 성격의 에피소드가 아니라 하더라도, 남주인공이 친구 부부와 부부교환의 정사를 벌이거나, 또는 극장에서 자살을 기도한 정체불명의 여성과 연애하는 등 거의가 허구적 스토리로 되어 있다. 그런데도 이 소설을 읽은 독자들 중엔 모든 스토리가 다 내 체험 그대로를 옮긴 것이라고 믿는 이들이 많았다. 그래서 나는 우리나라의 문학 풍토가 지나치게 리얼리즘 일색이라서 그런지, 소설이 갖는 상상적 허구성에 독자들이 전혀 익숙하지 못하다는 사실을 알게 되었다.

『광마일기』 가운데 가장 기억에 남는 여주인공은 「K씨의 행복한 생애」편에 나오는 '지나'이다. 지나는 K씨의 첫 애인이 다른 남자한테 시집가서 낳은 딸인데, 나중에 K씨와 결혼하게 되는 여성이다. K씨와 지나의 나이 차이는 40살. 나는 지나의 심리 묘사를 통해 여성이 갖는 엘렉트라 콤플렉스를 형상화시켜 보았는데, 특히 이기적 성격의 나르시시스트인 엄마에 대한 반발로 아버지뻘 되는 K씨와의 결혼을 성사시키는, 용감한 탈모권적(脫母權的) 성격의 여성을 만들어보았다.

세 번째 장편소설은 『즐거운 사라』. 이 작품의 여주인공 '사라'는 내가 가장 힘겹게 형상화시켜 놓은 인물이다. 사라가 갖는 복합적인 성격, 즉 순정파인 듯하면서도 성적으로는 당돌하고, 남권과 부권에 도전하는 반항적 성격의 여성인 듯하면서도 가정적이고, 한국에 대해 회의적이면서도 정작 미국에 가서 살라면 싫어하는 등, 사라는 요즘의 젊은 신세대 여성답게 다원적이고 융통성 있는 사고방식을 갖고 있다.

성 심리면에서 나는 사라가 갖는 '성에 대한 학습 욕구'를 특별히 부각시켜 보았다. 그 까닭은 우리나라의 경직된 '성 알레르기' 현상이 젊은 청소년들에게 성에 관한 한 '모르는 게 약이다'만을 강조하여, 많은 젊은이들이 '암중모색식(式)의 자율 학습'에만 의존하다 보니 시행착오를 범하고 있다는 사실을 보여주기 위해서였다.

'사라'는 우리나라 현대소설의 여주인공 계보에 있어 독특한 위치를 차지한다고 할 수 있다. 이광수의 『사랑』에 나오는 '석순옥'은 지독한 정신주의자요 헌신적 짝사랑파였다. 김동인의 『김연실전』에 나오는 '김연실'은 오로지 겉멋만으로 성적인 자유를 추구하는 여성이었다. 그리고 최인호의 『별들의 고향』에 나오는 '경아'는 순결하지 않다는 이유로 첫 남편에게 버림받아 호스테스로 정착하여, 결국 자살로 생을 마감하고 마는 사회의 가련한 희생물이었다. 또 조해일의 『겨울여자』에 나오는 지성파 여대생인 '이화'는 성적으로 방황을 거듭하다가 결국 이웃에 대한 이타주의적 헌신에서 삶의 보람을 찾는 휴머니스트였다.

그런데 『즐거운 사라』의 사라는 스스로의 이기적 쾌락 욕구에 솔직한 개인주의자이면서, 국수주의에 염증을 느껴 혼혈 문화가 갖는 세계성을 동경하기도 하는 개방적인 여성이다. 그리고 성에 있어 남성보다 오히려 적극적인 능동적 페미니스트요, 스스로의 성적 방황에 대해 조그만치의 뉘우침도 보이지 않는 탈(脫) 순결 이데올로기적 성격의 여성이다. 말하자면 나는 〈여주인공의 성적 방황 → 파멸 아니면 회개〉의 구태의연한 공식을 깨뜨려보려고 애쓴 셈인데, 이러한 시도는 결국 문학작품을 도덕 교과서로 착각하는 이들에 의해 내가 감옥소 신세까지 지는 결과를 낳고 말았다. 만약에 내가 사라로 하여금 끝에 가서 스스로의 자유 분방한 남성 편력을 뉘우치게 만들었더라면 상황은 달라졌을지도 모른다.

리얼리즘을 주장하면서도 정작 성에 관한 리얼리즘은 회피하는 이상한 문단 풍토, 그리고 소설 속에 나오는 잔인한 살인 장면에는 너그러우면서 구강성교 정도의 묘사에도 발끈 화를 내는 중세기적 금욕주의, 이런 것들이 '즐거운 사라'를 '슬픈 사라'로 만들어버리고 만 것이다.

문학이 근엄하고 결벽한 교사나 사제의 역할, 또는 혁명가의 역할까지 짊어져야 한다면 문학적 상상력과 표현의 자율성은 잠식되고 만다. 작가들은 저마다 살아온 배경이 다르고 갖고 있는 생각과 세계관이 다르다. 마찬가지로 그들이 갖고 있는 도덕과 윤리의 기준도 다양할 수밖에 없고, 그것의 다양하고도 창의적인 문학적 표현은 마땅히 존중되어야 한다. 그것에 제재를 가해야 한다는 발상은 우리 사회를 획일적인 윤리기준에 묶어두려는 독선적이고 전체주의적인 발상에 다름 아니다. 『즐거운 사라』에 씌워진 음란물이라는 혐의를 벗기려는 현재의 나의 노력은, 문학적 상상력과 표현의 자율성을 확보하고 지키기 위한 싸움인 것이다. 나는 '위선적 도덕주의'를 우려한다.

(1994)

산문시의 장르적(的) 특질

1

아직까지도 우리 시단(詩壇)엔 안이하고 난해한 작품들이 많이 발표되어 독자들을 시로부터 격리시키고 있는 것 같다. 게다가, "현대시는 의미로 읽는 것이 아니다. 의미가 없는 이미지만이 순수하다"든지 "현대시는 데뻬이즈망(dépaysemant)의 미학이다"[1] 하는 따위의 애매모호한 이론들이 그러한 시들을 감싸주고 있다. 시는 이제 감동을 주기보다는 언어구사의 묘(妙)에 의한 작희적(作戲的)인 재미를 주게 되었고, 더불어 독자들에게는 "현대시는 도무지 알 수가 없다"고 외면 받게 되었다.

물론 시를 사랑할 줄 아는 소수의 독자층에서는 이런 소리가 나오지 않는다. 하지만 요즘 같은 상황하에서는 시전문지를 끼고 다니며 열심히 읽는 사람들을 많이 보지 못했다. 극소수의 시인 지망생들과 시인들만이 제나름대로 시를 즐기며 스스로 자아도취에 빠져들고 있는 것

1) 김춘수, 조향 등의 시인이 이런 이론을 고수하고 있다. 이른바 무의미의 순수시, 또는 초현실주의의 시론(詩論)이다.

같다. 소수의 진지한 시인을 제외한 무수한 시인들에게서 제나름대로의 이상한 걸작(傑作)들이 쏟아져 나온다. 그리고 독자가 채 그들의 작품을 감당해 내기도 전에, 시인들은 독자들의 입을 '실험정신'이라거나, 시의 초자연성(超自然性)이라거나, 또는 '실존의식(實存意識)'이라는 따위의 어려운 술어들로 봉해 버리고 만다. 안이한 단어들 — 예를 들어 인식(認識), 내안(內岸), 전율(戰慄), 망각(忘却), 의미(意味), 순수(純粹) 등 — 은 각각 교묘한 자의(恣意)의 마술을 피워 자못 철학적인 듯이 보이는 시들을 생산해 내고, 독자들은 또 그러려니 하고 더 이상 그런 작품들에 간섭조차 하지 않고 있다.

시를 쓰는 것은 이제 완전히 기계화된 것 같다. 몇 개의 어렵고 아리송한 한자어에다가 조금 신선한 몇 개의 형용사와 동사들이 붙어 훌륭한(물론 그들이 말하고 있는 견지에서 볼 때 훌륭한) 시들이 마구 쏟아져 나온다. 시인들의 등용문이 되고 있는 신춘문에 현상모집에서 당선되고 있는 시들도 비슷한 패턴을 갖게 되었다. 장시(長詩)의 형식에다 아리송하면서 심각한 의미처럼 보이는 주제를 불어넣고 아주 민첩하게 단어들을 잘 골라내어 그것을 요령있게 짜맞추면 되는 듯하다. 그러면 평자(評者)들은 '준열(峻烈)한 윤리성(倫理性)'이니 '의식의 응결(凝結)'이니 하는 투의 애매한 말들로 그것을 덮어주게 마련이다. 예를 들어 「자연법(自然法)」이라는 거창한 타이틀을 갖고 당선된 어느 해 신춘문예 당선 작품의 한 구절을 보면 이렇다.

> 입술에 말라붙은 우수(憂愁)의 철자(綴字)가
> 차례로 한 획씩 풀어지면
> 거울 속에 비쳐지는 우리들의 뇌리(腦裏)
> 우리들의 허위(虛僞)를
> 톱질하는 달빛의 그림자, 그림자가

반짝이는 나이프를 떨어뜨리며 가고
거울 뒤에서는
동시대(同時代)의 낡은 의상들이 묵묵히 젖어 있다
기억하는가
주머니마다 공허한 내용물(內容物)과
기념비(紀念碑) 속에 죽어가는 과거……

— 임정남, 「자연법(自然法)」 중에서

아무튼 모든 것이 이런 식이다. "동시대의 낡은 의상"이니, "기념비 속에 죽어가는 과거"등 이런 투의 난해한 언어, 안이한 언어를 동원하여 마술을 부린 시가 수작(秀作)이라는 소리를 듣고 있다. 하긴 시 자체만으로서의 미학적·본질적 가치만을 따진다면 문제는 조금 달라질는지도 모른다. 하지만 일반적인 문학애호가들 — 소월의 시를 외우면서 눈물을 흘리는감상파 여고생들이든지, 괴테나 바이런의 시에 심취하는 보통 평범한 대학생들한테 이런 시가 먹혀 들어갈 수 있을까.

물론 예술을 위한 예술이라는 이론을 그 방패로 삼을 수도 있다. 또한 그것은 훌륭한 이유가 된다. 하지만 그렇게 문학의 흡수면적이 좁아져서야 어떻게 문학의 본령(本領)을 지켜나갈 수 있겠는가. 시가 사람에게 감동을 주는 것을 목적으로 갖는다면, 요즘의 시는 그 '감동'이라는 어휘와는 도무지 거리가 먼 듯한 느낌을 갖게 된다.

한 편의 시를 읽고 가슴이 뭉클한다거나 콧날이 시큰한다거나 할 정도의 깊은 감동은 없어도 좋다. 하지만 최소한도 그 시가 시를 읽는 사람의 가슴속까지 전달은 되어야 하지 않을까. 그 시에 감동하여 공명(共鳴)하지는 않는다 하더라도 고개를 끄덕여 이해할 수는 있어야 하지 않을까. 참으로 여기에 문제점이 있다. 이것은 어떻게 생각해 보면 진부한 문제가 될 수도 있다. "아니 현대시라는 게 원래 그런건데 새삼 무슨 말을 하고 있는거냐", "엘리엇의 「황무지」 같은 명작도 처음 읽어 보면 도무지 무슨 소린지 하나도 모르겠더라"는 식의 반론이 제기될 수도 있을 것이다. 하지만 그것은 너무 타성(惰性)에 젖은 생각일 뿐이다. 좀더 문제를 깊이 파고 들어간다면 조그만 해결책이라도 하나 나올 수 있을 법도 하다.

여기서 필자는 좀더 독자와 함께 호흡할 수 있는 시 형식을 발견해내기 위한 모색 과정에서, '산문시'라는 장르를 생각해 내었다. 산문시라는 말은 여러 해 동안 줄곧 나를 따라다니며 매혹시켜 왔던 하나의 새로운 신세계였다. 그것은 시하고는 또 다른 별개의 문학유형이라고 할 수도 있다. 몇몇 사이비 산문시를 빼놓고 그런대로 산문시의 본질에 부합되는 산문시라면, 그것은 충분히 독자들을 안식과 감동의 세계로 이끌어 갈 수가 있다. 현대시에 피곤해진 독자들과 시 사이를 잇는 교량의 역할을 산문시는 충분히 해낼 수 있다고 나는 생각한다.

산문시에 관한 모든 것을 여기서 논하기란 불가능하다. 우선 그것의 장르를 시의 한 분류로 볼 수 있는가 없는가 하는 것부터 문제가 된다. 그래서 여기서는 다만 산문시라는 형식을 시의 한 분류 형태로 인정하고, 이 형식이 현대시의 난해성과 독자에게서의 괴리(乖離)를 막아주고, 다시 시를 감동의 예술로 끌어올려 줄 수 있는 최선의 방편이 된다는 것을 시론적(試論的)으로 간단히 고찰해 보고자 한다.[2]

2

물론 산문시의 형식으로 씌어진 모든 시가 다 이해하기 쉽고 독자에게 감동을 줄 수 있다는 말은 성립될 수 없다. 그러므로 우선 이 글에서

---

2) 문덕수 편, 『문예대사전』(성문각)에는 산문시가 이렇게 정의되어 있다. "산문체의 서정시, 즉 산문으로 시적 요소를 갖춘 서정시의 일종."

말하고 있는 산문시라는 것의 문학적 성격에 관한 정의가 필요하다. 필자가 말하고 있는 산문시는 보통 흔히 시인들이 쓰고 있는 '산문시'라는 것과 조금 다른 것이다. 매양 느끼는 것이지만, 우리나라에서 발표되는 산문시들은 모두 일반적인 자유시의 시어들을 붙여놓은 것에 불과하다는 느낌을 받을 때가 많다. 조금도 산문적인 냄새가 나지 않으면서, 오히려 일반적인 시보다도 더 난해한 시적 언어들로 구성되어 있으면서, 시인들은 산문시를 말하는 자리에서 그것이 마치 산문시의 본령(本領)이나 되는 것처럼 착각을 하고 있는 게 보통이다. 필자의 생각으로는, 산문시라면 확실히 '산문'으로 된 시여야 할 텐데도 그것이 산문에서 벗어난 '시적(詩的)인 산문'이어야 된다고 생각하는 사람이 많은 것이다.

> 끓는 대낮엔 미친 초록의 희열만 남는다. 바다처럼 퍼진다. 뭇 주검에 취하다 못해 드디어 흙은 자주빛 불길 되어 치솟고 있다. 그 초록의 바다를 뚫고, 태양의 둘레는 감도는 기운(氣運). 죽음은 없었다. 마치 태초의 카오스인 양 하나로 들끓는 하늘과 흙에 틈이 벌어지면 태양을 쓰러지고 밤이 밀려온다. 식은 초록 속에 밤이 눈뜬다. 이슬이 피어난다. 묘비에 아롱지는 그대의 눈물, 그 눈물 속에 새벽이 밝아온다. 장밋빛 시간이 초록을 적신다.
>
> — 박희진, 「묘지」 중에서

이건 도무지 산문이 아니다. 완전한 운문이다. 행을 띠어 놓으면 도저히 산문시라고 부를 수조차 없는 것이다. 그런데도 이러한 시들이 훌륭한 산문시로 간주되고 있는 것 같다. 신석초는 「산문시와 산문적인 시」라는 글에서, "산문시라 할지라도 거기에 시정신이 담겨 있다는 것만으로 다 되는 것이 아니고 표현양식으로서의 산문이 시어로 승화되고 선택된 상태에서만 시로서 가능하게 된다"고 말한 바 있다.[3] 그는 여기서 필자가 말하고 있는 산문시는 '산문적인 시'일 뿐이지 산문시는 되지 못한다고 설명하고 있는 듯하다.

하지만 이것은 중대한 오해인 것 같다. 내 생각으로서는 산문시는 '거기에 시정신이 담겨 있다는 것만으로' 그쳐야 한다. '표현양식으로서의 산문이 시어로 승화되고 선택'된 상태라면, 그것은 운문이지 산문이라고는 도저히 말할 수가 없는 것이다. 산문시는 글자 그대로 '산문으로 된 시'이어야 한다. 신석초는 정현종의 「사랑 사설(辭說)」을 좋은 산문시라고 말하고 있는데, 이 작품 역시 필자의 생각으로는 도저히 산문시라고는 볼 수 없는, 지극히 운문적인 것이다. 오히려 이 작품은 이 글에서 말하고자 하는 산문시의 선량한 품격이나 감동의 평범성에서 훨씬 벗어나고 있다.

> 어제 형은 형의 꿈 이야기를 해 주었읍니다. 온 땅이 거울이 되어 하늘이 다 비춰고 있는 데를 걸어갔다. 거울인 땅 위를 걸어갔다. 안 팔리는 꿈을 향해 꼭두새벽 꼭두대낮 거듭 걸어 갈 때 자기의 모양은 아주 보이지 않는 것이 없다. 누구나 여기서는 나그네되는 항구, 항구의 고향인 바다와 그리운 꿈만 보이는 식으로 자기가 안 보이는 게 즐거웠다. (그런데 거울인 땅 위에 자기의 모양이 비춰인 건 침을 뱉기 위해 몸을 굽히거나 구두끈을 매기 위해 허리를 꺾거나 할 때였으며) …… 밤이 되자 별들은 무덤의 입술을 빨고 무덤들은 별들의 입술을 빨고 있었으며 ……
>
> — 정현종, 「사랑 사설(辭說)」 중에서

이 시는 좋게 말하면 뛰어난 기교의 구사(驅使)이고 나쁘게 말하면

---

3) 『현대문학』, 1969년 7월호 시월평(詩月評) 중에서.

언어의 유희(遊戲)에 불과할 뿐, 산문시는 아니다. 그저 시행(詩行)들을 다 붙여놓았다고 해서 그것을 산문시라고 부를 수는 없다. 그것은 그저 자유시일 뿐이다.

산문시, 진정한 의미의 산문시라면 그것은 완전히 '산문'으로 씌어져야 한다. 그것이 산문시의 본질이다. 또한 그런 뜻에서만 산문시의 진정한 역할이 가능해지는 것이다. 산문시는 우선 시에 있어서의 언어적 특수성을 무시하고 들어가야 한다. 즉 완전한 산문에 시정신만이 가미된 것이어야 하는 것이다.

필자는 시의 본질은 시의 정신에 있지 그것의 표현에 있다고는 생각하지 않는다. 요즘 일어나고 있는 시의 난해화 경향이나, 소위 '무의미의 순수시'와 같이 내용은 없고 단어들만이 살아서 움직이는 것 같은 경향들이, 시정신보다 표현에 더 중점을 둔 데서 빚어진 결과라고 생각되기 때문이다.

결론부터 미리 말하자면, 산문을 좋아하는 현대인의 취향에 맞추어 형식은 산문을 빌리고 내용은 시를 담는 것, 그것으로 독자와 시인 간의 거리를 좁혀보자는 것, 그것이 이 글의 요지이다.

마치 이렇게 되면 필자가 산문시의 기존 질서를 무너뜨리고 새로운 체재(體裁)를 만들어보기라도 하는 것처럼 되어버린 것 같으나, 사실은 그렇지 않다. 산문시는 어디까지나 그대로 산문시이다. 다만 그 본래의 의미를 요즘 잃어버리고 있을 뿐이다. 그래서 그것을 찾아보자는 것이다. 새로운 산문시로 독자와 타협하자는 이야기가 아닌 것이다.

좀더 이야기를 압축시켜 보기로 하자. 그렇다면 대체 그러한 산문시는 어떤 틀을 갖고 있는 것일까?

한마디로 말해서 진정한 산문시는, '리듬의 배열을 통한 음악적 효과와 서정적인 여운을 돋구어 주고 있는, 시에 있어서의 음악적인 배려(配慮) 자체를 완전하게 씻어서, 철저하게 평면적인 산문을 만들어

버렸을 때 주는 시로서의 감동적 효과'를 기대할 수 있게 씌어진 작품이어야 한다. 물론 시에 있어 리듬에 대한 의존도라는 것은 비록 어떠한 형태에 이를지라도 완전히 무시될 수는 없을 것이라고 하겠지만, 최소한도 그것을 의식하고 창작되어서는 안 된다는 것이다. 즉, 시적인 어휘의 선택이라든지, 교묘한 수식어의 배열 등이 시의 주무기(主武器)로 드러나서는 안 된다는 말이다. 특별나게 산문시에 의식적으로 음악성을 주입시키지 않더라도, 전체적으로 성공한 작품이라면 리듬의 효과가 더 내적(內的)으로 표현되고 심오해질 수 있다. 다만 산문시에서는 시의 요소를 이루는 다른 것들, 즉 시의 서정성, 상징성, 회화성, 내용성 등이 더 문제가 된다.

다시금 부언(附言)하거니와 이러한 산문시의 목적은 시를 그 본래의 감동적인 영역으로 끌어들이는 데 있다. 여기서 말하는 산문시의 '내용'이라는 것도 시적 감동에 근거를 두는 것이 아니어서는 안 됨은 물론이다.

요즘 시인들은 현실과 참여라는 말을 자주 사용하면서도, 기실 시의 내용엔 지나치게 무관심한 수가 많다. 사회참여도 중요하고 현실도 중요한 것이겠으나, 시는 우선 인간 존재에 대한 감동적 진실의 산물이어야 할 터인데 그렇지가 못한 것 같다. 그런 시인들이 시 쓰는 것을 보면 현실의 여러 상황을 체험적으로 구상화해서 감동적으로 독자에게 전달시킨다는 시의 예술적 본질에서 벗어나, 뚜렷한 알맹이도 별로 없는, 현실과 유리되고 뚜렷한 이미지조차 주지 못하는 추상적 개념들로 시를 구성하고 있는 것이다. 그러므로 산문시는 이러한 추상의 노예가 되어서는 안 될 것이다.

빛만 걸머진 의자와
벼슬만 근사한 유리술잔.

잎들이 물결치는 전주(電柱)에
어디서나 바다만한 달이 열렸네.
관세음보살(觀世音菩薩)은 나를
존재하게 하는 깨어진 손가락
나는 내 눈을 들여다 본다.
알[卵]은 썩고 있었다.
나는 천천히 물구나무 서서
겨우 지구를 들어 올리고
그녀와 밀접(密接)한 채
별들 사이로 모발(毛髮)을
일렁이며 정박(碇泊)하였다.
손바닥에서 굴러 떨어지는 교통사고들
우리는 천천히 지구를 밀어던진다.
달은 등 뒤에서 기어오르고
어느새 광물(鑛物)은 씨[種]가 되어 있었다.

— 김구용, 「5곡(五曲)」 중에서

Sun-Room엔 사영기하학(射影幾何學)의 조각들이 널려 있고, 소파가 한 쌍 육중하게 앉아 있다. 거기 너와 내가 나란히 게으르고만 있다. 담배를 붙인 다음, 성냥개비가 긋는 권태의 포물선(抛物線) 위에 나의 허망(虛妄)의 보표(譜表)가 찍혀간다. 「섹스폰」처럼 화사한 너의 팔이 내 모가지에 차악 감기고, 너의 가느다란 눈웃음이 내 육체의 페이지를 넘기면서 아름다운 결재(決裁)를 하고 있는 오후. 방안은 「전람회의 그림」의 선율로 가벼운 탄력(彈力)에 노곤한데, 나는 네 육체 속으로 들어가는 문(門)을 가만히 생각하고 있다.

— 조향, 「왼편에서 나타난 회색의 사나이」 중에서

김구용의 시는 외형상 운문의 성격을 띠고 있을 뿐, 자연발생적인 불규칙한 단어들을 마구 쏟아놓고 있다. 아무리 독자가 시에 천재적인 두뇌를 가졌다 할지라도 이 시를 이해할 수는 도저히 없을 것이다. 아니 오히려 이해하지 못하게 일부러 이런 투의 넋두리를 늘어놓았는지도 모르는 일이다.

뒤에 보이는 조향의 시는 더욱 더 문제점을 제기하고 있다. 이른바 산문시적 스타일에다 무절제한 언어를 남발하고 있기 때문이다. 산문시는 절대로 이런 식의 관념의 유희가 아니라 진지한 경험이 함축적으로 응결되어 표출된 것이어야 한다.

산문시는 또한 평범한 현실 속에 밀착된 일상적 언어로 이루어져야 한다. 허공중에 떠다니는, 시인의 공상 속에서 활개치는 자아도취류의 언어와는 거리가 멀다. 거기에 다시 덧붙여 산문시에는 현실적 언어뿐만 아니라 현실적 사실이 포함되어야 한다. 생경한 어휘들의 무의미한 연결이 아니라 진실된 사실의 배열이어야 하는 것이다. 생동감 있는 사실들이 교묘하게 시적으로 소화될 때, 그 작품은 훌륭한 산문시로 성공할 수 있다.

3

이제 좀더 구체적으로 직접 예를 들어 가면서 설명해 보기로 하자. 요즘 우리 주변의 시, 그리고 한국의 시사(詩史)에서 중요한 위치를 차지하고 있는 산문시적 형태의 시들은 지금까지 말한 관점에서 보면 다시 생각해 봐야 할 문제점을 가지고 있음을 알 수 있다.

우선 우리 현대시의 시초라고 할 수 있는 주요한의 「불놀이」는 필자가 생각하고 있는 산문시와는 거리가 먼 것이다.

4월달 따스한 바람이 강을 넘으면 청류벽(淸流碧) 모란봉 높은 언덕 우에 허어옇게 흐느끼는 사람 떼, 바람이 와서 불 적마다 불빛에 물든 물결이 미친 웃음을 웃으니, 겁 많은 물고기는 모래 밑에 들어 박히고, 물결치는 뱃술게는 졸음오는 리듬의 형상이 오락가락 — 얼룩거리는 그림자, 일어나는 웃음소리 ……

— 주요한, 「불놀이」 중에서

이 시에서는 어떤 사실의 구체적 기술은 찾아볼 수 없고 그저 음악적 리듬이 주조를 이루고 있다. "졸음오는 리듬의 형상이 오락가락" 같은 시구(詩句)는 산문시에 있어서는 용납될 수 없는 표현이다. 이 작품에도 물론 사건의 전개가 어렴풋이 드러나고는 있으나, 그것이 음악적인 어휘의 운율에 이끌려 산문시 특유의 감동을 이끌어내지 못하고 있다. 이것은 조지훈의 「봉황수(鳳凰愁)」에서도 마찬가지다.

벌레먹은 두리기둥 빛 낡은 단청(丹靑) 풍경소리 날아간 추녀끝에는 산새도 비둘기도 둥주리를 마구쳤다. 큰나라 섬기다 거미줄 친 옥좌(玉座) 위엔 여의주(如意珠) 희롱하는 쌍룡(雙龍) 대신에 두 마리 봉황새를 틀어 올렸다. 어느 땐들 봉황이 울었으랴만 푸르른 하늘밑 초석(礎石)을 밟으며 가는 나의 그림자, 패옥(佩玉)소리도 없었다. 품석(品石) 옆에서 正一品 從九品 어느 줄에도 나의 몸둘 곳은 바이 없었다. 눈물이 속된 줄을 모를 양이면 봉황새야 구천(九天)에 호곡(呼哭)하리라.

— 조지훈, 「봉황수(鳳凰愁)」 전문

깔끔하게 짜인 '산문적인 시'이기는 하나 산문시는 아니다. 여지껏 이러한 시를 산문시로 착각하는 경우가 많았던 것 같다. 이 작품에는

「불놀이」에서보다도 더욱 더 사건이 없다.

여기서 우리들은 잠깐 서구 시인들의 산문시를 생각해 볼 필요가 있다. 필자가 이 소고(小考)에서 말하고 있는 산문시에 가장 근사(近似)한 작품의 실례를 들라면 러시아의 투르게네프, 프랑스의 보들레르를 빼놓을 수 없을 것이다. 또한 필자가 이 글을 쓰게 된 동기도 따져보면 투르게네프의 산문시에서 얻은 감동에서 나온 것이라고 할 수 있다. 예를 들어 다음과 같은 투르게네프의 산문시는 그 내용에서 나오는 시적 감동이 절실하게 부딪쳐 오는 바가 있다.

어느 농사꾼의 과부의 집에서 촌락에서 제일 일 잘하는 스무살 난 외아들이 죽었다. 그 촌락 여지주(女地主)인 마나님은 농사꾼 색시의 슬픔을 알자 장삿날 그를 찾아갔다. 그녀는 마침 과부가 집에 있을 때 들어섰다. 과부는 오막살이집 한 복판 탁자(卓子) 앞에 서서 바른손으로 (왼손은 축 늘어져 있었다) 검정낀 솥바닥에서 눌러붙은 배추죽을 긁어내어 한 숟가락씩 떠 마시고 있었다. 과부 얼굴은 빰이 해에 타 빛깔이 꺼먼 데다가 눈은 너무 울어 빨개져 있었다. 그러나 그녀는 마치 교회에 갔을 때처럼 몸을 똑바로 펴고 서 있었다.

'어쩌면'하고 마나님은 생각하였다. '이 사람은 이럴 때 입에 먹을 것이 들어가다니 …… 정말 이런 사람이란 어쩌면 이렇게 조잡한 감정을 갖고 있는 것일까?'

그래서 마나님은 자기가 몇해 전에 생후 아홉달 난 계집애를 잃었을 때 너무도 슬퍼 페테르스부르크 가까운 교회에서 빌릴 예정이었던 아름다운 별장을 거절하고, 한여름을 쭉 시내에서 지낸 일이 있던 것을 상기(想起)하였다. 과부는 그대로 배추죽을 훌쩍거리고 있었다.

마나님은 드디어 참을 수가 없어 "다챠나!" 하고 외쳤다.

"글쎄 이것이 무슨 꼴이요! 참 어처구니가 없구려! 대체 당신은 자기 아들을 사랑하고 있지 않았소? 식욕도 어지간 하지만, 글쎄 어떻게 배추죽이 목구멍으로 넘어가오?"

"집의 아들은 죽고 말았어요." 이렇게 말하는 과부는 조용히 입을 열었다. 한즉 다시 비통한 눈물이 그 움푹 들어간 뺨을 타고 흘러내렸다.

"이를테면 나에게 끝장이 온 거예요. 산 채 목을 자른 것과 마찬가지지요. 하지만 이 배추죽을 어떻게 그냥 내버리겠어요. 여기엔 모처럼 소금을 쳐서 맛을 내었는걸요."

마나님은 조금 어깨를 추켜 올렸을 뿐, 그냥 가버리고 말았다. 그녀에겐 소금처럼 값싼 것이 없었다.

—투르게네프, 「배추죽」(장만영 역) 전문

조금 길다고는 하겠으나 이 시는 필자가 생각하고 있는 산문시의 본질에 완전히 부합된다고 할 수 있다. 물론 이 작품은 완전히 콩트적인 내용으로만 구성되어 있고 사건의 전개에 부수적으로 따라다니는 시적(詩的) 어휘의 묘(妙)가 결여되어 있기는 하다. 그러나 이 시는 콩트는 아니다. 이 작품은 콩트와는 확실히 다른 '시적 감동'을 주고 있기 때문이다. 일반적인 시가 주는 음악적 효과는 결여되어 있다 하더라도, 그것에 앞서 읽는 사람의 가슴에 강하게 부딪쳐 오는 뭉클한 감동을 놓쳐버리기는 아까운 것이다.

이렇게 쉬운 표현으로 직접 시인이 경험한 현실을 표현한다면 독자는 더 이상 시의 난해성과 시와의 거리감에 피곤해 할 필요가 없다. 시는 도리어 즐거운 위안이 되고 선량한 충고자가 된다. 시인은 현실의 신경질적인 고발자로서가 아니라 현실을 가만히 드러내어 사회에 감동적인 조언을 하게 되는 것이다. 이러한 시의 경지에 이르러야만 현대시에 있어 산문시의 능동적 역할은 가능해진다고 할 것이다. 이것은 보들레르의 산문시에서도 마찬가지다. 또한 앙리 미쇼(Henri Michaux)에 이르러서는 산문시가 더욱 더 절묘한 경지에 이르고 있다는 사실을 알 수 있다.

> 나는 이따금 나의 옛날 애인과 만난다. 이야기의 분위기는 곧 어색하게 된다. 나는 별안간 나의 영토(領土)를 바라고 떠난다. …… 그리하여 나의 마음은 유쾌해진다. 그것이 잠깐동안 계속된다. 그러나 나중에는 예의에 따라, 나는 젊은 그 여인이 있는 곳으로 돌아온다. 그러나 그 웃음은 하나의 미덕이다. …… 여인은 문을 힘대로 여닫고 가버린다. 이외의 다른 방법으로는 나와 애인 사이에는 일이 진행되지 않는다. 언제나 예외없이 ……
>
> — 앙리 미쇼, 「나의 소유지(所有地)」(김춘수 역) 전문

이 시는 아까 본 투르게네프의 산문시보다 한층 더 심화되고 미화된 산문시의 진경(眞境)을 보여주고 있다. 「배추죽」에서 보인 것 같은 산문시의 구수한 평범성과는 달리, 여기서는 야릇한 이미지를 통하여 시인 자신의 심상 풍경(心象 風景)을 독자 앞에 전개해 줌으로써, 새로운 시적 현실을 보여준다. 「나의 소유지(所有地)」는 고독한 인간의 쑥스러운 대인관계와 어색한 애정을 그리고 있다. 참으로 진솔하다. 그러면서도 인생의 어두운 일면을 야릇한 이미지를 통하여 파헤친 작품이라고 할 수 있을 것이다. 시인 자체가 소박한 산문시적인 인물이었기 때문에 이런 훌륭한 산문시가 가능하지 않았을까? 산문시는 작자 자신의 경험이 소박하게 투영돼 있어야 참 가치를 나타낸다.

우리나라의 경우에 있어서는 이렇게 진실되고 겸손한 산문시를 찾아보기 힘들다. 언제나 산문시의 기본 정신에서 약간씩 빗나간 것들뿐이다. 산문시를 그저 미사여구로 가득찬 서경적(敍景的) 문장으로 채워

나가는 경우가 많다.

> 열대여섯살 짜리 소년이 작약꽃을 한아름 자전거 뒤에다 실어 끌고 이조(李朝)의 낡은 먹기와 집 골목을 지나가면서 연계(軟鷄) 같은 소리로 꽃 사라고 외치오. 세계에서 제일 잘 물들여진 옥색(玉色)의 공기 속에 그 소리의 맥(脈)이 담기오. 그 뒤에서 꽃을 찾는 아주머니가 백지(白紙)의 창을 열고 꽃장수 꽃장수 일루 와요 불러도 통 못알아듣고 꽃사려 소년은 그냥 열심히 외치고만 가오. 먹기와집들이 다 끝나는 언덕 위에 올라서선 작약꽃 앞자리에 냉큼 올라타서 방울을 울리며 내달아 가오.
>
> — 서정주, 「한양호일(漢陽好日)」 전문

> 일모(日暮)의 황량한 황량한 무대 올시다. 미기에 막은 오르고 일대 교향악이 연주됩니다. 저 마지막 낙일(落日)이 걸린 산상에는 트렘펫수(手)가, 조금 낮은 봉우리엔 트럼본이, 저어기 가장 어둠이 쉬이 짙는 수풀에는 파곳, 그 앞으로 흐르는 시냇가엔 오보에와 클라요, 건너편 으슥한 덤불엔 피콜로, 한 채 외딴 집 기슭엔 호른, 저멀리 후미진 섬그늘엔 팀파니와 심발이 대령하고 튜바는 그 섬꼭대기.
>
> — 유치환, 「밤, 대교향악」 중에서

위의 두 편의 산문시에서 보는 바와 같이 언어의 절묘한 뉘앙스로 눈에 보이듯이 풍경을 묘사한 것까지는 좋으나, 거기에는 산문시의 가장 큰 장점인 '내용이 주는 감동'이 뒤따르지 못하고 있다. 아름다운 언어의 숲은 될 수 있을지라도 그것이 좋은 산문시가 되지 못함을 알 수 있다. 「한양호일(漢陽好日)」은 그런대로 상당한 경지에 들어간 수작(秀作)이나, 이런 식의 '얕은 맛'에 도취하다가는 산문시는 까딱하면 진짜 핵심을 놓칠 우려가 있다. 산문시는 '언어의 산문적 배합(配合)'이 아니라 '사실의 배합'이어야 한다는 것을 잊지 말아야 한다. 또한 산문시는 평범해야 한다. 일부러 실제 의미를 추상적으로 비약시키려고 노력할 필요는 없다.

> 당신은 키가 크고, 나는 키가 작아요. 그래서 우리는 나무 같기도 하고 풀 같기도 해요. 정말 당신이 걸어다니는 포플라 같이도 보이는 것을, 당신은 다리가 길어서, 나는 더 많이 걸어야 해요.
>
> — 전봉건, 「손」 중에서

위에서 보여주는 것 같은 사물의 비약(飛躍)과 추상화는 배제해야 하는 것이다. 이 시는 도리어 너무나 서정적이고 너무나 아름답기 때문에 현실적 감동을 주기에 부족하다.

필자가 생각하기에 요즘 우리나라에서 발표된 산문시 가운데 가장 본질에 부합된 작품을 찾는다면, 그것은 신동춘의 작품밖에 없을 것 같다. 신동춘은 시단에 나온 지 얼마 안 되는 여류시인이지만, 그녀의 산문시에는 한국 여성 고유의 섬세한 정서가 사무쳐 있다. 그래서 다른 어느 시인에게서도 보지 못한 독자적인 매력을 느끼게 한다. 또한 그녀의 산문시에 보이는 인생에 대한 관조(觀照)의 깊이로도 시의 가치를 높이 평가할 수 있을 것 같다. 여기에 그녀의 작품 하나를 인용하겠다.

> 용이는 자라서 화가가 되었다. 그리고 자줏빛 저고리를 입은 여인을 수없이 그렸다. 소년 용이의 머릿속에 깊이 새겨진 옆집 누나의 모습이 어른이 된 지금 자꾸 되살아나기 때문이다. 되살아난다기보다 언제나 거기 그 자리에 그대로 살아 있기 때문이다.

누나는 어려서 어머니를 여의고 홋어머니 아래 여러 이복동생을 거두었다. 이웃사람들이 마음씨가 곱다고 칭찬할라치면 느닷없이 낯을 붉히고 눈 둘 곳을 몰라하는 누나가 용이는 보기에 민망스러웠다. 그래서 그런 칭찬을 하는 사람들이 미울 때도 있었다.

그러나 용이의 연필을 곱게 곱게 깎고 앉아 있는 그녀 옆에서 그는 곧잘 누나만큼 이쁜 사람은 없느니 했다. 하기야 귀밑에 흐르는 따뜻한 선의 의미를 알기까지는 그 후에도 허다한 시간과 방랑이 있어야 했지만.

그녀는 앉은 자리에서 한꺼번에 연필을 여러 자루 깎았다. 더 없느냐고 자꾸 물으면서 깎고 또 깎았다. 용이는 방 구석과 서랍을 뒤졌다. 뒤져서 손가락만한 연필을 찾아다 주면 그녀는 용이를 보고 배시시 웃고 다시 깎기 시작했다.

그녀는 늘 말이 없었다. 용이가 어리다고 생각하는 모양이었다. 그런데 어리디어린 용이에게라도 말하지 않고는 배길 수 없는 짙은 슬픔이 있어 그녀를 휘몰아 갔다.

진정 누나는 그 슬픔과 더불어 사라졌다. 용이는 오래도록 연필을 깎지 않고 모아두는 버릇을 버리지 못했다.

인제 정말 연필을 깎아주러 올 누나는 있지 않음을 깨달을 때쯤 용이는 처음으로 쓸쓸함을 알 나이가 되었던 것이다. 그리고 그 숱한 고독의 시간을 밟아 여러 개의 학교를 차례로 나왔다.

학교 하나를 마치고 나올 때마다 까만 머리를 갈라 땋고 자줏빛 저고리를 입은 누나가 어느 교문께에 서 있을 것만 같았다. 아니, 그래 주었으면 했다 함이 옳을게다.

용이는 어린 탓으로 미처 몰랐던 누나의 아름다움을 영원히 추궁하기 위하여 화가가 되었는지도 모른다. 그렇게 하는 것이 마치 옛날에 누나를 기쁘게 하기 위하여 부러진 연필을 찾아 모으고 하던 것과도 같이 지금 여태껏 슬플지도 모르는 그이의 행복을 위하여 할 수 있는 단 하나의 길이어니 생각했는지도 모른다.

그때 그날 그 슬프던 시간에 용이가 '그럼 나랑 살자 누나야' 했을 때 그녀는 '어떻게 어떻게'하고 얼굴을 두 손에 묻은 채로 몸을 떨었다. 집에서는 울 수조차 없다고 했다.

지금 화가가 된 용이는 그때 '그림이나 그리며 살자'고 누나를 붙잡지 못한 것이 가끔 한이 된다. 아니 어쩌면 마음 한 구석에 늘 가로 걸려 있는지도 모른다.

— 신동춘, 「용이와 연필」 전문

이 시에서도 볼 수 있는 것 같이 그녀가 발표한 몇 편 안 되는 산문시들은 모두가 아름답고 연연(娟娟)한 현실세계의 꿈을 그리고 있다. 산문시에는 음악적 효과가 필요없다고 앞서 말했지만, 이 시에는 산문시가 주는 애틋하면서도 평범하고 소박한 감동과 더불어 음악적인 운율의 호흡이 내재해 있어 그야말로 금상첨화를 이루고 있다. 산문시의 본령에 가장 충실한 시라고 하겠다. 대부분의 다른 시인들의 산문시가 너무나 작은 감각의 지엽(枝葉)들을 줍고 있는 데 비하여, 이 시인의 작품은 인생의 작으면서도 큰 문제점을 짧은 스토리를 통하여 깨끗하고 명확하게 드러내 보이는 데 매력이 있다. 필자가 이 소고(小考)에서 말하고자 하는 산문시의 본뜻이 이 작품에 다 드러나고 있는 것이다. 이러한 산문시를 우리 시단에서 자주 만나보기 힘들다는 것은 유감된 일이 아닐 수 없다.

4

요컨대, 산문시라는 형식이 현대시와 독자 사이의 괴리상태를 무조건 해소시켜 주고 공소(空疎)하고 난해한 현대시에 피곤해진 독자들에게 포근한 안식을 주는 것이 아니라, '어떻게' 산문시를 쓰느냐에 그 성패가 달려 있다는 점이 중요하다. 또한 그런 산문시를 쓰기에 앞서, 현대시의 무책임한 생산자들의 반성이 있어야 할 줄 안다. 산문시를 '시적(詩的) 감동 되찾기'를 위한 구제책으로 끄집어내게 된 것도 그런 난해한 시들에 원인이 있기 때문이다. 시는 철학과는 다른 것인데 시를 추상관념의 매개체로 내세우는 것은 언어도단이다. 시를 통한 감동의 직접전달은, 그것이 지금까지 말한 산문시에 나타나는 '극명(克明)한 사건의 전달'은 못된다 할지라도, 추상이 아닌 구상을 담은 말의 알맹이로만 가능하다는 것을 알아야 한다. 시에 있어 형상성(形象性)은 필수조건이기 때문이다. 단지 즉흥적이고 자의적(恣意的)인 단어들의 무분별한 배설이어서는 안 된다.

또 산문시를 쓴다고 할지라도, 산문시의 본질은 그것의 문장적 · 단어적 기교보다 작품에 포함되어 있는 내용이 주는 암시적 감동의 역할에 있다는 것을 다시 한번 알아두면 좋겠다. 소박하고 진지한 시정신으로 충만한 산문시는 현대시의 '난해성'과 '무분별한 기교의 과용(過用)'과 '문란한 개성의 난립'으로 피로해질대로 피로해진 독자들에게 새로운 안식처를 마련해 줄 수 있을 것으로 믿는다.[4)]

시가 언제까지나 혼란한 모호성의 상태에 머물러 있을 수는 없다. 시인들의 숫자가 독자의 숫자보다 훨씬 더 많고, 시 작품보다도 가지각

---

4) 서정주도 그의 『시문학 원론』(정음사, 1969)에서 이렇게 말하고 있다. "산문시는 그저 시인의 시정신(詩精神)을 산문의 형식으로써 표현하면 되는 것이다. 그러니 시인이 형식적 균제(均齊)를 찾기 전에 먼저 치열한 그의 시정신을 말해가야 할 단계에 있는 우리나라와 같은 시단(詩壇)의 형편에서는, 이 형식의 시가 1945년 해방 이후 왕성해진 것도 당연한 일이다. 시인이 말할 정신의 질량을 너무 갑자기 또 많이 가진 경우에 있어서는 형식을 일일이 돌볼 겨를이 없는 것도 사실이니, 이렇게 본다면 우리나라에서 뿐만 아니라, 이 산문시의 형식은 파란 중첩하는 금세기 같은 세기의 시인들에게는 두루 필요한 일이기도 하겠다."(p.22)

색의 시 이론이 제각기 난무하는 것이 지금의 상황이다. 이젠 한국의 현대시도 점차 정리 단계로 들어가 우리 고유의 시정신의 전통에 서양적인 이지(理知)를 배합할 수 있어야 한다. 거기에 다시 현실적인 응용의 토대가 이루어지고, 감정과 지성을 조화있게 융화시키는 때가 올 때, 한국의 시는 다시금 안정된 상태에 이를 수 있을 것이다. 그 런 시절이 올 때까지 산문시라는 시형식이 갖는 사명은 지대한 것이 아닐 수 없다. 산문시가 많은 숫자의 시인들에게 외면당해 왔고, 또한 그것의 가치와 본질이 잘못 인식돼 왔다는 것은 안타까운 일이다. 독자와 시인 간의 거리를 좁혀준다는 단순한 이유 외에도 산문시는 충분히 독자적인 미적 가치를 지니고 있다.

산문시의 본질에 대한 고찰과, 산문시라는 장르가 과연 시에 귀속될 수 있는가 없는가, 또는 산문시라는 것이 과연 필자가 말한 것 같은 역할을 감당해 나갈 수 있을까 하는 문제 등 여러 가지 남은 문제가 있겠으나, 여기서는 그저 산문시의 재인식을 위한 간단한 서설(序說) 정도로 그치고 말았다. 더 상세한 고찰은 다음으로 미룬다.

(1971)

미의식(美意識)의 원천으로서의 자궁회귀본능에 대하여

1

'자궁회귀본능(또는 자궁회귀욕구)'은 인간이 여러 가지 어려운 문제에 부딪치며 현실을 살아가면서 곧잘 느끼게 되는, '과거로 돌아가고 싶은 무의식적 충동'의 밑바탕을 이루는 심리현상이다. 사람들은 어려운 현실상황을 타개해 나가기 어려울 때 생존의지가 약해지면서 과거의 어린 시절에 대한 향수에 젖게 되고, 그 시절의 편안한 상태로 돌아가고 싶은 무의식적 욕구를 느낀다.

어린아이 때는 모든 것을 어머니가 시중들어 줬기 때문에 자신은 아무런 노력도 할 필요가 없었다. 어떠한 책임도 의무도 주어지지 않았고 단지 무엇이든 요구하기만 하면 되었다. 현실의 실제상황을 인식할 필요도 없었고, 자기 스스로 미래를 개척해 나가겠다는 의지조차 필요 없었다. 그래서 사람들은 곤경에 부딪쳐 번민과 갈등에 빠져들 때마다 어린아이 시절로 퇴행하고 싶은 무의식적 충동을 느낀다. 이런 퇴행충동의 극단적 형태가 바로 '자궁회귀본능'이라고 할 수 있다.

프로이트는 『정신분석 입문』에서, "만약 꿈에서 '이곳은 내가 알고 있는 장소다. 전에 한 번 여기 왔던 일이 있다'고 생각되는 장소나 경치를 보며 감미로운 향수에 젖어들었다면, 그것은 반드시 여성의 성기 내지 자궁의 상징으로 해석되어야 한다"고 말한 바 있다. 이런 유형의 꿈은 사실 누구나 곧잘 꾸게 되는 꿈이므로, 프로이트의 주장에 비춰 보더라도 인간은 일반적으로 자궁회귀본능을 갖고 있다고 할 수 있다.

어머니의 자궁 속에서 태아로 존재했을 때 모든 것은 평화롭고 안락하였다. 가만히 있기만 해도 모든 영양물질이 저절로 공급되었고, 포근하고 부드러운 양수에 둘러싸여 한껏 편안할 수 있었다. 그래서 정신적으로 문제가 있든 없든, 모든 사람들은 자궁으로 돌아가고 싶어하는 본능적 소망을 잠재의식에 지니고서 살아간다. 따라서 나는 인간이 문화를 꾸려가는 데 있어 중요한 역할을 하는 '미의식(美意識)'에도, 이런 자궁회귀본능이 가장 큰 영향을 미친다고 본다.

2

'아름다움'과 자궁회귀본능이 어떻게 서로 연관지어질 수 있는 것일까? '아름다움'의 중심을 이루는 것은 역시 인간의 '육체적 관능미'이고, 그것은 지금까지 주로 여성미에 치중하여 논의되고 개발돼 왔다. 그런데 여성의 육체적 관능미는 대체로 뭔가 비정상적이거나 병적인 것, 그러면서도 우아하고 귀족적인 것과 결부되어 표출돼 온 게 사실이다. 따라서 이런 '병약미(病弱美)'나 '귀족적 우아미'는 자궁 속에 있는 태아의 '불완전성(不完全性)'이나 '비노동성(非勞動性)'과 통하는 것이고, 그런 태아 상태에의 동경이 미의식으로 나타나는 것이라고 볼 수 있다.

극히 적은 예외를 제외하고는, 오래 전부터 미인의 조건은 대체로 새하얀 피부, 개미처럼 가는 허리, 작은 발, 희고 가느다란 손, 병색이 도는 핏기 없는 얼굴 등으로 결정지어졌다. 또한 미인은 거의 다 '귀한 신분'과 연결되어 형상화되었다. '귀골(貴骨)'로 태어난 사람은 '천골(賤骨)'로 태어난 사람보다 아름다움을 지니고 있는 것으로 간주돼 왔고, 어린이들이 읽는 동화책에 나오는 여주인공은 거의가 예쁜 공주라야만 되었다.

'노동미인'이란 말이 있긴 있다지만, 일을 많이 해 거칠어진 여성의 손이나 투박한 얼굴을 보며 아름다움을 느끼긴 어렵다. 요컨대 '일을 하지 않아도 되는 신분'이거나 '일을 할 수 없을 정도로 허약한 체질'이거나, 둘 중 하나가 돼야만 미인이 될 수 있고 또 소설의 여주인공도 될 수 있었던 것이다.

상상 위주의 고대소설에서부터 리얼리즘 위주의 현대소설에 이르기까지, 그런 식의 미녀가 여주인공으로 나오지 않는 소설이 실제로 어디 있었던가? 소설의 여주인공이 꼭 미녀여야 한다는 것 자체는, 따지고 보면 문학의 기본 요건처럼 되어 있는 '개연성'을 상실하고 있는 개념이다. 그런데도 거의 모든 소설의 여주인공이 미녀라는 사실에 아무도 의문을 느껴본 적이 없고, 문제를 제기한 문학이론가도 없다. 이른바 '민중문학'에 나오는 여주인공들도 대개는 다 미녀인 것이다.

민간설화나 전통적 근대소설에 나오는 '미녀'는 대개 두 가지 유형으로 나뉜다. 하나는 아주 고귀한 신분의 여자로 태어나 노동할 필요가 없는 유형이요 다른 하나는 비록 신분은 천하더라도 빼어난 미모를 갖고 태어나 노동을 안 해도 되는 여인의 유형이다. 후자의 경우는 대개 돈이 많거나 권세 있는 남자의 눈에 띄어 신분이 상승되는 여인으로 그려지는 경우가 많다. 그리고 두 유형의 여인들은 거의 다 '허약한 체질'을 갖고 있다. 그러므로 미녀의 조건은 일단 신분과는 상관없이, '일을 하지 않아도 되거나 일을 하고 싶어도 못하는 것'으로 정리될 수 있다.

'일을 하지 않는다'는 것은 '가만히 있어도 된다'는 뜻도 된다. 그런데 이 '가만히 있어도 되는 상태'야말로 인간이 모태 속에 있을 때의 상태와 흡사하다. 그래서 나는 미의식의 원천이 '자궁회귀본능'에 있다고 보는 것인데, 이런 미의식은 사실 여성한테만 적용(여성해방론자의 시각에서 보면 '강요')되는 것이 아니라 남성한테도 적용된다.

3

'일을 하지 않아도 되는 상태'를 즐기기 위해 인간은 권력을 추구하게 되었다. 그러므로 '미의식'과 '권력욕'은 자궁회귀본능과 밀접하게 연관되어 있다. 그런데 사람은 최소한 손과 발은 움직여야 살아갈 수 있기 때문에, 자궁 속의 태아처럼 꼼짝도 안하고 지내기는 힘들다. 말하자면 태아와 비슷한 상태로 살아갈 수는 있지만(이를테면 하루종일 누워서 지내는 경우), 완전히 태아처럼 될 수는 없는 것이다.

그래서 아예 자신의 신체를 '움직일 수 없도록' 불편한 상태로 만들어놓는 것이 필요해진다. 예컨대 손톱을 아주 길게 기르면 손을 쓸 수 없게 되듯이 말이다. 따라서 인위적으로라도 신체를 '불편하게 만드는 것'이 바로 권력의 상징이 되고 또한 미의 상징도 되게 되었다.

예컨대 고대의 왕(王)들은 남자일지라도 손톱을 길게 기르고, 무거운 귀걸이와 목걸이를 하고, 무거운 관(冠)을 즐겨 썼다. 겉으로 보기엔 이러한 관행이 사치스러운 상징물로, 가난한 피지배계급 위에 군림하려는 '권력의 과시' 정도로 여겨질 것이다. 하지만 무의식의 깊은 근저(根底)를 파고 들어가보면, 자궁회귀본능이 그런 관행의 심리적 동기로 작용하고 있다는 사실을 간파할 수 있다. 따라서 '미의식'과 '자궁회귀본능'과 '일부러 불편하게 하기'의 세 가지 개념은, 서로 밀접한 연관성을 가지면서 '권력욕'으로 이어진다.

에리히 프롬은 그의 저서 『자유로부터의 도피』에서, "정열적으로 권력을 추구하는 인간은, 누군가 자기에게 음식을 먹여주거나 자신의 행동을 돌봐주는 공상을 자주 한다"고 밝힌 바 있다. 이것은 권력을 추구하는 근본적인 목적이 결국은 자궁회귀본능을 만족시키는 데 있다는 것을 시사한 심리분석이라고 할 수 있다.

오래 전부터 왕이나 권력자들은 남녀를 불문하고 '일부러 불편하게 하기'의 원칙을 충실히 좇았다. 그래서 손톱을 길게 기른다든지 하여 모든 일상생활, 특히 가장 즐거운 노동의 하나라고 할 수 있는 '먹는 일'까지도 모두 다 시녀나 시동(侍童)들의 손을 빌려 해결했던 것이다. 자신은 죽은 듯이 무심히 누워 있고, 시녀나 시동들이 손으로 음식을 떠서 먹여주거나 입안에 머금어 가지고 와서 먹여준다. 이것은 자궁 속의 태아와 아주 흡사한 상황이라 하지 않을 수 없다.

그래서 애초에는 왕이나 귀족들만이 남녀를 불문하고 길게 손톱을 기르던 관행이, 현대에 이르러서는 민주주의 개념의 확산과 더불어 일반인들에게까지 파급되게 되었다. 현대 여성들은 이제 자기가 원하기만 하면 손톱을 얼마든지 길게 기르고 색색가지 매니큐어를 칠할 수 있다. 자궁회귀본능이 '권력의 획득'에 의해서만 충족될 수 있었던 전제주의 시대와는 달리, 이제는 그것이 권력과는 무관한 '미의식'에 결부되어 일반 평민들한테까지도 합법적으로 허용되게 된 것이다.

반면에 현대 남성들은 손톱을 마음놓고 기를 수 없게 되었는데, 이는 참으로 묘한 '불평등'이라 하지 않을 수 없다. 현대 남성들은 사회 윤리가 요구하는 '씩씩하고 건실한' 남성상에 짓눌려 권력추구본능 또는 자궁회귀본능을 미적(美的)으로 충족시키지 못하고 있다. 현대 여성들은 남성들에 비해 '힘든 노동'이나 '병역의 의무'로부터 아직은 비교적 자유롭다. 그리고 '아름답게 꾸밀 수 있는 자유' 또한 남성들보다 훨씬 더 보장받고 있다. 그런데 현대 남성들은 그저 여성을 바라보며 자궁회귀본능을 간신히 대리해소(代理解消)시키고 있을 뿐이다.

4

이런 측면에서 볼 때 노동과 직결되는 손, 특히 손톱의 상징은 〈자궁회귀본능 → 권력욕 → 일부러 불편하게 하기 → 미의식〉의 심리적 추이체계(推移體系)를 극명하게 대표하고 있다고 할 수 있어, 각별한 관심의 대상이 되지 않을 수 없다. 시대와 문화권을 달리하는 수많은 사람들이, 어떤 형태의 육체노동도 할 필요가 없다는 표시로 손톱을 길러왔다. 상류계급의 이러한 전시행위(展示行爲)는 '절대로 수고할 필요가 없는 손'이라는 사실을 강조하기 위해, 손톱에다 화려한 물감을 칠해 더욱 돋보이게 하는 데 이른다.

고대 중국이나 로마, 이집트 등지에서는 귀족 남녀가 이런 심리적 동기에서 손톱을 길게 길렀고, 황금물감으로 칠했다. 이런 유행은 근대까지 계속됐는데, 톨스토이의 소설 『안나 카레리나』에서 손톱을 길게 기른 귀족 남성을 묘사한 대목이 나오고, 플로베르의 소설 『보봐리 부인』에도 손톱을 길게 기른 상류층 남성(보봐리 부인은 그 남자의 긴 손톱에 반해 혼외정사를 시작한다)을 묘사한 대목이 나온다.

손톱을 길게 기르다 보니 일상적인 손놀림을 하기가 너무 거북스러워 나중에는 새끼손가락만 특별히 길게 기르고 나머지 손가락들은 조금만 길게 길렀다. 또 다른 해결 방법으로는 평상시에는 모든 손톱을 적당한 길이로 기르고, 특별한 행사가 있을 때는 엄청나게 긴 모조손톱을 붙이게 되었다. 이런 관행은 지금도 서구에서 찾아볼 수 있다. 수많은 여성들이 사교적인 행사 때는 긴 모조손톱을 사용하고 평상시에는 뗀다. 또 그들이 손톱미용에 들이는 시간과 노력은 대단해서, 미장원과는 달리 손톱 손질만을 전문으로 하는 미조원(美爪院, nail parlor)

의 숫자가 점점 더 늘어나고 있다.

그런데 중국의 경우 손톱을 길게 기르는 관습은 단지 귀족이나 부자에게만 국한된 것은 아니었다. 20세기 초까지만 해도 일반 서민들은 남녀를 불문하고 생업에 종사하는 데 별 불편을 느끼지 않는 한, 왼손 한두 개의 손톱을 꽤 길쭉하게 길렀다. 그리고 금속이나 대나무로 만든 씌우개로 긴 손톱을 보호하며 애지중지하였다.

이런 사실은 '손톱 기르기'의 풍습이 권력자들의 시위용으로만 쓰인 게 아니라 누구에게나 '자궁회귀본능의 자연스러운 해소 방안'으로 보급돼 있었다는 점에서, 중국인들의 쾌락지향적이고 육체주의적인 의식구조를 반영하고 있다. 서양에서는 청교도 윤리와 이성우월주의 등의 영향으로 이런 자연스런 '본능의 대리배설 행위'가 차츰 사치스런 퇴폐행위로 간주돼 갔기 때문에, 요즘에 와서는 '미(美) 자체의 추구'라는 명분으로 포장되어 오직 여성들만의 전유물로 굳어진 것이라고 볼 수 있다.

5

나는 '긴 손톱'이 갖는 미학적 측면과 자궁회귀본능적 측면의 결합에 의한 카타르시스 효과에 착안하여, 장편소설 『권태』와 『불안』, 『로라』 및 여러 편의 시를 쓴 바 있다. 나 이전에도 몇몇 시인들은 긴 손톱의 이미지를 그들의 작품에 과감하게 등장시켰다. 프랑스의 시인 로트레아몽이 쓴 「말도로르의 노래」라는 산문시는 좋은 예가 될 것이다.

> 보름 동안 손톱이 자라도록 내버려두어야 한다. 활짝 열린 눈을 갖고 있고 입술 위에 아직 아무런 털도 나지 않은 어린아이를 침대에서 난폭하게 끌어내려, 아이의 아름다운 머리털을 뒤로 쓸어 주면서 그

의 이마에 그윽하게 손을 내미는 체하는 것, 아, 그것은 얼마나 감미로운가! 그러나 나서 아이가 예기치 못했던 순간에 갑자기 긴 손톱을 그의 부드러운 가슴에 박아넣는다. 아이가 죽지는 않도록. 만약 아이가 죽어버린다면 그가 고통스러워하는 모습을 즐길 수 없을 테니까. 그런 다음 상처를 핥으면서 피를 마신다.

시인은 위의 시를 통해 날카롭고 긴 손톱의 이미지를 '잔인성의 미학'에 연결시킴으로써, 피에 집착하는 자신의 도착심리(倒錯心理)를 대리배설시키고 있다. 일종의 사디즘적 욕구를 시를 통해 발산하고 있는 셈이다. 사디즘과 지배욕은 서로 표리관계를 갖는 유사한 심리기제(心理機制)라고 할 수 있다. 왕이나 귀족들이 손톱을 길게 길러 자신의 권위를 과시하고, 또한 백성들 위에 지배자로 군림하고 싶어했던 것은 일종의 사디즘이다.

그런데 위의 시에서 특별히 주목되는 것은 '어린아이'를 희생물로 동원했다는 점이다. 시인은 긴 손톱으로 어린아이를 찔러 아이의 피를 받아 마시고 싶다고 했다. 이것은 아이와 동일해지고 싶어하는 잠재의식적 소망을 드러낸다. 시인은 '어린아이'가 갖는 상징적 의미를 통해 자신의 자궁회귀본능(또는 유아기로의 퇴행욕구)을 더 확실히 시사해 주고 있는 것이다. 따라서 〈손톱을 기른다(지배욕의 상징) → 아이를 찌른다(사디즘을 통한 아이와의 결합) → 긴 손톱의 정당성과 효용성의 확인 → 자궁회귀본능의 충족〉이라는 심리적 전이과정이 여기서 명백해진다. 그러므로 위의 시에 등장하는 '긴 손톱'의 이미지는 자궁회귀본능의 간접적 표현으로 해석될 수밖에 없다.

중국의 신선도(神仙圖)나 신선을 소재로 한 전기소설(傳奇小說) 같은 것을 보면, 신선이나 선녀들은 남녀를 불문하고 길고 뾰족하게 손톱을 기르고 있다. 정신적으로 득도(得道) · 달관한 신선들이 왕이나 귀족들과 마찬가지로 손톱을 길게 기르고 있다는 것은, 인간의 자궁회귀욕구가 얼마나 강한가를 잘 드러내 보여주는 실례라 하겠다.

속세에서 출세한 사람들이나 천상계(天上界)에서 출세한 사람들이나, 그들에게 부여되는 가장 큰 특권은 '손톱을 마음껏 기를 수 있는 것', 즉 '일을 안 해도 되는 것'이다. 물론 현세적(現世的)인 행복과 쾌락이 저승이나 신선세계까지 이어진다고 믿은 중국인들의 육체주의적 휴머니즘이 그런 표현을 가능하게 한 것이겠지만, 아무튼 많은 시사점을 주는 것이 사실이다.

포송령(蒲松齡)의 전기소설집(傳奇小說集)『요재지이(聊齋志異)』에도 신선세계의 '긴 손톱'은 곧잘 등장한다. 예컨대「백우옥(白于玉)」편에 나와 있는 다음과 같은 대목이 그렇다.

> 처마 밑에는 맑은 물이 흰 모래 위를 살랑살랑 흘러내리고, 예쁜 돌들이 깔려 있었다. 조각한 난간에 둘러싸여 마치 소문에 들은 계궁(桂宮)을 연상케 하는 것이었다. 자리에 앉자 16, 17세의 요염한 시녀가 나와서 차를 권하였다. 잠시후에 술상이 나와 네 명의 미인이 공손하게 인사를 하면서 패옥(佩玉) 소리를 울리며 좌우 양쪽에서 시중을 들었다. 잔등이 약간 간지럽다 생각하기 바쁘게 여인이 가는 손가락의 긴 손톱으로 옷을 더듬어 대신 긁어준다. 오(吳)는 어쩐지 마음이 흔들흔들해져서 안정할 수가 없었다.

윗부분은 주인공이 신선세계를 처음 구경하는 대목인데, 인간세계의 왕궁이나 귀족의 내정(內庭) 묘사나 다를 바가 없다. 중국인들의 현실주의적 사고방식으로는, 정신적으로 도를 깨쳐 신선이 되어 누리게 되는 혜택이, 속세의 인간의 누리는 부귀영화나 육체적 쾌락과 다를 바 없다고 봤던 것이다.

주인공은 어쩐지 마음이 흔들흔들해져서 결국 신선이 되기로 결심하고 수련을 시작하게 된다. 여기서 '마음이 흔들흔들해진' 것은 요염한 선녀들을 보고 섹시한 감정이 일어났기 때문이다. 그리고 그러한 감정을 유발시킨 직접적인 촉매제는 '선녀의 긴 손톱'이다. 또한 '자기의 손을 전혀 쓰지 않고서도 남에 의해 자신의 감각적 관능을 충족시킬 수 있다는 사실'을 확인하고서 마음에 동요를 일으켰다고도 볼 수 있다.

자신의 손톱을 길게 길러 스스로를 움직일 수 없게 해놓고 시녀들을 부리는 것은 아니더라도, 이와 상통하는 심리적 쾌감이 위의 대목에서는 상징적으로 잘 드러나고 있다. 인간이든 신선이든 모든 노력의 종국적 목적은 결국 '권력의 획득'이고, 권력의 획득은 '자궁회귀본능의 충족'을 의미한다는 것을 암시해 주는 좋은 보기라 하겠다.

6

손만큼이나 요긴하게 쓰이는 것이 '발'이다. 발을 쓰지 않고서는 살아갈 수 없다. 그래서 일부러 발을 움직이기 어렵게 만들어 자궁회귀본능을 충족시키려는 시도가 생겨나게 된다. 중국의 일반적 풍습이었던 '전족'은, '일부러 불편하게 하기'를 실행에 옮긴 가장 극단적인 예라고 할 수 있다.

어렸을 때부터 발가락들을 발바닥에 눌러 묶어놓아 발의 성장을 막는 전족의 풍습은, 발의 길이를 정상의 3분의 1까지 줄일 수 있도록 만들었다. 여인들이 성인이 되었을 때는 이미 영구적인 불구가 되고 정상적으로 걸을 수가 없었다. 따라서 그들이 할 수 있는 육체적 활동에는 엄격한 한계가 있게 마련이었다. 하지만 그것은 발의 불구화(不具化)를 통해 얻어지는 사회적 보너스이기도 했다.

전족의 풍습을 남성들이 갖고 있는 여성지배욕구나 여성학대욕구의 산물로 볼 수도 있을 것이다. 하지만 신분이 높은 여성들의 경우, 그들은 전족 때문에 어떤 형태의 육체노동도 할 수 없었으므로(또는 하지 않아도 됐으므로) 오히려 평생 동안 높은 신분을 자랑할 수 있었다. 또한 실제로 아주 작게 전족을 할 수 있었던 여성들은 주로 상류층 여성들이었다. 그러므로 손톱을 길게 기르는 풍습과 마찬가지로, 전족의 풍습 역시 자궁회귀본능의 표출로 간주돼야 한다고 본다.

전족은 여인들이 남편이나 주인을 버리고 달아나지 못하게 하기 위해 고안된 것이 아니라, 주로 에로틱한 의미를 가지고 있었다. 중국 남성들은 성적 전희(前戲)를 할 때 여인들의 전족에 입맞추며 애무하기를 즐겼다. 이런 행위는 일부 현대 남성들이 여성의 하이힐에 집착하는 심리와 마찬가지로, 남성들이 갖고 있는 지겹기 짝이 없는 생래(生來)의 의무 — 즉 노동을 하여 가족부양을 책임져야 하는 — 를 벗어나 자궁으로 돌아가 안식하고 싶어하는 잠재의식에서 비롯된 것이다.

앞서 예로 든 『요재지이』의 「운라공주(雲蘿公主)」 편에도, 발을 움직이지 않음으로써 얻어지는 심리적 쾌감을 동경했던 중국인들의 의식구조를 반영하는 대목이 있다.

> 공주는 의자에 앉아 있을 때 시녀를 밑에 엎드리게 하고 시녀의 잔등에 오른쪽 발을 올려놓았다. 왼쪽 발까지 아래로 내릴 때는 다른 시녀를 왼쪽에 엎드리게 하였다. 또 두 소녀를 양쪽에 거느리고서, 한쪽 팔꿈치를 구부려 소녀의 어깨 위에 얹어놓고 있었다.

윗글에 나오는 공주는 천상계(天上界)의 공주인데, 전족을 했기 때문에 워낙 발이 약하여 걸어다닐 때도 시녀들이 양쪽에서 부축을 해야만 한다. 책에는 '시녀들의 어깨에 매달려 다닌다'고 묘사되어 있다. 정신적으로 고상한 경지에 이른 천상계의 여자라 할지라도, 지상의 여인과 다름없이 발이 약해야만 한다는 중국인들의 미관(美觀)을 잘 보여주고 있다 하겠다.

특히 시녀를 엎드리게 하고 그 위에 발을 올려놓거나 시녀의 어깨에 팔을 기대고 앉는 것은, 지배욕구의 충족에 따른 성취감을 최대한 즐기기 위해 사디스틱한 수법을 쓰는 행위로 해석된다. 그런 습관은 자신은 가만히 있고 타인의 조력에 의해서만 일거수 일투족이 가능한 상황을 만들어내는 것이므로, 결국 자궁 속에서 누렸던 편안한 안식감을 재현시키는 것으로 볼 수 있다.

인간은 태아 상태로 자궁 속에 있을 때 '영양공급'이나 '태반에 의한 안전성의 유지' 등을 모두 어머니의 육체적 기능에 의지한다. 이런 점을 생각하면 시녀를 의자 대신 깔고 앉는다거나 발걸이 · 팔걸이로 사용하는 것이 자궁회귀본능을 충족시키기 위한 행위라는 것을 납득할 수 있다. 발을 불편하게 사용하기 위해 전족을 하는 것이나 손을 불편하게 사용하기 위해 손톱을 길게 기르는 것이나, 둘 다 자궁 속에서의 상황을 재현시켜 보려는 안쓰러운 노력이라는 사실이 여기서 확실해지는 것이다.

7

기독교의『구약성서』「창세기」에 의하면, 아담은 선악과를 따먹는 원죄를 저질러 평생 동안 노동하며 땀을 흘려야 하는 천벌을 받는다. 그래서 그런지 남자들은 모두 노동의 의무에 지쳐 있어 자궁회귀본능이 여자들보다 훨씬 더 강하게 마련이다. 그러다 보니 남자들의 성적 접근을 본능적으로 필요로 하는 여자들은, 남자들의 자궁회귀본능을 간접적으로 충족시켜 주는 형태로 미를 추구하게 된다.

발을 '일부러 불편하게 하는 것'은 중국에서는 '전족'의 풍습으로, 서구에서는 불편하기 짝이 없는 '뾰족구두'의 착용 습관으로 이어져 내려 왔다. 「신데렐라 이야기」로부터 우리는 서구인들이 갖고 있는 '작은 발'에 대한 집착과 동경을 짐작해 알 수 있다. 하이힐의 미학은 뒷굽만 높게 만드는 것이 아니라 앞의 구두코도 될 수 있는 한 좁게 만들어 발 전체를 기형적으로 날씬해 보이게 하는 것인데, 걸을 때 불편한 것은 전족과 마찬가지다. 동양이든 서양이든 이런 '불편함의 미(美)'가 보편적인 여성미의 상징으로 정착돼 있었던 것이다.

「신데렐라 이야기」는 아름다운 동화로 알려져 있지만, 그림형제가 『독일 민담설화집』에 기록해 놓은 원래의 전설은 잔혹하기 그지없는 이야기다. 어느 왕자가 신부를 구하고 있었는데, 그 왕자는 여자의 발이 비정상적으로 좁고 작은 것을 좋아했다. 그래서 두 자매(신데렐라의 의붓언니들)가 간택을 받으려고 엄지발가락과 발뒤꿈치를 자른다. 책에는 발은 비록 불구가 되더라도 일단 왕자와 결혼해서 왕자비가 되면 '다시는 걸을 필요가 없기 때문에' 그런 모험을 강행하는 것으로 되어 있다.

이 정도의 '육체 학대'에 비하면 중국의 전족은 아무것도 아니다. 서양 여인들은 거의 자학에 가까울 정도로, 기형적인 아름다움을 가꾸기 위해 안간힘을 썼다. 허리를 가늘게 하려고 코르셋을 지나치게 꽉 끼게 한 나머지 여러 가지 부인병이 유발됐다는 것은 이미 잘 알려져 있는 사실이다. 어떤 귀부인은 허리를 가늘게 하려고 맨아래의 갈비뼈를 도려내기까지 했다고 한다.

이런 행위는 역시 미의식의 원천을 '일부러 불편하게 하기'의 심리에서 찾아 그것을 구체적으로 실천한 것이고, 그런 행위의 이면에는 자궁회귀본능의 충족에 따른 나르시시즘이 깔려 있다고 볼 수 있다. 이밖에도 무거운 귀걸이 · 목걸이 · 팔찌 등을 하는 풍습, 특히 코 · 뺨 · 눈썹 · 배꼽 · 젖꼭지 · 입술 · 혓바닥 · 음순 등에까지 구멍을 뚫어 고리를 꿰는 최근의 유행 풍습은, 인간의 깊은 내면에 자리잡고 있는 '마음대로 움직이지 못하는 것을 즐기는' 본능과 연결되어 있다.

귀걸이나 코걸이 · 팔찌 등이 고대 노예의 심벌이었다고 보는 사람들이 많은데, 그렇다면 인간의 자유와 평등을 외치는 현대에 이르러서까지 왜 그런 풍습이 미의식과 결부되어 존속되고 있단 말인가? 이런 현상은 누구에게나 자궁회귀본능이 있고, 예전에는 그것의 표출이 특권층에게만 허용되다가 요즘에는 누구한테나 평등하게 허용된다는 관점에서 설명되어야 할 것이다. 요컨대 '미(美)의 민주화'가 여성한테만은 어느 정도 가능해진 것이다.

8

'불편할 정도로 움직이지 못하는 것'을 동경하는 심리는 인간의 또 다른 본능인 '죽고 싶어하는 욕구'와도 관련이 있다. 자궁 속의 태아보다 더 안락하게 정지돼 있는 상태는 '시체'이기 때문이다. 그러나 죽음에의 욕구는 갖가지 우울증과 도피적 허무주의를 불러일으킨다. 죽음에의 욕구가 더 건강한 쾌락과 결부되고 특히 '미의식'과 연결될 때, 거기서 좀더 생산적인 '본능의 카타르시스'가 이루어질 수 있다.

죽음에의 욕구는 완전한 '끝남'을 지향하기 때문에 자포자기적이고 피학 · 가학적인 파괴주의로 흐르기 쉽다. 그렇지만 자궁회귀욕구는 '생명의 존재'를 인정하면서 편안한 안식을 추구하는 것이기 때문에, 남에게 피해를 주지 않으면서 인간의 본능을 훨씬 더 안전하게 대리배설시킨다. 그래서 인간을 오히려 정신적으로 건강하게 만들 수 있다.

손톱을 길게 기르고 굽이 13센티미터나 되는 높은 하이힐을 신는 여성의 심리는 '미적(美的) 나르시시즘'에 바탕을 두고 있다. 그런 여성들이 손톱과 하이힐에 매달리는 것은 남자를 유혹하기 위해서가 아니다.

그들은 자신의 스트레스를 당당하게 해소시키고 있는 것이다. 그런 여성들은 불편함을 감수하는 대가로 자궁회귀본능을 충족시키면서, 미적 성취감도 동시에 얻는다.

남성은 자궁회귀본능을 마음껏 대리배설시킬 방법이 없다. 오래 전 남성들은 손톱을 기르고, 화장을 하고, 화려한 옷을 입고, 장신구를 할 수 있었다. 그러나 현대 남성들은 '남성다움'이라는 가치기준에 얽매여 있기 때문에, 긴 손톱이나 장신구 등을 통해 자기 자신을 '불편하게' 할 수 없다. 아니 할 수 있긴 하지만 아무래도 한계가 있다. 그러다 보니 그저 여성을 바라보며 간접적인 카타르시스를 느낄 뿐이다.

그래서 남자들은 심리적으로 '자궁 속에서와 같은 안식'을 여자들만큼 충분히 취할 수가 없다. 그런 까닭에 남자의 평균 수명은 여자보다 훨씬 짧고, 중년기의 사망률과 자살률이 여자의 세 배나 되는 것이다.

9

이제까지 살펴본 여러 예들을 보면, 자궁회귀본능은 사디즘이나 마조히즘과 밀접하게 연결되고 있다는 것을 알 수 있을 것이다.

전족을 예로 들면, 전족을 하는 여자는 마조히즘을 즐기는 것이 되고, 전족을 여자에게 강요하여 그것을 바라보며 즐기는 남성은 사디즘을 맛보는 것이 된다. 마조히즘 쪽이 좀더 폭넓은 의미로 사용될 수 있는데, 도덕적 마조히즘은 극기적 또는 금욕적 종교현상으로 나타난다. 또한 정치적 마조히즘은 카리스마적 독재에의 동경과 국가주의 또는 전체주의로 나타난다(히틀러의 니치즘이 가장 좋은 예다). 그리고 성적(性的) 마조히즘은 순수한 미적 인식과 결부되어 더 고차적인 쾌락추구의 형태로 나타난다. 현대에 이르러서까지도 하이힐이나 손톱기르기 등이 유행하는 것을 보면, 역시 그것은 남성들이 사디즘을 만족시키기 위하여 강요해서 이루어지는 것이 아니라, 여성들 스스로가 성적 마조히즘을 만족시키기 위하여 스스로 그러한 불편을 감수하는 것이라고 볼 수 있다.

남성들은 지배적인 성향이 강하기 때문에 여성들에게 사디스틱하게 그러한 관능미를 강요하는 것같이 보이지만, 사실상 남성이 갖고 있는 여러 가지 제약조건 때문에 마조히즘적 쾌락을 직접적으로 충족시키지 못하고 여성을 통하여 대리적으로 충족시키고 있다고 볼 수 있다. 특히 동물과 인간을 비교해 보면 그러한 사실은 명백하게 입증된다.

동물은 모두 수컷이 화려하게 치장을 하고 관능적인 모습을 자랑한다. 암컷은 전혀 화려하지도 않고 초라하기 짝이 없다. 사자를 예로 들자면 수컷은 그 특유의 갈기털을 자랑하며 하루종일 낮잠만 자고 논다. 사냥을 하면 아름다운 갈기털이 손상될까봐서이다. 암컷은 그 반면에 거칠게 사냥을 하며 노동에 종사한다. 숫사자가 자기의 몸을 가꾸기 위하여 꼼짝도 안하는 것과는 반대로, 인간세계에서는 여자가 그런 역할을 한다. 남자는 미를 가꾸지도 못하고 노역에 시달려야만 한다.

인간과 동물의 이러한 차이가 어째서 생겼는지는 알 수 없으나, 아무튼 인간 가운데 남성들은 항상 그러한 동물적 본능을 잠재의식 속에 간직하고 있는 것만은 틀림이 없다. 그래서 요즘 여장남성(속칭 '게이')이 속출하고 남자들이 여자처럼 요란하게 치장을 하는 펑크족이 생겨났다. 그러나 일반적인 사회규범은 아직도 남성들에게 미적 관심을 갖는 것을 허락하지 않고 있다. 그래서 남성들은 여성을 통해서 간접적으로 겨우 잃어버린 미적 본능을 충족시키는 것이다.

그러므로 여성을 지배함으로써 얻어지는 사디즘적 쾌감은 결국 여성들 스스로가 자체적으로 누리는 마조히즘적 쾌락에 비하면 한결 감질나는 것이고 미흡하기 짝이 없는 것이다. 남자들은 뼈빠지게 고생해서

돈을 벌어 여자를 치장시켜 놓고 그것을 보며 스스로의 본능을 달래는 형편이니, 남자들의 사디즘이나 남성우월주의 등은 모두 자기합리화나 자기위안에 불과하다. 요컨대 마조히즘이 최고의 쾌락이란 뜻이다.

그렇다면 왜 마조히즘이 자궁회귀본능과 관련되는 것일까? 마조히즘은 일체의 자기주장이나 능동적 결정권을 포기함으로써 얻어지기 때문이다. 마조히즘은 단순히 매를 맞을 때 느껴지는 감각적인 이상쾌감(異常快感)을 말하는 것이 아니다. 타자에게 완전히 몸을 맡겨, 그에게 노예와 같이 철저하게 복종하는 데서 얻어지는 쾌감을 의미한다. 기독교에서 '순종'을 강조하며 하나님께 대한 철저한 복종만이 구원에 이르는 길이라고 하는 것은, 마조히즘이야말로 인간이 얻을 수 있는 최고의 행복감이요, 안락감이라는 것을 믿고 있기 때문이다. 매를 맞는다든지 모욕적인 대우를 받는다든지 하는 것은 그러한 '복종심'을 더욱 잠재의식 깊숙이 뿌리내리게 하기 위한 일종의 방편에 불과하다.

노예의 상태란 일체의 책임이 따르지 않는 상태를 말한다. 의사표시를 할 수도 없고 자기 자신의 앞날에 대하여 어떠한 책임감이나 부담감을 느낄 필요도 없다. 다만 주인이 명령하는 대로 따르고 그에게 안락한 소속감을 느끼면서 정신적으로 '가만히 있기만' 하면 된다. 물론 육체적으로 여러 가지 노역이 강요되고 고통이 따를 수도 있겠지만, 그 대신에 자기의 운명을 자기가 이끌어나가야 한다는 부담감으로부터 모면될 수가 있다.

이러한 것은 '의지(意志)의 공동화(空洞化)' 현상이 있어야 가능한데, 주인에 의하여 로봇처럼 마음대로 조종되는 것이 바로 이 '의지의 공동화' 현상을 가능하게 하는 것이다. 이러한 상태는 우리가 어머니의 자궁 속에서 아무런 걱정없이 무조건 어머니의 의지와 보호에만 몸을 맡겨두었던 상태와 비슷하다. 그래서 마조히즘은 자궁회귀본능을 가장 잘 충족시킬 수 있는 구체적 방법이 되는 것이다.

10

여성이 갖고 있는 마조히스트로서의 속성을 잘 묘파한 프랑스 작가 포오린 레아주의 소설 『O의 이야기(*Histoire d'O*)』를 보면, 필자의 이러한 가설이 잘 입증된다.

여주인공인 'O'를 훌륭한 마조히스트로 만들기 위해 어떤 사디스트 클럽에서 납치하여 훈련시키는 내용으로 되어 있는 이 소설은, 처음엔 주인공이 그러한 육체적 학대와 정신적 모욕의 반복에 분노를 느껴 저항하다가, 결국에는 그러한 가혹한 훈련에 의하여 진정한 마조히스트로 변신하게 된 자기 자신에 대해서 커다란 희열과 긍지를 느낀다는 내용으로 되어 있다.

> 남자들에게 모욕을 당할 때도 요즈음에 이르러서는 마음속이 즐거움과 자랑에 차고 성직자(聖職者)나 여승(女僧)만이 가질 수 있는, 마음속 깊은 곳에서부터 맑아진 조용한 눈초리로 사내의 몸을 받아들이게끔 되어 있는 것이다.
>
> 아무런 사념(邪念)이 없는 미소로써, 남자들을 어루만지면서 조용히 몸을 한껏 벌리는 것이다.
>
> …… 이제야 그녀는 참다운 자유를 안 것만 같았다. 이것이 이곳에서 반복되며 교육되는 인간의 자유인 것이다. 그렇게 생각하니 지금까지 생각해 본 일조차 없는 즐거움이 자기의 마음속에서 우러나오는 것이었다.

'성직자나 여승만이 가질 수 있는 맑아진 눈초리'란 결국 어린아이의 맑고 초롱초롱한 눈초리를 말함이다. 어린아이 때는 지극히 투명하고 맑은 눈동자를 간직하고 있다가 차츰 어른으로 성장해 가면서 눈동자가 혼탁해지는 것은, 어렸을 때는 지선(至善)에 가까운 심성을 가졌는데 어른이 되면서 악에 물들어가기 때문만은 아니다. 거친 세파에 부딪쳐 나가면서 자기의 생을 자기 자신이 책임져야만 한다는 '부담감'이 그의 눈동자를 피로하게 만드는 것이다. 아이들은 자신의 생활과 생명 전체를 어머니의 손에 의탁하고 있다. 그렇기 때문에 그들은 오히려 지극히 '자유로울 수' 있는 것이다.

예수 그리스도는 곧잘 "너희가 어린아이와 같이 되지 않으면 결단코 천국에 들어가지 못하리라"고 말했는데, 이 말이 뜻하는 것은 어린아이처럼 순진무구해지라는 의미도 되지만, '마음의 평화'를 얻기 위해서는 자기의 결정권이나 의지를 완전히 포기하고 하나님에게 모든 것을 맡기라는 뜻이 아닐까. 진정한 자유를 하나님께 대한 절대복종으로부터 얻어내려고 하는 기독교 사상은 그래서 정신적 마조히즘의 극치라 할 만하다.

그러한 '오만불손한 자존심의 포기', '완전히 주께 맡기는 태도'의 배양을 위하여 기독교에서는 곧잘 주께서 "시험에 들게 하신다"는 말을 쓰고 있는데, 『구약성서』「욥기(記)」에 나오는 욥의 시련이 그 대표적 실례이다. 욥은 자기 자신에게 닥쳐온 어처구니없는 재앙의 원인(이를테면 자신의 죄)을 찾지 못해 갈등하며 괴로워하다가, 결국에는 "주는 것도 하나님이요, 빼앗는 것도 하나님이다"라는 철저한 복종의 선언을 하고 마는 것이다. 그러면서 그는 일체의 고민과 시련으로부터 해방된다.

『O의 이야기』에서는 이러한 '하나님의 시험' 대신에 여러 가지 가혹한 체벌, 예컨대 정기적인 채찍질 같은 것이 O에게 가해진다. 아무런 이유도 없이 가해지는 정신적·육체적 고통을 겪으면서 그녀는 차츰 자아를 포기하는 상태로 들어가고, 그녀의 눈은 어린아이처럼 맑고 투명한 눈동자로 변해 가면서 진정한 안식감과 자유를 체득하게 되는 것이다.

가톨릭의 고행의식도 비슷한 맥락에서 이해될 수 있다. 수녀들은 채찍질을 통해 그들의 신념을 가다듬으며, 기도할 때는 두 팔을 완전히 벌리고 배를 바닥에 밀착시킨 자세로 납작하게 엎드림으로써 신에의 복종심을 나타낸다. 이런 신앙 행위 역시, 마조히즘을 통하여 신 앞에 순진한 어린아이로 돌아가고자 하는 의미로 해석될 수 있다. '어린아이와 같은 상태로 돌아가서 얻어지는 행복감'이야말로 마조히스트에게 주어지는 종국적 보상이며, 이러한 상태를 희구하는 근원적 갈망이야말로 자궁회귀본능 그 자체인 것이다.

한용운도 그의 시 곳곳에서 마조히즘을 통해서 얻어지는 행복감을 노래하고 있다. 그 역시 종교적 법열감(그에게 있어서는 불교)의 본질을 복종과 피학대에서 찾고 있는 듯하다. 「복종」이라는 작품에서는, "남들은 자유를 사랑한다지마는 나는 복종을 좋아하여요/자유를 모르는 것은 아니지만 당신에게는 복종만 하고 싶어요/복종하고 싶은데 복조하는 것은 아름다운 자유보다도 달콤합니다"라고 읊으면서 정신적 복종으로부터 얻어지는 행복감을 예찬하고 있다. 또 「나룻배와 행인(行人)」에서는, "나는 나룻배/당신은 행인/당신은 흙발로 나를 짓밟습니다/나는 당신을 안고 물을 건너갑니다"라고 읊어 육체적으로 학대당할 때 얻어지는 마조히스트로서의 직접적 쾌감을 그리고 있다. 이러한 한용운의 마조히스트로서의 면모는, 「이별은 미(美)의 창조」에 이르러 드디어 미의식과 결부되어 마조히즘을 아름다움의 원천이라고 선언하게 되는 것이다.

> 이별은 미(美)의 창조입니다.
>
> 이별의 미(美)는 아침의 바탕[質] 없는 황금과 밤의 올[絲] 없는 검은 비단과 죽음 없는 영원의 생명과 시들지 않는 하늘의 푸른 꽃에도

없습니다.

님이여, 이별이 아니면 나는 눈물에서 죽었다가 웃음에서 다시 살아날 수가 없습니다. 오오 이별이여.

미(美)는 이별의 창조입니다.

만해에게 있어 '이별'이란 '님으로부터 일방적으로 버림받는 것'이다. 「님의 침묵」에서 보여준 것처럼, 님은 그저 냉담하게 침묵할 뿐 이별의 이유를 설명해 주지 않는다. 즉, 일반적인 명령이요 가학(加虐)이다. 그러나 시의 화자는 그러한 님의 절대적 명령에 순응하는 데서 포근한 안식감과 희열을 얻는다. 그러면서 결국 그러한 '이별'이 미적 창조의 주체요, 이별의 미(美)야말로 지상(至上)의 미라고 절규하게 되는 것이다. 여기서 '이별'의 상징하는 것이 '이유없이 가해지는 고통'이라고 해석해 볼 때, 마조히즘과 미의식의 상관관계를 확실히 깨달을 수 있다. 그리고 이러한 미의식의 근저에는 자기의 의지를 포기하고 '완전한 정지상태'로 들어갈 때 얻어지는 안식감을 동경하는 '자궁회귀본능'이 자리잡고 있음을 확인할 수 있다.

(1984)

1980년대 한국 문화계의 회고와 1990년대의 전망

다사다난했던 1980년대가 가고 이제 대망의 1990년대가 왔다. 김재규의 박대통령 암살사건과 12 · 12사태로 막을 내렸던 1970년대는, 1980년 벽두부터 시작된 갖가지 소란스러운 사건들로 이어져 1980년대에 걸었던 우리들의 희망과 기대를 송두리째 무너뜨려 놓았다. 1980년 5월 이후 국민들 사이에 퍼져 나갔던 그 절망적이고 암울한 분위기를 기억해 볼 때, 민주화를 향한 작은 첫걸음이라도 그나마 내디딜 수 있었던 최근 수년 간의 사회분위기가 정말 신기하게 느껴질 정도이다.

1980년대의 10년 동안 우리 문화계는 다양한 변화와 굴절을 경험할 수밖에 없었다. 나는 1980년 6월에 첫 시집 『광마집(狂馬集)』을 출간했다. 시집을 준비할 때는 광주항쟁이 있기 전 소위 '서울의 봄'에 해당되는 시기였기 때문에 무척 들뜬 기분에서 원고를 정리했다. 그런데 광주항쟁이 일어나자 정국은 금세 경색되어 버렸고, 계엄사령부의 검열 때문에 아까운 작품 몇 편을 부득이 시집에서 빼지 않을 수 없었다. 그때의 그 울화통 터지던 일은 아직도 기억에 생생하다.

나뿐만 아니라 많은 문화인들이 작건 크건 간에 피해를 보았고, 억울한 일들을 당했다. 강단에서 강제로 쫓겨나게 된 교수들도 있었고 교도소의 독방에 갇히게 된 문학인들도 있었다. 많은 신문과 잡지가 없어졌고, 방송도 통폐합되었다.

이런 암울한 분위기에서 출발한 1980년대의 우리 문화는 우선 자유로운 표현의 채널을 봉쇄당했다는 점에서 파행적인 양상으로 나아가게 될 수밖에 없었다. 이를테면 군대를 소재로 하는 소설이나 연극은 전혀 발표될 수 없었고, 정치적 성향이 강한 작품 역시 발표가 힘들었던 것이다. 이러한 시대적 배경 때문에 1980년대의 한국 문화계는 양극단으로 치달아 갈 수밖에 없었던 것 같다. 발표가 되든 안 되든 간에, 문화인들의 의식구조는 극단적인 반골기질에 바탕을 둔 현실참여 쪽을 택하거나 현실도피적 방관주의에 바탕하는 신비주의 쪽을 택하게끔 되었던 것이다.

문학의 경우 1980년대 전반기에 나온 베스트셀러들이 거의 신비주의에 가까운 것이었다는 사실은 많은 점을 시사해 준다. 1980년대의 대표적 작가인 이문열은 1979년 동아일보 신춘문예에 군대생활에서 소재를 딴 중편소설 「새하곡(塞下曲)」이 당선되어 문단에 데뷔하였다. 그런데 그 작품은 결국 출판되지 못했고, 그 뒤에 발표된 『사람의 아들』이나 『황제를 위하여』가 베스트셀러의 대열에 올랐던 것이다.

『사람의 아들』은 기독교사상을 소재로 한 일종의 종교소설인데, 1980년대 초반의 정치상황하에서는 그런 내용의 책만이 일반대중들에게 강한 호소력을 가질 수 있었던 것이다. 종교를 통한 일종의 '초월적 체념'을 독자들은 희망했던 셈이다. 선도소설(仙道小說)인 『단(丹)』이 베스트셀러가 된 것이나, 김성동의 불교소설 『만다라』, 조성기의 기독교소설 『라하트 하아렙』 등이 많이 읽혀진 것도 민중들의 현실도피 심리에 그 근본적 원인이 있다고 봐야 할 것이다.

연극의 경우에도 수녀원 이야기를 다룬 〈신의 아그네스〉나 성심리를 다룬 〈에쿠우스〉 같은 작품들이 인기를 끌었고, 영화는 거의 러브스토리나 에로티시즘 일색이었다. 곽지균 감독의 〈겨울나그네〉가 이 시대의 수작이라고 할 수 있는 작품인데, 그 작품에서도 역시 잔잔한 센티멘털리즘이 주조를 이루고 있다.

물론 현실참여의 문학이나 기타 예술장르의 활동도 괄목할 만했다. 김지하, 고은, 문병란 등의 시인들이 암암리에 작품을 발표해 나갔고, 소설로는 박경리의 『토지』나 황석영의 『장길산』, 조세희의 『난장이가 쏘아 올린 작은 공』 같은 것들이 나와 간접적으로나마 국민들의 현실인식을 일깨워주려고 노력했다. 오윤 등의 젊은 예술가들이 민중의 한(恨)과 분노를 소재로 한 판화운동을 전개해 나가기 시작했다는 것 역시 특기할 만한 일이다.

그러나 총괄적으로 조망해 볼 때 역시 1980년대 전반기의 우리 문화는 현실도피적 신비주의가 그 주조를 이루고 있었다고 볼 수밖에 없을 것 같다.

1980년대 후반에 들어서면서부터 억압일변도의 정국에 조금씩 숨통이 트여 나가기 시작한다. 우선 1984년 9월 해직교수들의 복직을 시발로 하여 전두환 정권은 차츰 유화정책을 펴가게 되었던 것이다. 그러다가 다시금 개헌논의에 쐐기를 박는가 싶더니, 결국 국민들의 거센 항거에 못 이겨 직선제 개헌과 함께 전 정권은 물러나고 노태우 대통령과 3 김(金)씨의 체제가 되었다.

그래서 1980년대 후반기의 우리 문화계는 마치 막혔던 봇물이 터질 때처럼 그 동안 쌓이고 쌓였던 울분들이 한꺼번에 쏟아져 나오기 시작했다. 문학이 특히 그러했는데, 이른바 민족문학이나 민중문학이라는 것이 문단의 대세를 장악하게 되었고, 사회주의적 리얼리즘에 대한 논의가 활발하게 이루어지게 되었으며, 월북 작가들의 작품이 해금됨에 따라 통일문제, 분단문제 등이 더욱 더 대다수 작가들의 주된 관심사로 대두되게 되었다.

또한 운동권 대학생들의 정치적 위상(位相)이 점점 커감에 따라 운동권 학생을 주인공으로 하는 작품도 많이 생산되었다. 군대생활 내부의 모순을 고발하는 작품들이 빛을 보게 된 것도 특기할 만한 사실이다.

또한 민주화에의 열기는 여성계에도 파급되어 여성해방운동의 불길이 거세게 일어나기 시작했으며, 다수의 신인 여류작가들의 탄생과 아울러 여성주의 문학이 문단에 있어 큰 비중을 차지하게 되었다. 그래서 1980년대 후반기의 우리나라 문화예술은 한마디로 말하여 민족적 리얼리즘 및 민중해방의 주제 일색(一色)으로 변모해 버렸다고 볼 수 있다.

문학의 경우에 있어 조정래의 『태백산맥』이나 이병주의 『지리산』, 그리고 이태의 『남부군』 등이 베스트셀러가 되었고, 연극은 특히 민중적 풍자극 일변도가 되었다. 박재서의 〈팽〉, 김지하의 〈똥바다〉, 황석영의 〈한씨 연대기〉 등이 특히 관객들의 사랑을 받았다.

미술이나 음악 또는 무용 역시 마찬가지였다. 민중미술운동이 활기차게 펼쳐지고, 일반인들도 대학교의 건물에 부착된 대형 벽화 등을 통해 왠지 모르게 섬뜩한 느낌을 주는 전투적인 소재의 그림들을 흔히 볼 수 있게 되었다. 음악에서는 국악과 민속음악에 대한 관심이 제고되고, 무용에도 대학가의 소위 '해방춤' 비슷한 율동이 스며들어, 이애주를 대표로 하는 참여적 춤꾼들이 대거 등장했다.

여성문제를 주제로 하는 작품들이 많이 발표됐다는 것도 기억해 둘 만한 일이다. 남성에 대한 40대 기혼녀의 항변을 그린 시몬느 드 보부아르 원작의 연극 〈위기의 여자〉가 인기를 모았고, 소설로는 김수현의 『모래성』을 비롯하여, 최근의 화제가 되고 있는 이경자의 『절반의 실패』에 이르기까지, 가정주부들이 남편들에게 겪는 부당한 대우와 남성우월주의 이데올로기가 지배하고 있는 현금의 우리나라 풍토를 공격하는 내용의 작품이 많이 발표되고 있다. 많은 여성단체들이 조직되고, 『여성신문』이나 『또 하나의 문화』 등 여성운동지가 생겨난 것도 특기할 만하다.

하지만 1989년 한해만을 놓고 본다면, 문화예술계의 기류가 이제 서서히 바뀌어 갈 조짐을 보이고 있는 것도 같다. 국민 대중들이 지니고 있는 '의식'의 차원이 아직도 낮은 수준이라서 그런지, 아니면 민주화와 경제성장이라는 거대한 우상에 압도되어 쉽사리 과거를 잊어버렸기 때문인지는 몰라도, 어쨌든 이른바 민중문학이나 민중연극 등에 대한 염증과 회의가 일반대중들한테서 나타나기 시작했다는 것은 확실한 사실이다. 우선 1980년대 중반기까지 출판계의 꽃 역할을 했던 사회과학 도서들이 슬슬 퇴조하기 시작하였고, 각종의 정치적 이슈를 특징으로 삼기만 하면 날개 돋친 듯 팔려 나가곤 했던 『신동아』나 『월간조선』 같은 정치성향의 잡지가 잘 안 팔리게 되었다.

베스트셀러나 흥행면으로만 문화계의 판도를 점친다는 것은 좀 위험한 일이지만, 1989년에 가장 잘 팔린 소설은 이문열의 연애소설인 『추락하는 것은 날개가 있다』였고, 수필집으로는 내가 쓴 『나는 야한 여자가 좋다』, 그리고 뒤늦게 김우중의 『세계는 넓고 할 일은 많다』가 끼어들었다.

연극에 있어서는 명랑 쾌활한 내용의 뮤지컬인 〈아가씨와 건달들〉이 지칠 줄 모르고 관객들의 사랑을 받고 있으며, 영화에서는 〈매춘〉이 크게 히트했다.

이문열 씨는 어느 잡지의 인터뷰 기사에서 『추락하는 것은 날개가 있다』가 많이 팔려나갔다는 게 부끄러운 일이라고 말하기까지 했다. 그리고 자기의 전집에서 빼어 버리거나 완전 개작을 시도해 볼 예정이라고 말했다. 작가의 생각에는 『추락하는 것은 날개가 있다』는 『사람의 아들』이나 『영웅시대』 등에 비해서 지극히 안이하게 씌어진 감상적 연애소설로 보였던 모양이다.

그러나 어쨌든 1989년의 일반대중들이 이데올로기 중심의 무겁고 심각한 내용보다 낭만적이거나 실용주의적인 내용의 글을 선호하는 쪽으로 기울게 되었다는 것은 확실한 사실이다.

문학계에서도 많은 그룹들이 진부한 도덕주의와 정치적 투쟁으로서의 문학에 반기를 들고 나섰다. 그래서 1989년 한해는 1990년대로 나아가는 우리 문화계에 일종의 '터닝 포인트' 역할로 작용해 주었다고 나는 생각한다. 여기에는 서방 공산국가들의 해빙 무드나 소련의 개방정책, 그리고 지구가족의 멸절(滅絕)을 초래할지도 모르는 각종의 공해문제나 식량문제 같은 탈이데올로기적 현안들에 대한 관심이 많은 영향을 미쳤을 것이다.

1988년 서울에서 치러진 세계올림픽이 한국 국민들의 마음속에 한결 느긋한 여유를 심어주는 데 한몫 한 것은 물론이다. 올림픽 덕분인지는 몰라도 우리나라 영화 서너 편이 국제영화제에서 수상권 내에 든 것 역시 국민들에게 민족적 자긍심과 좀더 여유 있는 예술적 심미안을 키워주는 데 큰 몫을 하였다. 노벨상이 대단한 것은 아니지만, 이런 식으로만 나간다면 1990년대에는 우리나라에서도 노벨 문학상 수상자가 나올지도 모른다는 예감이 드는 것도 무리가 아닌 것 같다.

그렇다면 앞으로 펼쳐질 1990년대에 우리 문화계는 과연 어떻게 변모해 갈 것이며, 또 어떤 방향으로 나아가야만 할까?

1990년대는 인류역사에 있어 정말로 중요한 시기라고 할 수 있다. 노스트라다무스가 예언한 대로 1999년에 세계가 멸망한다고 믿어서가 아니라, 낙관도 절망도 할 수 없게 만드는 변화무쌍한 최근의 국제

정치 기류와 계속되는 천재지변 및 기아, 그리고 세계 곳곳에서 벌어지고 있는 전쟁 등을 바라보며 지구촌의 전 가족들은 상당한 위기의식을 피부로 느껴가며 살고 있기 때문이다. 공해문제 및 자원고갈 문제는 우리들이 생각하고 있는 것 이상으로 심각하다. 또한 세계 곳곳에 설치되어 있는 핵폭탄들은 혹시 실수로라도 지구가족의 멸망을 초래하게 할지 모른다는 우려를 갖게 한다.

이데올로기의 종언이 끊임없이 외쳐지고 있음에도 불구하고, 중동의 긴장상태 및 중국 및 중미 사태, 그리고 남북한이 적대적으로 대치하고 있는 한국 사태는 우리들로 하여금 소박한 낙관주의를 허용할 수 없게 한다. 이런 와중에서 우리가 1990년대 10년 간을 현명하고 슬기롭게 넘길 수만 있다면, 우리는 대망의 2000년대에 가서 진정으로 평화와 행복이 넘쳐 흐르는 후천개벽(後天開闢)의 시대를 맞이할 수 있게 될지도 모른다. 전쟁의 상처를 통한 인구 감소의 결과 이데올로기에의 염증에 바탕을 두는 원시적 지상낙원으로의 복귀가 아니라, 건전한 과학정신과 실용주의에 바탕하는 명실상부한 '지상의 천국' 건설이 2000년대에도 절대로 불가능하다는 말은 있을 수 없다. 확실히 지금 우리는 건곤일척(乾坤一擲)의 순간에 놓여 있는 것이다.

이러한 생각을 토대로 1990년대의 한국문화를 예측해 볼 때 다음의 두 가지 상반된 양상이 예상될 수 있다.

첫째는, 지금과 같은 양극화된 문화풍토가 더욱 첨예화될 것이라는 전망이다. 즉, 문화예술이 이데올로기나 종교 또는 정치적 현실 등과 발맞춰 나가야 한다는 입장과 그렇지 않은 입장, 말하자면 문화란 일종의 개인적인 또는 집단적인 '놀이'에 불과한 것이라는 입장이 팽팽하게 대립하여 문화계 전반을 어수선한 투쟁의 장(場)으로 몰고 갈 것이라는 얘기다.

이렇게 되면 이데올로기를 추종하는 문화그룹은 더욱 더 집단적이고 선동적인 투쟁양상을 띠게 될 것이고, 그 반대 입장에 서는 그룹은 개인적인 취향에만 안주하여 더욱 더 현실도피적인 양상을 띠게 될 것이다. 그러면 일반대중들은 아예 문화적 관심에서 멀어져 향락주의적이고 저급한 오락에만 맛을 들이게 될 게 뻔하다. 경제성장이 완전히 멈추거나 퇴보한다면 몰라도, 그렇지 않는 한 사람들이 더 맛좋은 쾌락을 찾아 나서게 되는 것을 탓할 수만은 없는 일이기 때문이다. 그렇게 되면 저급한 상업주의의 문화와 고급문화를 자칭하는 자아도취적 문화가 괴리되게 되고, 상수도 문화와 하수도 문화의 사이좋은 협조와 공존은 불가능해져 버린다.

둘째는, 문화가 문화 고유의 영역 안에 얌전히 자리잡고 앉아 정치와 문화, 그리고 경제가 삼권분립을 이루는 상태에서 더 고급한 '놀이'로서의 문화를 대중에게 공급해 주게 되리라는 전망이다. 말하자면 가곡과 가요의 구별이 없어지고 본격소설과 대중소설 사이의 경계가 없어지는 상태다. 리얼리즘이든 낭만주의든 그것은 오로지 작가나 독자의 '취향'으로서만 존재하게 되고, 사생결단을 전제로 하는 투쟁의 도구로서는 더 이상 존재하지 않게 된다.

나는 후자의 경우를 예상하고 있는데, 남북이 대치하고 있는 현상황에서 그것이 쉽사리 이루어질 수 있을 것 같지가 않아 걱정이다. 그러나 오히려 남북의 평화통일을 위해서라도 문화는 역시 '놀이'가 되어야 한다.

그러나 우리나라와는 별도로 세계문화의 추세는 확실히 후자의 쪽으로 기울어 갈 게 틀림없다. 아니 꼭 그래야만 한다. 종교적 도그마와 정치적 이데올로기는 더 이상 인류에게 도움을 줄 수 없고 오직 해만 끼칠 뿐인데, 그러한 사실을 일반대중들에게 일깨워줄 수 있는 사람은 문화예술인들밖에는 없기 때문이다. 말하자면 모든 사람들의 삶을 '정치적 삶'이나 '종교적 삶'으로부터 '놀이적 삶'으로 돌려놓는 일을 모든 문화인들이 맡아줘야만 한다는 말이다.

일과 놀이가 구별되지 않고 한데 합치될 수 있을 때, 비로소 인류는 평화를 향한 올바른 비전을 획득할 수 있다. 헤르만 헤세가 『유리알 유희』라는 미래소설에서 예측했던 것처럼, 모든 사람들이 '유희의 대가(大家)'가 될 수 있을 때 인류는 그 파멸을 막아낼 수 있다. 정치도 유희가 되고, 종교도 유희가 되어야 한다. 원래 종교나 정치는 인간이 가지고 있는 유희본능이 잘못 굴절되어 나타난 현상이다. 개인적 콤플렉스가 공적(公的) 콤플렉스로 환치되고, 그것이 그럴 듯한 이론의 체계를 가질 때, 이데올로기나 종교는 그 사디스틱한 마수(魔手)를 뻗쳐 인류를 재앙으로 몰아넣는다.

종교가 필요없는 사회, 정치가 필요없는 사회가 될 수 있도록 만드는 데 모든 문화예술인들은 총력을 기울여 나가야 한다. 민족주의도 필요없고 인종주의도 필요없다. 오직 '인간'만이 존재할 뿐이요, 인간 각자들은 행복하게 살아갈 권리를 갖고 있다는 엄연한 사실만이 존재할 뿐이다. 그리고 그 '행복'이라는 것은 결국 '유쾌한 놀이'로서만 가능할 것이다.

그런데도 불구하고 문화인들이 명분주의에 사로잡혀 정신우월주의의 세계관을 계속 선전해 나아간다면 인류는 결국 망하게 되고 만다. 오직 삶만이 소중한 것이고, 죽음은 어떤 죽음이든 괴로운 것이다. '고귀한 죽음', 예컨대 순교 따위란 본시 없는 것이며, 육체가 떨어져 나간 정신 역시 존재하지 않는다.

문화예술이 '정신적 명상의 차원'에 속하는 것으로서 끝나버릴 때 인간은 끝내 죽음의 공포에서 헤어날 수 없고, 그 죽음의 공포를 이겨나가기 위해 새로운 종교, 새로운 이데올로기를 계속해서 생산해 내게 된다. 정치나 철학은 결국 인간들이 가지고 있는 죽음에의 공포심리를 토대로 하여 만들어진 것이다. 오직 예술만이 그 죽음에의 공포심리를

'안락한 놀이'의 개념으로 승화시킬 수 있다.

2000년대의 세계를 동양, 특히 극동아시아가 주도해 나가리라고 예언하는 미래학자들이 많이 있다. 그렇게 되면 인류의 파멸을 막을 수 있다는 것이다. 그렇다면 동양문화의 본질은 대체 무엇일까? 그것은 다름 아닌 '무철학(無哲學)의 정신'이요, '놀이의 정신'이다.

중국에서는 옛부터 아리스토텔레스나 플라톤에 버금가는 형이상학적 철학체계가 없었다. 오직 어떻게 하면 현실을 즐겁게 살아갈 것인가가 중요 관심사였다. 공맹(孔孟)사상과 노장(老壯)사상이 동양문화의 이대(二大) 원류라고 본다면, 그들의 생각은 놀이정신에 가까웠다. 특히 『장자』 같은 책은 유쾌한 놀이로서의 우화들로 가득 차 있다. 공자의 『논어』 역시 그 첫장에서부터 삶의 '재미'로서의 공부나 인간관계로부터 출발하고 있다. 공자가 정치에 있어서 시(詩)와 음악의 효용을 지극히 중시했던 것은, 정치보다도 '놀이로서의 문화'가 오히려 인간사회를 복되게 만들어줄 수 있다는 믿음을 가졌기 때문이었다. 그래서 그가 편찬했다고 전해지는 『시경(詩經)』은 온통 사랑 노래 일색인 것이다.

그러므로 1990년대를 맞이하는 우리나라 문화예술인들은 이제부터라도 그들의 생각을 180도 역전시킬 필요가 있다. 통일문제든 경제적 불평등의 문제든, 그 어떤 골치 아픈 문제라 할지라도 거기에 직접 단선적으로 대처해서는 안 된다. 싸우게 하는 것보다는 실컷 놀아버리게 하는 게 낫다. 한바탕 춤을 추고 나면 스트레스가 없어지게 되고 그러다 보면 병도 사라지고, 고뇌도 사라진다. 그래서 신라의 처용(處容)은 한바탕 춤추고 웃어버림으로써 바람난 아내와의 갈등을 해소시켜 버렸던 것이다. 문화예술인들은 모두 다 '춤추는 처용'이 되어야 한다.

(1990)

『춘희(椿姬)』 — 쓰레기통에 핀 장미

소설 중에서는 연애소설이 가장 재미있고, 연애소설 가운데서도 비극적 결말로 끝나는 비련(悲戀)의 러브 스토리가 재미있다. 이상하게도 우리들은 소설이건 영화건 간에 해피엔딩으로 끝나는 것보다 슬픈 결말로 끝나는 것을 더 좋아한다. 실컷 울고 나면 가슴이 후련해지기 때문인지도 모른다.

그래서 문학사에는 독자들이 두고두고 잊지 못하는 비극적 러브 스토리가 고전으로서 몇 편 존재하게 되었는데, 그 가운데서 단연 첫손가락으로 꼽을 수 있는 것이 바로 알렉산드르 뒤마 피스의 『춘희(椿姬)』라고 하겠다. 『춘희』는 작품의 성격으로 보면 통속적 연애소설의 범주에 드는 것이어서 비평가들에게는 순수 문학작품으로서의 평가를 제대로 못 받고 있다. 하지만 이 작품이 씌어진 19세기 중반 이래로 전 세계 수많은 나라의 독자들에게 끊임없는 사랑을 받고 있는 것이다. 소설 자체를 읽어본 사람은 많지 않다 하더라도, 영화로, 연극으로, 오페라로 만들어져서 대중들의 심금을 울려주고 있다.

나는 한국영화로 제작된 〈춘희〉(한번은 최은희씨가, 두 번째는 오수미씨가 춘희로 나왔다)도 보고, 베르디가 〈라 트라비아타〉로 제목을 바꾸어 만든 오페라도 보았다. 또 최근에 프랑스에서 만들어진 TV용 영화도 보았는데 언제나 짜릿한 감동과 함께 순수한 센티멘털리즘을 맛볼 수 있었다.

『춘희』는 앞으로 아무리 시대가 바뀐다고 하더라도 계속 대중들의 사랑을 받을 것이다. 아무리 이데올로기가 변하고 생활양식이 변하고 과학이 발전한다고 해도, '사랑'만은 우리 인류가 원시시대부터 지금까지 가슴속에 지니고 내려온 가장 소중한 삶의 목적이요, 가치이기 때문이다.

『춘희』의 줄거리는 간단하다. 파리의 사교계에서 고급 창녀로 이름을 떨치고 있는 '마르그리트 고티에'가 무명의 청년작가인 '아르망'을 만나 순수한 사랑을 불태우다가, 그만 아르망 부친의 반대로 그 뜻을 이루지 못한 채 열달 만에 헤어지고 만다는 이야기. 마르그리트는 아르망의 나쁜 소문 때문에 그의 누이의 혼인문제가 난관에 부딪쳤다는 아버지의 호소에 승복하여, 일부러 아르망을 배반하는 체하며 그의 곁을 떠난다. 아르망은 오해를 하고 그녀를 잊기 위해 여행을 떠나는데 여행에서 돌아와 보니 마르그리트는 폐병 3기의 몸으로 이미 죽어 있었다. 그녀는 그와 헤어진 뒤에 매일같이 아르망에게 보내는 편지체의 일기를 썼다. 아르망은 그 편지들을 읽어 보고 그녀의 청순한 마음씨에 감동되어 눈물을 흘린다.

마르그리트에게 춘희, 즉 동백아가씨라는 별명이 붙은 것은 그녀가 극장에 갈 때마다 동백꽃을 한아름 들고 갔기 때문이다. 그녀는 한달 중 25일 간은 흰 동백꽃들, 5일 간은 빨간 동백꽃을 가지고 나타나는데, 소설 내용에서는 그 이유를 잘 모르겠다고 되어 있다. 그러나 아마도 내 짐작으로는 빨간 동백꽃을 들고 오는 5일 동안이 여자의 월경기간임을 암시하는 것인 듯하다.

이 소설을 쓴 알렉산드르 뒤마 피스는 『몬테 크리스토 백작』으로 너무나 유명한 알렉산드르 뒤마의 아들이다. 그런데 부자의 이름이 똑같아서 그 구별을 위해 두 사람을 각각 아버지 뒤마(뒤마 페르), 아들 뒤마(뒤마 피스)라고 부른다. 우리나라에서는 대(大)뒤마, 소(小)뒤마로 표기하기도 한다.

모든 소설작품들, 특히 작가의 처녀작은 대개 자기 자신이나 주변 인물을 모델로 하는 경우가 많다. 『춘희』도 예외는 아니다. 이 작품에 나오는 아르망은 뒤마 피스 자신이요, 마르그리트는 뒤마 피스가 사랑했던 '마리 뒤프레시'라는 고급 콜걸이기 때문이다. 다만 소설에서는 아르망의 부친이 소설가가 아니라 시골의 모범적인 관리로 나오는 것과, 헤어지는 과정이 조금 다를 뿐이다.

이 작품에 전개되는 이야기와 거의 똑같은 일을 겪은 뒤마 피스는, 애인의 죽음을 추모하기 위하여 이 소설을 쓴 것이라고 한다. 그때 뒤마 피스의 나이는 25세, 한창때라 젊은 청춘의 열기와 사랑에의 순진무구한 집념이 구절구절마다 어려 있다.

뒤마 피스는 1824년 뒤마 페르의 사생아로 태어났다. 사생아의 신분으로 자라나면서 겪은 서러움과, 평생 그늘 속에서만 지낸 어머니에 대한 연민의 정이 그로 하여금 남에게 손가락질 받는 창녀의 삶에 더욱 동정적이게 하였는지도 모른다.

뒤마 피스의 어머니인 '카트린느'는 뒤마 페르의 무명작가 시절, 같은 하숙집에 사는 인연으로 그를 만나 동거에 들어갔다. 그때 그녀는 벌써 한 남자에게 버림받아 삯바느질로 근근이 연명해 가는 불쌍한 하층계급의 여자였다. 배운 것도 별로 없고 다만 아름다운 마음씨와 인내심만을 가지고 있던 그녀는 결국 임신을 하게 된다. 뒤마 페르에게 결혼을 해달라고 간청하지만 끝내 거절당하고 혼자서 쓸쓸히 아들 뒤마를 낳는다. 그리고는 다른 남자와 결혼하지도 않고 평생을 혼자 지낸다.

뒤마 피스의 어린시절까지는 그래도 아들과 함께 있다는 기쁨을 누리며 살아가지만, 뒤마 피스가 중학교에 갈 때쯤 되어 아버지가 아들을 빼앗아가 버렸기 때문에 그 뒤로는 혼자서 빈곤과 싸우며 외롭게 살았다. 낭비벽이 심했던 뒤마 페르는 그녀에게 생활비도 잘 안 보내주었다. 그러나 그녀는 남편을 원망하지도 않고 묵묵히 외로운 삶을 견뎌 나갔다고 한다.

아들 뒤마는 어머니에 대한 연민과 부친에 대한 적개심으로 상당기간 동안 갈등을 겪었다. 결국 뒤마 페르는 카트린느가 죽어간다는 소식을 들을 때쯤 되어서야 비로소 그녀가 측은하게 느껴져 카트린느에게 달려가 황급히 결혼식을 올린다. 하지만 카트린느는 결혼서약을 말할 기운조차 없어서 그저 기쁨의 눈물만 흘리며 임종하고 말았다.

이와 같은 성장배경을 가진 뒤마 피스는 『춘희』뿐만 아니라 다른 작품들 예컨대 『사생아』, 『여자들의 친구』 등에서도, 연약한 여자들의 입장을 옹호하고 학대받는 하층계급의 사람들의 처지를 고발하는 내용을 다루고 있다. 『춘희』 말고는 그의 대부분의 작품들은 거의 희곡이다. 모두 일종의 사회문제극이라고 할 수 있다. 『춘희』 역시 소설로서보다는 작가 자신이 1852년에 희곡으로 개작 상연함으로써 공전의 히트를 기록했다.

뒤마 피스의 실제경험과 이 소설의 도입부분은 완전히 일치한다. 그는 파리 시내를 지나다가 한 대의 말쑥한 마차에서 눈부실 만큼 아름다운 여자가 가볍게 뛰어내려 가까운 의상점 안으로 사라지는 것을 보고 그만 첫눈에 반하고 마는 것이다. 검은 머리와 상아같이 흰 얼굴을 금실로 수놓은 캐시미어 숄로 싼 그 미인의 모습은 젊음과 순결의 화신처럼 그의 뇌리에 새겨졌다. 그때 작가의 나이는 24세, 그리고 '마리 뒤프레시'의 나이는 22세였다. 소설에서는 마르그리트가 20세로 두 살이 줄어져 나온다. 그 이후로 그는 사랑의 열병을 앓게 되어 매일같이 그녀의 뒤만 쫓아다녔다. 마리의 매력은 직업적인 콜걸이면서도 전혀 천한 분위기가 느껴지지 않고 오히려 지극히 우아하고 청순한 느낌을 준다는 데에 있었다.

소설에 나오는 여주인공, 특히 영원히 잊히지 않는 여주인공들은 거의가 '천한 신분'과 '우아한 외모'를 동시에 가지고 있다. 『부활』의 카추샤도 그렇고 『죄와 벌』의 소냐도 그렇다. 귀족의 딸이 우아하다면 그것은 당연한 사실이기 때문에 별로 감동을 못 준다. 반면 천한 신분이면서도 지극히 우아한 아름다움을 가지고 있다는 것은 크나큰 매력과 신비감, 그리고 연민의 정을 자아내게 한다. 거기에 불치의 병이라도 덧붙여지면 그녀는 더욱 고혹적이면서도 애잔한 매력을 풍기게 되는데, 뒤마와 만날 당시의 마리는 이미 폐병 때문에 그녀의 젊음을 갉아먹어 가고 있었다. 그와 처음 만날 때도 마리는 상당량의 각혈을 한다.

어린시절을 가난하게 보낸 마리였는지라 처음엔 이 무명의 작가 지망생인 뒤마 피스가 그저 귀여운 애송이 정도로만 보였다. 하지만 그가 차츰 진실된 사랑을 주는 것에 따라 그녀의 마음도 움직여 드디어 그와의 사랑을 허락한다. 그 이후의 10개월 동안은 두 사람의 청춘남녀에겐 꿈속 같은 사랑의 나날이었다.

그러나 파리 시내의 소문을 듣고 두 사람의 사랑을 알게 된 아버지 뒤마는 아들을 그 여자와 떼어 놓으려고 결심하게 된다. 그래서 아들을 어르고 달래어 같이 스페인으로 여행을 떠나버린다. 마리는 그가 돌아오기를 손꼽아 기다리며 밤손님 받는 것도 끊고 슬픈 나날을 보낸다. 결국 그녀는 폐병이 악화되어 애인을 만나보지도 못하고 죽는다. 뒤늦게 파리에 도착한 뒤마 피스는 여인의 주검 앞에서 통곡할 뿐.

진실된 사랑을 못 이루어서 불쌍하기도 하지만 마리라는 여인의 일생은 너무나 불행한 인생이었다. 그녀는 열 살 때 수프를 얻어먹기 위하여 처녀성을 팔아버릴 정도로 가난했다고 한다. 그녀의 가족들은 염소우리 속에서 염소하고 같이 지낼 정도로 비참한 생활을 했다. 그래서 그녀는 열두 살 때 맨발에 넝마를 걸치고 파리로 온다. 글이라곤 쓸 줄도 모르고 생전 목욕탕에도 가본 적이 없었다. 그러나 그녀는 얼마 안 가서 자기가 남자들에게 호감을 주는 여자라는 것을 알게 되었다. 그로부터 급속히 연애수법을 배워서 차츰 부자 애인들을 갖게 되었던 것이다. 그리고는 겨우 22세의 나이로 세상을 떠났다.

그녀가 죽은 지 이미 1백여 년의 세월이 흐른 지금도, 몽마르트르의 생 샤르르 묘역에 있는 마리 뒤프레시의 묘지엔 많은 참배객들에 의해 헌화되는 희고 붉은 동백꽃이 끊이지 않는다고 한다. 마리는 어찌 보면 죽어서 오히려 행복하게 된 여인이라고 할 수 있지 않을까. 옛부터 우리나라에서도 "기생의 환갑은 스무 살"이라는 말이 있었듯이 여자 나이 스무 살이 넘으면 벌써 시들어버리기 때문이다.

만일에 실제의 뒤마와 마리의, 또는 소설 속의 두 남녀의 사랑이 이루어지고 또 여자가 죽지 않고 오래 살았다면 어떻게 되었을까? 두 사람의 사랑이 영원한 것이 되었으리라는 보장은 없다. 여자가 늙어갈수록 남자는 권태와 환멸을 느끼게 되고, 여자 자신도 젊은 시절의 청초한 아름다움보다는 질투심과 심통만 늘어가게 마련이기 때문이다. 여기에 사랑이 갖는 원초적 비극성이 있다. 그래서 연애소설 가운데는 여주인공을 젊은 나이에 죽어버리게 만드는 게 너무나도 많다. 『폭풍의 언덕』, 『독일인의 사랑』, 『러브 스토리』, 『마농 레스코』 『카르멘』, 『개선문』 등등.

남들에게 축복받는 당당한 사랑보다는 이룰 수 없는 불륜의 사랑이 더 애틋하고, 결혼으로 골인하는 사랑보다는 미완(未完)의 사랑이 더 아름답다. 그래서 특히 여주인공은 반드시 죽어버리거나 어디론가 멀리 떠나버려야만 한다.

누구나 겉으로는 사랑의 완성을 원하면서도, 잠재의식 가운데서는 사랑의 끝남, 사랑의 파괴를 원하고 있는 이 묘한 심리, 이러한 심리가 『춘희』를 영원한 명작으로 만들었고 마르그리트를 구원(久遠)의 여인상으로 만들어주었는지도 모를 일이다.

(1989)

저자 마광수

1951년에 서울에서 태어났다. 연세대 국문학과와 동 대학원을 졸업(문학박사)한 뒤, 홍익대 교수를 지냈으며 지금은 연세대 국문학과 교수로 있다.

■ 문학이론서: 『윤동주 연구』(1984/2005 · 정음사/ 철학과현실사), 『상징시학』(1985 · 청하), 『마광수 문학론집』(1987 · 청하), 『심리주의 비평의 이해』(편저 · 1986 · 청하), 『카타르시스란 무엇인가』(1997 · 철학과현실사), 『시학』(1997 · 철학과현실사), 『문학과 성』(2000 · 철학과현실사), 『삐딱하게 보기』(2006 · 철학과현실사)
■ 시집: 『광마집(狂馬集)』(1980 · 심상사), 『귀골』(1985 · 평민사), 『가자, 장미여관으로』(1989 · 자유문학사), 『사랑의 슬픔』(1997 · 해냄), 『야하디 얄라숑』(2006 · 해냄)
■ 에세이집: 『나는 야한 여자가 좋다』(1989 · 자유문학사), 『사랑받지 못하여』(1990 · 행림출판), 『열려라 참깨』(1992 · 행림출판), 『자유에의 용기』(1998 · 해냄), 『자유가 너희를 진리케 하리라』(2005 · 해냄)
■ 문화비평집: 『왜 나는 순수한 민주주의에 몰두하지 못할까』(1991 · 사회평론), 『사라를 위한 변명』(1994 · 열음사)
■ 철학적 장편 에세이: 『비켜라 운명아, 내가 간다!』(2005 · 오늘의 책), 『성애론』(1997 · 해냄), 『인간』(1999 · 해냄)
■ 장편소설: 『권태』(1990 · 해냄), 『광마일기』(1990 · 사회평론), 『즐거운 사라』(1992 · 청하), 『불안』(1996 · 리뷰앤리뷰), 『자궁속으로』(1998 · 사회평론), 『알라딘의 신기한 램프』(2000 · 해냄), 『광마잡담(狂馬雜談)』(2005 · 해냄), 『로라』(2005 · 해냄).

■ 홈페이지: www.makwangsoo.com

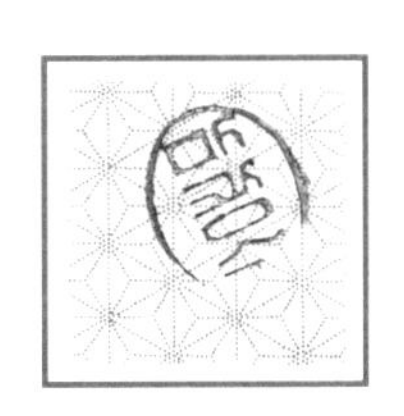

마광수 문학론집

삐딱하게 보기

지은이 마광수

1판 1쇄 인쇄 2006년 9월 15일
1판 1쇄 발행 2006년 9월 20일

발행처 철학과현실사
발행인 전춘호

등록번호 제1-583호
등록일자 1987년 12월 15일

서울특별시 서초구 양재동 338-10호
전화번호 579-5908
팩시밀리 572-2830

ISBN 89-7775-597-2 03800
값 20,000원

●잘못된 책은 교환해 드립니다.